〔系列丛书〕

临安的烽火 上

博言 著
BO YAN

辽宁人民出版社

图书在版编目（CIP）数据

临安的烽火 / 博言著. -- 沈阳：辽宁人民出版社，
2025. 1. --（鹤舞云台系列丛书）. -- ISBN 978-7
-205-11404-6

Ⅰ. I247.5

中国国家版本馆 CIP 数据核字第 20247JZ293 号

出版发行：辽宁人民出版社
　　　　　地址：沈阳市和平区十一纬路 25 号　邮编：110003
　　　　　电话：024-23284191（发行部）　024-23284304（办公室）
　　　　　http：//www.lnpph.com.cn
印　　　刷：嘉业印刷（天津）有限公司
幅面尺寸：165mm×235mm
印　　张：36
字　　数：494 千字
出版时间：2025 年 1 月第 1 版
印刷时间：2025 年 1 月第 1 次印刷
责任编辑：赵维宁　段　琼
封面设计：乐　翁
版式设计：一诺设计
责任校对：吴艳杰
书　　号：ISBN 978-7-205-11404-6

定　　价：99.80 元（上、下册）

目录

楔　子……………………………………………001

第一章　御扇之秘（一）…………………………009

第二章　御扇之秘（二）…………………………015

第三章　新任淮东（一）…………………………021

第四章　新任淮东（二）…………………………026

第五章　明尊会聚（一）…………………………032

第六章　明尊会聚（二）…………………………037

第七章　圣心难窥（一）…………………………042

第八章　圣心难窥（二）…………………………047

第九章　陇西汪氏（一）…………………………053

第十章　陇西汪氏（二）…………………………058

第十一章　使团遇袭（一）………………………064

第十二章　使团遇袭（二）………………………070

第十三章　国舅小爷（一）………………………077

第十四章　国舅小爷（二）………………………082

第十五章　宿州杀手（一）………………………088

第十六章　宿州杀手（二）………………………094

第十七章　完颜赛不（一）···················100

第十八章　完颜赛不（二）···················106

第十九章　藏金秘密（一）···················112

第二十章　藏金秘密（二）···················118

第二十一章　陇西乱局（一）·················123

第二十二章　陇西乱局（二）·················129

第二十三章　封王争议（一）·················134

第二十四章　封王争议（二）·················139

第二十五章　稀世国宝（一）·················145

第二十六章　稀世国宝（二）·················150

第二十七章　武仙出山（一）·················156

第二十八章　武仙出山（二）·················162

第二十九章　海州之变（一）·················168

第三十章　海州之变（二）···················174

第三十一章　王琬推卦（一）·················180

第三十二章　王琬推卦（二）·················185

第三十三章　皇族暗争（一）·················191

第三十四章　皇族暗争（二）·················197

第三十五章　阔端征陇（一）·················203

第三十六章　阔端征陇（二）·················209

第三十七章　襄阳对策（一）·················215

第三十八章　襄阳对策（二）·················221

第三十九章　无处可逃（一）·················226

第四十章　无处可逃（二）···················232

第四十一章　赵范翻悔（一）·················238

第四十二章　赵范翻悔（二）·················243

第四十三章　端平入洛（一）·················248

第四十四章　端平入洛（二）……………………254

第四十五章　决堤放水（一）……………………260

第四十六章　决堤放水（二）……………………266

第四十七章　汪氏降蒙（一）……………………271

第四十八章　汪氏降蒙（二）……………………277

第四十九章　北上大同（一）……………………283

第五十章　北上大同（二）………………………289

第五十一章　光复汴梁（一）……………………295

第五十二章　光复汴梁（二）……………………301

第五十三章　洛阳之败（一）……………………307

第五十四章　洛阳之败（二）……………………313

第五十五章　子聪和尚（一）……………………319

第五十六章　子聪和尚（二）……………………325

第五十七章　琺琬重逢（一）……………………331

第五十八章　琺琬重逢（二）……………………337

第五十九章　和林断案（一）……………………342

第六十章　和林断案（二）………………………347

第六十一章　余莫对质（一）……………………353

第六十二章　余莫对质（二）……………………359

第六十三章　惊天密谋（一）……………………364

第六十四章　惊天密谋（二）……………………370

第六十五章　大力尊使（一）……………………376

第六十六章　大力尊使（二）……………………382

第六十七章　王琬定策（一）……………………388

第六十八章　王琬定策（二）……………………394

第六十九章　三路攻宋（一）……………………400

第七十章　三路攻宋（二）………………………406

第七十一章　和谈烟幕（一）…………………………412

第七十二章　和谈烟幕（二）…………………………418

第七十三章　陇西大战（一）…………………………424

第七十四章　陇西大战（二）…………………………429

第七十五章　英烈殉国（一）…………………………435

第七十六章　英烈殉国（二）…………………………440

第七十七章　成都劫难（一）…………………………446

第七十八章　成都劫难（二）…………………………452

第七十九章　安丰大战（一）…………………………457

第八十章　安丰大战（二）…………………………463

第八十一章　阔出之死（一）…………………………470

第八十二章　阔出之死（二）…………………………476

第八十三章　长子西征（一）…………………………483

第八十四章　长子西征（二）…………………………489

第八十五章　中都智斗（一）…………………………494

第八十六章　中都智斗（二）…………………………500

第八十七章　冉璘还宋（一）…………………………506

第八十八章　冉璘还宋（二）…………………………512

第八十九章　大战江陵（一）…………………………518

第九十章　大战江陵（二）…………………………524

第九十一章　黄州之战（一）…………………………530

第九十二章　黄州之战（二）…………………………536

第九十三章　香妃归天（一）…………………………542

第九十四章　香妃归天（二）…………………………548

第九十五章　收复襄阳（一）…………………………554

第九十六章　收复襄阳（二）…………………………560

楔 子

南宋端平元年（1234），宋廷与蒙古相约，共同攻灭金国。正月，南宋大将孟珙与蒙将塔察儿率军攻破蔡州，金哀宗完颜守绪自杀，威名赫赫的大金国就此灭亡。按照双方约定，宋蒙两军各自向南北撤退，脱离了接触。

成功灭金让宋廷上下欢欣鼓舞，宋理宗更是欣喜若狂。孟珙班师归来之时，理宗率领群臣和万余百姓到临安城外迎候，给予得胜归来的将士最高的礼遇。他亲口宣布，将重重犒赏这次立下军功的全军将士。之后，宋廷将完颜守绪的半具焦尸放置在临安皇城的宗庙祭祖；又将俘获的金国宰相张天纲等金国官员，在临安最繁华的御街列队展示，行献俘礼，宣示洗雪"靖康之耻"。百年以来，金国带给大宋的各种屈辱和压抑，俨然被这次的胜利冲刷殆尽。

而蒙古大汗窝阔台跟他的王公爱将们，也在连续多日纵情狂欢，庆祝灭金胜利。

此刻，大同府鹿苑大汗行宫外，窝阔台正领着长子贵由和阔端、阔出等王子在部众的簇拥下，兴高采烈地围山打猎。大队骑兵犹如泄洪一般，争相涌进山谷，整座大山似乎都在抖动。雄浑的号角，猎手的呼喝，跟战马铁掌踏地的震动交杂一起，沿着山谷传向远方。

然而拖雷的儿子们忽必烈、旭烈兀和阿里不哥等人，并没有参加这场盛会。他们默默地跟随长兄蒙哥，带着各自部属启程，悄无声息地向漠北草原离去。

这一幕被细心的中书令耶律楚材看到了。他站在山上望着蒙哥军队远去的身影，捋须沉吟不语。窝阔台的义子杨惟中和大臣姚枢站在旁边，见他陷入了沉思，杨惟中轻声问道："耶律大人，您是不是听到了一些传言？"

最近军中隐隐约约地流传一种谣言，说不久前拖雷大王突然暴亡，其中大有缘故。之后这谣言竟然有了不同的说法，有人说他是被金主派来的刺客谋害了，还有人说他是被西夏厉鬼夺去了魂魄，更有人含沙射影地说是大汗派人下毒，杀害了自己的亲兄弟。窝阔台听到后大为恼火，下令主帅速不台严禁士兵们信谣传谣。为此甚至当众斩杀了一个多嘴的百夫长和他的手下，谣言这才渐渐平息。

耶律楚材摇头说："流丸止于瓯臾，流言止于智者。过一段时间，各种谣言自然会平息的。"

杨惟中跟耶律楚材彼此信任，相交深厚，几乎无话不谈："中书令，还有一件事情，昨天大汗对我说，他要把拖雷的大妃唆鲁禾帖尼改嫁给贵由。"

耶律楚材心里一惊，唆鲁禾帖尼是蒙哥和忽必烈的生母，虽说按照蒙古的习俗，拖雷死后他的妻子可以改嫁给兄弟，但贵由却是一个晚辈，这么做岂不是大有问题？难道大汗要……耶律楚材心思很快，随即问道："这个主意是大汗自己拿的吗？"

杨惟中用手指了指行宫，没有回答。

耶律楚材明白了，这是察合皇后西夏香妃李崽名的主意。拖雷尚且尸骨未寒，马上就要打击他们这一支势力，自然是因为李崽名极度憎恨拖雷的缘故。耶律楚材摇头说："这不好，我要劝谏大汗。"

杨惟中提醒道："大人，这可是大汗的家事啊。"

一旁姚枢也跟着杨惟中劝耶律楚材不要干预此事。

正说到这里，一位大汗的亲随骑着马疾奔过来，向耶律楚材传达窝阔台口谕，要他以大队人马出行围猎的盛况，写一首诗作为纪念。

耶律楚材问："大汗什么时候要？"

“大汗说，他要马上见到中书令的大作。”

耶律楚材点头说："那请稍等片刻。"然后带着杨惟中和姚枢走进中军大帐，书案上铺着现成的纸张，他提笔蘸了蘸墨，立即挥笔写下，"扈从车驾，出猎狼山。围既合，奉诏悉宥之，因作是诗：吾皇巡狩行周礼，长围一合三千里。白羽飞空金镝鸣，狡兔雄狐应弦死。翠华驻跸传丝纶，四开汤网无掩群。天子恩波沐禽兽，狼山草木咸忻忻。"

杨惟中笑着说："耶律大人果然才思敏捷，一挥而就！"

耶律楚材苦笑着回答："我哪里有这捷才，实话说吧，这是以前我陪同大汗在漠北打猎后写下来的，都还没有来得及推敲润色。现在既然要得急，只得拿这个交差了。"

姚枢欣赏着耶律楚材的书法，由衷赞道："大人的字气魄雄浑，笔法苍劲，颇有颜鲁公之风；奇崛挺拔，泼洒豪放，又得黄山谷真传呐。"

听了这句赞语，耶律楚材捋须大笑，吩咐差事将题诗交给大汗的护卫回去复命。

姚枢接着问道："在下有一事请问中书令大人，大汗下面将要狩猎的'狡兔雄狐'，都是哪些呢？"

耶律楚材这时收起了笑容，正色回答："大汗即将召开库里勒台诸王大会，商议西征的具体安排，我们将要打到钦察、高加索，甚至多瑙河以西去。那里小国林立，不服王化，众多小邦组成了联军要将拔都他们赶走。现在拔都在那里孤军奋战，压力很大。"

杨惟中接话说道："更可恶的是，极西之地那些小国以铲除异教徒为名，组成了所谓'十字骑士军'，欺压他们以东各族百年有余。据拔都抓获的俘虏交代，他们还将我们蔑称是来自东方的'黄祸'！"

耶律楚材冷笑着说："最近有一个自称来自西域的使者，传达了他们宗教首领的要求，让我们不得西进，不得杀害他们的教众，居然还要我们大汗接受他们的洗礼！当真是狂妄至极！我们的大军就先去征服钦察、斡罗思，然后一路向西，扫平那些野蛮无知的小国。"

这时姚枢轻轻舒了一口气。杨惟中看到了，笑着说："公茂，我知道你在想什么。"

姚枢拱了拱手："杨大人明鉴，南朝跟我们现在是结盟的关系，我希望两边能和平相处下去。"

杨惟中点头："我也是汉人，自然也不愿意两边刀兵相向。"

耶律楚材看了看姚枢："塔察儿汇报说，南朝军力不弱，又有江河天险阻隔，并非那些西域小国可比。所以大汗暂时没有攻打南朝的打算。不过即便这样，真到了那一天，战争谁也挡不住。毕竟一统是大势所趋，并非你我几人所能左右。"

姚枢默然，过了一会儿轻叹一声："真有那么一天，就辜负了冉琎兄的一番苦心。"

耶律楚材问："他什么时候到大同府来？王琬一直在等着他呢。"

"他应该会跟王檝一起从襄阳回来。"

提到王檝，耶律楚材满意地点头说："王大人此次出使襄阳不辱使命，让两国成功结盟共同灭金，实在功不可没。当然，冉琎先生也立了大功。"

正说到这里，差事进来报说，国相镇海到了。

镇海并非独自前来，跟在他后面还有一人。令众人奇怪的是，此人的模样看起来是一个吐蕃僧人。

耶律楚材跟镇海是窝阔台治理政务的左膀右臂，两人合作多年，彼此熟稔。入座寒暄之后，镇海说道："中书令，我给你介绍一位大师。"然后指着那僧人说，"这位是得道高僧，萨巴喇嘛。他不但精通佛学，而且天文地理，无所不知，无所不晓！今天特地将他请来，介绍给你们几位认识一下。"

杨惟中与姚枢心里疑惑，以前听说吐蕃有一位萨迦法王，却从未听说有一位大师叫萨巴喇嘛。

萨巴喇嘛左手捻着嘎巴拉念珠，右手执礼笑着说道："镇海大人实在过誉了。老僧本是寂寂无名之辈，蒙佛祖庇佑，有缘认得镇海大人。又承蒙大人信任，托付给老僧一些事情。"

耶律楚材三人好奇，镇海会需要一个喇嘛做什么事呢？

镇海对他们解释说："大汗把营建都城哈拉和林的任务交给了我。萨巴大师长期居住在南朝，对建造城郭和宫殿都颇有造诣，所以我聘请了大师担任我的副手。"

一个喇嘛竟然在南朝待了多年，居然还精通营建宫殿？姚枢忍不住问道："大师请教了，您在南朝时居住在哪里？"

"老僧曾经在临安住过许久，而后迁到了中都府圣寿万安寺。所以对两地都城的规制还算有些了解。"

"大师谦虚了，您是在这两地传教吗？"

"是的。现在老僧能为大汗报效犬马之劳，这是天赐机缘，全赖佛祖保佑。"

杨惟中问："请问大师，您打算如何建造我们的新都？"

萨巴喇嘛便转头问耶律楚材："中书令大人，您这里有哈拉和林现址的图本吗？"

耶律楚材点头，吩咐差事挂上大幅漠北地图，萨巴喇嘛走到图前，一边用手指着地图，一边对他们解说。原来，窝阔台汗已经下令，在哈拉和林自己的驻留地上，修建一座高大的汉式宫殿。他下旨，这宫殿必须宏伟盛大，超越汴梁和中都的所有殿宇，以彰显自己这位新任大汗的宏图霸业。这座宫殿的每一方面都要有一箭之距，四面的中间修建一个巍峨壮观的大殿，要给以世上最精致的装饰。这大殿将被命名为"合儿失"。

几人一边听着，一边频频点头。

萨巴喇嘛继续说道："大汗降旨，哈拉和林城内要建造一批寺庙和道宫。已故拖雷大王的王妃唆鲁禾帖尼信奉景教，要为她单独修建一座竖有巨大十字架的祷告堂。大汗还要我们在哈拉和林以西一天行程处，建筑一座伊斯兰宫殿，名叫迦坚察寒。春天，他将在那里放鹰；夏天，他将在月儿灭怯搭建的大帐里消暑，这大帐内可容纳千人，并且这座大帐将再也不拆卸收起；秋天，他会留驻在古薛纳兀行宫，在该处斋戒四十天；冬天，他会住在汪吉行宫，并在那里过完冬天。大汗吩咐了，合儿失与几处行宫大帐里的所有饰物都必须使用纯金。"

几人听他这样说，不由得都在想，大汗要同时开建这么多宫殿，使用如此巨量的黄金，会不会一下子耗尽几十年辛苦积下的所有国库？

耶律楚材不禁皱起了眉头。怪不得镇海把萨巴喇嘛带来为他解说，原来是向自己伸手要钱来了。"国相啊，我们还是先集中财力建好哈拉和林城吧，其他地方一起动工的话，只怕财力暂时不够，再说我们一时也找不到那么多的工匠。"

镇海笑道："工匠的事情，萨巴大师有办法的，我自有安排。今天来找中书令，就是为了一个字，钱。"然后镇海看着杨惟中和姚枢二人："彦诚，姚大人，我跟中书令有话要细谈。"

杨惟中和姚枢立即明白了，便拱手告辞。两人走出帐外，互相对视了一眼，都对这个萨巴喇嘛充满了好奇和猜疑。这人究竟是什么来历？为什么镇海如此重用他？

他们哪里能料到，这位萨巴喇嘛竟然是个汉人。

他就是大宋朝廷通缉的要犯，前户部尚书莫泽的兄弟莫彬。多年来，他化名上官镕，在大宋、金国和蒙古三地纵横捭阖，走私盐茶及各种大宗货物，牟得暴利。后来莫彬被冉瑞、冉璞二人查出勾结金国细作首领王世安，出卖宋廷秘密的各种隐秘勾当。莫彬只得仓皇出逃，辗转到了蒙古这里投靠国相镇海。

大帐里，镇海接着说："萨巴大师向我推荐了一个回回富商，名叫奥都剌合蛮。他愿意联合多国回回商团，用金币出资给大汗，参与新占的中原地区包税扑买。这样我们就能迅速筹集到足够的钱了。"

耶律楚材连连摇头："这个办法恐怕不好，弊端实在太大。"

"那中书令可有办法筹钱？现在我们不但要建新都，还要出兵西征，哪一处不是要用钱呢？况且我们这位大汗给人赏赐出手极其阔绰，他如果没有足够银子用，只怕要怪罪你我二人啊！"

耶律楚材当然知道这位大汗的禀性，以往每次大军得胜，每一位来拜见他的将军都能得到他丰厚的赏赐，以至于战利品不经司账登记就会散发一空。有一次在路上遇到了一个乞丐向大汗祈求，可他身上并无一个铜钱，就随手将皇后戴着的两颗大珍珠摘下，要赏给那个人。皇后劝道："这人哪里知道珍珠的昂贵？不如让他明天到宫里来，我让人给他些钱物就是。"大汗却说："他是个穷人，生活艰难，只怕等不到明天。"于是将两个价值千金的珍珠赐给了乞丐。

耶律楚材不由得摇了摇头，苦笑着问："难道就没有别的办法吗？"

萨巴喇嘛念了一句佛语，回答说："有一件事情，如果能解决掉，那么钱就不成问题了。"

"大师请讲。"

"听说蔡州一战，金国虽然被灭，却没有缴获很多金银，是不是这样？"

镇海点头："是的，包括上回拿下汴梁，缴获的金国库中财物以铜钱居多。因为这个，大汗很是不高兴。"

"两位大人可知道为什么吗？"

耶律楚材更加好奇："哦，难道大师知道？"

"我佛慈悲，出家人不打诳语，老僧不知道具体情形。"

耶律楚材的眉头皱了起来。

然而萨巴喇嘛话锋一转："不过据最新得到的消息：金主在逃离汴梁前，做了很多安排。他将金国国库的大部分金银，以及大量兵器盔甲运出汴梁，极为秘密地隐藏了起来。耶律大人，那可是大金国最后的积蓄，一笔惊人的财富！"

"你知道藏在哪里吗？"

萨巴喇嘛摇头："暂时还没有打探出来。但老僧知道，金主将这些机密之事托付给了两个人。"

"他们是谁？"

"一个是金国重臣完颜赛不；还有一个就是他的贴身护卫，完颜绛山。"

"不是说完颜赛不在徐州遭遇部下叛乱，已经投水自尽了吗？"

"不，那只是个传言。据老僧得到的消息，自尽的很可能只是一个替身，而完颜赛不本人却潜伏了起来，执行金主交给他的一个绝密任务。"

耶律楚材觉得这些说法有些离奇，问道："他们要干什么？那个完颜绛山又在哪里？"

"完颜绛山很不走运，被南朝军队俘虏了。上次宋将孟珙班师回朝，把他一并押往了临安。还有一件事，据说金国大将武仙在蔡州城破后带领十余残骑逃至泽州，被戍兵杀了。可老僧认为他也没有死，全都潜伏了起来，等待时机，东山再起。"

一个喇嘛居然知道这么多内情，这实在让耶律楚材半信半疑。他盯着萨巴喇嘛那张蜡黄的面孔问道："大师如何知道这些事情？"

"中书令大人，这都是一个故友透露给我的。他名叫王世安，原本是金国高层官员，专门掌管秘密事务。因为遭人诬陷被金主下狱。汴梁城被攻陷后，他也被释放出来。最近我找到了他，于是知道了这些机密。"

"那大师来找本官的目的是？"

"听说中书令派了使臣正在襄阳，可否让他们想办法，到临安去把完颜绛山带回蒙古？"

耶律楚材点头答应："这是分内之事。"随后叫来差事吩咐了几件事。差事随即领命而去。

第二天，一匹快马从大同府出发，星夜赶往了襄阳……

第一章　御扇之秘（一）

四月的临安，正是春光明媚之时。

西湖白沙堤上，桃花、杏花渐次盛开，一树树粉影摇曳，妩媚动人。待到夕阳斜下之时，天色变得清冷，南北众山烟雾缭绕。时而云雾散开，落霞斜照岭上，峦气浮浮，塔影横空。登高远眺，一湖碧水掩映山色，令人驻足观之，着实不忍离去。

随着天色渐暗，皇城灯火亮起，映彻夜空。

临安城刚刚入夜，街面上就熙来攘往，车水马龙，灯光花影，游人如织，当真是热闹非凡。夜市里各家店铺争先开张，门前阁上的花灯纷纷点亮。各色物品琳琅满目，花卉盆景、细柳箱橱、衣帽扇帐、行灯画烛，不一而足。商贩们手推肩挑，沿街叫卖各色时令茶水点心。各种戏班、杂剧和说书行的鼓乐声与叫好声混作一团，好一幅繁华热闹的太平夜景。

此刻西湖的水面上有一只硕大的三层花船，这船灯火通明，上面宴乐丝竹之音袅袅不绝，时而传来女子的欢声嬉笑。大船不远处还有几艘小船，正载着客人观赏西湖夜景，一个年轻客人望着大船自言自语道："能包下这样的花船，一定不是寻常人物。"

这人穿着一身旧袍，举止似乎有些迂腐。小船艄公觉得他应该是一个穷书生，撇了撇嘴说："客官，这艘大船连同船上的角妓，一夜的费用何止百两银子，怕是足够您一年开销了。您的确说对了，这包船的人当然不是寻常人物。"

那人好奇了："此人是谁？"

"他就是临安四公子之一的国舅小爷贾似道。"

这下客人更加好奇："临安四公子？都是些什么人？"

"尊客初来乍到临安城？"

"哦，不错，船家好眼力。在下前天刚到临安。"

艄公点头，继续说道："这四位年轻公子在临安城，都是大名鼎鼎。"

"请教了。"

"他们分别是小国舅贾似道，余府的公子余保保，史家三公子史岩之，还有万家的万仕达。这位小国舅经常在此彻夜游乐，几乎无人不知。"

客人点头说："嗯，史家、贾家和余家都是闻名的世家豪门，大名如雷贯耳。只是这万家，恕我孤陋寡闻，不曾知道。"

艄公呵呵一笑："万家虽然不是世代显宦的大户人家，可他家老爷是刚刚故去的宰相史弥远的主事管家——万昕。"

客人恍然大悟，笑着点了点头："原来如此！"

已故宰相史弥远威名赫赫，掌管朝政二十余年。那么他最信任的管家万昕，自然有无数官员想要打点奉承他。因此他的儿子万仕达跻身"临安四公子"，倒也不能算作名不副实。

这客人叹了一口气，轻声诵道："壮观东南二百州，景干多处却多愁。江流千古英雄泪，山掩诸公富贵羞。"

艄公问："客官是读书人啊，出口成章！只是您说的什么咱都听不懂，是什么意思呢？"

这人喃喃自语："临安的山水如此赏心悦目，可为什么竟让人如此忧心？因为自古以来，南朝都不能并北，所以英雄泪洒江中，常常抱此遗恨。但推其终究，这些当权者窃取富贵，上下习安，恣意享乐，难道不可羞可叹吗？"

艄公听罢，脸色顿时变了。

不料，这人又轻叹了一口气，接着说道："端平元年，正王道之端，开太平之路。可就这样的太平王道，难道不是水中月、镜中花吗？"

艄公听到这里大惊失色，连声地喝止："这里是天子所在，你这个读书人须得管好自己的嘴巴，小心吃官司，还连累了我们。"

这人笑了："我并非南朝人，是从中原来的。船家放心，如果有人找你晦气，你报我的名讳就行了。"

"那就请教尊姓大名？"

"我叫郝经，是蒙古使臣王檝大人的随从。"

艄公点了点头，原来是北方到临安来的使臣，难怪他没有什么顾忌，竟敢这样讲话。

郝经看着那艘硕大的花船，陷入了沉思……

艄公说得丝毫不错，今夜这艘大船的主人正是小国舅贾似道。他正在宴请两位宾客——余保保和史岩之。因为余保保即将离开临安北上蒙古，史岩之也将赶赴外州做官，所以今夜他特地设宴给二人送行。

此刻三人已经微醺，贾似道还要上酒，史岩之摆了摆手。

贾似道明白他的意思，于是挥手让随从跟陪侍的乐妓全都下去，只余下三人对坐。

又饮了一杯，史岩之说："允从，前天夜里，陛下偶然登高远望西湖，看到湖上有灯船非常耀眼。左右有人告诉皇上，船上的人一定是你。于是陛下就派人查问了，果然就是。"

贾似道嘻嘻一笑道："我这位皇上姐夫说了什么没有？"

"刚好我在旁，圣上下旨给我，让我告诫你：要收心，勤读圣贤之书。"

贾似道立即起身，躬身施礼说："臣遵旨，一定不负圣意。"礼毕，嬉笑着问："子尹兄可曾为小弟说些情呢？"

"当然。我对圣上说，'贾似道性情率真，他的身上虽然有少年人的风流习气，可他天资聪颖，非常有才，将来历练之后可堪大用。'"

贾似道和余保保听罢，都是大笑。贾似道再次起身作揖："多谢子尹兄替我向圣上解围求情。"

史岩之摆摆手，一边看着他，一边摇头说："允从，我并非只是替你求情。令尊大人昔日掌管淮东时，金兵不敢窥视，山东十余州先后归顺，那时李全哪敢有反心？这都是令尊为朝廷立下的大功哪。如今令姐贵妃娘娘又深得圣眷，因此皇上对你非常器重。我们这些人，迟早是要为国出力的。我猜测，圣上很快就要派给你差事了。"

这就是说，皇帝要让贾似道任职一方了。这可是很多士人一生渴盼却又遥不可及的际遇。余保保立即连声向他道贺。

而贾似道却叹了一口气，神态颇有些落寞。

余保保便问："允从兄，这可是一件喜事，你为什么不高兴呢？"

贾似道向二人敬酒，三人同饮了一杯，放下酒樽，他说道："临安城里，有人把我们三人加上万仕达，合称为'临安四公子'。二位知道不？"

史岩之皱了皱眉头："不要理睬，都是些无稽之谈。"

余保保笑着说："应该是一些底层酸腐士子自认怀才不遇，偏又心怀嫉妒，故意编派的。"

贾似道回答："不管他们善意还是恶意，我们四位的多年交情却是真真切切。将我们列在一起，倒也不错。"

余保保忽然闪现不屑之色："只是仕达出身低了些……"然后又改口道，"不过他为人厚道，帮起忙来很是热心。"

这时史岩之的嘴角露出一丝不易察觉的讥诮。他忍不住想说，如果你余保保不是出身余府，万仕达又岂会多看你一眼，更不要说对你热心了？

贾似道将二人的表情都看在了眼里，轻叹了一声说："不管怎样，我们都是一起在这临安欢畅快活过的。可惜马上就要散开，各奔前程了！先是梁光大哥去了泉州，然后是仕达跟随他父亲一起回了四明老家；余兄你去了北方，虽说现在暂时回来，但很快又要走了。"

余保保见他伤感，不由得也有点动情，却故意板着脸说道："允从，你今后一定会前程似锦，名闻天下。只怕到时候，我们再要见你一面都不容易了！"

史岩之将余保保的酒斛斟满："这话说的，该罚酒三杯。"

贾似道连声附和："该罚，该罚！"

余保保只好连饮了三杯，喝完突然有了点醉意，说道："二位兄台，我此次再去蒙古，只怕今后再难得见面了。万一我当真回不来了，还请你们二位看顾我家老父，一切拜托了！"

史岩之、贾似道二位立即连连摇头。

史岩之说："还在说这样的话？令尊余大人刚刚荣升参知政事，圣眷正隆！而你又要随同蒙古使臣返回北方，万万不可再说这种不吉利的话。"

余保保轻叹一声："你们还不了解，蒙古的确是虎狼之邦，凶蛮残忍，对我朝虎视眈眈。只怕不用多久，盟邦就要变成敌国了。那时，我只怕难以脱身。"

贾似道问："他们刚刚联合我们灭了金国，怎么可以说翻脸马上就翻脸呢？"

史岩之也问道："是啊，总得有个由头吧？"

余保保微微一笑："我朝太祖开朝时，南唐小朝廷那样奉承我朝，太祖不还是说，'卧榻之侧，岂容他人鼾睡'吗？"

二人听了，顿时默然。

过了一会儿，贾似道一拍桌案，大声说道："蒙古不要嚣张，只要我贾似道在一天，就绝不许蒙古染指我江南半步！"

"好！说得好！"史岩之大声赞道。

余保保摇头："允从志气可嘉，令人佩服。不过蒙古势大，而且现在他们人物众多，连当初赫赫威名的大金国都不是对手。"

史岩之叹道："是啊，从前豺虎一般凶恶的大金国，怎么这么快就被灭国了呢？"

余保保又摇头："百足之虫，死而不僵！"

贾似道笑了："他们的皇帝都战败自杀了，难道金国还能死灰复燃？"

余保保故作神秘地说道："也未可知！"

第二章　御扇之秘（二）

贾似道听出了点什么，问道："莫非余兄知道些什么内情？"

"你们可知道，为什么皇上要派人严审被俘的金国宰相张天纲？"

两人摇头不知。

"史兄现担任大理寺丞，应该知道些内幕吧，现在是谁在审问那些人？"

"董宋臣向皇上推荐了萧山尉丁大全，上调他担任大理寺直，现在是他在具体负责。"

余保保点头："据说此人是个酷吏，很有些手段。我听说他对张天纲等人用尽了各种大刑，可他们就是不招。"

贾似道好奇地问："要这些俘虏招认什么？"

"最近有消息说，金主逃离汴梁时曾经运出了大量金银器物。可这次联军攻下蔡州，官库里并没有搜出足够的金银，库里大都是铜钱。孟珙将军认为，一定是被金主藏在了秘密的地方。金主要干什么？当然是为了有朝一日，东山再起！"

贾似道觉得有些难以置信，便问："那也只是传言而已，有什么证据吗？"

"目前还没有直接的证据。不过前天蒙古使臣王檝突然从襄阳赶来临安，商谈盟国有关事宜。其中有一条，点了名向我们索要几名金国俘虏。"

"哦，要的都是什么人？"

"有张天纲，还有金主的贴身侍卫完颜绛山等人。可他们已经被丁大全打得不成人形了。"

"蒙古使臣要这些人，总得有个理由吧？"

"说了，都是些冠冕堂皇的话。背后的真实目的，他们是不会讲的。"

贾似道问："丁大全审问这几个人时，有没有发现什么异常之处？"

史岩之沉默了。

余保保看着史岩之说道："子尹兄，你跟丁大全同僚，应该知道些什么吧？我将要跟王檝一起再去蒙古，完颜绛山这些人很可能交由我带走，这些事情必须知道的。"

史岩之犹豫了一下，回答道："他们的嘴非常紧，跟藏金有关的事情一个字也没招供。所以到现在并没有发现明显的线索。不过——"

"不过怎样？"

"虽然他们不曾开口，我们还是搜出了几件东西。在完颜绛山的随身包袱当中，竟然藏有两把折扇。"

贾似道很是好奇："扇子不是很平常的东西吗？"

"可完颜绛山是武人，他怎么会把两把纸扇随身收藏呢？"

余保保问："那是什么样的纸扇？"

"两把都是湘妃竹折扇，做工极为精致，画面、题词和印章都是昔日金章宗完颜璟亲自所作。丁大全叫来了宫里资历最深的匠人，反反复复地验看这两把御扇，也没发现什么异常之处。"

"哦，两把金国宫廷御扇？上面是什么题词？"

"两首完颜璟写的诗词。这两天，我一直在琢磨这件事，所以背了下来。"

一旁书案上就有现成的纸砚，贾似道立即走了过去，将纸张铺好，拿笔蘸墨后递给了史岩之。

史岩之接过笔，飞快地写下两首词，第一首《生查子·软金杯》："风流紫府郎，痛饮乌纱岸。柔软九回肠，冷怯玻璃盏。纤纤白玉葱，分破黄金弹。借得洞庭春，飞上桃花面。"第二首是《蝶恋花·聚骨扇》："几股湘江龙骨瘦，巧样翻腾，叠作湘波皱。金缕小钿花草斗，翠条更结同心扣。金殿珠帘闲永昼，一握清风，暂喜怀中透。忽听传宣颁急奏，轻轻褪入香罗袖。"

随后几人开始搜肠刮肚地琢磨，这里到底有什么玄机？

贾似道一边看一边轻声议论道："这金章宗完颜璟，年幼时以聪慧出名，喜好属文为学，崇尚儒雅，写得一手好字。据传他母亲就是被掳走的徽宗公主。"然后笑了，"也可能跟此有关，他一生极为推崇徽宗。当初徽宗爱好音律，斋号'万琴堂'，搜罗南北绝品名琴，最珍爱的就是唐代雷威所制'春雷'。这琴辗转到了完颜璟手里，便形影不离，以至于临终前，他要求以此琴陪殉。"

余保保点头赞同，接着说："据出使金国的使臣回来讲，这位金国皇帝还酷爱书画，曾经下诏向全国重金收集书画名帖。据说他刻意学习模仿徽宗的瘦金字体，所书字画几乎可以乱真。不过好笑的是，他们连最喜爱的女人都有相似之处！完颜璟最宠爱的女人，名叫李师儿。跟当年的李师师，只有一字之差！"

贾似道忍不住哈哈大笑。

史岩之见话题被带歪了，便问道："你们二位都绝顶聪明，是不是觉得这两把扇子有什么蹊跷？"

贾似道摇头说："完颜绛山受了那么多刑，当真就不曾开口半句？"

"完颜绛山一口咬定，扇子是金主生前赏赐给他的。他恋主心切，所以一直带在身边。"

"不对，看来藏金的秘密，可能就在这两把扇子上面！"

史岩之叹气道："我也猜金章宗这两首词应该大有玄机。可惜我才智鲁钝，实在参悟不出。"

余保保问："圣上知道这件事吗？"

"刚刚知道。圣上发怒了，因为他曾经吩咐，不要虐待张天纲。结果丁大全擅自用刑，几乎就要把他打死了。"

贾似道嘿嘿地笑了："不用些手段，这些人哪肯交代出来？二位仁兄，我要向皇上请命，参与调查这件事情。"

史岩之摇头："即使把他们打死了，也得不到真相。此事还得细查，急不得！"

"可如果再拿不到两把扇子的秘密，就得把他们交给蒙古使臣带走了！"

余保保回道："家父今夜进宫去了，现在几位宰辅也都在宫里，应该是在商议这些事情……"

这夜，皇城福宁宫里的灯烛彻夜不息。理宗连夜召见了右丞相兼枢密使郑清之，几位参知政事乔行简、真德秀、赵汝谈和余嵘悉数到齐。其中真德秀和余嵘刚刚获得理宗的拔擢，担任副相，全力辅助宰相郑清之实施新政。

理宗说道："几位大人，今晚叫你们过来，有几件着急的事情，要征询你们的意见。"

乔行简问："陛下，是不是蒙古使臣的事情？"

"嗯，王檝带来了蒙古大汗窝阔台的书信。信中提出了几个要求。第一件，他们要求将我朝曾经每年向金国纳贡的三十万两白银、三十万匹绢转给他们。你们说，该如何回复呢？"

几位参知政事的目光一齐看向了郑清之。他们知道，皇帝应该已经跟郑清之商量过了，想必现在已经有了主张。

郑清之这位新任宰相，跟史弥远的做派大不相同，他对同僚的意见一般都比较尊重，而不跋扈独断。他看几人都在看着他，便问乔行简道："寿朋，你怎么看？"

乔行简抚须沉思，回答说："这笔钱本身，倒也不是特别大的数目。以往金国要我们称臣，因而要求纳贡。可现在我们跟蒙古是盟国，彼此应该是平等的。如果要求纳贡，那不就是要我们称臣了吗？"

郑清之点头："不错，这就是要我们表态，臣服于他们。"

余嵘因为儿子余保保的原因，担心同僚们认为他父子偏向蒙古而出卖朝廷利益，便说道："陛下，我们绝对不可轻易答应。不过，臣担心的是他们提出这样的要求，只怕背后的目的并不简单。所以不宜立即拒绝。"

理宗问："余大人觉得他们要干什么？"

"臣担心他们在等着我们拒绝，将来就以此作为借口，开启战端。"

"那我们就该忍气吞声地接受？"理宗忽然很生气，于是口气变得很生硬。

余嵘听出了皇帝的不快，赶紧解释道："陛下，臣不是这个意思。据使臣王檝说，蒙古大军准备大举西征，同时又要营造新都哈拉和林，到处都在用钱，府库严重短缺。所以他们便想到这个由头，磋商这笔钱来了。"

赵汝谈很是不满："这是磋商吗？不，这是在无耻地敲诈！对了，他们如何清楚地知道我们向金国纳贡的数目？"

乔行简回答道："据说他们那里有不少汉官，依我看，能想到向我们敲诈这笔钱的人，肯定是个汉官。"

郑清之说道："蒙古军队攻陷汴梁城后，所有的金国朝廷文书档册，都被他们的中书令耶律楚材运走了。这个人精通儒学，又在金国做官多年，知道很多我们的事情。我们多年来纳贡金国的数目，他自然知道的。刚才寿朋说，这笔钱本身不大，的确是。但只怕此例一开，今后他们没完没了，不停地索要。"

几位参知政事顿时明白，皇帝跟宰相的想法必定是要拒绝了。

一直没有说话的真德秀看到理宗在看着他，便接话说："陛下，为臣认为此事须得慎重，不要仓促回绝。不妨暂且应付一下，同时也提出一些要求，看他们如何回应。"

赵汝谈附和道："真大人说得很对。现在河南全地归属不明，两国尚未划界，我们可以在这上面提些要求。"

"哦，说具体些呢？"

"上回王檝只是口头跟我们约定，两家灭金后，河南之地划归我们所有，还说我们至少可以取得蔡州之战前金国控制的河南土地，但它们全都位于河南南面。这实在太不公平了。我们不如主动提出，河南全地是我们宗庙祖陵所在，应当归属我们，如果他们答应，就可以同意纳贡的事情。"

理宗问余嵘："余大人，现在那里有多少蒙军驻扎？"

余嵘回奏："陛下，蒙军大部分的主力开始撤回漠北。现在留在河南的，只有塔察儿军和张柔等少量汉军。哦，还有投降蒙古的一些原金国守城军，比如驻守汴梁的崔立、李伯渊军，听说他们士气低落，战力不济，而且军心不稳，随时可能发生哗变。"

理宗精神一振，为什么不趁这个机会收复故都汴梁呢？这个念头刚起，他耳朵旁响起了史弥远去世那夜说的话：河南多年水患，根本就是一个烂摊子！再者，收复中原后万一蒙古翻脸打回来，能抵挡住他们的进攻吗？理宗犹豫了。

第三章　新任淮东（一）

郑清之在理宗潜邸时担任讲学师父多年，传道授业，朝夕相处日久，是理宗最为信赖的人。几乎全部大事，理宗都首先向他征询意见。所以他比任何人都清楚，年轻的皇帝有着伟大的志向：做一个有为的君主，收复中原，建功立业。

当他看到理宗犹疑的眼神时，便说道："陛下，河南情形究竟如何，我们应该派人深入实地，勘查清楚。之后我们就可以做出决定了。"

"可那里并没有我们的人，怎么勘查呢？"

"我们刚刚灭金洗雪了百年之耻，却还没有实地祭拜先帝的宗庙陵墓。不如把这个当作理由，派官员到洛阳和汴梁去祭拜先祖，顺便沿路察看各地虚实，应该不会惹出风波的。"

虽然皇帝没有跟自己透底，但真德秀听出了，皇帝非常希望收复河南。可是真要派兵进入中原，会有跟蒙军开战的危险，真德秀立即奏道："陛下，我们的当务之急，是大力推行已经开始的更化改制各种措施，尽快增强军力、国力。这些事情才最是紧迫，我们万万不可节外生枝。"

郑清之摇头："真大人，我们可以同时去做这些事。"

赵汝谈接话道："陛下，我们从前的心腹之患金国，已经解决了。虽然可喜，但也多了可忧之处。那就是，我们跟更强大的蒙古军队没有了缓冲地带。当年他们的成吉思汗孛儿只斤·铁木真在世时，就曾经不宣而战，骚扰劫掠我们的边城。不久前拖雷再次洗劫了西北各州。他们一贯的暴虐残忍，预示了将来一定会发生不测。陛下，不管怎样，我们必须做准备了。"

理宗点头问："言之有理。爱卿所说的准备，都是哪些呢？"

赵汝谈伸出两指："首要的两件事，一个是练兵，另一个是选将。"

真德秀赞成说："赵大人的两件事，就是我们更化改制的重要部分。陛下，根据目前的形势看，我们必须在淮东、荆襄和川蜀三地，加大规模练兵囤粮，以备将来需要。"

"真大人，我们不谋而合啊！关于选将，陛下，这三个地方至关重要，他们的最高长官必须年富力强，具有军事能力，又敢于承担重任，有所作为。"

众人听宰相郑清之提到"年富力强"四个字，不由得全都想到了赵善湘，难道皇帝和郑相都认为赵善湘已经太老，不堪重用了吗？

三地当中，江淮制置大使赵善湘历经官场多年，资历深厚，有平定李全叛乱之功；京湖制置使史嵩之，正值壮年，十年来一直在荆襄练兵屯田。这次他向皇帝推荐了麾下大将孟珙出师灭金，又组织向前线供应粮草军需，无一差错，是灭金之战的实际统帅，功劳卓著；只有四川制置使赵彦呐，年资不深，没有显著战功，却获得了朝廷正式任命，主政川蜀。

理宗问："丞相的建议是？"

"现任江淮制置大使赵善湘年事已高，今后淮东的军务政务会越加繁重。臣担心赵大人恐怕会精力有所不济。何况一直以来，淮东的军务都是赵范和赵葵二人在主事。所以陛下，臣奏请让赵范接任江淮制置使，仍兼任沿江制置副使，一并节制淮东巡边军马。"

由赵范接替赵善湘，不可谓不是大事，这当然是得到皇帝的首肯了。郑清之事先只跟乔行简知会了一下，得到了他的支持。而真德秀、赵汝谈和余嵘并不知情，因此心里都有些不快。

这时乔行简马上表态同意，真德秀、赵汝谈、余嵘三位副相全都缄默不语。

理宗点点头："上次赵葵领兵击毙李全，随后又从金人手里收复了楚州，现在两件功劳一并封赏，就擢升他担任淮东制置使，兼知扬州吧。另外，朕决定将全子才升任淮西制置使，跟赵葵一道辅助赵范守好江淮。"

郑清之立即回奏："圣上英明！赵善湘大人劳苦功高，臣建议：赵大人进位大学士、提举洞霄宫，封天水郡公，加食邑。"

"所请照准。"

"谢陛下。臣还有担心，昔日崔与之大人主政四川时，评说赵彦呐大言无实，不可赋予大任。臣恐怕他的确才不堪用，我们应该重新物色一个合适人选。"

这时众人回想起当初罢免郑损，起用赵彦呐，郑清之就持反对意见。可当时朝廷实在找不出更合适的官员，只好勉为其难地用了他。后来川蜀的局势倒也稳定下来了，以至有人说赵彦呐是个福将。之后史弥远听从了史嵩之的建议，最终任命了他为四川制置使。这三地的主官都是史弥远在世时确定下来的，而赵善湘更是史弥远的儿女亲家。现在，郑清之想要一次就换掉他们中的两位，即便是出自公心，也难免会让人产生疑心：皇帝和郑清之要继续清洗史家的势力？

乔行简率先提出异议："郑相，赵彦呐在川蜀日久，到目前为止有功无过，朝廷现在突然换掉他，该用什么样的理由才能服众呢？"

"当年他的上司写了那样的评语，难道不足以说明问题吗？"

选人用人是朝廷中枢的基本职责，虽说即使没有任何理由，朝廷也可以换掉他赵彦呐，可众人心里都觉得，郑清之给的理由不能让人信服。而且这么做，难道不是以昔日评语为名，行去除异己之实吗？

真德秀问："请问郑相有更合适的人选吗？"

"你们看魏了翁魏大人如何？"

魏了翁曾经是武学博士，现在正在泸州操练人马，修缮城防，的确是担任四川制置使的合适人选。

理宗接话道："朕已经决定了，上调魏爱卿回朝效力，你们再找一位吧。"

众人知道皇帝将要任命魏了翁担任参知政事，于是又提议了几个人选，却因为种种不合适被先后否决。

乔行简说道："既然一时没有合适人选，那就先让赵彦呐干着，我们慢慢再找人就是。"

余嵘回道："乔相所言很有道理。如果郑相还是有所担心，那我提议一个人，他可以做赵彦呐的助手。"

郑清之问："此人是谁？"

"此人是开国大将曹彬之后，虽然是世家子弟，文官出身，却通晓军事，以胆大闻名。上次拖雷派蒙军数次袭击天水军，是他临危不乱，率领所有军民守住城池，打退了敌军。"

郑清之点头："你说的人应该是曹友闻吧？"

"不错，郑相。他因为立了军功，已晋升至武翼大夫、利州驻扎御前诸军统制，所辖又是朝廷在四川的主力精锐。陛下，为臣认为，曹友闻文武兼备，是个不可多得的将才，可以担当大任。"

理宗听说曹友闻是大将曹彬的后代时，非常高兴，连声说好："各位爱卿，曹家为我大宋屡立大功，朕以为，像曹友闻这样出身名门，又有才干的子弟，关键时候只怕还是他们更靠得住些。你们一定要多向朕推荐些，现在是他们为国效力的大好机会。比如朕的妻弟贾似道虽然年轻，却也是个可造之才。"

众人来之前，理宗正好跟郑清之商量过拔擢贾似道的事情。郑清之认为贾似道的身上有很多纨绔之气，用这种人恐怕要误事的，所以并没有同意。现在理宗当着几位参知政事的面再次提出，自己又不能让皇帝下不来台，于是便不情愿地同意了："陛下，那就让贾似道从底层干起吧，先积累些经验，就让他去嘉兴担任司仓、籍田令，圣上之意如何？"

嘉兴距离临安很近，是个好地方。理宗很高兴，立即同意："准奏。"

这时真德秀想起了冉璡、冉璞和丁义三人，也是屡立功劳，却一直还没有被朝廷正式委任官职，正想着找机会向皇帝推荐三人，而余嵘却又讲起了蒙古使臣王檝又一个要求，索要金国战俘。

乔行简问："张天纲是金国宰相，他们要去可以理解。可是另外几人都是寂寂无名之辈，蒙古大汗索要他们，莫非有什么隐情吗？"

余嵘点头："乔相所问就是要害。我们认为，这几个人有可能知道金国国库藏金失踪的秘密。"

"听说有司正在审问他们，有没有什么进展？"

"目前没有。不过，从完颜绛山那里搜到了两把纸扇。"说完，他指着桌案上一个托盘，上面正摆着那两把扇子。

几位参知政事走过去察看了一番，赵汝谈问："难道这扇子里会有秘密？"

"很有可能。完颜绛山是金主的贴身侍卫，是一个武将，扇子跟他似乎有些格格不入。"

真德秀把扇子上的词念了一遍，抚须沉吟不语。几位副相立即讨论了起来。

理宗也过来端详一阵，转头吩咐董宋臣："你去把吴渊叫来。"

郑清之明白皇帝的意思：史弥远在世时，曾多次称赞吴渊博学多才。此人或许能看出点什么端倪来。

今夜刚好吴渊在枢密院夜值，不一会儿即被宣到。理宗马上让他查看一下这两把扇子。

第四章　新任淮东（二）

　　吴渊看了一阵，回奏道："臣惭愧，并没有看出什么异样来。不过，如果真有秘密藏在这两首词里，臣猜测，有可能跟《武经总要》里的字验法类似。"

　　郑清之问："这是怎么回事？"

　　"臣设想，金国君臣可以事先约定不同的军情或者地名，和一些含有不同字的诗词，令其中每一个字对应一种情形。要用时就草拟另外的书信文档，其中的关键字旁加上标记，拿到书信的人在诗词里查找，就可得到对应的情形。"

　　余嵘问："这么说来，会有另外的文书存在，跟诗词一起对照才能得到谜底？"

　　"正是。"

　　真德秀疑惑了："可是这两首词里都有重字哪？"

　　吴渊略有些脸红："这就是下官困惑的地方。"

　　听他这样回答，众人都有些失望。

　　吴渊却又说道："下官才疏识浅，但是如果有一人在此的话，很有可能解开谜底。"

　　理宗眼前一亮，问道："此人是谁？"

　　吴渊冲真德秀点头示意，然后回奏："陛下，此人的学识远甚于我。他曾经是真大人和赵汝谠大人的幕宾，名叫冉琎。"

郑清之听到冉琎这个名字，一时抚须不语。

而乔行简笑了："陛下，此人的确才识不凡，可以将他召来咨问一下。"

冉琎和冉璞这两个名字，理宗已经不是第一次听到了。他听说冉琎深入金国境内，捉拿逃回金国的细作王世安，送回供词，这才揭开莫泽、莫彬的真实面目；后来他再次进入金国，帮助朝廷解决了楚州危机，可谓功劳卓著。而冉璞就是谢安安的夫婿，两个月前，冉璞在那次宫乱中抓住夏震，为平乱立下了大功。

理宗问真德秀："真大人，此人还在你的幕下吗？"

"回陛下，他此刻并不在临安。上次我军出击金国，他们兄弟也随军参战了，现在应该还在襄阳。"

"好，好！他们兄弟二人又为国立了功。等他们到临安后，朕一定要嘉奖他们。"

"臣代他们二人叩谢皇恩！臣明天就派人召唤他们到临安来。"

随后理宗吩咐余嵘，要他们父子陪同蒙古使臣王檝等人在临安城里好生游玩，尽力多耽搁一些日子。

三天后，赵范和赵葵先后接到圣旨。两人的衙门里顿时热闹开了，属下们赶来纷纷贺喜，向他们讨赏。众人明白，按照官场规矩，水涨船高，主官得到晋升，自己哪有不上层楼的道理？于是人人喜气洋洋，意气风发。

这夜，赵葵赶到扬州，兄弟二人大排宴席。

新任淮东要宴请同僚和属下，一时间，扬州知州官衙门口宾客纷至，车马云集。

宴席上觥筹交错之间，酒酣耳热之际，满眼望去，全是竭力恭维讨好的笑脸；顺耳听着，都是拼命歌功颂德的奉承。如此场景，让赵范和赵葵二人非常的惬意和满足。

赵葵带着几分酒意，对身旁的兄长说："大哥，你我兄弟二人从年少起，一直为朝廷效力，跟随父亲跟金兵交战，出生入死。直到今天，朝廷总算是给了我们一些交代。虽然迟了些，还是值得高兴的。"

赵范皱了皱眉头："兄弟你喝多了，不要让别人听到这话。"

"怕什么，朝廷本来就不对。上回剿灭李全，都是我们出的力，凭什么他赵善湘独享大功？"

"都过去了，兄弟要心宽些才好。旧事不要提了，旧账更不能翻。"

听到旧账两个字，赵葵有些气恼："我就是气不过。一个寸功未立的老官僚，他有何德何能？这么多年来一直骑在我们头上！"

"他何德何能？兄弟，我告诉你，赵善湘虽然不会打仗，但他很会做官、做人。他的城府之深，不是你跟我能忖度得了的。"

赵葵很是不屑："史弥远的亲家公而已，没有这个裙带关系，他能坐到制置大使的位置？"

"你说他沾了裙带的光，兄弟想过没有，难道别人不会说你我也是这样吗？"

以前赵葵的确听到过传言，官场上有人对郑清之袒护他兄弟二人颇为不满。但他从来都认为这是无稽之谈，便摇头说："那不一样，我们有军功，他赵善湘没有。"

"那是因为你只看到自己！没有赵善湘居中协调，尤其是替我们挡住各种流言蜚语，你我能安心打仗吗？"

赵葵仍是摇头："他们那是嫉妒，我们不但有军功，而且有郑相护持。"提到郑清之，赵葵不由得有些洋洋自得之色。因为郑清之当初是父亲赵方聘请的讲书师父，父子两代三人跟他交情深厚。郑师父还是当今天子登基前的恩师。这份机缘，官场上除了自己兄弟二人，谁还能再有？

但赵范听了这话之后，顿时脸沉了下来。

这时，坐在他们身旁的堂弟赵胜说："二位兄长只要能继续给朝廷立下大功，就不怕那些流言蜚语，郑相也更方便为我们说话。"

赵葵问："你是什么意思？"

"眼前就有一件大功，不知二位兄长有意吗？"

赵范疑惑地看着他："你说。"

"河南！虽然朝廷跟蒙古联合灭了金，但祖宗龙兴之地河南还没有收复。如果能说服皇上，让我们出兵收复三京，这不是天大的功劳吗？"

赵胜说的三京，指的是大宋朝廷南迁之前的东京开封府、西京河南府和南京应天府。

赵范一经他的提醒，立刻想到，现在只有少量蒙军驻留河南，如果出兵北上，成功的希望很大。但是如果蒙军强行阻拦的话，不是要跟他们正面冲突了吗？赵范抚须沉吟不语，心里却又盘算开了，上次孟珙率兵伐金成功，让史嵩之的威望如日中天。可惜自己兄弟二人错失了那次盛会！

这时赵葵异常兴奋："有道理啊！兄长，我们在淮东多年练军，囤积粮草，不就是盼着能有大作为吗？如果出兵北伐，我们一定可以收回中原。"

赵范摇头："万一蒙古对我们宣战，怎么办？"

"不用怕。兄长想想，金国就是靠着潼关、黄河防线，跟蒙古缠斗了二十多年，最后迫使他们不得不借道我们，来转攻他们的后方。"

"可是金国守不住，你凭什么认为我们就行呢？"

"因为我们跟金国不一样！我们有大后方，不会缺粮。只要用精兵扼守住潼关黄河，他们就没有办法进攻。"

"万一守不住呢？"

"即便守不住，后面我们还有江淮防线，再后面还有大江天险。我们占有地利，不怕他们蒙古骑兵。"这时赵葵想起了苟梦玉曾经夸夸其谈地称赞蒙古骑兵精锐，让他至今怒意未消。

赵范听到这里，不由得心动，占据潼关、黄河，可以将朝廷的防线向北推进，这在战略上确实是积极可取的。他想了一阵说道："你讲的也有些道理。只是这个事实在太大了，回去后我们再仔细斟酌一下，之后写个奏章，你我联名上奏，如何？"

"太好了，兄长。这个奏章，我用十六个字概括，就是'抚定中原、收复三京、占据潼关、坚守黄河'。"

说到这里，赵葵有些亢奋，几乎站了起来。

赵范和赵胜受到了这种情绪的感染，也都兴奋地举起杯子，三人同时满饮了一杯，开怀大笑。

赵范、赵葵二人做事最是雷厉风行，既然决心已下，两人就连夜写好奏章，第二天派人飞马送往宰相郑清之那里。

郑清之看后，顿时觉得此事非同小可，立即带了奏章进宫，递交给了理宗。

理宗仔仔细细地读了几遍，问道："丞相，如果能收复三京，当然是天大的喜事。可是，蒙古军真打过来的话，我们能抵挡住吗？"

郑清之认真地思索了一下，点头说："他们二人的奏章里说得好啊，只要有精兵强将，死守潼关黄河一线，蒙古兵就打不进来。"

"朕不放心，还是再行商议吧。"

"当然得跟寿朋他们几个好好商量，不过圣上也得有自己的预先判断才好。陛下，我们的新政开始推行了，一些人很是不满，他们暗地里到处散布流言，诽谤圣上和新政。这种时候，我们需要一次重大胜利来收拢人心哪！"

"我们不是刚刚灭了金国吗？"

"可是为臣接到报告，有人在背后诋毁我们这次北伐盛举。江北特别是靠近中原的州县，最近都在风传：说我们看到大金国不行了，这才……"郑清之停下来，犹豫不言。

"丞相有话直说。"

"他们说我们趁人之危，是小人之举。据说现在河南很多汉人不但不支持我们，反说我们卑鄙，跟在蒙军后面捡他们的便宜。"

理宗勃然大怒："胡说！蔡州城是我大宋将士流血拼命打下来的，不是捡来的！”

　　“是的陛下，臣判断，这一定是金国余孽因为恼恨，到处散播流言诋毁我们。”

　　“可恶！可恨！”

　　“陛下息怒，我们不用跟那些人计较。臣以为赵范、赵葵上书中所讲颇有道理：我们对付蒙古应该采取积极主动的策略，不宜过于被动。如果还像当年对金国一样委曲求全，难道我们愿意将来一直被动挨打吗？”

　　理宗被这番话彻底说动了，他看着自己的案头上的一张字条，上面写着“不鸣则已，一鸣惊人”。这是在时刻提醒自己：要做一个有为之君。出兵收复中原故土，不正是自己建功立业的大好机会吗？

第五章　明尊会聚（一）

这时，理宗又想起了真德秀为他讲书时说过的一些话："逆水行舟，不进则退……为人主者，当做大有为之君！"理宗激动了起来，抓起案上的御笔，当即就要批复，同意赵范、赵葵的奏章。

忽然，他的耳边再次响起史弥远去世那夜说的话：现在北方中原根本就是鸡肋之地！自己为什么要冒那么大的风险去争夺一块鸡肋呢？

理宗搁下了笔："丞相，这件事实在太大了。我们还是先征求一下真大人他们几位的意见，不要匆忙决断。"

"遵旨。不过陛下，这个奏章万万不能公开，一旦泄露，非同小可！"

"嗯，朕明白的。"

随后几天，理宗派董宋臣先后向几位参知政事出示了这份奏章。

这几日乔行简正卧病在家，当他听说理宗想出兵河南后，立即不顾病体上书劝阻："陛下，金国灭亡之后，我们直接面对蒙古，边界辽阔，无处不可以出师，无处不需要防守。陛下您想想，现在将领当中，独当一面的有几人？能征惯战的有几人？智而善谋的又有几人呢？这些年训练出来的士兵，能打仗的究竟有多少？能分出多少兵前出洛阳、汴梁？又能留下多少驻守荆襄、淮东？如果这些问题全都没有把握，那么陛下万万不可出兵。"

真德秀看了赵范、赵葵的上书后，惊出一身冷汗，当面劝谏理宗说："陛下，汴梁、洛阳等地，久经战乱，早已就是无用的空城，得到它们有什么用处？而且那里土地已经变得贫瘠，如果我们要屯兵镇守中原，就必须把江淮、荆襄产出的宝贵粮食源源不断地运往那里，以供给军需。长此以往，我们能耗得起吗？"

余嵘也是极其反对，顺着真德秀的话说道："陛下，真大人言之有理。河南一地取之容易，但守之极难。何况一旦出兵，必将耗费巨资。所需费用只能向两浙、荆湖百姓摊派军资。而民穷不堪，一定会激出变乱，朝廷的根基就要动摇了，如何是好？所以出兵之事，绝不可轻议！"

赵汝谈接着反对："陛下，我们出兵河南，会成为蒙军南下开战的绝好理由，此事万万不可行的。"

郑清之见所有的同僚全都反对自己，心里不禁有些气恼，反驳赵汝谈道："听赵大人的口吻，似乎对蒙军很是畏惧？"

"不，郑相。如果他们真要挑起战争，我们绝不能怕，也不会怕！但我们也不需要主动去挑起战端哪！"

"赵范、赵葵二位将军提出主动收复河南，驻兵关河，这是积极御敌于国门之外的主动策略。我们不能坐等着挨打，你们说对不对？"

真德秀摇摇头道："恰恰相反，我认为二位赵将军的建议，可能就是缘木求鱼，抱薪救火，一定会将朝廷推进相当危险的境地！"

这是真德秀的心里实话，却让郑清之无法忍受，他轻轻冷笑一声："我明白了，你们都不喜欢他们兄弟二人，无非是因为有人在诋毁，说他们是我的学生。难道采纳他们的策略，就是我郑某在朝堂结党谋私？"

赵汝谈反驳说道："不，丞相，这么大的事情，谁敢有私心？何况他们都是独当一面的封疆大吏，是陛下充分信任的人。可正因为如此，他们必须为朝廷担起责任来，而不能轻率提出这样的建议！"

这句话一下子激怒了郑清之，脸色顿时涨得通红，他竭力克制着怒气，想着该如何回驳。

真德秀见状劝道："陛下，郑相，蒙古使臣王檝还在临安，他们不是想带走几名金国俘虏吗？不如就顺势交给他们，纳贡的事情也暂且答应，但要向他们索取河南之地。如果此事成了，不就避免了发生冲突吗？"

郑清之余怒未消，沉着脸并不回答。

理宗见宰辅们全都反对出兵，只好宣布此事再议，一场会谈不欢而散。

之后理宗心神不定，无法做出决断，便让董宋臣召来了吴渊。

吴渊读了赵葵他们的奏书后，立即回奏："陛下，我军缺少骑兵，机动能力极其有限，无法驻守漫长的关河防线。如果一定要守住潼关和诸多黄河隘口，至少需要二十万精锐骑兵。可是陛下，我们拿得出这么多战马吗？"

现在除了郑清之，几乎所有的人全都反对出兵，理宗很是气馁。

吴渊见状，就提醒道："陛下如果还在犹豫为难，臣以为，可以听听一个人的意见。"

"你说的那人是谁？"

"他就是镇守荆襄的京湖制置使，史嵩之大人。"

理宗点头同意，于是下旨兵部派人向史嵩之发去紧急公函，咨问出兵之事。

身在襄阳的史嵩之几天内连续接到乔行简、真德秀和兵部尚书余天任等人的加急公函，拆看之后，他不禁皱起眉头，派人请来了孟珙，将几封公函递给了他。

孟珙看后脸色变得沉重："大人，陛下当真要出兵河南吗？"

"目前还在拟议当中。陛下真的很想收复故土，但除了郑相，几乎没有重臣支持。所以他难以决断，就问我来了。璞玉你觉得怎样？"

"目前此事断不可行。"

"你担心跟蒙军发生冲突？"

"不，大人。在下怎么会怯战？我只是不愿意一场战争轻易地开启。这两边一旦开战，就绝不是一年两年的事情，很可能要打上几十年。所以朝廷对出兵之事务必慎重，再慎重！"

史嵩之轻叹一声："孟将军，我们的看法完全一致啊！"

孟珙拿起另一份公函："真大人紧急征召冉琏、冉璞赶赴临安，可是他们现在都不在襄阳。"

"哦，二位冉先生现在在哪里？"

"冉琏去了顺州，冉璞回去探亲了。"

"冉先生去顺州做什么？"

"具体情形我也不知，临行前他说，十天后一定回来。而冉璞应该会先到潭州去盘桓几日，我现在派人去追，应该可以赶上他。"

史嵩之点头："那就有劳将军通知他们。"

此刻冉琏正在顺州灵台山。几天前，他同苟梦玉、彭渊和江林儿带了江波、江虎等人一道出发，参加明尊教新任宗主白华的接宗大典。

江波和江虎都是第一次来到总坛，对这里的景物无比好奇。这灵台山群峰连绵相连，方圆足有百里。群山之间，数条江流穿行其中。两岸悬崖陡峭，远处翠竹似海，近观山水交融，白鹳栖息江边。每座山上都有宫观分布，不远处的几座孤峰上也修建了高大的庙宇。众人看到如此胜景，不禁驻足留恋不舍。

醉峰观里，在众人的簇拥下，白华完成了接宗典礼。随后，众人来到醉峰观南侧的"明尊亭"，一边欣赏山水景致，一边品尝佳茗茶点，商量本教要事。

白华问众人道："各位，现在白某接了宗主之位后，但光明和大力两位尊使之位空缺。大家有没有合适的人选推荐给我呢？"

除了宗主白华，就属四大尊使在本教地位最高。而现在只有智慧尊使冉琏和清净尊使苟梦玉在位，众人的目光不约而同地投向了他们。冉琏摇了摇头："我没有什么人选。"

一旁苟梦玉抚须微笑。

白华再问："我提议由冉先生递补光明尊使，大家觉得如何？"

众人都明白，光明尊使仅次于宗主，是宗主位置的默认继位之人。白宗主提议冉珙，可见对他无比地信任。

江林儿马上表态说："宗主的提议很有道理，在下支持。"紧接着苟梦玉、彭渊和张程等人也都表态赞成。

冉珙却摇了摇头："多谢白宗主和各位的美意，只是在下当初跟谢老宗主有一个三年之约，期满之后，在下应当交还智慧尊使之位。"

白华很是失望，劝道："不，冉兄，所谓三年之约，只是当时谢老宗主担心你不愿意接受，才使的权宜之计。"

张程接话说："白宗主所说，句句是实。冉尊使，关于这件事情我最是清楚。当初老宗主极为看重尊使，希望您能留在本教。确实因为担心你不愿意，这才提议三年期限。我相信，老宗主在天之灵，是绝不愿意看到您推辞的！"

众人也都纷纷劝说冉珙不要离开。

冉珙见众人如此真情，于是起身向白华和众人作揖："宗主，既是如此，在下就继续忝居智慧尊使之位吧。至于光明尊使，在下是万不敢当。"

白华见他这样说，只好不再勉强，继续问道："那么大力尊使之位，大家有没有人选推荐？"

这时，苟梦玉提议说："宗主，刘整将军智勇双全，这次灭金之战，他立下大功，被拔擢为潼川府安抚使。来之前，我询问过他本人意愿，他表示愿意加入本教。我认为刘将军非常合适。"

在座的众人当中，刘整跟冉珙和江林儿是熟识的故人，江波、江虎又是他的属下。所以众人对苟梦玉的提议也表示赞同。

而白华却一直抚须，沉吟不语。

张程问："宗主，您是不是有什么顾虑？"

白华点头："各位，前大力尊使张柔最近托人送来了一封书信。你们传看一下吧。"说完，将一封书信递给了身旁的冉珙。

冉珙读完后，传给旁边的苟梦玉，随后众人依次都看了一遍。原来张柔向新任宗主白华举荐了一位蒙军大将：郭侃。

第六章　明尊会聚（二）

　　众人都不了解郭侃此人，白华看大家困惑的神情，便介绍说："我也不熟悉郭侃此人，但我认得他已经过世的祖父：郭宝玉。他们郭家是唐朝大将郭子仪的后人，北方大族，世代为将，家族中出了不少有名望的人物。郭宝玉曾经是谢老宗主发展的本教华州分堂堂主，他那时还是金国的守城大将，降蒙后深得成吉思汗的重用。就是他促使了成吉思汗颁布五条法令：出军不得妄杀；蒙军、汉军一视同仁；刑狱唯有重罪处死，其余轻杂犯等量情判决等。后来，在他跟全真教丘处机真人、蒙古中书令耶律楚材以及国王木华黎等人一再努力劝说下，蒙古已故的成吉思汗，在生前逐渐改变了嗜杀的恶习。所以新任的窝阔台汗在最后对金战争中，并没有像对西夏那样再次大规模屠杀。从这一点来说，郭家功德无量！"

　　苟梦玉问："张柔还在信中劝告宗主，将来不要跟蒙古军队作对，不知宗主怎么想？"

　　白华抚须不答。

　　彭渊接话道："苟先生可能不知道，上次在白马渡口，张柔就游说过宗主和冉先生，邀请他们为蒙古效力。"

　　"哦，他当时如何劝说？"

　　"他说中原百姓生活悲惨，长年兵灾，黄河泛滥，饥荒肆虐。北方老百姓都期盼着太平日子，因此北方必将归一。"

　　苟梦玉点了点头："能有这样的见识，的确不是庸凡之辈。怪不得老宗主挑选了他做大力尊使。可惜他为什么不给大宋效力？"

彭渊皱着眉头回答道："他说当年岳武穆被杀，实在太过冤枉，没有正义，没有公道。他们北方人就不再遵奉这个朝廷了。他还说，严实和史天泽跟他议论过，都认为朝廷不可信任。"

众人知道，张柔、史天泽和严实在河北、山东各自拥兵一方，威名赫赫。可他们现在全都投靠了蒙古，看来将来跟大宋朝廷反目敌对只是早晚的事了。

一直没有说话的江林儿突然插话："宗主，其实我也觉得朝廷不可信任！"

当年江林儿和江波他们曾经被官府苛刻对待，遭遇官司被关进了牢里。如果不是遇到真德秀和冉珺出手相救，他们哪里会有今天？所以几人对朝廷一直很是不满。只不过从军之后，他们的不满之心被掩盖了起来。现在江林儿突然说出这样的话来，江波和江虎立即随声附和。

白华点头说："江堂主，你们几位的遭遇，我都知道的。我明白你们的意思，但是不信任，并不意味着不合作，不一定非得要改旗易帜。至少在我们这一代，谢老宗主生前定下的宗旨，我们还是要遵循的。"

冉珺明白，白华是绝不会跟大宋朝廷公开敌对的。但万一将来朝廷跟蒙古爆发战争时，他又会如何选择呢？于是他试探地问道："宗主，张柔大力推荐郭侃，只怕另有深意。莫非是派他来，将来做他们军队南下的内应？"

白华摇头："应该不是，郭侃不会南下。他写了一封极为热情的自荐信给我。信中说，他期盼能接任大力尊使，帮助本教在北方发展。"

冉珺若有所思，难道这信里另有隐情，此刻白华不愿意说出来？

果然，白华对众人说道："大力尊使之位，现在有两位候选，郭侃和刘整。我需要一点时间考虑。等定下之后，我一定明白通知大家。现在有几件急事，我需要跟冉先生和苟先生二位尊使商议一下。殿里已经准备好了宴席，就请各位先去入席，我们稍后就到。"

于是众人起身行礼，先行离去。

白华对冉琎和苟梦玉说道："郭侃认为，蒙古迟早跟大宋发生战争，他要我们早做准备。"

冉琎问："哦，要我们做什么呢？"

这时白华变得非常严肃："他说，南朝气数已尽，当政者腐坏，恣意搜刮，贪财享乐，贫者愈贫，民怨不息。明尊教应该乘机取而代之，跟蒙古大汗共享天下，他愿意辅佐我们成就大事。"

冉琎跟苟梦玉顿时愣住了，都没料到这位郭侃竟然有如此野心！

"二位尊使如何看待此事？"

冉琎微带冷笑："凭他郭侃就能看尽大宋朝廷的气数？有些大言不惭！"

苟梦玉也笑了："此人说话的口气的确不小。"

白华问冉琎："如果有一天蒙军真的打过来了，你觉得大宋军队能抵挡住吗？"

冉琎不假思索地回答："只要有孟珙将军这样的人统兵，他们想灭亡大宋绝不会得逞。"

白华不了解孟珙，但他知道冉琎绝不是虚言大话的人。不过，金国尚且抵挡不住蒙军，大宋就行吗？"哦，孟珙将军果真如此神勇？"

苟梦玉点头赞成："天佑大宋，有孟珙、刘整这样的一批将领，蒙古军队一旦南侵，一定会付出他们难以承受的代价。"

白华有些怀疑："你们都过于乐观了吧？大金国都抵挡不住蒙军，宋军凭什么能做到？"

冉琎答道："大宋不同于金国。金国最后已是强弩之末，士气低落。金军没有抵抗的纵深，缺乏足够粮草，注定是要失败的。而大宋的形势截然不同，首先有江南大后方源源不断的支援，其次在北面有三道防线：东线江淮水网地带，蒙古骑兵优势不再；中路荆襄门户，有史嵩之大人和孟珙将军带兵常年驻守；川蜀有雄关险要，只要有良将驻守，蒙军很难攻下。三路守军兵精粮足，只要朝廷不出昏招，遣将调兵不犯大错，蒙军绝难得逞。"

苟梦玉摇头叹道："只可惜朝廷有一个长久以来的心腹之疾，即便再有良将，只怕他们难以善始善终。"

白华问："哦，你说的是何意？"

"朝廷的痼疾就是：官员结党争斗，相互裙带牵连。军中也概莫能外，而且无端猜忌武将。我大胆预言，将来无论是谁，战功再大，他们也敌不过朝中小人的谗言诋毁。"

冉珏想起了以前师父杨钦谈过的那些武穆旧事，默然一阵，拱手问白华："宗主，如果真有那么一天，朝廷自毁了长城，大宋将要危亡，我们该如何行事？"

白华不假思索地回答："只要我担任明尊掌教一天，本门上下不会置身事外，必定全力支持大宋，要人出人，要力出力。"

"如果无力回天，又该如何？"

白华想了片刻，正色回答："倘若上天不佑大宋，我明尊必将扛起大旗，联络天下义士，驱除蒙古，恢复山河！"

苟梦玉立即鼓掌，连声地赞好。就连冉珏的情绪也被感染了，提笔将刚才白华的话写了下来。随后三人焚香祝祷，对天盟誓。

赞拜之后，白华对二人说："关于大力尊使的人选，现在二位尊使应该有决定了吧？"

苟梦玉点头说："必须是郭侃。此人今后对我们一定大有用处。"

冉珏也表示赞成。

"好，那就定下来了。苟先生，恐怕要辛苦你了，去一趟郭侃那里，将大力尊使的玉佩交付给他。之后你就在他那里多逗留一阵……"

"宗主放心，我都明白的。"

白华转头对冉珏说："对了，王琬那里可能会有麻烦！"

冉珏心头一紧，连忙问："出了什么事？"

"何忍传来最新消息，莫彬再次现身，化名萨巴喇嘛，现在是蒙古国相镇海的幕宾。何忍派人秘密探查，发现两人的关系非同一般。镇海对他言听计从，任命他当副手一起营建蒙古新都哈拉和林。"

冉珏吃了一惊，莫彬竟然也跟去了大同府，难道他要对王琬不利？

白华见他担心，劝慰他说："冉兄暂且不要担心，王琬现在在中书令府当差，她又胆大心细，我相信她足以自保。"

冉珏紧张的神色这才缓和了下来。

白华又说："对了冉兄，蒙古大汗窝阔台亲自率军攻打潼关之前，大同府那里源源不断地有蒙军最新军情传给了我们。你知道他究竟是什么人吗？"

冉珏摇头。

"我虽然没有直接跟此人联络过，但根据我们当时安插在蒙古的内线报告，他很有可能就是宋廷枢密院使余嵘的公子，余保保。"

冉珏听到竟然是他，感到有些惊讶。在自己的印象里，余保保就是一个富贵的世家公子。却没有料到，这人如此胆大，竟敢把蒙军的绝密军情传递给了金国。看来他到北方去，一定带着秘密任务，那时自己当真忽视了此人。随后他回忆起余保保在大同府时的做派，又不禁哑然失笑。

白华见状问道："你认识此人？"

"算是吧。"

"冉兄下次见到他时，一定传话给他，当心保护好自己的身份不要暴露。"

"宗主这么说，是不是因为还有别人知道了他的身份？"

"是的，至少王世安已经知道了。"

第七章　圣心难窥（一）

"王世安？他居然还活着？"

"有一种人天生就适合乱世，世道越乱，他们会活得越好。王世安就是这样的人。"

冉珏笑了："看来宗主已经知道他在哪里啦？"

"嗯，王世安被莫彬派人秘密接去了大同府。何堂主派的人正在监视他们。最近两人行踪鬼祟，似乎有所图谋。只是还不知道他们在干什么。"

冉珏不禁想起二人在聚仙山庄干的那些勾当，便说："这两人就是一丘之貉。他们聚在一处，绝不会有什么好事。对了，王世安如何知道余保保的事情？"

"蒙军攻陷汴梁城后，关在监牢里的王世安被放了出来。他本就是专为金主操办秘密之事的头领，出来后很快网罗了一批以往的同僚和部下，其中有人知道不少机密，包括余保保派人向我传递消息的事情。现在王世安跟莫彬会合，肯定要折腾出很多事情。"

"那位余公子陪同蒙古使臣回到临安了，他暂时无妨。"

苟梦玉问道："冉兄，你有没有计划到临安去，见一下真德秀大人？"

冉珏起身走到栏杆旁，凝视着东方临安的方向，想起自己跟真德秀已经多年未见，心里不禁倍感感慨："我是该去一趟了。"

三人又谈了一阵，便一起来到宴席上。冉珏见临安分堂的堂主邓冯正坐在席上，便走了过去，两人亲热地互致问候。

这时，白华举杯向众人致辞敬酒。群雄响应，连饮了三杯后开席。席上觥筹交错，人声鼎沸，好不热闹。

冉珆和苟梦玉二人都是喜欢清静的，喝到半席便借故走出了大厅，信步闲逛到醉峰观后面的桂园。这桂园颇有规模，谢昊生前最爱桂花，所以多年来从各地搜罗了上千株奇异品种，现在这里枝叶繁茂，郁郁葱葱。

苟梦玉叹了一声："如果是八月，这个园子一定跟仙境一般。可惜我们不一定能来了！"

冉珆笑道："只要心中有花，眼前便是风景，四季都安然。"

苟梦玉也笑了："的确是这样，只是我等哪有这份闲情逸致？"他看着桂园，回忆起老宗主谢昊，往事历历在目，不由得想起以前读过的一首诗词，轻声诵道："黄鹤断矶头，故人今在否？旧江山浑是新愁。欲买桂花同载酒，终不似，少年游。"

冉珆摇头说："谢老宗主一生最爱桂花，所以留下了这样一个园子。不过你刚才所说应该不是他的心境。"

"哦，冉兄以为哪一句咏桂词句最合他的心思呢？"

冉珆开始思索。这时，旁边的亭子里传来一个女子的声音："二位尊使，我来说一句如何？"

两人向亭子看去，只见一个女子从亭子下面走了过来。

二人聚神细看，见她雪肤玉骨，鼻梁俏挺，星眸微动，气质淡然，当真是一个绝色女子。

苟梦玉拱手问道："这位姑娘，您是？"

女子向二人敛衽施礼："小女就是谭惜惜，特此拜谢智慧尊使和冉璞先生当年在临安的救命之恩！"

冉珆豁然明白了，拱手回礼："谭姑娘无需多礼。"

苟梦玉问："向姑娘请教，你认为老宗主种桂花的心意究竟是什么呢？"

谭惜惜答道："刚才清净尊使所诵的是龙洲道人刘过大作，他是在抒发忧国伤时之痛，叹息无缘补天之憾。当年他与陈亮、岳珂为友，虽然终生未仕，却怀英雄之心，所写诗词常有抗金抱负，狂逸俊致。而谢昊老宗主不同，他于乱世挺拔，傲视尘俗，不为名利诱惑，不与权贵同流。所以在我看来，有一首咏桂词最得老宗主之意。"

说完她做了一个手势，请二人跟她进了亭子。亭下有石桌石凳，桌上铺了纸砚。谭惜惜飞笔草书写下："何须浅碧深红色，自是花中第一流。梅定妒，菊应羞，画阑开处冠中秋。"

苟梦玉看罢，连连拍手称好。

冉珽点头赞道："词很好，字也好看。看起来谭姑娘很了解老宗主，您是不是在这里照看过他老人家？"

"是的。那年在临安，邓堂主担心我的安全，就把我送到了这里。谢老宗主不但收留了我，而且收我为女弟子，教会了我许多东西。"

"看来谭姑娘跟本教当真缘分不浅。"

苟梦玉笑着问："原来姑娘就是当年名震临安的女榜眼。易安居士这首的确是绝妙好词，听说姑娘多才，不知能否谱上一曲应和佳词？"

谭惜惜欣然领命："那今秋桂花盛开的时候，小女恭候二位尊使了。"

正说到这里，一个差事急匆匆地走了过来，向冉珽和苟梦玉躬身施礼："宗主有急事，请二位尊使过去。"

于是二人跟谭惜惜拱手作别，跟着差事离去。

走了两步，冉珽忽然停下脚步回头看去，见谭惜惜正愣怔怔看着自己这边。两人目光相接后，谭惜惜突然面色一红，将脸转了过去……

这时白华已经不在宴会上了，正在连向明尊阁的通道上等着他们。

冉珽一到，白华就递给他一封官府急递。这是孟珙派人转给他的真德秀公函，要他速速赶往临安办差。冉珽对白华说："看来真大人那里一定有事，我得尽快动身去临安了。"

白华点头："那我去安排车船，明早为你送行。"

苟梦玉笑着说："冉兄，只要王琬在大同府，你一定会再去蒙古那里的。预计我们会在蒙古再次见面，到时我为你接风洗尘。"

冉琎听了连连点头。

这时白华想起了什么，对冉琎说："你到了临安后，有一件事情可以告知朝廷。据国安平发来的消息，前金国右相完颜赛不被秘密地关押在宿州，可国用安对外宣称他已经在徐州投水自尽了。"

冉琎觉得有些奇怪："国用安扣着完颜赛不干什么？他不赶紧带军队投顺大宋，难道还想着割地自守？"

"不，他已经投降蒙古了。不久前张柔带军来攻，他就主动让了徐州，还对张柔说：自己是李全部下，现在李全的儿子李璮已经成年，而且继承了李全所有的蒙古爵位，那他也就是李璮的部下。于是张柔命他带着属下驻守宿州去了。"

"他为什么要把完颜赛不一起带到宿州？"

"国安平现在还不清楚。不过有迹象显示，国用安不会长久待在蒙古那里，一定会有所行动。"

"嗯，看来他要做的事情可能跟完颜赛不有关。"

"据国安平说，一次他到监牢里巡查，看到完颜赛不在喝酒，而且喝得酩酊大醉，一边放声痛哭，一边大声喊叫。"

"哦，居然还给他酒喝？那他喊些什么呢？"

"他不停地喊，'陛下，只要我们女真没有绝种，就一定要报仇雪恨，亡蒙灭宋！苍天可鉴！'"

冉琎皱了皱眉头，完颜赛不是什么样的人，他自然清楚，喊出这样的话毫不为奇。奇怪的是国用安容忍了他，却又关着他，这背后有什么企图？他想了一阵说道："以我对国用安的了解，他一定在谋划什么事情。连国安平都没有告知，可见他图谋的一定不是小事。"

白华点头："不错，国用安就是一个亡命徒，常年干的就是刀口舔血的事。不过他军中有不少我们的教众，我不想他们将来受到连累，白白送掉性命。得想个办法，把国安平他们拉出来，绝不能让他们跟着一起陪葬！"

冉琏点头答应。三人又谈了一阵，冉琏回到馆驿收拾了一番。

第二天，白华派人准备了船只，亲自率领苟梦玉和江林儿等人，一道将冉琏和彭渊送到了江畔码头，众人挥手作别。

这一路倒也顺畅，三天之后，二人到达临安。冉琏再次来到了曾经无比熟悉的西湖北岸，孤山延祥观。

这时，真德秀正伏在案头书写，当小童送来冉琏的拜帖后，他立即搁下笔，拄着拐杖近乎小跑起来。他刚刚来到观外，冉琏已经迎了上来，深深作了一揖："真大人，多年未见了，您一向可好？"

"好，好，你终于来了！"真德秀双手拉起冉琏，手都有些微微地颤抖，然后紧紧地握住冉琏的手，连声说道："真是太好了！"

冉琏见他如此动情，心里也是大为感动。从潭州起所有的经历全都历历在目，恍如昨日一般。而现在真德秀已经须发全白，垂垂老矣。

两人携手走进观里。真德秀领着他进了内室，吩咐小童送来茶点，两人一边饮茶，一边叙话。

冉琏把这些年来的经过大致讲述了一遍，真德秀听得频频点头，感慨道："长江后浪推前浪，一浪更比一浪高！这几年来，你做的事情无比精彩，远远超出了我的想象。"然后轻叹一声，"你是个做实事的。而老夫身处这官场旋涡，很多时候不得不说一些违心的话……做一些违心的事！唉，实在令人自惭形秽啊！"

冉琏一时听得愣住了，然后连连摆手道："真大人，千万不可以这么讲！您是朝廷的擎天柱石，天下人可都在盼着圣上跟真大人新政成功，大宋朝廷气象更新。"

真德秀再次叹气，摇头说道："恐怕新政就要被迫停下了。"

第八章　圣心难窥（二）

冉琎惊讶地问："是不是发生了什么事情，大人？"

真德秀点头，将赵范、赵葵兄弟上疏皇帝，请求进兵河南，收复三都的事情详细讲述了一遍。

冉琎的心情顿时沉重起来："大人，此事万万不可！"

"哦，为什么呢？"

"蒙古军队虽然退回了北方，但虎视眈眈，随时可能南下。赵葵如果这么做，不是主动送给他们开战的理由吗？"

"可他们二人说的似乎也有些道理：既然跟蒙古迟早要开战，不如战略上主动一些，将我们的防线推进到潼关、黄河去。"

冉琎苦笑着说："在下年轻时读书，看到书里讲赵括纸上谈兵的旧事，觉得有可能夸大了一些。可现在赵范、赵葵二人这个奏章，真是活生生的再一次纸上谈兵。他们这么做，就不怕把大宋推进万丈深渊吗？"

真德秀惊疑不定："真会有这么严重？"

"大人，您可能还不了解蒙古的勃勃野心，如果您目睹了蒙古骑兵的实力，就一定会相信我的话。"

"大宋军队当真抵挡不住他们吗？"

冉琎沉思一阵，他想起前几天自己跟白华和苟梦玉的对话，可是那些话只怕真德秀未必能接受，于是回答："能的，但会非常艰难，恐怕朝廷将陷进苦战，而且会持续好多年。"

真德秀抚须思索，问道："关河防线真的不可行？"

冉琏苦笑："那么漫长的防线，朝廷哪有足够骑兵机动？而且河南久经战乱、水灾，粮食早已不能自给自足。一旦在那里打仗，朝廷必须千里运送巨量的粮食军需。这种仗打上几年，朝廷一定会被拖垮的。"

"嗯，你说得很有道理。老夫就算拼尽全力，也要阻止此事。只是我们这位圣上，太想建功立业，只怕求功心切，未必能听进我的劝告。"

两人沉默一阵。这时冉琏忽然想起，自己随身带来了在中都时莫彬写下的供词，于是从公文袋里掏出了供词递给真德秀："大人，这是上官镕，也就是莫彬，亲手写下的供词。"

真德秀大喜："哦，你抓到他了？"

"很可惜，在中都时被他逃脱了。"冉琏随后将中都的经过告诉了真德秀。

当真德秀听到昔日钦宗太子赵谌以及杨涟的事情时，顿时双眉紧锁，默然片刻说道："上官镕是大奸巨恶，能拿到他的供词就已经非常难得，你为朝廷又立大功了！"然后接过供词仔细阅读起来。

当真德秀看到莫彬、莫泽指使潘千、潘甫等人挟持济王赵竑，妄图强推济王上位的经过，不禁勃然大怒，用力拍击桌案道："这些龌龊小人，实在是大宋第一等阴险狡诈的贼子，居然还有野心妄图把持朝政！"真德秀忍着怒气接着读了下去，看完之后，喃喃自语："他把杀害济王的罪名全数推给了史弥远、余天锡和郑相，用心险恶，其心可诛！"

"不错。史弥远、余天锡、莫泽和彭壬等涉案之人已死，现在莫彬的供词无从验证，而且还牵涉了现任宰相郑清之。弄不好我们会引火烧身的，真大人，这份供词该怎么处置呢？"

真德秀低头沉思："若说史弥远、余天锡指使彭壬杀害济王，我相信。可若说郑清之也参与了这个事……"他想了一会儿问道，"如果郑相看了供词后问我，为什么要翻出当年的旧案，我该如何回答？"

"倘若大人觉得为难，那就先收起来，等合适的机会再上奏圣上，如何？"

真德秀心里琢磨，以前是史弥远，现在是郑清之，无论大小事务，皇帝对他们基本都是言听计从。于是摇头说："此事最终还是要落在郑相手里。"

冉珏见他为难的模样，便问："我听说真大人跟郑相一样，都是皇上潜邸时的讲读师父……"

真德秀苦笑："同样都是师父，不能相提并论的。"然后转念一想，自己当年还是济王赵竑的师父，可济王的命运如此悲惨！在泉州，济王妃去世之前又拜托自己为济王鸣冤正名，难道不该为他们做一点什么吗？

真德秀犹豫了一阵，对冉珏说："你旅途疲累，先去好好休息，安顿下来。今晚我要进宫当值，如果有机会的话，我会把这个交给皇上看一看。"随后吩咐差事，为冉珏安排酒食住宿。

真德秀离开之后，冉珏稍事休息，正准备用些晚膳，突然想到了一件事情，不由得冒出一身冷汗。

彭渊见他神色有异，便问："是不是出事了？"

冉珏无法跟他解释，只好说道："但愿不会有事。"

说完立刻出门，骑上马直追了出去。等到了皇城的宫门时，看到真德秀的轿子停在附近，而人已经进宫了。冉珏心里暗叹一声："希望只是我多虑了。"

第二天上午早膳过后，冉珏在孤山的竹林小径独自散步。半个时辰后回到观里时，彭渊见他有些闷闷不乐，便问："尊使，你是不是有什么烦心的事情？"

冉珏点头："昨晚我把莫彬供词交给了真大人。"

"本来就该交，这有什么好烦恼的呢？"

冉珏摇头说："可是时机不对。唉，这件事我考虑不周，没有劝止大人，下面可能会有麻烦！"

彭渊不解，便追问原因。

冉琏背着手，走到一棵千年樟树下面，仰头看了看遮天蔽日的树冠，又拍了拍硕大的树干，转头回答道："彭堂主，供词你也看过的。莫彬把毒杀济王的事情全都推给了史弥远、余天锡和郑清之几个人。"

"那又怎样呢？"

"莫彬在供词里承认，是他和前户部尚书莫泽设计陷害了济王。他的供词证实了济王在湖州案里从一开始就是被冤枉的。那么当年毒杀济王，根本就是一次精心策划的谋杀！而且，背后牵涉到这件事的必定还有一个人。莫彬虽然没有提及，但现在我开始怀疑，这个人很可能知道事情的所有经过……"

彭渊虽为人爽直，但识人断事颇有阅历，立刻就猜到了："先生说的不会是当今皇上吧？"

冉琏点了点头。

彭渊想了一会儿说："如果真大人把供词呈给皇帝，就是逼着他给济王平反。而当今皇上，当年就算不是济王案的直接参与人，至少也是一个知情者，而且是受益者。他怎么肯给济王平反呢？"

"彭堂主一语中的！现在我最担心的是，皇帝会因为这件事迁怒真大人。"

彭渊默想了片刻，说道："不，尊使，就算当年做错了，如果圣上能胸襟坦荡地改正过往的错处，给济王公开平反，依我看反而是社稷之福，能给朝廷带来祥和的气氛。"

冉琏摇了摇头："真能这样就好了！"

几个时辰后，真德秀终于回来了。冉琏看他脸上没有任何特别的神情，便问道："大人，你把供词呈给皇上了？"

"嗯。"

"皇上如何表示？"

真德秀摇头道："圣上看了供词后，就说了一句'知道了'。"

"那供词现在在哪里？"

"皇上说，要留下细看。"

冉珽轻叹一声说："大人，这件事我们可能做得有点不妥。"

真德秀觉得诧异，问道："此案事关皇族，又是当年的惊天大案，既然有了元凶首恶的供词，怎么可以不送呈皇上御览呢？"

"不，大人，我昨夜突然有了一种担忧，依大人看来，当年皇上是否知道济王的事情？"

真德秀直摇头："怎么会？当年皇上还没有亲政，都是史弥远、余天锡几个人在把持朝政。"

"大人，您再想想？"

真德秀这才醒悟，仔细琢磨了起来。很快，他的额头因为紧张而冒出了汗："这，怎么可能？皇上潜邸时，就是一个天性淳厚的少年。他跟着我，读的都是圣贤之书，学的都是圣人之道！怎么可能有那样害人的恶念？"

"不，大人，毒杀济王的主使应该不是皇上，而是奸相史弥远，还有余天锡等帮凶。不过这件事情，我相信史弥远绝不会瞒着皇帝，他甚至会事先征得皇帝的同意。"

"这是为什么呢？"

"因为他必须拉皇帝下水，后世的史书才不会在这件事情上谴责他一个人。"

真德秀恍然大悟，自言自语道："怪不得济王妃捐出了那么多的钱财给朝廷，却没有半点作用。"

"真大人，我有一种感觉，皇上可能一直存有一个心病，那就是：他很害怕世人议论他得位不正！而人的心病往往是最不能触碰的。"

真德秀听到这里，长叹了一声："你说的，应该全都对上了。怪不得今天皇上一句话都不说。那依你看，皇上会怎么处理这份证词？"

冉琏摇头："圣心难窥。不过有一点可以肯定，皇帝一定会跟郑相商议这件事情。"

正如冉琏所料，此刻理宗正在跟宰相郑清之磋商一些军政大事。君臣二人正因为几件事情而大为恼火，其中就包括冉琏千里送来的莫彬供词。

第九章　陇西汪氏（一）

皇城垂拱殿里，皇帝的龙案上放着几份奏章。理宗的脸色极其难看，他强压着怒火对宰相郑清之说："丞相，史嵩之说京湖连年饥馑，无力承担出兵。他甚至放话宁肯抗旨也不愿出粮发兵！这是什么意思？跟朕斗气吗？"

前宰相史弥远故去后，参知政事薛极被迫辞职，梁成大、李知孝等"史党"被先后罢黜，逐回原籍。可清流御史和这些人的对头们还是认为，朝廷对他们的处置过轻，因此纷纷继续上疏弹劾。连刚刚立下灭金首功的史嵩之竟也被人连带弹劾。

如果不是郑清之从中劝说周旋，史嵩之一定会遭到更多攻讦。他能不能过关尚且不说，现在竟然不知感恩，用这样的态度强硬拒绝皇帝对他的期待？

郑清之看完回函，心里也是十分恼怒，赵范、赵葵一份为国出兵的上书竟然遭到这么多官员众口一词的反对！这背后绝不简单，不是冲着自己跟皇帝来的，又该怎么解释？他回奏道："陛下，史嵩之不是冲着您的，而是对我有所不满。"

理宗不喜欢朝堂上的党争，立刻说道："丞相，还是就事论事吧，不要什么事都往是是非非上扯。"

"陛下，您说得非常对。但不是为臣多心，最近臣的确听到了不少流言蜚语，肆意污蔑、诽谤朝廷。以臣看来，他们其实是对新政不满哪！"

"哦，史嵩之也对新政不满吗？"

"至少他对薛极他们被处置很是不满。御史风闻，他曾经私下抱怨，说现在朝堂上已经全是我郑清之的人了。陛下您听，这说的是什么话？"

理宗听了这话，脸色变得很是难看。史嵩之这样说话，让自己这个皇帝如何自处？理宗摇头："他既然这么不满意，那就给他换个位置。"

"陛下您的意思是？"

"把他调回朝廷任职，就任兵部尚书吧。"

用史嵩之取代余天锡胞弟余天任的任职，对"史党"来说，不啻又一次重大损失。

郑清之对朝中官员的情况最是清楚，因为史弥远的原因，一直以来都是"满朝紫衣贵，尽是四明人"。但自己担任宰相以后，真德秀、魏了翁、洪咨夔和徐清叟等清流得到重用，原来的四明官员很多人非常不满。听说他们都到乔行简那里诉苦，而乔行简是自己现在最强大的朝堂对手，如果逼得史嵩之跟他结盟，必定对自己大为不利。郑清之觉得，此时不能激化自己跟史嵩之的冲突，于是反对说："陛下，荆襄之地十分重要，还是暂时不动他吧，除非朝廷有更合适的人选接替他。"

"可是没有他这个荆湖主官的支持，出兵河南的事情就只能搁置了。"

"也只能这样了。陛下，或许蒙古大汗真就会把河南让给我们，不管怎样，先试一试吧。"

"明天就把那几个俘虏交给蒙古使团，让王檝回去转达朕的好意，尽快传来他们大汗的答复。"

"是，陛下。可那几个俘虏可能知道金国藏金的事情，我们就不再管了？"

理宗沉吟片刻回道："都是捕风捉影的事情，不去管了也罢。"

"是，陛下。"郑清之举起另一份奏章说道："四川制置使赵彦呐急递说，前金国巩昌府治中汪世显第三次请求归附我朝，希望朝廷能尽快批准。"

理宗问："这个汪世显是怎么回事？为什么赵彦呐为了他几次上书？"

"陛下，汪世显以前数次联络赵彦呐和我们的边将如曹友闻他们，请求联合抵御蒙军。"

"朕有印象，记得当时回绝了他。现在金国已亡，他孤军无主，我们应该接纳他吗？"

郑清之从来就不喜欢赵彦呐，他觉得这个人根本就是一个庸官。不过赵彦呐的官运非常好，因为他的上司郑损接连犯错，擅自退兵丢失了五关，他就被朝廷委任临时代管四川危局。没想到后来蒙军就退了兵。再后来史嵩之向史弥远大力举荐赵彦呐，于是他就被正式任命了四川制置使。因而郑清之认定了赵彦呐就是史嵩之的人，怎么能轻易同意他的要求呢？于是回答说："陛下，为臣以为此事风险太大。"

"哦，为什么？"

"因为他本是蒙古汪古部人，将来可能随时会反水，投降蒙古。"

"丞相说得有理，可是赵彦呐奏章上说，汪世显一直对金国忠心耿耿。金主在蔡州自杀殉国后，他当众发誓，绝不投降蒙古，这才要带着部众投奔我们。"

"陛下，灭金的事我们也有参与，算起来我们也是他的敌国。他这种话如何叫人相信？如果我们接纳了汪世显和他手下几万士卒，万一他们造起反来，他赵彦呐能担得起这个责任吗？"

郑清之这样一说，理宗顿时觉得很有道理。他走到龙案后面的巨幅图本看了一会儿："丞相，赵彦呐说不让他进入境内，只让他镇守巩昌，甚至京兆府，做我们的西北屏藩，你觉得怎么样？"

郑清之还是摇头："陛下，史嵩之他们说如果我们出兵河南，一定会劳民伤财，徒劳无功。而他们现在要进军巩昌，接受汪军归附，难道就不要钱粮了吗？一下子多出那么多士兵要供养，这些人又可能随时叛变投蒙，岂不是更加劳民伤财吗？"

理宗在巨图前来回踱了几步。他觉得巩昌这块地盘没有什么用处，而汪世显手下的两万骑兵和战马却价值不菲，便说道："丞相，万一汪世显是真心投奔我们，多出两万骑兵倒也不错。"

能得到这样一支生力军，的确可以大大加强朝廷西北的防御，郑清之明白了皇帝心思便改口说："如果能确认汪世显真心来投，朝廷当然可以收纳他们。不过我们不能只听他赵彦呐的一面之词，不能现在就答应，得先派人去查访清楚再说。"

"那好，这个事你跟兵部协商，要赶紧办。"

"臣遵旨。"

这时理宗拿起了案头上的莫彬供词说："丞相，还有一件麻烦事，这个东西你看看呢。"

郑清之接过供词，来来回回看了三遍才放下，心里虽然懊恼至极，却只叹了一口气平静地说道："什么叫作卑鄙龌龊，什么叫作丧心病狂，莫泽和莫彬两个人就是！"

"原来当初湖州事件追根溯源，竟是他们二人设的局，就连史相也被他们欺骗利用了！"

"为臣对此事虽然所知有限，却明白史相那时已经别无选择了吧……"

理宗明白，济王本就是史弥远的眼中钉肉中刺，必欲除之而后快。莫彬设的局恰好为他提供了一个最好的借口。既然真德秀和冉珏已经查出本案的真相，于情于理朝廷都应该为济王翻案。理宗犹豫着问道："丞相，这份供词要转给有司吗？"

"陛下，主犯莫彬、有关证人现在在哪里？"

"真大人说，莫彬本已被控制住了，只是后来被他逃走了，现在应该在蒙古那里。"

郑清之摇头说："上回王世安的案子就是这样，只有口供，而人犯没有被带回。陛下，只凭这几页供词，不足采信，是不能定案的。"

"嗯，可能就是因为这一点，真大人并没有向朕提出什么请求。"

郑清之意味深长地说："臣看真大人这么做，对济王真是一片热心，用心良苦啊！"

这句话一下子打中了理宗的软肋，不由得涌上一阵怨气：自己当年跟济王一起在宫里读书时，真德秀就明显偏爱赵竑；但赵竑那时被公认是将要继承大统的皇嗣子，这可以理解。可直到今天，真德秀仍然祖护赵竑，却对自己这个当今皇上的难处不管不顾！

理宗的脸因为掩饰不住心里的怒气而有些发红，问道："丞相，那济王之事该怎样了结？"

郑清之摇头说："不用管它，济王案在史相那里就已经完结。现在朝廷没有必要再翻陈年旧案，徒增不必要的麻烦。"

"可总要给真大人一个说法吧？"

"只有口供，没有证人，没有证据，他想要什么说法呢？"

理宗点头："那就这样吧。只是真大人的手下们为了莫彬的案子往来奔波，甚至去了蒙古那里。是不是应该给一些嘉奖？"

必须给人家一些奖赏，以免他们心里不满，到处乱说话，郑清之明白皇帝的心思，就建议道："陛下，这个查案的人去过北方，对蒙古那里熟悉，现在正好有一个差事：不如就让他到陇西去，查清汪世显的真实状况。如果他立了功，就一并褒奖擢升。"

"那好，就依丞相了。"

第十章　陇西汪氏（二）

这夜，旨意被送进了延祥观。真德秀和冉琎接旨后，互相对视一眼，都觉得很是疑惑。

真德秀抚须问道："圣上为什么点名要你去陇西？"

冉琎苦笑："应该是不想让我待在临安吧。莫彬供词一事只字不提，看来皇上和郑相都不想理会这件事情。"

虽然是预料之中，真德秀还是觉得不快，自言自语说："难道要我在朝会上公开奏陈这件事，或者让御史上书才行吗？"

"不，大人。如果那样做的话，只怕就没有回旋余地了。还是再找机会单独向皇上请求吧。"

真德秀点头同意，问道："汪世显？我记得在潭州玉泉寺听金国将军阿鲁答提过这个名字。"

"大人好记忆。汪世显是蒙古汪古部人，这个部族长期为金国镇守北部边塞，跟漠北蒙古其实不亲，却一直忠于金国。"

"嗯，旨意上说此人想要投奔大宋，而我们不知他的虚实，所以要你去查一查，这倒也说得通。只是皇上为什么会想到你呢？"

冉琎笑了："这应该是郑相的主意，只要他不喜欢的人和事，就统统打发离开临安，离得越远越好。"

真德秀叹了一声："济王案的责任主要都在史弥远身上，跟郑相应该干系不大。可他为什么就这么忌讳此事呢？"

"是啊，郑相完全可以轻易做到把自己摘得干干净净，可是皇上的嫌疑是洗不脱的。记得当初进士邓若水曾经替济王鸣冤，上书说：'倘若济王不得平反，昔日相信陛下必无其心的人，今或疑其有；昔日相信陛下不知其事的人，今或疑其知。陛下怎能容忍清明天日，而身受这等污辱？'这次我带来莫彬供词，就是一个绝好的机会，作为首辅大臣的他应该站出来，帮陛下洗脱天下人对他的怀疑。可是以他现在这样的做法，我只能认为，郑相有自己的私心。看来，这个案子很可能要无限搁置下去了。"

真德秀正色说道："济王沉冤多年，致使朝廷失信，有损宗庙祥和，可能招致灾异。老夫绝不能袖手旁观。"

"那大人打算怎么办？"

"我想私下里跟徐清叟和方大琮这些御史透露供词的内容，等到合适机会，言官们一起上疏要求为济王平反，迫于朝野舆论，皇帝会认真考虑的。"

冉珏觉得这个办法还是不妥，但暂时也没有其他更好的建议，只好不再劝阻："大人还是千万小心些，首先保全好自己才行。"

真德秀抚须点头，这时他想起了本来召唤冉珏的目的，便说道："对了，有一件事情得向你请教一下。"然后将事情的原委告诉了冉珏："依你看，完颜绛山藏在身上的金章宗御扇会有什么秘密呢？"

"能给我看下那两把纸扇吗？没看到东西不好回答。"

"好，明天让人带你去刑部，东西就在那里。那之后你打算什么时候启程去陇西？"

"看圣旨的意思是尽快动身，那就后天吧。对了大人，圣上选中我去陇西，倒是机缘巧合了。"

"哦，怎么说？"

"大人，在下认得汪世显，说起来颇有些缘分。"冉珏就把在大同府跟汪世显父子结交的经过叙说了一遍。

真德秀不住地点头："听你说来，这汪世显应该不是个凡人。"

"他是一员大将，乱世中镇守一方的枭雄。他既不肯降蒙，却来投奔大宋，依我看是可信的。大人，现在朝廷最缺像他这样的大将，更何况他手下还有两万骑兵。圣上应该先招降了他再说，至少不要让他投奔蒙军。"

真德秀却不同意："可是这样的人如果作乱的话，对朝廷的损害也更大。你去他那里也好，替朝廷看住他。"

"大人，我不能一直待在巩昌的，因为莫彬正在大同府。我必须去抓他归案，带回临安受审。"

"嗯，如果能这样最好。这个人对我们的军政情况了如指掌，如今他为蒙古效力，那就是我们的心腹大患。"

"大人说得很对，莫彬以出家人的身份千里投奔蒙古，当然是心怀叵测。此人心机深沉，报复心极重。他和莫泽的家产被朝廷尽数查封，可以说是家破人亡。他现在朝思暮想的，一定是借蒙古之手，为自己报仇泄愤。"

真德秀哼了一声："他痴心妄想！"

然而真德秀没有想到，莫彬的各种复仇行动已经在悄悄地进行中了……

距离临安千里之外的大同府东面有一座纥真山，山上有一座喇嘛寺院，最近换了住持，新任住持正是萨巴喇嘛莫彬。

此刻，王世安在萨巴喇嘛的女真护卫完颜忽的带领下，悄悄地进入这所寺院，走进了一间密室，寺院住持萨巴喇嘛正在等着他。

刚进入密室，王世安顿时觉得室内散发着一种奇特的香味，乍闻的时候觉得过于浓烈，但之后忽然产生一种莫名的舒畅，精神不由得为之一振。王世安见莫彬正端坐不动，闭目念经。完颜忽不敢打扰，就站在那里等候。王世安只好也站在一旁默默等着。

过了半炷香的工夫，莫彬睁开了眼睛，看到王世安拘谨地站在那里，便站起身走过来说道："原来是王大人，老僧失礼了！你一向可好？"

王世安躬身施礼道："劳烦大师挂念，还好，还好。"

莫彬笑着说："老僧一直盼着见面哪，有很多事情要请教王大人。"

"大师过谦了，还请以后不要再提'大人'二字。在下当不起了。"

"王大人这说的什么话？过去你在金国那里担当重任，如今到了蒙古，仍然要挑起重担。我已经向国相镇海大人大力举荐了你，你即将被任命为千户，这个职位比你在金国时更高！"

王世安听到如此振奋人心的消息，一直以来心里的不安和沮丧顿时烟消云散，因为情绪激动，他的眼圈不由得红了，向莫彬拜倒说："大师如此厚恩，有如再生父母！"

莫彬很是满意，用双手拉起了他："王大人不要这么说，我们将要继续精诚合作，就像当初在临安聚仙山庄一样。"

"大师放心，在下即使粉身碎骨，也要报答大师和镇海大人。"

随后两人入座，莫彬向完颜忽点了一下头。完颜忽明白，让侍者送进来蒙古奶茶，然后一起退了出去。

莫彬做手势招呼王世安喝茶，说道："我在临安多年喝惯了龙凤贡茶，没想到这奶茶竟有着别样的风味，你尝尝如何。"

王世安端着茶盏喝了一口，连声赞好。

莫彬满意地点了点头，开始谈起了正事："王大人，完颜赛不的下落，你们打听清楚了吗？"

"清楚了，完颜赛不正在宿州，被国用安秘密地关押着。"

莫彬皱着眉头："国用安这个三姓奴才，他扣着完颜赛不想要干什么？"

王世安听他话里的意思，很是看不起国用安，便笑着说："这厮本就是一个坏种，全无信义。他一定听到金国藏金的风声，起了觊觎之心。但我估计，完颜赛不一定不会告诉他任何事情，所以就一直被关着。"

"我们得想个办法把完颜赛不弄出来。"

"可国用安手下有两万人马，名义上又归顺了蒙古大汗。如果我们大张旗鼓地跟他斗，那不是很容易走漏风声吗？"说到这里，王世安两只亮闪闪有如黑豆一般的眼睛看着莫彬，心里猜测莫彬肯定不愿太多人知道此事。

莫彬默想了一阵说："是啊，得智取才行。"

"大师有什么高见？"

"要寻找藏金，必须要两个人都在，一个是完颜赛不，再一个就是完颜绛山。料想国用安应该还不知道这些事，所以我们大有机会……"然后把自己的初步计划讲了出来。

王世安连连点头："可是大师，这个计划务必不能泄露，稍有不慎，前功尽弃啊。"

"你在担心什么？"

"你们这里原来既有金国的细作，也有南朝的眼线。如今大金国没了，可是南朝的眼线还在的！"

"哦，你说的是什么人？"

"你们中书令的身边是不是有一个不久前从南边来的人？"

"有的，此人叫余保保，是南朝枢密院使余嵘的儿子。"

"不错，应该就是他。"王世安就将蒙金决战前蒙古军情被秘密传递到金国的事情告诉了莫彬。

莫彬不由得精神一振："你们有证据吗？"

"还没有直接证据，但我们的判断应该没错。"

莫彬的瞳孔突然射出一丝寒光："这个人跟着大汗使臣去临安了。将来他再来蒙古的话——不管他是不是，都必须立即解决！"

眼前这位喇嘛刹那间充满了杀气，王世安心里陡然生出一阵畏惧。这个人的心思极其细密，比当初在临安时更加心狠手辣。看来，今后他要干的事情绝不仅是夺金这么简单。他的目标究竟是什么？王世安试探着问："找到藏金之后，大师有何打算？再建一个聚仙山庄吗？"

莫彬起身来回踱了几步，问道："大丈夫在世，应该建功立业，开府建牙，成就公侯万户来光宗耀祖，王大人你说对不对？"

王世安愣了，心想，你已经出家为僧，却说出这样的话，难不成将来还要还俗？

　　莫彬见他没有回答，接着说："王大人，你说金主对你如何？"

　　王世安犹豫着小心回答："哀宗皇帝生前待我不薄，即便他后来听信了谗言将我下狱。"

　　莫彬点点头："你能这样说，是赤诚待我啊。金主曾经赐给你显爵厚禄，一日受恩，当思之报之。"

　　王世安听糊涂了："大师您究竟何意？"

　　"如果不是南朝皇帝落井下石，在背后捅刀，大金就不一定会被灭国。你不该做些什么为哀宗皇帝报仇，向南朝报复吗？"

　　"大师，就你我这些人，怎么跟大宋斗？"

　　"不，会有蒙古的几十万铁骑跟我们一起，嘿嘿！"

　　王世安摇头："蒙古跟南朝现在结盟，两边怎么会无缘无故地开战呢？"

　　莫彬笑着回答："你这些年只经营南朝事务，所以不太了解蒙古君臣。他们迟早要跟南朝开战的。我们要做的就是，想尽办法让这场大战早点到来。只有他们开打了，我们才会有机会！"

　　"可我听说蒙古大汗马上就要西征，这时还要跟南朝开战吗？"

　　莫彬诡异地说："一定会的。窝阔台汗是一位雄才大略的明主，他有兼并天下的雄心。因此只要我们说的有道理，只要我们做的事情对他有利，他就会采纳。"

　　"好的。大师，寻找金国藏金和促成两边开战，这两件事总得有主次、先后之分吧？"

　　莫彬捻着念珠回答："这两件事同时进行。眼下就有一件急事，得劳烦王大人跑一趟宿州，去交代国用安。"

　　王世安一口答应："大师放心，在下一定不辱使命。"

第十一章　使团遇袭（一）

莫彬却有些放心不下，问道："你打算怎样跟国用安说呢？"

王世安自信地回答："国用安有两个命门，他敢不答应我们？"

莫彬很感兴趣："哦？说说看。"

"他最怕的人是谁？是塔思。当初在徐州，国用安率军袭击过他的父亲孛鲁，致使孛鲁伤重身死。所以塔思深恨国用安，如果不是他及时投降，早就被塔思带军剿了。"

莫彬点头："嗯，你用塔思来威吓他，不错！"

"再者，国用安此人特别贪财，我们可以答应他，找到藏金之后分一半给他。毕竟没有我们，凭他自己根本找不到藏金。"

莫彬摇头："你要小心，听说此人心计很多，手段又毒，不要最后反被他算计了去。"

"大师放心，我自有分寸。"

"看起来你已经胸有成竹，还有什么问题没有？"

王世安的眼珠转了转，问道："请问大师，您为什么要改用喇嘛的身份？莫非您跟吐蕃喇嘛教有些渊源？"

莫彬听罢，拿起一炷藏香点着了插在香炉上，问王世安："你闻一下这个香，感觉如何？"

王世安仔细闻了一下，连声称赞："这香味醇厚而不腻，的确是上等佳品。只是——"

"哦？王大人请赐教。"

"在下以前闻过藏香，您的香好像不大一样，里面似乎还有我们汉人草药的味道。"

"好！好！千户大人果然有见识，跟老僧的确有缘哪。这藏香是吐蕃喇嘛供养三宝、本尊的护法福田宝物，可以令行者生起戒、定慧学。一直以来的配料是藏红花、雪莲花、麝香、藏蔻这几样。而老僧对它改进了不少，加进了檀香、黄芪、豆蔻、丁香和冰片等蒙汉草药，久闻后能延年益寿。最近，我又加进了天珠、珊瑚以及喜马拉雅山圣地药材，制成新品藏香，进献给大汗在宫里净晦辟邪。谁知他试用后非常喜欢，还分赐给各宫娘娘。"

王世安没想到莫彬这么快就得到了蒙古大汗的赏识，不由得更加敬佩，合掌说道："大师，我懂了，您这是要兼通蒙汉藏三家，求取无上功果！"

莫彬双手合上念珠，笑着说道："我佛法力无边！有佛祖护佑，老僧就静候王大人佳音了。"

王世安躬身行礼后离开了。

片刻之后，完颜忽进来了，莫彬吩咐道："你立即带人出发到宿州去，等待我的通知。此行务必把人接应下来，送到汴梁去。我会在那里等着你们。"

"宗主。如果我们遇到激烈反抗怎么办？"

莫彬背着手来回踱了几步，阴恻恻地说："实在不行，你们就杀了王檝，让南朝或者国用安背下杀害使臣的罪名！"

"明白了。"

莫彬叮嘱："但是无论如何，你们的身份绝不能暴露。"

"宗主请尽管放心，我带的手下都是死士，宁死都不会泄密！"

完颜忽走了之后，莫彬喃喃自语道："要想出奇制胜，只能兵行险着了……"

两天后，真德秀为冉琏和彭渊送行，一直陪着他们来到了临安远郊的山中。

两人坐在马车里向窗外眺望，远处层峦起伏，茫茫绿海；近处清静幽雅，秀竹成林。真德秀与冉琏在车里一路交谈，不知不觉间，车驾顺着官道来到了一个峡谷。此处古树蔽道，山溪白山上奔流而下，汇成了一个个叠起的瀑布，飞流直下，撞进山下的潭水当中。

水潭旁有一个竹亭，真德秀和冉琏下了马车，在亭中小坐，准备分手作别。冉琏将一个封好的信函交给真德秀说道："大人，我去刑部看过了那两把金章宗御扇。"

真德秀接过了信封问："这是什么？"

"因为时间太紧，在下只能给出一些没有证据支持的猜测。"

真德秀略有些失望。

"在下觉得，目前单凭这两把纸扇，还难以判定里面藏有什么秘密，必须要有别的线索相互印证才行。不过，根据以前的所学和经验，我还是列出了几种最大的可能，全都写在了这里。大人，说不定以后它能用得上。"

真德秀点了点头："金国藏金这件事，我本来准备向皇上推荐你来调查。但现在要你去陇西，这件事情只能交给冉璞了。"

"他已经接到大人的通知了吗？"

"是的，信使在潭州追上了他。说来真是惭愧，你们兄弟多年未回，冉璞本是回去探亲，却又被我追回来为朝廷办差。"

冉琏拱手说："承蒙朝廷信任，认为我兄弟有尺寸之用，我们自然会尽心尽力。大人，其实冉璞比我更合适追查金国藏金的事情，相信他一定不会让大人失望。"

"说实话，我觉得这藏金对朝廷来说，可有可无。将来如何面对蒙古军队的威胁，才是天大的事情！"

"大人既有这个担忧，应该劝说圣上加紧募兵屯粮，准备战争。"

"已经在做了，现在最缺乏的就是善战的将领。如果朝廷多几位像孟珙这样的将领，我就不担心了！"

"'兵者，国之大事也'。想要找到有才能的将领，朝廷就应该打破成规，集思广益，广开言路，不拘一格地从军内军外招募人才。"

真德秀轻叹了一声："这恰恰是现下朝廷做得最差的地方。"

"大人为什么这么说？"

"你提到集思广益，非常好。可现在圣上对于国政大事，基本只听宰相一人。关于出兵河南，包括乔行简大人和我在内，大部分官员都持反对意见。圣上和郑相只得暂停了此事。可是之后赵范、赵葵肯定会再次请战，郑清之总是一味偏护他们，只怕最终我跟乔行简、余嵘挡不住他们出兵的要求。"

冉琎摇头："这样天大的事情，怎么能就几个人决定了呢？也罢，如果他们一定要把江山社稷推进深渊，您只要全力劝谏了圣上，也就是对朝廷、对国事尽了力了。"

真德秀上前握住冉琎的手，久久不松，长叹一声说："现在我已经老了，体衰多病，今后再次见面，只怕是很难，你此去陇西千万要小心，保护好自己！"

"大人放心，保重好身体，等着我回来看您。"不知为什么，冉琎的脑海突然闪出了当年师父杨钦的面容，仿佛眼前的人就是他一般。冉琎禁不住鼻头一酸，眼圈顿时红了。

于是他赶紧拱手作了一揖，转身上了车。两人互道珍重，挥手作别……

三天后的一个早晨，大宋边城安丰，蒙古使臣王檝带领他的使团队伍正在向北方行进。

跟他并马同行的是大宋参知政事余嵘之子余保保。队伍的后面是百余名宋兵押解着几辆囚车，里面被羁押的人是原金国宰相张天纲以及金国将领完颜绛山和完颜阿虎带等人。

一路上，余保保跟王檝两人不住地交谈。王檝是个豪爽的性情中人，虽然是武官，却酷爱读书，尤其最爱读先秦诸子大作。当初王檝在金国屡试不第，后来因军功被章宗皇帝赏赐了同进士出身。但他心里总觉得有所缺憾，因此特别敬重读书之人。两年来，他在耶律楚材的支持下，在各地兴建学庙，每年春秋两季都要亲自率领学员祭祀孔圣先师。

今天余保保似乎兴致很高，侃侃而谈孔孟老庄，以至法家杂家各门各派。王檝见他无所不知，诸子百家无论提起任何一人，他都可以滔滔不绝地讲个不停，于是对这个年轻人很是佩服。

这时已近正午，余保保拿出了图本，查看前面的路径："王大人，顺着这条道走不到半个时辰，就是蒙城吕望镇，那里的山上有一个唐代兴建的双公庙，里面供奉的是大贤庄周和姜尚。"

王檝最敬圣贤，立即说道："既然是两位圣人，我怎么能错过不拜呢？"因此提议要上山去，给两位圣贤进香礼拜。

余保保笑道："现在正午酷热，到庙里去倒是可以休息片刻，避暑解乏。"

随后车队马不停蹄地赶到了双公庙山下。余保保让随行护送的大宋官兵就地休整，那边王檝吩咐郝经等人率领蒙古护卫看住了张天纲他们，然后自己跟着余保保上山去了。

一个护卫不解，特意过来问郝经："郝主簿，王大人要拜的是哪位仙人？"

郝经笑了："他们可不是去拜神仙，是两位古代先贤。"

"我明白了，是不是财神赵公明那样的人？"

郝经连忙摇头："他们两位跟赵公明大不一样。"

"那拜他们有什么用呢？"

郝经苦笑："这个问题，我很难一时讲得清楚。"

刚才一路上，余保保跟王檝大人的对话，郝经全都听到了。这时他突然有了一种奇怪的感觉，至于为什么，却也说不清。也许是因为余保保的表现颇有点夸张，似乎有卖弄学识之嫌。现在他又带王檝去拜什么双公庙。郝经不禁摇摇头，也许"临安四公子"就是跟常人不同吧！

余保保给王楲做向导，几名侍卫在后跟着，上了山很快就是一个时辰。

郝经见他们迟迟不回，不禁有些着急了，便吩咐一个侍卫上山去看一下。

　　侍卫刚走，远处传来一阵马蹄疾奔的声音。

第十二章　使团遇袭（二）

　　这些蒙古侍卫久经战阵，听到这声音立即站起身，拿着武器上马警戒。而随行的宋兵却狐疑着没有动作，这里怎么会有敌人来袭呢？

　　就在刹那之间，上百名骑兵冲了过来。众人看到他们的装束不由得大吃了一惊，这些人穿的居然都是金军的盔甲，而且打的旗号是："恒山公武仙！"

　　说话间，金兵开始张弓放箭，一时间箭如雨下，宋军士兵纷纷中箭倒地。十几名蒙古侍卫用圆盾护身，手持长枪纵马迎了上去。却因为人数太少，很快被砍杀殆尽。这时宋兵们在统领的指挥下，乱纷纷地布成了军阵迎敌。但摆出的阵型无法阻挡重骑兵的冲击，很快士兵们就被冲散了，四下奔逃。余下的蒙古侍卫见势不妙，护着郝经急速撤往山上。

　　幸而这些金兵并没有赶上追杀。他们的头领带了几个人把张天纲他们的囚车砸开，将几个人放了出来，又将宋廷赠送给蒙古大汗的金银宝物席卷一空，随即迅速消失了。

　　发生的这一切，山上的王檝和余保保毫无所知，等他们接到通报，下山看到眼前一片惨状，顿时大惊失色。余保保惊吓过度，说话都迟钝了起来，磕磕巴巴地向王檝建议赶往驻守附近的杜杲军队，如果他们及时出兵或许还能追上那些金兵。

　　作为多次经历过战阵的将领，此刻王檝的脸上一直保持着镇定，可内里却心乱如麻，满腹狐疑。不是都说武仙已经死在泽州了吗？怎么会又复活了，而且竟然出现在这个地方？一时间他也想不明白，只好同意了余保保的建议，折回安丰找杜杲求助去了。

杜杲接到他们的求援后，十分震惊，问二人："你们能确认是武仙行凶吗？"

王檝摇头回答道："这些人打着他的旗号，穿的确实都是金军衣甲。不过也许只是遮人耳目吧，他们的真实身份是什么，还不能确定。"

余保保问："是啊，金国已灭，哪来的金兵？杜将军，这附近山里有没有山匪？"

杜杲点头："的确有的。不过如果真是山匪，他们怎么会如此大胆，竟敢袭击蒙古使团？更何况还有朝廷派遣的士兵护送？实在难以置信！"

王檝问："请问杜将军，蒙城附近的军队，包括戍兵、民团，等等，哪一支军力最强？"

"除了我这里，应该就是一百里外的宿州军。"

"哦，宿州的守将是什么人？"

"此人名叫国用安，原本是忠义军的统领。因为忠义军内部纷争不断，他就去降了金。蔡州一战后，听说他已经归附了蒙军。"

王檝点点头。他觉得杜杲派人袭击自己的可能性很小，至于是不是国用安，一时也没有证据。他随即又想到，自己丢了俘虏不说，连南朝赠给大汗的贵重礼物也全被抢走了。王檝的头上不由得冒出了冷汗。

说话间，杜杲派出三路精干人马，分三条路径向北搜索去了。

很快西北那支传回了消息，已经找到了被劫走的金国俘虏，但完颜绛山和完颜阿虎带已死，张天纲身受重伤，性命垂危当中。到目前为止，并没有发现凶手的任何线索。

王檝到现场仔细察看了一番后毫无任何头绪，万般无奈之下，只得在余保保陪同下先行返回蒙古，向大汗窝阔台和中书令耶律楚材复命。

窝阔台汗接到报告后勃然大怒，什么人胆敢袭击自己的使团？抢走财物和俘虏不说，还打死打伤许多蒙古侍卫！窝阔台紧绷着脸问王檝："金国已经亡了，武仙也被打死，怎么可能又出现一支武仙军队？"

王檝知道窝阔台动了真怒："大汗，究竟是不是武仙干的，现在还没有确凿的证据。不过，江淮到河南之间地域广阔，河沟纵横，本就是军头和土匪横行的地方。很难说是不是那些人干的。"

镇海问："你能确信不是南朝使的苦肉计吗？"

王檝立即否认："绝无可能。这次出使临安，我真真切切地感受到，南朝君臣对我们极为尊重，的确是我们的同盟友邦。在我临行之前，南朝皇帝又馈赠给大汗您大批的珠宝丝绸，只是没想到——实在太可惜了……"

听到这话，窝阔台更加恼怒，大声喝道："可恶，本汗这就派大军去那里剿灭山匪！"

镇海和耶律楚材同时劝谏："大汗不可。"

窝阔台忍着怒气问："为什么？"

耶律楚材吩咐王檝："你可以先回了。"

王檝施礼后自行离开。

镇海说道："大汗，这时我们不但不应该派兵，反而应该把军队撤出河南。"

窝阔台皱眉："这怎么行？刚才你们没听王檝说，南朝想要河南全境，朕怎么能答应他们？"

耶律楚材笑着说："中原，我们一定要的；富裕的江南，更是我们想要的。这就是欲取先予的法子。"

"大胡子你说清楚些。"

镇海接话说："还是我来讲吧。南朝现在名义上还是我们的盟国，我们不好无故相攻。但如果他们不安守本分，却对中原起了觊觎之心，那我们就可以名正言顺地讨伐他们。"

"不就是开战吗，需要这么麻烦？"

耶律楚材回答道："大汗，前几天我给您读过圣人的书，里面有一句话：

'名不正，则言不顺；言不顺，则事不成。'"

"嗯，说下去。"

"再者，我们的大军将要出征西域。如果我们这时再跟南朝发生战争，只怕兵力就不够使用了。"

窝阔台有些不屑："那又怎样？宋军比金军如何？"

耶律楚材听他的言下之意，很是看轻宋军的战力，就劝道："大汗，万一我们的西线战事不顺怎么办？"

这句话让窝阔台似乎听进去了。

"万一我们必须抽调更多骑兵到西域去，那就得依靠河北山东那里的汉军跟南朝打仗。南朝不是金国，我们之间没有世代仇恨，要说服北方汉军忠实地跟随我们进攻南朝，出兵就必须名正言顺。"

窝阔台点了点头。

镇海笑着说："真是智者所谋，大体一致。萨巴喇嘛也劝我们把军队撤到黄河以北，不过他另有一个说法。"

"哦？说说看。"

"他说南朝皇帝得位不正，而且本性重利好色，眼光短浅。一旦有机会收复河南这个祖宗之地，他一定会蠢蠢欲动，要通过收复中原这个莫大的声誉，来证实自己的确是一个真龙天子！"

窝阔台饶有兴致地听着。

"可是河南中原易攻难守，又严重缺粮，这种费钱费力的地方很难防守。萨巴喇嘛建议我们先退兵，让他们派军队进来。之后我们的主力突然杀回去，在河南消灭他们的精锐军队。然后再进攻大江以南，灭宋就水到渠成了！"

窝阔台顿时大喜，连声赞好。随后三人又密谈了好一阵，这才结束。

耶律楚材和镇海走出大汗营帐后，耶律楚材问："这位萨巴喇嘛不但眼光独到，而且计谋深远，的确是个人才。他现在在哪里呢？我想跟他谈一谈。"

"哦，大师去汴梁了。"

"去那里做什么？"

"他说使团遇袭这件事不简单，要亲自调查一下。"

这时，耶律楚材想起了当初就是萨巴喇嘛通知自己，金国俘虏当中有人知道金国藏金的事情，所以才让王楫向宋廷索要那几名俘虏，便问镇海道："查找金国藏金的事情，现在进展如何？"

镇海摇摇头："这些事现在全都搅成一团了。"

"对了，前些日子河南那里有不少传言，说南朝的皇帝心术不正，出卖金国，落井下石。这些应该是萨巴大师的手笔吧？"

镇海哈哈一笑，没有否认。

这时耶律楚材有点好奇："他好像极其憎恶南朝，这里可有什么缘故吗？"

"晋卿，你知道水至清，则无鱼。只要他干的事情对我们有利，管他那么多做什么呢？"

耶律楚材摇了摇头，他很不喜欢萨巴喇嘛，可能他那种样貌，看起来就是个惯用阴谋诡计的小人。尽管自己不清楚事情的细节，但上次拖雷之死，很可能就是他提供了一种神秘的毒物。作为主张阳谋的智慧之士，自己跟这种人是格格不入的。

耶律楚材忽然开始猜疑，萨巴喇嘛在使团遇袭案上如此用心，会不会暗含了觊觎这批藏金的野心？于是不放心地问道："萨巴大师说过，金主完颜守绪把秘密交给了两个人。如果我记得不错，他们是完颜赛不和完颜绛山。现在完颜绛山已死，线索不就断了吗，他还在忙些什么？"

"不是还有完颜赛不吗？他被关在国用安那里。前几天萨巴大师安排千户王世安去了宿州。据他说，有办法让国用安就范，交出完颜赛不。"

"看起来似乎很有把握？"

镇海诡异地一笑："疑人不用，用人不疑，中书令大人，那我们就坐等他们的好消息吧。"

再说余保保陪同王槐返回蒙古后，就留在了中书令耶律楚材大同府的官衙。此时耶律楚材周围已经聚集了很多颇有名望的儒士，除了姚枢、高智耀、郝经他们，从金国又陆续招揽起用了一大批名士包括王鄂、元好问、赵秉文、赵复、窦默和王磐等。一时间中书令府衙群英汇聚，贤士云集。余保保整日跟这些名士一起，帮着耶律楚材处理一些政务，闲暇时就向这些大儒请教学问，诗文应和，并以此作为掩护，向临安不断送回蒙古最新的军情。

王鄂跟妹妹王琬在遭受中原劫难之后，终于得以团圆。而他们的好友元好问，一度被抓进狱里关了一阵。幸亏王琬向耶律楚材说情，这才重获自由。众人总算安顿了下来，悲喜交加之余，更是格外地庆幸。

只是王琬心里牵挂冉琎，所以时而郁闷不乐，心事重重。这日元好问来访，跟王鄂谈起了冉琎，问王琬道："大小姐，你的冉兄什么时候能过来？我们都还等着他一起聚会饮酒呢。"

王琬摇头，没有回答。

元好问见她这样，便问王鄂："是不是发生了什么事情？"

王鄂抚须叹道："现在战事虽然结束了，只怕今后还是不得安宁！"

"这是为什么？"

"因为有一批人正在怂恿大汗南征。"

"南征？跟谁打仗？"

"当然是对大宋开战。"

"这——大宋不是蒙古的盟国吗？而且北方战事刚结束，怎么可能这么快就打仗？"

"我跟姚枢刚刚聊过，大家都认为，蒙古铁骑的征战是停不下来了。"

元好问吃惊之余，随即默然。他知道很多蒙古王公、国王和将领们非常好战，昔日赫赫威名的大金最终被灭，刺激了这些人更加野心勃勃，希望继续四处征战，夺得更多的金银、土地和女人。那么对大宋开战，只是早晚的事情。

王鄂接着说："他们中间有一个人叫萨巴喇嘛，真实身份是南朝的通缉要犯——莫彬。这个人现在深得镇海的信任，专门为他谋划筹措钱粮，用以发动战争和扩建都城。"

"莫彬？这个名字在哪里听说过？"元好问自言自语道。

王琬正色回答："他就是冉琎一直在追捕的大宋钦犯——上官镕。"

元好问恍然大悟，摇了摇头说："这真是小人得志，君子道消！"他看王琬很是忧心的样子，以为她在担心冉琎，便劝慰道："冉琎兄不在蒙古，萨巴喇嘛在这里虽然得了势，也不能拿他怎样。不过长此以往，这个人的确是个大麻烦。"

王琬点了点头心想，就算会有风险，冉琎最好还是来一趟大同府。凭他的智慧，一定能想出办法除掉莫彬这个心腹大患。于是对元好问说道："元大哥放心，我们一定会有办法的！"

第十三章 国舅小爷（一）

夜深的临安，皇城里分外静谧。宫殿角落里躲藏的一些夏虫，时不时发出阵阵脆生生的鸣叫。

两名宫人打着灯笼由远走近，后面还跟着一位朝廷高官，参知政事余嵘。

宫人将余嵘领到延和殿的一个偏殿，此刻理宗和宰相郑清之正在等着他。蒙古使团被劫的消息传到临安后，理宗震怒，立即就要下旨，严令新任淮东主官赵葵会同安丰知州杜杲，尽速查明真相抓住凶手。可是郑清之劝道："还请陛下不要恼怒，这件事情余大人早就有了安排。"

理宗不禁疑惑，莫非他能未卜先知？随即醒悟过来，难道这件事根本就是余嵘安排的吗？

余嵘进来后，理宗询问此事。余嵘便将事情的原委说了一遍。原来，宿州守将国用安明面上虽然已经降了蒙，可一直跟宋廷枢密院信使不断。他向余嵘保证，只要时机合适，就将率领两万马步军一并归宋。"陛下，臣子余保保陪同使臣王檝返回蒙古前，已经事先联络了国用安，命令他派人乔装溃散的金军打劫，抢回那几个金国俘虏。"

理宗非常不快，质问道："为什么要这么做？就是为了那个不知真假的藏金传闻吗？"

"回陛下，既是，也不是。"

"明白回话！"

"是，陛下。臣等让国用安这么做，其实主要是为了投石问路，摸清蒙古那边的真实意图。据各种传回的消息，蒙军主力已经撤到黄河以北，目前留在河南的兵力并不多，全都聚集在徐州、汴梁和洛阳三地，而且都以投降的守城汉军为主。这次蒙古使团被突然冒出的小股金军袭击，如果蒙军主力反应迅速，立即过河，那么我们出兵河南的计划必须推迟，甚至取消。"

理宗立即猜测，这种把戏一定是余嵘的儿子余保保想出来的，不由得皱了皱眉头说："这样诡秘的行事，不是大国之道。一旦被蒙古君臣知道，不是徒惹事端吗？"

郑清之回答："陛下，是他们首先不够光明磊落。金国藏金的秘密，那几位俘虏中间肯定有人知道。蒙古君臣明目张胆地向我们索要，其实就是欺我。"

理宗明白，余嵘父子的计划当然是得到了郑清之的首肯，便问："张天纲那几个人现在在哪里？"

余嵘回答："据最新传来的消息，张天纲受伤很重命在旦夕，现正在安丰医治。"

理宗哼了一声，很是不满。

"陛下，不过完颜绛山和完颜阿虎带并没有死，被杀的只是长相很像他们的替身。这二人已经被秘密押往宿州，我们计划派人去一趟，把他们带回来。"

理宗紧皱着眉头："不管怎样，务必不能走漏了消息。"

"请陛下放心。关于金国藏金的事情，根据我们反复地推敲，判定藏金的地点很可能就在河南以南，蔡州附近如颍州等地的可能性非常大。我们将派人实地展开调查。"

"你们打算派什么人去？"

"陛下，余保保临行前举荐了一个人。"

"是谁？"

"他说贾似道可堪此任。而贾似道本人前日主动上表，请求担下这个差事。"

理宗立即摇头："不行，他年纪太轻，缺乏历练。况且他身份特殊，有这个必要派他去吗？"

"余保保说，贾似道虽然年轻，但颇有胆识，遇事有决断。还有一点，让他去的话，不会引起别人的猜忌防备。"

理宗很是怀疑："他，真行吗？"

一旁的郑清之笑着回答："一定行的。陛下，臣倒是觉得，让他去，可以安抚拉拢国用安。"

理宗不解："为什么？"

"国用安为人最是精明。如果他知道是当今国舅去了他那里，怎么会不尽心尽力办差呢？他手里有两万步骑兵，都是久经战场的老兵，如果成功地把他拉回大宋，我们不是平添一支劲旅吗？这可是万两黄金都换不来的！"

"可对付国用安这样的老军头，贾似道真能行吗？"

余嵘回奏："陛下如果还不放心，臣请为他选一个助手。"

"你已经有了人选吗？"

"是的。也是机缘巧合，正好真大人向我推荐他的部下冉璞调查金国藏金，不如就让他们一起去吧。"

理宗点头道："我知道这个人，上次朝会平乱，他立下了大功劳。有此人护着贾似道一起去，朕放心了。那给他们什么名义呢？"

郑清之回答道："贾似道现在的职位是嘉兴司仓，明天可以让吏部出牌，改任他去担任安丰司仓，籍田令，陛下以为如何？"

理宗迟疑了一下，司仓这个官位不高，那对冉璞等其他人怎么安排呢？

郑清之接着说："至于冉璞等人，仍是各自原有司职。差事完成后，如果有功就一并拔擢使用。"

"那好吧。"其实理宗仍然不愿意派贾似道去，但看到郑清之和余嵘似乎成竹在胸，便最终同意了。

此刻，冉璞和丁义已经到达临安了。在潭州，孟琪派人追上了他，送交了真德秀公函。冉璞见朝廷的公事紧急，便将几车要带给谢瑛母子的各种物品全都托付给了蒋奇，拜托他将东西送回播州庄园里。随后自己跟丁义会合赶到了临安。

延祥观里，真德秀为冉璞和丁义设下酒席接风。酒过三巡，真德秀告诉了他们宰相郑清之交代的差事。

丁义立即反对："大人，据我所知，这位国舅小爷根本就是个整日享乐玩耍的纨绔子弟，他去，能干成什么事情？"

真德秀叹了一声："可这是郑相亲自交代的，应该是得到了皇上首肯。"

冉璞问："郑相这么做，是不是另有目的？"

"不知道，也许我们不需要想太多，就是为了历练他吧。"

丁义冷笑："历练？他们就不怕这位国舅爷再也回不来了吗？"

"自然会有人随行保护他，你们倒不用分心了。"

冉璞摇头："那这一趟行程听谁的号令呢？"

真德秀抚须想了一下，回答道："你们此行是他的副手，平时就听他的也罢。真出了事时，该怎么办，就怎么办，不用顾忌太多。"随后他将冉琎写的密函转交给了冉璞。

冉璞快速地读了一遍问："真大人，那两把金国御扇在哪里？"

"已经交给贾似道了。你打算如何查找这里面的秘密？"

"大人，现在的线索还是太少了。此行如果见到完颜赛不和完颜绛山的话，应该能有所发现。"

"你们此行一定会跟国用安打交道。你兄长跟我提过，这个人很不简单。"

"趋利避害，是国用安这些人乱世生存的唯一信条。把握住这一条，他的手段应该不难猜到。大人，那件事情是否有进展了？"

"你问的是抓捕赵胜吗？"

"是的。赵善湘已经不再担任江淮制置大使，按说他已经置身事外，会不会向朝廷如实陈奏赵胜谋害赵汝谠大人的案情呢？"

真德秀摇摇头："我多次去了公函询问他，全都杳无音信，直到他卸任一直没有回应。"

丁义怒拍桌案："如此包庇赵胜，大宋还有天理王法吗？"

冉璞也是出离愤怒，但很快冷静了下来，问道："大人，赵善湘这么做，是不是有什么苦衷？还是他被什么人胁迫了？"

真德秀抚须沉吟片刻："赵善湘是朝廷的第一封疆大吏，谁能胁迫他呢？"

冉璞犹豫了一下问："会是郑相吗？"

真德秀摇头："官场沉浮几十载，老夫阅人很多了。在我看来，他并不是一个酷爱玩弄权术以谋取私利之人。相反，他的身上还能看到书生慷慨之气，他也希望朝政能够蒸蒸日上。我认为他不会做这样龌龊的事情。"

丁义回道："即便郑清之不是，可赵善湘是个极其冷血的老官僚。一定是他不愿意得罪炙手可热的赵范、赵葵兄弟，卷进官场是非当中，所以干脆对大人您的要求置之不理。"

真德秀无语。

冉璞慨然说道："不管怎样，到宿州之前我要去建康府再会一下他。"

真德秀沉默片刻后表示同意："赵善湘受史党恶名的牵连，已经请辞一切官职，闲居金陵。虽说他如今正处背时，但圣上给他进大学士，提举洞霄宫，封天水郡公加食邑，可见圣眷仍在。你可以去，但是对他一定要倍加礼敬。"

"大人放心，冉璞知道该如何做。"

第十四章　国舅小爷（二）

两天之后，贾似道跟冉璞、丁义一行人奉枢密院密令，前往安丰暗中调查金国藏金一事。

一路上，贾似道对冉璞非常尊重，这让冉璞和丁义都颇感意外。

后来贾似道主动跟二人谈起了梁光。原来贾似道平素最敬梁光，以兄长之礼待他；而梁光向来敬服冉璞，曾经几次在贾似道跟前提及冉璞，称道不已。所以贾似道跟冉璞之前虽然素未谋面，却是对他心仰已久。

冉璞向贾似道问起金章宗御扇，不料他却打起了哈哈，只说不曾见过，反向冉璞问起济王妃火烧皇妃塔的事情。因为事涉敏感，冉璞只得搪塞了几句，将话题岔开。贾似道呵呵一笑，不再追问此事了。

丁义私下里对冉璞说："看来我们低估了这位小国舅，他的确有些鬼心眼。"

冉璞笑笑："且看他行事如何吧。"

不久一行人的车马顺着官道到达句容境内的茅山。

在茅山道教极为兴盛，这里的教派奉三茅真君为开山祖师，被认作是上清派的发源地，所以也被称为"上清宗坛"。贾似道兴致很高，跟冉璞大谈茅山道第三十五代天师张可大，最近被皇帝敕令总领龙虎山、阁皂山和茅山符箓道的事情。贾似道面带得意之色，问冉璞："冉兄，张天师跟我还有些交情。既然路过这里，你们也是机遇难得，不如我带你们上山，拜会一下张天师可好？"

冉璞见他神色间颇有炫耀之意，不由得笑了笑："多谢贾大人想得周到，只是我们公事在身，还是抓紧赶路吧。"

一旁的丁义笑着问："贾大人，在下有点好奇，想唐突地问您一个问题。"

"哦，丁捕头你问。"

"请问您今年贵庚？"

贾似道愣住了，犹豫了一下回答："本官今年二十有五，你问这个做什么？"

丁义呵呵笑道："在下倒觉得贾大人像是五十有二的模样。"

贾似道顿时脸色一变："丁捕头，这是怎么说？"

"不，不。贾大人别误会，在下觉得大人您虽然年轻，但稳重老成，而且事业有成，所以心里着实佩服得很！"

贾似道听他说话皮里阳秋，不由得很想发作，可又不好现在就翻脸训斥，只好忍着不快继续赶路。

又行了一段路程，众人都觉得腹中有些饥饿，前面刚好有一家酒肆，高挂的酒帘上斗大的字写着"仙客来·南北名肴"。

贾似道笑了："这么个小破店口气不小！"

丁义接话道："这家店在四下里还有些名气，贾大人，进去试吃一下如何？"

"既然你说不错，那就赏他们脸尝尝吧。"

丁义苦笑一下，领着这队车马来到店外停下。

小二见来人不少，殷勤地忙前忙后招呼众人。贾似道毫不客气地在一张酒桌的主位上坐下，然后邀请冉璞和丁义跟他同桌坐下，吩咐几个随从坐到隔壁一桌。

小二送来了菜单，贾似道先拿着看了看，禁不住笑了起来："金丝玛瑙翡翠羹，这是什么东西？"然后摇摇头，推给了冉璞、丁义。

而丁义却不看，直接跟小二要了大盘煎肉、炊饼和羊肉包儿；冉璞则点了热腾腾的大骨瓠羹，要小二将蒜泥和醋汁倒进面里，再浇上鲜笋干、酱瓜、糟茄之类的佐菜。

贾似道在临安，所去的都是"和丰""熙春"这等最上品的酒楼，自然尝过无数珍馐美肴，然而到了这个小店，看单竟然不会点菜了。他又看二人点来的东西，似乎有些粗劣，不禁皱起了眉头。

　　冉璞看这情形，心知他嫌弃，笑着说："乡村野店，贾大人且将就着垫下肚饥吧。"

　　贾似道点头说："请冉兄帮我点个如何？"

　　"那就点金丝玛瑙翡翠羹，如何？"

　　贾似道先是摇头然后同意了："我怎么从未听说过，那也好吧。"

　　冉璞转头对小二说："就要这个了，别忘了盖上一个大被窝。"

　　小二连声点头答应。而贾似道听得更糊涂了。

　　很快滚烫的铜盅端了上来。贾似道好奇地用勺拨开覆在上面的"被窝"，原来是吸饱汤汁的豆衣。

　　冉璞解释说这就是个老鸭烫（汤），里面有鸭肉、鸭血、粉丝、嫩笋、野蕈子等，又加了醋汁、芝麻酱、香辣酱等佐料。贾似道很是好奇，浅尝了一下汤汁，不想竟胃口大开，加上腹中早已饥饿，也再顾不上什么讲究，三口并作两口吃个精光。

　　吃完他又要了菜单特意看下，惊讶地问道："如此美味，为什么只要几个大钱？这在和丰楼至少也得二两银子吧？"

　　冉璞和丁义听罢，不禁都笑了。丁义说："贾大人如果喜欢这样的饭食，下面一路都会有惊喜的，只怕都不愿回临安了。"

　　众人吃完后继续上路。一个随从偷偷地对贾似道说道："国舅爷，小的怎么觉得，刚才那两位对您有些不敬哪？"

　　贾似道立即瞪眼训斥："你这小厮闭嘴，不要胡说！"

　　随从只好悻悻地退开了。而贾似道的脸变得渐渐阴沉起来……

　　又行了大半天，车马到达建康府。冉璞到知州衙门打听赵善湘的住处，被告知赵善湘正在栖霞山别院隐居。冉璞当夜赶到那里，叩门后向赵府管事递上了名帖。

不料帖子送进后，竟然半晌没人给他任何回应。又过了许久，管事终于出来说："我们家老爷已经休息，这位壮士请回吧。"说完，吩咐差役送客，便离开了。

冉璞无法，只好第二天再次登门拜访。可那管事竟然推托说，赵善湘已经出了远门，需要十多天后才得回来。冉璞明白了，赵善湘成心回避，将自己当作了不速之客。可无论如何，自己是不可能逗留金陵的。无奈之下，冉璞只得继续行程赶往安丰。

几天后到了安丰时，已是深夜，城门已经关闭，城内正在宵禁。

贾似道的随从在城门下大喊开门。守城的士兵听说是当朝国舅到了，不敢怠慢，赶紧上报知州杜杲。

此刻杜杲刚刚带人巡夜回来。他问守门士兵，贾似道一行人是否持有枢密院或者兵部的紧急通关令牌。士兵回答只有文书，没有令牌。于是杜杲下令不许开门放进，等天亮后验看无误才许进城。

贾似道的几个随从大为恼怒，在城下破口大骂。而贾似道虽然也很是生气，却只斜躺在马车里养神，一副毫不关心的模样。

冉璞和丁义见杜杲军令严明，明知是贾国舅就在城下，却丝毫没有巴结皇亲权贵的意思，不由得生出一丝敬佩。于是众人就在城下暂歇，等待城门开启。一直等到了第二天破晓时分，这才进了城。

小校将三人领进中军议事厅时，杜杲正等着他们。

贾似道让小校转呈枢密院签发的通行文书，杜杲仔细验看，正要开口询问时，见到了贾似道身后的冉璞，不由得微微一愣，只觉此人似曾相识。

贾似道拱手施礼说："杜将军，我们受枢密院密令，要到宿州公干，还请将军给以方便，让我们通关出城。"

杜杲问："好说，但不知你们去宿州有什么公干，能不能向本将透露一二？"

贾似道从怀里掏出一份密封的公函，递给杜杲："这是余嵘大人的亲笔信函，将军请过目。"

余嵘曾任枢密院使，杜杲等高级将领对他自然极是熟悉，如今余嵘升任参知政事，亲自给自己写信，可见事情不同寻常。杜杲不敢怠慢，起身接过密函。验看无误后挑开蜡封，掏出信仔细阅读后用火折将信焚毁，杜杲皱着眉头问："贾大人需要本将做什么？"

贾似道看了看左右没有回答。杜杲明白，吩咐部下全部退了出去。贾似道问："宿州现在情形如何？"

"已经派出了几批斥候，目前还没有消息传回来。"

"国用安在干什么？"

"使团出事后，国用安一直待在城里，没有特别的动静。"

"张天纲怎么样了？"

"还在昏迷当中。"

"临行前余大人吩咐，尽快把他送回临安去。"

"可以。"

贾似道停顿了一下问："据杜将军看，蒙古使臣有没有起疑心？"

"本将不知道。但他们不是笨蛋，不起疑心是不可能的。"

贾似道点头同意："我需要十几个非常精干的士兵，全都换了装跟我们一起到宿州去。"

"什么时候要？"

"明天就去宿州，怎么样？"

"可以，我这就去安排。"

"好了，多谢将军相助。"

这时杜杲走到冉璞跟前问："请问这位是？"

冉璞拱手回道："在下冉璞。"

杜杲点头说："我们是不是在哪里见过？"

"是的，在扬州知州衙门，那夜我们跟随赵汝说大人一道赴会。"

杜杲恍然大悟："你是冉琎先生的兄弟。"

冉璞微笑着回答："正是。"

杜杲轻叹一声："赵汝说大人公忠体国，想不到却英年早逝，可惜，可叹！"

冉璞见他的神情里忽然闪过一丝精光，不由得念头一动，莫非他听说了些什么？正想到这里，杜杲叫了主簿进来，吩咐他先领三人休息一阵，随后由主簿设宴招待他们。

众人离开后，杜杲走到一张硕大的桌案旁，案上摊着一张大幅地图，他盯着宿州，喃喃自语道："你们再这样折腾下去，太平的日子就要结束了！"

此刻宿州城里，国安平走进国用安的中军大帐里："兄长，刚刚收到蒙古那边送来的急递。"

国用安接过牛皮套密封的信札，打开读后，嘿嘿冷笑了一声："两边都要我杀人，又都火急地向我要人，真把我当成杀人越货的山匪吗？"说完递给国安平。

国安平快速看了一遍，好奇地问："一个喇嘛居然命令我们做事？兄长，这萨巴喇嘛究竟是什么人？"

"你知道为什么你们的智慧尊使，当初要冒着巨大的风险跑到金国抓王世安吗？"

国安平摇头。

"其实王世安并不是真正的目标，而是他背后的人物：上官镕。"国用安随即把自己了解的关于上官镕跟王世安的很多事情告诉了国安平。"这个萨巴喇嘛就是上官镕，背叛南朝投靠蒙古的莫彬。"

国安平大怒说道："这样的腌臜小人，无论到哪里都是祸害。兄长，他敢要挟你的话，我这就带人去除掉他！"

第十五章　宿州杀手（一）

听国安平要去杀莫彬，国用安连忙摇头："不要着急，对付这些人，还得从长计议。"

"我们说好了要归宋的，如果抓了莫彬，不正好是给朝廷的一件大功吗？"

国用安笑了："兄弟，你还是没有看透世道人心哪！"

国安平有些着急："大哥你到底怎么想的？"

国用安指着旁边凳子说："你先坐，我讲给你听。莫彬跟他的族兄前户部尚书莫泽，被对头整肃，被迫出逃蒙古。可他过去跟太多高官有说不清的勾勾连连，一旦被我们抓了送回临安，那些个高官一定每天惊恐不安，不知有多少人恨死了我们！"

国安平从没想到这些，不由得听愣了。

"所以如果我们打算归宋的话，这个人就不能动。"

"可是他竟然叫王世安用塔思来要挟咱们？"

国用安轻蔑地一笑："塔思会听他们的号令吗？就凭他王世安几句花言巧语，能吓得了谁？"

"如果塔思真的带军过来怎么办？"

"不会的。再说不管怎样，现在名义上我是李璮的部下，他不能无故攻我。"

"这信里要我们杀了余保保，但是人已经走了，怎么办？"

"莫彬在强逼我上他的贼船。"国用安冷哼了一声，"他根本不知道，余保保的爹余嵘跟我一直有联络。我会为了他杀了余嵘的儿子？真是可笑！"

"大哥，我不明白，为什么余保保跟莫彬会几乎同时向你要完颜绛山？"

"问得好。"国用安眯起了眼，想了一下说，"蒙古使团从临安带走几个金国俘虏，难道没有任何目的吗？余保保要我冒名武仙劫下他们，说明蒙古和南朝两边都想要他们。但南朝不敢得罪蒙古，无奈之下就让我们来干这个脏事。一旦暴露，他们大可以一推了之，让我们来顶缸。嘿嘿，都打的好算盘！"

"莫彬要我们杀人抢人，显然事先就知道蒙古使团的行程。"

国用安点头："这就是他的能耐吧。"

"那我们如何处置完颜绛山？"

"既然朝廷和莫彬都急着要他，那我们更不能轻易交给他们。说不定金国藏金的秘密，就在此人身上。"

见国用安对这批藏金如此执着，国安平有些不安："大哥，你就不怕把两边都得罪了吗？"

"不怕，就一个字，拖！一直拖到搞清楚那批藏金的下落。"

国安平不以为然，劝道："大哥，且不说藏金传闻是不是真的，就算是真的，就算我们费力弄清它们的下落，可随后还不知有多少争斗，最后我们就一定能拿到它们吗？"

"不管怎样，为兄都要试一试！"

"找到了又怎样？咱们要那么多金子干什么用？"

国用安笑了："拿到了这批黄金，我们就立即远走高飞。"

"到哪里去呢？"

"去海上，普陀、大小琉球，都可以。"

国安平瞪大了眼睛看着国用安，似乎觉得这太匪夷所思了："大哥，我不知道那些地方，也不想去。我们平平安安地活在这里，有什么不好？"

"平平安安？以后这恐怕比登天都难了！"

"为什么？"

"因为蒙古大军迟早要进攻南朝，留在这里的话，你我是躲不开这场战争的！"

"那我们就回大宋，一起抵抗蒙古。"

"糊涂！"

国安平起身劝道："大哥，我们毕竟是汉人，你难道愿意坐看大宋被蒙古欺压？"

国用安叹了一声："是啊，所以我不会帮蒙古攻打南朝。"

"那大哥究竟什么打算？"

"唉，可是南朝的军力实在太弱，连威名显赫的大金国都亡了，南朝能躲得过去？现在蒙古的势力如日中天，还在到处扩张。相比之下，南朝那些个当官的只知道捞钱，全都鼠目寸光，无可救药！所以我也不会帮他们抵抗蒙军。"

国安平再次劝道："兄长，你常说为将要以忠义为本。我们是汉人，南归才是大义啊！"

听到这话，国用安很是不快，沉着脸回答："还记得张惠和范成进那批人吗？"

"记得。"

"他们宁愿为大金国战死殉葬，也不愿留在南朝，受赵葵那等腌臜小人的欺负！"

"大哥，过去朝廷是有不公的地方。可奸相史弥远已经死了，现在皇帝亲政，罢黜了奸人，更化革新，过去的那些弊病都会改掉的。"

国用安诡异地笑了，摇头说："太晚了，没用的。为兄既不想给蒙古大汗当炮灰，去攻打本族的人；也不想在南朝受赵范、赵葵那样的小人欺压。咱们还是走为上，迁到东海的岛上去。所以现在必须多多准备些钱财和粮食。"

国安平点头，终于明白为什么国用安对那批藏金有那么大的兴趣了。

国用安接着说道："咱们光有钱财粮草还不够，还得有船才行。你还记得那次冉琏先生在楚州，答应帮完颜赛不造船的事情吗？"

"当然记得。那批船怎么样了现在？"

"还没有全部完工，孟珙和塔察儿联手攻打蔡州时，赵范那厮就趁乱派人把船夺了。他刚刚升了官，还在兴头之上，一定做梦也想不到，这时有人会去抢船。兄弟怎么样，这个差事就交给你了。"

"大哥放心，我明天就带部下去海州抢船。"

"记住，行军路上动静一定要轻，尽量不要惹人注意。"

"明白！"

"还有一件事情。"

"大哥请说。"

"你过一会儿再去审审那个完颜绛山，告诉他：再不说的话就要动大刑了，直到打死了算！"

国安平犹豫了一下，想要说些什么，却又闭口不言……

第二天清早，宿州城外来了一队车马，送来了几十车军粮。

国用安认得为首的统领，是安丰知州杜杲的副将杜充。他旁边的马上端坐着一个文官，看面相非常年轻。小校跑来报说，这是杜杲按照之前的约定，派杜充和司仓贾似道送粮来了。于是国用安吩咐小校，把杜充和贾似道领到中军会客厅等着，又让国安平去清点运来的军粮。

国安平正带着主簿查点粮车时，一个身形魁硕的军官走到他身旁，问道："阁下是国安平将军吗？"

国安平转身看去，见这人剑眉上扬，双目有神，着实气宇不凡，回道："我就是，你是？"

"我叫冉璞。"

这个名字国安平早就听说过了，他今天突然听到，真是非常意外，便问："您是冉璘先生的兄弟？"

"正是。"

国安平笑了："怪不得看起来如此面善，冉璘先生现在在哪里？"

"他没有来宿州，另有公干去了。"

"那您来宿州，是为了这批粮草？"

"国将军，在下到宿州来的确有些事。还请借一步说话。"然后两人走到一旁，冉璘将此行要领走完颜绛山的差事讲了一下。

国安平立即像拨浪鼓一样摇着头："我不知道完颜绛山这个人，你们问我兄长吧。"

冉璘早已阅人无数，看到国安平一脸不自在的表情，立刻就明白了。冉璘心里不由得发笑，因见国安平尴尬，于是不再讲了，把丁义叫来向他介绍了一下。

正在这时，小校过来请冉璘和丁义一起到会客厅去。国用安已经接到了主簿报告，军粮的数目跟约定的完全一致。于是他热情洋溢地向杜充和贾似道表示谢意。杜充随后告诉了他贾似道的国舅身份。

国用安大为惊讶，忙不迭地起身向贾似道行礼。

贾似道扶起了他，呵呵笑道："久闻国将军的大名，今日才得见到，真是闻名不如见面，将军果然是一个真英雄、真豪杰啊！"

这句话让国用安非常受用，连称不敢当。随即吩咐主簿，赶紧去准备一桌丰盛的酒席，他要为几人接风。国用安心里美滋滋地认定，皇帝和宰相把贾似道派来，当然是为了安抚自己。

果然，贾似道随后从贴身的公文袋里掏出了一封密信交给他。这是宰相郑清之写给他的亲笔信。信里的话着实暖心，竭尽抚慰拉拢之能事，并许诺了他归宋之后，朝廷将会给他的封赏。

国用安看罢，起身向天盟誓说道："皇上和郑相如此看重国某，今后只要朝廷需要，国某但凭驱使，绝无二心！如有违誓，天诛地灭！"

"好，好，国将军忠心可嘉，真是一位无双国士！回临安后，我一定向陛下奏明，国将军对大宋忠贞不贰。"

"多谢国舅爷了。"

等待酒席时，国用安叫来主簿，让他悄悄去准备一些厚礼，宴会后一并送到贾似道的驿馆里。

这时国安平拉着冉璞进来，兴冲冲地对国用安说："大哥，你知道他是谁吗？"

国用安盯着冉璞端详了一下，疑惑地问："嗯，看着有些面熟，却是想不起来。"

"他就是冉琎尊使的胞弟，冉璞先生。"

国用安立即走上前，热情地握住冉璞的手说："尊兄是我的好友，你也就是我的兄弟了。"

冉璞也跟他客套地寒暄一阵。

第十六章　宿州杀手（二）

片刻之后，宴席准备停当。国用安请贾似道跟他并排坐了首席，随后开宴。宾主来回敬酒，气氛极其热络。席间，贾似道几次提及这次来的主要目的——带走完颜绛山。可国用安总是立即岔开话题，不停地说着各种荤腥的笑话，又使出十足的力气结交拉拢贾似道，把他逗得哈哈笑个不停。

正在酒酣耳热的时候，一个小校疾步进来，向国用安轻轻报说，王世安来了。国用安很是不爽，责骂道："混账东西，怎么这么不晓事？你去说今天我很忙，叫他明天再来。"

小校有些委屈："那王世安今天有些暴躁，小的们挡不住他。"

因为国用安一直在奉承王世安，所以手下们都不敢得罪他，更加不敢拦阻。这情势让国用安很是恼火，正要继续发怒斥责，这时从宴会厅外闯进一个人。

这人一边走进来，一边诡笑着说："国将军，果然忙得很哪！原来是宴会招待贵客，不知道能否加我一个，我们也认识一下，可以吗？"

国用安紧绷的表情瞬间换作笑容可掬，起身迎接上去，拉着王世安的手："千户大人说的哪里话？来，跟我来。"王世安仰着脸，旁若无人地被拉着走到贾似道的席前。

"我给你介绍一下，这位就是朝廷派来的贵客，国舅大人。"

哪知王世安一见到贾似道，顿时大笑："国舅大人，别来无恙！"

贾似道当初曾经混迹于临安各处欢场，聚仙山庄自然是常去常往，当然跟庄主董贤很是熟识。只是两人都没有料到，今天在这个场合突然又不期而遇了。

贾似道略微有点脸红，却板着脸，尴尬地点头说："是董庄主啊。"

国用安愣了一下，随即明白了过来："原来二位早就认识，那太好了，大家当真都是有缘人，嘿嘿！"然后吩咐在自己主桌的另一侧摆上一桌，请王世安坐了。

王世安大大咧咧地坐下说道："小国舅，庄主这个称呼，今后就不要再提了。"

众人听他说话的口吻，似乎有些戏谑地调笑贾似道。

贾似道皱了皱眉头："那该怎么称呼你？"

"在下的本名叫王世安，现在在蒙古大汗帐下效力。"

国用安给王世安倒满了酒，转身对贾似道说："王大人现在很受蒙古大汗的重用，刚去就做了千户，将来前途不可限量啊！来，我先敬你们二位一杯。"

于是三个一起喝了一杯。王世安放下酒杯问道："国舅大人到这宿州，可是有什么公干吗？"

贾似道点头说："没有公干，是私事。"

王世安顿时很有兴趣："哦，私事？王某在这宿州颇认得一些人，可以帮上一帮的。"

他刚要继续追问贾似道来宿州的真正目的，却突然看到了一旁坐着的冉璞。王世安顿时觉得非常面熟，可就是一时想不起来是谁。

国用安见他盯着冉璞，便问："王大人，这位你也认得吗？"

王世安摇了摇头。

国用安正要为他引荐，只见冉璞微笑着站起身说："董庄主，总算找到你了！"

刚才王世安要求贾似道不要再称呼自己庄主，可冉璞仍然这么称呼他，于是席间的气氛突然开始冷却，渐渐地有点莫名紧张了起来。

王世安冷冷地问道："阁下是哪位？"

"董庄主，在聚仙山庄，你让费孝带人乘乱打死了余天锡的儿子余继祖，然后嫁祸给我，怎么，全都忘掉了吗？"

这番话实在太过意外，王世安一下子愣住了："你——究竟是谁？"

"当真是贵人多忘事啊！我就是那天的临安府捕头，冉璞。"

王世安脸色顿时变了。他想到了冉珊，为了追捕自己一直跟到了金国，害得自己被关在牢狱里吃尽苦头，直到大金亡了国这才脱险。今天跟他的兄弟冉璞又不期而遇，真是冤家路窄，无论到哪里都避不开他们！

王世安迟疑地问："你怎么会到这里来？"

冉璞毫不迟疑地回答："当然是为了拿你归案！"

王世安顿时为之气短，刚才的傲慢消失得无影无踪，却又硬着头皮顶了回去："我是蒙古的千户，你不能抓我。"

冉璞笑了："是吗？"说完向前跨了一步。

这时丁义也站起身，走到冉璞身旁。二人紧盯着王世安。

国用安见状，担心两人突然暴起捉拿王世安，局面将会失控，那就不好收拾了。于是也起身挡在了冉璞身前，笑眯眯地说："冉捕头这是在说笑哪。千户大人，还不向二位捕头敬酒？"

王世安没有任何举动。冉璞和丁义也没有再往前靠近。

国用安见状说道："各位，不管大家以前有什么过节，国某斗胆给各位说和了！在这宿州城里，还请看在国某薄面上，暂时就两免了吧。今天这桌就是劝和酒，让我们把酒言和，怎么样？"

这是在警告冉璞和丁义，不要在宿州城里捉拿王世安。

贾似道看得清楚，刚才十分嚣张的王世安，突然变得如此委顿，分明对冉璞极为畏惧。他不禁暗暗称奇。

此刻，宴会已经无法进行下去了，国用安见冉璞和丁义并没有退下的意思，不禁很是为难，便向贾似道和杜充看了过去，希望他们能阻止二人。而杜充竟然向贾似道敬起酒来，似乎眼前的事情完全跟他无关。国用安不禁又气又急。

正在这时，国安平上前劝冉璞说："冉兄，王世安现在不过是笼中之鼠罢了。没必要因为他伤了大家和气。"

冉璞便点点头，跟丁义一起回到了酒席上。

国用安心上的石头总算落了地。回头向一个差事使了一个眼色说："千户大人身体有些不适，你带人将他护送到馆驿去吧。"

王世安满脸怒容地哼了一声，站起身自行离去了。

随后这场酒宴很快就不欢而散了，国安平将贾似道和冉璞等人送到驿馆。回来时，国用安似乎仍然余怒未平，对他抱怨道："看看你带来的那个冉璞，怎么会这么莽撞？"

国安平笑着回答："大哥，现在这个局面，不正是你想要的吗？"

国用安忽然也笑了："好，好，我兄弟也会用心想事情了！你说说看呢。"

"现在蒙古和宋廷两边都向大哥要人，而大哥不想给。可气的是王世安这厮仗着蒙古人的势，竟敢看轻我们，几次三番强行索要。可他万没想到，他最害怕的对头，恰好也来到了宿州。"

国用安嘿嘿笑道："不错，这厮最怕的就是被人捉拿送到临安去。这样，你马上到他那里去一趟，吓唬他说，那冉璞不肯罢休，扬言要在城外等着抓他。"

国用安笑道："估计他会连夜逃走。"

"嗯，你就叫人开城门，放他走。"

一切正如二人判断，王世安多次遇险后，变得越发怕死，听说冉璞一定要捉拿他后，顿时吓得脸色煞白。所以当国安平建议连夜带他出城时，他当即答应，并且连连称谢不已。

半个时辰后，国安平将王世安送出了城……

此刻冉璞尚未安寝，贾似道来了，找他询问当年聚仙山庄的事情，两人便谈了一阵。

"冉捕头，当年莫彬跟王世安在聚仙山庄干的那些勾当，是不是都有铁证了呢？"

"当然，人证、物证都全的。"

"你说的物证就有那两本'十地密册'吧？"

莫彬在临安时，贾似道年纪尚轻，并未担任什么官职，所以没有卷进莫彬的那些龌龊之事。不过他似乎对那些密册很有兴趣，冉璞、丁义对此并不作答。

贾似道随后叹息了一声："只是可惜啊，主犯莫彬和王世安都未曾归案，两人不但逃到了蒙古，还做了蒙古的高官。"

丁义听他话里有话，白了他一眼，问道："那国舅爷有什么见教呢？"

"王世安现在是蒙古千户，他来找国用安干什么？这里面肯定有事。"

冉璞点头："是的。"

"我担心他来宿州，也是为了完颜绛山。"

丁义问："国舅大人有什么打算？"

贾似道没有回答，只看着冉璞说："刚才你们都听到了，国用安不准你们在宿州城里抓王世安。他是不是说，在城外可以呢？"

这的确说中了冉璞和丁义的心思。

丁义反问："贾大人打算去城外抓人吗？"

贾似道连连摆手："不，不。我是个文官，抓人还得你们。但是本官觉得，你们不该去。"

"哦，为什么？"

"因为抓王世安不是你我的分内之事，我们此行有更重要的事情。"

冉璞问："嗯，贾大人打算什么时候向国用安要人？"

"明天我就去要。不过，在接到完颜绛山之前，你们都不要轻举妄动去抓王世安，免得徒生是非，怎么样？"

丁义刚要反驳，冉璞阻止了他，回答道："那好，就依国舅大人了。"

正说到这里，一个驿差进来报说国安平将军来了，请冉捕头出去一下。冉璞和丁义对视一眼，一起跟着驿差走出了房门。

这驿差领着二人，穿过驿馆长长的通道，向大门走去。

正走在半道，二人同时发觉通道旁边的房顶上，有黑影闪了过去。

丁义立即大喝："什么人？"

那黑影闪过后，突然传来几声弓弦响动，几支利箭嗖嗖地射向三人，驿差顿时应声倒地。

冉璞和丁义曾经多次历险，临危不惧，立即伏地躲开，向廊柱后快速移动。房顶上黑衣刺客们见二人躲到廊柱后面，便不再射箭，一齐抽刀从房顶跳下向二人包抄过来。冉璞跟丁义也起身拔刀，跟几名刺客斗了起来。

这样大的动静，立即惊起馆驿的其他驿差和贾似道的随从们。众人高喊着拿刺客，乱纷纷地跑了过来。

为首的刺客眼见来人众多，便发出了信号，刺客们开始迅速撤退。

贾似道的一个随从不知厉害，紧跟着追了上去。只听一声弓弦响过，这随从被一支利箭穿胸而过，当场倒地。

众人顿时惊骇莫名，于是不敢再追。只有冉璞和丁义不舍，紧追了上去。

第十七章　完颜赛不（一）

冉璞和丁义紧追一名黑衣刺客不放，在夜巷里一边追逐，一边厮斗。那黑衣刺客敌不过二人，心慌意乱之下，一不留神被冉璞踢飞兵刃。丁义正要擒拿，前面接连响起几声弓弦声。二人被逼躲箭，但那黑衣刺客被一支利箭穿胸射倒。

黑暗当中也不知前面有多少刺客埋伏，二人只好原地警戒。此刻四周一片静寂，却充满了腾腾的杀气。

双方对峙了片刻后，杀气开始渐渐消退。远处传来一阵喊声，火把的亮光越来越近。这是国安平带着一队士兵打着火把冲了过来。

冉璞和丁义这才走了出来，找到那刺客尸身仔细搜查。除了搜到一把手刀和刺客随身弓箭外，并没有其他发现。

国安平见冉璞反复地察看这刀，便说："冉捕头，这刀很是平常，光凭它怕是很难看出刺客的身份吧？"

冉璞点头同意，对国安平说："现在太暗了，请你的手下把尸体抬走。我们天亮以后再检验。"

国安平点头答应，又命令士兵在这附近仔细搜查。

冉璞止住他说："不用了，这些人肯定已经逃走了。"随即将驿馆遇刺的经过告诉了他。

当国安平听说竟然有人冒名自己去行刺冉璞时，不由得勃然大怒，下令部下将宿州城各处要道口全部封锁，无论遇到任何可疑人物，一概拿下。

第二天清早，冉璞和丁义赶到了国用安帅府。此时国安平正在帅府等候他们，昨夜他全城搜查逃走的杀手，却是再无收获。

冉璞拿着缴获的刺客弓箭反复观看。只见这弓的弓背是枫木制成，向外弯曲，有一对弓臂和一个弓弣；弓臂的末端装有弓弰，明显加大了弓弦的拉距；弓面是牛角制成；木制弓背上还有鱼胶黏合的鹿腱。他试着拉一下弓弦，发觉拉力比宋军和金军的弓都要大一些。特别是由于有鹿腱，弓弦拉扯后可以迅速回复原有位置，大大加快了发射的速度。

看到这里，冉璞不由得眉头紧锁。丁义也拿起这弓仔细看了一下，失口说道："这是蒙古军队的复合弓，刺客难道是——"

冉璞却摇头："未必就是蒙古兵。"说完蹲下身，扯开刺客尸身的上衣，在右臂上发现了醒目的黑虎文身。冉璞笑了："又是老熟人来了。"

一旁国安平疑惑地问："冉捕头说的是谁？"

丁义回答："莫彬。"

"这——怎么可能？"

冉璞回道："莫彬手下有一批训练有素的刺客，他们都是金国武士，而且有一个共同特征：臂膀上带有黑虎文身。在临安时曾经多次出现，我们击毙过几人，所以知道。现在莫彬投奔了蒙古，那么他的人使用蒙古弓箭就完全解释通了。"

国安平这才明白了，立即前去通知国用安。

当国用安得知莫彬派杀手到宿州杀人来了，忍不住怒拍桌案，破口大骂莫彬。

国安平说："大哥，莫彬这种下三滥做事完全没有底线，下面还不知道会发生什么事情。"

国用安有些焦躁："那个完颜绛山招了没有？我让你动刑拷问，你就是不听！"

"大哥，那完颜绛山送来时本就受过很重的刑伤，再动刑就把他打死了。"

国用安摇摇头，很是无可奈何。

这时国安平吩咐所有差事全部出去，轻声说："有一件事情，我不知道怎么跟大哥讲。"

"直说不妨。"

"我刚刚得知，完颜绛山其实是明尊教的人！我们有严厉的教规，不能残害同门。"

国用安十分惊讶："你没有弄错？"

"不会错。完颜绛山似乎知道我，主动跟我对了寸口，全都对上了。"

国用安皱眉说道："你们明尊教未免手伸得太长了吧？"

国安平笑着回答："大哥你多心了。完颜绛山的经历说起来很长，我就大致讲一下。"

原来，完颜绛山的本姓不是完颜，真名叫作朱绛山，是一个加入明尊教的河北汉人。他被强征进金国军队后，因为长年作战勇猛，屡立战功，而且为人忠实可靠，就被上司举荐给金主完颜守绪，赐姓完颜，编进了皇帝随身卫队。之后，他屡次救驾，完颜守绪对他非常欣赏信任，因此在蔡州城破之前，交代给他很多身后之事，其中就有两把藏有秘密的章宗御扇。

国用安也曾经被金主赐姓完颜，知道这是金主拉拢汉人武将的惯用手段。他听罢便说："那太好了，看来这个人很讲义气。既然他是你们的人，你现在就带上他，一起去见完颜赛不，赶紧问出来藏金的下落。"

"大哥，暂时还不能让他去见完颜赛不。"

国用安有些着急："为什么？"

"因为他的那两把御扇，被南朝官员抄走了。没有了信物，完颜赛不恐怕不会信他。"

"那——"国用安有些沮丧。

默想了一阵后，国用安突然笑了："我明白了。"

"大哥明白什么了？"

"余嵘父子要我劫下完颜绛山，说明朝廷想要这批藏金。然后派了个小国舅到宿州来拉拢我，他们拿什么来拉拢？就靠郑清之写一封信，给几句空头承诺吗？不，他们一定带来了那两把御扇，很可能就在贾似道或者冉捕头手上。因为我们扣着完颜赛不，朝廷只有跟我合作，才能找到这批藏金！"

国安平点头说道："还是大哥精明！那我这就去请冉捕头和那位小国舅大人。"

"不，先去找冉捕头。"

国安平领命，找到了冉璞，将事情的原委告诉了他。冉璞不禁暗自发笑，一天前国安平还在遮掩完颜绛山，可现在竟然全盘告诉了自己？一定是国用安着急了。

冉璞回答说："多谢国将军的信任，告诉我这些事情。不过，那两把扇子确实不在我这里。"

国安平有些失望。

冉璞口风一转："但它们就在小国舅的手里。"

"这个事确凿吗？"

"我可以陪你去问一问他。"随后两人一起去见了贾似道。

然而贾似道得知完颜绛山的事情后，将头摇得像拨浪鼓一般，矢口否认。

国安平很是失望，便起身告辞。

却不料二人没走多远，贾似道的一个亲随追上来说："国将军请留步，我家大人请你回去一趟，有件事要跟将军商量。"

因为没有请自己回去，冉璞便笑了笑，跟国安平拱手别去。

国安平进去之后，贾似道一改刚才的倨傲态度，笑容可掬地迎了上来，说道："国将军，按照你所说，完颜绛山根本就不是女真人，这当真可靠吗？"

"大人，如果他是的，为什么要编出这样的假话呢？"

贾似道点头："本官来宿州的目的就是为了他，国将军能否带我去见一下？"

国安平回道："这个人受伤严重，郎中说疗伤期间不宜见生人。等他伤好之后，我们自然会将他交给大人。"

贾似道诡异地笑了："国将军你听我说，本官来之前，刑部的确交给了我两把扇子，但并没有说这东西有什么用处。不如我们一起去见完颜绛山，且看他如何讲，怎么样？"

国安平暗想，贾似道这厮年纪虽然不大，心眼却是忒多了，对任何人都要提防。他便点了点头，领着贾似道去了帅府。

贾似道便将扇子递交给国用安。

国用安来回把玩着纸扇，琢磨了一阵，看不出什么端倪，便问贾似道："这就是从完颜绛山身上搜出来的金章宗御扇？"

"是的。"

"这能说明什么呢？"

贾似道摇头："暂时还不知道。根据我们最新得到的消息，金主完颜守绪把藏宝线索分别交给了完颜赛不和完颜绛山两个人共同保管。可我觉得，完颜绛山似乎并不知道这里面的秘密。"

国用安点头："你是不是想说，只有完颜赛不才能看懂扇子的秘密？"

贾似道拱起双手："国将军有见地，很有可能。"

"这样的话就麻烦了，万一他拿到扇子，却又不愿意讲出秘密，那不是陷进死局了？"

"可是完颜赛不一直在将军手里掌控着。他不肯说，就被一直关着。难道他就不想出去吗？"

"可我们等不了太长时间，谁知道以后会有什么变故？"

"所以余嵘大人才让在下过来，跟国将军配合一起去找这批黄金。"

"哦？听起来国舅大人很有把握。"

贾似道笑了："把握谈不上，本官自然会尽全力。再说你们也没有什么进展，不如大家一起去试一试呢？"

国用安看他颇有自信，忽然猜到，莫非余嵘还掌握了什么自己不知道的事情？如果强问贾似道的话，这厮肯定也不会讲，便建议道："可以，贾大人，那就把冉捕头他们二位请过来，一起去吧？"

贾似道摇头："他们都是我的属下，暂时不需要。"

国用安点头同意，便命一个差事带路。三人进了监牢，见到了完颜绛山。

第十八章　完颜赛不（二）

这时完颜绛山已经被去了刑具，国安平命人给他换了一身干净衣衫，因为刑伤很重，他看起来很是虚弱，正歪躺在床铺上，一副愣愣怔怔的模样。

贾似道抢到前面问候道："完颜将军，哦不，应该称呼朱将军了，你受苦了。"

完颜绛山不认得他，疑惑地问："你是谁？"

"在下贾似道，受朝廷差遣，特来接朱将军回去。"

"朝廷，什么朝廷？"

"当然是我们大宋朝廷！朱将军，刑部那些小厮实在混账，该挖掉他们的眼珠子，不知道将军其实是汉人，竟然让您遭了这么多罪！本官回去一定向他们追责，这里先向朱将军赔罪了！"说完，他深深作了一揖。

完颜绛山冷冷地回答道："请这位大人不要称呼什么朱将军，我只是完颜绛山。"

贾似道本有些尴尬，随即笑着说："完颜将军勿怪，在下唐突了。"

一旁国用安嘿嘿地笑着，打圆场道："完颜将军，不瞒你说，这次我把将军从蒙古使团手里救下来，其实就是朝廷安排好的。还请将军莫怪国某，多有得罪了。"说完也叉手行礼，然后使了个眼色给国安平。

国安平会意，上前劝道："完颜将军，我兄长刚才说，'威武不能屈，富贵不能淫'。你就是这样的人，一个讲仁义的真汉子！"

他还没说完，贾似道接过话道："说得好。完颜将军，请恕贾某斗胆了，将军虽然是江湖出身，却心怀忠义，令人敬佩。只不过现在大金国已经没有了，您毕竟是汉人，南归为朝廷效力，才是真正的仁义，才是大仁大义哪！"

于是三个人就这样轮番劝说。

完颜绛山的脸虽然一直板着，但架不住他们如此地赔笑奉承，渐渐地便缓和了下来："三位大人不必客套，有事需要在下，开口就是。"

他终于愿意合作了！国用安跟贾似道互相对视一眼，都是喜出望外。

国用安笑着说："贾大人受朝廷委派，到宿州来就是为了将军你。一来要保护将军的安全；二者，朝廷要他搞清楚那批金国藏金的下落……"

而完颜绛山似乎又没有什么兴趣了，仰起头闭着眼。

贾似道接话道："完颜将军，这批藏金本就属于我们大宋。过去一百年里，金国一直是虎狼之邦，依仗军力，竭尽恐吓威逼之能事，讹走了大宋大量的金银财物。这次如果能找到它们，自然应该归还给朝廷。将军，不管怎样，我们都是汉人，此时此刻难道不愿帮助自己人吗？"

完颜绛山沉默了一阵，问道："那要我做什么？"

国用安立即回答："请将军跟我们一起去见完颜赛不老将军。"

"我说过了，没有那两把御扇，他不会相信我的。"

贾似道立即从袖子里抽出两把扇子："将军说的可是这两把吗？"

完颜绛山接过去看了看，淡淡地说："我不认得字，不过，画面看着是一样的。应该就是。"

"那就烦请将军随我们去一趟吧。"贾似道小心翼翼地赔着笑脸，心里却在打着鼓。

完颜绛山又沉默一阵，终于点了点头。

两人一直悬着的心这才彻底放下了。喜形于色的国用安立即叫来了牢头，在前面带路，去见完颜赛不。

原来完颜赛不被关在同一座监牢里。几个人跟着牢头，曲曲折折地走进了监牢纵深。最里面有几间秘密的囚室，被铁栅栏同监牢其他部分彻底隔绝。

差事命牢头打开牢门，国用安当先走了进去。只见里面有一个灰袍老者，须发全白，额头上有深深的皱纹，正端坐在一张简陋的书案旁，拿着一卷书认真地看着。另一侧有一张破旧的桌子，上面放了一个灵牌，上面写着："大金国庄皇帝哀宗陛下。"

这个监牢里，竟然供奉着已经亡国的金国皇帝完颜守绪的牌位，显得分外诡异。

国用安上前行礼，恭恭敬敬地说："老将军，我给您带来了几位尊客。"

完颜赛不仿佛没有听见似的，并不抬头，依旧端着书继续阅读。这边贾似道拱起双手，正要行礼说话，国用安挡到了前面，用手拉住了他，摇了摇头，示意不要打扰完颜赛不。于是几人就这么站在完颜赛不的书案前面等待，一时间分外寂静。

过了一炷香工夫，完颜赛不终于抬起了头，看了看几个人。最后目光停在国用安身上，抚须问道："你又来做什么？他们是什么人？"

国用安赔着笑脸，指着完颜绛山回答说："老将军看看，认得这位吗？"

完颜赛不盯着完颜绛山看了一阵，摇了摇头："不认得。"

国用安连忙说："他就是完颜绛山，按照老将军吩咐，我终于找到了他。"

"哦？"完颜赛不似乎并不相信，仔细看了看问："你就是完颜绛山？"

"正是末将。"

完颜赛不点点头："你有什么凭证吗？"

完颜绛山从怀里掏出了那两把御扇，双手捧着送到桌案上："这是先帝临终前赐给我的，吩咐我一定要亲手送给老将军。"

完颜赛不打开了两把纸扇，仔细地端详起来。突然他的手抖动了起来，因为非常激动，以致两眼变得通红。他用双手颤颤巍巍地把御扇合起，又举过头顶，抽泣着转身，向另一张桌上的金哀宗牌位磕起头来。

行完礼后他坐回去，定了定神，问完颜绛山："皇帝陛下临终前，有什么遗言？"

"陛下临终前对我们说：'只要女真人没有绝种，将来就一定要报仇雪恨，亡蒙灭宋！苍天可鉴！'"

完颜赛不再次起身跪倒，哭泣着说道："陛下，老臣遵旨……您在天上安好，等着老臣！"

因为听到了亡蒙灭宋，贾似道的心里非常不舒服。但看到其他人全都若无其事，只好掩饰了起来，聚精会神地看着完颜赛不。

完颜赛不拜完后回到座椅，呆呆地发了一会儿怔，丝毫不理会其他众人。国用安耐心地在一旁等着。贾似道见他如此，只好也沉默地站在一旁。

过了一会儿，国用安小心地说道："老将军，您是个重信守义的人。国某已经办到您交办的事情，还望老将军兑现承诺。"

完颜赛不点点头："你放心。"然后问完颜绛山："你知道扇子上面的诗是谁作的吗？"

"知道，是大金国先帝爷章宗皇帝。"

完颜赛不若有所思："不错。这两首诗里有什么特殊意义呢？"

"在下不知道。"

"来，你读一遍我们听听。"

"老将军，在下不认得字。"

完颜赛不很是错愕："不会读书识字，你当真是我完颜氏的子弟？"

当年，金章宗定下了规矩，完颜氏皇族子弟年幼时必须送进皇家官学，学习各种经书典籍。所以当完颜绛山说自己不识字时，完颜赛不当然惊讶了。

完颜绛山拱手回答："老将军，在下本姓朱，蒙先帝爷恩赐，这才改姓了完颜。"

原来如此，完颜赛不抚须点头。

国用安问："老将军以为，这扇子里面藏着什么玄机？"

完颜赛不摇了摇头："老夫愚钝，什么也没看出来。"

国用安顿时冒上火来，心里暗骂，面前这个老货虽然已经失势，却时时端足了架子。更可气的是明明他被自己关在牢里，自己反要低三下四地求着他。如果不是看在那些藏金的分儿上，早就一刀宰了他！

完颜赛不似乎明白国用安的心情，瞥了他一眼，从桌案上的一本书里拿出了两张图，对国用安说："这两张地图是先帝生前派特使送给我的，现在你们可以拿去看吧。"

国用安接了，打开了摊在桌案上，示意贾似道和国安平一起过来，众人便凑到他身旁仔细观看。

只见图中所绘明显是两座大山的地形，还标注了很多楼堂亭阁。两张图的抬头都分别写了一些数字。第一张图抬头写着"捌拾，叁肆拾，玖拾"，另一张则写着"玖伍，柒拾"。

这是什么意思？会是藏宝的数量吗？众人只觉得满头雾水，完全没有头绪。

完颜赛不说道："大家一起参详一下，这两张图加上两把扇子，能说明什么呢？"

贾似道跃跃欲试，率先发话道："根据《六韬》所述，君主和主将之间必须用阴符联络秘密之事。有很多种不同的阴符，所刻图案、颜色和尺寸都可以传递秘密。老将军，这扇子也是一种阴符吧？按说您应该知道这里面传递的消息。"

完颜赛不摇头道："老夫掌军二十多年，从未用过扇子这种'阴符'。"

国安平问："两张图上面的数字代表什么意思？"

"这就是老夫觉得费解的地方。"

贾似道问完颜赛不："老将军，您确认这地图跟扇子之间，肯定有着某种关联吗？"

"老夫还不能确定。"

又看了一阵，贾似道自言自语地问："这些数字，会不会就是扇子上那些字的顺序？"

几个人眼前一亮，顺着这个思路琢磨了一阵，却仍是一片茫然，百思不得其解。

又过了片刻，完颜赛不突然一拍桌案，长叹了一声："想不到，这秘密竟然会是这样！"又抬头对贾似道说，"年轻人，你很不错。"

国用安见完颜赛不知道了谜底，不由得大喜："老将军，这到底是怎么回事？"

完颜赛不并不回答，却问众人道："怎么样各位，你们都看懂了没有？"

几人继续苦思冥想，还是没有想出任何线索。

贾似道向完颜赛不躬身作揖问道："请老将军赐教。"

完颜赛不抚须笑着说："这样吧，请你们各位都先出去。"转头对国用安说，"国将军，老夫有话要单独跟你谈。"

第十九章　藏金秘密（一）

众人都走出去后，国用安迫不及待地问："老将军，那些黄金到底藏在什么地方？"

完颜赛不却不回答，只抚摸着胡须盯着国用安。

国用安心里已经非常急迫，但他知道完颜赛不是一个老奸巨猾的对手，这种时候可不能让他看出自己的焦虑。于是他竭力平静地坐在那里，等待完颜赛不的回答。

过了片刻，完颜赛不终于开口："兖王，先帝生前待你如何？"

国用安立即回答："先帝对我恩重如山！可惜国某镇守徐州，未能及时赶赴蔡州救驾，这是我一直以来的锥心之痛！"说到这里，国用安低头擦拭了一下眼睛。

完颜赛不看他的双眼竟然有些发红，便点点头道："兖王能说出这样的话，说明你不是忘本的人。好吧，先帝遗留下的东西，可以都交给你。但你必须答应我两个条件。"

国用安站起身，叉手说道："老将军但凡有任何需要，在下一定尽力去做。"

"很好。第一件，我在海州造了一批海船，却被赵范他们派兵抢走了。希望兖王帮我夺回来。"

国用安心想，难道他还在做梦，要回到女真龙兴之地再度崛起？

完颜赛不见他没有回答，便解释说："兖王不必多疑。现在散落在中原的猛安谋克子弟很多，我不想他们留在这里，将来变成贱民、奴隶，被人虐待。所以要把他们收拢起来，送回故乡辽东去。这是我能为他们做的最后一件事了。"

国用安知道他所说的女真子弟，其实就是金军被歼灭后的残余部众，就问道："陆路不通，所以你们要走海路？"

"正是这样。"

"好，我答应你。"

"第二件，宿州城外有一个小镇叫符离，希望兖王能将它交给我，用来临时安置各地聚拢过来的女真子弟。等到合适机会，他们将一起离开，赶到海州上船。"

国用安满口答应："没有问题。老将军，今后就不要再称呼我兖王了吧……"

完颜赛不看他似乎有些尴尬，不禁暗自冷笑，道："可以，国将军。对了，这些人都带着兵刃军械，还请你不要有所顾虑。"

"大概多少人？"

"将近五千人。"

国用安不禁倒吸了一口凉气。难道他已经暗中组建了一支完整的军队？容许残余的金国军队在自己的防区集结，一旦走漏风声的话，让蒙古大汗知道了，一定会认为自己在造反！国用安顿时很是后悔，刚才答应得太过轻率了。

完颜赛不见他害怕，不禁微微冷笑，道："国将军很为难吗？"

"这……老将军容我一点时间考虑清楚。"

"那好，老夫就等着将军了。"

监牢之外，贾似道和国安平正不安地等着国用安，见他脸色沉重地走了出来，便围上来询问情况。国用安对贾似道说："国舅大人，请你把冉捕头请到我帅府来，到时我一并告诉你们。"随后吩咐差事安置好完颜绛山。

进了帅府后，国用安吩咐国安平道："你去点齐两千精锐士兵，准备明天悄悄地出发，到海州出其不意地把那批海船夺下来。"

"放心吧，大哥。之后呢？"

"海州以东海面上有一个连山岛，你把船全部带到那里藏好，然后在那里驻守。"

"遵令。藏金到底在哪里，完颜赛不告诉你了吗？"

国用安恨恨地回答："这老货一定要我们帮他做两件事。"随即将那两个条件告诉了他。

国安平挠头说："船的事情好办，只是他那么多人过来的话，怎么可能不惊动张柔那些人呢？"

"所以为兄要跟你商量一下，你觉得这两件事我们能办吗？"

"大哥，先不管这两件事，我一直在怀疑，金国藏金的事情确实吗？它会不会就是一个圈套？"

"圈套？"国用安对藏金的事从来就没怀疑过，现在他突然有些犹豫了。

可是想了一阵后他又笑了："兄弟你太多心了。蒙古和南朝两边的人何等精明？如果不掌握一些内幕，他们怎么会同时要抢完颜绛山？"

国安平听了，也觉得有些道理。

"兄弟你记着，要想得到大富大贵，从来都得冒大风险！很容易得到的东西，一般也都不值钱。"

"那好，我一定全力助兄长达成心愿！"

过了一会儿，贾似道跟冉璞、丁义都到了。

国用安就将会见完颜赛不的过程，以及他提出的条件都告诉了众人。"各位，完颜赛不看到扇子后，说他已经知道了藏金地点，只是还不肯告诉我们。你们认为可以答应他的条件吗？"说完，他的目光看向了贾似道。此时他心里已经飞快地打好了算盘，将海州的船劫走交给完颜赛不，朝廷早晚会知道。不如把这个小国舅也卷在里面，他自然会向皇帝陈情，自己在朝廷这边就可以转圈了。

贾似道眼珠转了转，立即猜到了国用安的心思，希望自己能为他说情。他立即说道："国将军，该怎么做，请你直接拿主意吧，贾某一定会鼎力相助。朝廷那边需要我去说话，自然义不容辞！"

这番话说得很是亮堂，让人对他一下子刮目相看。

国用安感激地说："有国舅大人这句话，国某的心就定了。"

这时冉璞问："国将军，那两张图是怎么回事？"

国用安很肯定地说："是两座大山的地图。"

"能看出来是什么山吗？"

国用安摇头："上面没有标注任何地点，倒是画了一些楼台亭阁。"

国安平补充说："不过，两张图的抬头分别写了一些数字，一张上面写着'捌拾，叁肆拾，玖拾'，另一张写的是'玖伍，柒拾'。"

贾似道附和道："没错，就是这些数字。当时我猜想它们会不会是记账用的呢？"

国安平不解地问道："记什么账？"

"藏金的数量。"

冉璞立即摇头说："不是。"然后拿起了笔写下了这些数字仔细观看，随即背着手来回踱步，陷进了沉思。

贾似道不服，反问道："那依冉捕头，这些数字应该是什么？"

丁义揶揄地笑着说："国舅爷啊，满心惦记的就是黄金。"

贾似道翻了他一眼，不屑回呛回去。

国用安并不认为冉璞能看出什么，就跟贾似道商量起那批海船的事情。

贾似道诡异地笑着说："国将军，这件事好办得很，我们所做的一切，不都是为了这批藏金吗？不如暂且答应他就是。等黄金到手后，请杜杲将军带兵来——"说到这里，用手做了一个挥刀的动作。

丁义和国安平听了很是不以为然，都对这位国舅大为鄙夷。

这时，一直沉思不语的冉璞突然以手拍额说道："明白了！"

国用安愣了一下，连忙问："冉捕头发现了什么？"

"我可能找到了扇子的秘密。"冉璞却又摇头："不过还不能完全确定。国将军，我们一起去会一会完颜赛不如何？"然后笑着说，"我曾经跟他打过交道，也算是旧相识吧。"

国用安知道冉琎、冉璞兄弟二人都是睿智的人物，而且处事稳重。没有一定把握他是不会提出这个要求的，于是立即就答应了，又问道："冉捕头，你可否先向我们透露一二，这样我心里就有底了。"

冉璞点头同意："国将军，你知道'反切法'吗？"

"哦，那是什么？"

"说起来就长了。从《六韬》开始，历代兵书记载一些军情加密的办法，'反切法'是其中比较特殊的一个。"

"具体说呢？"

"简单讲，就是两个字拼成一个新字，把第一个字的声和第二个字的韵拼在一起重新读，它们就变成了一个新字。比如'房声切'，就是'风'字，明白了吗？"

国安用摸了摸后脑："好像明白了，请冉捕头讲讲这扇子的秘密吧。"

"国将军你看，'玖仇、柒拾'，这些数字很可能就是扇了上两首词中某字出现的次序。第一首'软金杯'里面，第几个字是'纱'；第二首词'蝶恋花'，它的第五个字是'龙'字。这两个能组成什么字呢？很可能是嵩山的'嵩'字。"

国安用明白了，立即问："那'柒拾'对应的第二个字，必须是'山'字吧？"

"不错，但这一次两首词的次序须得颠倒一下，你看这'瘦岸切'，应该就是'山'字了。"

"妙，太妙了！"国安用很是兴奋，"那另一组数字，对应什么呢？"

"是'万仙山'。那两幅图，应该就是这两座山的地形。如果我所料不错，图上一定标注了藏金的具体位置。"

"好，好。"国用安竖起拇指夸赞道，"冉捕头果然了不起！"

冉璞摆摆手："这都是根据家兄给的提示猜测的，现在并不能确认。那我们去见完颜赛不吧。"

一旁的贾似道听了冉璞的讲解，顿觉恍然大悟，刚想开口要求同去，国用安吩咐国安平道："你去准备一桌酒宴，再把杜充将军请来。"然后对贾似道说，"国舅大人，请你们先入席，我们去一下，很快就回。"

贾似道说道："国将军，现在藏金的地方已经知道，完颜赛不手里的那两张地图才是关键。还跟他做什么交易？干脆直接把它们收缴了吧。"

国安平立即反对："国舅大人，我们已经答应了完颜赛不。如果强行抢走那图，就算拿到黄金，我们也失去了信义！就不怕被人不齿吗？"

贾似道不以为然："国将军，只要能完成朝廷交办的使命，这算什么？"

国安平反问道："大丈夫处世，怎么能干出这等下三滥的事情？"

"你——怎么敢这样对本官说话？"贾似道顿时恼怒得七窍生烟。

第二十章　藏金秘密（二）

这时国用安摇头说："国舅大人，这恐怕不行。如果我们拿了地图还是没用，完颜赛不下面断不会再跟我们合作了。"

说完不等贾似道回答，吩咐国安平道："刚才你们对国舅大人很是不敬。这样吧，你先陪贾大人入席，好好向他敬酒赔罪！"这句话把丁义也捎带上了。

贾似道正要说不妨事，国用安却陪着冉璞离开了。国用安一边走，一边连连称赞："冉捕头，你们兄弟两个都是大才，又都这样谦虚，叫人敬佩！不像那等靠女人裙带爬上来的，本事稀松平常，脾气却很大……"

冉璞知道他在说贾似道，只淡淡一笑："国将军，对这个人，你可不能小瞧了他。"

国用安笑了笑，以为贾似道是他的上司，他也只得这样说吧。

监牢里，完颜赛不见国用安很快就去而复返，随即就看到他身后的冉璞，不由得笑了，端坐着说道："年轻人，我们又见面了。"

冉璞上前叉手施礼："老将军还好吗？"

完颜赛不苦笑："老夫如今身陷囹圄，还能好得起来？"

国用安赔笑说："老将军任何时候想走就能走，是您自己不肯走吧？"

完颜赛不轻轻哼了一声："怎么样，考虑清楚了是吗？"

"还没有，我们在商议时，冉捕头说他跟您是故交，特意过来看望一下您。"

"捕头？"完颜赛不愣了一下，随即笑了，问冉璞："原来你是一个捕头。"

冉璞点头："过去是。"

"怪不得你在楚州两军对阵的时候还要查案。怎么样，案子告破了没有？"

"当然。"

这时国用安诡异地说道："老将军，冉捕头已经猜到扇子和地图的秘密了。"

完颜赛不很是惊讶："哦，是吗？"

冉璞摇头："老将军，在下胡乱猜的，并不知道真假。"

国用安将扇子递给冉璞，对完颜赛不说："请老将军把那两张图拿出来吧。"

完颜赛不将图打开，放在桌案上。

冉璞上前详细查看了一番，问道："老将军，藏金地点就在嵩山和万仙山两地，对不对？"

完颜赛不迟疑了一下，面无表情地问："为什么？"

"扇子上的两首词跟图上面的数字是关联的，用反切法就可以得到答案。"冉璞将自己刚才说的猜测讲述了一遍。

完颜赛不听罢拍案称绝，连声说道："了不起！"然后指着地图解释道，"冉捕头所想跟我不谋而合啊。先帝崇信道教，曾经遍访各地名观。这两座名山都有道观，虽说距离开封并不很远，但藏宝于深山道观，的确难以让人料到。"

然后转头对国用安说："不过国将军要想如愿拿到藏宝，除了这两份地图，还需我跟完颜绛山两个亲自带你们去，否则看守的人怕是不会交出来的。"

国用安这时心花怒放，日思夜想的这批黄金将要到手，还有什么事情不能答应呢？于是慷慨地承诺："老将军请放心，国某在这里发誓，您提的条件一定兑现。如有违誓，天诛地灭！"

完颜赛不很是满意，连声赞好："那我们这次就精诚合作，各得其所吧。我们的人五天内将在符离完成集结，将军什么时候可以交船？"

国用安信心十足地回答道："五天后可以。但必须在我们从嵩山、万仙山回来之后，才能交船。老将军，现在的形势您很清楚，一旦这里的动静传了出去，蒙古大军很快就会过来。"

"放心，我们的人会零散地赶来符离，只要将军这里不泄露消息，蒙古那边应该无从知晓。"

冉璞摇头："不，宿州城里不但有耳朵，而且有刺客。"

听了这话国用安的脸登时红了。完颜赛不问："这是怎么回事？"

冉璞就将遇到了王世安，以及昨夜遇到刺客的事情告诉了他。

完颜赛不摇了摇头，紧盯着国用安说："国将军，事以密成，语以泄败。这件事一旦走漏了消息，将军危矣，我们所有的人危矣！"

国用安郑重地回答："老将军放心，国某知道怎么做。"转头对冉璞说，"冉捕头，今夜我们就在宿州城来一次大清扫！"

随后，国用安跟冉璞回到帅府。此刻天色渐晚，帅府门前有几个差人，将高高挑起的灯笼逐个点亮。府衙里，国安平已经安排好了酒宴，全都在等着他们。

国用安走上首席坐下，见众人已经到齐，当众宣布说："各位，功夫不负有心人，我们最终找到了藏金地点，刚才完颜赛不已经确认了冉捕头的猜测。"

众人顿时兴高采烈，贾似道更是恨不得马上就带人上山，立即说道："国将军，事不宜迟，我们明天就兵分两路上山去，争取早日向朝廷和皇上报捷！"

国用安摆了摆手："各位，越是关键的时候，越是得更加小心。现在第一件事情，就是请诸位严守秘密，约束各自手下，如果有擅自泄露给外人的，一经发现——”然后他扫视了一下所有人，“到时候就不要怪国某无情了。”

众人纷纷回答道：“国将军放心。”

国用安接着下令国安平：“你现在带人去封锁四面城门，见到任何可疑的人物，立刻抓捕，如果反抗，就地格杀！”

国安平大声领命：“遵令。”

“另外，再派人抄检所有大小客栈，把王世安还留在城里的手下全都抓起来。”

国安平叉手领令，立即办差去了。

这时，酒宴上的气氛陡然肃杀起来。众人见国用安眉头上竖，瞪起一双凶眼，随时就要杀人的模样。贾似道见他突然变脸成了凶煞一般，全然没有这两天对自己那股热辣辣的奉承，不禁有点惴惴不安。

冉璞和丁义对视一眼，都在想，国用安这是要干什么？

国安平离去办差后，国用安的脸突然又平和了起来，郑重地说道：“各位，从今天起，我们就在一条船上了，将要一起闯过一段暗礁险滩。我们的使命就是，把这批黄金拿回来交给朝廷。希望我们同舟共济，通力合作，完成这个使命。”

贾似道拱手称颂：“国将军对朝廷一片忠心，本官一定向皇上奏明。”

杜充说道：“国将军需要杜某做些什么，请尽管吩咐。”

“好，杜将军。本将现在最大的担心就是，一旦蒙古得知我们拿到了黄金，必定会派兵过来争夺。蒙军势大，一旦围了宿州城，我们很难突围出去。安丰离我们不远，届时还望杜将军你们出兵援我。”

“国将军放心，只要是为了国事，杜杲将军和我一定全力以赴！”

“嗯，守城首要的就是粮草。目前我军粮草还是不足，请杜将军回去后再运一批来如何？”

杜充笑着说：“有新任安丰司仓在这里，你还担心什么？”

国用安哈哈大笑，拿起酒斛给贾似道和杜充斟满了酒，举杯说："国某敬你们二位了。"

三人互相敬了一轮酒，开始谈及下面的安排。正谈得热络时，国安平带人匆匆地走了进来，他身后跟着几名护卫，每人手里都拎着血淋淋的头颅。

宴席上顿时鸦雀无声。

贾似道从未见过这等血腥的场面，顿时惊得脸色苍白，手脚不由自主地颤抖起来。

国安平叉手说道："大帅，王世安的手下拒捕，被当场格杀，首级都在这里了。"

国用安对冉璞说："冉捕头，请你们二位辨认一下，有没有昨夜袭击你们的凶手？"

冉璞和丁义立即起身仔细检查，都摇了摇头。冉璞说道："国将军，昨晚夜色太暗，那些人都蒙着面罩，所以看不到他们的面相。不过看这几个首级，发型叫三搭头，环剃掉头顶一弯头发，只留方形前发，其余在耳后编成发辫。将军，这些不是金国女真武士，是蒙古那边的人。"

丁义问国安平："国将军，那些尸身在哪里？"

"都还在现场呢。"

"那就带我们去看看吧。"

随后，冉璞、丁义跟着国安平来到格斗现场，那几具尸体还停放在这里。两人蹲下首先检查尸身的上臂，并没有发现黑虎文身。但这些人明显比较矮小粗壮，手指上都有厚厚的老茧，指关节异常粗大。

冉璞说道："这些尸体手上的老茧，应该是经常开弓放箭造成的。"

丁义赞成："不错。而且他们的腿型都是短而弯，明显长期骑马。这些特征跟刚才的首级发型一致，可以下结论，他们就是蒙古骑兵。"

冉璞点了点头，叹道："这世上能让这些女真武士和蒙古士兵混在一处，又听从自己指挥的人，恐怕只有莫彬跟王世安了！

第二十一章　陇西乱局（一）

冉璞随后问国安平："他们在城里的残余已经扫清了吗？"

国安平是个实诚的人，摇头回答："不好说。"

丁义突然问："王世安是什么时候逃走的？"

"应该是——昨夜。"国安平的表情突然有点尴尬。

正在这时，一个副官有些慌乱地跑来说："国将军不好了！"

国安平皱着眉头问："慌什么，发生了什么事情？"

"刚才有两个杀手突然袭击在北门守卫的士兵，杀了我们几个人后夺马逃走了。"

国安平大怒："那还不赶紧去追？"

"已经有人追上去了，我特地赶过来向将军汇报。"

"快，我们全都去追。"说完，国安平带上十几个士兵匆匆地离开了。

丁义看着他们急速消失的身影，若有所思地说："这位国大帅如此坚决地杀掉王世安的人，是彻底跟他们决裂了吗？"

冉璞摇头："只怕没这么简单。"

"为什么呢？"

"他不愿莫彬、王世安的任何眼线再留在宿州，更是为了杀人灭口！"

"那他拿到黄金后会怎么打算？"

"暂时还不得而知。不过已经有一些迹象表明，他应该不会归顺朝廷。"

丁义好奇："这怎么看出来呢？"

冉璞摇摇头："他对完颜赛不和贾似道两人的态度，实在耐人寻味。这个人哪，就是太善变了。"

"会不会他其实彻底归顺了蒙古，却一直在欺骗朝廷？"

冉璞仍然摇头："现在还不能下定论。这个人以往的经历，就像变色龙一样到处投机，反复易帜，所有的好处都想拿走。"

"看来，自从我们到了宿州，处境就很不安全了。"

"是啊，我们必须加倍地小心。不过，我判断他暂时还没有对我们不利的心思。"

"为什么？"

"因为他还需要借用朝廷的力量，来对付可能对自己不利的势力，比如莫彬和王世安，甚至蒙古军队。"

"更是为了这批黄金吧？"

冉璞点头同意。两人正在谈着，一个小校跑来说："二位大人，大帅请你们马上回去，有要事商量。"

随后二人跟着小校，再次进入帅府。这时宴席已然撤掉，国用安跟贾似道两个正在热烈地说着什么，看到冉璞走进来，他迎上前说："冉捕头，你们总算来了。贾大人有了最新的安排。"

几个人入了座。丁义说："国舅大人的主意，一定是高明的。"

贾似道只作没有听见，对冉璞说："冉捕头，我们分下工如何？"

"贾大人请说。"

"本官也是刚刚接到枢密院通知，朝廷已经派遣礼部侍郎李韶、太常寺簿朱杨祖分两路到洛阳和汴梁去，祭扫先祖帝陵。预计三天后，他们将会到达安丰。我跟国将军商量好了，准备加入他们的队伍，一起北上。对外的理由就是，奉旨参加在洛阳和汴梁两地祭典。不过我们只跟到半路，就分道前往嵩山和万仙山寻找金库。冉捕头看这样的安排可行吗？"

"完颜赛不需得跟我们去吧？"

"当然，完颜绛山也必须去。"

"他提出的两个要求怎么办？"

贾似道笑了笑："我跟国将军商量过了，今晚我就上书给余嵘大人和枢密院，请他们发函给赵范和赵葵大人，让出海州的一部分船来。"

"贾大人有把握他们一定会照办吗？"

贾似道皱了皱眉："枢密院的命令，他们怎么敢不听？"

"如果完颜赛不没拿到船，怕是不会跟你们去的。"

国用安对贾似道赔笑着说："国舅大人，冉捕头的意思是，这里可能会有变数。我们是得考虑周全些。"

贾似道问："那依冉捕头说，该怎么办？"

没等冉璞回答，国用安凑近了轻声说："不如请国舅大人辛苦跑一趟，去劝说制置使赵范大人配合我们。只要有了他的手令，海州那里肯定会放船的。"然后又轻声说，"如果赵大人不愿意，国舅爷可以这么劝他，这都是做戏给完颜赛不看的。那些船在我们没有拿到黄金之前，绝不准完颜赛不的人开走，只能停在港里。等到我们黄金到手，再把他们——"他的眉头现出了一阵杀气。

贾似道心领神会，当即就答应了："赵大人是本官的长辈，我们两家通好。我去讲，他应该会同意的。"

国用安不由得大喜："这件事宜早不宜迟，还请国舅大人尽快出发。"

"嗯，明天本官就去，三天后我回宿州，这里就拜托国将军了。"

"国舅大人一切放心。"

说到这里，两个人说话的神情，已经变得非常热络。

第二天，贾似道带了随从直奔扬州而去。

也不知为了什么，已经高升江淮制置使的赵范一直不肯移驻金陵，所以淮东有事，官员们只能往扬州跑去找他。

贾似道的父亲贾涉当年是赵范的顶头上司，对赵范有过提携之恩，两家常来常往。赵范对贾似道来说是个知根知底的长辈。果然，见到当年熟悉的晚辈小后生突然找来时，赵范亲热地让他坐在自己书案旁，向他问长问短。

贾似道将枢密院的秘密使命以及自己的来意说明之后，赵范抚须不语。他早就听说，贾似道在临安的口碑似乎并不太好，就是个常年混迹于酒楼花舫的公子哥儿，当初自己在临安述职时还曾想过对他训诫一下，也算对得住已经故去的老上司了。可现在贾似道居然被朝廷授以重任，还跑来跟自己商量这么重大的事情。他的话，自己能信上几分呢？

贾似道见他为难，笑着说："世伯，侄儿刚说的事情，三天之内必有枢密院公函送达。"

赵范便乘势下坡说："贤侄放心，只要公函一到，本官派人陪你到海州去，要怎么办，全听你的指挥。"

贾似道大喜，作揖一躬到底："多谢世伯了！"

这夜，赵范派人从楚州叫来了赵葵和堂弟赵胜，将贾似道的计划告诉了他们。赵葵笑道："一个小马驹儿初出茅庐，完颜赛不这个老狐狸怎么会听他摆布？"

"可完颜赛不确实也有求于我们。"

赵葵撇了撇嘴："大金国已经灰飞烟灭，他想回辽东去东山再起，那是痴人说梦！"

赵范抚着胡须："不过如果他真能在北边给蒙古人制造麻烦，对我们也是个好事。"

"兄长啊，你真信他们能回到辽东造反去？这根本就是枯木生花，咸鱼复活！"

"那他为什么坚持要这么做呢？而且宁愿把金国最后的藏金都献给我们？"

赵葵一时无语。

这时赵胜有些欲言又止的模样，赵范瞥见了，问道："你有什么看法？"

赵胜回答："二位兄长，我认为完颜赛不就算去了辽东，也弄不出多大动静。"

"那你说怎么办？"

"他想要船，根本就是白日做梦。只要他的人一到，立刻缴械抓捕当作人质。如果完颜赛不交不出黄金，就把他的人全部正法！"赵胜恶狠狠地做了一个斩杀动作。

赵范摇头："那样就没有回旋余地了。而且小贾跟他们在一起，万一完颜赛不急了眼，对小贾做出不利的事，皇上和贾妃一定会怪罪我们的。"

这时赵葵轻叹了一声说："我们提出要进兵河南，皇上和宰辅们迟迟不给答复，却派了一个小国舅，去寻找那不知道真假的藏金，正事不干，闲事有余！"

赵范摇头："万一藏金的事是真的，我们不去找，就会被蒙古人弄走。毕竟是一大笔钱。"

赵胜微微冷笑："如果的确是真的，朝廷怎么会派一个乳臭未干的毛头小子？"

"应该不会只派他一个人吧。那这样，我们先等枢密院和兵部的指令，到时候相机决定。"

而此刻临安城里，宰辅们的心思并不在贾似道的报告上面，他们都在关注着正在陇西发生的事情。据四川制置使赵彦呐急报，前金国秦州元帅粘葛完展没有任何征兆地突然攻进兴元府，他已经派了曹友闻率军前往阻截。

郑清之跟几位参知政事一起商量此事，问兵部尚书余天任道："余大人，金国在西北的残余军队现在有多少？"

"回丞相，目前主要有三支，势力最大的就是这秦州元帅粘葛完展，共约三万兵力；其次是驻扎在绥德的汪世显，有两万骑兵；会州元帅郭斌，约两万兵力。"

"金国已灭，他们的主子完颜守绪已经死了。粘葛完展攻打我们究竟为了什么？要为他们死去的主子报仇吗？"

"应该不是。"

对这样不能肯定的回答，郑清之很不满意，责问道："那是为了什么？兵部讲具体些。"

"是，丞相。据探马回报，虽然金国已灭，但这三将都没有投降蒙古，实际上变成了盘踞在陇西的割据势力。而汪世显几次联络我们，想要归附朝廷——已经被婉拒了。"

"那他也跟着粘葛完展一起骚扰兴元府吗？"

"他没有。丞相，粘葛完展在我们的境内纵使军队到处抢劫，显然就是为了粮草。"

郑清之点头："看来，他失去金国军粮供应，处境窘迫，穷急之下就到我们这里抢劫来了。"

"我们也是这么判断的。"

真德秀问："那另外两支金军动向如何？"

"据报，汪世显和郭斌二人都跟粘葛完展不和。粘葛完展行事嚣张跋扈，在金国西北诸将当中人缘不好。汪、郭二人此次并没有跟随他劫掠凤州、会州，可以肯定这就是粘葛完展单独的行动。"

乔行简问："三人当中只有汪世显联络过我们。而那个郭斌既不主动来投我们，又不投降蒙古，是不是想待价而沽呢？"

"乔相说得有理，下官判断他们目前最想要的还是割据自保。"

"做梦！"郑清之有些不屑，"蒙古军队迟早会去剿灭他们。"

余天任犹豫着说："丞相，朝廷是不是可以主动一点，接纳他们？"

郑清之抚须沉思片刻回答："这些人往往首鼠两端，以往我们有过太多教训，还是谨慎点好，对他们继续观望一阵吧。对了，真大人前些日子派人到陇西去了，有没有消息传回来？"

真德秀摇头："他叫冉琎，目前还没有消息传回来。"

郑清之有些失望。而真德秀却因为西北战事不断，兵匪横行，心里不由得为冉琎的安危担忧起来……

第二十二章 陇西乱局（二）

此刻，冉琎与彭渊取道襄阳，已经辗转到达了汉中。在襄阳时，史嵩之为他写了一封给四川制置使赵彦呐的书信。因为有这封信，赵彦呐对他们着实礼敬有加，对冉琎说："冉先生，你来得不巧啊。昨天大批匪兵突然窜入我们境内，到处杀人抢劫。你们要去陇西，恐怕安全没法保证。"

"哦，他们应该不是汪世显的兵吧，知道是什么人干的吗？"

"是粘葛完展的秦州兵，他本人亲自带兵来了。"

"他们有没有集中兵力攻城？"

"没有，只要是坚固些的城关，他们全都绕了过去，只攻击了各处屯粮所在和一些小城。"

冉琎笑了："这么说他们就是来抢粮的。"

"先生所说分毫不差。本官已经下令各县坚壁清野，一粒粮食也不准漏给他们。"

"粘葛完展势孤穷极而进入他国，只为了抢劫粮食。大人放心，这种军队没有太大战力，对我们不构成什么威胁。相反，大人为朝廷立功的机会到了！只需派遣一支精锐突袭，应该能迅速击溃他们。"

赵彦呐连连摆手："在朝廷的旨意没有下达之前，本官必须坚守关口。不过本官已经派出五千兵力堵截他们去了，绝不准他们到汉中来。"

冉琎又劝了一阵，可赵彦呐就是不同意主动出战。这时，有一个差役进来报说："大人，曹友闻将军到了。"

赵彦呐吩咐快请进来。

片刻之后，只见一个将军急急地走了进来，这人方脸宽额，两颊丰厚，目圆鼻尖。虽然他盔甲严整，却因为肤色白皙，举手投足间又显出一丝儒雅之气，所以一看便知是个儒将。这便是曹友闻了。进来之后，他向赵彦呐施礼已毕："制置使大人，末将——"

赵彦呐打断了他，拉着冉琏介绍说："允叔，我给你介绍一下。这位是朝廷派来西北的特使，冉琏先生。"

曹友闻看了看冉琏，觉得有点纳闷，既然是朝廷派来的，为什么赵彦呐不介绍他的官职，只称呼先生呢？他不及细想，叉手施礼道："幸会，冉先生。"

冉琏拱手还礼："久仰了，曹将军。"

赵彦呐问曹友闻："你从前线到我这里来，有要紧的事吗？"

"大人，我们一路遇到的都是他们的游骑散勇，稍一接触就立即溃散。探马说，粘葛完展的主力在我们到达之前全数撤退了，现在的位置飘忽不定，我已经派出了十数批探马，正在四处哨探。"

"允叔，我让你去堵截他们到汉中的企图，其他的暂时不用去管。"

冉琏立即就明白了，看来曹友闻积极求战，而赵彦呐一定是只想坚守，保证汉中的安全。

不出所料，曹友闻劝道："大人，现在我们的主力全都蹲守在仙人关、武休关这些地方，可是粘葛完展一直不来，难道就干等着什么都不做吗？"

赵彦呐反问："曹将军，如果你带兵出去了，他们就过来叩关，万一关隘有个闪失，我如何向朝廷交代？总之，只要你们守好各自关口就行了。"

冉琏听罢，不由得暗自摇头。

曹友闻不肯罢休，又劝道："大人，那末将愿意立下军令状，力保关口不失，您是不是就允许我们出战了？"

赵彦呐迟疑了一下："那你确定找到他们主力了吗？"

"还没有。"

"连他们的位置在哪里都不知道，你如何交战？"

"大人，末将打算设伏。"说到这里，曹友闻走到墙上挂着的地图旁，指着一个地方说，"武休关以北有个要害地方，留坝，这里可以设伏。"

"为什么选在那里？"

"因为这里一直就是南北通衢，有'秦汉咽喉'之称。那里的地势北高南低，最高处北面紫柏山主峰，南边青桥驿新开岭谷底，地势低平。我们可以在这里伏兵，等他们进入我们的包围圈后，一举歼灭。"

赵彦呐连连摇头："那粘葛完展就那么傻，心甘情愿去钻你的口袋？"

冉琎笑了，接话问道："曹将军，你打算对敌军利而诱之，乱而取之吗？"

曹友闻听了，很是高兴，对冉琎施礼道："先生高明，这正是我的打法。"

赵彦呐有些糊涂了："你们说具体些呢？"

曹友闻解释道："我计划征集大批牛羊牲畜，统统赶到留坝南边谷底去。再四处放出消息，这里囤积了从各处坚壁清野转移来的粮草。粘葛完展听说后，一定会带主力军队来抢。"

冉琎接话道："粘葛完展军队刚刚撤走，方位上看处在将军以北，那里地势更高，乘高取下进行攻击，他们认为自己一定不会吃亏。可是一旦被包围，他们再往回退就难了。"

"不错，正是这个道理。"

赵彦呐仍然半信半疑，有些不情愿地说："既然冉先生也赞成，那你就去试一试吧。不过千万不要恋战，把他们赶走就可以了。"

冉琎对赵彦呐说道："赵大人，在下受朝廷委派要去巩昌探查汪世显的动静。正好可以跟曹将军一道过去。"

"这样也好，那就请先生自便。"

众人随即赶往武休关。冉琎跟曹友闻一路谈论陇西的局势，这才知道，原来金国陇西的主帅是完颜仲德。蒙军攻打汴京时，完颜仲德奉金主命令率部赴援河南，临行前让汪世显代统军队，留镇巩昌。但秦州主帅粘葛完展军力更大，怎么肯听从汪世显的命令呢？因此两人的嫌隙越来越深，以至于互相憎恶。

据安插在那里的卧底报告，金国灭亡后，粘葛完展为安定军心，就自封陇西大帅，诈称金国新立的皇帝派来了使者，带来蜡丸诏书，声称新皇帝将要驻跸陇西，由他全权负责迎接事宜。于是他顺理成章地就要节制巩昌。

汪世显当然不服，心里更加怨恨粘葛完展。于是派人到郭斌那里，请求合力攻打粘葛完展。

但他没有料到，郭斌竟然严词拒绝，对派去的使者说："粘葛公奉诏主持陇西大局，号令一出谁敢不从？现在国家危急，我们怎么可以攻打自己人呢？汪大帅如果想背弃国家，那就让他自己去做好了，我是绝不会附逆的！"

冉珏称奇道："这郭斌当真死忠于金国吗？"

"至少目前他还没有投降蒙古。对了冉先生，朝廷派你来摸清汪世显的真实底细，是准备要招安他吗？"

"如果他有心归顺大宋，能招安的话自然最好了。不过宰辅们有人说，江世显这样的金国将领不值得信任。"

曹友闻问："担心他们反叛吗？"

"不错。以前金国高官蒲察官奴就诈降过朝廷，后来不但反水了回到金国，而且杀害朝廷地方官员，抢走了大量军需辎重。宰辅们对这种人至今厌恶至极。曹将军你怎么看？"

"朝廷的担忧当然是对的，但是如果没有证据就猜疑，只会把他们推到蒙古那边。这样反而更不好。"

"那么将军支持接纳汪世显了？"

"当然，这个人能征惯战，而且麾下有两万精锐骑兵，比粘葛完展强多了。”

冉琎若有所思："那郭斌呢，你怎么看？"

"郭斌为人极其倔强，比汪世显更难招安。"

冉琎摇头说："不管怎样，我想要试一试。"

"那好，等先打退粘葛完展，然后我派人护送先生过去。"

"多谢将军。"

到了武休关，冉琎站在关上远眺，只见这里崇山连绵，仅有一条小道从山谷里蜿蜒穿行。曹友闻向他解说，武休关是褒、斜二谷的连接处，关南为褒谷，关北为斜谷，所以这里通称为"褒斜谷"。向东直通到饶风关，倚靠饶风关可以控制商虢，武休关向北可以到达长安，所以这里被人称作"蜀之咽喉"。

说到这里，曹友闻重重地拍了一下城墙的垛砖，说道："但凡我曹友闻守关一日，就决不允许任何外敌从这里通过，侵我川蜀，窥伺江南！"

冉琎拱手赞道："将军有此豪气，令人钦佩！"

这时一个小校匆匆来报："蒙古大将塔海率领一万精锐骑兵朝凤翔开拔，意图不明。"

曹友闻挥了挥手，吩咐探马继续打探消息，对冉琎说："先生，看来陇西要打大仗了。局势这么混乱危险，你还要去见汪世显吗？"

冉琎毫不犹豫地回答道："当然要去。"

第二十三章　封王争议（一）

随后两天，赵彦呐按照计策，派人将大批牛羊牲畜赶到了留坝谷底。这消息很快不胫而走，都说这里聚集了凤州和兴元府各地转移来的粮草。

粘葛完展接到消息后，嘿嘿笑着说："狐狸虽然狡猾，终究要露出尾巴来的。不见兔狐不撒鹰，我们的机会终于到了！"

有部下提醒说："大帅，那里距离武休关太近，关上宋军知道我们去了，一定会出动大军赶去护粮，只怕我们很难得手。"

粘葛完展哈哈大笑："宋军兵力分布在十几个关口上，武休关能有多少兵？就算有重兵在那里，以宋军的战力，我们为什么要害怕？"

"大帅，还是小心为妙。"

粘葛完展摇头，自信地回答："如果宋兵敢出来，我们就跟他们决战！那里的地势对我们有利，完全可以野战打垮他们，之后顺势把那武休关也夺了！"随即吩咐部卜出动所有兵马，一刻不停地杀到留坝去。

一切正如曹友闻所料，粘葛完展大军肆无忌惮地钻进了预设的包围圈里。

曹友闻在山顶举起令旗，埋伏的士兵一齐站起来开弓放箭，一时间箭如雨下，铺天盖地地射向敌军。

粘葛完展军突然受袭，谷底开阔处又无处躲避，全都慌张地挤作一团。粘葛完展知道中了埋伏，急令全军向前冲杀。无奈箭雨太密，几次冲锋都冲不过去。粘葛完展心知不妙，涨红了脸扯着脖颈大喊"撤退"。可是后军卡在了陡峭的山脊上，后撤的速度很慢；而前军犹如退潮的洪水一般撞了回来！大军顿时失去了控制，惊慌的士兵到处挤作一团。

曹友闻见时机已到，立即下令马军出动追击。

一场大战下来，粘葛完展损兵折将，大败亏输。曹友闻率领全军紧追不舍。约追杀一个时辰后，他的兄弟曹友万从身后追上来劝道："大哥，我们不能再追了，前面就要出了大宋边界。"

曹友闻勒住了马，吩咐副官："拿图过来。"

副官递上地图。冉琎一起查看说："曹将军，再向前就是秦州地界了。"

曹友万说："没有朝廷允许，我们不能越界的。"

曹友万摇头："将在外，君令有所不受。这次不抓住机会彻底打垮了这些人，他们下次一定还会再来。"

冉琎很是赞成："将军所见很有道理，你不用担心，我会写信给真德秀大人，讲述这里发生的一切。如果有人弹劾将军，真大人一定会向皇上上奏，为将军辩解。"

有真德秀这个参知政事帮忙陈情，曹友闻没有了后顾之忧，大声说道："多谢先生了。"随后下令，全军立刻追杀上去，务必抓住粘葛完展。

冉琎也跟着大军一起进入到秦州，身旁护卫的彭渊问："尊使，大军厮杀成这样，陇西的官道肯定是不通了。咱们如何去找汪世显？"

冉琎想了想，笑着回答："也许不需要我们去找他，他自己就会来了。"

彭渊很是疑惑："先生，这是为什么？"

"汪世显跟粘葛完展结怨这么深，他怎么会不知道这里在大战呢？"

"哦，我明白了。以汪世显这样精明的人物，一旦看到粘葛完展大败，肯定会浑水摸鱼，乘势夹攻！"

冉琎点头："是的，如果我所料不错，他的军队已经集结在秦州了。"

一切果然如冉琎所料，刚追进秦州一百里，前军哨探急报，粘葛完展被一支军队截住了，现在两边陷入混杀。

曹友闻命令探马赶紧再去打探究竟是谁，冉琎从后骑马上来说："曹将军，这一定是粘葛完展的仇家乘机报复。"

曹友闻醒悟地问道："先生是说汪世显吧？"

"极有可能。"

于是曹友闻下令，己方兵马立即停止追击，收拢了起来摆成阵势向前面缓步推进。

行了二十里左右，探马来报，汪世显从绥德派出精锐骑兵，就在刚才只用了半个时辰就全歼了粘葛完展的败军，粘葛完展被汪世显之子汪德臣所杀。

曹友万问："大哥，那我们现在怎么办，退回去吗？"

曹友闻正在犹豫，冉琎建议说："曹将军，你有兴趣见一见这位汪大帅吗？本人跟他还有点交情，可以引荐你们认识一下。"

曹友闻也在想着如何招安汪世显，听冉琎这样说很是高兴："那太好了。"随即请冉琎写了一封书信，又取出自己的名帖，一并交给军校，命他带上几个人一起到汪军那里，将书信、名帖送达汪世显，邀请他过来会谈。

几个时辰后，汪世显的一名部将带着一封书信跟随军校过来了。这是写给冉琎的回信，信中约定，明日正午在前山驿道旁的一个喇嘛庙里，他将跟冉琎和曹友闻一起会面。

第二天，按照信中的约定，三人都准时到达了这个喇嘛庙的山下，各自的部下和士兵都驻扎在山脚，不准上山以免打扰寺庙。

上山后冉琎细观寺庙，只见寺内参差错落地修建了吐蕃平顶碉房白台十余座，全都因借地形，高低错落，形状各异。其中以三层居多，都用汉砖建筑，白灰抹面，青砖镶边，外墙设有红色盲窗，淌水长瓦从上檐挑出。有两座正殿修建得倒也高大，殿外耸立着五座白色喇嘛塔。

冉琎、汪世显与曹友闻分别进殿礼佛，东殿内供奉的是密宗佛像，西殿内则是吉祥天母像。焚香礼佛完毕，三人来到楼台上。这时，寺庙喇嘛已经准备了酥油茶，三人互相致意后入了座。

冉琎率先开口说道："汪将军，我们大同府一别，这么快就又见面了。"

汪世显哈哈笑道："不错，汪某跟先生确实是大有缘分。"然后向曹友闻说："冉先生可是大才，在蒙古时，大汗窝阔台非常器重他。不知他在将军这里担任什么官职啊？"

曹友闻连连摆手："不敢，不敢，冉先生是朝廷派来的特使，而且就是为了将军你来的。"

"哦，汪某愿闻其详。"汪世显听罢心想，看来宋廷对自己很是看重，不由得大喜过望。

冉琎便将朝廷有心招抚的来意告诉了他，又委婉地点明朝廷对他还有疑虑，如果他能用实际作为主动向朝廷表示诚意，所有的事情一定水到渠成。

汪世显原以为冉琎手里可能有朝廷的敕封，或者招抚的文书，不料却是一样也无，顿时有些失望。他眼睛盯着冉琎，只是抚须不语。

曹友闻有些着急，问道："汪将军有什么顾虑吗？"

汪世显没有直接回答问题，却向他炫耀起这次的缴获："二位，你们猜猜，昨日大胜，我一共缴获了多少战马？"

曹友闻愣了一下，猜道："有上千匹吧？"

汪世显呵呵笑道："经此一役，我们缴获的战马足有上万匹之多。再告诉二位一件事，前天我们拿下了巩昌城，得到战马三万匹，接收降卒两万多人。嘿嘿，本帅现在据有陇州、秦州以及巩州三地，骑兵不下四万，战马十万匹只多不少。"

说到这里，汪世显不再说下去了，两眼精光四射，盯着冉琎和曹友闻。

冉琎明白，他刚刚吞并了粘葛完展所有的地盘和人马，实力急剧扩张，光是战马一样，就已经超过了大宋川蜀主力拥有的全部战马。他已然不再是一个月之前的汪世显了，所以要价肯定比之前找赵彦呐时更高。冉琎转移话题拱手笑道："汪将军兵精粮足，可喜可贺。如果蔡州被围时，金国皇帝能有将军这支生力军，大金国的命运或许就能改写。"

汪世显以为冉琎在讥讽自己不去救驾金主，脸色不由得微微一变，随即恢复平常："是啊，粘葛完展可恶至极，不让我们去蔡州救驾。这次我杀了他，就是为皇帝陛下报仇雪恨。"

他这是把所有脏水全都倒给了粘葛完展。

冉琎又问："听说此人手里有金主诏书，说新任金国皇帝要到巩昌来。不知道这是真的，还是伪造的呢？"

"当然是伪造的。"汪世显有些急切地辩驳道，"皇帝陛下已经为国捐躯，怎么可能再到陇西来呢？"

曹友闻说："听说金主临死前指定了完颜承麟继任金国皇帝位，可是他也战死了。最近宿州、蔡州那里又传出风声，被打散了的女真贵族们又拥立了一位新皇帝，将军知道这件事吗？"

汪世显立即摇头："我没有听说过，相信绝无此事。"

冉琎乘势问道："如果真有此事，将军会怎么办呢？"

汪世显犹豫了，自己一直以来，对外宣称忠于大金王室。如果那些人真的拥立了一个新主，自己还继续表示效忠吗？如果继续公开拥护金国，那又如何解释自己归附大宋的企图呢？片刻犹豫之后，汪世显回道："我不会回答这种假设的问题。但我相信，那些都是别有用心的谣传。"

曹友闻摇头说："不管怎样，昔日的金国已经不可能复国了。将军仍然宣称自己忠于金国，这大可不必啊。"

汪世显正色回答："为人臣者，当然应该尽忠于王事。除非君殁国灭，比如现在。"

冉琎和曹友闻对视一眼，心里不由得都笑了。

第二十四章　封王争议（二）

曹友闻拍掌说道："汪将军的气节，实在令人钦佩。"

冉琎问："汪将军志气可嘉可许。像将军这样的人，正是大宋朝廷所急需的将才。不知将军对朝廷有什么期待呢？"这是要汪世显正式提出自己的要价。

而汪世显来之前就已经想好了，脱口回答："当初曾经有多位南朝将领投奔金国，比如夏全，他被封作金源郡王，张惠封作临淄郡王，就连王义深和范成进这样的副将也都封了王。比照此例，只要大宋朝廷封我为郡王，仍然节制麾下所部，汪某愿意献出陇西三地，率四万人马归附大宋，绝无二心！"

冉琎点了点头："那好，我马上就派人传书到临安去，不出数日应该会有朝廷的回应。"

正事已毕，汪世显心情大好。当他听说彭渊正在山下时，更是高兴，力邀二人与彭渊来到汪世显军中，各处走动，观看军容军备。

汪世显军因为刚刚大胜，上下士气十分高涨。这时汪德臣正在操练士兵，听到通报冉琎和彭渊来了，兴奋之余，他立即拍马飞驰过来，在马上向二人行礼。随即跑回去大声喝令继续操练。

彭渊轻声对冉琎说："先生，你看到没有，这厮爱显摆的毛病，永远改不了的。"

冉琎呵呵一笑。

随后汪世显在中军摆下盛宴款待三人。席间汪世显问起宋军跟粘葛完展的交战过程，曹友闻简短地讲述了一遍。汪世显顿时对曹友闻刮目相看，起身向二人敬酒道："我平生最敬佩懂兵法、会打仗的人。冉先生自然不用说了，是个大智之人。我对曹将军也是久仰大名，今天看来，果然是个了不起的英雄！汪某何其有幸能认识二位！向二位敬酒了。"说完，将自己手里的大斛一口喝完。

冉琎与曹友闻也各自喝了自己的大杯，随后三人推杯换盏，宾主畅饮尽欢。

宴会结束后，汪世显吩咐小校牵来一匹千里良驹，通体纯白，没有一丝杂色，对曹友闻说："汪某翻读史书，知道古来良将经常被称作'白马将军'。昨天将军巧施妙计，大破敌军，令汪某佩服。为表达仰慕之意，汪某就将这匹西域来的千里马，赠送给将军了。只有您才能配得上这匹好马，望将军不要客套才好。"

冉琎心里明白，这是汪世显在拉拢曹友闻。

曹友闻拱手致谢，一再推辞不受。可旁边的冉琎笑着劝说他收下："曹将军，汪大帅一片真诚，你不可辜负了人家美意，就不要推辞了吧。"然后接连使了几个眼色。

曹友闻本来准备推辞到底，见冉琎这样暗示自己，于是改口称谢，收下了这份厚礼。

在回去的路上，曹友闻问冉琎："刚才我要推辞这位汪大帅送的礼，不知先生为什么要反对呢？"

"曹将军，你还不了解这位汪大帅。这人心思极重，你若推辞他的礼物，他反而起了疑心，认为我们不信任他。"

曹友闻叹了一声说："冉先生，说句实话吧，我的确从心里不敢相信此人。这个人实在太过精明，背景又太复杂。"

冉琎点头："只要他能归顺朝廷，暂时就不管那么多了。依将军看，朝廷会同意汪世显的要求吗？"

曹友闻摇了摇头："我有一种不好的预感，恐怕此事会有麻烦……"

随后冉琎派出了差事，连夜赶路向临安方向疾速奔去。

几天之后，真德秀收到了冉琎的急报，看完他不敢丝毫耽搁，连夜进宫，向理宗汇报此事。

理宗听完，沉默片刻，问真德秀："真师父，你怎么看？"

"陛下，兹事体大，还是将郑相他们叫来一起商量吧？"

理宗点头，吩咐董宋臣立即将郑清之和几位参知政事宣进宫里。

众人陆续到齐后，理宗将急报交给诸位大臣轮流阅看，郑清之率先奏道："陛下，本朝开国太祖为防微杜渐，斩断有篡权野心者的念头，曾经说过，'非赵氏不可封王。'所以无论南迁之前还是之后，本朝都极少对异姓封王。"

理宗问："这么说还是有先例的？他们都是谁？"

乔行简奏道："启奏陛下，本朝开国时封王功臣共有八位，他们大多为武官，分别是王景、赵普、曾彬、石守信、王审琦、李继勋、高怀德、慕容延钊。他们大都是死后追封，生前被封王的仅有王景一人。后来又有大臣获得封王，如广阳郡王童贯和同安郡王张邦昌，都是极其特殊的情形。"

"那南迁之后呢？"

"朝廷南迁时对金战事不断，有武将因为战功卓著而被封王，其中张俊、韩世忠、杨存中、吴璘生前得封王爵，而岳飞和刘光世二人都是在死后被追封为王。至于文臣就更加罕见了，死后追封王爵的仅有秦桧、韩侂胄和史弥远三人。"

郑清之点头赞成："乔大人所言句句是实。这些封王的文臣武将基本都是功劳卓著，生前在朝廷威望极高。对照这些人，汪世显凭什么资格配得上封王呢？"

就这么回绝掉汪世显吗？可冉琎的书信里提到，汪世显的军队拥有战马将近十万匹，精锐骑兵数万，这可是一支生力军哪？理宗很是舍不得，一时间犹豫了。

这时赵汝谈站出来说："陛下，为臣以为，可以接受汪世显的条件。"

理宗问："为什么呢？"

"臣认为，非常时期当行非常之事。"

郑清之见赵汝谈同意，心里大为不悦，问道："赵大人，什么是非常时期？你是说现在吗？"

"正是。陛下，为臣认为蒙古军队迟早会跟我们发生冲突，如果能得到汪世显这支劲旅，我们的川蜀就多了一道屏障，后方就更安全了。至于封赠王爵，不过是一个名号而已。"

郑清之立即反对："赵大人，你错了。"

赵汝谈听出了郑清之的语气不善。

自从担任宰相后，郑清之的身上开始发生一些明显的变化。官员们都能看出来，他变得倨傲了，变得会对同僚发号施令，而不是像以往那样耐心地磋商、劝说。赵汝谈跟真德秀私聊时谈过此事，真德秀劝他说：人非圣人，只要他郑清之比史弥远强些，也就勉强可以接受了。再说他如今一人之下万人之上，换任何人坐到了如此高位，可能都会这样吧？

赵汝谈忍住不快拱手说道："请郑相赐教。"

"王爵是国家最重要的名器，怎么能轻易授予他人？我们不能拿它来做交易。"

赵汝谈反问："郑相，此事不至于如此吧？"

郑清之侃侃而谈："赵大人，你千万不能小瞧这件事情的意义。本朝的爵位，在太祖开国时拟定，共分十二级，分别是王，嗣王，郡王，国公，郡公，开国公、侯、伯、子、男爵等。相应品级为：王正一品，嗣王、郡王、国公从一品，郡公、开国郡公正二品，开国县公从二品，开国侯从三品，等等。有封爵者必有食邑，从一万户到二百户，又共分十四等，每一等级都由朝廷的律令明文规定，不能僭越。能封王爵的人一般只有皇子皇兄皇弟，他们的后代只能称嗣王，或降为郡王、国公。本朝开国功臣，那样大的功劳，也只能死后追封为王。他汪世显有什么功劳？就因为给朝廷带来了几万兵马吗？"郑清之撇了撇嘴，"远远不够格的！"

众人看郑清之表情，似乎动了意气，不由得愣住了。连一向了解他的皇帝也有些不解。

真德秀一直不发一言，见郑清之情绪如此激动，忽然有点明白了。如果朝廷同意给汪世显授予郡王，那么他立即就是从一品了。而郑清之兢兢业业在朝二十余年，直到位列宰相后才位列正二品，这叫他情何以堪？

赵汝谈似乎也看懂了郑清之的心思，拱手说道："丞相，我们完全可以只给他一个虚衔罢了。人家带着那么多军队和地盘来投靠我们，依我看，这份功劳也够得上郡王了。"

郑清之反驳说："不错，他是带了军队和地盘来了。可那支军队的军官和士兵只听从他的调度，会服从我们的命令吗？今天他穷极来投，谁能保证他将来不会反叛，背弃我们而去？"

"郑相啊，从这份急递能看出来，汪世显并非穷极来投，恰恰相反，他现在是陇西三地的实际控制人。得到了他，就控制了陇西大片区域。将来蒙军一旦跟我们发生战争，那里将变成我们的第一道防线。这样的局势可攻可守，比一味据守川北关隘强多了！"

郑清之嘴角轻撇，笑着回答："赵大人的愿望是美好的！只可惜现实最是残酷。"

"看来，丞相还是信不过汪世显。"

"不错，他是蒙古汪古部族的人，为什么会来帮我们，却不加入蒙古呢？"

一直没有说话的真德秀终于说道："郑相，如果我们总是不相信别人，不接纳别人，将来怎么能壮大自己，削弱敌人呢？"

郑清之对真德秀一向很是尊重，立即改用平和的语气回答说："真大人说得很对。但此人究竟是友是敌，根据这份急递，目前不能下出定论。兹事体大，我们必须谨慎再谨慎哪。"

"那依丞相说，该如何回应汪世显的要求？直接拒绝他，还是不予理睬？"

郑清之毫不犹豫地回答："要想封王，必须要有战功才行。这次就封他侯爵，出任陇西三镇节度使。如果日后立下战功，可以升迁，晋封王爵。"

这时理宗表态说道："朕觉得丞相说得有理，这件事就这么定了。"转头问余嵘，"李韶跟朱杨祖现在到了哪里？"

第二十五章　稀世国宝（一）

众人听皇帝向余嵘询问，这才注意到他一直没有说话。在几位参知政事当中，余嵘的资历最浅，所以他在议政时往往开口不多，在有争论的时候更是闭口不言，只在皇帝问询后单独陈奏。

此时理宗问起李韶跟朱杨祖，余嵘明白，皇帝明面上是在问李韶他们有没有到达各自的目标地点，其实是想知道贾似道究竟是不是跟他们会合了。

余嵘回奏道："陛下，据探马最新通报，史天泽和张柔两支汉军分别从河北进驻到潼关和孟津，意图不明。尤其是张柔军，有南下的迹象。为避免可能发生的意外，李韶和朱杨祖两队人马都停了下来，等待我们通知。"

理宗问："史天泽和张柔过去跟我们没有过节，不应该对我们有敌意。"

"为臣也是这样想的，按说他们不应该出兵袭击我们的车队。不过如果他们挡着不让祭祖，就会发生冲突了。"

理宗非常生气："难道他们两个不是汉人？难道他们的祖宗不是大宋子民？"

余嵘一时无法回答，嘴唇嗫嚅了几下说："陛下所说很有道理……"

理宗见余嵘有些尴尬，便放软了声调说道："可不可以写一封信，感化一下他们？"

"请问陛下，由谁来写这信呢？"

郑清之主动接话道："这是宰相之责，我来写。"

真德秀建议说："郑相，还是让李韶写吧。他是礼部侍郎。"

这句话一下子提醒了众人，理宗也点头赞成，由礼部侍郎写信给他们，磋商祭祖事宜，正合适。理宗吩咐余嵘："那好，你们马上就发急递给李韶。"

"遵旨。陛下，朱杨祖大人现在在襄阳，李韶大人正在安丰。臣刚刚收到杜杲将军的急递，国用安和贾似道一行人也已经到达了安丰。"

理宗点头："嗯，让他们小心行事。"

"是，陛下。"

再说国用安、贾似道和冉璞等人带了完颜赛不和完颜绛山赶到安丰，跟李韶的大队会合。这时李韶因为张柔军的突然出现而犹豫不决，就在安丰耽搁了几日。国用安不禁有些心焦，担心再等下去会生出变故，便跟贾似道一起施压李韶，要求尽快启程。

李韶苦笑着回答："本官必须保证大家此行安全！请二位少安，再等三天如何？肯定会有消息从北边传来的。"

贾似道觉得诧异，问道："三天？李大人，为什么这么有把握？"

李韶点头："我的书信已经发走，张柔应该会给我回复。而且我们在那边有人——"说到这里，他打住了话头，不再继续。

贾似道心里一动，李韶说的莫非是自己的好友，余保保？

事实上，贾似道猜得非常正确，的确是余保保跟李韶保持了极为隐蔽而有效的联络。然而余保保却没有料到，他的一举一动已经被人暗中盯梢，秘密地报告给了萨巴喇嘛莫彬。

此刻汴梁城里，王世安正气急败坏地向莫彬讲述他在宿州的遭遇："大师，只要冉氏兄弟一日不除，就会一直给我们带来无穷的麻烦。"

莫彬一边捻着嘎巴拉念珠，一边听着王世安的抱怨，等王世安停下了，这才问道："你说是国用安为了防止冉璞抓走你，就让你连夜离开宿州城吗？"

王世安点头说："是的，不然的话在下就回不来了。"

"交给你的那些人，都带回来了没有？"

王世安有点脸红："有几个——留在了那里。"

莫彬恶狠狠地瞪着他："告诉你吧，他们都已经被杀了。"

王世安大惊失色："国用平答应过我，不会难为我们的人！"

莫彬忽然觉得王世安愚不可及，有些轻蔑地扫了他一眼："你这个人哪，只是面带权谋！"

王世安很是不服："大师，当时你并不在场。我如果不赶紧离开宿州，就当真被那冉璞抓到临安去了！"

"你上当了，是他们联手把你骗走了。你要记住，现在你的身份是蒙古千户，有强大的蒙军在背后撑你，他们怎么敢拿你？"

王世安愣住了，想要回驳，可是又觉得莫彬说的有些道理："大师的意思是，国安平那夜是用假话欺骗，故意让我走的？"

"当然。"

"可这，为了什么？就因为那个冉璞吗？"

"当然不是。如果你继续留在宿州的话，就变成了国用安鞋子里的一颗石子！"

"可是？"

"他怎么敢杀你呢？就把你留下的人全部杀掉灭了口。"

"那厮——怎么敢如此歹毒，不留后路？"

"当然是因为他已经从完颜赛不和完颜绛山那里得到了秘密，没必要再跟我们合作了，所以下定决心跟我们翻脸。"

王世安挠头抱怨道："我离开宿州前，跟国用安谈过多次，他肯定不知道什么秘密。"过了一会儿，他突然醒悟，"我明白了，一定是那个小国舅贾似道，还有冉璞。"

莫彬点头："不错，应该是他们一起找到了藏金秘密！嘿嘿，他们的背后是大宋朝廷，这么说来，宋廷已经介入进来了！"

王世安大为懊恼，眼看就要煮熟的鸭子，竟被别人突然抢走了。"那我们下面该怎么做？"

莫彬摆了摆手，示意让他安静一下，随后自己闭目冥思苦想一阵，突然以掌拍额，叹气道："不，我们上当了！从一开始就中了别人的圈套！"

王世安惊愕莫名："大师，这是怎么回事？"

"当初我让你去找国用安，命令他将完颜绛山劫下来，跟完颜赛不一起送到汴梁来。"

"是的，我催了很多次，他每次都满口答应。"

"可他就是不做！你知道为什么吗？"

"不知道，大师请指教。"

"因为他从来就没想过听从我们的命令。"

"他其实是南朝的人？"

莫彬摇头："这个人毫无任何节操可言，只看哪边给他的好处大，他就帮哪一边。"

"可宋廷能给他什么好处？我在宿州时，没听到他提到任何南朝的事情！"

莫彬白了他一眼，放下念珠，抚着胡须幽幽地说："使团被劫？嘿嘿，国用安耍的好手段！"

这时王世安想起了什么，猛拍脑门懊恼地说："对了，余保保这小厮肯定跟他有勾连。"

"不错，当然是他。锦衣玉食的公子哥，怎么肯到北方酷寒之地来求学？当然是因为负有不可告人的使命。他陪王檝返回蒙古之前，宋廷一定是听到了什么风声，不愿蒙古这边要走完颜绛山。于是他们设下瞒天过海之计，让暗中巴结宋廷的国用安劫下使团。这就是为什么身为国舅的贾似道会去宿州的原因。可笑的是，我们竟然认为国用安假扮武仙打劫使团是为了我们！"

王世安狠狠地回答道："国用安首鼠两端，两边下注。玩火的人迟早烧到自己，早晚要让他死无葬身之地！”

“先不要急着报复，万一他被逼急了，把我们的事情张扬出去就坏了。”

“下官明白。可是我们不能让他就这样把黄金弄走，下面我们该怎么办？”

“我们留在宿州的眼线现在全断了。可藏金一定在宿州城外，只要国用安和国安平出城，我们盯住他们的行踪就可以了。”

“对余保保怎么处置？”

莫彬阴沉着脸说：“先不要动他。如果藏金最后被国用安他们弄走了，大汗和镇海大人一定会怪罪我们，那就把这锅全都推给他顶……”

再说李韶奉旨写信给张柔后，不出三日便收到了他的复信。出乎他意料的是，张柔在信中很是通情达理，表示完全理解南朝君臣祭奠先帝陵墓的心情，承诺绝不会下令属下军队阻拦他们的行程。

李韶得信后大喜，立即通知贾似道、国用安和冉璞等人整队，跟随他们出发赶往郑州巩义。襄阳那边，朱杨祖几日后也收到了李韶的通知，便跟史嵩之与孟珙商量。孟珙不以为然地说道：“李韶大人他们从淮东出发，沿着淮水、泗水直到郑州、汴梁，路途很长，所以他担心会出意外。而大人身在襄阳，到洛阳的路途近了许多。就算没有张柔的保证又如何？”

朱杨祖问：“那将军的意思是？”

“我挑选一批精锐骑兵，亲自护卫大人赶往洛阳，不出意外的话十天就可以安全归来。”

朱杨祖转头问史嵩之：“制置使大人觉得如何？”

史嵩之很是赞成：“孟将军所说很有道理，朱大人放心去吧，本官会派人沿途接应你们。”

“如此多谢大人了。”

于是这两支队伍从两地出发，分头赶往洛阳和郑州。

第二十六章　稀世国宝（二）

傍晚时分，一队人马正行在通往郑州的官道上。此时天色已经开始昏暗，因为错过了投宿，众人只能继续向前赶路。

贾似道坐在马车上，见这一路行来到处是荒废的耕田和倒塌的农舍，时不时见到一堆堆白花花的人骨。中原战事连绵不断，野外的尸骨哪里会有人来收拾，只能曝露荒野，任由野狗乌鸦啃噬。突然，一阵阴风吹过他的面庞，带来一丝血腥的味道，贾似道顿时不寒而栗。

丁义看到了，便对他说："国舅爷记住，你千万不能看路边的尸骨。只要盯着看过了，那鬼魂就立即附在你的车上，一直被带到你的家才肯出来。"

贾似道被吓得一个激灵，随即反应过来，他又在拿话调笑自己了。于是呵呵笑道："我们贾府是张可大天师挑选的风水宝地，天师又亲自送来开过光的宝镜，神鬼都怕。嘿嘿，再说天子脚下，皇城旁边，孤魂野鬼怎么敢进我家？倒是你们得小心些。"

丁义微微一笑道："我们这些人，当然不敢跟国舅爷比的。都是苦命的厮杀汉，从死人堆里杀出来，那些大鬼小鬼只会怕我们，躲得远远的。"然后问冉璞，"是吧，冉捕头？"

冉璞眉头皱了皱，没有回答。

贾似道认定，丁义在嘲笑他没有战功，只凭姐姐贾妃的身份才捞到了富贵。虽然遭到他冷嘲热讽，贾似道却没有回呛，只在心里不住地冷笑。

在队伍的后面，国安平与国用安并辔而行，问道："大哥，我们两个都出来了，宿州城你真的就这么放心？"

"放心。我们这次出来极其隐秘，家里又留了刘安国、杜政、封仙三人守城。他们都跟随我已久，值得信任。"

"可是他们三人互相不和，大哥不在家，会不会起内讧？"

"有这可能。可就是因为这一点，我反而放心。"国用安诡异地笑了。

国安平知道，他是要三人之间互相牵制。可把城池交给这些人，国安平总是觉得不妥。

国用安叹道："你留在家里当然最是妥当，但黄金事大，我离不开你。唉，要是阎通兄弟还在就好了！"说到这里，他的眼圈不禁有些泛红。

国安平也觉得伤感，两人默然无语地跟着队伍向北行进，直到一个小镇投宿过夜。

第二天黎明时分，车队再次启程。行到许州境内后，按照约定，国安平带着完颜绛山和那份万仙山图本继续跟大队北上；而国用安、贾似道和冉璞则带了完颜赛不，转往登封方向。

不到半日，众人来到了太室山脚下。一路上，冉璞仔细查看了嵩山大幅图本，共有七十二峰，太室山和少室山各占三十六峰。整体嵩山向东北、东、东南三个方向扇形展开，地势由西向东渐渐变低。

拿着完颜赛不的小图比照自己的大图，冉璞问道："完颜老将军，图上标注的藏金地点，似乎是在太室祠？"

完颜赛不欣赏地看着他："不错，我也这么认为。"

"太室祠那么大，难道要我们每一处都得查找吗？"

"不用那样。上山之后，只要先帝留在那里的看守发现我到了，自然会给我们带路的。"

贾似道跟国用安并马上山，一边指着山上宏伟的建筑，一边不住声地赞道："真是绝好道观，果然名不虚传！"

国用安问："国舅爷一直居住在江南，怎么知道这里是道观？"

"国将军，我以前曾经读过一本书。上面说这太室祠原本是祭祀太室山神的处所，后来到了汉时改建成规模盛大的道观。经过我朝太宗、真宗几代皇帝以及金世宗、章宗增修扩建，如今这里共建有大殿、道宫百余座，四百多年来，这里可谓是五岳之首。"

国用安向他竖起拇指："还是读书人厉害，不出门便知天下事！像国舅爷这样，当真是博学多才，见识不凡，令人佩服。"

贾似道被这话拍得很是舒服，心情大好，跟国用安一路说笑着上山进祠。

众人一边行走，一边观看，果然如贾似道所言，这观极为宏大，沿着中线两侧，分布了东西廊房、四岳殿、火神宫、祖师宫等大殿。穿过中华门，依次经过天中阁、崇圣门、化三门、峻极门、中岳殿、寝殿至御书楼共十一进，共有楼阁、宫殿、亭台等各色建筑四百余间，大都覆以黄琉璃瓦，到处雕梁画栋，重檐庑殿顶，规模之大，令人称奇。

几间大殿里，众人看到几十个道人手持各色法器，诵唱经文，正举办各自的法事。

往里继续行走，众人看到观内有自汉代到现在的历代碑刻。冉璞和贾似道走到一座碑前，不由得凝神读了起来。正看得入神时，几个道人走了过来，向走在前面的完颜赛不稽首拜倒："老将军，您总算来了。"

完颜赛不一一扶起了这些道人，问道："你们如何认得我？"

为首的道人说："我们曾经是宫里的护卫，所以认得老将军。"

完颜赛不点点头："真是难得啊！你们如今在这里一切都好吗？"

那道人红着双眼回答道："承蒙老将军关心，我们都还好。兵荒马乱时候，这里倒也太平。我们虽苟全性命，可每天记挂的就是完成先帝的托付，早日将这些东西交给老将军。"

完颜赛不长叹了一声："前面带路吧。"

一个年长的道人应声道："是，老将军。各位请跟我来。"随后带路将众人引到了古神库。

这古神库周围有四个英宗时期铸制的黑铁人，高一丈有余，重达几千斤。每个铁人都怒目挺胸，振臂握拳，仪态威严，不怒自威。

众人跟着走进后面大殿，只见那道人用钥匙打开了一间上了铁锁的大门，进去后发现里面有一个殿堂，供奉的是中岳之神中天崇圣帝巨大铜像。道人领着众人绕过铜像，打开了一道通往地宫的暗门，众人鱼贯而进。道人随身带了火折，将油灯一一点亮。众人只觉得眼前一亮，豁然出现了十几口大木箱。

国用安激动了，眼前似乎出现了堆放得整整齐齐的金元宝，以至于两手不禁颤抖起来。

这时完颜赛不却异常平静地说道："各位，这些箱子装的都是从大金皇宫内府转移出来的历代书画文册，请各位小心火烛。"

众人顿时愣住了，他这是什么意思？

贾似道很是好奇，随便挑了一个箱子打开，里面有很多小盒，最上面是一个樟木匣子。打开它后，贾似道取出了一幅字帖。众人都围了过来观看，贾似道小心翼翼地打开，念道："羲之顿首：快雪时晴，佳。想安善。未果，为结。力不次，王羲之顿首。山阴张侯。"贾似道面露疑惑之色，问道，"这幅帖前有'廷'印，后有高宗'绍兴'联玺，竟然还盖了金章宗'明昌御览'印章？"

完颜赛不问："贾公子，有什么问题吗？"

"这是书圣王羲之的快雪时晴帖，世所罕见，一直被珍藏在临安的皇城里，怎么竟然流传到了这里？"

完颜赛不面露赞许之色："贾公子所说不错。'明昌御览'是我大金章宗皇帝专用印玺，只在他收藏的画卷上成套使用。这'快雪时晴帖'乃是章宗酷爱，视如至宝！你可知道，这国宝怎么会从你们的皇宫到了这里？"

"不知道。"

"告诉你们吧。当初宋廷背信弃义，发动所谓开禧北伐战争，章宗陛下派遣大将仆散揆，率军九路南下，击溃宋军，围攻襄阳，即将攻打江南。你们的皇帝只好派人求和，答应了诛杀罪魁祸首宰相韩侂胄。为了讨好章宗皇帝，他又送来无数稀世珍宝，和议这才最后谈成。那批珍宝当中，就有这本'快雪时晴帖'。"

除了国用安，在场的其他众人听了这话，脸上都露出不悦之色。

贾似道摇头："老将军你错了，大错特错。因为这其实就是一个摹本，或者说，就是赝品。"

"贾公子不要胡说！这怎么会是赝品？"

贾似道面露得意之色："我曾经长期临摹书圣字体，当然了解这幅字帖，点画俯仰生情，钩挑从不露锋。用笔尤其圆劲，起收匀称安和。但老将军你看这字，虽然行书中带有楷书笔意，但变化不多，略显呆滞，缺乏轻快的韵律感。所以我认定这一定是赝品！"

完颜赛不摇头不信："贾公子，这里的名家书画，基本全是你们的朝廷送来抵充赔款的，怎么可能是假的呢？"

冉璞回答道："老将军有所不知，昔日高宗皇帝在临安重建军政，为宣示正统，从绍兴二十年起开始推动复兴，派人临摹制作了大量名家书画。通常都由宫廷画师，或者江湖名家临摹原画原帖，再由书者抄录赋文，加盖印章。这个字帖，很有可能就是其中一幅。"

众人听了，全都频频点头。

完颜赛不嘿嘿冷笑，回答道："是真的就绝不会变假。"然后随手打开了一箱，取出一幅沉重的画轴，打开布套，徐徐展开："你们看，这就是闻名遐迩的《洛神赋图》，出自顾恺之之手，卷后有章宗御览四印。当初你们的宰相史弥远派了上百名护卫，千里送来此图，献给我们章宗皇帝用以求得同情。"

贾似道仍然摇头："这也是赝品。"

完颜赛不顿时发怒："贾公子，你那些模棱两可的鬼话，只能欺骗外行之人。"

贾似道认真地说："老将军，你是武将，不懂其中奥妙。你来看，此图中的人物衣纹叫作'兰叶描'，很像唐代吴道子，又似不久前的马和之；你再看，每个人物旁边都有文字，而每段所书词句，又全都近似高宗笔法，所以这是今人摹本无疑。"然后叹道，"'恨人神之道殊兮，怨盛年之莫当。'这洛水女神凄厉的眼神，虽然临摹得惟妙惟肖，但摹品终究是摹品。你们全都被骗了！"说完，他用略带挑衅的眼神，戏弄地看着完颜赛不。

众人也都跟着嘲笑起完颜赛不来。

只有冉璞突然觉得有些异样，对身旁的丁义轻声说："不好，可能要出事了！"

丁义问："是不是因为这里根本就没有黄金？"

冉璞默然不答。

这时国用安很是急躁，大声喝问完颜赛不："为什么要带我们看这些东西？黄金究竟在哪里？"

这时众人醒悟过来，大家都忘了此行目的，于是全都盯着完颜赛不。

然而，刚才被众人嘲笑的完颜赛不突然哈哈大笑起来。

他笑了好一阵这才停下，郑重说道："各位，从来就没有什么金国藏金，你们全都上当了！"

第二十七章　武仙出山（一）

听到完颜赛不这样说，国用安的瞳孔顿时急剧收缩，阴恻恻地问完颜赛不："你是什么意思？"

"大金皇帝陛下为了救国，早已用尽几乎所有的国库金银，哪里还有什么黄金留存下来？所谓藏金传闻，其实是老夫特意派人散播的谎话！"

国用安紧攥着刀把喝道："你到底想要干什么？"

"兖王，先帝生前不但封你王爵，而且给了你兵马粮草，对不对？"

国用安很是不屑，不予回答。

"先帝生前的遗言：只要我们女真人没有绝种，将来就一定要报仇雪恨，亡蒙灭宋！你不觉得自己应该做些什么吗？"

国用安冷笑道："你是女真人，我不是。"

"可先帝曾经赐姓'完颜'给你，当初你也非常高兴地接受了！"

"哼，哀宗皇帝已经不在了。刚才说了，我是汉人，要我改姓完颜，真是岂有此理？当初封我为王时，大家心照不宣，不过是逢场作戏罢了！"

"兖王，先帝对你可是一片真诚。"

"呸，你少惺惺作态。在狗皇帝还有你们这些人的心里，不过把我们当作炮灰罢了！"

完颜赛不痛心地摇头："人心，怎么可以这样冷酷？"

国用安很不耐烦："你这老贼老实交代，究竟要干什么？"

完颜赛不冷笑一声："你连我们做了什么，要做什么，完全不知？嘿嘿，大宋朝廷，就要完了！蒙古，也绝对长不了的！"

冉璞的心里突然涌上一阵不祥的感觉，大宋的麻烦可能真要来了。

贾似道嗤之以鼻，轻蔑地说："金国已经先亡了，你们拿什么来灭宋，又凭什么去亡蒙？"

完颜赛不微微冷笑道："你们蒙宋两家，马上就要打仗。不是你死，就是我亡！贾公子，让我们拭目以待吧。你这人还算有点悟性，这些东西就交给你了，好好保管它们，不要失传了，让后世之人骂我们！"

然后不屑地用手指着国用安："贾公子你到底还是个士子，不像他只是一个利欲熏心的奸贼而已。"

国用安勃然大怒，就要拔刀发作。

冉璞问道："完颜将军，你为什么这么有把握地说蒙宋两家就要打仗？"

完颜赛不诡异地笑了："因为老夫已经派人去蒙古了，他们将四处传播消息：是南朝欺骗了蒙古，使用诡诈抢劫了蒙古使团，又卑鄙地将大金国最后一批黄金窃为己有。"

贾似道冷笑："这都是毫无根据的谣言，怎么会有人相信？"

"嘿嘿，有国用安、完颜绛山这些人证，南朝如何抵赖？再告诉你们吧，蒙古大汗本来就要攻打你们南朝，他又怎么会不相信？"接着他用手指着国用安嘿嘿笑道："兖王，你将是两边的叛臣贼子，两边都要取你的狗命！"

"胡说！"国用安的眼睛瞪得猩红，猛然拔出刀，指着完颜赛不喝道，"我兄弟安平是不是已经着了你们的黑手？"

完颜赛不仰头大笑："不错，此刻他的人头应该已经送到了蒙古！"

国用安突然一声号叫，持刀捅进了完颜赛不的小腹。

冉璞急得大喊："国将军且慢！"

国用安却像疯了一样，连续刺了几刀。完颜赛不顿时倒在了血泊当中。

几个道人见状大惊失色，其中一个伏地恸哭，其余人一哄而散向外逃了出去。

丁义冲上去抱住了国用安，以免他继续行凶。

冉璞上前蹲下身去，听到完颜赛不嘴里喃喃说道："武道长……"声音越来越弱。冉璞赶紧追问他是什么人，完颜赛不已然气绝。

冉璞回头看着国用安，长叹了一口气："何必如此！"

丁义转头问那正跪倒痛哭的道人："你们谁是武道长？"

那道人只顾哭泣，哪里能回答。

杀红眼的国用安再次举起了刀，就要劈杀这个道士，却被冉璞拦住了手，劝道："不要再杀人了，我知道武道长是谁。"

"是谁？"

"武仙。"这时冉璞忽然又想到了什么，失声说道："不好，我们必须尽快撤走。"他转头吩咐随从将那道人绑了一起带走，再对国用安说："国将军，叫你的人集合，护送大队赶紧下山，迟了就来不及了！"

国用安点头答应。

贾似道很是疑惑地问："冉捕头你说清楚些，下面会有危险吗？"

"是的，武仙很可能就在太室祠。"

"他不是死了吗？怎么会在这里？"

"这只是我的猜测。因为武仙出山为将之前，就是一个道人，金国的将领都称他为'武道长'。如果他真的在这里，那他的属下一定遍布太室祠。我们必须赶紧离开！"

众人都觉得冉璞所说有理，丁是立刻向外走去。只有贾似道指挥几个随从，将密室里的箱子一一封好了，准备搬下山去。

国用安看到后顿时焦躁起来："小国舅，你不是说这些都是假的吗？"

贾似道得意地笑了："那些话不过是我故意编出来惹完颜赛不生气的。我刚刚查看过几个箱子，很多书画的确是临安皇宫里流失出去的国宝，我必须带回去交还皇上。国将军，本官一定会向皇上奏明，这都是你的功劳！"

当国用安听说这些书画都是稀世国宝，不由得心中一动，便起了强占的心思。可后来听贾似道说要向皇帝为自己请功，而且这些东西要折现也着实不易，于是就不再理会了。

下山后众人打马一路狂奔，一口气跑出几十里外，这才稍停休息一下。

贾似道从马车上下来，问冉璞道："冉捕头，刚才你说有危险，可到现在什么事也没有发生啊？"

冉璞摇头："我仍然有强烈的感觉，武仙就躲在太室祠里。不信的话，我们现在就审问那个道人。"

贾似道撇了撇嘴，根本不信。

丁义将那道人提了过来，问道："武仙是不是在太室祠？"

那道人很是倔强，将头转开决不回答。

国用安说："这个人还是回去再审吧。冉捕头，完颜赛不说的那些谣言，一旦被蒙古大汗听到了，两边真会打起来吗？"

冉璞面色沉重地回答："很有可能。当年成吉思汗就曾用蒙古使团被杀的理由，发动了对花剌子模的灭国战争。"

丁义摇头说："他们真想打仗的话，还需要什么理由？"

冉璞苦笑："说是这样说，可大国出兵，名正言顺是非常重要的。"

丁义又问："完颜赛不这条计虽毒，但也不用赔上自己的性命吧？"

"是啊。我也在想，他好像在故意激怒国将军，甚至有些故意求死的模样。"

"求死？他不是说要带部下走海路去辽东的吗？"

这句话引起了冉璞的深思，难道他已经安排好了一切？那武仙又是怎么回事？

想了一阵，冉璞似乎有点明白了，问国用安："海州那些船已经交给他们的人了？"

"是的。不过他们人数不多，虽然上了船，但全都停靠在港湾码头。"

"之后怎么办？"

"他们开不走船的。赵范已经派了人时刻监视，就等小国舅的通知，将他们全部剿灭。"

贾似道忽然面露凶光，狠狠地说道："我这就派人通知赵大人，立刻动手。"

这时后面突然烟尘大起，传来一阵急促的马蹄声。

国用安脸色一变，大喊一声："全部上马，准备迎敌。"

片刻之后，来了一队人马将众人围了起来。看人数至少几百人。而己方只有一百余人，怎么能抵挡得住？贾似道紧张得手抖了起来。

这时有几匹快马风一般狂飙到跟前，为首的头领身材魁硕，灰面虬髯，手执一把明晃晃的泼风大刀。令人惊讶的是，此人身穿的并非盔甲，而是一件道袍，头上戴的也是道冠。一群大汉拱卫在他周围，也全都身着道袍鹤氅。

看这群人的穿戴不伦不类，有人忍不住想笑出声来。

不料，那首领飞马冲到近前，手起刀落，接连斩杀了几名国用安的随行护卫。国用安仔细地观看此人，正是曾经的金国恒山公武仙，连忙大声喊道："武将军，不要动手，是我！"

武仙听到，立刻冲到国用安跟前。

国用安见他挺着大刀随时就要砍杀过来，不禁有点心怯，但面上仍旧一副无所谓的姿态，在马上叉手施礼："恒山公别来无恙？"

武仙用刀指着他问："是你杀了完颜赛不吗？"

国用安点头："是。"

武仙大喝道："我要杀你。拿起你的刀，来吧！"说完，挥起大刀就劈了过来。

国用安无奈只得应战。两人厮斗在一起，一时间难解难分。

而其他道人也向冉璞、丁义和贾似道这边围了上来，两方一片混战。

贾似道的随从们护送着贾似道想要冲出去，怎奈被对方一击即溃。犹如树倒猢狲散一般，只剩下了贾似道孤身一人，吓得魂飞魄散。眼见对方全都拿着刀，凶神恶煞一般地过来了，贾似道急得大声喊道："我是大宋官员，你们不能杀我。"随即掏出了随身官凭，高高举起向对方展示，又吩咐个别仍在抵抗的随从一起缴械投降。

而冉璞和丁义挥动各自的斩马刀，势猛刀沉，武仙手下抵挡不住，只得任由他们在人群中往来冲突。

第二十八章　武仙出山（二）

这时只听武仙大喝一声，旋起大刀猛劈过去，国用安用尽全力举刀架住。不料武仙突然缩刀，反向撩了回去。国用安躲避不及，被武仙斩断了左臂，顿时疼痛难忍，血流不止，倒栽下马来。武仙冷笑着踢马上来，挥刀就要结果了国用安……

再说国安平跟完颜绛山两个，寻了渡船渡过黄河后，专挑小道行走，顺利地到达了万仙山。

二人根据图本指示，在一个极为普通的道观里找到了所谓的宝库。然而打开查看，里面并没有任何黄金，却是大量的兵刃、盔甲以及一坛坛的火药、硝石。显然，光靠自己带来的这些人手，是无法运走所有东西的。国安平跟完颜绛山商量了一下，决定先带走一部分兵器。之后将兵器库原样封了起来，随即向宿州快速折返。

然而尽管他们的行踪极其隐秘，却还是被几个密探侦察到了，之后几匹快马迅速向汴梁和大同府奔去……

那边太室山下，国用安眼见武仙举刀劈了过来，自知难逃此劫，只好闭目等死。

就在危急时刻，一把钢刀带着呼啸风声，向武仙的背后飞了过来。这刀来势着实凶猛，武仙只得伏身趴在马背上躲开攻击。不料虽然躲过了这刀，但他坐骑的脖子却被刀割伤了。这马受惊，顿时立起哀鸣，将武仙从马上颠了下来。

武仙正要爬起时，只见两把大刀同时向他招呼了上来。武仙狼狈地闪躲，取回自己的刀，转头跟来人缠斗在一处。

斗了片刻，武仙大喊道："停！这是宋军专用斩马刀，你们究竟是什么人？"

跟他厮斗的正是冉璞和丁义。

冉璞点头回答："武将军说得不错，这就是斩马刀。我们都是从大宋来的。"

武仙跟他们斗了一阵，知道他们刀术精湛，自己没有必胜把握，便说道："你们不是国用安的部下。我要杀的是那厮，跟你们无关。请你们让开。"

冉璞摇头："武将军，你不能杀他。"

这时武仙的部下已经缴械了国用安所有士兵，全都围了过来。武仙冷笑道："我看你们武艺不错，这才好言相劝，不要在这里白白丢了性命。"

"武将军，刚才我说你不能杀他，是为了将军考虑。"

武仙听罢，怒极反笑，用刀指着冉璞道："嘿嘿，你说。"

"武将军难道不想完成完颜赛不老将军的遗愿吗？"

"你什么意思？"

"完颜赛不老将军虽然被国用安所杀，可这其实是他自己的安排！或者说，老将军是借国用安的手完成自己的心愿！"

武仙皱眉喝道："你胡说什么！"

"是不是这样，只有武将军您自己最清楚了。如果我没有猜错，老将军到太室祠来其实就是为了激你出山。只有他知道，你就藏身在这个道观。而且他必定派人联络你很多次了，请你出山。"

听到这里，武仙的脸色微微一变。

这瞬间的表情变化哪里能逃过冉璞的眼睛，他继续说道："但是你已经心灰意冷，大金复国无望，你不愿再出山拼斗，徒劳费力。你只想在这太室山上过太平的日子，以了此余生。"

这时武仙的一个手下忍不住大喊道："你这厮不要胡说，武将军不是贪生怕死之辈！"

武仙冲他摆了摆手，对冉璞说："不错，你说对了。不过，我并非愿意苟活，而是因为天不助大金。我等凡人，岂能逆天行事！"

冉璞点了点头："可是完颜赛不绝不肯放弃，他生前唯一的事情就是，完成哀宗皇帝遗愿。但他已经没有军队了，只有把侥幸活下来的几千女真武士带回辽东老家去，只有保存下这些火种，将来大金才有复国的希望。"

武仙默然。

冉璞继续说道："可是他已年老多病，无力带领他们从海路回到辽东。你才是最合适的人选。但你根本无意出山，这就逼得他想出连环计，散播大金国藏金的谣言，以吸引蒙、宋两边开始争夺，进而离间、挑起两边的纷争。"

这时武仙一边抚须，一边听着，频频点头。

"金国皇帝在逃离汴梁时，将皇宫里历代书画典籍秘密送到了太室祠，所以才有一批护卫化身为道士看护它们。这大概也是你选择这里出家为道的原因。"

武仙惊讶地看着冉璞。

"完颜赛不将我们领到了这里，用言语激怒了国用安，将自己杀死，血溅密室。如此惨状，你怎么能再袖手旁观？"

武仙长叹了一声："我的确是被他逼出来了。阁下所说，犹如亲见。你到底是什么人？"

一旁丁义笑着回答："他就是闻名临安府的捕头，冉璞。"

"捕头？"武仙很是疑惑。

冉璞拱手说道："家兄冉珽，跟将军也算有缘。"

武仙恍然大悟，向冉璞施礼："原来你是冉珽先生的兄弟，怪不得……"

随后，三人都放下武器，走到一棵大树下。武仙再次施礼，真诚地问道："现在这件事该怎么解决，请冉捕头教我！"

冉璞对他们早就存了同情之心，而且认为这些人在辽东可以给蒙古制造麻烦，这对大宋有利，便问："武将军愿意去辽东吗？"

"老帅完颜赛不的遗愿，我当然要帮他完成。"

冉璞背着手来回踱步，想了一阵说："老将军生前造出的海船都在海州。从这里到海州有上千里路程，你们很难不被人察觉。而且即便到了海州，你们也很难夺到那些船的。"

丁义说道："武将军，我坦白地告诉你，完颜赛不出发前派去海州接船的人，已经被赵范控制住了。他们本来的打算是，一旦黄金到手，就立刻除掉那些人。"

武仙大怒骂道："龌龊小人！"

丁义笑了："这是小国舅贾似道出的主意，可他已经被你们的人拿住了。"

武仙这时似乎听出了弦外之音："你说那人是南朝国舅？"

"不错，他就是当今圣上最宠爱的贾妃胞弟。"

即便再迟钝的人这时也听懂了，丁义在暗示自己，到了海州可以把贾似道当作人质，要挟赵范的手下放人放船。

于是他向二人再次施礼："明白了，那我们一起到宿州去，符离那里还有一批人在等着我。"

武仙随即下令手下，不准为难贾似道和他的随从。又命人为国用安疗伤，将他抬进贾似道的马车。随后大队人马向宿州疾驰而去。

马车一路颠簸，心情沮丧的贾似道偶然打开车窗布帘向外看去，不由得愣住了。他看到武仙对冉璞和丁义二人非常尊重，但自己跟国用安却失去了自由，被他们一路看管。他不禁狐疑了起来。

到了宿州，武仙带着一行人直奔符离。已经到达这里的几千女真散卒集结了起来，当他们看到威名显赫的恒山公武仙到了，蔡州大败后的颓废顿时一扫而空，人人士气高涨，发誓跟随武仙不离左右。武仙又意外见到了完颜阿虎带。蒙古使团被劫时，完颜阿虎带也受了重伤。是完颜赛不让国用安为他疗伤，又将他送到了符离。

武仙跟他商量一番，两人决定事不宜迟。于是第二天，武仙吩咐所有的士兵全部换上预先备好的宿州军衣甲，随后分兵，由完颜阿虎带率领一半士兵，挟持了贾似道先行出发。武仙留在符离断后，等完颜绛山到了之后再一起去海州。

然而符离距离宿州如此之近，这里的动静很快就传进城里。守城的刘安国、杜政、封仙三将顿时争执了起来，封仙当即就要点兵到符离厮杀，救出国用安；而刘安国坚持认为，符离情形不明，必须坚守城池等待外援。两人立时争吵了起来。杜政见二人争执，便出主意道："二位将军，我们兵少，主帅又在武仙手里，不如向徐州主将王德全求援，这才稳妥。"刘安国点头同意，让杜政和封仙两人一起去徐州求救。

却不料王德全素来跟国用安有隙，哪里肯出兵救他，当即拒绝了二人。杜政性急，言语激烈地跟他大吵一番。王德全暴怒，下令将二人捆了，送到牢里监禁起来。

第二天，国安平和完颜绛山一行人回到了宿州。当他听说大哥国用安被人绑架在符离后，顿时勃然大怒，随即点了五千兵马包围了符离。

完颜绛山对国安平说："将军先不要攻城，请让我过去看看，说不定可以说动他们放了国大帅，也免了一场厮杀，你看如何？"

因为彼此都是明尊教会众，国安平跟完颜绛山相处融洽，便同意了："完颜将军你可以去。不过请将军记下了，我以诚心待你，望你也以同心待我。"

完颜绛山作揖说道："请您尽管放心，在下一定尽全力救出国大帅。"

当完颜绛山进入符离后，看到原来是武仙出山了，不由得大为惊喜。武仙拉着他的手说："你跟完颜老将军如此忠义，相比之下，武某实在惭愧了！"然后将太室祠发生的事情告诉了他。

完颜绛山听罢，向北叩首敬拜了几下，起身后问道："恒山公下面如何打算？"

"阿虎带已经带人先去海州了，我在等你过来碰齐。那我们明天就去海州吧。"

"一切听从恒山公指挥。大帅，在下有个不情之请。"

"你说。"

"国用安虽然杀了完颜老将军，可如果杀了他，城外国安平不会放我们过去的。"

"你放心，我本就没打算杀他。"

武仙随后请来冉璞和丁义，将事情告诉了他们。

冉璞提醒道："贾似道身份特殊，还请将军不要伤了他。"

武仙摇头说："冉捕头，人无害虎心，虎有伤人意。这厮可不是好人，他的靠山又硬，只怕放了他，会对你们二位不利。"

丁义心里是同意这个说法的，便将询问的目光看向了冉璞。

可冉璞坚决不同意："就连国用安你们都准备释放，那更没理由杀掉贾似道。海州上船之后，还是放了他吧。"

武仙叹了一口气答应了："冉捕头，世道艰难，人心险恶，你们可得小心哪！"

第二十九章 海州之变（一）

冉璞问武仙："到了辽东后，将军做如何打算？"

武仙觉得跟冉璞、丁义二人意气投契，便坦诚说道："听说高丽小朝廷为了抵抗蒙军，已经迁都江华岛。如果我们顺利到达辽东，就会派人登岛，联络高丽王一起对付蒙古。"

冉璞很是赞许："不错，那里天地广阔，大有可为！祝武将军马到成功！"

"多谢，各位保重！"

第二天清晨，按照完颜绛山跟国安平的约定，武仙派人将身受重伤的国用安移交给了国安平。

可是当国安平看到国用安断了一臂时，顿时悲愤交加，下令全军立刻准备进攻武仙。身体虚弱的国用安却挡住了他："算了，让他们过去吧。"

国安平咬着牙问："大哥，这断臂之仇难道不报了吗？"

国用安长叹一声："我杀了完颜赛不，就算扯平了吧。"

这时完颜绛山纵马奔了过来，对国用安说："武将军让我来通知二位，万仙山的兵器库足够装备十万兵马，现在全都留给国大帅了。我们会保守这个秘密，希望你们将来能善加利用。"

国用安点头："很好，你们走吧。"

完颜绛山向二人叉手施礼，打马向东疾驰离去……

返回宿州的路上，国安平问："大哥，我们什么时候把那些武器取出来？"

"现在还不需要。"国用安叹气道，"我们的兵力和地盘都大不如前。得赶紧募兵，等兵力至少有三万以上，就可以去了。"

"大哥，有一件事情得告诉你。"

"是宿州出事了吗？"

"杜政和封仙为了救你，到徐州王德全那里借兵，不料却被那厮扣下了。"

国用安顿时大怒："这个泼皮，就是小人得志！等我身体恢复一些，就带兵攻打徐州。"

"大哥息怒。不管怎样——他还是汉军同袍。"

"兄弟，你就是有些妇人之仁。"国用安摇头，"不打他，我们就待在这小小的宿州吗？"

"如果塔思和张柔带兵来怎么办？"

"到那时再说，大不了就投宋去吧。"

国安平觉得不妥，可又不能说服他，只好暗自摇头。

再说蒙古的密探飞快地将国用安等人的行踪报到了莫彬那里，他顿时困惑万分，叫来了王世安和完颜律，问道："你们看到密报了没有？国用安去了一趟嵩山，还另外派人去了万仙山。"

王世安回答："刚刚看过了，密报没有详情。可令人不解的是，他为什么很快就下了山，居然还少了一条胳膊？"

完颜律冷笑着说："这厮作恶太多，一定是碰到了仇家。"

王世安问："他的仇家是谁呢？"

莫彬说："虽然了解到的情况还太少，不过可以看出来，国用安非但没有得到黄金，而且跟别人发生了冲突，吃了大亏。"

完颜律接话道："所以他下山可能是被迫的，被什么人挟持了。"

莫彬很是赞成："我也是这么想的。"随即吩咐完颜律，"你现在亲自去一趟宿州，一定要打探出那里发生了什么。"

"是，宗主。"完颜律就要起身离开。

"等等，你到宿州后尤其要当心那个冉璞。到目前为止，我们跟他们已经交手多次，吃了太多的亏。前几天完颜忽差点又着了他的道！"

"大师放心，我知道该怎么做。"

莫彬知道完颜律谨慎心细，不像完颜忽那样冲动。他看着完颜律急速离去的身影，叹了一口气道："不知为什么，我总觉得哪里不对。"

王世安小心地问："大师请讲。"

"这两天有风声传过来，说国用安已经偷到了金国隐藏的黄金。可这明显与事实不符！"

"会不会有人在故意散布谣言？"

"这是当然的，到底是谁干的呢，这对他又有什么好处？"

两人默然了一阵，王世安问："为什么我们总是打探不到一个人的消息？"

"谁？"

"完颜赛不。"

提到完颜赛不，莫彬不禁气不打一处来："你在宿州时，难道就什么都没问出来？"

王世安的脸顿时臊得通红，嗫嚅着说："的确没有任何人知道他的消息。"

"这就对了，因为知情的人全都受到了封口威胁，国用安在竭力地向你隐瞒他的存在。不过现在，他非但没有讨到什么便宜，还被人砍掉了一条胳膊。嘿嘿，这不正说明，他被别人给算计了吗？"

"有理，有理！"

"还有那个完颜绛山，他也失去了行踪。看来，谜底都藏在了宿州城。"

"是的，大师，我们可不可以敲山震虎？"

"说说看。"

"目前看来，国用安知道所有的事情，可他决不肯告诉我们。那就让别人来逼他！"

"谁？"

"塔思、张柔，还有他们在徐州的部下王德全，此人跟国用安最是不睦。我们不妨告知张柔将军：国用安私通南朝，用心不轨。请张将军下令王德全，想一个办法敲打一下国用安。要让国用安无法在宿州安身，到时候我们就有机会了。"

"那好，你拿一份我的名帖，现在就去见张柔。"

"是，大师。"

两天后，武仙与完颜绛山率军抵达了海州，跟先行到达的完颜阿虎带会合。

阿虎带到了海州后，因见赵范新派了几千兵马，防范严密，就没有敢擅自行动，只把军队悄悄带到了几十里外的山里，潜伏了下来。

武仙问阿虎带："你们打听到守船的宋军统领是谁？"

"赵范新派来的一名大将，名叫赵胜，现在是他负责。"

"有我们的人在船上吗？"

"派去的探子说，每条船都有我们的人，但赵胜的人更多。"

武仙点头："这是完颜老将军的苦心安排，下面就看我们的了！赵胜打仗如何？"

"他是淮东主力军队的一位将领。听说箭法很是了得，当初李全就是被他带人乱箭射死的。"

武仙皱眉道："派这样的人过来，说明赵范已经在防范我们了。现在如何是好？"

阿虎带摇头说："我们不是有杀手锏吗？"

"那位小国舅？"

"是啊。"

"对他这样的战将，用人质要挟恐怕不会奏效。"

"那要看怎么用了。"

"你的意思是？"

阿虎带说出了自己的计划，一旁的完颜绛山拍手赞道："这个办法肯定行。"

武仙盘算了一会儿，也同意了。随后阿虎带派出了几个密探，化装成了船工，到船上四处联络。

到了傍晚时分，天色渐渐昏黑。三人带兵分头出发。

武仙率先带了两百精锐士兵，押着贾似道来到赵胜军营附近。远处就是港湾，可以清楚地看到那些海船的轮廓。

赵胜的军营灯火通明，几队士兵正来回巡逻。

武仙用大刀抵在贾似道的肩膀上，恶狠狠地说："国舅爷，待会儿我让你怎么说，你就得怎么说。如果坏了本将军的好事，我把你剁成两段！"

在太室山上，贾似道见过武仙行凶。连国用安那样的悍将，都被他砍去一臂。他本就害怕武仙这样的恶人，听到这样的威胁，早就吓得跟筛子一样抖个不停。

武仙见贾似道不答话，以为他不答应，便举起了大刀。刀上铁环响动，贾似道顿时吓得瘫坐在地上，连声求饶。

武仙见状，心里骂道："软蛋，尿包！"脸上却笑了，拉起了贾似道："只要你按照我吩咐的做，就不杀你。"

贾似道头像捣蒜一般连连点头同意。

此刻赵胜正在营里，跟一个副将看图。那副将指着徐州说："将军，上回朝廷让我们去接收徐州，后来出了意外。现在国用安被赶去了宿州，徐州守将王德全脾气暴躁，有勇无谋。只要我们出兵，肯定可以拿下他。"

赵胜问："你就那么有把握？万一打不下来，他死守城池，坐等蒙古兵来救，怎么办？"

"我算过了，等大队蒙古骑兵渡河来救他，至少得二十多天。如果我们二十天内拿不下徐州，那撤兵就是了。"

赵胜听罢，气极反笑："这话幸亏是我听了。如果是赵葵大帅听到，你一定会被重打五十军棍。"

副将挠头，也呵呵地笑着："将军，我还不是想为大帅立功吗？"

赵胜点点头，对他求战心切很是赞赏，若有所思地说道："要想拿下徐州，还得用那个国用安。"

正说到这里，军校来报："将军，贾似道大人来了，正在军营外求见。"

贾、赵两家通好，赵胜对贾似道自然很是亲切，而且来之前赵葵吩咐他，一切听从贾似道的安排。他这么快就赶来了，看来金国藏金的事情很顺利。赵胜不禁精神一振，对副将说："走，跟我去接国舅大人。"

打开行营大门，赵胜和副将走了出去。此刻虽然天色昏暗，仍然可以清晰地看到贾似道的身影，他的身后簇拥着一小队人马，三三两两地打着火把。

赵胜快步上前，笑着说："国舅大人辛苦，这么快就来了！"

又走了几步，赵胜忽然觉得有些不对，因为贾似道并没有回答，他的后面还有一个高大的身影。

赵胜便停了下来。

这时，贾似道开口说话了："赵将军，你过来，本官有事跟你讲。"

赵胜释然，往前走了几步，突然又停下来了。这里实在太安静了，以至于风吹火把"毕毕剥剥"的声音听得都如此清晰。赵胜警觉地问："国舅大人，站你后面的是什么人？"

第三十章　海州之变（二）

话音未落，突然听到一声弓弦响动，一支利箭"嗖"地射向了自己。赵胜是使箭的行家，知道不好，当即卧倒躲开，大声喊叫："有敌人！"

副将赶紧冲上来接应，不料武仙纵马冲了上来，只一刀便结果了他。然后将刀一招，后面的伏兵跟着他冲进军营，到处乱杀赵胜士卒。赵胜军猝不及防，立时溃不成军。

此时完颜绛山也带着军士接近了港湾大船，预先上船的那些人已然看到信号，立刻动手袭击赵胜的部众。武仙军里应外合，很快就联手将赵胜军全数杀尽，夺下了所有的船只。

清理战场后，武仙哈哈大笑，对贾似道说："国舅爷，武某一诺千金，答应你的事一切作数。"随即命人释放了贾似道和他的所有随从，又将装有那些珍奇书画的箱子一个不少地交还给他。

贾似道无比羞愧，心里充满了恼恨，可又怕惹恼了武仙，只好说了一堆感谢的话语，然后急急地带着随从离开了，连夜向扬州方向逃去。

第二天凌晨，太阳徐徐升起，海面泛着金光。远处的波浪追逐着海风奔了过来，直到岸边沙滩拍起一阵飞沫。武仙觉得脚下的甲板在不停地晃动，又闻到一阵海里的腥味，不禁有些晕眩。但止不住心里无比兴奋，看着壮美的海面，喃喃自语："似这般景象，在太室山上当道士，可一辈子也见不到。"

完颜阿虎带意味深长地说："人随天意。以后谁还说天亡大金？只要我们能回去，大金迟早还要东山再起！"

武仙点头，下令升帆。随后，一艘艘大船逐一升起风帆，起锚开船，向北方驶去……

海州遇袭的消息飞快地传到了扬州，赵葵大怒，立即就要出动水师沿海岸向北追击，却被赵范拦住了："兄弟，小不忍则乱大谋。那些船本来就是金人的东西，对我们来说不算什么，可对他们来说，意义重大啊。"

"你也信他们去那里后，能折腾出大事来？"

"宁可信其有吧。再说他们离开淮东，我们就少了一个潜在的麻烦，这难道不好吗？"

"大哥是怕如果我们出师河南的话，他们在背后掣肘我军？"

"正是这样。现在淮北、河南几乎没有蒙军了，都是些士气低落的汉军守着城池，这些对手很弱。但只要武仙的军队在，我们就不得不分心对付。他这一走，我们就彻底安心了。"

赵葵笑道："这其实是祸水北移。为了我们进取中原，为什么不把这个消息散布出去呢？这样蒙军再也不敢随便南下，我们会更安全些。"

赵范抚须思考了一下："南仲，他们还没有到辽东，就算到了也是立足未稳。还是先替他们保密，就算是扶持一下吧。"

"大哥说得有理。"

"收复中原是一件举国大事，必须是全国一盘棋才有打赢的希望。为兄现在最忧心的就是，史嵩之不配合。"

"他到现在还是不松口？"

赵范摇头："他还是不同意。"

"那他给些粮草，总还行吧？"

"这事我上书了。兵部转达了我的要求，可他竟然一口拒绝。"

赵葵顿时生气了："理由是什么？"

"他说荆襄连年水涝蝗虫，百姓需要赈济，没有余粮供应了。"

赵葵猛拍桌案发怒道："他撒谎！我在荆襄待过，知道那里常年的库存，至少会有五十多万担粮食。不提别的，就是短短几个月前，为了攻打蔡州，他一下子就拿出了二十万担粮草。怎么会缺粮？说到底，就是怕我们立下大功，抢了他的风头！不管他了，我们请皇上下圣旨逼他，难道他敢不听？"

赵范叹气道："牛不喝水强按头，这不是办法。皇上还在犹豫。"

赵葵轻声问："有风声说皇上打算上调史嵩之进朝，当兵部尚书，以搬开他这块石头，有这事吗？"

"有这事。我已经向皇上推荐杨恢担任襄阳知府、京西安抚使，代替史嵩之行京湖制置司公事。"

赵葵大喜："这下军粮运送有人了。真是失之东隅，收之桑榆啊。"他这是认为，己方在海州吃了亏，却没料到襄阳那边赚了回来。

赵范明白他的心思，叹了一声说："兄弟，真要去中原的话，你我的身上就担了天大的担子！"赵范的言下之意，两人的最大靠山郑清之，为了这件事已经压上了身为宰相的声望，万一大军遭受失败，那他就不得不引咎辞职了！

赵葵虽然求功之心炙热，但也不是莽撞之人，听到兄长似乎有些担心，便出主意道："兄长不是担心蒙军南下阻击我们吗？我们可以拿徐州做个敲门砖，试一试他们。"

"怎么试，你让人带兵去攻打徐州？"

"不不，那样的话我们就会暴露收复中原的计划。我打算逼国用安去攻打徐州，并且放出风去，就说他是为了我们而攻打徐州。如果蒙军大规模出动主力南下剿灭国用安，那么我们的中原计划，就必须撤销。"

"可他会听我们的吗？"

"会的，因为打徐州对他有利，不用我们说，他自己也会去的。探马报告说，徐州守将王德全跟他的关系很差，两人交恶已久。我们可以供给国用安军粮，条件是他必须去打徐州。他一定乐意照办的。"

赵范频频点头。

两人正商量的时候，差役进来报说，小国舅贾似道在外面请求进来。

赵葵的脸顿时拉长了："这就是个马谡，还好意思回来！"

赵范摆了摆手，为贾似道说情："到底是年轻人，经验不够。何况他的对手是武仙、国用安这些老奸巨猾的凶恶之徒。"

赵葵心想那也就罢了，可恼人的是，看在贾妃面上，还得想法替他的失职兜底。他正在想着如何在皇帝那里为他说情，却见贾似道捧着一个匣子，还拿着一份奏章，笑嘻嘻地进来了。后面还跟着四个随从，挑进来两个大箱子，随即退下。

赵范皱着眉问："这些是什么东西？"

贾似道疾步上前，满脸堆着笑容，说道："二位大人，这些都是小侄这次寻回的宝物！"

"宝物？"赵葵不信。

"大人请看。"贾似道打开匣子，取出了一卷画轴："二位大人，这就是鼎鼎有名的《女史箴图》。"

赵葵一向自诩儒将，闲暇时有一大癖好，那就是收藏书画。本来他对贾似道很是不屑，但听到是《女史箴图》，不禁半信半疑。起身仔细观看后，不由得两眼冒出一阵惊喜。

贾似道一边打开卷轴，一边解说："这是《冯媛挡熊图》。昔日汉元帝率领宫人到虎圈看斗兽，突然有一黑熊跃出围栏，逼向汉元帝。冯婕妤见状立即挺身护卫。大人你看，这两个武士一个在张口大声喊叫，另一个用武器刺向黑熊，但都面露惶恐之色。这与冯婕妤的昂首挺立，真是鲜明的对照。画中人的神态可谓惟妙惟肖，令人叫绝！"

赵葵点头说道："往下翻。"

"下面是'班姬辞辇'，其次'武士射雉''知饰其性''出其言善''灵鉴无象''欢不可渎''静恭自思'，最后'女史司箴'。"

赵范对古画本没有什么兴趣，但看到赵葵越来越惊喜的神情时，不禁心想，如果此画是真的，那么小贾此行一定很不简单。

看完后，赵葵问贾似道："你如何认定这就是真品？"

贾似道侃侃而谈："大人请看印章，这是唐朝的'弘文之印'，出自唐朝宫廷弘文馆。再看其他印章，'御书''宣和''睿思东阁'都是徽宗印玺，还有高宗的'绍兴'连珠印加持。再看这个金章宗'群玉中密'骑缝印。有了这些印章，我判断，此画当是真品无疑。"

可赵葵仍是摇头："即便如此，也难以肯定这就是真的。"

"大人您再看题跋里这些字，确实是铁画银钩的徽宗手书。"

赵葵反复察看后失声笑道："小贾，你的眼力不够。"

贾似道惊讶地问："为什么？请大人指教。"

"这段题跋里的'恭'字有缺笔。如果真是徽宗所写，他为什么要这么做？"

贾似道定睛一看，果然这样。

赵葵想了想说："这必定不是徽宗手笔，应该是金章宗完颜璟所写。听说他酷好临摹徽宗笔体，所写的字可以乱真。最重要的是，他的父亲名字叫完颜允恭。所以他写恭字，为了避讳就故意缺笔。只有这样，才能解释过去。"

贾似道立即鼓掌称赞："大人高明之至！"

赵葵被搔到了痒处，大感兴奋，继续解说："据我判断，此画应该是唐代摹本，自唐时起就在历代宫中收藏。可这件大宝贝，怎么会到了金人手里？"

贾似道这才将太室山一行的经过详细讲述了一遍。

赵葵一边听着，一边将箱子里的书画全部翻看了一遍，愧然叹道："金贼贪婪，竟然有这么多珍宝书画落在他们的手里。"

直到这时，赵范终于发话了："贤侄，你这趟差事虽然没有收获黄金，却拿回了这么多珍奇书画。你放心，我会为你说话的。"

"多谢大人！"贾似道贴近赵葵身旁，轻声说道："这次总共找到十多箱书画。不料回来的路上遇到贼人袭击，一度失去两箱。经过小侄千辛万苦地努力，终于找回了它们。可是小侄已经把先前的箱子派人专程护送回临安宫里了，这两箱实在不知道如何处置，所以就送到二位大人这里来了。"

赵葵回答："这个无妨，你再派人送往临安就是了。"

赵范抚须不语。

贾似道答应了，却又犹豫着说道："二位大人，小侄先前的奏章和明细清单已经送走了，如果再补交这些东西，小侄担心说不清……"

赵葵问："你有什么顾虑尽管说。"

"小侄担心会遭人攻讦……所以就把东西送到大人这里来，一切请大人做主。"

赵葵点头："好。东西我先收下。你手里拿的是奏章吗？"

"是的，这是小侄给皇上奏章的副本，里面是此行经过的详细陈述，特意抄了一份给二位大人细看。小侄就先告辞了。"

说完贾似道头也不回地离开了。

他走后，赵范很是生气，质问赵葵道："你胆子太大了，怎么敢收下这些东西？"

第三十一章　王琬推卦（一）

赵葵见兄长发怒，笑着回道："小贾让我们损失了几十艘大海船，又贪了那么多宝物，看在皇上和贾妃的面子上，我们还得为他隐瞒、遮掩，凭什么？"

"可这些都不是一般的东西，弄不好会带来祸事。"

"兄长多虑了，这些又不是违禁之物，都是从金人那里缴获的，我们收藏了，有什么违碍吗！"

"你就不怕御史风闻参奏？"

"怕他们！"赵葵呵呵笑道，"有凭据吗？兄长，马上郑师父就要过寿诞了，你不是正发愁准备什么合适的礼物吗，现在不是都有了？"

宰相郑清之酷爱诗词书画，满朝尽知。赵范犹豫了，想了一阵说道："我们马上将要出兵中原，花钱就跟流水一样，那么多人都在反对，都在盯着我们。这个时候做事要小心，千万不要授人以柄！"

"放心吧，兄长。"说完，他拿起贾似道的奏章快速看了一遍，然后递给赵范。

赵范看后，抚须说道："看起来，整个事件朝廷有两个重大失误。第一，从开始朝廷就被欺骗了，哪里有什么金国藏金，分明是中了完颜赛不的奸计。那该追究谁的责任呢？余嵘和他的宝贝儿子余保保，还是小贾、国用安？"

赵葵笑了："如果说朝廷上了当，蒙古那边不也是信以为真了吗？这个事容易解释。"

"第二个失误，就是小贾的了。他不该疏忽孟浪，以致被人挟持，变相地帮助了武仙他们强夺了海船。为此我们损失了不少军士，连赵胜都负了重伤，死里逃生。"

"可按他的奏章上说，是冉璞和丁义二人，涉嫌勾连国用安、完颜绛山等人，这才导致了海州之变。"

赵范摇头："没有证据支持，就只能是小贾的片面之词。"

赵葵诡异地笑了："可总得有人担责吧，那就是他们了。反正叫他们去做小贾的副手，不就是为了这个吗！"

赵范有点犹豫："真德秀大人那里，恐怕说不过去。"

赵葵撇撇嘴："那就请郑相为他们向皇上求情，真德秀欠下了人情，还能说什么呢？不过兄长，那冉琎、冉璞兄弟的确是麻烦人物。从潭州起，一直到湖州、临安和楚州，你看他们惹出了多少事情！"

赵范知道因为赵胜的缘故，自己这个兄弟对他们非常讨厌。既然如此，那也就罢了。但他提醒道："毕竟有真大人的人情在，还是尽力息事宁人吧。"

"兄长放心，我知道该怎么处置他们。"

赵范抚着胡须说道："按小贾的说法，完颜赛不意在挑拨我们跟蒙古的关系，让两家打起来。嘿嘿，他这么干，实在是多余。"

"是啊，蒙古对我们虎视眈眈，战争本就是迟早的事情。我们先一步抢占中原，就是为了能占得先机和地利优势。可史嵩之为了一己之私，一味反对我们，置大局而不顾，真是岂有此理。"

赵范阴沉着脸："史嵩之跟他的叔父史弥远，的确非常像。尤其在揽权上面，两人都毫不手软。我相信，皇上和郑相对他一定是洞察秋毫。"

"兄长，要不要你我联名参奏他一本？"

赵范立即摆手："不需要，这种事让御史去做就行了，我们不要掺和。对了，小贾的事情，你打算怎么向皇上求情？"

赵葵笑了："兄长你多虑了，小贾跟皇上是什么关系，需要你我多说吗？这次他又寻回这么多珍奇书画献给皇上，皇上高兴还来不及，怎么会怪罪呢？我们只需找个理由，给皇上一个台阶下，小贾就没事了，说不定还能升官哪。"

事情果真如赵葵所料。理宗看了贾似道的奏章后才知道，原来这次从一开始就是被人欺骗了，不由得大为光火。可是当他一一翻阅贾似道交上来的国宝书画后，不禁又喜不自胜，爱不释手，对着郑清之连声称赞："朕哪里能想到，贾似道出去一趟，竟然能找回这些宝贝。"他让董宋臣在大书案上摊开了一幅《十三帝王图》，问郑清之："郑师父，你是书画行家，看看此画如何？"

郑清之走上前去，瞪大了眼睛仔细观摩，点头道："据说此画乃是阎立本所作，今日得见，果然名不虚传！"

"郑师父，何以见得？"

"阎立本原来师法顾恺之，又推陈出新，成就一代宗师。看此图气度恢弘博大，线条刚劲厚实。帝王们的眼神、眉宇间流露出的神情，各个不同，各有气质，实属难得！"

理宗却说道："师父说得很对。不过，我怎么觉得此画不是一人所作？"

郑清之吃了一惊，连忙又仔细看了一遍，点头附和："这十三位帝王图像前、后两段，画风似乎有点不同。臣以为它们是两个不同时期绘制的。"

"不错，朕看后半段人像造型清秀，衣纹纤细挺然，有六朝秀骨清像的特色，但也有明显的初唐气象。"然后手指着陈文帝画像说，"你看陈文帝旁边的仕女，有的站立环视，有的嫣然而笑，身体婀娜多姿，神情举止分明是唐人气质。但前半段就不是这样的。"

郑清之大为赞许："陛下的眼力和学识都已经日渐非凡，老臣自愧不如！"

理宗笑了："郑师父不可以这样说，我当然一直是师父的学生。你看这些帝王神态相貌，大有差异，开国之君如光武帝刘秀，气质恢弘，王者风范；魏文帝曹丕外露精光，目光逼人；蜀主刘备略显疲惫，面容沉郁；隋文帝杨坚，眼神转动，智慧城府。"

郑清之不住地点头。

"再看昏庸亡国之君，基本都是猥琐、庸俗之态。陈叔宝和杨广几个，看起来虚弱无力，毫无进取的雄心壮志。"

这已经是话里有话了。

郑清之赶紧回答："陛下，您一定是个大有为之君！"

理宗点头："'见善足以戒恶，见恶足以思贤'。朕要把这图放在书房，经常看看，想想。将来后世之人只要不把朕画成杨广之类，朕也就满意了。"

郑清之听了这番话，觉得有点不妥，可是又不知该如何讲才好，只好岔开了话题："陛下，按照贾似道所奏，冉璞、丁义等人对海州之变有不可推卸的责任。朝廷应该有所追究才对。"

贾似道在奏章中也奏劾了国用安，郑清之故意不提，理宗当然明白他的意思。默然思忖了一阵，理宗摇头说："兼听则明，还是把贾似道的奏章转给真大人，看看他怎么说吧。"

"是，陛下。如果完颜赛不散布的流言奏效的话，那蒙古对我们开战很可能会提早到来。陛下，我们必须加紧准备了。"

"这就是朕担心的地方。三条防线中，朕最不放心的就是川蜀的陇西前线。赵彦呐能力偏弱，难道我们就挑不出比他更强的人吗？"

"当然有。可目前跟他一样资历的人当中，只有他一直在川蜀任职。对了陛下，臣还是觉得有一个人，无论是资历还是才望，都非常合适。"

"你还在说魏了翁？"

"正是，臣再次建议让魏大人顶替赵彦呐，陛下觉得如何？"

理宗摇头："朕已经下旨调他进朝了。再说魏大人年事颇高，只怕他精力不济。"

郑清之犹豫了一下说："其实为臣也有一个顾虑：赵彦呐是史嵩之推荐。我们既然要调史嵩之出任兵部尚书，暂时就不宜再动赵彦呐。"

理宗明白，这是担心史嵩之被削兵权后会有所反弹。这时理宗突然想到了一件事，问道："汪世显那里有没有消息？"

郑清之默然。

理宗觉察出了什么，问道："他拒绝了朕的封赏？"

郑清之摇头："史嵩之报说，汪世显他……不许使臣进城。"

理宗的脸顿时涨红了，这是对朝廷公开表示不满和挑衅！汪世显竟敢如此肆无忌惮？然而理宗却不愿去想，是自己先拒绝了汪世显的条件。

尴尬沉默了一阵，理宗说道："郑师父说得有理，这种人的确不可信任。还是收复中原事大。李韶和朱杨祖都奏报说，沿途各地没有蒙古军队，守城的都是原金国汉军，士气低落，军纪涣散。这是出兵良机，只等李韶他们一回来，赵葵大军就可以先行北上了。"

"是，陛下。臣已经发函荆襄、淮东各州府主官，命令他们准备粮草，支持大军行动。"

理宗点头："有郑师父协调安排，朕放心。"

随后几天，各种流言从河南开始四散传播，继而发酵。

第三十二章　王瑳推卦（二）

　　很快消息就传到了蒙古大汗窝阔台的耳朵里。他勃然大怒，叫来镇海和耶律楚材问道："你们听说了没有？王檝使团被劫，原来是宋廷唆使国用安干的。他们不但劫走俘虏，还套出了金国黄金的下落。现在黄金已经被他们偷走了！你们说，要不要报复？"

　　两人异口同声地回答："当然。"

　　耶律楚材建议道："大汗，我们可以再派使者去临安，当面质问他们的皇帝，为什么当面做一套，背后又是一套？他们理亏，按说应该把黄金还给我们。"

　　镇海摇头说："中书令，如果人家说根本不知道，一口否认这件事，咱们又没有证据，能拿人家怎样？"

　　"不是有那个首鼠两端的国用安吗？就让他立功赎罪，出来指认南朝。"

　　窝阔台听到这里，有些不耐烦："中书令，跟他们啰唆什么？就按本汗的意思，直接向南朝皇帝提出要求：赔付黄金。不答应的话就开战。"

　　镇海回答："大汗，开战是迟早的事。但萨巴喇嘛建议过，我们得把他们的主力军队吸引出来，一次性歼灭他们，可以大大加快灭掉他们的进程。所以我们现在的耐心值得！"

　　窝阔台皱着眉头默认了镇海的建议。

　　耶律楚材问："大汗，我听说速不台奉您的命令清点军队，我们的大军是不是就要西征了？"

"不错。"

"为什么这么急，不是说好大军休整一段时间的吗？"

"速不台说，上一次西征他追杀摩诃末，遇到过斡罗斯和钦察联军，他们的战力不行。自哈拉和林向西去都是草原，适合我们的大军长途远征。而且那些西域小国军队不多，城池远没有金国那样坚固。所以他坚持先去征服西方。"

"可是大军西去了，我们还要征讨南朝吗？"

"当然。"

"大汗，那我们的兵力不够怎么办？"

窝阔台自信地回答："不要担心兵力，我们向来都是以少胜多。"

耶律楚材的脑海突然冒出了一个声音："骄兵必败！"于是他劝谏道："大汗，我们持续用兵，容易兵疲意沮，这是兵家之忌。还是再休整一下好。让我们也有足够时间，准备好所需的粮草军械。"

"那行，我再给你们三个月时间，等到酷暑结束，秋高马肥时我们的大军就开始出征吧。"

从大汗那里回到中书令府，耶律楚材吩咐王琬请来了杨惟中和姚枢，三人围坐一处煮茶清谈。

杨惟中说："中书令，上回大汗让我们在燕京建国子学的事情，办好了。"

耶律楚材很是高兴："太好了，第一批有多少人？"

"大汗下令，第一批选出了蒙古子弟十八人，学习汉语和才艺；汉人子弟十二人，学习蒙语和弓箭。他们可都是青年才俊哪。为了他们，我请了宋九嘉等几位有名望的儒士做讲席教授。大汗说了，受业学生不仅要学习经书子集，还要兼通地理、军事、匠艺甚至药材这些。"

耶律楚材和姚枢听得连连点头。侍立在耶律楚材身后的王琬暗想，这位大汗的确有胸怀天下之志，不仅聘请各地才学之士，还在培养自己的人才。

杨惟中又说："学宫除了我之外，日常主持还有葛志先、李志常几位有名的全真道人。"

耶律楚材指着王琬说："彦诚，这位也是全真教弟子，她的学问绝对不在那两位之下。"

杨惟中笑道："我当然知道，只是在下怎么敢从中书令大人这里挖墙脚呢？"

王琬在后连称不敢。

姚枢说："我最近去了山东一趟，大汗让我求访孔子家族后代，这次访得孔门五十一代孔元措，我已经上奏请求将他袭封衍圣公，再修缮曲阜孔庙。"

耶律楚材很是赞成，对杨惟中说："燕京那里也要修建孔庙，还要重建浑天仪、司天台。"

杨惟中摇头："这我可不太懂。"

耶律楚材再次指着王琬道："现成的高人在此，她可以帮你完成此事。"

姚枢深知王琬的才能，笑着说："有王姑娘相助，一定马到成功。"

本来杨惟中有些不信，听姚枢这样讲，便拱手对王琬说："那就有劳王姑娘了。"

王琬微笑着点头答应。

随后三人聊到了速不台想要西征的事情，耶律楚材摇头说道："西方路途遥远，一个来回就得大半年时间。再加上行军打仗，西征恐怕没有十几个年头，不会结束的。"

姚枢问："我听说大汗还想南征，有这事吗？"

耶律楚材点了点头。

姚枢抚须叹道："文事武功，我们的大汗一样都不想落下。"

耶律楚材问他："姚枢，如果我们的大军西征或者南下，你觉得哪一路会最先成功呢？"

"在下以为，不管是哪一路，都关系国运，成功与否取决于天命，而天命在德不在力。只有‘仁义’两个字，才能无往而不胜。”

杨惟中摇头说："所谓天命，是看不见、摸不着的。而现世中人，只要尽力而为也就罢了。"

耶律楚材抚须深思。

杨惟中忽然建议道："先汗在时，常叫中书令大人‘大胡子’。说您有大智慧，每次征战前都要请您占卜。我们今日闲来无事，不如占卜如何？"

耶律楚材笑了："就是如此巧合，最近大汗也要我卜卦来着，那我们现在就试一试吧。"

王琬很是乖巧，立即用托盘取来了龟背和卦钱，又命差事搬来一个铜炉。

一切物事齐备，耶律楚材问："占卜什么事呢？"

杨惟中提议："就卜大军西征的吉凶，如何？"

"好。"耶律楚材先用清水净手，然后焚香祝祷，请出卦钱以龟背摇动，最后成卦。

姚枢在书案上铺纸，划出了上卦、下卦。

杨惟中问："这是什么卦？"

姚枢笑着回答："上上大吉！"

耶律楚材对王琬说："你们道家最精通于此，就请你给大家解说一下如何？"

王琬推辞道："几位大人在这里，小女怎么敢班门弄斧呢？"

耶律楚材笑着说："你不要过谦，不妨先说说看，我们且听听。"

王琬便不再推辞："几位大人，那小女就抛砖引玉了。这个卦离上乾下，叫作火天大有。卦象上卦为离为火，下卦为乾为天，火着到了天上，所以叫大有卦。它的爻辞，‘上九，自天祐之，吉，无不利’。属上上卦，预示西行将大有收获，顺达昌隆。"

姚枢点头赞成，自豪地说："上九这一爻，大吉。天佑之骄子，无论做任何事情，都无往而不利。圣人说，'佑者，助也；天之所助者，顺也；人之所助者，信也。履信思乎顺，又以尚贤也，是以自天佑之，吉无不利也。'"

杨惟中拍掌笑道："说得好！尚贤兼尚武，我们的事业怎么会不无往而不利？"

耶律楚材非常高兴："非常好，老夫一定把你们刚才所说，如实向大汗禀奏。"

姚枢又说："中书令，我们再卜一卦如何？"

杨惟中问道："这次卜什么事？"

耶律楚材回道："看看南征如何吧？"

王琬心里一惊，难道蒙古要跟大宋开战了？那冉琎怎么办？她不由得有些心乱了起来。

耶律楚材对姚枢说："这次由你来开卦。"

姚枢答应，净手熏香后，龟背摇出了一卦。他拿笔写下后细看，突然神色微微一变。

杨惟中问："怎么了？"拿起卦纸看，却不知如何解读，便递给了王琬："王姑娘，请教了。"

王琬接过仔细观看，犹豫了一下说："这一卦坎上震下，叫作水雷屯。'上六：乘马班如，泣血涟如'。"

耶律楚材的眉头不禁皱了起来。

杨惟中问："请王姑娘解说一下吧？"

王琬点头："卦象上说，上六属阴爻，居于柔位。虽然得位，但其位于屯卦最上。屯者难也，已经走到了顶点，下与六三又是敌而不应。所居坎卦有大挫磨，而且是血、水之象。"

杨惟中的心紧了起来，连忙问："这是什么意思？"

"卦象说，出征开始虽有进展，然而终有困难。男子骑马行路，女子悲伤哭泣，血泪涟涟而下。行军征战不利主帅，会遇大险之境。排除艰难方可通达，似乎有大难后解之象。所以宜静观，忌妄动。"

三人都明白了，此卦预示南征不利。

杨惟中很是不相信："南朝跟金国比，如何？昔日武力赫赫的大金国，尚且被我们灭了，南朝还能比金国更加强大？"

耶律楚材抚须沉思，过了一会儿说道："万物始生，初始困难；先劳后逸，苦尽甘来！一统趋势不会改变。"

听了这个解释，姚枢点头称是，杨惟中顿觉释然。

而耶律楚材暗暗叹气，同一卦可以有不同说法，王琬故意将卦解说成这样，应该是心想着冉琎，就偏向了大宋。

姚枢见耶律楚材看着王琬，似乎明白了什么，正想说点别的事情岔开，一个差事送来快报。耶律楚材打开看后交给杨惟中和姚枢。

杨惟中看后说道："南朝皇帝派两支队伍到洛阳、汴梁分别祭奠先祖皇陵，看来他的确是心心念念，想要光复中原。"

"是啊，上回王檝从临安回来，带来南朝皇帝的话：只要我们让出河南全境，他们就答应称臣纳贡。"

姚枢问："大汗怎么看？"

耶律楚材欲言又止，答道："大汗不置可否。"

"现在河南境内全是金国归顺的本地汉军，没有我们的主力军队。中书令，这实在太空虚了。万一发生了变故怎么办？"姚枢担忧地问。

耶律楚材问："会有什么变故？"

"如果这时宋军北上怎么办？"姚枢说道。

杨惟中哼了一声："本来就等他们来呢！"

耶律楚材看了杨惟中一眼。

杨惟中自知失言了，笑着掩饰道："他们怎么敢？"

第三十三章　皇族暗争（一）

耶律楚材和杨惟中说话遮掩的情形，不禁让王琬猜测，这里大有文章。窝阔台肯定已经跟耶律楚材和镇海他们商量过这件事情。他们很有可能故意把军队撤到了黄河以北。难道是要引诱南朝出兵中原吗？

可是灭金之战刚刚结束，他们准备西征的同时，又要开始布局中原大战了？

王琬觉得难以想象，窝阔台和那些蒙古王公该是怎样的疯狂，才会这样永不停歇地发动战争？

她忽然想起了成吉思汗在世时，曾经说过这样一句话："孛儿只斤黄金家族大汗，及后代大汗，拥有海洋四方，是普天下之汗，各国君主都应该臣服我们。只要望得见的天下土地，都应当归我们所有。"

王琬暗自点头，看来窝阔台雄心勃勃，想要实现这个雄图霸业。如果冉琎在这里，必定会竭力阻止他们发动侵宋战争。可是他不在，自己又能做些什么呢？

她正在胡思乱想，姚枢问道："我听到传闻，说大宋最近得到了金国隐匿起来的一大批黄金。中书令，您有没有得到确切的消息？"

耶律楚材抚须回答："今天大汗还问起这个事，有传闻说王檝使团被劫，就是宋廷唆使国用安干的。"

姚枢诧异地问道："如果是真的，这样秘密的事情怎么会传扬出来？不可思议！"

“是啊，我也觉得此事有些费解。”

“我们把那个国用安叫来，当面问一问，如何？”

“大汗已经派人去问了。”

杨惟中哼了一声：“这个人想要造反不成？塔思带着铁骑过去剿灭他，不过举手之劳。”

耶律楚材笑了：“杀鸡焉用牛刀？不用塔思，徐州及附近的几支汉军就可以拿下他了。”

这时他似乎想起了什么事，吩咐王琬道：“我有事要跟彦诚单独谈一下，你去准备一个简单的宴席，待会儿我们要喝些酒。”说完又对姚枢做了一个手势。

姚枢起身，拱手告辞，跟王琬一起回避了。

二人离开后，杨惟中问：“中书令有什么事吗？”

“彦诚，你觉得余保保这个人怎么样？”

杨惟中愣了一下：“他出了什么事？”

耶律楚材抚着胡须，若有所思：“有人向镇海密告，余保保就是这次劫夺使团的背后指使人。”

“哦，有这事？”杨惟中觉得很难相信，“国用安怎么会听他的指挥？难道——”

“是啊，他很可能就是一个南朝的官，而且是一位非常特殊的人物！”

“消息可靠吗？”

“那人并没有出示什么证据。”

杨惟中皱着眉问：“没有证据的事情，就敢向国相禀告？这个人是萨巴喇嘛吧？”

耶律楚材点头：“是的。这个人哪，做事总是透着诡异，不可捉摸。这个消息，就是从他派往国用安那里的卧底传回来的。他为什么对宿州这么有兴趣？”

杨惟中站起来说："中书令，我们不能再犹豫了，所有的麻烦都跟那个国用安有关。一定要把他抓过来审问。"

"我已经派人去徐州、宿州暗中调查他了。不过，最终怎么处置他，还得小心点。如果惊动南朝，影响了大局，就不值得了。"

"那对余保保该怎么办？"

"目前还没有证据能证明他就是南朝派来的细作。不过从现在开始，我的府衙不能再让他随便来了。彦诚，把他打发到燕京去，帮你办国子学的事情，怎么样？"

"可以。"

"彦诚，还有一件事情，我一直压在心里。其他事情跟它比起来，简直就是无足轻重了。"

"哦，中书令说的是什么事？"

"你我相知已久，现在只有我们二人在此，有些话还望你能坦诚告我。"

耶律楚材忽然变得如此郑重，杨惟中有些惊讶，回答道："中书令请问，在下一定知无不言。"

"很好。彦诚，你是大汗的义子，在你看来，大汗的几个儿子当中，他最喜欢谁？"

听到这问话，杨惟中有点愣住了。窝阔台有七个儿子，公认能干的是长子贵由、次子阔端和三子阔出，其中以阔端的才能最为人称道。成吉思汗在世时曾经对窝阔台说过，将来要让阔端做他汗位的继承人。杨惟中猜测，耶律楚材问大汗最喜欢谁，其实问的是大汗倾向于谁将继承他的汗位。他便回答道："在我看来，平日里大汗更喜欢阔出。"其实，这并不是什么秘密，因为窝阔台汗从来就不掩饰对阔出的欣赏和偏爱。

耶律楚材点头："是啊，他们这几个皇子的母亲都是乃马真后托列哥那。虽然大汗很喜欢阔出，可是大家都知道，托列哥那最喜爱贵由。最近我亲耳听到她向大汗建议，要让贵由继位。"

杨惟中并不知道这件事，颇有些吃惊地问："那大汗如何回答呢？"

"大汗没有同意。"

"哦！"

"可是他也没有否决，只说了一句话，'马圈里养不出千里马，陶盆里栽不了万年松。要想辨别真正的千里马，就让他们都到草原上去，比个高低。'"

"中书令，我好像听明白了。"

"你怎么看？"

"大汗的意思是，让他们各自去带兵打仗，历练几年。也许几仗下来，继位人就自动有了。"

耶律楚材抚须笑道："你我所见，完全一致。你觉得大汗会让他们去哪里打仗？"

杨惟中毫不犹豫地回答："贵由应该会去西征，我知道大汗已经有了打算。孛儿只斤四大家族，每家出一个儿子作为主将，一道去西征。不出意外的话，他们应该是各家掌兵权的长子。"

耶律楚材点头说："术赤家的长子是斡儿答，但他自认才能不及二弟拔都，凡事都由拔都做主。拔都又极其擅长指挥作战，在军中的威望如日中天，因此他们家非他莫属。"

"不错，拖雷家族的代表一定是长兄蒙哥。只是察合台家不太好说。"

"贵由去西征，那阔出和阔端会去哪里打仗？"

杨惟中笑着说："其实中书令心里已经有了答案，却非要向我证实一下。大人是不是认定了他们会当南征主帅？"

耶律楚材也笑了："是啊，我觉得大汗似乎把中原，甚至南朝所有汉地全都当作自己的领地了，所以他一定会让阔出和阔端带兵征服南方。"

杨惟中点头赞成："先汗去世前曾有遗言，花剌子模以西以及向西马蹄所及之地，尽属术赤系领有。因此，术赤家族的领地广袤无垠。拖雷是幼子，继承了先汗领地，漠北广阔的大本营。只有大汗和察合台两人封地很小。特别是大汗，封地位于石河上游和巴尔喀什湖以东一带，面积狭小不说，而且没有连成一片。大汗想要为自己的儿子们打下更多的领地，首选目标当然就是南朝了！"

这时耶律楚材变得严肃起来："记得当初拖雷曾经愿意跟大汗对换领地，可是三峰山一战之后，拖雷病故。这件事便再没有人提起了。"

"是这样的。"

"拖雷大王突然病故，这件事似乎又有隐隐约约的谣传了。"

"哦，又是什么谣言？"

耶律楚材轻声说："这次连影射都不是了，有居心叵测的人在私下里传播说：是大汗谋害了自己的亲兄弟！"

杨惟中大怒，猛拍桌案："什么人这么胆大包天？要是大汗知道了，一定活剐了他！"

耶律楚材摇头，轻声说："到目前为止，这种流言只在极少数王公范围里有传播，并没有扩散。彦诚，有些人只会背后嚼些舌根，做不了什么大事。可如果拖雷的儿子们信以为真了，这就会有天大的麻烦！"

杨惟中的脸色顿时有些发白，心想，怪不得蒙哥和忽必烈他们跟大汗一直若即若离，好像很生分的模样。原来他们怀疑……将来会不会有复仇的萧墙之祸，杨惟中不敢再想下去了。

过了一会儿，杨惟中说道："先汗留有遗言，'黄金家族的子孙必须记住：哪怕是一块肉，窝阔台家族都有优先继承权。'今后的大汗必须出自于窝阔台家族，我想只要有这一条，就乱不起来。"

耶律楚材叹道："但愿吧。现在大汗和大多数王公所想的仍然是开疆拓土。如果没有皇族内部纷争，这个上升的势头，就不会停下来。可一旦起了纷争，很可能就会自己人刀兵相向啊！"

杨惟中站起身说："为了防止这种事，我要向大汗建言，限制各家王公自有军队的数量。”

耶律楚材拍掌赞成：“彦诚，这就是我跟你谈话的目的。让我们一起劝谏大汗，今后时机成熟时，要把军队大权从各王公手里逐步收回。这跟当年宋太祖赵匡胤的'强干弱枝'是一个道理。只有主干粗壮了，才能牢牢地撑起一片天，各家枝叶才能繁茂。如若不然，迟早会兄弟手足纷争，同族刀兵相向，分裂成几个汗国。那我们今天为之努力的事业还有什么意义？”

杨惟中向耶律楚材躬身作揖道：“中书令大人为了大汗，为了天下，殚精竭虑，在下敬佩！”

第三十四章　皇族暗争（二）

第二天，余保保接到中书令府衙差事传来的命令，要他到燕京去协助杨惟中办理国子学的事务。余保保不由得紧张了起来，跟自己的副手苏建商量说："看来，我们要有麻烦了。"

苏建问："公子，是不是使团的事情漏风了？"

"嗯，宿州那边可能有人知道内情，向这边通报了。"

"那是什么人？该不会是国用安吧？"

余保保想了片刻摇头说："不像。国用安这个人虽然没有什么节操，为了利益可以出卖任何人，但这件事上他有重大干系，他不可能向蒙古这边告密。"

"那怎么会有别人知道此事呢？除非——"

"除非怎样？"

"会不会他们也有人在潜伏，从临安那边搞清了此事的详情？"

余保保一边把玩着玉佩，一边皱着眉头沉思，回答道："他们有细作在临安是必然的。只是应该接触不到我父亲那么高层级的官员。这件事情当初连皇上都瞒了，细作又怎么可能打听到这样绝密的消息？"

可是，余保保万万没有料到，自己竟然落进了完颜赛不从头就设计好的圈套，被他利用完之后，转手又被他出卖了！

苏建说道："公子别急，我已经派人赶往宿州和临安，搞清楚究竟发生了什么。现在各种消息太多了，都不知真假。如果金国藏金真的已经被国用安弄走了，这样绝密的事情怎么会大张旗鼓，到处都传开了？这不正常！"

"是啊，你说得不错。我总有一种哪里都不对的感觉，可究竟发生了什么，却又不知道。这实在太令人沮丧了。"

"公子，耶律楚材派你去燕京，会不会因为已经知道些什么？"

余保保愣愣地想了一阵，摇头说："先不管这个了。这样吧，你亲自回临安一趟，除了打探消息外，再亲手采买一批上等佳酿，越多越好。派人尽快送到燕京来。我有急用。"

"公子，你要这么多好酒做什么用？"

余保保笑着回答："你还不知道，大汗窝阔台嗜酒如命。你喝过酸马奶酒的，那样的酸味他都能甘之如饴，如果我们给他送来临安佳酿，他岂不是如获至宝吗？"

苏建听了，哈哈大笑道："还是公子您心细。放心吧，我会尽快出发。"

再说王琬从中书令府衙回到自己的住处后，一时坐卧不安，便去了兄长王鄂那里。刚好元好问也在，三人便一道煮茶清谈。

王琬将今天耶律楚材和杨惟中谈话的情形告诉了二人："种种迹象看来，战事将起，太平的日子就要结束了。"

元好问长叹一声说道："无论谁兴谁败，总是百姓遭罪最多。可怜天下苍生，又要生灵涂炭了！"

王琬问："兄长，元大哥，我想做一点能力所及的事情，来阻止他们侵略大宋。你们看该怎么做？"

王鄂摇头道："不，这太危险了。妹妹，你是女子，又在中书令大人身边做事，一旦泄露了什么消息，第一个被怀疑的人恐怕就是你。"

元好问问王鄂："最近王子忽必烈到大同府聘请儒士为他讲书，听说也请了你，是吗？"

"不错，前阵子名士赵璧向他推荐了我。最近，我开始给他讲解《孝经》《尚书》和《易经》。忽必烈似乎很是喜欢，要带我一起到和林去。"

"你觉得这个人怎么样？"

王鄂赞道："用战国四公子来比他，应该不算过分。这个人跟其他王子大不一样，他不好武力，却尊孔重儒，谦恭好学，礼贤下士，最近每晚读书，直到夜深才停。"

元好问听他称赞忽必烈，不由得暗自摇头，心想，所谓黄金家族的成员怎么可能不好武力？

王琬问："大哥，那你能不能对他施加一些影响呢？"

王鄂明白妹妹的意思，摇头说："他身边已经聚集了一批金国、西夏来的儒生学士，更有像刘秉忠这样擅长经术谋略的豪杰，我还不算他信任的人。"

元好问笑着对王琬说："大小姐，那些帮助南朝的事情还是让你的冉兄去做吧。对了，他怎么还不过来跟你团聚？"

王琬摇头不知。

王鄂说："妹妹，你为什么不去请何堂主传个话？让他通知冉琏尽快过来。"

这句话突然让王琬有了一个主意，她便让家人准备了马车。随即赶到大同府明尊分堂，找到了何忍。

何忍将王琬引进了密室，说道："我正要去找王姑娘呢。"

"发生了什么事？"

"莫彬和他的手下最近全都失去了踪影。我担心他们有什么异动，会对王姑娘不利。"

"他们应该是去了汴梁，可能是为了金国藏金的传闻，去找国用安麻烦了。"

何忍这才放心："王姑娘来找我有事吗？"

王琬便拜托他通知冉琏尽快赶过来。

何忍笑着说："放心吧，王姑娘，我马上就派人到襄阳去见尊使。听说他去了一趟临安，然后又到陇西去找汪世显，估计现在应该回到襄阳了。对了，王姑娘这么急着找冉先生，是不是有事？"

"嗯，的确有事要跟他商量。"

"王姑娘需要什么帮助，尽管直说，在下一定尽力。"

王琬便将蒙古君臣正在策划入侵大宋的事情告知了何忍。

何忍顿时摇头道："王姑娘，这种军国大事，岂是我们所能阻挡？我们能做的，也就是通知一下大宋朝廷，让他们早做准备就是。"

"如果冉先生在，一定不会坐视不管。"

"可蒙古一旦决定战争，就不可能阻止得了。除非——他们换了一位大汗。"

听他这样说，王琬就将拖雷之死的经过告诉了何忍。

何忍乍听到了这个惊人的秘密，不禁冷汗直下。他仔细想想，又觉得过程合理合情，问道："王姑娘，你打算把这个秘密捅出去吗？"

"我还没有想好该怎么做。可以想象，一旦拖雷的儿子蒙哥和忽必烈他们知道了这个秘密，蒙军就很可能发生内讧。他们也就无暇南下攻宋了！"

"王姑娘，这么做将非常危险，你会把自己也卷进去的。自古宫廷争斗最无情，一定会流血的。"

"可这是我想到的唯一的可行办法了。"

何忍劝道："那王姑娘，我们万万不可亲身冒险，这件事让别人去干好了。"

王琬摇头："还有什么人敢做这件事呢？"

何忍笃定地回答："有的，有一个现成的人，就非常合适。"

"哦，他是谁？"王琬非常好奇。

"此人叫余保保。"

王琬听了这个名字，顿时哑然失笑。

"怎么，王姑娘认得此人吗？"

"不认得。不过我知道这个人，他是中书令府衙的常客。"

"原来是这样。"随后何忍将白华前阵子通知他的事情告诉了王琬。

王琬顿时释然。余保保原来是宋廷通过余嵘跟耶律楚材的私人交情，派过来的细作头目。怪不得他时不时表现出一副临安纨绔子弟的做派，这都是为了掩护他自己啊。

王琬点头道："嗯，这个人的确适合做这件事。但是你跟他联络时，千万得小心。堂主你想，连你们都知道了他的身份，只怕他被人抓住把柄会是迟早的事情。何堂主，请你尽快通知他，要小心防范萨巴喇嘛。"

"王姑娘说得很对，我马上就去见他。"

这夜，余保保正指挥随从们收拾行装，准备第二天赶赴燕京。有差事来报，一个自称白华派来的使者要求见他。

余保保不由得心头一震，让差事将来人请到了内室。

来人进来后，余保保上下打量着。只见这人身材壮硕，举止沉稳，声调低沉，他不由得猜想，看衣着此人是一个江湖中人，怎么会是白华派来的呢？他拱手问道："请问先生贵姓？"

"免贵姓何，名忍。在下奉明尊宗主白华之命，特地前来向先生报警。"

白华竟然还是明尊教的宗主，余保保不禁肃然起敬："白先生有什么警报给我？"

"有一个叫莫彬的人，先生大概知道吧？"

余保保想了一下说："你说的是前户部尚书莫泽的兄弟莫彬吗？听说过，但不认识。"

"是的。此人就在蒙古，已经改变身份为萨巴喇嘛。"

余保保很是吃惊："他就是萨巴大师？真是想不到！"

"还有一个人叫王世安，曾经是金国安插在临安多年的细作头目。这二人可能都知道了先生真实的身份，而且他们都在蒙古这边。"

这二人很可能知道了自己的身份，却又引而不发，他们到底要干什么？

余保保顿时紧张得心都要跳了出来："请问白宗主如何知道这件事情？"

"我们一直在追查莫彬，最近才发现你可能在他们那里暴露了。宗主建议你尽快撤回临安，以免不测。"

余保保作揖道谢："白宗主仗义告知，余某感激不尽。只是在下还有事情未了，暂时还不能回去。"

"那你不怕死？"

"只要为了朝廷，余某何惜一命！"

何忍叉手施礼道："余先生气节，令人敬佩。在下还有一事，要通知先生。"

"请讲。"

何忍便将蒙古进攻大宋的计划，以及拖雷在三峰山恶战之后突然暴亡的真实原因，一一透露给了他。

余保保听罢，倒吸了一口凉气："想不到蒙古君臣这么快就要对大宋发动战争了。"他顿时心急如焚，在内室连连踱步，甚至跟跄了一下。

何忍见他如此紧张，便提醒道："余先生不要着急，我们将这些消息传给你，首先是希望你尽快地向大宋朝廷通报此事。二来你们应该有些办法，把拖雷之死这个秘密，好好利用一下。"

余保保顿时醒悟说道："我明白了，白宗主的意思是，让我们设法把这件事扩散开来，之后拖雷家族就可能跟大汗窝阔台发生冲突、内讧。这样他们就无暇南顾了！"

何忍点点头："不错。据查，毒死拖雷的蛊毒，是萨巴喇嘛提供的。他那里应该还有这样的东西。只要想办法搜出蛊毒来，就可以坐实他就是害死拖雷的凶嫌。"

余保保听了精神大振："多谢先生，多谢白宗主仗义相助。如果这次大宋能转危为安，你们明尊教功不可没！"

第三十五章　阔端征陇（一）

余保保送走了何忍后，立即叫来苏建说："我要写一封十万火急的密信，你派一个可靠的人尽快送回临安。"

"是，公子。"

"另外，你再为我选几个精明能干，而且绝对忠于我们的本地人，最好来自跟孛儿只斤黄金家族有血海深仇的部族。"

"您要他们干什么？"

"从明天起分别到蒙哥、忽必烈、旭烈兀和阿里不哥的营地去，打听最近有没有什么古怪的事情发生。"

苏建明白，这一定跟刚才那人有关，便问道："之后要他们做什么呢？"

"如果有，让他们想办法扩散这个消息。"随后余保保跟他贴耳说了一阵。

苏建不住地点头，这几个人都是拖雷这个大苦主的儿子："请问公子，什么样的事情可以算得上古怪？"

"那就得你们好好挖掘了。比如谁的领地突然发生了瘟疫，谁的牛群生了五条腿的小牛什么的，总之任何事都可以利用一下。要多给他们一些赏金，干得好的话，回来后加倍赏赐。"

"可如果什么事都没有呢？"

"那就让他们制造一个！"

"公子，这能有用吗？"

余保保嘿嘿冷笑着说："之前已经有一些传言播下了怀疑的种子，仇恨暗暗地埋藏在拖雷的儿子们心里。现在我们需要做的就是不断地浇水施肥，促使它们加速发芽生长。"

"明白了，他们没有接受过孔孟之道的教化，大都野蛮凶恶，好勇斗狠。一切谣传，都可以被利用来分化他们，制约他们。"

余保保仰头笑道："就是这个道理，好了赶紧办差去吧。记住，千万要小心，无论如何不要暴露我们自己。"

"是，公子。"

苏建出去办差后，余保保陷入了沉思……

而这夜，窝阔台在乃马真后脱列哥那的斡耳朵里，召见了三个儿子贵由、阔端和阔出。窝阔台命侍者把儿子们的酒碗倒满了酒，吩咐他们全都喝掉。

三个儿子都毫不犹豫，端起碗一饮而尽。

窝阔台点了点头很是赞许，说道："今天把你们叫到你们的母后这里来，我有话要问。"

贵由是长子，率先回答："父汗请问。"

窝阔台端起了自己的酒，儿子们都看得清楚，父汗的酒樽几乎比他们的杯子要大上一半。

窝阔台也是一饮而尽，说道："昨天我下令把三个罪犯处死。离开大殿时，遇到一个妇人不停地号哭。我就问她为了什么事，她说：'你刚下令处死的这些人，一个是我丈夫，一个是我儿子，另一个是我兄弟。失去这么多亲人，我怎能不痛哭呢？'我觉得她很可怜，就说：'这样吧，三个人中你任选一个。因为你，我可以饶他不死。'现在你们都猜猜看，她会怎么选择呢？"

贵由回答："当然选择丈夫活。"

阔出摇头："人都有爱子之心，她应该选择儿子。"

阔端默然。

窝阔台问他："阔端，你怎么看？"

阔端这才答道："都是至亲，儿臣无法选择。"

窝阔台点头说："好吧，那妇人说：'丈夫能够再找，孩子也可望再生，但兄弟不能再得。请饶恕我的兄弟。'听到这话，我非常有感触，就全都赦免了这三人的死罪。今天，把你们叫来听一听，能明白朕的心思吗？"

三人明白，父汗这是要他们兄弟手足之间互敬互爱，于是全都站起来，齐声说："请父汗、母后放心。"

乃马真后看他们这样，脸上洋溢着无比的幸福，吩咐侍者给他们父子连连斟酒。

窝阔台又问："你们再说说看，我就这样随便赦免了三个罪犯，是不是做错了？"

三个儿子互相对视，都不愿抢先回答这个问题。

窝阔台知道他们为难，就点名道："贵由，你先说。"

"是，父汗。国家有法度，父汗的确不宜朝令夕改。"

阔出反对说："大哥，父汗是君父。前天有儒生给我们讲书时说过：雨露雷霆都是君恩。父汗说出的话，就是法度。"

窝阔台也是第一次听到这种说法，咧着嘴开心地笑了。

贵由不屑地回呛道："那些都是腐儒，懂得什么？不值一提！"

窝阔台的脸色顿时沉了下来。乃马真后见状，赶紧向贵由使眼色，让他闭嘴。

窝阔台训斥道："贵由，你知道为什么我要请那些名儒给你们、还有各王的儿子讲解儒家经义吗？"

贵由只好低头服软："父汗，儿臣不知道。"

"中书令曾经对我说过一句话，'天下可以马上得之，不可以马上治之。'朕觉得非常有道理。我们拿着马刀，砍砍杀杀打下江山，总不能天天抱着刀喝酒睡觉吧？"

阔出附和道："父汗的意思是，我们必须学习汉人儒术，收拢人心，和平治国？"

窝阔台点头："对，说得非常对。这方面是我们的短处。其实不管是儒术，还是任何其他门派，哪怕是喇嘛教和基督十字教，只要对我们有用，就可以放手利用它们。"

贵由撇了撇嘴，不再说话。

随后父子几个人又喝了一轮。窝阔台说："还有一件事，我要听听你们的看法。前阵子，我下诏斡亦剌部，要征用该部的少女嫁给我们单身的士兵。可他们竟然全都把自己的闺女，在本族内突击嫁出去了，甚至不要聘礼直接就送到了男家。这是公然违背、藐视本汗的命令，是可忍孰不可忍！我下令那牙阿，把他们七岁以上的少女全都抓了过来，已经配人的也必须从夫家追回。最后共抓到四千人左右。昨天这四千个女人排成队列，她们的父兄，必须在旁边站立观看。朕下令，我们的军士从这些女人中任意挑选自己看中的。挑剩下来的女子，有点姿色的就赏做奴仆，没有姿色的统统送到妓院、驿站和馆舍，去侍候旅客。你们说，朕这么做是不是太不通人情了？"

三个儿子面面相觑，没有回答。

窝阔台指着贵由说："还是你先说。"

贵由无奈，回答道："父汗的恩威，就是长生天的旨意。那些女子的家族应该高兴地接受，绝不应该欺骗大汗。只要欺骗大汗，就应该遭到惩罚！"

窝阔台点了点头："阔端，你怎么看？"

阔端一直沉默，不愿说话。这时父亲特意问他，便回答道："那些人该罚。"

而阔出反对道："父汗，我觉得你不应该当着她们家人的面惩罚她们。我们蒙古人最看重尊严气节，那样的惩罚会让这个森林部落深深地仇恨我们，将来不好化解。"

贵由和阔端都有点惊讶。两人一直觉得这个弟弟只会逢迎，讨父汗的欢心，可现在他竟敢当面反对。两人都紧张地看着窝阔台的脸色。

没想到窝阔台并没有发怒，却叹了一口气说："是啊，朕现在也有点后悔，不该把事情做得这么绝。今后，朕如果有什么过失，你们一定要当面指出来，就像刚才阔出一样。"

贵由和阔端站起身一起回答："是，父汗。"

窝阔台对贵由说："本汗决定派你代表我们的家族，带本部军队跟拔都一起西征，你有为难之处吗？"

"父汗，拔都太过跋扈，儿臣跟他合不到一块去，只怕会误事。"

窝阔台皱了皱眉："你的心胸要宽广些，很多事不需要计较。"

乃马真后说道："大汗，如果他们堂兄弟不和，闹起纠纷来，恐怕会影响打仗。"

窝阔台想了想，觉得有道理："好吧，本来本汗想让你跟拔都分别当左右两路元帅，现在看起来，得有一个德高望重的人才能压住你们。西征就让速不台挂帅，你们都要听他的。"

贵由向来敬服速不台，立即答应。

窝阔台又指着阔出和阔端说："贵由去西征，你们两个也不要闲着，整顿各自人马，准备几个月后南征。"

阔端疑惑地问道："南征？我们要跟大宋开战吗？"

"是的。不过这之前，你要先去拿下陇西三城。上回你中了汪世显的埋伏，被他杀得大败。这次我要你生擒了他，替自己雪耻！"

阔端大声领命："是，父汗。"

三个儿子离开之后，乃马真后问窝阔台："大汗，你让贵由西征，是不是不想让他再回来了？"

窝阔台知道乃马真后最宠贵由，舍不得他走，笑着说："他们都长大了，总得建功立业才行。"

"可是——"

"你就不用再说了，朕给你透个底吧，我让贵由西征，是要他为自己在西域打出一块封地来，那里不能被术赤的儿子们给独占了。阔端和阔出的封地，我都想好了。吐蕃藏地、西夏和陇西，都由阔端掌管；燕京以北，向东至高丽，向南到中原汉地，甚至将来渡江夺取的江南，都是阔出的领地。"

他为阔出划出的领地无疑是最好的，可见最是疼爱这个老三，也许因为他自己就是排行第三吧？乃马真后胡乱琢磨一阵，试探地问："大汗，你是不是要立太子了？"

这时窝阔台饮酒已经有些半醉，带着醉意痛快地回答："是啊，朕已经决定，阔出就是本汗的继位人！"

乃马真后有些失望地看着窝阔台，不过转念一想，阔出也是自己生的，反正也没有便宜了别人。想到这个，她的心气就慢慢平和了起来……

第三十六章　阔端征陇（二）

几天后，拖雷的遗孀唆鲁禾帖尼的大帐里，突然慌慌张张闯进来一个侍女，向她报告说："王妃，外面都在传说，我们附近的厄尔济河旁有一个村子，最近来了一个厉鬼。"

唆鲁禾帖尼呵斥道："不要乱传瞎话，哪里来的什么厉鬼？"

侍女连忙解释："王妃，这是一个萨满说的，所以村子里的人都很相信。"

唆鲁禾帖尼让她镇定下来，仔细询问后，明白了事情的原委。

这几日夜深时，那个村子总是能听到凄厉的嚎叫，听起来像怪异的野兽，叫声之可怖，又像来自地狱的恶鬼。有几个胆大的年轻人悄悄出去偷看，他们见到了一个极其高大的人形怪兽。就在他们惊恐万状的时候，突然响起了一声爆炸，大地都颤抖了起来。然后就听到了一阵阵男子的号哭，一边哭还在一边诉说着什么。

唆鲁禾帖尼问："哦，那鬼在说什么？"

"有人好像听到那鬼哭着说，自己被他三哥害死了！"过了一阵，这怪影和哭声就突然消失得无影无踪，一切就像没有发生过一样。

唆鲁禾帖尼听罢，脸色突然变得无比苍白。

侍女继续说道："这几天村民们都惊魂未定。他们请来了一位女萨满作法驱魔。谁知那位萨满举行仪式时，竟突然倒地昏迷不醒。两天后她醒了，却战战兢兢，好像看到了这世上最可怕的事情，村民们问她见到了什么，可她竟然说——"

唆鲁禾帖尼急忙问："说什么？"

"她说看到了拖雷王爷，还说他满脸都是血，说自己死得很冤枉。"

唆鲁禾帖尼大怒："大胆！这人现在在哪里？你去把她带过来。"

侍女答应，急忙找人去了。

正在这时，唆鲁禾帖尼跟拖雷生的两个王子蒙哥和忽必烈来了。原来，这几日他们也都听到了传言，都在说自己的父汗死得冤枉。于是，两人不约而同地来找自己的母亲。两人把听到的传言一一讲述了出来。蒙哥的情绪很激动，对唆鲁禾帖尼说："额吉，我阿布确实死得不明不白。我要彻查这件事情。"

唆鲁禾帖尼赶紧摆手阻止："不要去查这件事了。你阿布去世前留过遗言，你们一定要遵循他的交代。"

忽必烈问："额吉，阿布的遗言到底是什么？不是说他去世前已经人事不省了吗？"

唆鲁禾帖尼摇头叹气道："那时军中瘟疫流行，大批的军士咳嗽不止，吐血而亡。你阿布心急如焚，对贴身侍卫说，'我征战一生，屠城无数，尸骨千里，所以老天才降下这劫难。'他让人传话给我，如果自己挺不过这一劫，不要为他难过。这一切都是长生天的意思。"

蒙哥问道："阿布要我们做什么？"

"他说，你们今后打仗攻下城池后，不要再滥杀无辜的庶民了。所有的坏事，都由他这一世做完了，他应当承担业报。而你们，一定会得到长生天的护佑和祝福！"

蒙哥和忽必烈对视一眼，都将信将疑。忽必烈问："额吉，有消息说，大汗将要派大哥带兵去远征西域。是不是有这事？"

唆鲁禾帖尼点头说是，自己已经同意了。

忽必烈赶紧请命："那我也要去。"

唆鲁禾帖尼摇了摇头："不，我已经派去了一个儿子，绝不会同意再让你去。”

忽必烈还要再争取，蒙哥拦住了他：“四弟你不要再说了，我也不同意你去。”

“大哥，这是为什么？”

“别的弟弟还小，我要你留下照顾额吉。只有这样，我在外打仗，才会更放心些。”

忽必烈对蒙哥非常尊重，听他这样说，只好不再坚持了，又说道：“大哥，听说贵由也去。那厮可不是什么好人，你千万小心些。”

因为窝阔台曾经提议让唆鲁禾帖尼下嫁贵由，被她婉言拒绝了。蒙哥和忽必烈都猜想，一定是贵由觊觎父亲留下的庞大遗产，才唆使大汗来提亲的。因此，二人心里都恨透了贵由。

蒙哥点头，阴沉着脸说：“贵由就是一头贪婪狡诈的恶狼。不过你放心，大哥知道怎么对付他。还有拔都在呢，他不敢对我怎样。”

当年术赤跟拖雷非常亲密，唆鲁禾帖尼又大力拉拢术赤家族，所以两家的下一代中，拔都和蒙哥彼此联络非常密切。大军西征由拔都当副帅，唆鲁禾帖尼自然是放心的。不过她又说道：“有一件事情，我必须让你们知道。”

蒙哥回答：“额吉请说。”

“前阵子我已经答应了大汗，该由你们管辖下的军队中，雪你惕部及速勒都思部人马，都分给阔端统领吧。”

蒙哥很不高兴：“额吉，你这是何必？”

忽必烈说：“大哥，额吉这么做，一定有她的道理。再说阔端跟我们的关系不差，你就只当送兄弟了吧。”

蒙哥沉默不答。又坐了一阵，两人告辞。

两个儿子走了以后，唆鲁禾帖尼起身，紧紧咬着牙关，阴冷的目光看着窝阔台的汗宫，自言自语道：“血海深仇，怎能不报？不是不报，时候未到。”

再说阔端受窝阔台汗命令，次日率领三万骑兵，马不停蹄地赶到了凤翔。先行到达的大将塔海亲自整队，将他迎进城来。

进了凤翔官署，刚刚入座，阔端就说："塔海，本王请你简短地讲解一下陇西的最新军势。"

"遵命。"塔海走到墙边的大幅地图面前："十天前，粘葛完展想要抢劫宋军粮草，被宋军杀退，之后被汪世显偷袭，兵败身死。他的军队已被汪世显吞并。现在陇西最大的势力就是汪世显和郭斌。"然后指着地图说道，"汪世显担心被我军袭击，已经率军龟缩到了他的老巢巩昌。而郭斌的军队一直驻守会州。两人互通声气，互相支援，呈掎角相望之势。"

阔端恨恨地说："上回本王被汪世显突然偷袭，这回一定要老账新账一起算清！"然后指着亲信大将按竺迩问道："按竺迩，你觉得我们应该先攻打谁？"

按竺迩是大同汪古部族人，先祖一直居住云中塞上，曾跟随外祖姓赵。他的父亲一直担任金国群牧使，成吉思汗派遣皇子察合台征讨时归降。之后按竺迩跟随拖雷与察合台东征西讨，屡立战功。这次阔端特意将他点将，是最为倚重的一员大将。

按竺迩上前仔细察看地图，问塔海："请问将军，郭斌兵力有多少？"

"两万步骑兵混合。"

"会州与巩昌相比，城池防守如何？"

"巩昌目前是陇西最大的州郡，金国在此经营已久，又是汪世显的大本营，应该比会州更难攻下。"

按竺迩对阔端说道："王爷，我们可不可以佯攻会州？"

阔端反应很快，立即明白了："你的意思是，我们把重兵埋伏在半道，只等汪世显援军出来，野战歼灭他们。"

"王爷高见，正是如此。"

阔端问塔海："你觉得怎样？"

"汪世显贼得很，只怕不会上当。"

"那这样吧，按竺迩，你率领主力去猛攻会州城，力争尽快拿下。而本王亲自去攻打巩昌，其间我会装作攻城不下，大败退回。汪世显心急一旦来追，这时塔海的伏兵就可以用上了。"

按竺迩和塔海立即叉手领命。

第二天，按竺迩率领本部主力将会州城围了起来，先派出军士将自己的书信射进了城里。同时城外高地上，蒙军架起了火炮和投石车，准备轰击城墙。

郭斌收到书信后，并不打开阅看，直接扯个粉碎。随即亲率士卒登上城墙，向城下蒙军骂战。

按竺迩见此情形，知道郭斌不肯投降。于是挥动令旗，下令火炮与投石车同时发射。一时间，会州城地动山摇。很快几处城墙上出现了缺口。蒙军士兵如同潮水般地涌了上来。

郭斌见形势危急，亲自带领士兵去堵缺口。两军士兵呐喊着正面相撞，刀刀见血，厮杀异常惨烈。攻进城的蒙古士兵遇到了顽强的抵抗，被郭斌率领部下全部杀绝。

此刻，郭斌派出求救的副官，正筋疲力尽地跑到巩昌城外。然而他绝望地看到，巩昌城已经被蒙古王子阔端的士兵围住，他根本没法进入巩昌城。

激战三天之后，会州城几段主城墙被蒙军火炮先后轰垮。按竺迩率领亲兵，攻进城里。两军开始巷战，一时死者无数。郭斌眼见城破，不甘受辱，便手提利剑，将自己的妻妾儿女赶到了一间大房，锁上房门后，纵火烧房。之后自己也跳进火中，自尽而亡。

有女仆从火中救出他的幼子，哭着将幼儿交给一个士兵，拜倒在地说："郭将军已经尽忠，这是他的独子，希望您能把他救走抚养。"说完，自己也投火自焚。

按竺迩赶到时，刚好看到了这一幕。他连声叹息："郭将军真是忠勇男儿！"便下令亲兵，将这幼子送回自己的家乡，交给家人好好抚养。

这时他的身后突然传来一个声音："保全英雄之后，按竺迩，你做得很对。"

他回头一看，原来是阔端到了，于是上前行礼，阔端下马双手搀住。

两人一起走到火场跟前，阔端看着熊熊大火，再次叹息："太可惜了，这样的人为什么就不愿意归顺我们呢？"

按竺迩长久不答。

阔端便说道："他要是像你当年一样加入我们，我一定会重用他的！"

按竺迩终于回答："王爷，人各有志，不好强求。他之所以不愿归顺，终究是因为他不认可我们的事业。不管怎样，他是一个真正的英雄，而不是为了一己之私就蝇营狗苟的小人。"

阔端点头："你说得不错。对了，你觉得汪世显怎么样？"

"他是一个枭雄。"

"他会归顺我们吗？"

"有可能。"

此刻巩昌城里，汪世显登上了城头，向城外张望，只见蒙军的旗帜铺天盖地，到处都是人声鼎沸。忽然他觉得有点不对，为什么蒙军声势如此之大，可攻城的士兵并没有人多？

汪世显的儿子汪德臣过来说："爹，城外的蒙军好像一直在虚张声势，难道他们的主力并不在这里？"

"你看他们的旗号，是二王子阔端来了。有他在这里，不应该兵少的。"

"爹，我带上两千骑兵出去冲一下，探探他们的虚实如何？"

"不行，城外一定有伏兵。再说也用不着了，我已经答应了大宋的条件，只要他们愿意派兵接应，我们就立刻全军出击冲出包围，进入宋境后就再不回来了。"

第三十七章　襄阳对策（一）

汪德臣听到自己的父亲要去投宋，撇了撇嘴说："爹，南朝兵弱，他们敌不过蒙军的。"

汪世显瞪眼喝道："现在不投宋，难道去投降对面的敌人？"

"爹，我们汪古部也是蒙古部族，为什么要去投靠南朝？"

汪世显呵斥道："他们杀了大金皇帝陛下，我们怎么可以投降他们？"

汪德臣立即反驳："跟蒙军一道杀害大金皇帝的，不就是宋军吗？爹你不愿投蒙古，为什么却愿意投靠南朝呢？"

汪世显被驳住了，一时不知如何回答。

汪德臣继续说道："上回南朝的使者过来，因为没有答应给爹封王，我们都没有让他进城。南朝的皇帝难道不生气？现在我们被迫逃到南朝去，爹还能得到上回同样的封赠吗？"

汪世显听了这话，心里顿时打翻了五味瓶，着实不是滋味。

就在这时，探马火急火燎地进来报说，会州城被按竺迩攻破，郭斌和他的全家已经罹难。汪世显顿时被这个消息彻底震住了。

汪德臣在一旁叹气："爹，城外的蒙军一定不是主力。会州城这么快被攻破，很明显他们的主力去了那里。这里只是疑兵牵制我们而已！"

汪世显突然有了一种被人戏耍的感觉，顿时激发了倔强斗狠的脾气，大声喝道："不要再说了。从现在起，所有士兵分作三部，轮流上城死守。城在人在，城破人亡！"

随后几天，蒙军因为攻下了会州，士气高涨。阔端下令乘胜加紧进攻巩昌城。

而汪世显父子率领全军严阵以待，屡次打退蒙军的猛攻。为了减少士兵伤亡，阔端便下令全军围而不攻，坐等城内粮食耗尽，不攻自乱。

于是巩昌城内外，两军便这样对峙了起来。

汪世显求援的消息很快传到了四川制置使赵彦呐耳朵里。他不敢擅自做主，派快马火速送急递去了临安，襄阳史嵩之那里也收到了通报。

史嵩之派人请来了孟珙和刚刚回到襄阳的冉琎，把军报递给二人分别看过，问冉琎道："冉先生，上次朝廷没有答应给汪世显封王，他竟然拒绝了朝廷使者进城。现在他势急来投，我们是收他，还是不收好呢？"

冉琎毫不犹豫地回答："当然要收，而且上次答应的条件一样都不能改。"

史嵩之摇头道："只怕皇上和郑相都不会答应。"

孟珙问："是不是因为他太过无礼？"

"是啊。皇上和郑相本就不喜欢他，怠慢使臣又彻底惹恼了皇上和郑相。唉，我现在处境尴尬，也没法再为他说情了。"

冉琎觉得他话里有话："大人何出此言？"

"冉先生，璞玉，皇上要调我去临安，担任兵部尚书。"

孟珙大吃一惊："那谁来接替大人？"

"杨恢，他将要顶替我接任襄阳知府、京西安抚使，并且行京湖制置司公事。"

孟珙摇头："杨恢毫无军事经验，让他做襄阳这么重要的地方主官，这个安排十分不妥。"

"你们知道他是什么人推荐的吗？"

"不知道。"

"赵范。"

孟珙脸色一变："看来皇上已经决定要出兵河南了？"

史嵩之正色点头："正是。郑相和皇上为了让荆襄这边配合出兵，下面不但要调我走，璞玉你也要调任兼知黄州和光州。"

孟琪愤然说道："不行，我要上书皇上，绝对不能出兵。"

"没用的。皇上和郑相连我的话都不予采纳，他们会听你的吗？"

冉琎说："其实皇上励精图治，想要建功立业，这也是可以理解的。只是时机非常不好。"

史嵩之皱眉问："那依先生说，什么时候合适呢？"

"再等几年，等北方形势出现变化之后再去。"

"什么样的变化？"

"比如蒙古上层内乱，顾不上中原时就可以出兵了。对了史大人，朝廷不是还在跟蒙古谈判吗？上回王檝曾经给了一些承诺，这些事情都还没有最后敲定，朝廷为什么要这么着急出兵河南？"

"郑相让赵葵出兵，名义上讲也是要争取更多的谈判筹码。冉先生，我可以再次上书劝阻，但应该是徒劳，只会徒增郑相他们对我的厌恶罢了。"

孟琪问："当真就无可挽回吗？"

"应该是的。"

"那么今后蒙军很可能会大举南下，大人，我们得做好准备啊。"

"我将要去接任兵部尚书，抵御蒙军的担子一定会落在我们的肩上。冉先生，你了解蒙古那边的情况，请你说说看，我们能抵挡住他们吗？"

冉琎点了点头："若以举国之力抵抗他们，我们军力、国力是够的。但是——"

"但是怎样？"

"跟如此强大的敌人作战，朝廷如何选人用将，配置兵力钱粮，至关重要！"

"请先生讲得具体些呢？"

"那我就直说了。重大危机之下，朝廷用人必须唯才唯贤，而不能任人唯亲，裙带盛行。比如，这次如果用赵范、赵葵前往收复中原，就非常不合适。"冉琎分析道。

"为什么？"史嵩之急切地问道。

"在下虽然不知道朝廷中枢这次的决策过程，但我了解赵葵的秉性。出兵中原这样的提议，非常像是他提出来的。此人好名重利，行事有些偏狭。听说他跟赵范都是郑相的学生，我觉得皇上和郑相一定是受了他们的影响，才会做出这样的决定。"冉琎说道。

"不错，据讲赵葵为了促成此事，跟赵范轮流上书敦促。"史嵩之说。

孟珙摇头问："那么多大臣包括乔相、赵相、余相、真大人，还有史大人您，全都反对，难道皇上就听不进去吗？"

史嵩之长叹了一声："你们不了解，朝廷只要有大事，皇上基本只听郑相一人的。"

冉琎点了点头："而郑相袒护自己的学生，赵范和赵葵。对他们出兵的建议，只会偏听偏信。"

孟珙说道："大人，现在抱怨已经是无济于事了，我们应该尽早准备出现大规模战事的可能！"

史嵩之回答："当然应该。赵葵此次兵进中原，带来的直接后果就是：我们可能跟蒙古提前发生全面战争。朝廷调我进入中枢，我自然要提前考虑应对之策。冉先生，你了解蒙古军政。依你判断，他们一定会大举进攻我们吗？"

冉琎回道："以我对他们大汗窝阔台的了解，只要我军进入中原，他一定会大发雷霆，一定会立刻下令军队前去争夺。"

孟珙疑惑地问："可目前的军报说，现在河南除了战力低下的原金国守城汉军外，已经几乎没有蒙军了，会不会说明他们并不在乎河南这块地呢？"

冉琎摇头回道："兵法虚虚实实。他们过去一直是横行霸道，现在却怎

218 ▶▶

么肯当谦谦君子，自愿让出已经占领的金国领地呢？"

"那就是说这里可能有诈？"

"很有可能，我有一种不好的感觉，他们很可能在故意示弱，引诱我军将领冒进河南。"

史嵩之突然觉得额头有些冒汗了："冉先生这么说，有证据吗？"

"没有，这只是我的猜测。据我所知，朝廷在蒙古那里安插了特殊人物，能够探听高层消息。史大人何不建议朝廷，命令他们急速查清此事？此事十万火急！"

"我马上就写奏本。对了冉先生，你对蒙古那边熟悉，本官想请您去一趟，利用你的渠道查清，他们是不是有这样的阴谋。"

"在下义不容辞。不过就算去查清了此事，只怕也来不及阻止战事的爆发。"

"唉，如果什么都不做，难道我们要独坐穷山，等虎上门吗？先生，无论你在那里打听到什么消息，只要能传递回来，对我们就有莫大的帮助。"

冉琎毫不犹豫地答应了。

孟珙上前握住冉琎的手："先生要去，千万小心。一直以来只有彭渊陪在您左右，只怕太危险了。我派张钰跟先生同去，如何？"

张钰曾经跟随冉琎在高州平定了巫医之乱，冉琎对他印象极好。于是回答："多谢孟将军了！"

这时差事端上来福耳朵、金刚酥这些本地精致的茶点。于是三人一边用些点心，喝些茶水，一边谈论对蒙策略。

史嵩之叹了一声："冉先生，现在最让我忧心的不是蒙军战力有多高，而是我们自己的战力提不上去，尤其是战马稀缺，远远不够需要。"

孟珙附和道："是的，所以我们的骑兵规模一直太小。直接后果就是，要么只能被动守城，要么野战时只能用步兵方阵对付他们的骑兵，即便打得过也追不上他们，而打不过就更撤不掉了。"

史嵩之不住地摇头："现在马匹的市价实在过于昂贵，一匹高大的北马价格竟达百两纹银之多。而且现如今西北茶马通道已断，朝廷就算有钱也买不到大量的好马。只能到西南山区采买低矮的马种。可这些马耐力不足，速度更加不行。我们没有大量骑兵，就没有足够的机动性，所以只能采取守势。赵葵、赵范他们，实在不知兵啊！"

说到这里，三人都是心情沉重，默然无语。

冉琎抚着短须，陷入沉思。过了片刻，他自信地说道："大人，孟将军，蒙军虽然有强大的骑兵，可是兵来将挡，水来土掩。该怎么破解蒙古骑兵，在下思考这件事已经很久了，总算是有了一点心得。"

第三十八章　襄阳对策（二）

史嵩之听冉琏这样说，顿时大感兴趣，拱手问道："愿闻其详。"

"他们有良马，可是我们有兵器，而且是威力巨大的兵器！"

"我们的步军追不上他们，威力再大的兵器恐怕也无济于事吧？"

"追得上，不仅追得上，而且可以大量地消灭他们。"

史嵩之大为惊讶："哦，我们竟然有这样的兵器？"

冉琏微微一笑："当然有。大人，只是目前它们的威力还不够强大，但只要我们专心改良，总有一天它们必定会威震天下！"

孟珙忽然醒悟问道："先生说的是火炮吧？"

冉琏笑着回答："正是。我在临安时，了解到兵器监可以月产火弩箭和弓火药箭十几万支，蒺藜炮三千支，皮火炮二千支。虽然颇有规模，但分配到各地军队，远远不够使用。"

史嵩之怀疑地说："先生莫要说笑，那些火弩和火箭，还有那些什么炮怎么可能歼灭蒙古骑兵呢？"

冉琏非常肯定地说："能的，只是它们还需要大力改良。"

"请先生说得仔细些呢。"

"在下曾经读过金国人编撰的'征南会编'。据上面记载，金国攻打汴梁时，我们的守军在李纲指挥下，曾经用'震天雷'和'霹雳炮'轰击金国的攻城军队。这本书上说，'震天雷火药发作，声如雷震，热力达半亩之上，人与牛皮皆碎并无迹，甲铁皆透。'可惜南迁之后，这样的火炮竟然渐渐不再大规模使用。"

孟珙说："那是因为这些火炮太过沉重，操作不便，只能用在攻坚或者守城。对于野战，用处实在不大。"

冉琎点了点头："孟将军所说在理。不过如果我们能改进这些火炮，使得他们便于携带，可以跟随大军任意移动，那就大不一样了。请将军设想一下，如果我们给这些火炮加上转轮，是不是就可以用马匹轻松拖往任何方向？"

孟珙摇头反对："我们本就缺乏机动，如果再用马车拖拽沉重的铁火炮，会不会行军太慢？"

"将军说得很对。现在我军军械中也有一些轻便的火器，比如蒺藜火球和毒烟火球这些，只是它们爆炸威力很小。最近出现了一些改进，有一个叫陈规的人，发明了一种叫火枪的兵器。"

孟珙饶有兴趣地问道："是能喷火的枪吗？"

"正是。他的火枪由长竹竿做成，先把火药装在竹竿的空筒里面，对敌时就点燃火药喷向敌军。据我所知，还有人在火枪的基础上，改制成了突火枪。这突火枪由粗竹筒制作，里面装有'子巢'，火药被点燃后产生强大的火气，把'子巢'发射出去。而'子巢'里有一些铁弹丸，一旦近距离命中敌人，弹丸能穿透铁甲，打进敌人身体，使其丧失作战能力。"

史嵩之有些费解地问："无论是竹竿，还是竹筒，本身就极易着火，怎么能用来喷火，发射弹丸呢？"

"大人所说，正是要害。我最近一直在想，为什么不把竹筒，改成用铁或者铜来铸造呢？我争取这次从蒙古回来，就画出图样交给大人。"

"好的，本官上任兵部尚书后，就要兵器监按照先生的设计研制铁火枪。"

孟珙补充说："光有这些恐怕还不行，我们得改进火药，以增加威力。"

冉琎非常赞许："是的，火药的确是关键。在下曾经跟随师父在道观修行学习，看到过有人炼丹，材料中有硝石、硫黄和黑炭等物。有一位高人告诉我，将这三样东西按照不同的比例混合，可以得到威力大不相同的爆炸火药。史大人，您上任后得吩咐兵器监，尝试按照不同的比例配置新型火药。一旦找到威力巨大的方子，兵器监就按方大力推广。只要有了新炮，远距离投射出去，一发命中，就可以连人带马打倒一片，还担心什么蒙古骑兵？"

史嵩之见冉琎很是乐观，不由得也受到了鼓舞，不过随即神情黯淡了下来："冉先生，真有这种厉害的武器，为什么直到现在，我们都没有造出来呢？如果前人不行，我们就一定能行吗？"

"大人，按照金人的记载，当初我们的'震天雷'和'霹雳炮'就已经威力巨大了，我们完全可以在那些炮的基础上加以改进，造出更强大的火炮。"

孟珙赞成："大人，冉先生所说完全在理，我们完全可以。"

"好，太好了。"史嵩之又问，"蒙古对我们的威胁远远超过昔日的大金国。先生大才，依你看，朝廷在总体策略上，应该如何对付他们？是立足以战为主，还是和谈为主呢？"

冉琎和孟珙明白，史嵩之这是在为自己调任中枢后，为朝廷制定对蒙策略寻求建议了。

冉琎凝神想了一阵，正色答道："在下以为，朝廷对蒙应该以和为主，即便是战，也是以战促和。"

孟珙听罢，脸色顿时沉了下来："那么先生认为，我们就一定打不赢蒙军了，是吗？"

冉琎摆手："当然不是。如果蒙军犯境，我们野战可能不敌；可是要论依山傍水，把守险关、城池，那我军的胜算将会大了很多。蒙军攻城不下，拖延日久，他们的粮草耗不起，也就只得撤兵了。"

史嵩之顿时释然："这么说，我们自保还是有余的？"

冉琎摇头："只怕并不乐观。蒙军以骑兵为主，行军速度比我军快了很多。在策略上如果我们一味地守城，那蒙军可以想什么时候打就打，想什么时候走就走。我们就一直处于被动挨打的境地。看历代史书记载，中原王朝对北方游牧部族的多年战争足以证明，一味据城自保的策略是行不通的。"

史嵩之有些困惑："我军出城野战打不过，守城又嫌过于被动，先生究竟是怎么想的呢？"

"回到刚才大人的问题，朝廷应该力争以战促和，而不是求和。如果战争不可避免，和平肯定是乞求不来的，只能靠打出来。如果有了一到两次重大守城胜利，我军再集中兵力乘胜追击他们，那么谈判的条件就具备了。"

孟珙问："这样的话，最好的结果也就是重现当年'宋辽和谈'的那一幕？"

"既是，也不是。如果能和平二十年左右，我们就可以继续更化改制，增加国力，整顿军备，大力发展像火炮、铁火枪这样的新锐武器，那么将来再发生战争的话，笑到最后的人应该就是我们了！"

听到这个说法，史嵩之和孟珙都笑了。

这时，冉琎却长叹一声，说道："不管朝廷是战是和，最关键的就是选人用将！如果用人不对，其后果将不堪设想。设想一下，用人不对，就会不断丢城弃地，严重打击士气、民心。在国家危急的时候，朝廷应该不拘一格，任用有真才实学的将领和官员，千万不能再党同伐异，任用裙带私人了。'开禧北伐'那样血的教训，难道还不够深刻吗？"

史嵩之听了这番话后，抚着胡须，长久不语。

孟珙说道："冉先生，我等在军中，只管军事。朝廷的政事能不管还是不管的好。"

冉琎拱手回答："孟将军所说自然是对的。只是刚才史大人要我们讨论朝廷的策略，在下也就斗胆，多说了几句。唐突了，史大人莫怪。"

史嵩之起身向冉琎作揖："冉先生拳拳报国之心，我怎么会不明白呢？本官代圣上，向先生致谢了。您刚才说的那些话，我会好好思考，写到奏章里上报朝廷。"

冉琎也起身还礼:"如果刚才说的对策当真能对国事有所帮助,在下也就欣慰了。"

又议论了一阵,三人结束谈话。

史嵩之送走二人后,站在阁楼上,许久不言。

过了一阵,他铺开信笺,开始草拟奏章。当写到这一句时,他搁下笔犹豫了:"今首辅郑清之决讨于内,赵范、赵葵力制于外。然以臣料之,北进中原必将告败于前,江淮之事亦将糜烂于后,然则赵范、赵葵之罪岂可轻饶乎?"

史嵩之起身,踱到窗前向远处江景眺望,忽然想起前几日读过的苏轼的一首诗,便低声吟诵:"道边逢人问洛阳,中原苦战春田荒。北人闻道襄阳乐,目送飞鸿应断肠。"然后自言自语道,"我史嵩之在襄阳多年来,恩威并施,政绩卓著,百姓安居乐业,百官交口称颂。可你郑清之何德何能,竟敢对我屡次相逼。"

此刻他又想起了叔父史弥远生前,曾经煞费苦心地将自己跟郑清之拉近,希望自己跟他能相互合作,相互支撑。可是现在,郑清之已经将叔父维持多年的朝局完全推翻,多少他曾经的门生故吏遭到了罢黜。

史嵩之发出一声冷笑,走到书案前,拿起一封密信。这是参知政事乔行简写给他的,信中相约一起参劾宰相郑清之贪功冒进,将国家置于险地。

史嵩之却诡异地笑了,将刚写的奏章用烛火点燃烧毁。

第三十九章　无处可逃（一）

这日上午，理宗匆匆地结束早朝，单独留下了几位参知政事，让他们分别传看贾似道上奏的北上经过的奏章。理宗恼火地说道："余嵘，你看到了吗？根本就没有什么金国藏金，这件事从开头起就是一个骗局！"

余嵘感到无地自容，拜倒在地说："陛下，臣愚钝，没有看清完颜赛不设下的奸计。请陛下处分，免去臣参知政事之职。"

理宗哼了一声，没有回答。

郑清之为余嵘说情道："陛下，这件事并不怪余大人，当时蒙古使臣不也在索要那几名金国俘虏吗？说明他们也相信了完颜赛不的谎言。事后来看，我们其实也没有什么损失。贾似道还追回了我们以前流失出去的国宝，值得嘉奖。"

赵汝谈和真德秀都很不快，在海州损失了那么多海船，郑清之不提这件事的责任，反而要嘉奖贾似道，分明是在包庇护短。

赵汝谈站出来奏道："陛下，在海州，赵葵将军的部将没有尽到职责，让金国余孽的奸计最终得逞，夺船远遁。臣认为应该彻查此事，如果发现失职行为，必须追究有关人等的责任。"

郑清之说："赵大人，你有所不知，这次其实也是有意放他们走的。"这个说法是赵葵为赵胜辩解的托词。"金国最后的这批力量渡海回到辽东后，可以有力地牵制蒙古军队，让他们无暇南顾。这不是很好吗？"

"郑相这样的说法，让人实在无法相信。"

赵汝谈揪住海州的事情不放，看来必须找个人担下责任了，理宗于是说道："贾似道在奏章里说，是冉璞和丁义二人涉嫌勾连武仙、完颜绛山，这才导致了海州之变。"

赵汝谈立即反对："陛下，臣了解冉璞跟丁义二人，他们忠诚可靠，绝不会干出卖朝廷的事情。而且贾似道奏章里并没有提供确凿的证据，都是些似是而非的猜测影射之语，臣认为，他的话无法采信。"

这时众人的目光都投向了真德秀，他们都知道二人是真德秀举荐的。

真德秀一直默然不语，见理宗正看着自己，便出来说道："臣附议赵大人。"

现在贾似道有郑清之护着，冉璞和丁义有真、赵两位大人说话，一时形成了僵持的局面。

乔行简便打破僵局说道："陛下，各位大人，依我看，这几位都没有过错。如果一定要说有错，那就是国用安。我们用错人了！这个人虽说是按照我们的意思劫下了完颜绛山，但他行事鬼祟，竟然跟叛徒莫彬以及前金国细作王世安多有勾搭。他安的是什么心思？多半都是些见不得人的勾当！"

这番话说得似乎颇有道理，众人频频点头。

余嵘立即奏道："乔大人所言，一语中的。国用安此人，一向反反复复，当初跟李全这个叛将就是蛇鼠一窝。陛下，是时候挤掉这个脓包了！"

理宗点头赞成，随后勉励了余嵘几句，去职一事不许再提，又吩咐他会同兵部下令驻守滁州的赵葵以及安丰守将杜杲，择机出兵，铲除掉国用安盘踞在宿州附近的势力。

赵葵很快就接到了兵部命令。他琢磨了一阵，派人叫来赵胜，向他出示了兵部的命令。

赵胜看完后撇了撇嘴说："收拾区区一个国用安，用得着我们淮东主力出兵吗？"

赵葵看他有些骄狂，便说道："本来确实不用你去，可是你刚刚在海州失了手，所以我给你一个机会，去立些功劳，也免得被其他人说嘴。"

赵胜哑口无言。

"你带兵到了壕州，就不要再往前了，等待我的命令。"

"是，大帅。"

赵葵对他有些不放心，又叮嘱道："你记住了，如果国用安带部下出城去进攻徐州，你不要擅自进攻他的老巢。我自有安排。"

赵胜叉手领命："大帅放心。"

赵葵见他有点悻悻的模样，就安慰了一句："马上就要出兵河南了，到时候我让你做先锋。"

赵胜听罢大喜："多谢大帅。"

此刻汴梁城外，一匹快马自北飞速驰来。进入一个小树林时，突然蹦起一根绳索，将高速奔跑的马硬生生绊倒。马上那人顿时跌得晕死过去。

这时几个黑衣人从树后闪出，连人带马一起押到了已经废弃了的佑国寺里。一个高大的黑衣人从那人的身上搜出了一封信，随即带着信走进一个秘密的禅房。

这黑衣人恭恭敬敬地将信呈给正在里面参禅的红衣老僧。

这人正是萨巴喇嘛莫彬，黑衣人就是他的贴身护卫完颜忽。

莫彬接过信一看，信封并没有封口。取出信一看，不料却是一份酒单，上面列了一串南方各地的名酒："宣州琳腴、双溪各十坛；江宁府芙蓉、清心堂各二十坛；洪州双泉、金波各十坛；临安本地竹叶清、碧香各三十坛；苏州木兰堂、白云泉各三十坛；明州金波十坛；越州蓬莱十坛；湖州碧澜堂、雪溪各二十坛；秀州雪月波十坛；成都府玉髓、锦江春、浣花堂各二十坛。"

莫彬皱了皱眉："这是什么？你们确信没有抓错了人？"

完颜忽答道："宗主放心，绝对没有抓错。我们从他离开余保保府邸就一直跟着，为避免惊动他们，一直跟到汴梁城才动手抓了他。"

莫彬点头，自言自语道："余保保派他回去采办名酒，他要干什么？"

"光他们自己肯定喝不了这么多，一定是另有用处。"

莫彬捏着信纸，反复想着，却不得其解。

忽然他似乎闻到了什么味道，便将酒单放到自己鼻子下面闻了闻："好像有点酸味。"再仔细闻了闻，他确信地说，"不错，有点醋的酸味。"

可是这张纸上除了酒的清单，并没有任何其他东西。

莫彬翻来覆去地察看了半天，没有发现什么可疑之处，摇头说："不对，肯定有不寻常的地方，只是我们没有发现。"莫彬很是沮丧，把信还给了完颜忽。

完颜忽接过后，问道："这上面真没有别的字了吗？"说完，举起了纸张，对着窗外的一丝光亮看了一阵，没有发现什么异常。

"难道是因为不够亮？"于是完颜忽又将信纸贴近了蜡烛，希望近距离强光照射下，能看到些什么。结果他还是失望了。

他失望地将信折起，正要装进信封。

莫彬忽然拦住他："等一下。"说完，他将纸张再次拿到灯下，指着右下角说，"这里有点变黑了。"随即再次将信纸凑近到灯火旁边，过了片刻工夫，纸的右下角竟然显出了几列淡淡的黑色字迹。莫彬仔细辨认，上面写的是："父亲大人钧鉴：据查，有蒙军主力秘密驻扎在黄河以北，可随时南下。蒙军已设下圈套，引诱我军主力北上。故万万不可出兵河南。"

莫彬不禁大吃一惊，引诱南朝军队北上，而后歼灭，这是绝对机密的计划，余保保怎么可能知道？难道是大汗或者镇海身边的人泄露了消息？莫彬以手拍额，嘿嘿冷笑了几声："这真是天灭大宋！让我抓住了送信之人。"

随后，莫彬带着完颜忽一道审问送信人。那人坚称自己只是一个信使。完颜忽恼了，带着手下对他百般严刑毒打。可那人无比倔强，宁死也不肯招供。

莫彬走了过去，将显出字迹的信笺展示了出来，冷笑着说："你不肯招供，也没有关系。就凭这个，我现在就可以去抓余保保。我们很快就要跟南朝开战了，大蒙古骑兵出征前，余保保的人头会被拿来祭旗。你愿意跟他一起死吗？"

那人沉默。

莫彬点头道："只要你肯出去指认他，我担保你不死，还可以当个军官。"

那人点了点头。

莫彬顿时大喜，吩咐完颜忽将他松绑，笑着说道："早这样，你也免受皮肉之苦了。"

就在此时，松了绑的送信人突然大喝一声，冲上来抱着莫彬张口就咬。莫彬拼死挣扎，却被他咬住了耳朵。剧痛之下，莫彬惊慌失措，大声地哀叫。

旁边的完颜忽一时手足无措，听到莫彬因为疼痛而不停地号叫，他顿时怒向胆边生，拔出短刃，一下子刺穿了送信人的后背。送信人一声闷哼，倒地而亡。这才救下了莫彬，可是他的右耳已然被那人咬去半边。

随后几个人一阵手忙脚乱，将莫彬的伤口包扎了起来。

虽然敷上了药包好伤口，可他的右耳一直不停地流出血来，沿着腮颊滴了下去，加之因为疼痛难忍而不停地龇牙咧嘴，令莫彬看起来着实非常古怪。

完颜忽等人想笑却又不敢笑，只得强忍着不发一声。

就在这时，一个差事传来完颜律的急报，他在宿州已经基本打探清楚，国用安确实一直跟宋廷有所勾连，上次劫持蒙古使团，应该是他们联手实施；另外探明，诈死蛰伏的金国大将武仙率领大批金国余孽到达海州，抢到了几十艘海船，现在这些人去向不明。

剧痛之际听到了这些坏消息，莫彬一阵狂怒，忍着痛命令完颜忽："你赶紧去张柔将军那里，向他通报国用安已经投靠了宋廷，请他马上出兵踏平宿州，剿了国用安。"

完颜忽领命，立即离去。莫彬瞪着血红的眼睛，紧攥着双拳恶狠狠地自言自语道："国用安，余保保，我要你们死无葬身之地！"

第四十章　无处可逃（二）

宿州城里，国用安正独自喝着闷酒，前几日，他派人到徐州向守将王德全要求释放杜政和封仙，可王德全态度极其倨傲，放话说除非他本人前来，他才肯放人。国用安大怒，再次派人去徐州警告王德全，如果再不放人，他就真不管多年的交情了。

这一次王德全似乎有些忌惮，将杜政释放回来，却留下了封仙。杜政回来后，对王德全满腔愤怒，抱怨道："大帅，王德全这厮心黑手辣，早晚会跟我们撕破脸。我们不如抢先动手，攻进徐州城里，把他满门杀尽，以绝后患。"

国用安拍拍他的肩膀说："这些天委屈你了。你先消消火气，这件事让我琢磨一下。"

"大帅，您不能再犹豫了。在徐州，我听说了一件事。王德全一直在拼命巴结阿术鲁和塔思两个人，还对塔思说，当年他的父亲孛鲁因为跟大帅您交战才受了重伤，事后您曾经拿此事在诸将跟前炫耀。他还说将来一定寻找机会杀了你，为孛鲁报仇。"

国用安听罢，不禁怒不可遏，骂道："这个腌臜泼皮，最喜欢在背后挑拨是非。"

"将军，不可不防啊。听说阿术鲁已经非常信任他，最近一下子就拨给他五万担粮草和三千匹战马。"

一听说有五万担粮草，而且有大量军马，国用安顿时无比羡慕："你说的可是真的？"

"肯定错不了，我亲眼看到了大量蒙古军马，原先王德全才多少兵？怎么可能有这么多马？"

国用安不由得心动了。王德全这厮现在肥得流油，为什么不趁着他还没有防备，先下手为强呢？

两人正在说着话，一个小校进来报说，宋新任淮东制置使赵葵派人来了。

国用安向杜政摆手说："你先去好好休养，徐州的事，我们再议。"随即对小校说："让他进来。"

杜政犹豫了一下，还想再劝，见他这副模样，只好告退。

不一会儿，使者被带进了中军。来人对国用安叉手施礼道："国将军，我们制置使赵大人命我送来书信一封，请将军查收。"说完，恭恭敬敬地双手递上一封信函。

国用安点头，拆了信函细读起来，信的大意是赵葵奉圣命准备收复徐州，他要跟国用安合兵一处，东西夹攻徐州。赵葵承诺，只要国用安肯出兵，他将送上十万石军粮，作为出兵饷银。国用安看罢，不由得大喜过望。现在正是缺粮的时候，这十万石粮草可真是及时雨啊。

于是他当即点头同意，让使者带回自己的复信，承诺只要赵葵军粮一到，他将立刻兵发徐州。

然而使者走后，国用安忽然有些后悔了，觉得不应该轻易地就答应了赵葵。

这夜，他辗转反侧，思绪如潮而无法入睡。

赵葵的话，自己能相信吗？还有王德全，为什么扣住了封仙，只放回杜政？王德全曾经是自己的部下，因为他的兵少，一直不敢对自己有半点违拗，所以自己从来就不把他放在心上。可是塔思不喜欢自己，张柔就把徐州交给了他，而自己却被打发来了宿州……可恨完颜赛不，竟然使出那么恶毒的奸计！国用安长叹一声，自己如今已经身残，难道还要跟人一直争锋下去吗？

国用安思前想后，终于下定了决心。

第二天清早，他派差事叫来了国安平，吩咐道："兄弟，你带上自己所有的护卫，今天就到安丰，去找冉捕头。他现在应该还在那里。"

国安平很是奇怪："去找他干什么？"

"你们一起去一趟万仙山，把那批武器起出来，运到安丰交给杜杲将军。"

"大哥，为什么要这么急？"

国用安叹了一口气说："我也想把这批东西留在自己手里，可是现在我这副模样，还能带兵多久？要那么多武器也没什么用了，还不如早点献给朝廷。"

"大哥想隐退了是吧？"

国用安点头："是啊。"

"所以大哥想为朝廷立下一功，之后功成身退！"

"功成身退？"国用安苦笑了，"只怕如今我想平安退出，也是难上加难了！"

"是不是出事了，大哥？不对，一定有事！"

"没有事情，兄弟你别管那么多。我已经都安排好了，你把东西运到安丰后，我就把最后这支军队交给赵葵，或者杜杲。之后我们就一起南下，找个地方隐居起来，了此余生吧。"

这非常符合国安平的心意："真能这样，不是很好吗？可是大哥为什么有些不高兴？"

国用安便笑了："其实大哥的心情很好，很快就要离开这里了。"他随即慎重地说，"兄弟，你此行万仙山，一切小心！"

"放心吧，兄长。"

国用安又叮嘱道:"你记着,冉玭先生、冉捕头和丁捕头,他们都有情有义,值得信赖,可以托付大事。至于其他人,你一概不要相信。世道险恶,千万不能轻信任何人。否则一旦着了人手,就万难挽回了!"

国安平迟疑地看着他,点了点头:"兄长放心,我心里有数。"

"那好,你现在就去吧。"

国用安随后将他送出了城,目送国安平带着一队人马向安丰疾驰而去。马队扬起的烟尘,渐渐地消散。国用安望着他离去的方向,久久不肯走开……

两天后,赵葵如约派车队先送来两万担军粮。国用安叫来了刘安国和杜政,吩咐道:"二位将军,我接到可靠消息,王德全已经在徐州反叛,他的军队就要来宿州打我们。二位,离开宿州,我们能去哪里呢?你们说,现在我们该怎么办?"

刘安国和杜政两个异口同声:"大帅,那我们打吧!"

杜政义愤填膺:"王德全本来跟我们一样,都是国大帅的属下,可他现在仗着蒙古人的势,竟敢如此欺压我们,甚至要向大帅下黑手!"

刘安国喊道:"是啊大帅,我早就想杀了这个狂徒!"

国用安点头,很是满意:"好,那我们今天就出兵。"随即下令杜政当先锋,率领三千精锐士卒,悄悄开拔,到徐州外围找地方潜伏下来。约定只等后面大队人马到达,一起攻城;又命令刘安国带领三千士兵殿后,自己则带了五千兵马,居中调度策应。

大军陆续开拔后,国用安忽然感到自己的心在激烈地跳动。征战一生,多少血腥的大阵仗都挺过来了,现在居然会紧张?国用安对自己哑然失笑。

宿州距离徐州并不是很远,约一个时辰后,国用安的中军到达距离城外二十里处。一个探马疾速来报,先锋杜政的位置距离这里十里左右,正驻扎在茱萸寺。国用安问徐州情形如何,探马说一切如常。国用安的心总算安定了下来,随即催令全军士兵加快行军速度,赶到茱萸寺跟杜政会合。

很快，大军赶到了茱萸寺的山门下。但令他意外的是，这里十分安静，简直太安静了，安静得有些不正常。

多年行军打仗，老到的国用安立刻嗅出了危险气息，立刻下令全军停下，派出了探马向前哨探。

等了几炷香后，一直没有人回来报信。国用安紧张不安地自言自语道："这绝不正常。"

国用安下令将大盾牌全部调到前面，摆成了阵势，弓箭手在后面随时准备发射。很快，全军摆出了防守阵势，随时应对突发的状况。

阵势刚成，片刻之后前面响起了一声号炮。刹那间，震天的杀声从前面传来，两队彪悍的骑兵向他们冲了过来。

国用安仔细一看，居然是蒙古骑兵！

他的脑袋顿时"嗡"的一声，似乎有无数金星在眼前飞舞，乱作一团。上当了！从哪里来的蒙古骑兵？杜政哪里去了？为什么一点动静都没有？

情况危急，国用安已经来不及细想，亲自上前指挥士兵拼死抵抗。这两队蒙古骑兵被打退之后，随即又有两队骑兵攻了上来。也不知对方有多少骑兵埋伏，就这样被对方轮番冲击了一个时辰后，国用安看己方的士兵死伤过半，还能作战的已经所剩不多，只好大喊一声："撤！"

此刻国用安只盼着刘安国能赶来接应。可是刚才都已经打了一个时辰，后军居然没有过来。国用安意识到，后军可能也出事了！

所幸那些骑兵并没有追上来，国用安带着剩余的几百伤兵总算撤回到宿州城下。

正要进城时，城门突然被关上了。国用安让士兵高喊开门。然而城头上的旗帜突然换了，一个宋军统领在刘安国陪同下走到了城垛旁。

刘安国对着国用安大声喊道："城下的将士们听好了，我旁边这位，就是大宋淮东制置使赵葵麾下前锋大将赵胜将军，奉圣命，前来讨伐叛贼国用安。"

接着，赵胜大声喝道："各位听好了，我们只抓国用安一人，你们都是被胁迫的，只要放下武器，一概既往不咎。"

国用安听罢急怒攻心，胸口犹如炸裂一般，怒极骂道："刘安国，你这卖主求荣的逆贼！我要杀了你！"

然而他身后的士兵们开始面面相觑，渐渐地有人开始放下了武器，士兵们开始四散奔逃。国用安拔剑喝止，但没有人再听他的了。

眼看大势已去，国用安仰天叹道："真是天要亡我！"

仅剩的几个亲兵上来劝道："大帅，好汉不吃眼前亏，咱们赶快逃吧。"

国用安沮丧地回答："逃哪里去？现在已经无处可逃了！"

第四十一章　赵范翻悔（一）

一个亲兵急得大喊："大帅快走吧，再不走就来不及了。"

于是几个人把国用安架上马，向东夺路而逃。好在宿州城里的军队并没有追出来，一行人仓皇逃到了一条大河旁边。

国用安此时身心疲累已极，在护卫搀扶下走到河边，打了一点水。几个人坐在河边树下，一边喝着水，一边休息。

一个亲兵骂道："刘安国这厮竟然背着大帅偷偷投宋了，真是知人知面不知心。"

这话就像刀子一样戳进了国用安的心，是啊，自己一直私下里跟宋廷联络，他刘安国为什么就不会依样照做呢？但自己居然从来就没有防备他，后悔已然是来不及了。随后又想到杜政和封仙两个，他们究竟怎样了？

正胡思乱想着，后面突然一阵喧哗，大量的烟尘扬起，一队蒙军骑兵追到了。国用安和几个亲兵已经无力再逃，只得眼睁睁地看着马队将他们团团围住了。

为首的蒙将看起来有些面生，但他身后端坐在马上的人，正是死敌王德全。

国用安面如死灰，看着这二人踢马过来。王德全笑眯眯地看着国用安，说道："国将军，这位是千户大人查剌将军，奉阿术鲁大帅的命令，前来拿你问话。"

国用安啐了他一口："狗贼，你把封仙怎样了？杜政又在哪里？"

王德全仰头大笑："杜政早就归顺我了，是我让他把你骗到徐州来送死，嘿嘿！至于封仙，他不识抬举，十天前就被我斩了。国咬儿，你现在就是孤家寡人一个！"

"咬儿"是国用安出道前的小名，只有少数跟自己最亲密的人才知道，王德全就是其中一个。世事变幻，这个曾经的密友即将置自己于死地！

国用安挣扎着站了起来，狠狠地盯着王德全和查刺："你们为什么要这样待我？"

查刺自幼是穷苦的蒙古牧人出身，没有机会学习诗书，听不懂汉话。王德全为他翻译了一遍。查刺便用手指着国用安，斥骂道："你这个狡诈的恶狼黑了良心，为什么要抢劫我们的使团，还偷走了金国藏金据为己有？"

王德全照原话训斥了国用安，不过口吻却更加严厉。

国用安心里一阵悲苦，知道是莫彬和王世安他们在捣鬼，但现在自己跳进黄河也洗不清了，便冷笑着说："查刺将军，你回去告诉塔思王爷和阿术鲁，事情绝不是他们所听到的那样。"

王德全把话传给查刺。

查刺哼了一声："那你老实交代，黄金现在到底在哪里？"

国用安摇头说："没有黄金，从来就没有什么金国藏金，都是完颜赛不设下的毒计。是我贪心才上了当。不过，你们也全都上当了。"

查刺听了王德全的传话，顿时勃然大怒："国用安，你死到临头，还不肯说实话？"

国用安只有苦笑："看来，我说什么都没用的。"然后想到，曾经的部下纷纷叛离，自己跟宋廷已是水火难容，蒙古又如狼似虎地前来捉拿自己，当真是走投无路！自己怎么会就落到今天这个地步呢？想到这里，国用安万念俱灰，唯一的欣慰也就是事先让国安平离开了自己。

到了此刻，国用安心意已决。他冷笑着对查刺和王德全说："回去告诉你们的主子，不要相信那个萨巴喇嘛的话，这个人绝不是什么好东西！"说完，转身向河边走了过去。

那几个贴身护卫仍然不离不弃地跟着他。国用安长叹一声，回头对他们说："听着，你们必须好好地活下去。"

一个护卫红着眼劝道："大帅，我们降了吧？这不丢人，也许我们会有转机的！"

国用安含泪摇头："我已是废人，不想再委屈自己苟活在这个乱世了。你们要活下来，一定要去找安平，告诉他不要给我报仇。"

讲完之后，他仰天大笑："生在这个混账的世道，实在是太可笑了！"说完纵身跳进了湍急的河流里，顿时消失在漩涡里。

在场所有的人早都看出了他要投河自尽，王德全曾要上去阻拦，却被查刺严厉的眼神挡了回去。王德全小心地问："将军，那我们如何回去交差呢？"

查刺不屑地回答："这用不着你操心了。"随即带着麾下骑兵队离开了，只余下王德全愣愣地看着他们快速远去的影子。

直到回城之后，王德全才听到了一点风声，益都行省李璮事先拜托了阿术鲁，要求查刺此行务必将国用安这个叛徒除去，以免牵连到自己。王德全对部下连连叹气："唉，国用安这厮死了不要紧，只可惜那些黄金，这厮到底把它们藏在哪里了呢……"

很快，国用安兵败投河自杀，赵葵前锋兵出宿州的消息传回了临安。

这日朝会，在京三品以上官员全部到齐。理宗向大臣们公开宣布，朝廷即日起正式出兵河南中原故地，收复三京，即南迁之前的东京开封府、西京河南府洛阳和南京应天府。

众官员一片窃窃私语。这一即将给朝廷大局带来重大变化的时刻，终于到了。其实官员们早有心理准备，除了少数主战的官员高声赞好，大多数持反对意见的官员依然不愿意附和赞同。

最近乔行简和真德秀都是重病缠身，一直待在府里休息养病，没有参加朝会。众人都知道他们二人强烈反对此事，他们不来上朝，出兵一事就是木已成舟，无可挽回了。

这时，忽然有一个官员出班奏道："陛下，出兵之事，牵一发而动全身，不可不慎哪！即便战事顺利，获利也是有限。但付出的代价必定是，蒙古跟我们提早爆发全面战争。臣认为，我们并没有做好这样的准备。所以恳请陛下收回成命。"

众人一看，原来是刚刚返朝的魏了翁。官员们都知道，魏了翁跟真德秀齐名，在朝中德高望重。这次应诏赴任的途中，魏了翁连续向理宗上疏，指明时政弊端，为整顿朝政提出了十项建议，包括恢复二府法规和台谏制度等，洋洋洒洒论述上万，每一项都引用事实，切中时弊。理宗读后，深受启发和震动，随后明发圣旨，予以褒奖。魏了翁刚刚回朝，就被拜作参知政事，现在圣眷正隆。

魏了翁这个重臣站出来反对，皇帝会不会暂停，甚至取消此次入洛行动呢？众人的目光全都投向了理宗和宰相郑清之。

多年来，魏了翁和真德秀二人一直被前宰相史弥远忌惮打压，以梁成大和李知孝为首的"四木三凶"对他们更是围攻陷害。之所以他们能保全至今，甚至还能重新返朝，郑清之从中斡旋保护，可谓功不可没。应该说，郑清之对二人是有恩惠的。但魏了翁为人至公至诚，并没有因为郑清之对自己的恩惠，就昧心改变自己的主张。

郑清之知道他的脾性，所以并不生气，只正色说道："刚才陛下已经宣布了出征决定，还请魏大人不要在朝堂上，再激起一次争辩了。"

"郑相，今天的出兵决定，一定会带来极为严重的后果，现在悬崖勒马，还来得及啊！"

这句话，让郑清之有些恼怒了，便冷冷地回答道："朝堂上的空谈，远远不如前线官兵的苦干、实干！魏大人，请你不要再空发议论了。"

"郑相，我在泸州时，一直在修缮城楼，增造弓箭，训练马步水军。要说真干、实干，本官无愧于心，更无愧于人。也正因为我知道实情，所以才敢直言，我们现在真的没有做好全面大战的准备。"说到这里，他转向理宗说，"陛下，您可知道，朝廷兴兵十万，每日的花费何止千金？中原经历战争已久，百孔千疮，即便占领了河南全境，只怕找一粒粮都很困难。朝廷必须不远千里地送粮过去，才能支撑战局。否则一旦断粮，守军转瞬即溃。但是陛下，以现在朝廷的税入，哪里能供得起这样的消耗呢？"

理宗不答，只看向了群臣。

赵汝谈出班奏道："陛下，魏大人所说句句在理，臣附议。"

郑清之不由得双眉紧锁，正要开口回驳。

余嵘见状，想缓解一下郑清之的尴尬和恼火，便出来劝道："魏大人，办法总是比困难多。我们不打一仗，怎么知道能不能成功呢？不经历实战，怎么能锻炼出几支能打的军队呢？何况出兵中原，战略上还是可取的。"

"战略进取，这是赵范、赵葵二人的主张吧？前天我路过建康府时，刚刚跟赵范谈过，他对我说，已经后悔提出这样的建议了。"

众官员听到这样的说法，不禁大感意外。

理宗问："魏爱卿，他可有奏章让你转呈？"

"启禀陛下，没有。"

理宗便问董宋臣："赵范有奏章到吗？"

董宋臣小心翼翼地回答："回陛下，今早是有一份到了。"

理宗有些恼火："赶紧拿来。"

"是，陛下。"董宋臣慌慌张张地赶紧找奏章去了。

第四十二章　赵范翻悔（二）

不到片刻工夫，董宋臣将赵范的奏章送到了龙案上。理宗飞速看完，见赵范反对出兵的理由几乎跟乔行简和真德秀等人一模一样。他的前后态度不一，近乎迥然不同。这个赵范是不是有点太儿戏了？理宗的脸色变得越发难看，不发一言地将奏章递给董宋臣，吩咐送给郑清之并其他在场参知政事传看。

郑清之看后，递给余嵘，然后说道："陛下，赵范并没有提出任何新的说法，他的顾虑跟刚才魏大人所说基本一致。"接着他转身对众官员说道："各位，收复河南三京故地，难道不是本朝自高宗南迁时起，上下几代人未了的夙愿吗？这件事，绝不能仅以简单的一城一地来计算得失。我在此再次申明，收复三京带来的莫大声望，可以彻底扫清百年以来的颓废之势，进而凝聚民心，振兴人望。各位大人请仔细想想，这是用钱粮能算得清的吗？"

许多官员听罢，不由得频频点头。

魏了翁点头回答："郑大人所说，我全都赞同。但是我们做事，一定要讲求时机。时机不对，好事也很可能办坏。还请陛下和郑大人三思啊！"

这时赵汝谈和余嵘也先后看了赵范的奏章，都在想，正反的道理已经说得很透彻，此时再多言只怕就有反作用了。于是全都不置一词。

理宗便将目光投向了殿中侍御史、吏部侍郎兼给事中洪咨夔。因为洪咨夔向来以就事论事、正直敢言而闻名官场，此刻理宗希望听到他的声音。

洪咨夔见理宗对自己有所期待，便出班奏道："陛下，臣不懂军事，但听刚才郑相和魏相都言之有理，所以臣不敢妄言。"

理宗很是失望，对北进这件事变得犹豫了起来。

洪咨夔却再次奏道："但是陛下，臣认为，不管出兵与否，朝廷只要上下一致，齐心合力，那么任何事情都会有成功的希望。相反，如果做不到这一点，那么任何事情都不能成功。"

理宗听懂了，这是在劝谏自己，有这么多官员对出兵持反对意见，他们中间又存在彼此不和与冲突，他们就不能协调一致，进而相互掣肘，误了大事。这时需要强有力的手段来统一人心，掌控局势！他想起了郑清之讲书时，曾经对自己说过：人主越是在乱局之中，越是要从容行事，要坚持自己确定的大政方略。

于是理宗点头说道："洪爱卿言之有理。朕认为，只要我们君臣上下一心，群策群力，那就没有办不好的事情。北进中原，收复三京，更是这样！如果我们畏首畏尾，只求自保安逸，那么将来就会任何事情都做不好，任何功业都建不成。朕决定了，从今天起，大家要排除一切困难，全力保障收复中原。"接着对董宋臣说，"宣旨。"

董宋臣会意，举起圣旨高声朗诵道："朕膺昊天之眷命，丕承万世之基业，当思奋发有为，率军勠力廓清，洗雪中原之耻，收复龙兴故地，以告慰列祖在天之灵。今任命淮东制置使赵葵，全权指挥收复三京，率淮东主力五万兵马，自宿州、泗州择期北上；江淮制置使赵范，率军前出屯驻光州，以张声势，策应周全；淮西制置使全子才，率淮西兵马万余先期北上，收复开封；杨恢任知襄阳府、京西安抚副使，代史嵩之行京湖制置使之职，自襄阳运送军粮至洛阳、汴梁；张嗣古权知建康府兼江东安抚使，巩固长江天堑，接应汴洛行动；四川制置使赵彦呐，调兵秦州、巩州边界，以牵制关内蒙军。其余众臣当全心一意，各司其职，以助大军早日全胜。"

朝会结束后，理宗让董宋臣将郑清之和魏了翁两人请进了偏殿，吩咐宫女给二位大人设下软座，再去端来几盏贡茶。随后开口问魏了翁："魏大人，刚才你说，我们还没有做好全面准备，可以再说得仔细一些吗？"

"是，陛下。臣的担心就是：我们能打的军队实在太少了。目前看来，就属史嵩之那里的忠顺军，和赵葵的淮东军算得上精锐。但数量实在太少，一旦跟蒙军开战，战局很快就会全线开打。他们的骑兵精锐，机动性远超我军，恐怕我们漫长的防线上，会有很多地方被撕开缺口。陛下，我们必须做好腹地被蒙军突袭的准备。"

郑清之皱眉问道："魏大人，你就这么看不上我们的军队吗？"

魏了翁摇头回答："太平日久，很多地方的军队缺乏训练，城防严重不足。陛下，尤其是各地的军械、火药储备，必须尽快补足啊！"

理宗点头："这件事就交给魏大人了，明天起会同兵部，一起磋商此事，务必年底之前解决此事。"

"臣遵旨。"

理宗又问道："赵范究竟为了什么改变了原先的立场？"

"臣也不甚清楚。臣到了金陵，那日赵大人为我接风洗尘，席间他似乎满腹心事。我就关心地问了问，原来赵善湘大人刚刚跟他深谈过。"

"哦？"理宗顿时有些恼怒。赵善湘只是一个退休致仕的官员，影响力如此之大，以至于能让赵范这样的封疆大吏对重大国策的态度，出现截然相反的改变。这还不足以令自己忌惮吗？他便问道，"知道他们都说了些什么吗？"

魏了翁听出了皇帝的不快，小心地回答道："赵范没说。不过，臣觉得现在赵范大人对于出兵河南一事，理解得非常透彻。"

郑清之抚须笑道："既这样说，有他屯军光州，在后策应赵葵，反而可以无忧了。"

理宗摇了摇头："丞相，朕不喜欢赵范这样的做派。作为主帅，他必须勇于担当，不能瞻前顾后，畏首畏尾。更不能随波逐流，轻易地改变重大决策。"

郑清之赞同说道："陛下所说，完全正确。"

"所以，朕就是要断了他赵范的念想，只有北上这一条路给他们走，他跟赵葵才会破釜沉舟，一心求胜。对了，魏爱卿通晓军事，你说说看，我们出兵中原，军事上到底有几成把握？"

郑、魏二人明白，皇帝其实对赵葵这次出兵河南，究竟还是心里没底，所以倍感压力，尽管表面上他看起来极其镇定。

这就是为人君该有的气度吧，魏了翁暗自点头，回答道："陛下，其实不管是出兵，还是不出兵，只要我们做好了，都是有希望的。"

"哦？爱卿快讲。"

"既然陛下已经决定了要出兵中原，那么朝廷的第一要务就是协调好各方矛盾，让两淮、京湖两路劲旅共同进军，保证军粮供给。拿下三京后，尽快加固城防，早日建成我们的关河防线。一旦成功，就可以大大增加我们的地域纵深。今后即便跟蒙军长期对峙，我们也不会落了下风。"

理宗听了这话，不由得面带喜色。

"其次，即使我们放弃河南，也可以全力巩固川蜀、荆襄、两淮三大防区，建起互相协作的机动防御。做到了这一点，我们不用畏惧北方的骑兵南下。这就是跟昔日金章宗末期一样的局面。所不同的是，金国骑兵换成了蒙古骑兵罢了。"

理宗听了，顿时如释重负。

郑清之笑着说："魏大人真是深谋远虑，这样的话刚才在朝会时就该讲一讲啊。"

魏了翁却摇头道："可是这两条，都不是容易做到的！"

理宗起身来到魏了翁座位旁："爱卿既然能想到，就一定有办法的。"

魏了翁赶紧起身，回答道："用兵之道，关键在于选将。正确的策略，加上选对了人，就一定能取得胜利。"

"赵葵和全子才二人，你觉得他们能行吗？"

这样的问题，魏了翁怎么敢随意回答，只好说道："疑人不用，用人不疑。陛下既然刚才已经在朝会上宣布了他们领军，那就让他们放手去干。现在给他们充分的信任，就是陛下对他们的最大支持！"

"魏大人说得好！"郑清之在一旁拍手叫好。

理宗也很是高兴："从今天起，魏爱卿兼任同签书枢密院事，所有紧急军情，由朕跟爱卿和丞相，再加上余嵘一同决断。"

魏了翁拜谢道："谢陛下信任，老臣愿效股肱之力。"

理宗扶起魏了翁，轻声问："魏师父，这次我们真的行吗？"

这声"师父"叫出来，让魏了翁一下子想起继位前的少年皇帝在宫里读书的场景，至今仍然历历在目。皇帝还是年轻人啊，他的眼神里丝毫不掩饰自己对成功的热切期盼！

这时，魏了翁忽然有了一种慈父般的感觉，儿子需要鼓励，自己怎么忍心打击他的信心呢？于是点头说："陛下，我们行的。"

听了这句肯定的话，理宗刚才心里还有一丝阴霾，现在一扫而空，说道："今年是朕的端平元年，这次北进中原，就叫作'端平入洛'吧！"

此刻君臣三人无比亲热，不由自主地憧憬着即将到来的胜利……

这夜宿州城外，一队骑兵风驰电掣般飞驰到了城门前的吊桥下。因为已经宵禁，城门早已关闭。这队骑兵每人同时点着了火把，一个士兵下了马，拿着自己的火把走到吊桥近前，向城上高喊开门。

城上当值的军官向下看去，借着火光依稀可以看见，为首的将军正是淮东制置使赵葵。这军官不敢怠慢，赶紧派人向赵胜通报。

片刻之后赵胜骑马奔来，命令士兵打开城门，放赵葵的马队进城。

长长的马队鱼贯而入，一路疾驰来到官衙。赵胜随后赶到，跟赵葵的侍卫们一起簇拥着他走进官衙。

第四十三章　端平入洛（一）

　　赵葵径直走向帅位入座，其余诸将也依次落座。赵葵向赵胜发问道："徐州方向有没有什么异常？"

　　"有。探马传回消息，徐州城里可能有一批蒙古骑兵。"

　　赵葵皱起了眉头："消息准确吗？"

　　"还不能完全确定。前几天，徐州王德全军大败国用安，而后将他逼得跳河自尽。这非常可疑，就凭王德全的军力，是做不到这一点的。有传言说，一支蒙古军参与攻击了国用安军队。"

　　赵葵仰头想了一阵说："就算有蒙古骑兵，既然动静不大，应该不会有太多人，不去管他了。"然后对赵胜说，"朝廷已经下令，即日起我们兵出汴梁、洛阳。我先一步赶到这里跟你会合，明天徐敏子和杨义将会带着大部队到达宿州。"

　　赵胜起身请战："大帅，末将愿做先锋，率先攻进汴梁城。"

　　"不，这次你就不要当先锋了。"

　　"大帅，你答应过我的？"

　　"不错，本帅是答应过你。可按照皇上的部署，全子才部从淮西出发，他们距离汴梁更近，更加适合担当先锋。"赵葵见赵胜的神色很是不悦，便说："本帅有一个更加重要的任务给你！"

　　赵胜有点困惑，怎么可能有比当大军前锋更重要的差事？"请大帅吩咐。"

赵葵在桌案上摊开了一张大幅地图，用手指着徐州城北的黄河说："我要你先拿下徐州，然后就带着一支精兵沿着黄河南岸向西搜索，一直到汴梁附近。"

"大帅，这是为什么？"刚问出口，赵胜豁然醒悟，"哦，大帅是不是担心蒙军，或者什么人会扒开黄河大堤，放水淹掉黄淮平原，阻止我军北上？"

赵葵点头："正是，但愿我的担心是多余的。大军一旦出动，社稷安危都系在我们身上，所有最坏的情况，本帅必须预先考虑。"

赵胜叉手领命："末将遵令。"

尽管赵葵认为，自己这队人马到宿州的行程十分机密，却还是被秘密潜伏在宿州城的完颜律发现了。为什么宋廷的淮东制置使，淮东的最高主官，在赵胜之后如此秘密地进入宿州？精明的完颜律立刻判断，宋军即将要有大动作了。于是他连夜潜出城去，飞马奔向汴梁……

此刻萨巴喇嘛莫彬正在跟塔察儿、阿术鲁与张柔商量，如今国用安已死，查剌应该尽快从徐州撤走。塔察儿问莫彬："最近探马不断传来消息，淮东、淮西宋军同时集结，有北上可能。大师不是派人去了宿州吗，有没有传回确切消息？"

莫彬受国相镇海委托，常驻汴梁参赞军机。他摇头说："请将军再等两天，很快就会有消息来了。"

阿术鲁嘿嘿冷笑："只要宋兵敢来，就让他们一个都不能活着回去。"

张柔摇头说："将军不要轻敌，宋军中有能打仗的人。"

"他们比金军如何？全都是手下败将。"

塔察儿正色说道："阿术鲁，宋军中的确有能人。上回攻打蔡州的孟珙，就是一等一的大将。如果这次遇到他，一定得千万小心。"

阿术鲁仍是不屑地摇头。

莫彬笑着说："几位将军，老僧有一个计策，即便孟珙来了，也一定叫他有来无回！"

塔察儿很有兴趣："不知大师有什么办法？"

莫彬攒着念珠，阴沉地说道："水攻。"

阿术鲁性子急躁，不耐烦地问："快说，怎么水攻？"

莫彬微微冷笑："决了黄河大堤，放水淹他们。"

张柔顿时倒吸了一口凉气，立即反对："萨巴大师，河南虽然连年打仗，可是还有上百万老百姓幸存。你掘开黄河大堤淹了田地，不是要断了他们的生路吗？"

莫彬摇头说："这是天意，任何人都没办法。再说了，河南本来就很残破，再淹一次水又算得了什么？倒是南朝江淮一带，一直是产粮重地，放水淹了那里，可以削弱他们的国力，一举两得！"

塔察儿问："可是大水漫出，到处泥泞，他们固然行军受阻，我们不也是一样吗？"

"不，将军，我们以逸待劳，可以预先在半道上阻击，包围歼灭他们。"

阿术鲁哈哈大笑："你们汉人，最擅长法术诈力，这个办法的确很好！"

张柔建议道："决堤放水，兹事体大，我们必须上奏大汗，得到大汗允许后才能行动。"

阿术鲁立即反对："大将在外，如果事事都请奏大汗，那还怎么打仗？这件事我做主了，就这么干。如果事后大汗怪罪，我一人承担。"

塔察儿说："不，怎么能让将军一人担责，我也算一个。"

现在阿术鲁和塔察儿两人都下了决心，张柔见反对无用，只好不再开口。

就在这时，完颜律匆匆地进来了，向几人通报：赵葵已经进了宿州城，宋军即将北进。

塔察儿问："他们如何进兵？将领都有哪些？"

"回将军，这次他们兵分两路，淮西全子才军直接北上汴梁，淮东赵葵军从宿州、徐州出发，一路向西。"

阿术鲁嘿嘿笑道："看到没有，冲着我们来了。"

塔察儿思索了一阵，对阿术鲁和张柔说："现在已经来不及向大汗请示了，就按照萨巴大师的办法干。徐州方面，查剌暂时不撤了，要他把徐州境内的黄河大堤扒开。听说赵葵军最是精锐，就把他困在徐州、宿州，暂时不能动弹。"

阿术鲁立即赞成："我马上就派人去传令。"

塔察儿起身，走到挂着的大幅挂图前，一边指着图，一边吩咐道："徐州往西两百里外，砀山、楚丘和考城段河堤，全都要掘开。最后是我们这里，也要挖开。"

阿术鲁疑惑了："汴梁不要了吗？"

"不要了，我们全都撤到黄河以北，只留崔立和李伯渊守城。不但我们要撤走，洛阳的刘亨安部也只留下小部分汉军，其他的全都撤走。"

阿术鲁反对说："塔察儿，你这又何必？我们难道还怕他们不成？"

塔察儿解释道："我们掘开了黄河大堤，宋军会认为我们怯战。为了强化他们这种错觉，干脆连洛阳和汴梁都暂时放弃。他们不就是要收复'三京'吗？嘿嘿，那就全都送给他们吧。几座空城能有什么用？"

阿术鲁点头问道："我大概明白了，你是不是要围城打援？"

塔察儿竖起拇指说："正是，先把城里的宋军包围了，然后在城外伏击赶来的援兵。我们可获全胜。"

莫彬合掌赞道："有佛祖庇佑，将军此次一定大胜。"

一天之后，徐敏子和杨义率领五万大军到达宿州。当夜，赵胜带着一支人马，乘着夜色的掩护突然袭击了徐州。袭击出奇顺利，守将王德全猝不及防，在自己的官衙里被人活捉，五花大绑地送到赵胜马前。

赵胜用马鞭的鞭梢敲了敲王德全的头盔问："城里的蒙古兵呢？"

王德全摇头推说不知。

赵胜下了马，抽出一把锋利的短刀，将刀刃架在王德全的右耳上："我再问一遍，你要不说，我就割了你一只耳朵；还不说，就割另外一只……"

王德全只觉得右耳一阵剧痛，吓得"扑通"坐在地上，赶紧叩头说："将军饶命。城里本来有两千蒙古骑兵，白天不知怎么回事，也不跟我打一声招呼，突然就走了。"

赵胜看他的模样，不像是在扯谎，便问："他们的头领是谁？"

"头领名字叫查刺，是蒙古元帅阿术鲁的部将。"

"那阿术鲁现在在哪里？"

"这个真不知道。"

"知道查刺往哪里去了？"

"有人能听懂他们的话，好像说要去萧县。"

赵胜立刻打开了地图，快速查看一遍，对部将们说："萧县黄河的河道很窄，堤坝又高。看来这个查刺很有可能是去决堤放水的。"

副将盛恭问："将军，我们只有四千人马，还要分兵守城。要不等大帅的主力过来后再去追查刺？"

"不行，那样就来不及了。"

赵胜随即下令，步军留下驻守城池，所有的骑兵跟他立刻出发，追击查刺。

约半个时辰之后，赵胜带着千余骑兵进入萧县境内。不一会儿探马来报，再往前就是黄河堤坝，果然发现了一大群蒙古士兵。探马担心暴露，没敢过于靠近，但的确听到堤坝下面有嘈杂的马嘶人喊的声音。

赵胜下令，全军不许喧哗，放慢速度悄悄绕行到河堤上游。片刻之后，全军进入一片树林，探马再次哨探，回来报说下游果然有蒙军正在坝上掘堤。赵胜问："人数有多少？"

"目测应该上千骑兵，基本全都下了马，只有少数骑兵警戒。"

"看到查刺了没有？马的位置又在哪里？"

"回将军，没有发现查刺。马全在河堤上面任由吃草。"

于是赵胜下令，分兵一部前去劫马，其余人马都跟他向河堤下冲击。片刻之后，赵胜军发起了攻击。

第四十四章　端平入洛（二）

查剌根本没有料到，此刻会有一支宋军突然出现，顿时被打得手足无措，乱作一团。赵胜带着骑兵横冲直撞，到处乱杀挖堤的蒙古士兵。

查剌在亲兵的护卫下匆匆上马，向西逃走。赵胜见状，带着几百骑兵紧追不舍。查剌见赵胜渐渐追近，猛然回身射出一箭，一名宋兵应声落马。

赵胜常常以自己的箭术自负，现在遇到对手，一下子生出了好胜之心。快马加鞭追了上来，在马背上接连开弓放箭，连续射倒五六名蒙古士兵。

查剌知道今天遇到了对手，也打起精神，两人轮流放箭，却一直没有射中对方。

转眼追击了二十里左右，宋军的马力渐渐不济。只有赵胜等少数精骑一直能够紧紧追上查剌。而查剌的身边还有七八名护卫，于是他停了下来，嘿嘿地盯着赵胜等人冷笑，对一个会说汉话的护卫吩咐了几句。

那护卫点头，对赵胜说："宋将，你的箭术不错，叫什么名字？"

赵胜旁边的士兵用手指着查剌，大声喝道："这是我们赵胜将军。我们大帅早就料到你们会使出下三滥的阴招，我们到这里来就是抓你们的。"

那护卫将话传给了查剌。

查剌听罢，仰头大笑，忽然猛踢战马，举刀冲了上来。随后两边士兵厮杀在一起。

赵胜虽然善射，但格斗并不是他的特长，跟查剌稍一接触，很快落了下风，渐渐地左支右绌，眼见不敌。

这时他身边的士兵逐渐倒下，但查剌还有多名护卫。查剌哈哈大笑，用手指着他，摇了摇头。

赵胜的箭支已经用尽，查剌的护卫们狞笑着，向他围了上来……

此刻，徐州城的南大门外，一队宋兵正在进城，到处刀枪耀眼，旗帜林立。整支大军肃然有序，并无一个士兵喧哗。步兵队列战靴整齐地踏地行走，透出肃杀的气氛。赵葵的重装骑兵居中，开始鱼贯进入徐州城。他一边骑马进城，一边询问迎上来的赵胜部下："赵胜在哪里？"

"赵将军往萧县方向追蒙古兵了。走之前，他说那些人可能要决堤。"

"他带了多少人走？"

"大概一千多骑兵。"

赵葵顿时有些担心，立刻下令杨义带着两千骁骑赶上去支援赵胜。随后问副官赵权："全子才将军到了哪里？"

"据最新探报，全子才将军六天前出发，现在已经到达寿州，准备渡过淮河。"

赵葵很是不满，摇头说道："太慢。以这样的速度，什么时候才能开到汴梁和洛阳？"

"全子才将军所部携带了大量辎重粮车，而且道路不熟，因此走得很慢。"

赵葵下令："大军移动，忌讳迟缓，迟则生变。你去传令，叫他把粮车辎重统统交给后军，他自己亲自带领所有骑兵奔袭汴梁，越快越好！"

"是，大帅。"赵权得令，立刻出发赶往寿州。

赵葵万万没有想到，此刻赵胜正陷入绝境，身上已经多处被创。查剌力大无比，举着马刀越劈越是凶狠。赵胜的刀开始崩口，根本招架不住，眼看就要命丧查剌的刀下。

就在赵胜危急的时刻，忽然一支利箭"嗖"的一声射向查剌的身后。查剌听风辨声，连忙闪过躲开。这时他听到了一阵急促的马蹄声，有两个人手持大宋军中专用的斩马刀冲了过来。

两把斩马刀阔大的刀锋在阳光的映射下，发出令人胆寒的蓝光。这二人呼喝着挺刀杀向查刺。而后面射箭那人接连放箭，一一射倒查刺的剩余护卫。

现在查刺的形势陡然急转直下。他知道大事不妙，暴喝一声举刀上前，跟二人就是一番恶斗。

不料，这二人刀法精熟，而且配合默契，交手只几个回合，查刺已然抵挡不住，接连被大刀划伤。查刺瞪着血红的眼睛，不顾一切地举刀劈向其中一人，要做最后困兽之斗。而另一人的刀刚好杀到，直插进查刺的胸口，查刺顿时倒地气绝。

赵胜这时才辨认出来，刚刚杀了查刺救了自己的人，正是自己的冤家对头，冉璞！另一人就是丁义。

冉璞和丁义也认出了面前的宋将，正是一直以来他们至为痛恨的恶人：赵胜。

三个人在这种场合突然遇到，不由得全都愣住了。

在后面射箭护持冉璞和丁义的那人就是国安平，他上前问赵胜："你是什么人？为什么跟蒙古兵在这里厮斗？"

赵胜醒悟过来，正要走开，又却不过刚才救命之恩，只好上前向三人作揖说道："赵胜感谢三位仗义相助。冉捕头，丁捕头，赵某过去有很多对不住的地方，这里向二位赔罪了！"说完，拜倒在了地上。

丁义冷冷地回道："赵胜，我们赵汝谠大人是不是你害死的？"

赵胜恭恭敬敬地叩了一个头，然后回答："是。不过我不是为自己去杀他，而是为了莫彪大人。他对我有知遇之恩，我不能不为他报仇！"

国安平明白了，眼前这人就是淮东制置使赵葵手下的悍将，害死赵汝谠大人的凶嫌赵胜，于是对冉璞说："冉捕头，要不要抓了他？"

冉璞此生最为痛恨的人就是赵胜，当然要抓他送临安归案。可他为什么会在这里？又怎么会跟蒙古兵厮杀？冉璞便问："赵胜，你怎么会跟蒙古兵在这里厮杀？"

赵胜站起身，将朝廷决定出兵中原的事情仔细讲述了一遍。

冉璞点头问："那你怎么会在这里？"

"大帅担心蒙古军队决堤放水，命令在下沿河搜索过来了。结果撞见蒙古兵正在掘堤，刚才被我们杀散，然后追到了这里。"

冉璞和丁义对视了一眼，看来今天是绝对不能抓捕赵胜了。冉璞便问："你们的大军在哪里？"

"我的马快，他们跟不上，估计在后面就快到了。"

说话间，东面突然传来了一阵急促的马蹄声，一队人马狂飙而至，这是赵胜的部下盛恭带着大部队赶到了。

现在赵胜已经无事，冉璞、丁义和国安平便上了马准备离开。

赵胜上前拉住了冉璞的坐骑的缰绳说道："冉捕头，还请借一步说话。"

冉璞下了马，跟他走到一旁。

赵胜再次对他叉手行礼："冉捕头，不瞒你说，赵某此生没有几个佩服的人，你就是其中一个。可是你知道吗？我恨你，切齿痛恨。当初我们在荆湖南路提刑司，一切顺风顺水，过得逍遥自在。可自从真德秀和你们兄弟两个来了，就一切都变了。我们大人死于非命，我也被逼得到处逃亡，还得人不人鬼不鬼地隐姓埋名。所以我恨你们，恨不得一寸寸碎剐了你们。"

冉璞冷冷地盯了他一眼："看来你仍然死性不改，至今没有悔悟的想法！"

"我错了吗？"赵胜仰头大笑，"活在这种世道，难道不是人不为己，天诛地灭？"

冉璞用手指着他说："如果不是因为你军务在身，今天我一定会抓你！抓你归案！"

这时有赵胜的手下听到了他们的对话，立即拔刀上前："大胆，你们是什么人，竟敢威胁我们赵将军？"

丁义和国用安见状，也亮出了各自兵刃，护在冉璞身前。

赵胜向部下摆了摆手："退下。他们是我的救命恩人。"

然后对冉璞说道："你我结下的仇怨，今生恐怕是化解不了。不过你今天救了我，按说我应该向你谢罪，跟你归案。但是现在不行，我军命在身。这样吧，只要这次兵出中原，赵某能活着回去，一定会跟你到朝廷有司归案，再到赵汝说大人的坟前叩头谢罪。"

丁义冷笑着问："你这种人的话，有几分可信？"

赵胜便撕下自己的一片军袍，咬破了一根手指，把自己射伤赵汝说的经过匆匆写了下来，然后递给冉璞说："冉捕头，你拿了这个，交给朝廷吧。只要我能活着回去，第一件事情就是自请认罪。可是现在我绝对不能跟你走。"然后他裹了裹手指上的伤口，一跃上马，对自己的部下大声喊道："各位，前面就是砀山，我们到那里安营去。休息一夜，明天继续向西开拔。"说完，冲三人叉手施了一个礼，带着人马疾驰离去。

冉璞和丁义目送赵胜人马远去，消失在了远方。丁义忽然叹道："赵胜这厮虽然曾经走了邪路，倒也是个汉子。"

冉璞默然沉思一阵说："不管怎样，赵汝说大人的沉冤终于可以洗雪了！"

国安平问冉璞道："现在徐州有军厮杀，宿州那里不知道情形如何。你们二位看，是走宿州回去还是绕过去呢？"

原来，国安平领着冉璞、丁义去了万仙山，取出了原金国秘密保存的所有军械，之后专挑小道迂回辗转在萧县渡过黄河，正准备回安丰去，路上碰见一些蒙古士兵正在行凶，要杀一员宋将。于是他们出手相救，却没想到救下的人竟然是赵胜。

冉璞忽然隐隐感觉到，在宿州很可能有大事发生，便回答道："我们还是按照你兄长的交代，绕道去安丰，先把这批东西安全交给杜杲将军吧。"

丁义见国安平有些忧心的模样，便笑着安慰："安平兄弟且放宽心，你兄长精明过人，又有上万兵马，会有什么事？谁能对他怎样？"

国安平听他说得似乎有点道理，才稍觉心安一些。随后三人率领随从，押解着军械赶往安丰。

第四十五章 决堤放水（一）

冉璞和丁义等众人正押解着军械赶往安丰，不料，半道上不知哪里冒出来一股溃兵。这些士兵站在路边，看着他们的车辆经过。忽然，有几人看到了国安平，顿时喜形于色，大叫大嚷地扑了上来向他哭诉了起来。

原来这些人都是国用安手下的亲兵。国用安被逼投水自尽后，他们无处可去，就在这一带的山里到处乱转，正商量着找个山头落草，不想却遇见国安平从这里路过。

当国安平听说兄长已经被逼自尽时，震惊之下拜倒在地，放声恸哭。这几个兵上前一边劝解，一边哭诉说，是蒙古大将查剌带人追杀国用安的。

国安平这才得到一丝安慰，刚刚杀了查剌，竟然是为兄长报了大仇！可他们随后又告诉他，刘安国背主投敌，向赵胜献出了宿州城，这才导致国用安无处投身，被追杀得无处可逃这才自尽了。

国安平顿时勃然大怒，瞪着哭红的双眼，对过来安慰他的冉璞跟丁义说："刚才真是不该救了赵胜那厮，想不到他竟然是害死我兄长的凶手！"

一旁有人说："不，将军，赵胜不过是赵葵的爪牙罢了。真正逼死大帅的人是赵葵和王德全。"

国安平捏紧了拳头，狠狠地砸在身边一棵大树上。

冉璞和丁义本想安慰国安平，可现在竟然不知如何解劝了。难道国安平要向宋廷的淮东最高长官赵葵寻仇吗？那样的话，国安平就是跟整个大宋朝廷为敌了！

国安平正在沉默的时候，国用安的一个亲兵对他说："国将军，大帅最后留有遗言，要我们转告你：不要为他报仇。"

国安平愣住了，问道："这是什么意思？"

那亲兵哽咽着回答："这是大帅的原话。他还说世道再乱，我们也得好好活下去。"

国安平悲上心头，再次恸哭。

丁义上前说："安平兄弟，你兄长说得非常对，这个世道越是混账，我们就越得好好地活着！"

冉璞也劝道："国大帅虽然没了，但所有明尊弟子都是你的兄弟。我的兄长冉琎，就是你的大哥；我跟丁义，当然更是你的兄弟！"

国安平对智慧尊使冉琎非常崇敬，加之这一段时间来，跟冉璞相处非常融洽，彼此信任，听到他的话，顿时得到了无比慰藉，对二人拱手说道："多谢冉捕头和丁捕头。这件事该怎么了结，我心里有数，二位请放心。"然后对几个亲兵说："你们以后就跟着我了。现在第一要做的事，就是找到大帅的遗骨厚葬。可我现在必须到安丰去，这件事就先拜托你们几位了。之后我也会带人去找，到时我们碰齐，一起为大帅发丧。"

几个亲兵叉手领命，国安平继续对他们交代了一番，几个人不住地点头答应。

丁义对冉璞说："看来，他们有可能向刘安国寻仇？"

冉璞不置可否。

国安平跟那几个士兵分手后，同冉璞、丁义一道押运着车辆继续向安丰开拔。两天后众人总算顺利地进入安丰，将所有军械交接给了杜杲的副将杜充。

杜杲得知此事后，大喜过望，亲自设宴款待三人。席间，杜杲谈起了发生在宿州的事情。国安平的脸色顿时阴郁了起来。

冉璞见到了，便向杜杲敬酒，两人饮罢，他就将国安平的情形讲述了一下："杜将军，这次十万军械能全数交给朝廷，国安平的功劳最大，还望杜将军能向朝廷尽早奏报。"

杜杲当即应允："为国将军报功，我当然义不容辞。"随后转头问国安平："国将军，你是想去宿州，还是哪里呢？"

国安平摇头："实话说，到现在我还没有想定。"

杜杲便走到国安平跟前，诚恳地说道："如果阁下不嫌弃，就留在我这安丰城如何？本帅诚心邀请将军加入我们。"说完，深深地作了一揖。

国安平没有想到杜杲会主动邀请自己，而且如此谦恭地向自己行礼，他一时愣住了，然后赶紧起身，忙不迭地向杜杲还礼，说道："在下何德何能，竟能让杜将军如此相邀。末将愿意在大帅帐下效力！"

杜杲非常高兴，大声说好，拿起酒斛给国安平斟满，然后向他敬酒，说道："我早就听闻，宿州的国安平将军仁侠仗义，今天能得到将军的加入，实在是我军一大幸事。今后，国将军跟杜充一样，都是我的副将。"

国安平见他如此器重自己，感动不已，连连称谢。

一旁的冉璞和丁义都为国安平感到高兴。丁义忽然心中一动，跟冉璞耳语交谈了几句后，冉璞点了点头。丁义便起身走到杜杲和国安平身旁说："杜将军，丁某不才，也愿意投在将军麾下效力，不知将军是否愿意接纳？"

杜杲更是高兴，一把拉住了丁义的手，另一只手拉住国安平，大声笑道："今天是一个什么好日子？竟然双喜临门，一下了得到两位大将加盟！好，太好了！"然后对冉璞说，"不知杜某是不是有些奢望了，如果冉捕头能一起加入，那便是三喜临门，从此我们都是一家人了！"

冉璞起身拱手回答："杜将军相邀，这是冉某的荣幸。只是在下还有几件要事需要办理，明天就得回临安一趟。今后有缘，冉某一定会再到大帅这里来。"

杜杲见他说得认真，知道不是在搪塞自己，便点头说："我这帅府的大门，对冉捕头永远敞开。任何时候你要来，杜某都随时恭候！"

到此时，酒宴的气氛格外的亲切。国安平心里一直以来的阴霾，也一扫而空。冉璞暗暗点头，看来丁义和国安平应该是找到最适合自己的去处了……

第二天清早，冉璞跟众人告别，怀里揣着赵胜的认罪供状，飞马向临安疾驰而去。

再说赵胜带着部下，沿黄河河道一路向西，在砀山境内遭遇到了大队蒙古士兵。这些蒙古兵因为一心忙着挖掘堤坝，根本没有防备此时会有宋军杀来，所以被赵胜军杀得措手不及，大败亏输。但是蒙古军的战力远远超出了赵胜的估计，几番厮杀后虽然打跑了蒙古兵，但自己也损失大半。

赵胜清点了剩余人马，竟然连一千都不到。兵太少了，现在应该撤军了吗？赵胜一边想着，一边问副官盛恭道："派出去的探马回来了没有？"

"暂时还没有。不过将军，我们出发前随身携带的干粮已经基本吃完，是不是应该回去补给一下了？"

赵胜正要点头同意，远处一骑快马飞奔过来，是派出的探马回来了。

这人飞身下马向赵胜报告："报将军，虞城那里又发现了蒙古兵，大概一千人左右，全都在河堤上挖掘，看进度再有半天，堤坝就要决口了。"

赵胜吩咐盛恭："拿图过来。"

盛恭从背囊里掏出地图，打开后指着虞城说："将军，这里距离原南京应天府已经非常近了。末将觉得，那里应该不止一千兵力。"

赵胜为难了。他知道盛恭说得有理，这一去极有可能遇到伏兵。但蒙古人真的扒开了河堤后，黄河大水倾泻而出，淮东大军北上的行军道路，将会很快被洪水淹没，大军主力将陷入进退两难的窘境！

赵胜摇头说："不行，我们得去。"

盛恭坚决反对："将军，就我们现在这些人，真要去的话就是白白送死，毫无用处！您一定要下令的话，请恕末将绝不奉陪。"

赵胜立即拔出了刀，大声喝道："你这是要违抗本将命令吗？"听到主将发怒，赵胜身后的护卫也都拔出了腰刀。

而盛恭的手下也纷纷拔出刀来，护在他的左右。一时间，两边剑拔弩张，眼看就要内讧起来。

赵胜见状仰头大笑："怎么了这都是？还没见到蒙古兵，自己人先杀起来了？"

盛恭吩咐自己手下收起了刀，叉手向赵胜说："赵将军，末将斗胆劝您不要去。不但您必须回去，大帅也必须赶紧撤兵。"

赵胜怒极反笑："哦，你还要做大帅的主？"

"不，将军，末将是觉察出危险来了。原先各路探马都说，蒙古军主力已经撤到黄河以北。不错，我们的确没有看到大股蒙军，但我们这两天沿黄河河道向西，看到的种种情状全都透露着诡异。将军，这些蒙古士兵毁堤放水，绝不是丧心病狂的抵抗。末将觉得，他们有重大的阴谋！"

赵胜忽然醒悟了，默然思考了片刻，对盛恭说："你说得很有道理。这样吧，你现在就带着你的人火速返回徐州，向大帅报警，这次北进河南的行动必须赶紧撤销。"

"是，将军。"盛恭犹豫了一下问道，"将军，您真要去虞城吗？"

赵胜点了点头，坚决地回答："大帅交给本将的任务，还没有完成；虞城，我非去不可。"

盛恭叉手施礼问道："将军，您明知前面万分危险，而且很可能于事无补，可您还是决意前往，这究竟为了什么？"

这时赵胜的表情异常平静，只轻叹一声回答说："盛恭，我跟你们都不一样。我以前欠下的债太多了，现在我要把一辈子欠下的全都还清！"

"将军这话是什么意思？末将不明白。"

赵胜的神情有些落寞："赵汝说大人，就是我射伤的。"

盛恭大吃了一惊："这——你们有仇是吗？"

赵胜点头："还有刚刚救了我的冉捕头，他们都是我的仇家。"

"将军，我不知道你们有什么过节，也不想知道。但是过去的事情已经结束了，将军您没必要为此挂怀，甚至——"

　　赵胜摆了摆手："我意已决，绝不会更改。盛将军，劝说大帅退兵是比天都大的事情，你一定要竭尽全力。"

　　"将军放心，末将一定尽力。"

　　赵胜点头，对他说："好了，你走吧。"然后骑上马，在士兵队列前驰骋了一圈，大声喊道："各位同袍，前面有一队蒙古兵正在掘堤。他们想要淹掉我们的家园。你们说，我们要不要去打跑他们？"

　　很多士兵也上了马，齐声回答："愿意跟随将军。"

　　赵胜拔出了刀，指着西边大喊："好！是好男儿，就跟我一起去打他们！"说完，狠狠踢了一下马，很多士兵陆续上马，跟着赵胜向虞城方向飞奔而去。

第四十六章　决堤放水（二）

　　盛恭猜测得一点也不错。从归德府撤出的少量蒙古军队，还有一大批汉军在史天泽带领下，集结在虞城黄河南岸，等待过河。现在他们大部已经过河，史天泽按照塔察儿的部署，下令军士开始掘堤。

　　然而大批的汉军军士全都是河南出身，他们怎么肯让自己的家乡被洪水淹没？于是不约而同地开始自发违抗军令。

　　史天泽又气又急，下令将这批军士调走，换蒙古士兵上坝决堤。但他们人数有限，因而挖堤进度十分缓慢。

　　此刻夕阳斜下，天色逐渐变暗，再不掘开堤坝就来不及离开了。史天泽焦急之下，强令这批士兵再次上堤。可汉军士兵仍然不愿执行军令，军官也喝令不住。史天泽恼羞成怒，下令自己的亲军全都张弓搭箭，并传令全军，"胆敢不听号令的，杀无赦！"这些汉军士兵在史天泽的胁迫之下，万般无奈，陆续拿起锹镐开始挖堤。

　　就在这时，突然传来一阵疾速的马蹄声音。史天泽急忙登高察看，惊讶地发现，居然是一支宋军骑兵杀了过来。说话间，两军已经在大坝上开始交手。被胁迫的汉军士兵借机一哄而散，只有那些蒙古士兵在军官的指挥下，开始顽强地抵抗。

　　史天泽看到一员宋将骑在马上张弓射箭，每射出一箭，就有一名蒙古士兵应声落马。他不禁暗暗称奇，想不到宋军来得如此迅速，并且宋军中居然有这样的人物。

这人正是孤军深入的赵胜。

史天泽正要带着部下上前围攻，远处突然传来了一阵号角声音，一支精锐蒙古骑兵从河堤外的小树林里杀向了大坝。史天泽点了点头，这是阿术鲁的骑兵杀出来了。坝上的宋军数量不多，看来阿术鲁足以应付，就不需要自己上阵了。于是史天泽勒着马，放下了手里的军旗，吩咐手下："全军暂不要动，先观战好了。"

说话间，这支宋军已经跟阿术鲁军交上了手。只见赵胜箭不虚发，阿术鲁的部下接连中箭落马。后面的蒙古士兵见状，也纷纷向这人射出箭去。一时间，双方箭如雨飞。

阿术鲁在后军看得清楚，失声叫道："这人原来是个哲别啊！"于是下令自己军中所有擅长射箭的士兵，全部上前参与对射。

赵胜的身边有护卫举着盾牌替他遮挡来箭，可是随着他们不断地中箭倒下，宋军士兵也越来越稀疏。

此时赵胜已经身中数箭。他射出了最后一支箭，将一名蒙军百户射倒，然后扔掉手里的弓，抽出了长刀。他抬头看了看血色夕阳的余晖，张嘴笑了，用手指了指逼上来的蒙军士兵，摇了摇头，随后突然大喝一声，舞刀冲进了敌军阵中。赵胜接连砍杀了多名蒙军士兵后，终于身中数枪，挣扎着倒在地上，抽搐了几下后气绝身亡。

史天泽看到这里，不禁对这名宋军将领生出敬佩之意，对身旁副官说："这人真是个好汉。不知道南军还有多少这样的将领，不得不让人敬畏啊！"

副官附和道："都说南朝军队孱弱，不堪一击，所以金军一直看不起他们。今天看来，当真不能轻视他们。"

史天泽叹了一口气："只可惜他们的对手是天下无敌的蒙古军队，时也，运也，命也！"随即下令手下的士卒，上堤一起挖掘。

当夜，黄河之水浊浪滔天，从被掘开的南岸咆哮着奔涌出来，仗着风势犹如排山倒海，汹汹不止地猛泻到中原大地上。

第二天，各处黄河关键堤坝都被蒙古兵掘开了，决堤喷出的黄河水，自太行山东麓奔涌到江淮平原，形成了一个巨大的扇区。河南各处官道全被冲垮，从寿州到汴梁一路，水深甚至能漫到士兵的颈部。因而两支宋军向汴梁进军的进程变得极其艰辛、缓慢。

此刻临安的皇城里，理宗和宰辅们正度日如年，每一刻都在焦灼地等待前军的消息。

郑清之这些天来，每夜都住在枢密院，等待随时到达的军情急报，以向理宗汇报最新战况。可是这夜，郑清之先得到了加急军报：黄河被蒙军决堤了！然后又收到御医的报告：真德秀大人病情加重。

该不该把这两件事情禀告皇上？郑清之犹豫了，皇帝最近真可谓是宵旰忘食，时时刻刻地盼望着前军取得大胜。郑清之心里一阵烦乱，决定先亲自去一趟孤山延祥观，探望一下真德秀。

六月的临安夏夜，经过一天的闷热后，此刻正是凉爽舒适之时。

孤山的夜晚，更是分外静谧。西湖近岸种满了莲花，四下里荷香扑鼻而来。然而延祥观里，却满是煎药的气味。这里的主人真德秀，已经重病数月，卧床不起。

戌时左右，延祥观外来了一顶官轿，还有一人骑马在前引路。

这人正是冉璞。他从安丰回来，直接去了赵汝谈的府邸。赵汝谈看过赵胜的血书供状后，不禁既悲又喜。悲的是，自己的兄弟赵汝说当真为奸人所害；而喜的是，如今凶手终于供认罪行，赵汝说屈死的案情终于可以真相大白。那么，是不是要将凶手赵胜明发公文，缉拿归案呢？

尽管赵汝谈非常希望这么做，但他身处中枢，一举一动都会在朝局造成一定影响。该如何妥善处理这份供状？他便带着冉璞，一起来找真德秀商量此事了。

当躺在卧榻上的真德秀看到冉璞来了，顿时惊喜万分，强撑着要坐起来。冉璞赶紧上前，扶住了他，看到他如此病重，不禁伤感地说道："我回来了，大人，您的病怎样了现在？"

真德秀摆手说："我的病不妨事，不妨事的。快告诉我，你这次去到底发生了什么？完颜赛不的阴谋，究竟是怎么回事？"

见真德秀如此急切，赵汝谈接过了侍女送进来的药碗，微笑着说道："真大人，你先把药喝了，下面有好消息告诉你。"

听到有好消息，真德秀觉得眼前一亮，不由得精神大振。赵汝谈亲手将药碗端到了榻前，轻轻递到真德秀跟前。真德秀跟赵汝谈相知相交，两人相处犹如手足一般。他略有轻颤的双手接过了药碗，一饮而尽，然后送还给赵汝谈，用期待的眼神看着他们。

冉璞便将自己跟丁义到宿州、嵩山太室祠以及万仙山这几趟行程详细讲述了一遍。

真德秀听到了真相后，不由得喟然长叹："朝廷被完颜赛不欺骗暂且不说，贾似道凭借几箱古画就轻松过关，可朝廷损失的兵马、海船，向谁追讨？这次你和丁义明明为朝廷立下了汗马功劳，可恨他们竟然要把责任全数推给你跟丁义两个。"

冉璞微微一笑道："大人，跟贾似道那种人，何必计较。至于功劳，我跟丁义都没有想去邀功。"

赵汝谈摇头："你们这是大度，但是朝廷用人的最大要义，就在于赏功罚过。况且，如果这次不让皇上知道事情的真相，今后就难免会被贾似道这种人继续欺骗下去。"

冉璞苦笑着回答："两位大人，以皇上的睿智，郑相的老成，难道听不出贾似道的话里大有水分吗？他们只是不想追究罢了。"

赵如谈长叹一声："是啊，皇上和郑相都对贾似道的奏章不置可否。应该就是你说的缘故吧。"

这时冉璞掏出了赵胜的供词，双手举起，郑重地送到真德秀面前："真大人，赵汝说大人的案子，属下终于查实了。"

真德秀接过供状，既惊又疑，问道："这是怎么回事？"

冉璞便将自己一行人从万仙山回来，碰巧遇到并救起赵胜的经过详细告诉了真德秀。

这番话让真德秀只听得惊心动魄。他竭力回忆着自潭州起对赵胜这个人的印象，摇头说："真是没有想到，昔日的通缉要犯，荆湖南路提刑司赵奎，在面对敌军时竟会如此英勇！"

然后问赵汝谈："赵大人，依你看，我们应该怎么处置这个赵胜才好？"

第四十七章　汪氏降蒙（一）

赵汝谈思索了一阵，回答道："功是功，过是过。我的建议是：赵胜的功不能抵其过，但我们也不该因其过而废其功。等他回来后，就让刑部和大理寺公正地审判他吧。真大人以为如何？"

真德秀点头说："赵大人，我也是这么想的。"

"那我明天上朝时，就要向皇上当众呈交这份供词了。真大人你觉得如何？"

"应该的。赵大人，我也会单独上奏皇上，支持你的意见。"

"那好，多谢真大人了。"赵汝谈此来的目的，就是要争取真德秀的支持。赵胜的背后是赵葵、赵范，揭出赵胜的恶行，无疑会坐实二人徇私袒护赵胜的枉法行为。而他们二人当然牵扯着当朝宰相郑清之。现在有了真德秀的支持，自己将不会是孤立的。其余参知政事中，魏了翁一定也会支持这样的处理。此外，乔行简跟郑清之不睦，一定不会帮赵葵说话。因此即使郑清之再反对，这次他也没法偏袒赵胜了。

胞弟赵汝说被害的冤情终于可以昭雪了，赵汝谈心情大好，跟真德秀轻松交谈一阵，正准备告辞时，一个差事急匆匆进来报说："大人，郑相来探望您了。"

真德秀跟赵汝谈对视一眼，宰相深夜来探，难道是有什么急事吗？真德秀吩咐差事，"快把郑相请进来。"

冉璞知趣，立即回避了出去。

郑清之刚进来，就看到赵汝谈也在这里，便拱手说："履常，你也来看望真大人了。"

赵汝谈起身迎过来，回礼道："郑相，我也刚来不久。"

郑清之走到真德秀病榻前，关切地问："真大人，我刚听御医讲了你的病情，不要担心，你只要按御医的嘱咐按时服药，一切都会好起来。"

"多谢郑相关心。我知道自己的病，怕是一时好不了的。郑相，你们几位一直担着国事，多有辛苦了！"

"替皇上分忧，为社稷操劳，我们坐在宰辅的位置上，辛苦点都是应该的。"

"郑相今晚过来，是不是还有什么事情？"

郑清之见真德秀虽在病重之时，仍然心细如发，不由得暗暗点头："真大人，你就安心在府里养病吧，皇上也是这个意思。不过他让我留意着，物色一个合适的——"

真德秀见他欲言又止，便明白了他的意思，回答道："皇上考虑得很对，老臣恐怕一时不能再上朝了，总是占着宰辅的位置，不合适。"

"不，不，皇上从没有这么说。这只是我个人的想法，今天来主要是看望一下真大人，顺便跟你商量一下，正好履常也在，就请你们提议一个合适的人选，暂时接替真大人一下。"

赵汝谈连连摆手："这件事你们谈，你们定。"

真德秀在朝中素来以不结党闻名，他哪里肯主动提议宰辅的人选，便问道："郑相有了人选是吗？"

郑清之回答："真大人觉得郑性之和李宗勉两个，哪一个更合适？"

这二人都在担任签书枢密院事，是参知政事的正常候补人选。郑清之这样提议，也显示他并没有私心。

真德秀点头说道："他们都是不错的人选，就请皇上裁夺吧。"

"那好，就这么定了。真大人你安心将息，一旦好转，还请立即回朝参与理事。大家可都盼着您哪！"

"多谢郑相。对了，还请您稍候一下，有一件事情，我正要征求郑相的意见。"

"哦，真大人请讲。"

真德秀便吩咐差事将冉璞叫了进来，对郑清之说："这位是我的部下冉璞，他刚刚从北边回来，带回了一件东西。请郑相过目一下可好？"

"哦？是什么东西？"

冉璞便将赵胜的供词呈给郑清之，然后将一行人从万仙山运送军械返回路上救了赵胜的过程，详细讲述了一遍。

郑清之一边听着冉璞的叙述，一边仔细读着赵胜的供状，之后长叹了一声，低头不语。他明白了，赵汝谈今晚到延祥观来的目的是什么。

真德秀疲惫地问："郑相可是有什么为难之处？"

这话似乎惊醒了郑清之，他立即摇头，然后再次长长地叹了一口气，对赵汝谈说："履常，我对不住蹈中！朝廷对蹈中的确亏欠太多了。我向你们赔罪了！"然后起身，对赵汝谈深深地作了一揖。

赵汝谈将郑清之扶起："郑相，蹈中是我的胞弟。按朝廷律令，这个案子我理应回避。不过，我身为宰辅之一，应该表明我的态度。郑相，无论何人都必须知法、守法，越是高级的官员，就越是应该做出表率才行。"

这句话明显是冲着赵葵去了。看来，赵汝谈已经认定，赵葵甚至赵范，一直都在包庇凶犯赵胜。郑清之点头回答："履常，我完全赞同你说的这些话。可是——"

真德秀和赵汝谈见他再一次欲言又止，不约而同地都认为，郑清之还想为赵葵开脱。

真德秀便问："郑相有什么看法，还请明言。"

"来之前，我刚刚接到兵部的急报，上面提到：淮东军统领赵胜，已经在虞城战死了……"

这个消息一下子让所有的人愣住了。赵汝谈喃喃自语："怎么会这样？"

而冉璞猛然想起那日赵胜出现在萧县，是为了阻止蒙军决堤，现在他战死在虞城，难道……"郑大人，虞城那里的黄河堤坝，是不是被蒙军挖开了？"

郑清之沉重地点了点头："是的，现在中原洪水肆虐，百姓死伤惨重！干出这样的事情，他们一定会遭天谴的！"

赵汝谈忧心忡忡地问："郑相，我们的军队现在在哪里？"

"他们还好，目前并没有很大损失。只是黄河水淹过的地方，行军道路泥泞不堪，大军行动非常困难。我现在更担心的是，淮东的军粮可能运不上去了。"

如果军粮运不上去，就意味着这次北上中原必将失败，众人都明白其中的厉害。

这时真德秀气喘地问："黄河水只会淹黄淮平原，从襄阳北上，应该不受影响。"

郑清之无奈地摇头："是啊，我们早就发函史嵩之那里，要求他派军配合运粮北上。可他那里就是没有任何动静。"

赵汝谈问："不是已经调杨恢过去了吗？"

"他还在赴任的路上。不过我担心就算杨恢到任了，一时也指望不上。"

襄阳的军政官员，全都是十年来史嵩之一手任用提拔的。杨恢到任后，很多事情肯定会一时接不上手。几位宰辅身处官场几十年，对此当然是心知肚明。

真德秀焦急地说："既然朝廷已经决定出兵了，即使史嵩之个人再反对，也应该顾全大局才是。"

赵汝谈提议道："要不，我们几位中枢宰辅联名写信向他施压，如何？"

郑清之赞成说："可以，我现在就起草一封书信，我们三位先签了名，明早再请乔大人、魏大人和余大人他们一并签名后，派人快马送到襄阳去。"

真德秀指着冉璞说："郑相，就让他去送信吧。他的兄长冉琎正在史大人那里，他们可以跟孟珙将军一道劝说史大人回心转意。"

"这样的话更好了。"郑清之走到真德秀的书案前，提笔一挥而就，然后署上自己的名字。赵汝谈随后签了名，再扶起真德秀，真德秀颤颤巍巍地也签了名字。

郑清之走了之后，真德秀问赵汝谈："履常，如今赵胜已死，这个案子该如何了结呢？"

赵汝谈默然不答，沉思了许久之后说："还是那句话：功是功，过是过。他的供状我会交给刑部。虽然他曾经干尽坏事，可终究还是有了悔悟之心，而且最后为国捐躯了。相信刑部和大理寺对他会给出一个公正的裁决。"

这时，真德秀想起了在潭州发生的盐案，跟赵汝谠一起查处荆湖南路提刑司的那些场景，至今历历在目。他忽然鼻子一酸，差点就要老泪纵横，不禁喃喃自语："潭州的案子，赵汝谠大人被害的案子，现在终于可以了结了。赵大人，你可以安息了！"

冉璞拿出了一份抄录的赵胜供词说道："二位大人，我想为赵汝谠大人焚香祭拜，再将这份抄录的赵胜供词一并焚掉，告慰他的在天之灵！"

真德秀和赵汝谈都表示同意。

随后冉璞带人在延祥观的竹林旁摆开了香案，将香炉、果品等一应物事准备停当。真德秀在赵如谈的搀扶下，颤巍巍地走到香案旁。冉璞将两炷香点燃，分别呈给二位大人。

赵汝谈双手执香，举至头顶，拜了三拜，插在香炉上。然后扶着真德秀，把他手里的香也插到香炉上。之后两人追思起昔日同赵汝谠相处的一幕幕，不由得都是眼含热泪。

冉璞也上了香，将抄录的供词焚烧已毕，轻声念道："虚负凌云万丈才，一生襟抱未曾开。鸟啼花落人何在，竹死桐枯凤不来。"

祭拜完成后，真德秀一直沉思无语，过了一会儿郑重地对冉璞说："你跟你兄长冉琎，将来的路还很长。朝廷今后危机日甚，更需要你们这样有实干之才的人。因此，你们绝不会'一生襟抱未曾开'。"

这是真德秀在勉励自己，冉璞拱手谢道："多谢大人。"

第四十八章　汪氏降蒙（二）

第二天上午，郑清之派差事将各位参知政事签过名的信函送到真德秀府邸。

冉璞准备停当，向真德秀辞行。

真德秀挽着他的手，送到延祥观外，嘱咐道："你此去襄阳，不管事情能否办成，都跟你兄长尽快赶回临安来吧。"

"大人，是不是有差事需要我们去办？"

真德秀摇头，忽然眼眶一红说道："唉，也不知老夫的身体能否再熬过这几个月。总想着闭眼之前，再见一次你的兄长。"

冉璞听罢，忽然也觉得非常伤感："大人千万不可再说这样的话，您福德深厚，一定会有高寿的。您放心，我们一定会尽快返回。大人保重！"说完，他向真德秀深深地作了一揖，上马辞别离去。

再说冉琎半月之前接受史嵩之的委托，再次北上蒙古。他取道利州，想要设法再去见一下汪世显，却因为蒙古大军围攻巩昌，封闭了所有边境，所以不得不返回宋境。冉琎带着彭渊、张钰随即赶往武休关去见曹友闻。但他已经率领大军前出仙人关。几人再次动身赶到仙人关，终于见到了曹友闻。

冉琎向曹友闻提出请求，要他出兵将汪世显接应出来。曹友闻摇头说："冉先生，这件事还需要您提醒我吗？我已经几次三番向制置使大人请求出兵了，可他每回都是拒绝。"

"赵彦呐大人在哪里？"

"他现在正率军驻扎沔州。"

"那我现在就去见他。"

"这样也好，我陪先生一同去吧。"

约半天工夫，众人骑马飞奔到了沔州城。州衙差事向赵彦呐通报冉琎和曹友闻求见，他抚须想了片刻，吩咐主簿："你去打发他们离开，就说我外出视察了。"

主簿不解地问："大人，如果曹将军有紧急军情，您回避他的话，会不会误事？"

赵彦呐摇头："哪里会有什么紧急军情？他们来找我，肯定是为汪世显说情来了。"

"大人，汪世显来降不是一件美事吗？您为什么要这么犹豫？"

"美事？你想得太简单了！今后汪世显的事情，就不要再提了。"

"大人，您究竟有什么顾虑，还请明示在下。"

"你觉得国用安跟汪世显比，谁更值钱些？"

主簿想了想回道："要说实力的话，当然是汪世显强些，也就更值钱。可国用安的名头更大，占据的地盘也更重要，似乎他跟朝廷的关系也更密切。"

赵彦呐点了点头："你说得不错。其实国用安、汪世显这样的地方军头，在朝廷眼里就是一个个投机的奸商，朝廷不可能信任他们。那国用安竟然跟蒙古暗地里勾勾连连，所以赵葵从淮东出兵中原，第一件事就是除掉国用安。他为什么要这么做？"

"大人的意思是？"

"当然是为了防患于未然。如果赵葵大军在汴梁、洛阳苦战，国用安突然反水背叛，赵葵岂不要腹背受敌？对汪世显，朝廷的顾虑也是一样的。既然如此，我们多一事不如少一事，何必为他汪世显强行出头呢？"

"这——"主簿觉得作为川蜀主官，赵彦呐说出这样不肯担责的话，气量与格局未免都有些小。但他也不愿为汪世显说话，就点头回答道："属下明白了，我这就让他们走。"

主簿随即到了衙门外，极其诚恳地告诉冉琎跟曹友闻："二位，很不凑巧，我们大人刚好出去视察了。请你们过几天再来吧。"

但曹友闻清楚地知道，赵彦呐就在府里，便掏出一锭银子塞在主簿手里："还请主簿大人通融一下，我们的确有天大的事情。"

主簿苦笑着将银子递回："曹将军，我知道你们是为了公事。可大人真的不在，您难为我这个当差的，确实没有什么用啊，过几天再来吧。"说完丢下两人自行走开了。

曹友闻无法，只好摇着头说："冉先生，赵大人此刻肯定在衙门里。他知道我们来的目的，却故意不见，只因为他不愿出手援助汪将军。没有四川制置使的批准，我是不能擅自出兵的。你看现在如何才好？"

冉琎长叹了一声："他们怎么就容不下一个汪世显呢？"

曹友闻知道冉琎说的其实是朝廷，见他如此失望，便劝道："冉先生，现在只有一个人，能让赵大人改变主意。"

"哦，你说的是谁？"

"史嵩之大人。"

"只怕再等几天，汪世显就顶不住了。"

"可您待在这里，不也是于事无补吗？"

冉琎想了一下，觉得这话有道理，于是跟曹友闻拱手辞别，紧急赶往襄阳来寻史嵩之。

而此刻巩昌城外，突然有一个蒙古千户单人独马来到城门之下，向城上摆手喊话，要求进城会见主将汪世显。

小校将消息传进去后，汪世显冷笑几声，对儿子汪忠臣和汪德臣说："说客来了。"

长子汪忠臣早已有了降蒙的心思，只是父亲绝不松口，因此一直不敢表露出来。如今蒙军总算派人来了，这当然是一个契机，于是劝道："父亲，儿子一直有个问题想问。"

"你说。"

"我们在这里拼死守城，究竟为了什么？是为大金国守节吗？"

汪世显白了儿子一眼："是又怎样？你不愿意？"

"是的，儿子不愿意！"

汪世显哼了一声："郭斌都能做到，我汪世显岂能让世人耻笑？"

"不，儿子认为像郭斌那样行事，并不值得钦佩。"

"哦，那投降就值得钦佩了？"

"父亲，儿子以为，大丈夫活在世上，并不是为了让别人钦佩而活着。"

"那是为了什么？"

"是为了阖家幸福，族人平安。当然，如果能建功立业的话，那会更好。"

汪世显抚须不语。

汪忠臣继续劝道："大金国已经亡了，我们再守城有什么意义？这句话儿子一直不敢说，看来今天，不得不说了！"然后对汪德臣说，"二弟，帮我一起劝劝爹吧。"

汪德臣面无表情，只回答道："我只听爹爹的。"

刚才汪忠臣的话似乎并没有说动汪世显，但汪德臣这一句"只听爹爹"，让他忽然觉得，自己的心肠是不是有点太冷、太硬了？于是对汪忠臣说："我知道你的意思，不必再讲了。"随即吩咐小校，"把那人带进来。"

这人被带进来后，汪世显故意不理，片刻之后这才抬眼，原来认得，正是同族的按竺迩。

汪世显知道，就是按竺迩带兵围攻郭斌。现在他一个人就敢来游说自己，可见必定自信满满。汪世显不由得心里暗暗冷笑，面上却平静地问："来人是谁？"

按竺迩便笑着说："是故人来了，汪将军不记得在下了吗？"

二人多年前共同为金主效力，曾经会过面，后来按竺迩降蒙，两人自然是不再往来。汪世显点头说："是按竺迩吗？"

"不错，我就是将军昔日的同袍按竺迩。"

听他提到同袍二字，汪世显摇头说："按竺迩，听说你早已背主投敌，卖国求荣，你也配称是我的同袍吗？"

汪忠臣听到这样的话，不由得冷汗直下，担心按竺迩会恼羞成怒，一次良机就丧失了。于是一个劲儿地使眼色给自己的父亲，希望他能对按竺迩客套一点。

但按竺迩非但没有生气，反而微笑着冲汪世显作了一揖："汪将军是当世名将，在下有幸，曾经跟将军并肩作战过，所以倍感荣幸，牢记心里。"

这样奉承的话语，让汪世显有些受用，语气也便缓和了点："你今天来，有什么事吗？"

"奉阔端王爷的命令特地前来，请将军回归。"

"回归？你是什么意思？"

"阔端王爷让我问将军一个问题：昔日将军为金国效力，如今世上已经没有金国了，将军在这里守城，究竟为谁而守呢？"

汪世显抚须，并不答话。

"上次郭斌自尽，王爷就非常可惜。他说了，无论如何我们不能再失去汪将军了。"

听到这话汪世显眉头紧皱。

"他还说：汪将军是汪古部的骄傲，也是所有蒙古部族的骄傲。将军，过去我们是各为其主，现在金国已经没有了，那么将军的主公，应该就是我们所有蒙古各部的共主：窝阔台大汗。所以王爷让我来请将军回归蒙古。"

听到这里，汪世显虽然没有回答，但眼睛却垂了下来。

按竺迩接着说："我知道将军长期身处汉地，受汉人的影响很深，崇尚

'忠义'二字。"

汪世显点了点头。

"在我看来，汪将军昔日对大金国的忠，其实是对我们汪古部的忠；如果将军现在回归蒙古，共同辅佐窝阔台大汗，那就更是大忠大义。将军坚守巩昌城这么久，世人皆知，人人钦佩。如今将军功德圆满，投效大汗，这不但有忠有义，更加有智。"说完，再次作揖，意味深长地说："将军回归，正当其时！"

听到这里，汪忠臣和汪德臣都满怀期待地看着自己的父亲。

汪世显沉吟半晌，终于起身，走到按竺迩身边，用双手扶着他走到帅案坐下，然后下拜说："阔端王爷如此仁义，汪世显如果不降，岂不是辜负了他的美意？"

按竺迩大喜，起身扶起汪世显："走，我们这就去见王爷。"

看着他们走出大帐，汪忠臣长长地吁了一口气，擦了擦额头说："为什么非要这样？"

旁边的汪德臣微微一笑："爹爹是硬汉，不拖到最后一刻，又怎么会认怂呢？"

【鹤舞云台系列丛书】

临安的烽火 下

博言 著
BO YAN

辽宁人民出版社

第四十九章　北上大同（一）

　　阔端很快就收到了探马急报："禀二王子，汪世显来降，已经到了辕门外五里处。"阔端仰头哈哈大笑，下令部将全都随他走到帐外，迎接汪世显归顺。

　　汪世显跟着按竺迩一行人到了蒙古大军行营辕门时，只见文武官员整齐地排列在阔端身后，都在等候自己，不禁大为感动，立即滚鞍下马，疾步上前拜倒在阔端脚下。

　　阔端扶起了汪世显，笑着说道："上回在大同府，我误信诬告，以为将军要向本王进献宝马，谋得一官半职。这是看低了将军，汪将军当真是一个有血性的汉子，本王佩服！"

　　汪世显再拜说道："王爷宽宏大量，识人善任，汪某由衷敬佩。长生天在上，汪某起誓：从此愿意鞍前马后，为王爷效力，绝无二心。"

　　"好，好！来，跟本王进帐喝酒叙话。"说完，阔端拉着汪世显的手，两人并肩而行，边走边谈，一起进了大帐。

　　酒过三巡后，阔端说道："汪将军，父汗已将西夏故地、吐蕃和陇西全境划归我管。望将军助我一臂之力，早日平定这些地方。"

　　"王爷，汪世显愿效犬马之劳。"

　　"很好。依将军看，本王怎样才能尽快平定陇西全地？

　　"王爷，临洮、河州跟积石州等地守将，都跟汪某熟识。汪某愿为王爷前往招降，不需动用王爷一兵一卒。"

阔端大喜："如果真能这样轻松地拿下这些地方，将军就立下了一件大功。本王一定为将军向大汗请封。"

"谢王爷。"

"对了，听说你跟南朝有所联络，有这事吗？"

汪世显坦率地回答道："是的，二王子。"

"那你们联络是为了什么事情？"

汪世显不假思索地说："为了联手抵抗王爷的大军。"

阔端没想到汪世显竟如此坦诚，愣了一下，随即哈哈大笑："好，好，汪将军真是至诚至性之人。本王喜欢。"随即口风一变，"可是本王将要南征川蜀，汪将军愿意随我同去吗？"

汪世显也没有料到，阔端待自己也是非常坦率，如此机密大事都坦然告知，于是叉手行礼，回答道："王爷若要南征，汪某愿做带路先锋。"

"那好，说定了。"

到了这时，汪世显忽然强烈地感觉到，归顺这条路应该是选对了。目前看来，自己不但有了阔端这样的开明上司，而且即将加入他们开疆拓土的盛大事业。想到这里，汪世显有些激动了，嘴唇颤抖着接连向阔端和按竺迩敬了几大斛酒。

汪世显降蒙的消息，飞快地传到了大宋边关。赵彦呐一拍桌案，骂道："汪世显这种人，天生就是一个叛贼。看来他早就跟蒙古那边暗中勾连，说要归顺我们根本就是假话！"

主簿接话道："大人息怒。他这种人一直首鼠两端，早些暴露也不是坏事，免得他一直欺骗我们。"

"你的话有道理，只是这厮很了解我们这里的情形，恐怕将来会变成我们的心腹大患。"

"大人所言极是。不过担心也没有用，该来的总会要来，我们还是及早准备才是。"

"你现在去传令曹友闻，让他率领本部向前开拔到天水军，就驻守在那里，防止蒙古军突然袭击我们。"

"是，大人。"

随后赵彦呐又派人送急报去襄阳，交给京湖制置使史嵩之。

这日冉琎回到襄阳，走进京湖制置使衙门请差事向史嵩之通报。而这时史嵩之正拿着赵彦呐的急报，怔怔地发愣。差事进来通报，"大人，冉琎先生来了。"

史嵩之吩咐："快请进来。"

冉琎进来后刚要行礼，史嵩之却迎上来说道："先生来得正好，我正要派人联络先生，暂时没必要去蒙古了。"

"哦，大人，这是为什么？"

"因为赵葵的大军已经北上了。"

这一段时间冉琎一直在路上奔波，所以对宋军北上的消息一无所知，听到史嵩之这样说，不禁大为惊讶："为什么这么快？大人，您不是说要尽全力劝阻他们的吗？"

"是啊，可是赵葵心意已决，谁也挡不住他。"事实上，史嵩之跟孟珙、冉琎那次谈话之后，再没有上书阻止大军北上。而这一点，他是绝对不会告诉冉琎的。"先生，现在河南的军情非常复杂。"说完，他示意冉琎一起走到书案旁。

他的书案上正摊着大幅河南地图。"先生请看，蒙军已经全部撤到黄河以北，但是他们在撤军之前，掘开了多处黄河堤坝。现在江淮一带，到处都是洪水泛滥。"

冉琎顿时大怒，骂道："蒙古丧心病狂！大人，淮东军现在哪里？"

史嵩之摇了摇头："赵葵和全子才还在路上，仍然按各自计划向汴梁开拔。但行军极其困难，听说有的地方，洪水深到没颈，可赵葵仍然敦促军队继续向前开拔。"

冉琎紧锁眉头，沉思了一阵说："赵葵如此用兵，淮东军必将惨败。我想，大人您必定已经洞悉此战的结果，应该做些准备了。"

史嵩之点了点头："赵葵的粮道一定受阻，所以他们的大军即便攻占汴梁、洛阳，也注定无法长期坚守，退兵是迟早的事情。依冉先生看，我们现在应该做哪些准备呢？"

"我们驻扎襄阳的主力必须要前出，到唐州、邓州一线，甚至南阳，来接应从北回撤的赵葵败军，同时震慑、阻袭追击他们的蒙古军队。"

"说得有理。"

"大人，军粮至关重要！目前看来，从襄阳北上供粮，是赵葵军队唯一的指望了。"

"冉先生，只怕事情没有这么简单。"史嵩之将赵彦呐的急报递给了他。

冉琎打开一看，顿时更加吃惊，原来汪世显已经降蒙了！

"先生，阔端收服了汪世显，必定更加骄狂，他们会不会乘胜攻击我们？"

冉琎摇头："很难预料。不过，以往他们的军纪很差，小股蒙军的确会越过边界，袭击抢劫我们这边的财物和牲畜。"

"赵彦呐那里已经有所防备了。现在东边和西线同时紧张，荆襄这边会不会也有事？我正在犯难该如何应对。既然先生回来了，就帮我一起谋划吧。"

"是，大人。"

二人正在说着话，一个差事进来报说："大人，宰相郑清之派特使来了。"

"带他进来。"然后对冉琎说，"这样罢，先生你远道回来，旅途多有劳累，不如先去馆驿暂歇如何？"

冉琎听他这样说，便拱手告辞退出了。

刚走到衙门的厅堂门外，只见一个差事领着一个人走了过来。冉琎仔细一看，来人不正是兄弟冉璞吗？而冉璞也同时看到了他。

兄弟二人意外地在制置使衙门遇到，不由得分外惊喜，随即简短地谈了几句。

冉琏问："你如何到了这里？"

"我奉宰相郑大人和真大人之命，来送公函给京湖制置使史大人。"

冉琏点头说："你先办公事，结束后就到我的馆驿来吧。"然后把自己下榻的地方告诉了冉璞。二人拱手暂时别过。

冉璞跟差事进去之后，将郑清之和几位参知政事联合署名的书信呈交给史嵩之："大人，河南情势紧急，郑相、真大人，还有几位大人敦请史大人尽快出兵，配合淮东军北上。"

史嵩之并不回答，打开书信看后，面无表情地问道："几位宰辅认为史某不愿出兵是吗？"

"回大人，在下不知道。"

"你临行前，郑相有没有什么话要你亲口转告本官？"

"没有。"

"你在郑相那里当差？"

"不是，在下只是个捕头，是真大人的属下。"

史嵩之抚须想了想："这样吧，你先下去，明天我给你一封回信，你自带回临安就是。"

冉璞点头答应，随即拱手离开，去驿馆寻冉琏去了。

冉琏和冉璞二人在襄阳意外重逢，当然是格外高兴。而彭渊、张钰两个跟冉璞在上回攻打蔡州时，已经意气相投。今天再次见面，自然非常的亲热。冉琏吩咐店家摆下酒宴，四人兴致盎然地边饮边谈。

彭渊问冉璞道："我听你兄长说，你们去找金国藏金了。到底找到了没有？"

冉璞摇头："所谓金国藏金，不过是完颜赛不使的连环计罢了。"然后将事情的始末一一讲清。

当彭渊听到最后武仙未死，还带着完颜阿虎带跟完颜绛山一起跨海去了辽东时，忍不住拍案叫道："想不到武仙这厮也会诈死，躲在嵩山的道观里避难，最后还逃出生天了！"

张钰摇头说："不，真正厉害的人是完颜赛不，他竟然能把蒙宋两边这么多人骗得团团转。"

冉珬轻叹一声："其实也不是他的诈术有多么高明，而是因为人有贪念，才会被他利用。国用安不就是这样着了人家的道吗？"

冉璞沉思了一阵，忽然说道："完颜赛不还算是有一点良知的。"

第五十章　北上大同（二）

冉珏问："哦？此话怎讲？"

"因为他说过，希望贾似道把那批国宝字画完好地带回大宋，传承后世。"

冉珏默然。过了一会儿问冉璞道："国安平现在还好吗？"

"他在安丰呢，担任杜杲将军的副将。"

"太好了，他总算是有一个好去处了。杜杲将军跟赵葵不一样，我相信安平在那里一定会如鱼得水。"

张钰问冉珏："先生，蒙军把黄河大堤扒掉泄洪，很明显希望阻止大宋军队北上。这是不是意味着两军将要发生一场大战？"

冉珏点头赞成："非常有可能。蒙军毁堤泄洪的目的，是要阻碍、迟滞赵葵淮东军的北上进程，并且增加他们军粮的运送难度。大家想想，蒙军为什么要这么做呢？"

彭渊回答说："因为他们目前留在河南的兵力不多，所以希望赵葵军推进得慢些，是吗？"

冉璞接话道："目前他们的军队在河南确实不多，但他们随时可以渡河回来。"

冉珏点了点头："不错，他们的主力都是骑兵，行军速度非常快。从蒙军悄悄撤出河南的态势来看，他们的策略很可能是诱敌深入。"

冉璞补充说道："他们可能会放弃汴梁，甚至洛阳，然后主力军队突然杀回，将刚刚进城的宋军包围。"

彭渊听得既惊又怕，问道："形势如此危险，难道赵葵和赵范他们看不出来吗？"

冉琎摇头："我们尚且能想到，作为淮东军的主将，赵葵怎么会不去想这种可能呢？不过他明知有这种危险，却一定会对士兵们说，'明知山有虎，偏向虎山行！'"

张钰皱眉问："那他为什么要这样偏执疯狂？"

冉璞回答："不，赵葵一点也不疯狂，因为他精心算计的，其实是收复三京给自己带来的莫大声望。至于其他事情，对他来说就没那么重要了！"

彭渊发怒道："为了一己之私，竟然不惜将朝廷大局和军队置于危险的境地？朝廷怎么会用他这样的人担任淮东主将？"

冉琎摇了摇头，回答说："只怕皇帝和宰相郑清之收复中原的愿望，可能会更加迫切。赵范、赵葵二人上表，请求淮东军北上，对他们来说是正中下怀。"

众人不由沉默了起来。

过了片刻，冉璞对冉琎说："兄长，如果蒙宋两军在河南大打出手，那么嫂子从蒙古那边到大宋这里，是不是没有可能了？"

这正是冉琎一直以来对王琬的担心。他点了点头："目前她应该还在大同府。我准备去一趟那里，将她接过来。"

冉璞立即说："兄长，让我陪你去吧。"

"你不是还有公事未了吗？"

"只是一份回函而已，明天我交给制置使衙门转送临安就好了。不过，来之前真大人让我带话给兄长，要尽力劝说史大人顾全大局，出兵出粮，配合淮东大军收复中原。"

冉琎摇头说："史嵩之这个人，胸有权谋，跟他的叔父史弥远很像。大概除了皇帝，任何其他人都不能左右他。"

彭渊问："这样说的话，如果赵葵落了败，史嵩之是肯定不会救的？"

冉跸默然不答。

于是众人都明白了。冉璞微微冷笑道："看来，他的权谋并没有拿来对付蒙古军，而是对自己人搞权斗了。"

冉跸沉思片刻，回答说："官员们对政事的观点和立场不同，这都是正常的。不过，如果他们优先考虑的总是自己的私利，那么大宋朝廷迟早会陷进危机！唉，但愿他们并不总像我们所说的这样吧。"

第二天清早，天光微亮，京湖制置使衙门的公差就到了馆驿，说史嵩之大人有紧急要事，请冉跸马上就去见他。冉跸顿时很是疑惑，昨天刚刚跟史嵩之见过面，似乎并没有紧急事情发生。难道昨夜又出了什么大事吗？来不及细想，冉跸匆匆洗漱一下就去了制置使衙门。有正在等待的差事见冉跸到了，立即将他领去了后堂。

此刻史嵩之正在后堂吃着早膳，见冉跸进来，便起身说道："抱歉冉先生，这么早就把你请了过来。知道你还没有用早膳，我们一起边吃边谈吧。"

冉跸拱手施了一下礼，便随史嵩之坐了下来。随后看了看桌案，只见大致有十几样菜品，所用食器基本都是金棱漆碗碟，银勺、匙箸、盐碟、醋樽等一应俱全。令冉跸觉得有些奇怪的是，桌上居然摆了酒！

史嵩之见冉跸在看，便笑着说："这些物件都是君上特意赏赐我的宫廷御膳器具。我自幼生活在南方，这里的本地饮食一直吃不惯，所以就从临安庆丰楼聘请了厨师过来。"

"哦，那这些都是临安风味的菜肴了？"

"正是。先生请尝尝看，这几样是临安特有的'戈家甜食''贺四酪面脏'，还有'李婆婆鱼羹'。"说完，亲自用银箸为冉跸拣了几样自己平时最喜欢的锦缠鸭、乳羊肉和蜜煎，等等。

冉跸尝过后，随即赞不绝口。

史嵩之听到他夸奖，忽然来了兴致，滔滔不绝地谈起临安的各种美食佳酿，弄得冉珏大感困惑，不是说有紧急要事吗？

史嵩之见冉珏并不接话，便放下了银箸，从旁边的桌案上拿起一封信函交给冉珏。"这么早请先生来，确实有一件棘手的事情，须得先生鼎力相助才行！"

冉珏点了点头，打开书信阅看。原来是参知政事余嵘写来的，信中的确说了一件急事。余嵘的公子余保保陪同蒙古使臣王檝返回蒙古后，一直跟临安联络不断。但自从赵葵大军北上后，便突然没有了音讯，连同他的助手苏建等人，全都像人间蒸发了一样消失不见。余嵘心急如焚，手足无措之下，他想到了一个人：冉珏。他听余保保曾经对他说，冉珏在蒙古的上层人物中颇有人缘。于是他便写信给史嵩之，请他让冉珏再次进入蒙古，想办法搞清楚余保保到底发生了什么。如果需要救援，还请冉珏出手相助。

史嵩之摇了摇头说："我们这位余大人哪，宰辅中就数他平时最有心胸城府，可是轮到自己的儿子有事了，他便判若两人，方寸大乱。"

"舐犊之情，人皆有之，可以理解。"

"那么就要麻烦先生走一遭了，史某代余大人拜托先生了！"说完，史嵩之拱手冲冉珏深深地作了一揖。

冉珏扶起了史嵩之说道："请史大人放心，冉珏尽力就是。"

"多谢先生了。"

两人重新坐了回去，史嵩之继续说："其实，我也想要先生再去一趟蒙古，因为今后两家的全面战争是不可避免了。可是对那里的军情、民情，朝廷知道的实在太少。了解的渠道，实在太稀缺了！"

"大人，据我所知，这位余公子应该是朝廷派去蒙古的，他其实就是负责这类事务的总管吧？"

史嵩之见冉珏居然知道余保保的真实身份，不由愣了一下："先生也知道这个？"

冉珏苦笑着说："连我都知道了，恐怕他只能瞒得住蒙古君臣一时罢了。"

史嵩之叹了一声："看来，余公子真是出事了！"

"现在到底情形如何，还不清楚，或许还有转圜的可能。"

史嵩之忽然两眼精光一闪，说道："先生此去，千万小心。对余保保能救则救，不能救的话，千万不要强行去救。"

"大人的意思是？"

"我的意思就是，先生的价值何止那余保保十倍，百倍？我绝不能为了他余嵘的儿子，而把先生您给搭了进去！"

冉琏微笑着回答："大人您太褒奖在下了。"

史嵩之又极为诚恳地说道："先生是我大宋不可多得的智囊人物，讲心里话，我真是不愿意先生去冒险。"

"大人厚意，在下心领了。为朝廷分忧，的确是在下应该做的。"

"先生如此深明大义，本官敬佩。"说完，他打开酒坛，给冉琏倒满了酒，"酒是为先生特意准备的，这是临安名酒：紫金泉。这桌上所有的东西，都是临安的特产。先生可明白我的意思吗？"

冉琏起身拱手说道："临安便是我们的根本，无论到了哪里，在下都不会忘了朝廷这个根本。"

史嵩之也站起身，上前握住冉琏的手说："听说蒙古那边，连耶律楚材那样的高官，都对先生之才十分器重。可是先生，外邦虽美，毕竟还是番国啊！"

"大人放心，我刚才说的，临安才是我等的根本。"

"说得好！我在襄阳期盼着先生早日平安归来！"然后向冉琏敬酒。

两人互敬，各自满饮了一樽。用完早膳后，史嵩之又亲自将冉琏送出了官衙。

门口已经停了两辆精致的马车，史嵩之让差事端上来两个包裹，对冉琏说："为你们旅程准备的通关文书和盘费都在里面。另外，本官还准备了一些礼品给先生在那里上下打点使用。"

冉琎拱手致谢："大人费心了。"

随后，冉璞办好了给郑清之他们的回函，一行人便上了马车，取道邓州，向大同府驰去。

路上，冉璞对冉琎说："兄长，真大人让我带话给你，希望我们的事情结束后，尽早返回临安。他说，想要再见你一面……"

冉琎忽然有些怅惘："真大人他的身体如何？"

"不好，大人一直重病当中。依我看，只怕——"

"大人会怎样？"

"只怕大人未必能挺过今年的冬天了。"

冉琎听罢，默然无语。

冉璞劝道："兄长也不必太过忧心，吉人自有天佑。我想，真大人一生为官清廉，著书立说，辅佐今上更化改制，实行善政仁政，苍天在上，自然都看在眼里了。"

冉琎轻叹一声："但愿还能赶回临安，再见一次真大人吧！"

第五十一章 光复汴梁（一）

冉璡一行人取道邓州，直奔洛阳而去，之后在孟津渡过黄河。这一路之上，众人并没有见到任何一个蒙古士兵。

彭渊问冉璡："先生，我们是不是有些太过担心了，你看都没有蒙古兵，怎么会打大仗呢？"

冉璡回答道："彭堂主，用兵崇尚一个'快'字。别看现在洛阳这一带并没有蒙军，他们可都是骑兵，行军速度飞快，完全能做到一天之内渡河，直接杀到洛阳城下。"

冉璞忧虑地说："赵葵、全子才他们都是步军，一旦被蒙军包围，只怕很难脱身。"

张钰有些不服："我们也不要太长他人志气。赵葵带领的是淮东精兵，战斗力很强。虽然野战可能不敌蒙军，但是守城应该绰绰有余。"

冉璡问："可如果敌军围而不攻，粮草一旦耗尽，他们是不是必须突围呢？"

张钰无法回答，于是对天祝祷："苍天在上，但愿他们不要遭遇这样的处境吧。"

虽然冉璡、冉璞对淮东军忧心忡忡，可到目前为止，全子才的淮西军并没有遇到任何一个敌兵。这让淮西军出兵后，上下一直绷紧的紧张情绪得到了松缓。但行军依然非常艰难，从寿春到汴梁一路都是洪水，有的地方水位甚至能漫到士兵的脖颈。

最让全子才担忧的是，运送军粮的通道被严重破坏，粮草辎重被迫迂回绕过洪水区，才能运给大军。

将近一个月后，全子才大军方才到达汴梁城外五十里处，安营扎寨，随即派出许多探马向汴梁城打探情形。

很快，最早派出的斥候传回了汴梁城的最新消息。汴梁守将叫崔立，山东将陵人。此人本系市井无赖出身，当初蒙军南下攻金时，他参加了河北地方武装，后来被编入了正式金军，由于战功被逐渐拔擢至都统、提控。三峰山蒙金大战中，金军主力大部被歼，蒙军不久后包围汴梁，崔立临危受命担任安平都尉。金主完颜守绪逃往归德府后，参知政事完颜奴申、枢密副使完颜习捏阿卜留守南京，崔立随即被升为京城西面元帅。

由于掌军大权在握，崔立竟然生出了野心，想要效仿百余年前刘豫旧例，将汴梁献给蒙古，然后做一个蒙古的傀儡皇帝。跟部下们密谋之后，崔立发动了兵变，指挥亲信韩铎、药安国等人率上百甲士人攻进尚书省官邸，将留守的几位女真宰相尽数诛杀。从此掌控了汴梁全城军政大权。

速不台大军到了汴梁城外围后，崔立换上帝王的衣服，在仪仗卫队的簇拥下，到城外拜见速不台，对他极尽巴结奉承之能事。速不台虽然对他放下了戒备，但对他提出了极其苛刻的要求。崔立忙不迭地尽数答应。回城后，他下令亲信，立即烧掉城防。又亲自带兵闯进女真王公贵人的府里，为蒙军全力搜刮金银、珍宝。汴梁城内秩序大乱，随即燃起冲天大火，城外的速不台看到城里浓烈的黑烟后，这才确信崔立的确是来投降的。于是他派出使者对崔立大加褒奖，命令他将女真皇族亲贵全部集中看管起来，准备押送到漠北草原。

得到速不台褒奖的崔立，自恃有了强大的靠山，越发疯狂起来。他下令军士带走随军官吏的家属，全都聚集在尚书省中。每个女子都由他亲自查看，每夜奸淫数名女子。但凡有金国官吏不愿交出女子和金银的，就用酷刑严加拷打，直到满足了自己的要求。因为不堪他的荼毒，自杀身亡的官员和家属多达上百人，包括参知政事完颜白撒的夫人、右丞李蹊的妻子都被他凌辱而死。

一个月后，崔立按照速不台的命令，将金国两宫皇后、嫔妃、荆王完颜守纯，以及所有宗室成员全都安置到汴梁城外的青城。由速不台查验无误后，全部押解上路，共有宫车上百辆，金国太后在前，中宫皇后其次，妃嫔随后，女真宫室宗亲上千人跟随车队。随行的还有被掳走的数千工匠、郎中和绣女，等等。

由此汴梁城里的官吏和百姓对崔立怨声载道，众多苦主恨不得对他食肉寝皮，只是迫于驻扎城外的蒙古军威逼之下，暂时隐忍而已。都尉李崎便是其中之一。他的妻子被崔立觊觎，家产也被崔立搜刮殆尽，于是便联合都尉千户李伯渊和王旻等人，密谋杀死崔立。

就在这时，传来了宋军正在向北开拔，即将到达汴梁的消息。李崎大喜，跟李伯渊与王旻密谋，只等宋军到达，便杀死崔立，将城池献给宋军。但他们苦于不认识宋军将领，于是李崎乔装改扮成城外乡民，守在官道上苦等宋军三日。终于他遇到了一个宋军探马，被带进军营见到了全子才。

李崎随即向全子才毫无保留地说出汴梁城的实情。全子才顿时大喜，心里暗说，能兵不血刃地拿下汴梁城，这真是皇上厚德，上天相助。于是李崎跟全子才约定，第二天他们城内起事杀死崔立，只等他们发出信号，全子才便率领大军开进城里，接管城防。

李崎回城后，跟李伯渊、王旻秘密商定，第二天动手。

次日清早，李伯渊亲自到崔立府邸，邀请他到官衙商量防御宋军的有关事宜，并视察城防。崔立对此毫无怀疑，欣然跟他兵马而行。结果在半道上，李崎和王旻的伏兵突然杀出，包围了崔立和他的部属。李伯渊趁着他们不备，只一刀就斩了崔立，随即剿杀了他的余党韩铎等人。

之后，李崎把崔立的尸体系在马尾上，让手下纵马驰街，到各处喊叫："崔立淫乱残暴，大逆不道，人神共愤，不应该杀他吗？"

所有听到的士兵全都一齐回应："该杀！"

巡街之后，李伯渊和李崎将崔立首级悬在官衙门上，抄斩了崔立和其余党的全家。一时间，汴梁城里再次秩序大乱，到处都是乱兵纵火抢劫。

幸亏全子才兵马及时进城，各处弹压，这才稳定了汴梁的局势。

全子才进城之后，带着部下在各处巡察，所见到处都是断壁残垣，人丁萧疏，街上行走的人们全都眼窝深陷，面带菜色。全子才长叹一声，对身边的护卫说："这就是曾经的故都汴京开封府吗？书上记载，当初这里的人口何止数百万，怎么现在只剩六百户人家了？"

护卫说："也许他们都逃出城避难了。"

陪着他们的李伯渊解释说："全将军，开春时蒙古军队围了城，不让进出。后来城里缺粮，又起了瘟疫，城里饿死、病死者何止百万。"

李崎红着眼圈说："那时候要往城外运送尸体安葬，蒙古军一概阻拦不放。要不是崔立后来作乱，杀了女真宰相投降蒙军，恐怕城里的人都要死绝了！"

全子才听罢默然无语，上苍可鉴，为什么居然要靠崔立叛乱，才能救下汴梁城苟活的百姓？

眼看着汴梁这般光景，全子才对部下们大发感慨，说据书中记载，汴梁的富贵繁荣盖甲天下，这里曾经是人间的仙境，商贾云集，街巷如网，车水马龙。可是如今的模样，昔日巍峨的楼阁宫观，全都摧毁成废墟烂瓦。如此对照，怎能不让人痛断肝肠！

全子才说着话，两眼不禁红了，问副将："我们随军带的军粮还有多少？拿出三成来赈济汴梁百姓，够不够？"

副将连连摇头："大帅，目前我们携带的军粮十分有限，除非——"

"除非什么？"

"如果我们放弃攻打洛阳，只留守汴梁，或许可以匀出一部分军粮分给城里的百姓。可不去攻打洛阳的话，就是违抗旨意啊！"

全子才沉吟片刻，问道："运粮的车队现在到了哪里？"

"昨天报来消息，距离汴梁还有三百里。"

"太慢，太慢了。你这就派人去催，我要求他们四天内必须到达，到不了的话，就把押粮官军就地正法！"

"大帅，不可！"副将劝道，"来的这一路您也看到了，到处都是水坑和烂泥，粮车太重，行走极其困难。他们也实在没办法啊。"

全子才重重地叹息了一声："那你说现在怎么办？"

副将想了一阵："大帅，我们只有等待了，等赵葵将军的淮东军到汴梁了再说。"

全子才摇头道："赵葵那个脾气，你还不知道？他到了后，只要看到我们还待在这里，一定会大发雷霆。"

副将撇了撇嘴："那就让他发脾气好了，他还能免掉您的淮西制置使？"

全子才冷哼一声："撤我！他有那个权力吗？"

副将捂嘴偷笑起来。

全子才白了他一眼，继续说道："不过你刚才说得倒是有理。那就这么定了，我们就在汴梁城等待军粮。对了，你跟主簿两个，现在去各处张贴安民告示，让所有的人知道，大宋朝廷回来了！从今天起，汴梁的百姓就是大宋子民，有圣上的护佑，他们再不用担惊受怕了。"

"是，大帅。"

一旁的李伯渊和李崎一起施礼称谢。李伯渊感激地说："全将军，有您统率的这支大宋仁义之师在，汴梁城的百姓们，从此再不担心了！"

此刻赵葵的淮东大军，已经攻占了商丘，刚刚驻扎下来。探马来报，全子才部已经收复了汴梁。赵葵顿时大喜，可过了一会儿脸色又变得沉重，伤感地对旁边杨义说："太可惜了，这份首功，本该是赵胜的……"

杨义安慰道："赵胜将军是英雄，他为国捐躯，死得其所。"

"他的遗体找到了没有？"

"找到了，已经派专人重椁收殓，送往他的老家衡州安葬。"

赵葵仰天叹息："回去好，回去好啊！"

"大帅，为赵胜将军请功以及申请谥号的奏章，朝廷批下来了没有？"

赵葵沉默一阵，回答说："这件事遇到麻烦了。"

第五十二章　光复汴梁（二）

　　一旁的徐敏子很是诧异，问道："为英雄请功，这事怎么会有麻烦？"

　　"你们不知道，有一个叫冉璞的人，是赵胜的死对头。最近他向朝廷告了赵胜一状。现在刑部正在调查核实，不过已经有御史风闻奏事，参我治下不严。"

　　杨义发怒道："我们在前线流血打仗，他们在后面整治我们，这是什么意思？大帅，您应该上奏严厉地反参他们，朝廷必须严惩这个居心叵测的家伙。"

　　赵葵摇了摇头："算了，清者自清，浊者自浊。"

　　徐敏子疑惑地问："凡事总得有个由头吧？"

　　"不讲这事了。"赵葵一直为这件事大感烦恼，并不愿意再提这件事。可是不讲点什么又显得自己理亏，就描补道："赵胜立有大功，朝廷肯定会表彰的，你们不用为他担心。记住，只要我们收复了汴梁、洛阳和潼关，把关河防线建起来，我们就为朝廷立下天大的功劳，就是朝廷的恩人！到时我们无论向朝廷提出什么要求，应该都会答应的。"

　　杨义忽然笑着说："只要有郑相在，我们一点都不担心。"

　　不料这话让赵葵觉得很是刺耳，翻了他一眼，将话题扯开："你现在派人去敦促全子才，尽快发兵占领洛阳，迟则生变！"

　　"是，大帅。"这时杨义忽然犹豫了一下，话到了嘴边却又收了回去。

　　赵葵看到便问："你有什么事吗？"

“大帅，盛恭他——”

“他怎么了？”

“他一直嚷着要求面见大帅，说我们绝对不能去汴梁，必须马上撤军！”

赵葵不由大怒：“你现在就去训斥他，大军开动的时候，他要再胡说，军法处置！”

“遵命，大帅。”

第二天，全子才收到了赵葵急令：尽快出发，占领洛阳。全子才叫来了所有手下大将，将赵葵的命令给众人传看，然后问：“诸位说说，我们现在的状况能去洛阳吗？”

有将领立刻反对：“全将军，我军严重缺粮，这一路经过的城池全都是空城，粮仓也全都是空的。现在汴梁城更是如此。缺粮的情形如果继续下去，恐怕我们都不得不撤离汴梁城，还敢再奢望洛阳吗？”

全子才说：“可是收复洛阳是圣上的旨意，我们怎么可以抗旨不遵？”

副将建议道：“大帅，您得写奏疏，向皇上解释实情啊！”

全子才点点头：“已经写了，今早就已经送往临安了。快的话，十天内可以收到朝廷回复。”

有将领提议道：“大帅，要不要派几支小队出城搜索粮食？”

这就是要劫掠汴梁附近的乡民。全子才断然摇头：“绝对不行。我们刚刚收复开封，还没有给老百姓带来什么恩惠就这么干，会让我们失尽人心的！”

那该怎么办？诸将窃窃私语，莫衷一是。正在商议的时候，一个军校进来报说：“启禀将军，有一个叫丁统的人，率领八千民军前来投顺我军。”

“哪来的民军？”

“据丁统说，他们本是陈留和杞县的乡民。因为河南全地战乱不停，两地的乡民就结寨自保，聚集了大概上万乡兵。听说朝廷派军收复三京，他就特地前来投靠了。”

全子才大喜，连忙说道："快叫他进来。"

丁统进来，众人仔细一看，真是一个壮汉，身高竟达七尺左右，身材魁硕，声如洪钟。全子才暗暗赞道，真是一个好汉。

丁统进来立即下拜："大帅，听说大宋军队来了，丁统率领八千健勇前来归顺，情愿为大宋赴汤蹈火，绝不推辞！"

全子才上前双手扶起丁统，勉励说："壮士愿为朝廷效力，忠心可嘉。本帅一定向皇上奏本，为你请功。"

"多谢大帅！"

全子才随即命丁统担任统领，就率领本部军士，暂时驻扎城外，明天他会带人去城外视察检阅。

丁统施了礼离开后，副将说道："大帅，我们似乎不该接纳他们。"

"哦，为什么？"

"他们都是些只会种地的农民，虽然被丁统组织起来，未经足够训练，哪里有什么战力。我们要他们有什么用？"

全子才摇头说："让他们守城墙，总还是可以的吧。"

"可我们没有那么多军粮，还要赈济城里的百姓。大帅，我们捉襟见肘啊！"

这的确让全子才犯了难，想了一下说："刚才他不是说，他们都是本地的乡民，而且结寨自保的吗？肯定能拿出一些粮食的。"

副将摇头问："他们来投靠我们，还要自带粮草，能愿意吗？"

全子才仔细一想，不禁脸红了起来："你说得有理，可现在不都是权宜之计吗？将来朝廷会源源不断地运来军饷，到时加倍赏给他们就是了。"

"也只能这样了，那明天大帅就跟丁统说吗？"

"唉，本帅实在难以开这个口啊。"全子才苦笑着点了点头。

第二天上午巳时，全子才在几十个护卫的簇拥下来到城外丁统军营。

这时，丁统已经列阵等待许久了。于是全子才并不下马，直接开始检阅士兵。只见这些士兵都很年轻，有的刚到束发之年。他们大都身体瘦削，面带饥色。前排的士兵穿着金军的铠甲，手执各色兵刃；后排的士兵没有盔甲，穿着跟农夫无异，手中武器五花八门，甚至还有大量的锄头、铁叉。

全子才顿时暗自摇头。视察完毕，他让人给丁统抬了半箱银子说："丁统领，来得仓促，这些银子就算作见面礼，你跟大家分了，当作第一次饷银吧。"

丁统拜谢，然后起身说道："无功不受禄，请大帅收回去。等今后我们立了功再说吧。"

全子才摇头说："丁统领不要推辞，从今天起你们就开始为朝廷效力了，该有饷银的。"

丁统再次拜谢，轻声说："大帅，其实我们要了银子也没什么用，能给我们分发军粮吗？"

全子才点头："军粮随后就到，我们大军刚刚收复汴梁，大队运粮车还在路上。一旦到了，就会通知你们前来领粮。"

丁统大喜："多谢大帅！"随即力邀全子才跟他的护卫们一起进入军营稍歇一阵。全子才就在丁统的陪同下，进入中军大帐入座叙谈。丁统的部下邀请护卫们到隔壁营帐休息。但全子才随行的护卫并不理睬，全都列队站在大帐之外维持警戒。本来站在大帐之外的丁统部下只好让开。

有好事的士兵上前想跟他们攀谈几句，可这些护卫人人面带倨傲，并不理睬。那些士兵只好讪讪走开。

营帐里，丁统问全子才："请问大帅，大军下一步有什么打算，有没有用得着在下的地方？"

全子才回答："我们就要向西开拔去收复洛阳，所以要把汴梁的城防交给将军。"

丁统起身大声回答："大帅放心，人在城在，丁统一定不负大帅的托付。"

"好，好！"

全子才很是高兴，正要说些鼓舞勉励他的话，一个护卫进来报说："大帅，赵葵将军进城了。"

全子才便站起身说道："我得先回去了，等我跟赵将军商量后，就会派人通知你进城去。"

"是，大帅。"

回到官衙，全子才一眼就看到赵葵，正坐在帅位上面等着他呢。全子才顿时一阵不悦，不过他素有涵养，笑着走到近前说："南仲，我刚听说你们攻下了商丘。动作好快，我们这里才拿下汴梁，你就已经到了。"

赵葵心思重，乍一听这话，以为他在笑话自己没有拿到光复故都的首功，不由得脸色紧绷："全将军，本帅让你们尽快赶到洛阳去，你们怎么就停在这里，逍遥起来了？"

全子才听罢，顿时心头火起，按捺着脾气回道："赵将军，你我淮东、淮西两路大军同时北上，圣上的旨意是让我们先拿下汴梁，至于谁去攻洛阳，旨意上并没有说。是不是？"

"不错，但是按正常的用兵之道，先到汴梁的军队自然应该抓住胜机，继续向西才对。"

"赵将军，我们军粮匮乏，只够五天使用，所以不得不一边守好汴梁城，一边等待军粮运到。"

"不能等，千万不能等！全将军别忘了，我们不但要拿下洛阳，更重要的是潼关，潼关！"

这时赵葵的脸已经着急得变了形。

"没有军粮，即使拿下了洛阳、潼关，又如何据守？"

"你们拿下了城池，仓库里难道没有粮食吗？"

"赵将军还不知道吗？汴梁城的库里，一粒粮都没有，全都被蒙古军队拉走了。"

既然汴梁情形如此，那么洛阳和潼关必定也是这样，蒙军没有理由留下大量粮食等待宋军。赵葵的心忽然揪了起来，有些颓丧地说："全将军，或许我们真的等不及了！"

全子才见他这般焦虑，便问："南仲，我们为什么要这么着急？"

赵葵摇了摇头："如果不赶快去抢下潼关，我们很可能就永远失去机会了！"

"可据探马刚刚报说，洛阳的蒙古军似乎都撤走了。"

"所以我们更得加快，如果他们回防就来不及了。"

"南仲冷静一点，你想过没有，蒙军为什么要撤退？这里面会不会有问题？"

第五十三章　洛阳之败（一）

"当然会有问题。因为蒙军很可能随时渡河袭击我们，切断我们的退路。"

"南仲，你也想到了这一点，难道不担心吗？"

"可我更着急的是抓紧拿下潼关、洛阳，实现我们这次行动的战略目标。为了它们，我们冒些险也是值得的！"

潼关是"关河防线"的战略起点，重中之重，全子才当然明白，但是他还是反对道："南仲，就算我们拿下了洛阳、潼关，如果没有足够的粮食支撑，最后不是还得撤退吗？"

"粮食你放心，我已经发出三道急令，催督运粮车队加紧赶来。如果三天内到不了，我就斩了运粮官！"赵葵此时的神情变得有些狰狞。

全子才摇头劝道："南仲，他们也很难，这一路到处都是洪水，唉！"

赵葵当然知道，就算杀了运粮官，也未必就能加快运粮，想到这里不禁沮丧了起来。忽然他重重地拍了一下桌案："史嵩之居心不良，到现在仍然既不出兵，也不运粮！"

全子才默然，过了片刻说道："是啊，从襄阳运粮到汴梁最快了，而且道路也没有洪水淹过。对了，不是说朝廷已经调杨恢去代替他的职位了吗？"

"我也不知究竟发生了什么。不过史嵩之在襄阳盘踞太久，杨恢就算到任，一时也指望不上他。"

“南仲，这次你得听我的。我们就等一等，等军粮到了再去洛阳，怎么样？”

赵葵坚定地回答：“不行，最迟明天，大军必须出发。”

全子才大为恼火，于是拒绝道：“那就让你的淮东军去吧，我们需要休整。”

“不行，只能用你们淮西军。我们的主力还要两天才能到达汴梁，军情似火，两天时间我们耽误不起。”

“那也不行，总之我不同意！”

至此，两人的商量彻底谈崩。现在汴梁城里的宋军有两位大帅，到底该听谁的呢？诸将全都面面相觑。

这时赵葵起身拿出了圣旨，大声说道：“淮西制置使全子才，接旨。”

全子才无法，只好跪拜听旨。

赵葵选了圣旨中的一段念道：“敕令淮东制置使赵葵，全权指挥收复三京，北上各军悉听其调度。”

全子才只得表态：“臣遵旨。”迫不得已交出了淮西军队指挥大权。

赵葵随即下令，由部将徐敏子担任淮西前军监军，淮西先锋军共约一万三千人，全都交由他节制，第二天就出发赶往洛阳。由于军粮十分稀缺，赵葵跟全子才反复商议后，集中大部分军粮交给了徐敏子部。可即使这样，也只够五天食用。徐敏子下令，这五天军粮必须精打细算，分作七天使用。

然而，这个命令传达之后，全军上下无论军官，还是士兵，全都怨声载道。

为防军队士气低落，赵葵亲自向全军拍胸脯保证，只要军粮运到，会立即送给他们。

就这样第二天清早，徐敏子率领大军启程，向洛阳开拔。

这一路之上，路过郑州、荥阳和巩县等地，全都是一座座空城。尤其是郑州，偌大的城池仅有五百原金军守卫，宋军一到，这些人立即望风投降。打开郑州的官库，正如所料，里面空空如也。投降的金军军官是汉人，向徐敏子报告说，几天前蒙军撤退，事前并没有告知他们，但过程非常有秩序，将库房所有财物和粮食搬空后这才撤走最后一个兵。

徐敏子心头顿时产生了一丝不祥之兆，蒙军明显是有组织、有策略地撤退了。这样看来，他们很可能随时再回来！于是徐敏子命令副将立即将此事通报赵葵，并建议撤兵，集中兵力守住汴梁。

两天后，赵葵的淮东军主力终于抵达汴梁。赵葵下令分兵，杨义率领一万五千人稍作休整，第二天就出发，作为第二梯队赶到洛阳去。

杨义得知赵葵的部署后，立即劝道："我们这样分兵，很容易被蒙军各个击破。大帅，不可不防啊！"

"这还用你说吗？我也很担心，不过为了尽早拿下洛阳和潼关，这个险我们必须去冒！"

杨义还要再劝，赵葵怒道："你如果不敢去，可以，我现在就换一个人代替你。"

听他这样说，杨义只好闭口不言。

第二天，赵葵给了杨义军足够的军粮，吩咐道："你到了洛阳后，分一半粮草交给徐敏子，让他带着人马即刻赶去潼关。"

"是，大帅。"

杨义领军出发后，赵葵让主簿清点一下剩余的军粮。得到数字后，他的眉头深深地皱了起来。

正在这时，有军校进来报说，有一个叫丁统的人要求见全将军，说是领军粮来了。

全子才便向赵葵讲述了一下丁统来投的经过。赵葵的眉头不禁皱得更深了，让军校通知他隔几天再来。

军校去了之后，很快就回来，说道："大帅，那人不肯走。"

赵葵不耐烦地吩咐道："你去把他轰走！"

全子才赶紧出来说："别这样，还是我去一趟吧。"

出来后，全子才对丁统先抚慰了几句，然后讲述了现在大军的难处，并表示军粮即将运到，一定会尽快拨付给他。

丁统施了一个礼说道："多谢大帅坦诚以待，丁某是个明事理的，绝不会给大帅添加负担。"

听了这话，全子才觉得脸上很是挂不住，转头吩咐随行的护卫再拿半箱银子交给丁统："丁将军，你先把这预支的饷银拿走发下去，一定要安抚好士兵们。"

不料丁统坚辞不受："大帅，丁某此来，不全是为了军粮。"

"哦？你还有什么事，尽管开口，本帅一定尽力满足。"

"大帅，丁某自己并没有什么事，只是听说有两批大军开往洛阳去了，是不是？"

全子才点了点头，默认了这事。

"大帅，请恕我直言，这非常不妥。"

"哦？丁将军有什么见解。"

"据我观察，你们的主力都是步军为主。从汴梁到洛阳的路程很长，你们的大军恐怕走上十多天。这中间会发生很多意外，不可不防啊！"

"丁将军说得有理，那你有什么建议呢？"

"我认为不宜分兵，像现在这样把大军分作几拨去洛阳，容易被蒙军分割，各个击破。大帅，现在追回他们，还来得及啊。"

全子才叹道："丁将军所见，跟我不谋而合。好吧，我一定把你的话如实转告赵葵将军，他才是现在所有行动的最高指挥。"

丁统再次施礼，并没有拿走那半箱银子，就自行离去了。

回到城外的军营后，丁统吩咐几个随从："你们把上回全将军带来的半箱银子送到城里去，当面交还给他。"

随从们不解，有人问："将军这是何意？"

丁统沉默片刻，回答说："我们就回去吧。宋军军粮短缺，又没有战力，自身都难保，怎么可能长久待在汴梁呢？"

"将军似乎认定，他们很快就要败了吗？"

丁统点头："不错，就在一个月内，他们必定败走。"

当全子才收到丁统退还的银子时，他的心顿时揪成了一团，连民军都看不上宋军了！

赵葵得知此事，冷笑一声说："愚鲁乡夫，毫无用处，不必管他们。"

全子才忍不住反驳道："赵将军，你错了！他们并不愚鲁，对我们更有大用。只是将军看不上他们罢了。"

"哦，你打算怎么使用他们？跟蒙古军对阵厮杀？"

"不，他们虽然不可以在战场上列阵杀敌，但可以在敌后骚扰，破坏甚至切断蒙军的粮道。"

"那不还是散兵游勇？"

全子才幽幽地叹了一声："丁统这样的散兵游勇，有时会比主力军队更有用。"说完走到窗口，向西眺望，心里默默祝祷，希望徐敏子和杨义两支军队一切顺利。

几天后，徐敏子大军终于抵达洛阳城外二十里。出于谨慎，他派出部将张迪率领五百精兵先行进入洛阳城。

如同汴梁一样，洛阳城内也是没有任何守军。只有留在洛阳的上千居民登上城墙，热烈欢迎宋军收复昔日大宋的西京洛阳府。徐敏子收到张迪的报告后，随即向赵葵发出收复洛阳的好消息。

次日上午，徐敏子举行了盛大的入城仪式，祭奠了开国太祖和太宗后，所有军士排成整齐的队列，军容齐整地开进了洛阳城。

然而进城之后，徐敏子这才发现，麻烦很快接踵而来，首先就是军粮几乎耗尽了，而洛阳城里找不到任何补给。徐敏子只得命令士兵出城采集野菜，和上面做饼而食。徐敏子派出了十几拨差事奔回汴梁，催办军粮，可就是得不到好消息。一时间，徐敏子和他的部将们陷入了进退两难的窘境。

张迪向徐敏子抱怨道："将军，两天后连菜饼都要吃不上了，到时怎么办？"

徐敏子也无可奈何，对差事下令："从明天起，让士兵多挖一些野菜。咱们能撑一天就算一天吧。"

"徐将军，我们吃菜咽糠都可以，只是吃不饱饭，哪来的力气打仗？如果蒙古兵这时来了，我们连逃都没有力气了！"

徐敏子知道事态严重，想了一阵终于下定决心："各位将军，我们就坚守洛阳城两天。之后再没有军粮，我们就撤回汴梁去。"

听了这句话，军心才稍许安定了一些。

第五十四章　洛阳之败（二）

此刻洛阳城外，到处都有蒙军的密哨。塔察儿虽然下令军队撤到黄河以北，却在汴梁、洛阳、孟津和潼关等大片区域，留下了数量众多的哨骑，随时将宋军的动向报告给他。就在徐敏子大军离开汴梁前往洛阳后，塔察儿命令部将刘亨安率领所部再次渡过黄河，秘密地潜回到洛阳以东的龙门埋伏了下来。

刘亨安很快摸清徐敏子大军的情形，决定放这支先头宋军进入洛阳城，预备在宋军第二梯队到达时，发起突袭，把洛阳和汴梁两地宋军切断，之后各个击破。塔察儿收到刘亨安的报告后，当即同意了他的计划。

第二天下午，杨义率领的第二梯队一万五千士兵，抵达了洛阳东郊的龙门。

这一带大体地势平坦，只在不远处有一个小山丘。因为远途跋涉，这时已经人马疲惫，杨义便下令全军就地休息。全军士兵刚刚坐下，准备喝水吃食，那小山包顶上却突然打起了红、黄两把大伞，随即响起了冲锋号角。

几队蒙古骑兵顷刻间从山上猛冲下来。主将刘亨安亲自率领敢死之士首先冲进了宋军队中。杨义的士兵以弓弩手最多，因为猝不及防，来不及竖起大盾牌列阵，士兵们一时乱作一团。刘亨安挥动长槊，带领部下往来冲突，到处乱杀宋兵。宋军顿时崩溃，被骑兵追逐得到处乱逃，大部分士兵被逼进洛水无望地溺死。杨义慌张之中，想要组织起防守，无奈此时已乱，士兵们找不到各自的军官，根本没法恢复指挥。在护卫拼死保护下，傍晚时分杨义带着仅剩的一千余人，逃进了洛阳城里。

至此，赵葵派出的第二梯队几乎全军覆没，连同洛阳城里的一万多宋军都被蒙军包围了。

这是个不眠之夜。徐敏子站在城墙上，望着黑洞洞的远处，那里有蒙古军的营寨，也不知藏了多少蒙古骑兵。虽然现在是夏夜，可徐敏子既惊又怕，觉得自己全身冰冷，以至于手脚开始打起了寒战。徐敏子扪心自问，为了防备蒙军自己的确做了一些预备，但怎么也料不到，这次危机竟然来得如此突然，如此猛烈！要知道杨义率领的是赵葵多年训练出来的淮东精锐，怎么会就半天工夫，几乎全军覆没了呢？自己无法相信，也不敢相信！

徐敏子不停地问自己，怎样才能带领这些士兵安全撤回呢？几位统领站在徐敏子身边，他们也都毫无办法，情绪非常低落。

杨义大战之后死里逃生，因为心有余悸而脸色煞白，那些蒙军士兵凶残和暴烈的身影，似乎仍然在自己的眼前晃动。他颤抖着嘴唇说："监军大人，我军现在外无援军，内无粮草，守城已经是不可能的了。还是——"

徐敏子看着杨义，忽然非常看不起眼前这个败将。他败了，却连敌军来了多少，将领是谁，都全然不知。于是冷冷地问："杨义，你想说什么？弃城撤走吗？"

"是的。监军大人，能撤出去就已经是万幸了。"

另一个统领附和说道："如果要撤，就得尽快撤走。一旦蒙军大批主力到达，我们就再没有机会了。"

徐敏子这时开始冷静了下来，仔细考虑之后，他捏紧了双拳说："那就撤退，明天天不亮我们就全军突围。"

第二天清早，天光微亮之时，洛阳城东门和南门突然打开，两支宋军向蒙军前锋的军营发起了攻击。但他们并不是宋军主力，随后跟着他们出来的才是徐敏子亲自率领的大队人马。在两支佯攻宋军的掩护下，徐敏子军成功渡过了洛水，并且背水摆出了阵势。

刘亨安随即率军追到，两军在洛水边对峙了起来。观阵片刻之后，刘亨安命令副官挥动令旗，随后大队蒙军骑兵开始冲锋。

徐敏子看到蒙军的进攻方向，急忙下令变阵。随后宋军的大盾牌迅速推前，一千校刀手藏身盾牌后面，几千弓箭手在后弯弓搭箭。蒙军冲到百尺之外时，徐敏子一声令下，宋军万箭齐发。一批批蒙古骑兵被应声射倒。后续的蒙军骑兵队发起多次冲锋，但宋军拼死抵抗，多次成功击退蒙军的进攻。一天下来两军都损失巨大，胜负未定。但刘亨安军成功地缠住了宋军。

第二天上午蒙军新来了增援。刘亨安指挥两路大队步兵，全都手执盾牌，按阵势推进，要把宋军切断成三部，之后再以重骑兵发动冲击。但徐敏子指挥宋军，依托步兵大阵，绝不肯被蒙军分割。就这样两军大战直到中午，宋军再次击退蒙军的进攻。

虽然徐敏子指挥宋军顽强抵抗，跟蒙军的正面作战并不落下风，然而此时，他们已经断粮了。

经过短暂商议，诸将一致认定蒙军的主力在东，以阻止他们跟汴梁的赵葵会合。于是徐敏子领军突然向南发动总攻，激烈地战斗后，他们成功地击败了这一路蒙军，终于突围而去。

刘亨安得知宋军突围后，下令所有轻骑兵猛追上去。徐敏子所率绝大多数是步兵，因此很快就被蒙军骑兵追上。宋军士兵就像猎物一般，被刘亨安的轻骑射手一一射杀，根本没有反击的机会。

之后蒙军连续追逐数百里，杀伤宋军十之八九。大将张迪等人全都战死，徐敏子身中流箭，自己的战马也被射杀，只得步行从小路突围。一路之上，他收集了溃兵五百余人，吃了八天的桑叶和野菜，这才得以生还，逃进了大宋光州境内。

由于赵范带了一支生力军接应了徐敏子他们，刘亨安便停止了追击，转头奔汴梁而去。

此刻身在汴梁的赵葵正陷进无限懊悔当中，他终于明白了，当初在赵善湘的宴会上，苟梦玉评价蒙军战力极强，这绝不是他虚言恫吓。赵葵痛悔自己不该心存侥幸，如果没有分兵，徐敏子和杨义两支军队就绝不会轻易被蒙军歼灭，而杨义率领的正是自己训练多年才得以成军的淮东精锐，结果一战就全部丧失！

赵葵觉得心都要碎了，连捶了几下自己的胸口。

可更令他倍感尴尬的是，他已经派人将收复汴梁、洛阳以及商丘的捷报火速发往了临安。

终于收复三京了，消息在临安传开，顿时举朝欢欣鼓舞。理宗下旨在宗庙举行盛大的祭祀，告慰先祖；又举办规模空前的仪式以示庆祝。之后他跟宰相郑清之商议，对新收复的中原要地进行了人事安排：任命赵葵为京河制置使、知应天府、南京留守；全子才为关陕制置使、知河南府、西京留守；赵范为京河关陕宣抚使、知开封府、东京留守。

随后几日，吏部和礼部彻夜不停，终于赶制出了所有印绶、官凭以及发给众将的嘉奖文书等，又准备好理宗赏赐给众将的各项物品，随时准备发给赵葵、赵范和全子才等人。

但是理宗万万没有料到，此刻赵葵却在跟全子才紧急商议退兵的事宜。现在两人已经达成了一致，就以粮草迟迟不到为由，放弃增援留守郑州各处的宋军，主力立刻从汴梁退兵。

可是由于在撤退前，赵葵、全子才并没有向士兵们公开说明此行的真相，所以众多士兵都以为自己是去增援洛阳，等到出城之后，才发现是全军撤退，一时军心大乱。赵葵撤军途中，上下惊慌失措，人马拥堵不堪，以至于后军溃乱，将所有辎重遗弃在了河南。

不过让全子才和赵葵惊喜的是，在他们逃亡的路途中，丁统给了他们有力的援助。

在一个月夜，丁统率领一千敢死乡兵，突然袭击了塔察儿蒙军的营地，夺到了大量蒙军马匹和武器。生性谨慎的塔察儿一时搞不清楚，到底是谁袭击了自己。他怀疑赵葵撤军前给自己设下了陷阱，于是下令蒙军不要过于迫近追击，更不要越境追杀宋军。

就这样，赵葵余下的军队才得以最后保全，撤回淮东。

赵葵、全子才的败报送到了理宗的案头后，他一下子就惊呆了，紧紧地捏着败报，反反复复地看了十几遍，最后这才确信。理宗几乎就要一把扯碎了这份败报，他已经出离愤怒，脸色涨得通红。这次淮东、淮西共出兵八万，结果丧师大半，竟然寸土未得！

想到了最后，他突然泄气，所有的愤怒全都化成了沮丧。

郑清之也是无比悲愤，因为彻夜未眠，他的双眼带着血丝，深深地凹陷下去。"陛下，臣虽然一再催促四川制置使赵彦呐出兵援助洛阳，但他却一直不肯发兵。这才导致了徐敏子孤军奋战，最终兵败。臣以为，必须追究赵彦呐的重大责任！"

理宗知道，他这是在找一个人担责。可是如果只追究赵彦呐，而放过有着更大责任的史嵩之，那么一定会朝野不服。

必须追究责任！赵葵，还是赵范？理宗沉思了一阵，说道："丞相，这次朕的过失最大，是朕的头脑发热，太过轻敌了！"

郑清之"扑通"跪倒："陛下这样说，让臣无地自容！这次兵败，主要是我这个宰相的过失，让陛下蒙羞了。臣羞愧难当，情愿辞去宰相之职，以向天下人谢罪！"

理宗站起身，走到跟前拉起了郑清之："郑师父，我们还是据实处理比较好些。现在我说，你来拟旨吧。"

随后，理宗下旨：此次北上的主要指挥赵葵和全子才二人，各削官阶一秩；徐敏子丧师最多，罢官；杨义等将领停职；史嵩之供应粮饷不力，降职改任刑部尚书；赵彦呐削官一秩。

郑清之搁下笔，再次请求辞官去职。理宗只好又抚慰了他一阵。

最后理宗亲笔写下一份罪己诏，诏书中坦陈："托予小子不替上帝名，欲图绍复之功，岂期轻动于师干，反以激成于边祸，至延强敌，荐食神州……斩桑伐枣破屋流离之状，朕既不得见；慈父幼子寡妇哭泣之声，朕亦不得闻……故此下诏以陈轮台之悔，益申儆于边防。"

写完这份罪己诏，理宗长叹了一声："朕现在总算明白了，那夜史相对我说的话，确实是对的！"

第五十五章 子聪和尚（一）

皇帝为什么忽然提到了史弥远，郑清之不禁有些好奇："陛下，史相跟您说了什么？"

理宗叹气道："史相临终前说，对付蒙古不能着急，我们守着江南富庶之地，为什么要着急？唉，直到现在，我才明白了他的意思。"

其实那夜史弥远还说过，赵葵言过其实，不可大用。理宗又怎能把这样的话告诉郑清之呢？

郑清之有些不服："陛下，史相的意思是我们不能急于求成，但机会出现时，我们也不能错过啊。"

理宗摇头。

郑清之着急地辩解道："陛下，如果这次史嵩之出兵配合，或者至少及时供粮，那么徐敏子或许能守住洛阳！"

理宗苦笑摇头，他很想说：杨义是大将，在洛阳城外都全军覆没了；那徐敏子是个文官，凭什么能守住城池？

郑清之看理宗不信，继续辩解："陛下，打仗其实打的就是钱粮！我们到了河南缺粮，蒙军也是一样。他们在灭金之后急着退回去，还不是因为缺粮？所以，如果赵葵跟徐敏子能得到足够军粮，他们就一定能守住洛阳和潼关。打到最后，蒙军不还得退兵？"

理宗听了这话，不觉既好气又好笑："郑师父，打仗是不能靠假设的。唉，说到底，还是我们技不如人，军队的战力不济。"

郑清之仍然不服，还要再说点什么："陛下——"

理宗摆手说："这件事以后就不要再提了。郑师父，现在第一着急的事情，是命令荆襄和川蜀各处州府，必须做好准备，小心蒙军随时会侵略我们。"

郑清之拱手说道："陛下英明，臣现在就去安排。"

"对了丞相，这两天怎么一直没看到余嵘？"

"他的——家人出了点事。"

"谁出事了？"

"他的公子，余保保。"

理宗的心陡然揪了起来。他知道，余保保负责从北边传递回最新的蒙古高层军政消息。他出事了，难道？理宗连忙问："他怎么了？"

"已经十几日收不到余保保的音讯了。有消息说，他好像被几个蒙古官员抓走了。"

"抓走？消息确实吗？"

"目前还不确定，余大人正紧急派人前去援救。"

理宗听罢有些不满："我以前说过，只靠他这一条线是不行的。这次必须多派一些人去。"

"是，陛下，已经派去了。"

但郑清之并没有告诉皇帝，这一次又是冉琎临危受命，接下了救援余保保的使命。

冉琎和冉璞他们过河之后，一路向北，不断地看到有大队的蒙古骑兵南下。不久他们听到了很多传言，都在说蒙军在洛阳、汴梁全歼了宋军，现在正乘胜追击他们。

彭渊听到后，跟冉琎抱怨道："都说赵葵是名将之后，自幼从戎，是大宋第一能打的将领。怎么会跟蒙军一战就败？难道他就是一个赵括，只会纸上谈兵？"

冉琎抚须沉思不语。

冉璞摇头回答："赵葵将军肯定是有才能的。只不过他这个人心高气窄，不容易听进别人劝告，因此打败仗一点都不奇怪。"

张钰说："这次朝廷如果派我们孟珙将军去，一定不会败！"

冉琎苦笑："这样的仗，无论谁去都打不赢。更何况孟将军并不赞成朝廷这次行动，所以绝不会派他去。"

彭渊不服："先生这话有点太长蒙军的气焰了吧？"

冉琎叹道："千里运送军粮，就算蒙军不决堤放水，他们靠精锐骑兵就能做到截断粮道。汴梁和洛阳肯定是守不住的。"

冉璞很是赞成："的确如此。其实荀梦玉先生在一次扬州官宴上，就已经说过类似的话。总之，朝廷冒这么大风险去收复河南，本就是非常不明智的举动。"

张钰担心地问冉琎："尊使，恐怕今后战争不会只在河南一地了吧？"

冉琎点头："这是必然的。我有一种强烈的感觉，现在的局势就是蒙古那些狂热好战的王公最想看到的！"

冉璞问："他们的大汗窝阔台，也非常好战吗？"

冉琎沉思了片刻，回答道："当然是的。他的父亲成吉思汗活着的时候，经常对他和拖雷等兄弟说：'天下地土宽广，河水众多，你们尽可以各自去扩大营盘，征服外邦；男子最大之乐事，在于压服乱众，战胜敌人，夺取其所有的一切，骑其骏马，纳其美貌之妻妾。'受他的影响，窝阔台、术赤跟拖雷等人，全都热衷于武力征服，而且嗜血好杀，多次在花剌子模进行骇人听闻的屠城。后来他们又在西夏屠城，这些都说明了他们本性极其好战。"

彭渊怒道："这些人不要太嚣张！真以为自己天下无敌吗？"

冉琎坐在马车上，看着远处连绵的山岭，喃喃自语："好战者只能嚣张一时，不可能嚣张一世！总有一天，会让他们知道，我们的厉害……"

一行人长途奔波了几天后，终于到达了大同府周边。众人一路之上所见，到处都是战争废墟，人烟稀少。然而大同府这里却截然相反，商旅车队络绎不绝，从西域过来贩卖香料、珠宝的大胡子商人，以及自南向北贩运丝绸、茶叶和瓷器的商贩，在这里聚集互做买卖。这在由于战争而萧条已久的中原北方，是非常少见的一幕。

冉珊赞道："北方战争刚停，商业就开始兴旺起来。他们的中书令耶律楚材大人，的确是治国的好手。"

张钰问："像这样杰出的官员，我们大宋也有吧？"

"大宋人才辈出，当然有的。"

冉璞说道："真德秀大人就是。"

一想到真德秀重病在床，冉珊和冉璞不禁心情沉重起来。过了一会儿冉珊想起了跟王琬马上就要相聚，于是心情渐渐又好了起来。冉璞看他的嘴角挂着一丝笑容，明白了他的心意，问道："兄长，这次将嫂子接回去，你打算回云台山庄完婚吗？"

冉珊点头："自然的。"

"那我们先去临安，见过真大人再回云台如何？"

他们二人父亲早逝，真德秀待二人如同父子一般，他的意思冉珊当然一听就懂："好啊，琬妹还没去过临安，这也遂了她一直以来的愿望。"

这时彭渊笑着说："可是王姑娘的性格自由自在，真到了临安，恐怕未必习惯南方的风俗啊。"

冉璞问："彭兄这是怎么说？"

彭渊一本正经地回答："现在南方普遍提倡女子'在家从父、出嫁从夫、妇死从子'。当今皇上大力刊印朱熹和'二程'的书，我记得他们书里写过一句话：女子'饿死事小，失节事大'。"说到这里，他挤了挤眼道："万一给王姑娘看到这种书，怕是要忍不住一把扯碎了烧掉。"

冉璞哈哈大笑："嫂子竟然是如此性情中人，倒真是一家人了！"

冉珊也笑了。说到这时，战争笼罩在众人心上的阴影渐渐褪去，气氛也变得欢快起来。随后众人一路说说笑笑地进了城。

住进客栈安顿好后，冉珤跟冉璞立即赶往王鄂的宅子要找王琬，不料那里已经是空空如也，并没有人在里面居住。

两人四处打听了一下，原来王鄂不久前刚刚搬走了。至于去了哪里，四邻也说不清楚。

冉珤心里琢磨，难不成直接到耶律楚材的官衙去寻王琬？他摇了摇头，决定先回客栈休整一夜，明天众人一起去见明尊教的大同府堂主：何忍。

第二天上午，四人洗漱完毕用了些早膳，然后一路观看街景，来到明尊大同府分堂。何忍见冉珤到了，不由得既惊又喜，施礼道："尊使，我已经派出去几拨人，请您尽快赶来，没想到您竟然已经到了。"

冉珤向何忍引荐了一下冉璞和张钰。彭渊跟他都是明尊堂主，两人相识已久，自然是非常亲热。何忍将众人领到内堂，众人入座一边饮茶，一边叙话。

冉珤问："刚才何堂主说要我尽快赶来，是不是有要紧的事情找我？"

"是的，尊使。这件事情只怕会牵涉到王琬姑娘，我担心处理不妥的话，她会有危险！"

听到王琬会有危险，众人的心顿时悬了起来。冉珤立即问："出了什么事？"

何忍就将王琬为耶律楚材推卦，又探听到蒙古君臣引诱南朝出兵中原的消息，之后自己联络余保保的经过告诉了众人。

当冉珤听说王琬跟何忍把余保保卷进来之后，不禁深深皱起了眉头。

何忍见状，小心地问："尊使，属下这么做是不是孟浪了？"

"你知道吗？余保保已经被抓了。"

何忍大吃了一惊："我还不知道此事，消息确凿吗？"

冉珤苦笑："就是他爹参知政事余嵘请我们来援救他的。"

何忍的脸一下子就白了。众人默然，不由得都为王琬担心起来。

冉珃问："何堂主，这之后她再没有找过你吗？"

"宗主不必过于为王姑娘担心。一来，王姑娘机警智慧，远非常人所及；二来，我收到消息，她兄长王鄂跟随忽必烈王子去哈拉和林了。会不会王姑娘也去了那里？"

第五十六章　子聪和尚（二）

忽必烈？哈拉和林？众人听得都是满头雾水。何忍就跟众人谈起忽必烈的情形。

原来，拖雷的儿子——四子忽必烈在草原上的名气着实不小，人们称赞他英明睿智，为人仗义。他平素最喜欢经书典籍，爱听历代帝王的奇闻逸事。他尤其喜欢模仿唐太宗李世民潜邸时的做派，广召四方文学之士，每日谈经治道。身居漠北的忽必烈，周围渐渐汇集了一批来自原金国、西夏甚至南朝的鸿儒学士，还有一些豪杰主动投靠。王鄂最近就被他聘去了哈拉和林。

冉珏又问："那堂主能不能想法打听一下，王琬究竟还在不在中书令府里当差。如果她也去了哈拉和林，中书令府差事一定会确认的。"

众人明白，现在蒙古跟大宋在中原开战，冉珏如果突然出现在中书令衙门要求见王琬，难免会惹出不必要的猜疑和麻烦。所以让何忍去打听的确更妥当些。

"宗主请放心，那个衙门里有汉人差事，在下现在就派人去打听。"

到了下午，果然有消息打探回来了：王琬的确不在大同府，但不是去了哈拉和林，而是到燕京去了。冉珏问打听的人："知道她去燕京做什么吗？"

"回尊使，说是中书令差她去帮杨惟中大人修建浑天仪和司天台了。不久之后，中书令衙门也会迁到燕京去。"

众人这才放下心来。彭渊问冉珏："王姑娘居然还会那些东西吗？"

冉琎苦笑着摇头："这个我也不知道。"

冉璞笑着说："真没想到，嫂子竟然这么有才！"

这时何忍命人准备好了一桌酒宴，于是众人一起入席，边饮边谈。冉琎仔细询问何忍，那夜他去见余保保的所有谈话细节。何忍提到，他曾建议余保保将拖雷被人秘密毒害的事情散布出去，争取激起拖雷家族跟大汗窝阔台发生冲突乃至内讧。

冉琎听罢，顿时沉下脸说："你们的胆子着实太大了，这样的事情怎么可以轻易去碰？"

何忍有些委屈，这其实是王琬的主意，只好解释说："宗主，我们不希望蒙军跟宋军打仗，所以想，如果他们自己先乱起来，大宋不就安全了？"

张钰笑着说："这个办法叫作釜底抽薪。一旦内斗起来，他们对外扩张的狂躁可能会慢慢凉下来，我觉得可行。"

冉璞说道："挑唆他们内部的纠纷，激化高层的矛盾，这个办法虽然有用，但有很多弊端，一旦被人识破，就很容易被反噬。说不定，余保保就被人家抓到了什么把柄。"

冉琎沉思了一阵说："余保保被抓，很可能跟两件事有关。第一件是金国藏金的事情。不过这件事牵涉到了莫彬和王世安，如果他们两个没事，说明蒙古高层对此事暂时还被蒙在鼓里。那余保保被抓应该跟此事无关。第二件就是拖雷被害这件事。此事是蒙古最高层绝对机密，任何触碰到此事的外人，一定会被窝阔台汗毫不留情地灭口。"

冉璞问："目前的消息说余保保被抓，还没有传出他的死讯。依我看，他应该是被什么人秘密扣押了。只是他们这么做的目的是什么呢？"

彭渊好奇地问："如果这样的话，那到底是谁干的这件事？"

冉璞回道："既然到目前为止，这件事并没有向外扩散，说明他们不希望外人得知此事。那下面就容易判断了。"

张钰反应很快，立即说："难道是苦主们干的？"

彭渊摇头连说："这没道理啊。"

冉琎点头："不错，拖雷的儿子们，比如蒙哥、忽必烈他们有很大嫌疑。很难说是不是余保保派人散布消息时，被人抓住了什么破绽。"随后皱眉说，"那样的话就比较麻烦，我们又不认得他们，无从着手调查。"

何忍说道："尊使，有一个人或许能用得上，他就在忽必烈身边。"

"哦，是谁？"

"此人叫刘秉忠，原来叫刘侃，因他笃信佛教而改名子聪，被邢州天宁寺虚照禅师收为居士徒弟，自称子聪和尚，后来云游云中留居南堂寺。北方禅宗海云大师奉忽必烈诏请前往哈拉和林，路过云中时，听闻子聪和尚博学多才，于是邀他同行。子聪和尚觐见忽必烈时，滔滔不绝，讲述儒释道三家大意。忽必烈对他的才学非常欣赏，称赞他'无书所不读'，'论天下事了如指掌'。于是邀请他就留在府邸供职。从此他就改名为刘秉忠。"

冉琎问："这样的人怎么会给我们帮忙呢？"

"尊使有所不知，我们明尊教对他家有恩。"

"哦，这是怎么回事？"

"当初他的父亲刘润领兵作战兵败，被敌人死命追击，最后被我们救了下来。后来他也加入了我们明尊教，现在是邢州分堂的堂主。"

"这样的话，太好了，就请何堂主尽快联络刘润堂主，请他代为打探一下余保保的下落。"

"尊使，这里到哈拉和林距离遥远，来往非常不便，派人在三地之间来回联络，恐怕会耽误事情。而且我们还不确定，究竟是不是忽必烈他们抓走了余保保。"

"那何堂主有什么建议？"

"王琬姑娘现在去了燕京，尊使应该随后也去那里吧？"

"是的。"

"那不如请尊使先去燕京，由在下去一趟邢州面见刘堂主，请他一起到燕京去见您。同时我派人先到哈拉和林去打探情形，到了燕京后我们再商量如何？"

冉琎思索了片刻，点头同意："说得有道理，那就依堂主建议。"然后向何忍敬酒："下面要辛苦何堂主了！"

何忍回敬道："尊使不必客气，这是属下该做的。"

第二天，众人整理了车驾，一路向东前往燕京。从西京大同府到燕京，路途不算很远。冉琎与王琬曾经走过这条路径，所以并不陌生。这一路上，见远处万山红遍，层林尽染，尽收眼底；时而又云海蒸腾，山风吹过，松涛阵阵，令人心旷神怡。众人一路之上，赏尽北方深秋颜色之美，倒也不觉得旅途疲累。

而冉琎不觉想起了去年此时，自己正跟王琬护送西夏香妃李崴名赶往大同府，王琬的一颦一笑，犹如昨日一般历历在目。想起马上就要重聚，不由得心里畅快，又恨不得马上赶到燕京才好。

张钰似乎知道他的心情，驾车的速度也更快了一些。两天后，众人顺利地到达了燕京。

冉琎再次来到中都，见街面上的人流似乎比一年前多出不少，还见到很多来自西域的商队。冉璞和张钰都是第一次来到中都，二人饶有兴致地看着这里的商铺和行人，说此地跟临安比虽有不如，但是别有特色。冉琎给他们讲解金国修建中都城的经过，感叹道："也难怪耶律楚材要把中书令衙门搬迁到这里，中都城地处东北关外和漠北草原通往关内的枢纽位置，只需假以时日休养生息，一定可以恢复昔日金国大都的繁盛景象。"

众人寻了驿馆安顿下来后，便开始四处打听修建司天台的地址。因为这工程颇为浩大，所以并不费事就找到了那里。

此刻，王琬正在司天台附近的官衙里跟耶律楚材和杨惟中谈论天文历。耶律楚材对二人说："昔日金国《大明历》通行很久，家父发现有很大误差，就修订旧历编制了《乙未历》。他在历书中三处提到'加减里差'，又给出计算步骤。可惜我忙于政务，一直没有能进一步完善。"

杨惟中问："什么是'加减里差'？"

耶律楚材对王琬说："你来解说一下好吗？"

王琬并不推辞，回答道："这是当初耶律老大人在考虑求'朔弦望中日'时提出的办法。"

杨惟中听得更糊涂了，"王姑娘请说具体些才好啊。"

王琬笑了，继续说道："所谓'朔弦望中日'指的是月亮的朔、上弦、下弦以及望时太阳上中天时刻。由于大地的东西位置不同，所以上中天时刻各地并不相同。如果知道东西两地间的距离，并且规定其中一地为标准，那么另一地时刻就可以算出来了。"

耶律楚材听得兴致勃勃："对，对。那么你认为哪一地可以作为标准呢？"

"大人，我听说您曾经参加过大军西征，每次都要通过撒马尔罕，那里地处东西交界，是不是可以用那里作为中心，考虑东西相距的路程，计算目的地时刻？东边早，西边晚。以正午为准，其东为下午，其西为上午，然后在时间上按路程远近，东加西减。大人觉得如何？"

耶律楚材连声赞好，写下了刚才王琬说的话："王琬，让你参加修建司天台真是太对了。有你在，今后我可以省下很多精力！"

杨惟中敬佩地看着王琬："王姑娘，昔日大宋靖康之变后，金国掠走了汴梁城所有天文仪象之器，现在都堆在废墟里面，没有人能看懂。大汗和耶律大人希望在它们的基础上修建浑天仪，这还得您出力帮忙哪。"

"杨大人请放心，小女一定尽力就是。"

耶律楚材呵呵笑道："像王姑娘这样的才子再多一些就更好了。对了，冉琎就是这样的大才，只可惜他已经回大宋了。"

王琬正不知如何回答，杨惟中接话说道："耶律大人知道吗？忽必烈王子那里招募了一位能人，据说此人对天文、地理、历算、占卜无不精通，对天下事更是了如指掌。"

　　"哦，他叫什么名字？"

　　"别人都称呼他子聪和尚。"

第五十七章　珰琬重逢（一）

"子聪和尚？"耶律楚材抚须思索一阵，记忆里并不认识这样一个和尚，便问道，"这是什么人？"

"哦，他的真名叫刘秉忠，在大同府时也曾经参加过我们的儒士大会。不过那一次人数颇多，他又年轻，所以没有什么表现，大人可能没有什么印象。"

"他是哪里人？"

"邢州人，他的祖父刘泽曾任金国邢州节度使。他父亲叫刘润，太师木华黎攻取邢州后，刘润就投在木华黎麾下为官。"

一提到刘泽，耶律楚材顿时想了起来，点头说道："我认得他的祖父刘泽。到底是诗书传家，家学渊源哪。什么时候把他叫来，我要见一见。"

杨惟中笑了："大人莫非要横刀夺爱吗？他可是忽必烈王子身边的红人。"

耶律楚材摇了摇头，神情忽然变得有点严肃："彦诚，不瞒你说，我其实需要一个机会见见忽必烈王子。"

"哦，耶律大人，是不是出了什么事情？"

耶律楚材下意识地往四周扫视了一圈，见只有王琬在场，便说道："也不知道为了什么，最近他派人绑走了萨巴喇嘛。你知道，萨巴喇嘛是镇海营建哈拉和林的副手。镇海知道了这件事后，又气又急。可他没什么办法，就拜托我想个办法请他放人。"

杨惟中很是疑惑："这位萨巴喇嘛的行事风格确实有些诡异，但他怎么会招惹到忽必烈呢？"言下之意，忽必烈王子虽然地位尊贵，却没有任何官职，他们之间不太可能发生利害冲突，那会因为什么事情发生冲突？

"具体情形我也不知。不过，镇海非常着急。这让我有点猜疑，忽必烈难道是冲着镇海去了？"

杨惟中想起，镇海专门为大汗窝阔台处理各种秘密之事。以前就隐隐约约地听到传言，说拖雷是被害死的，而下毒手的人就是镇海……

联想到这件事，杨惟中的额头不禁冒出了冷汗。可转念一想，一个外来的喇嘛怎么可能牵涉进这种事情？于是释然，说道："大人不必担心，或许镇海因为什么事情得罪了忽必烈。你知道的，萨巴喇嘛是他的副手，在哈拉和林主持营建，可能由此他们发生了一点摩擦。要不我回哈拉和林一趟，去找一下忽必烈？"

耶律楚材点了点头："也好，你去说和，身份很合适。这样，我先写一封信给他，如果求情有用，你就免掉麻烦了。如果他不理，到时你再出面。"

杨惟中是窝阔台的养子，跟孛儿只斤大家族诸王子的关系都很好，跟忽必烈尤其交好。所以他去谈，应该不会引起别人的疑心。

"那好，我尽快赶到哈拉和林去。"

随后两人又商谈些别的事情，正在这时，差事进来找王琬，说她的兄长王鄂派人来送了些东西给她，正在门口等待。王琬便向耶律楚材告退。

来到门口，王琬一眼就看到彭渊正手拿着一个包裹，笑眯眯地看着她。王琬顿时心花怒放，带着小跑到了彭渊跟前问："彭大哥，冉兄在哪里？"

彭渊故作不知："大小姐，你的冉兄在哪里，我也不知道。"

王琬急了："别逗了，彭大哥，快些告诉我！"

彭渊笑着将一个包裹递给她："这是他给你的。"

王琬接过去问："这是什么？他为什么自己不来见我？"然后打开一看，里面都是她最爱的徽墨湖笔、苏州折扇、湖州铜镜和临安点心等物品。王琬喜不自胜，因为着急佯装生气道："彭大哥别闹了，快告诉我他在哪儿。"

彭渊笑着用手指着不远处一驾马车："请大小姐快上马车吧。"

王琬连忙把东西递回给彭渊："彭大哥替我拿一下。"然后快步走到马车边，驾车的是张钰，她并不认识，正要发问，张钰笑呵呵地下车，施了一个礼说："请嫂嫂且上车，冉先生他正在等你。"

这时彭渊也过来了："大小姐跟我们去吧。"

"去哪儿？"

"到了那里你就知道了。"

于是王琬上车。彭渊他们驾着马车来到一个酒馆。彭渊告诉她，这里是明尊教在燕京新开的分堂。下车之后，彭渊将她引进了内堂。很远处她就看到了冉珹，正端坐在里面，手拿着一本书若有所思状。而冉珹也听到了他们的声音，立即起身笑着迎了上去，紧紧握住王琬的手说："琬妹，总算寻到你了。"

然而王琬忽然生了气，把手抽开瞪起一双杏眼问冉珹："你为什么不去接我，却坐在这里自得其乐，居然还有心思看书？"

一旁的冉璞顿时看得愣住了。在他的想象中，王琬是一位极其聪慧而且温柔的女子。看现在这情形，倒是彭渊说得全对，她果然是一个任性自由、无拘无束的北方女子。

冉珹赔着笑解释道："琬妹，这里的确有点缘故，过一会儿再给你解释。我为你介绍一个人。"然后拉着王琬走到冉璞跟前说："这是我的兄弟，冉璞。"

王琬早就对冉璞的名字非常熟悉，只是万没想到，会在这里突然见到他。可刚才自己一副娇嗔的模样全被他看到了，不由得满脸通红。

冉璞笑呵呵地向王琬作了一揖，说道："大嫂好！是我突然造访，还请嫂子千万莫怪。"

听了这话，王琬的脸羞得更红了。她镇定住自己，向冉璞还了一个万福："原来是二叔到了。"然后仔细上下打量了一下冉璞，说道："早就听你大哥提过很多次你了，直到今天才得见面，二叔果然是一副英雄气概！"

"大嫂您实在过奖了。"短短一瞬间，冉璞对王琬陡然有了一种多年未见的亲切之感，心里暗说，大哥能找到王琬这样的女子，当真是有福了！

彭渊在一旁啧啧说道："大半年未见，我们的王大小姐原来是变了！"

王琬知道他并没好话，因此并不理睬。

彭渊就转头笑眯眯地对冉琎说："尊使发现没有，大小姐不愧是做了中书令衙门的女官，现在历练得着实很会说话！"

听他这样说，王琬瞪了他一眼。彭渊便在一旁偷笑着。

冉琎一边听着他们说话，一边笑着吩咐差事开一桌酒宴。随后众人入席，王琬紧挨着冉琎坐下。众人看他们两个一脸幸福的模样，也都真心为他们高兴，一起开怀畅饮。

酒过三巡，冉琎说："琬妹，我们这次到燕京能找到你，真是不容易。"

"我知道，两边已经打起来了，你们在路上遇到麻烦没有？"

"我们出来的时机不错，行程倒也算顺利。听何堂主说，你让他联络了余保保，琬妹你这次太冒险了！"

"如果能让大宋朝廷不至落入圈套，冒险也值得。"

冉琎轻叹一声："大军已然出动，就算余保保通知到了朝廷，也未必能挡得住赵葵他们。"

"这么说，余保保并没有把消息传回宋廷？"

"应该是的，而且余保保已经失踪了。"

王琬很是惊讶："发生了什么事情？"

"他被几个蒙古军官绑走了。我这次来，除了要把你接走，还有另外一件事：朝廷委派我把余保保救出来。耶律楚材认得我，现在这对我来说反而是个负担了。这就是为什么我不能直接去官衙找你的缘故。"

王琬问道："你们毫无头绪，怎么去查这件事呢？"

冉璞回答："我们跟何堂主分析过，一致判断余保保不是被官方抓走的。"

王琬赞成地说："不错，如果是官方抓走的，我一定会知道。那会是什么人干的呢？"

"很可能跟他失踪前做的事情有关。"

"哦，知道他做了些什么吗？"

冉璞摇头："目前还不清楚。"

冉琎说："据何堂主讲，他已经通知了余保保关于拖雷的那件事情。"

王琬不由紧张了起来："那么余保保有所行动了吗？"

"应该是的。我们认为，他们的行动极有可能被什么人察觉了。"

"是什么人？"

"很有可能是拖雷那一支的势力。"

王琬忽然想起，下午耶律楚材跟杨惟中说起一件事：忽必烈绑走了萨巴喇嘛。而冉琎他们又说余保保也被人抓走了，这两件事难道只是巧合吗？于是她就告诉了众人莫彬被抓的事情。

彭渊笑道："恶人自有恶人磨，他这种人总要遭到恶报的！"

冉璞若有所思地说："兄长，这两件事一定大有关联。"

冉琎点了点头："很有可能。琬妹，忽必烈身边是不是有一个新进的幕僚，叫刘秉忠？"

王琬很是惊讶："冉兄，你们明尊教真是神通广大，连这个都知道？"

冉琎摆了摆手："不过是巧合罢了，何堂主说刘秉忠的父亲刘润也是我们明尊堂主。他已经去邢州请刘堂主一起到中都来跟我们会面。一切顺利的话，就是这几天吧。"

"你们打算请刘秉忠帮忙查问此事吗？"

"是的，不过何堂主同时也派了其他人去哈拉和林了。"

王琬想了一阵说："今天杨惟中说，就在这几天他要到和林去会见忽必烈王子。"

冉琎问："要他释放萨巴喇嘛吗？"

"是的。"

冉珏不由得陷进了沉思，自言自语地说道："看来我们必须先行一步，抢在他们之前见到刘秉忠，做些安排。"

冉璞问："大哥是不是担心会出意外？"

"是啊。杨惟中此人非常精明，一旦他知道了余保保干的事情，对我们实施援救一定会多出不少麻烦。"

王琬说："杨惟中最近忙于重建司天台，又请我帮忙修建浑天仪。我可以找些理由，拖住他几天时间。"

冉珏点了点头："正好我们也需要时间，等一下何、刘二位堂主。"

为避免耶律楚材他们产生怀疑，王琬不便逗留太久，于是向众人敬了一盏酒后，便要告辞。

冉珏把她送出了酒馆，二人牵着手，徘徊许久，如胶似漆，却是一路无语。因为无需再说，只需二人眼神相对，便是无声胜有声了。但只恨从酒馆到官衙的路途实在太短，很快就到了。冉珏目送着她进了大门，这才怅惘若失地往回走去。

第五十八章　斑琬重逢（二）

　　次日，众人寻了一个衣铺，每人买了几套蒙古衣袍。彭渊套上靴子，一边系着腰带，一边摇头笑着说："这下好了，我们看起来再不是南边过来的宋人了。"

　　冉璞若有所思道："可是我们听不懂，也不会说他们的话，这怎么办？"

　　冉琎便说："兄弟不用担心，我已经跟何堂主商量了此事。他会从燕京分堂里挑几个忠诚可靠的蒙古向导，陪同我们北上。"

　　"那太好了，现在万事俱备，只等何堂主到了。"

　　"不，还有一个地方，我们必须去探查一下。"

　　彭渊一拍脑门："尊使，是不是圣寿万安寺？"

　　冉琎赞许地点点头："不错。这里当初就是莫彬北上之后的第一个落脚点，我有一种感觉，他应该不会放弃这里。"

　　冉璞主动请缨："兄长让我去吧。"

　　"不，你对那里并不熟悉。"

　　"有彭堂主跟我同行，不会有事的。"

　　冉琎想了想，便同意了："那你们一切小心。"

　　"大哥放心。"

　　随后，冉璞跟彭渊二人扮成了香客，来到圣寿万安寺，在各处大殿虔诚地拜佛上香，仔细地察看有无异常的情形。自从莫彬出资重修万安寺几座大殿后，这里的香客比以前多出不少。彭渊看着络绎不绝的香客，挠头说道：

"这里人来人往，即便莫彬的手下们就在这里，我们也很难发现。"

冉璞建议道："不如今晚夜深时，我们再悄悄进来看看？"

彭渊同意。于是两人就先回酒馆，养足了精神后待到夜深时分，二人再次赶往万安寺。进寺之后，这里再没有白天时那样的喧哗热闹，各处都是寂静无声。冉璞跟彭渊在寺里悄悄巡看了一圈，突然停了下来，指着远处一个角落说："那里有人。"

彭渊顺着他手指的方向看去，那是一个独立的院落，若有若无地闪着灯笼，有几个人影在屋外屋内来回走动。看他们的穿着，肯定不是喇嘛。还有人在不停地从屋外的马车上搬下东西进去。彭渊自言自语地问："这些是什么人？寺庙的居士吗？"

"我们过去看看？"

彭渊点头同意。随后两人一前一后，悄无声息地潜进了这个院子。

两人贴到了一间大屋的窗下，侧耳倾听，屋里似乎有几个人在说话。冉璞便轻轻捅破了窗户纸，向里面望去。

然而不望则已，这一望差点让冉璞惊出了声来！里面说话的人，竟然是王世安！

冉璞心想，当真不是冤家不聚头，在宿州时差点就抓到了他，哪里能料到在中都这个喇嘛寺庙，竟然又撞见了他。

王世安正在指挥几个手下向内室搬动箱子。这些箱子似乎很重，因为他们搬动箱子时非常吃力。

大约一炷香工夫后，几个人总算消停了下来。一个手下问王世安："千户大人，我们把这么多钱放在寺里，安全吗？"

王世安似乎觉得这个问题很是多余，训斥道："萨巴大师看中的地方，怎么会不安全？离开哈拉和林前大师对我说，万安寺就是我们的根本！我们所有的家当几乎都在这里了，你们一定要看管好。万一出了什么岔子，你们几个都别想活着离开万安寺！"

几个手下全都闭口不言。

过了一会儿，走进来一个身材高大魁梧的汉子，那些手下似乎很是怕他，全都起身向他行礼。这人跟王世安低声谈了一阵，便离开了。

又过了一会儿，里面熄灯再没有什么动静。冉璞跟彭渊便悄悄地离开了这个院子。彭渊低声告诉冉璞："是王世安在里面。"

冉璞点了点头。

"后面进来的那人叫完颜律，我跟他交过手，所以认得。"

"看来这里的确是莫彬的巢穴所在。"

"干脆带人来抄了他们？"

冉璞想了想说："彭堂主，现在还不是时候。我们先回去跟兄长商量一下吧。"

彭渊点头同意。两人随即返回酒馆，把此事告知冉琎。

冉琎沉思了一阵说道："暂时不要动他们，只派人监视住就可以了。一切等我们从哈拉和林回来后再说。"

一天后何忍从邢州赶来了。但是刘润并没有随他一起过来，因为塔察儿到了他那里调兵点将，要他协防徐州并攻打海州，所以他无法前来。不过，刘润写了一封亲笔书信交给何忍，说只要刘秉忠见到此信，自然会为他们提供帮助。

冉琎看这信封并未封口，便打开读了一遍，然后说："既然如此，我们就尽快出发。"随后将王世安出现在万安寺的情形告诉了何忍："何堂主，我们都去了哈拉和林，这里必须留下一个人居中联络，还要监视王世安那些人。这个重任非堂主不可了。"

何忍拱手领命："尊使放心，但凡我在燕京，这里不会出差池的。对了尊使，我调来了两个精干的手下，分别叫吴风和周川，全都精通蒙语。让他们跟您一起去哈拉和林，也好多些帮手。"

"太好了，有劳何堂主费心了！"

何忍谦逊地回答："尊使不要客套，这是属下应该做的。"

两人正说着话，王琬赶来通知说，杨惟中将在三天后前往哈拉和林，耶律楚材随后也会去。几人商议了一阵，决定事不宜迟，当日就启程离开。

王琬叮嘱冉珏："冉兄，我不在哈拉和林，你一切千万小心。"

"琬妹放心，我们已经有人在那里了。"

王琬好奇地问："哦，是谁？"

"荀梦玉。半年之前，他就已经去了哈拉和林。"

听冉珏这样说，王琬的心放下了大半，不过仍然提醒道："你们不会讲那里的语言，对那里风土习俗都不熟悉，凡事小心，千万不要强行出头。"

冉珏知道她不放心，便笑着问："琬妹你能不能想个办法，跟杨惟中一起去哈拉和林呢？"

"我正在想办法，必须有一个好的理由才行。"

"就说要见刘秉忠如何？"

"这个理由不错。杨惟中正要我修浑天仪，里面有很多难处。听说刘秉忠多才多艺，精通天文历算。我可以跟杨惟中同去哈拉和林向他请教。"

"太好了琬妹，那我在哈拉和林等你了。"

"好啊，我兄长王鹗也在那里，之后我们可以通过他来保持联络。"

"那真是太好了。"听到王鹗也在哈拉和林，冉珏不由得心情大好。

随后众人穿上蒙式衣袍，扮成来往于中原和漠北之间的茶叶行商。何忍已经预备好了一批来自南方的茶饼和茶砖，银茶碗、茶盅、茶刀这些器皿，甚至还有茶臼和木杵这些小物件。

冉珏饶有兴致地看着一个样式特别的水壶，呈元宝形，中间部位呈壶嘴状，上面还有一个木塞。他忍不住拿在手上来回观看。

何忍说："尊使，这个东西叫虎忽勒。漠北那边的人平时都是牧民，拿起武器就是军士，平日一直骑在马上。所以他们用马皮或牛皮自制盛放茶水和酒的饮具，在放牧和行军时随身使用。但他们自制的很是粗陋容易损坏。

他们更喜欢汉地做的虎忽勒。尊使看这木塞上有一个小孔，可以穿过皮绳挂在身上或着马上，而且着实坚固，一般的弓箭都不能射穿它。"

王琬赞道："何堂主真是个有心人。"

何忍笑着回答："分堂新招了不少人，需要养人吃饭。所以我琢磨着靠山吃山，靠水吃水，把汉地的东西贩卖到蒙古北方去，再把北方的东西卖到南方去。结果还真能挣到钱。"

冉琎问："他们不刁难你吗？"

"没有。恰恰相反，他们很喜欢商人过去。因为漠北气候寒冷，物资短缺，他们需要行商把各地的东西贩运过去。因而从他们的大汗起，所有人都非常尊重并且保护商人。"

一旁的冉璞轻叹一声："要是两边不打仗，大宋和他们的生意一定能做得非常红火。"

冉琎忽然心里一动，问道："前天你们看到，莫彬的属下在万安寺藏了大量财物，这些钱的来路是怎么回事呢？"

冉璞说："莫彬这厮一直用商人的面目掩护自己，不过这个人的确擅长经商，这些钱难道是他行商挣来的？"

冉琎摇了摇头："他才到北方多久，就算他再有本事，靠行商就能很快赚到这么多钱？"

王琬笑了："你们不知道，莫彬现在是国相镇海的副手，帮他出谋划策，营建哈拉和林城。这里的油水那么大，以他的秉性，岂有不贪的道理？"

众人听罢，顿时释然，不由得都笑了。

冉璞说："如果他把在临安经营聚仙山庄的本事拿出来，蒙古的那些高官肯定经不住他的拉拢诱惑。"

张钰愤愤地骂道："这样的人，到了哪里都是祸害！"

彭渊却笑着回道："他要真这样祸害蒙古的话，那可是为大宋立了一件大功！"

第五十九章　和林断案（一）

冉珬听彭渊他们打趣莫彬在腐蚀蒙古高官，不由自言自语地问道："为什么他能做到在这边大肆敛财呢？"

王琬回答："当然是因为镇海需要用他，更有窝阔台汗替他们撑腰。"

"可是贵为大汗的窝阔台，为什么就这么信任他？"

王琬叹声说道："应该就是因为那件事情吧。"

冉珬明白她的意思，当然是因为莫彬献出蛊毒，为除去拖雷立下了大功。那么现在忽必烈突然抓走他，极有可能就是为了从他那里探查父亲拖雷死去的真相。

但莫彬怎么敢出卖大汗窝阔台？所以他们一定是形成了僵局……

随后众人押着车队出发。冉珬跟王琬告别后，领着众人乘车骑马，一路向北驰去。

此时正是深秋，漫山遍野的枫叶如同紫红色火焰一般，远远望去，犹如进入一片红海。众人不禁望得呆住了，停下车驾欣赏了起来。冉璞叹道："如果不亲身到燕京以北，怎么能目睹如此人间胜景？"

彭渊笑道："这里跟临安相比，环肥燕瘦都是风流，难分高下。"

众人一齐摇头，都说彭渊这个比喻太不恰当。

彭渊反问："那你们说，到底是北方好，还是南方好？"

张钰回答说："刚才彭大哥不是说，南方、北方各有风流，难分高下吗？"

"不，我其实是问，你们心里到底喜欢南方多些，还是北方多些？"

冉璞回道："无论南方，还是北方都好。可我还是最喜欢家乡的云台山。"

冉珊赞成说："不错，云台山的秋景跟这里比，并不逊色分毫。"随即想到此行完成使命后，就可以带着王琬一起回到家乡，心里不由得美滋滋地期盼着那一天。

彭渊叹了一声："是啊，人人都说家乡美。金陵的紫金山上，现在应该还是到处翠绿呢。"然后突然转了话题，"我已经好久没吃到江鱼跟湖蟹，也该回去看看了！"

这句话陡然引起了众人的思乡之情，冉璞更加思念娇妻谢瑛和爱儿从周了。众人都是暗下决心，这一趟差事完成后，一定要立即返回家乡跟家人团聚。

众人接着继续赶路，几天后进入乌兰布统草原，夕阳的余晖下，大片金黄的草原一眼望不到边际，成群的大雁列成人字雁阵，鸣叫着向南飞去。不远处有一个湖泊，那里倒依然是一片莺飞草长，燕鸥翻飞……再往北行，却进入了无边无际的荒漠。众人都在心想，幸亏带了向导引路，不然如何才能穿过这片沙漠呢？

辛苦行走了十几日，众人终于到达了此行的目的地，哈拉和林城。在城门口，守卫检查得非常松懈，只粗粗地看了下何忍为他们准备好的通商文书和税单，验货交税后就让他们进城了。

众人当中除了冉珊和彭渊，都是第一次来这里，全都好奇地打量着沿路两边的建筑和商铺。众人很快就有了第一印象：这是一座具有中原汉地特色，跟漠北游牧风格互相混杂的城市。

哈拉和林城南北大约四里，东西约二里，窝阔台大汗所居的万安宫，位于和林的西南隅，万安宫有高大的宫墙环绕，周长约二里。汗宫之外，哈拉和林城有两大居住区，其一是穆斯林聚居区，里面设有市场，西域各国以及大宋的货物都在这里交易；另一半就是汉人区了，居住的都是各类工匠、手艺人和郎中等。城里又兴建了大量官员宅邸以及十二座佛寺与道观，一所景教基督堂，还有一座穆斯林清真寺。由于蒙古国势日益强盛，各国使臣、教士还有商人都争相来到这里。

众人正看着街景，遇到了几个高鼻蓝眼，且近乎袒胸露乳的红发女子，她们扭着身段一边行走，一边恣意地大声说笑。在她们身后，还有全身乌黑发亮的侍者跟着一路服侍。

这时，路边有一个蓄着蓬松胡须的男人，头上裹着硕大的头巾，盘坐在地上吹奏着一个细长的乐器。他的面前有一个篮子，几条扁头大蛇盘踞在篮子里，只要乐器吹响，大蛇就跟着他吹奏的节奏上下起伏，似乎在为他伴舞一样。他还有一只猴子，手拿托盘熟练地来回接住行人投来的铜钱。

冉璞经过的时候，特地向他看了一眼。这人抬眼跟冉璞对视了一下。只见这人的瞳孔竟然是红色的。冉璞不禁愣住了，这人冷冷地将目光移开，又转向那条大蛇去了。冉琎看到此人，忽然想起了在高州平乱时，曾经抓到过几个来自天竺的番僧，他们跟此人实在像极了。

张钰看这一切觉得很是新鲜，指着那几个刚刚走过的红发女子问冉琎："尊使，这里的人怎么看起来如此古怪？"

冉琎笑了，"这些女子都是从西域来的人。那裹头巾耍蛇的男人应该来自天竺，又叫印度，就是佛经里佛陀来自的地方。当年大唐玄奘法师曾经去过他们那里。"

张钰皱着眉："依我看，她们就不像正经女人，怎么可以穿得这样暴露，三五成群走在街上，举止又那么轻佻！这在大宋，根本就是有伤风化，官府要抓了她们予以斥责的！"

冉璞解释说："她们很可能是战俘。听苟梦玉先生说过，蒙古军曾经大举西征几千里，跟无数小国交战过。只要攻破他们的城池，蒙军就把那里国库的金银钱财全部抢光，又把当地男子杀光，女人和童子按战功大小分配给出征的军官和士兵当作奴仆。所以我猜测，哈拉和林这里长相奇异的人，大多是从西域抢来的奴隶。当然，也有一些西域商人吧。"

彭渊看了一阵那些女子，说道："也许这些女子的习俗，跟我们汉人本来就不一样吧。我倒觉得没什么妨碍。"说罢，眼神直直地盯向那几个女子。

张钰问："彭大哥似乎对她们挺有好感，不如出钱给她们赎身，把她们带到大宋去吧，怎么样？"

彭渊的头摇得像拨浪鼓一样："那可不行。"

可众人看他的眼睛依旧盯在那几个红发蓝眼的女子身上，不禁一阵大笑。彭渊自知失态，只得嘿嘿地跟着笑了。

冉珙吩咐周川、吴风二人，向路人打听大斡耳朵的位置。之后众人在那附近找到一间客店住了进去。冉璞问道："兄长，我们为什么要住在这里呢？"

"因为这儿距离大斡耳朵比较近些。"

"听说成吉思汗在世时，共建了四大宫殿，在他死后，大斡耳朵被拖雷这一支继承了。兄长就是为了这个缘故吧？"

冉珙点了点头："是的。据我了解，几大斡耳朵都有自己的封邑，各有属民，享有他们的纳税。拖雷是成吉思汗的幼子，他继承的财产最多。所以这一带应该都是蒙哥和忽必烈他们的势力范围。"

"兄长，我们如何找到刘秉忠？"

"刘堂主写了一个地址。我们现在先休息一下，吃些东西，傍晚时就去那里拜访。"

随后众人各自洗漱，让客店送一些吃食过来，全是烤羊肉、羊排、马奶酒这些。简单用了些后，众人随即上街，一路走走看看，顺利地找到这个地址。正如冉珙的猜想，刘秉忠果然是住在汉人区，看起来这个宅子也是刚刚建成。张钰上前敲门，却是无人响应。

又敲了一阵，有人过来说住家没回来。冉珙见这是个汉人，便上前跟他攀谈了一阵。这人自我介绍说他叫马正，竟然是从汴梁城来的。因为做得一手好烟花，蒙古人便强迫他搬迁到哈拉和林去，传授技艺给当地人。后来他开了个铺子，生意倒也不错，之后将就着定居了下来。

冉珏向马正打听刘秉忠的情形，他摇头说："这人搬来也没多久，早出晚归的，几乎没说过什么话。"冉珏暗暗点头，看来刘秉忠平日行事非常低调。

第二天中午，众人将运来的茶叶、茶具等送往有商业往来的商铺后，就赶往刘秉忠的家，可仍是无人在家。等到了黄昏时分，众人再次去了刘家，结果又是无功而返。

彭渊挠着头问："尊使，这人该不是有意躲着我们吧？"

冉珏摇头回道："应该不是，按说他也不知道我们在寻他。"

冉璞建议说："兄长，要不明天我们天不亮就去，他总不会那么早就出门吧？"

冉珏苦笑着同意："也只好试一试了。"

于是次日天光蒙蒙亮时，众人就离开旅店赶往刘府。走到半程时，却被堵在了路上，许多人正拥挤在街上，以致无法前行。人群中有不少汉人，都在窃窃私语地谈论着。

听了好一阵后，众人才知道这里出事了。有一家丝绸商在街边开了很大的商铺，半夜出了命案。店铺掌柜突然死亡，并且丢失了一些金簪和戒指等财物。人群正在议论纷纷的时候，来了一队差役，在本区负责缉拿盗匪的推事官带领下前来勘查。

几个差事将人群推开一条路，那推事官在差役的簇拥下走进了商铺。过了片刻之后，几个差役走出来，逐一向围观的人们询问是否看到什么异常状况。

冉珏他们并不愿逗留在此，无奈这里道路狭窄，被人群堵得严实，实在无法通过。现在差事又过来查问，只得停在这里，等待他们办案结束。

第六十章　和林断案（二）

　　吴风听了一阵他们问案，过来对冉珪说："尊使，昨夜这家店铺的店主中毒身亡了。而且家里丢失了不少财物，现在推事官正在盘问店铺的女主人。"

　　冉珪对案件并没有太大兴趣，而冉璞做过几年捕头，听说出了命案，顿时有了兴趣，问吴风："那几个差役在问什么问题？"

　　"他们问，最近有没有看到附近有毒蛇出没。"

　　"难道那店主被毒蛇咬死了？"

　　"这个还不知道。不过他们既然问起了毒蛇，想来应该跟蛇有关。"

　　过了一会儿，一个差役过来盘问了众人，问话结束正要走开时，有路人告知他，这里有一个来自天竺的杂耍艺人，他养了几条眼镜蛇。差事立刻要那人带路，很快将那个印度杂耍抓了过来。

　　众人没有想到，这人很是精通当地语言，不停地喊自己被冤枉了。这时推事官走了过来，开始向这人问话。

　　吴风在旁听了一阵，过来告诉冉珪："尊使，这人自称噶迦，他在大喊冤枉，说自己来蒙古这里已经很多年了，从没有作奸犯科之事。不能因为他养蛇，就诬陷是他害了人。"

　　推事官盘问一阵，让噶迦把他的蛇篮拿过来，要仔细看个究竟。这噶迦一手握住一条蛇，另一手用小棍撬开了蛇嘴，这蛇的牙是被拔掉的。然后又验看了其他几条，都是拔了牙的。这时围观的人们窃窃私语，都说看来噶迦的蛇应该不会害人。

推事官想了想，吩咐人把噶迦释放了。他刚要走开，只见一人上前拦住了他说："推官大人，噶迦暂时不能离开。我家主人说，这个人的嫌疑还不能排除。"

推事官皱眉问："你是谁？你家主人又是谁？"

"小人名叫吴风，这位是我家主人。"说完，吴风指了指冉珊。

推事官走过来问冉珊："你是什么人？"

冉珊从容地回答："在下是从南边过来经营茶叶的行商。"然后指着冉璞说，"这位是我兄弟，曾经做过几年捕头，他说这个叫噶迦的人非常可疑。"

吴风传话过去后，推事官看了看冉珊身旁的冉璞，将信将疑地问："你凭什么这么说？"

冉璞上前施了一个礼，让吴风翻译道："推官大人，您可否让我们进去检查一下尸体？"

这推事官本来已经没有什么主意了，现在听到有人愿意帮忙查案，于是并不反对，说道："那你跟我来。"随即吩咐几个差役将噶迦看住了。随后领着冉璞、冉珊和吴风几人走进了店铺。进去后，冉璞蹲下身仔细地检验那店主的尸体。推事官见他手法老到，的确是经常查案的模样，不由得多了几分相信。冉璞很快就注意到，尸体的脖子上有一个红点，这红点附近明显地出现了肿胀，还有渗出的血迹。而身体其他部位并没有明显伤痕，只是手腕上出现几道抓痕。

冉璞请推事官叫来了店主的老婆，问道："这手上的伤痕是怎么回事？"

这女子回答说，昨晚她在楼下，只听到楼上一阵大乱，她丈夫像是在跟什么人打斗，还听到了怒骂声。她带着人赶紧上楼，只听丈夫一声惨叫，就倒在了地上。等他们到了跟前，见他不停地抽搐，过了一会儿竟然没了呼吸。

冉璞沉思一阵，再次仔细检查了店主的手和他所穿的衣物，在他的身上发现了几根弯曲而细长的黄色毛发。冉璞点了点头，对吴风说了一番话。随后吴风一一地向推事官口译了过去。这推官听罢，顿时大喜，向冉璞连连竖起拇指。

几人出来后，推事官命令差役将噶迦锁拿了，带回衙门细审。

噶迦不服，大声地喊叫冤枉。推事官转头吩咐两个差事，到噶迦的住所去仔细搜查，然后冷笑一声，对噶迦说："你的蛇的确不能咬人，但你养的猴子，可能是杀人盗财的帮凶！"围观的人群顿时一片哗然。

随后，推事官领着差役们将噶迦带回了衙门。许多好事的人也全都跟了过去。

大约一个时辰后，差役们果然从噶迦的住处搜到了店主丢失的金簪和戒指等珠宝。

推事官冷笑着问："噶迦，你还不招认吗？"

噶迦狡辩道："大人，这是别人栽赃小人的。"

推事官大怒，吩咐差役按住了他，先抽三十皮鞭。噶迦被打得连声惨叫，实在熬刑不过，只好招认了。很快，衙役在他的身上搜到了一个指环，上面有一根中空的尖刺。差事官请冉璞仔细检验，发现里面果然藏有蛇毒。

推事官大喜，走到冉璞跟前行了一个大礼说道："如果不是先生仗义相助，险些让这奸人逃脱了。"跟到衙门观看的众人见这么快就破了命案，全都围着冉璞，自发地鼓起掌来，交口称赞。

之后，噶迦指使猴子偷盗珠宝，又用指环杀害店主的案件不胫而走，很快就传遍了哈拉和林城。

在路上，彭渊和张钰二人兴奋地围在冉璞旁边，彭渊问："冉捕头，你怎么知道一定是噶迦干的呢？"

冉璞摇头道："其实当时我并不确定。"

冉璞抚着短须笑了："彭堂主，漠北地处极北，毒蛇一般只有几种阿拉善蝮蛇和北方蝰蛇等，但这些蛇性情暴躁，大多居于荒野地洞，昼伏夜出，不喜人多的地方。一旦人畜接近，就会主动攻击，极难驯服。因此那店主如果中了蛇毒，一定不是这两种蛇，很可能就是噶迦驯化饲养的眼镜蛇。"

冉璞点头："正是如此。据那苦主老婆说，他中毒后不停地抽搐，这显然是肌肉痉挛，呼吸麻痹，之后苦主在痛苦中逐渐停止心跳和呼吸。在临安时，宋慈先生曾经教过我，这是典型的中了眼镜蛇毒的症状。而如果中的是蝰蛇那种蛇毒，苦主的脸上会出现黄疸，齿龈会出血，甚至会呕血，但这店主没有。"

张钰好奇地问："虽然能确定是眼镜蛇毒，您又如何知道是那猴子干的呢？"

冉璞笑着说："中毒的位置在苦主颈部，难道那蛇会飞，或者从高处跳下来攻击不成？"

冉琎说道："正是，那店主老婆说，昨夜店主曾经跟人打斗。其实不是贼人，而是那只泼猴！店主上楼时，发现那猴偷盗珠宝。泼猴发觉人来了，情急之下要跳窗逃走，却被店主拦住要抢下珠宝。但噶迦事先给泼猴带了指环，纠缠时泼猴高高跃起，用爪子抓伤了店主，指环刺中了他的颈部，这才导致他中毒身亡。这可以从店主身上发现的几丝猴毛，得到确证。"

冉璞点头："兄长所说丝毫不差，案件的经过就是这样。"

彭渊鼓掌笑道："冉捕头，你如果留在哈拉和林城，只怕会有麻烦了！"

张钰问："彭大哥，这是怎么说？"

"他有这等破案的手艺，岂不是把那些推事官的饭碗都抢走了！那些人能不想办法把他赶走吗？"

众人一阵大笑。这时，他们的身后忽然有人拍掌说道："妙，妙！这案子断得精彩，案情也解得透彻，真不愧是明尊教的智慧尊使！"

众人转回头一看，这是一个年轻人，虽然戴着皮帽，穿着蒙古衣袍，却丝毫掩不住身上汉人儒士特有的气质。

冉琎拱手问道："请问先生如何认得我？"

这人拱手还礼："在下有幸，在大同府参加过中书令大人召集的儒士大会，所以知道冉琏先生。不过在下资历很浅，不能坐在先生的附近，所以您不认得我。"

"哦，先生贵姓？"

"在下刘秉忠。"

众人听到这个名字，一时全都愣住了，然后人人喜形于色。先前找他如此困难，想不到此刻竟意想不到地见面了。

冉琏微笑着说道："久仰先生的大名了。"

刘秉忠有些惊讶："哦，不知冉先生如何知道在下？"

"实不相瞒，我们已经找先生好几次了。不如找个地方，我们坐下叙话可好？"

刘秉忠痛快地答应了："我家就在附近，那就去我那里好了。"

随后众人跟随刘秉忠去了他的家里。进去一看，他的宅子虽然不大，却收拾得很是整洁，令人看了，油然而生亲切之感。

刘秉忠领着众人进入内堂入座，他没有佣人，就自己动手烧水，为众人煮茶。

等茶的时候，冉琏将他父亲刘润的书信交给他："本来令堂也要跟我们一起来的，可是他有公事在身，无法前来，就写了这封书信。"

刘秉忠看了信后问道："尊使若有事找我，请尽管开口，在下一定尽力。"

于是冉琏就将大宋参知政事余嵘拜托自己援救余保保的事情和盘托出了。

刘秉忠沉思了一阵说："你们要救余保保，这件事情只怕会很棘手。"

"哦，难道他犯下了什么严重的罪行？"

刘秉忠摇头："没有听说。他也没有招认任何事情。"

冉琏和冉璞对视了一眼，顿时放心了大半。

"可是他涉入了一件极其敏感的事情，如果他说不清楚，只怕一时半会儿不会放他脱身的。"

冉璞问道："抓他的人就是忽必烈王子，是吧？"

刘秉忠并不回答，只点了下头。

冉珽问："我听说最近忽必烈王子还绑走了萨巴喇嘛。"

这大大出乎刘秉忠的意料："哦，你们竟然连这都知道？"

冉珽点头："据我所知，萨巴喇嘛跟余保保被扣的事情可能有些关联。不知萨巴喇嘛有没有招供了什么？"

刘秉忠沉默了片刻，回答道："到目前为止，萨巴喇嘛也没有招供任何事情。不过，我奉劝你们几位，最好不要卷入此事。"

第六十一章　余莫对质（一）

　　刘秉忠如此直白地发出警告，让冉琎愣了一下。他不清楚刘秉忠对拖雷被害这一绝密究竟知道多少，如果他知道了以后，还会愿意出力救余保保吗？冉琎毫无任何把握，一时抚着短须沉吟不语。

　　冉璞见状，便问道："先生可知道萨巴喇嘛的真实身份吗？"

　　刘秉忠听了这话，不由一愣："冉捕头这是何意？"

　　冉璞微笑着摇了摇头说："恐怕和林再没有人比我们更了解他了。此人的真实姓名叫作莫彬，其实是大宋朝廷的通缉要犯。"随后告诉他关于莫彬和王世安等人在临安干的那些勾当，以及莫彬运往圣寿万安寺大量金银财物的事情："我们判断，莫彬的十几箱金银，应该是他从哈拉和林这里不明不白弄走的。"

　　刘秉忠听了这些，面无表情地说："就算他贪了，又跟我何干呢？"

　　众人无语，谈话便一时陷入了尴尬。

　　过了一会儿刘秉忠说道："尊使，你们来此地目的只是救出那个余保保，至于其他人的事情，就不要管了吧。"

　　冉琎点了点头："先生所言极是。如果方便的话，我们可不可以见一下余保保？"

　　刘秉忠似乎有些为难的模样："这——"

　　这时，彭渊有些生气了："刘先生，请恕彭某直言，假如余保保真的有罪，也应该由你们官方处置。忽必烈王子虽然身为皇子贵胄，但他的身份不

353

是官员，凭什么可以私下抓人？"

刘秉忠一时语塞。

冉璞乘势接着说道："先生，余保保毕竟是大宋的使臣，他被你们软禁的事情如果传扬开来，恐怕对忽必烈王子很不利吧？"

听到他们这样的指责，刘秉忠很难回驳。忽必烈已经下令，对余保保的事情务必严格保密，绝不能让镇海他们那些人知道，更不能让窝阔台大汗知晓此事。现在他们的指责，的确说中了己方为难之处。

他便点头对冉珬说："尊使，我尽力安排你们见一下他。不过，你们千万不能轻举妄动，一旦惹出了祸端，我没法救你们。"

冉珬拱手致谢："先生请放心，我们当然有分寸。不过，我看先生似乎有些为难之处，可否告诉我们。大家一起来帮着参详，说不定就能解决呢？"

刘秉忠听他说得真诚，想了一下回答道："我们王爷想确认一件事情，这个事似乎跟萨巴喇嘛有很大干系，余保保也可能知道些内情，无奈他们都绝口不认。所以这个当口，你说王爷如何肯放余保保走呢？"

冉珬说："解铃还须系铃人，只有让莫彬开口招供，才能打开目前的僵局。"

"既然这么说，尊使是不是有什么好办法呢？"

冉珬想了想，跟冉璞轻声商量之后，随即告诉了刘秉忠自己的计划。

刘秉忠听罢，不禁大感惊讶，随之佩服地看着二人说："这个办法有些匪夷所思，但听起来又的确合理。那好，就按照你们的计划，我去办。请尊使和几位先回客店。一旦敲定了此事，我就会去找你们的。"

众人知道，他要向忽必烈汇报此事，征得他的同意。

"那就多谢先生了。"冉珬和冉璞起身，跟刘秉忠拱手作别。

刘秉忠送走众人后，一个人怔怔地站在宅院里想了一会儿，打定了主意后，随即赶到了忽必烈的行营大帐。

忽必烈正在听人汇报今天刚刚传来的奇闻：一个来自天竺的耍蛇人，竟然教会了猴子爬到人家里偷盗珠宝，被发现后打斗中竟然毒害了苦主。忽必烈听完破案的详细经过后，连拍桌案，大呼精彩。这时刘秉忠进来了，他便说道："仲晦来得正好，你知道吗？听说城里来了几个汉人，刚到和林来就帮忙破了一桩奇案。"

刘秉忠拱手回答："王子，早上我刚好看到他们在破案，而且跟他们刚刚交谈过。"

忽必烈大喜："那太好了，你们汉人里面果然藏龙卧虎啊，本王很想见见他们。你去把他们请过来，本王要聘请他们到我的幕府来。"

刘秉忠笑了："真是太巧了，他们也想要拜见王子。"

精明的忽必烈立刻猜到，这些人物的出现很可能并不简单，便问："哦，他们找本王有事吗？"

"是这样……"刘秉忠将冉琎的来意汇报给了忽必烈。

当忽必烈听到冉琎是为了余保保而来时，脸色顿时为之一变："仲晦，这件事非常秘密，他们远在大宋，如何知道是我们做的？"

刘秉忠连忙解释道："王爷，我们并没有抓到余保保的副手苏建。他极有可能已经逃回南朝，向余保保的爹余嵘求救了。他们这些人就是余嵘派来的。"

忽必烈点头想到，这世上哪里有密不透风的墙，总会漏出去一点蛛丝马迹的。可如果让大汗窝阔台知道，那就麻烦了。忽必烈顿时有些心烦意乱。

看忽必烈有些烦恼，刘秉忠便说："余保保毕竟是大宋使臣。王爷，我们不能把他一直关下去的。"

"那现在就放了他吗？可他一个字都没有吐出来，本王心不甘哪！"

"王爷，在下倒有一个主意。"

"你说说看。"

"他们不是要见余保保吗？不如这么安排……"

忽必烈一边听着，一边频频点头。

这天夜里，刘秉忠只身来到冉琎他们的客店，跟冉琎、冉璞仔细商量了一阵。

之后二人跟着他来到一所秘密的宅院。余保保跟萨巴喇嘛就被关在这里的地下暗室中。

进入这个宅院后，过来一个差事，跟刘秉忠交谈几句后，领着三人走进了地下暗室。

刘秉忠又将他们领到一个紧邻囚室的密室里："二位先生，这间密室的隔壁就是关押余保保的地方。过一会儿我会把莫彬领出来，让他跟余保保当面对质一下。请你们二位听着就行了，千万不要出声。"

冉琎点头答应，问道："王子忽必烈应该也在隔壁吧？"

刘秉忠并不回答，只微微点了一下头。随后，他离开了密室，来到莫彬的囚室，吩咐差役将门打开，说道："萨巴大师请出来吧，你没事了。"

莫彬愣住了，见他似乎要放了自己，问道："是镇海大人派人来了吧？"

刘秉忠点点头："不过，王子还没有同意马上放你走。"

莫彬立即合掌回道："你们问的事，老僧的确一概不知。你家王子究竟还想怎样？"

刘秉忠笑了笑："王爷说了，只需大师临行前跟一个人对质一下。之后就会放你走的。"

"对质？他是什么人？"

"只要见到他，大师就都明白了。"

莫彬无奈，只得跟着他走到另一间囚室，而这里正关着余保保。他被秘密关在这里长达一个月了，这期间不断有人来审问他。而且问来问去，全都是为了那些影射拖雷之死的传言。余保保知道，一定是之前派出去的人被抓住了，供出了苏建。但苏建已经被自己派回去办差了，所以他们并没有证人和直接的证据，来证明这些传言是受自己指使散播的。于是他一口咬定，自己全然不知此事。忽必烈和手下们一时也没有什么办法，只好将他一直关着不放。

直到今天突然有人来了，而且是一个喇嘛被带到了跟前。余保保立即猜到了，这人一定就是萨巴喇嘛莫彬。他快速地回忆一遍自己当初跟苏建的商议，那些流言也涉及了萨巴喇嘛，说此人向镇海献上无色无味的剧毒，就是此毒害死了拖雷。想到这里，余保保不禁暗自发笑。

这时，刘秉忠向他介绍道："余公子，这位是大师萨巴喇嘛。你认识他吧？"

余保保看了看莫彬，摇头说："不认识。"

刘秉忠就转头问莫彬："萨巴大师，这位是来自南朝的使者，余保保。你认识他吗？"

莫彬立即回答："老僧不认识。"

现在两边都否认互相认识，刘秉忠暗自冷笑，两边都在装神弄鬼。随后他问余保保："余公子，你手下的差事对人说，这位萨巴大师藏有剧毒之物。可有此事？"

余保保仍旧摇头不知。

刘秉忠叹了一口气："余公子，要想人不知，除非己莫为。你手下的人已经招认了，是你的助手苏建指使他说那些话的。现在，当着萨巴大师的面，你能不能解释一下你们为什么要这么做。"

莫彬抗议道："老僧哪里有什么毒物？不知这位余公子为什么要诬陷老僧。佛祖保佑，刘大人既抓住了诬陷之人，还请还老僧一个清白。"

"萨巴大师放心，世间的事，真的假不了，假的终究也真不了。"

余保保马上接话："大人所言极是。既然萨巴大师自认清白，那么就烦劳刘大人，带人去搜一下他的住处。他果真清白的话，应该坦然接受。"

见这个年轻人如此当面挑衅，莫彬发怒道："这是欲加之罪！如果搜不到，你又该如何？"

余保保笑着说："大师乃是出家人，四大皆空，慈悲为怀，可不能动怒啊！”

这句话提醒了莫彬，他马上镇定下来，回答道：“老僧哪有恼怒，只是看你这后生，年纪轻轻就学会如此红口白牙，毁人清白，可见你心术不正。”

“大师在说笑吧！”余保保踱步到他的跟前，“要不要我把你的老底揭开来，让大家看看，到底是谁心术不正？”

莫彬心头一震，难道此人知道自己的过去？

第六十二章　余莫对质（二）

在临安时莫彬的确听说过，好像余嵘有个儿子名叫余保保，还名列"临安四公子"之一。可是此人跟贾似道他们不一样，不曾去过聚仙山庄。虽然自己那时曾经想过结交他，但一直没有过机缘。不承想竟然在漠北这么遥远的地方，跟此人面对面地对质起来了！

这时，余保保对刘秉忠说："刘大人，你可知道此人的真实姓名吗？"

"哦，你知道？"

"当然！"余保保指着眼前这个萨巴喇嘛说："我听说此人的真名叫莫彬，本来是个宋人，只因为他在临安犯了事，被朝廷通缉追捕，迫于无奈这才改变身份，变成了萨巴喇嘛，到蒙古这边继续招摇撞骗来了。"

虽然刘秉忠已经从冉琎那里知道了萨巴喇嘛的真实身份，那时还有些将信将疑，可现在余保保又一次当面揭底，让自己不得不相信这就是真的。这时他想起了大汗窝阔台曾经说，只要和林城全部完工后，就要封萨巴喇嘛为大蒙古国师。然而他竟然是一个被南朝缉拿的贪腐要犯？这件事如果公之于众，那肯定就是一件轰动全国的丑闻了。刘秉忠正色问道："余公子，那你把他过去犯过的事情都讲出来，我要听。"

莫彬抗议道："刘大人，此人居心叵测，您千万不要相信他的诬陷！"

余保保笑道："我还没有开始讲，你怎么就说我在诬陷？是心虚了吧？"他转头对刘秉忠说："此人就是南朝前户部尚书莫泽的兄弟，利用莫泽在朝廷的势力上下其手，大肆贪污，行买纳贿。"随后将莫氏兄弟种种恶行讲了出来，又说道："最可恶的是，明明大宋朝廷极其优待他们，可他还不满足，竟然勾结金国，出卖朝廷各种军情机密。刘大人，这人仓皇出逃后，并没有逃往金国，而是逃窜到你们这里。据我所知，半年前大汗亲自领兵攻打潼关，数次失利，你知道背后的原因吗？"

刘秉忠摇头问道："这是怎么回事？"

余保保用手指着莫彬说："因为他那时跟金国的细作头目王世安，一直保持着联络，持续不断地向金国传递了很多蒙古大军的动向，这才导致大汗作战失利。这一切背后的黑手，就是面前这个人！"

这时莫彬的脸因为极度恼怒，而涨得通红，大喝一声："你血口喷人！"

余保保继续说道："刘大人，我的话是真是假，把王世安抓过来，一审便知。听说他有莫彬的帮助，已经做了一个千户。找到他就一切清楚了。"

刘秉忠听得越来越心惊，心想，现在暴露出来的事情，似乎越来越复杂了。但这些都不是忽必烈最想知道的。他便止住了余保保："余先生，其他事情先不要讲了。请你说明一下，为什么你的手下对别人说，是莫彬献毒药给镇海，然后害死了我们拖雷大王？"

余保保听他此刻不再称呼自己余公子，而改成余先生了，不由得心里暗笑，面上却严肃地回答道："刘大人，这件事情，我的确不知情。不过，既然凶手莫彬已经在此处了，只要上些手段，还怕他不招认实情吗？"这是在提示刘秉忠，必须动用大刑逼供才行。

此时的莫彬恨不得一刀便砍死了面前之人，他瞪着猩红的两眼，死死地盯着余保保。

刘秉忠这时心里一动，也许余保保讲的是真话，只是他并不知道莫彬一伙人如何下毒的实情。可是他为什么要指使手下人扩散这个消息？为什么不直接出面首告呢？看来，这里的谜团实在太多了。于是他转问莫彬："从下面起，我是该称呼您莫先生，还是继续称萨巴大师呢？"

"刘大人，这姓余的不是好人，他刚才所说没有一句真话，全是血口喷人的诬蔑之词。"

"萨巴大师，你可以一一反驳他的诬陷。"

"那些都是不实之词，根本不值一驳！"

刘秉忠皱了皱眉头："哦，你真是这么认为？"

"刘大人，你可知道，这位飞扬轻浮的余公子，究竟是什么人吗？"

"哦？大师刚才不是说，不认识他吗？"

莫彬从怀里掏出一张信笺："不，我们也是刚刚知道。刘大人请看，这就是这位余公子要传回临安给他父亲的亲笔信，却被我们的人截下来了。"

刘秉忠接过信笺一看，上面写了很多酒的名称，但右下角还另有字迹。他仔细一读，发现是写给余嵘的，向他报知蒙军已布下圈套，宋军北上中原的行动必须停止。刘秉忠将信收了，问道："余公子，你不想解释一下吗？"

余保保嘴角轻轻一撇，回答说："我不知道这信上写的什么，也不想知道，因为这信并非我写，纯属莫彬捏造。"

刘秉忠转向莫彬问："你怎么说？"

莫彬指着余保保说："据我们查证，余保保就是南朝派来的细作，而且是个大头目。他曾多次向金国的枢密院高官白华传递秘密消息。据千户王世安说，蒙军的最新动向基本都是由这条途径传到金国皇帝那里的。"

余保保冷笑一声："白华是谁？我不认得。既然是王世安说的，那就让他过来，我们当面对质就是。"

"当然要对质。刘大人，只要放我出去，我立刻通知王千户过来做证。对了，前次王檝大人的使团被劫，余保保也在里面。我们一致认为，使团被劫案就是他指使的。"

余保保笑道："证据呢？莫彬，你凭空污蔑，未免太下作了吧！"

"很可惜你的信差被我们打死了，要不然他可以过来指认你。"

现在两边都在指控对方，但双方都缺乏证据。刘秉忠叹了一口气说："你们二位这样互相攻讦，又都没有实实在在的证据，我无法做出评判。萨巴大师，镇海大人已经为你向我们王爷求了情，看在他的面子上，你可以走了。不过最近一段时间，你不能离开和林。"

莫彬点了点头。

刘秉忠向外面招了一下手，进来了两个差役："这两位是镇海大人差来的，大师跟他们去吧。"

莫彬向刘秉忠双掌合十，道谢说："多谢刘大人，您明察秋毫，这个余保保可千万不能释放。"

刘秉忠点了点头："我们知道该怎么做，大师放心。"

"老僧还有一句话想跟他单独说一下，不知可以吗？"

"大师请便。"说完，刘秉忠跟两个差役走出了囚室。

莫彬蹱到余保保跟前，嘿嘿笑道："余公子，我就要出去了，而你会一直在这里待下去。"

余保保皱眉回答："莫大师好走。"

莫彬回头看了下，见刘秉忠等人已经走开，便冷笑着说："余公子，我在临安时，你爹余嵘尚且对我敬畏三分；而你这个小厮，竟敢对我不敬，还要跟我作对？"

余保保不屑地盯着莫彬："笑话！我们余家钟鸣鼎食，四代国公；而你跟莫泽，不过贩夫走卒出身，侥幸攀上史丞相暴发而已。但你竟敢大言不惭，自称让人'敬畏三分'？真是厚颜无耻之至！"

莫彬连声冷笑："你们余家虽然家大业大，那又怎样？你爹余嵘不过仗着你祖父余端礼的势，侥幸承袭了爵位而已。不过他才能平庸，余家在他手上必定败落。再看你这小厮，取名保保，亏你家世代高官显位，却偏要用像娼妇一样的贱名。"

余保保大怒："莫彬，你竟敢如此辱我，将来我必杀你！"

莫彬不屑地笑了："小贱种，只怕你今生都出不去了，又怎么来杀我？"说完，他得意地看着盛怒的余保保，冷笑几声，转头出了囚室，跟那两个差人上了马车。

他们的对话，被冉珽和冉璞全部听到。冉珽轻叹一声，却没有说话。冉璞也默然无语。两人走出密室，刘秉忠正等着他们，三人一起上了另一辆马车，跟上先前莫彬的马车驶了出去……

莫彬的马车行驶一阵，拐进了一座尚未完工的喇嘛寺庙。莫彬主持修建和林城，当然一眼便认了出来。马车在一堵山墙跟前停了下来，一个差人对莫彬说了一句蒙语。莫彬对蒙语所知有限，一时没有反应。那人便换了汉话："下车。"

莫彬依言下了车，疑惑地问那人："镇海大人在这里吗？"

那人没有回答，却突然拔出了一把明晃晃的长刀，将刀压在莫彬的脖颈上，问道："你究竟跟他们说了什么？"

莫彬叫屈道："你们不要冤屈了老僧。我不曾说出任何事情，请镇海大人放心。"

"你没说，他们为什么要放走你？"

"冤枉！他们问不出什么事情，只好放了老僧。"

那人仍是一脸的不信，问道："他们问了蛊毒的事情吗？"

"的确问了，但老僧说没有此事。"

"你把那东西藏在家里了？"

"老僧不敢，已经送走了。"

"现在藏到哪里去了？"

莫彬突然有些怀疑地问："镇海大人问这个干什么？你们到底是什么人？"

那人冷笑连连："大人说了，只有死人才能保守秘密。大师，你老安心去见佛祖吧。"说完提刀便劈了过去。

莫彬顿时惊得面色惨白，瘫坐在地，叩头求饶道："镇海大人饶命，老僧的确没有说那件事！"

第六十三章　惊天密谋（一）

那人突然收起了刀问："你当真没有招供？"

"出家人不打诳语，当真没有。"

"难道他们没问拖雷大王的事情？"

"问了，但没有问老僧。"

"这是什么意思？"

"他们只问了余保保。"

"他怎么会知道这件事，而且为什么要当着你的面问？"

莫彬无法回答，犹豫着回答道："他最近派人造谣……"这时，莫彬注意到另一位差人，看起来有点面熟，似乎不久前在哪里见过。

他正在疑惑时，刚才那人大喝一声："他们造了什么谣？"

"他们造谣说，是大汗害死了拖雷大王。"

"还有什么？"

莫彬犹犹豫豫地说："他们说——是我提供了那毒药。"

"那你如何回答？"

"老僧当然不承认，他们又没有证据。"

"他们没去搜查你的住处吗？"

莫彬略有些得意地笑了："他们是去了，但搜不到，因为我已经派人把东西送走了。"

这时，突然有人接话道："是在燕京圣寿万安寺吧？"

莫彬的笑容顿时僵住了，转头望去，只见走过来四个人，说话的人走在最前。而这人竟然是自己此生最大的仇敌：冉珊！他旁边的人正是他的兄弟冉璞。

莫彬顿时愣住了，这两个至为痛恨的仇敌怎么会突然出现在这里？他心里仇恨的火焰一下子被点着了，双眼变得猩红，恨不得立即将这二人撕成碎片，也不能解了心头之恨！

然而只片刻之间，他目光里仇恨的火焰就熄灭了……随之变成了冰冷的绝望。

因为他看见了后面还有两个人：一个是刘秉忠，另一个竟然是忽必烈王子！

莫彬一时间手足无措。

忽必烈走上前来，冷冷地问道："你是汉人，真名叫莫彬，对不对？"

莫彬的心乱作一团，惊恐万状，仿佛眼前的人就是来自阎王那里的黑无常，随时要将自己锁拿带走。极度的恐惧让莫彬再不敢有任何隐瞒，立刻跪下磕了几个头，回答道："老僧不敢欺瞒王子，我的本名叫作莫彬，不过萨巴喇嘛的身份也是真的，这是吐蕃萨班法王亲自颁赠给我的度牒。"说完，他从怀里掏出了度牒，双手举起呈给忽必烈。

刘秉忠上前接过，看了下要转交给忽必烈。

但忽必烈并不看，问道："是你把蛊毒献给了镇海，毒死了我阿布，是吗？"

"老僧知罪——王子明鉴，老僧当时并不知道镇海要害的人是拖雷王爷。不然的话，就是给我一万个胆，也绝不敢做这样的事情啊！"

忽必烈的眼神像刀锋一样："你们佛祖慈悲，普度众生。可你作为佛家弟子，为什么要收藏蛊毒这样的害人之物去取人性命？"

"王子这样问，老僧愧不敢当，只有以死谢罪了！"说完，又连磕了几个头。

这时，忽必烈的几个随从走了上来。

忽必烈吩咐："把这个人单独关押起来，叫他把跟蛊毒有关的所有证词全都写下来。记住，不准任何人接近他。"他的脸突然阴沉了下来："今天的事如果走漏了消息，那你们几个人就都去自裁吧。"

"是，王爷。"这几个随从面面相觑，全都懊悔不已，为什么今天会摊上这个倒霉的差事？

莫彬被带走后，忽必烈瞬间变得笑容可掬，对冉珋和冉璞说："今天多亏二位先生出手相助，本王才能知道当年的真相。请受我一拜。"说完，就要对二人行大礼道谢。

冉珋拦住了他，回礼道："王爷言重了。其实我们是受余保保的父亲相托，到漠北来接他回去的。"然后仔细看了一下忽必烈。这人的肤色黝黑，方脸阔嘴，面带棱角。虽然眼睛细小，但一股精光毫不掩饰地放射出来，正在认真观察着自己。

忽必烈点头问道："本王想问一下，你们如何知道莫彬藏有蛊毒的事情？"

"因为查找余保保的缘故，我们也听到了一点传闻。"

"那就请先生和各位为本王保密。"

"王爷尽管放心。"

忽必烈走到冉璞跟前，上下打量了一下他，问道："阁下就是刚破了那桩命案的英雄吗？"

冉璞拱手施礼："不敢当，在下侥幸而已。"

忽必烈见冉璞身材高大雄壮，相貌堂堂，有英雄气概，而且谦逊有礼，不由得心里喜欢。他拍了拍冉璞的肩膀："好汉子，过两天本王请你到府里来做客。"

"多谢王爷相邀，在下一定去。"

随后，忽必烈在随从的簇拥下上马离开了。

这时刚才扮作镇海差事的两人走了过来，跟众人哈哈大笑。原来二人正是彭渊和吴风。彭渊笑道："刚才莫彬那厮差点认出了我，幸亏吴风吓住了他。"

吴风问："难道莫彬以前见过你？"

"是的，在燕京圣寿万安寺，我和尊使跟他会过面。"

这句话提醒了冉珏，对刘秉忠说："刘大人，事不宜迟，现在应该派人到燕京去，可以收网抓捕王世安了。"

刘秉忠点头答应。

冉珏又吩咐吴风赶紧联络何忍，要他们配合刘秉忠，将蛊毒搜出来送到和林来。刘秉忠见冉珏心思细致，不由暗自称赞，拱手谢道："多谢尊使出手相助。"

"应该的。刘大人，那么余保保是不是就可以释放了呢？"

刘秉忠一口答应："我一定说服王爷，尽快释放他。"

彭渊不悦地问："刘大人既这样说，还要扣押他多久呢？"

刘秉忠抚须回答："那要看余保保是否知趣了。"

冉珏请求道："刘大人可否安排我们见一次面？"

刘秉忠痛快地答应了："好说，这件事我来安排。"

再说忽必烈从莫彬那里得到了证词后，就悄悄地赶到蒙哥那里，将供词呈交给他："兄长，前一阵子那些谣言绝不是空穴来风！"

蒙哥看完证词后，猛然站起身说道："杀父之仇，怎能不报？"说完就要向外走去。

忽必烈大惊，赶紧一把抱住了他："大哥你要干什么？"

"我这就去整兵，趁着他们没有防备，今夜就突袭万安宫。"

忽必烈大惊失色，连声劝阻："不行，大哥，我们绝不能仓促起事。万一事败，会连累额吉的！"

想到了母亲唆鲁禾帖尼，蒙哥冷静了下来，问道："兄弟，你读的书比哥哥多。你仔细想一下，过去帝王家遇到这种事情，都是怎么处理的？"

"大哥，自古帝王家最是无情，为了帝位，父子相残、杀兄害弟、篡位夺权的比比皆是。但之后他们的下场大都不好，无非是因为兄弟相争，就会被外人利用了啊！"

蒙哥眯起眼，冷冷地盯着忽必烈："那你的意思是，这件事就当作没发生过？"

"不，不，大哥，这不是我的意思。"

"那你想怎么办？"

"要报仇，就一定得寻找合适的机会。但现在肯定不行，因为支持大汗的王公勋贵肯定占了大多数。如果我们现在起事，他们不会帮我们的。"

"那又怎么样？咱们的兵力不少，全都是怯薛精兵，还能怕了他们？"

"大哥，猛虎难敌群狼。我们千万不能犯了众怒。"

忽必烈看蒙哥仍是不以为然的样子，继续劝道："就算要这么干，大哥还记得阿布说过的话吗？'不打没有准备好的仗'。最近刘秉忠为我讲兵法，有一句说：'谋定而后动，知止而有得。'这都是一个意思，我们必须深思熟虑才行啊！"

蒙哥听到这里，终于坐了下来，说道："我们去见额吉吧，她一定有办法的。"

忽必烈知道，母亲唆鲁禾帖尼颇有智谋，每每遇到大事时总是有办法，于是点头同意，两人一道去了她那里。

唆鲁禾帖尼看到两个儿子一起来了，便吩咐侍女去沏上一壶奶茶，母子三人坐在一处，一边饮茶一边谈事。忽必烈将莫彬的供词呈给了母亲。

出乎二人意料的是，唆鲁禾帖尼看了后非常平静，问忽必烈道："这提供蛊毒的究竟是什么人？"

"此人是镇海的心腹，萨巴喇嘛。一直帮镇海营建哈拉和林城的人就是他。哦，其实他的真实身份是一个汉人，名叫莫彬，而且他是个被宋廷通缉的要犯。"

唆鲁禾帖尼给儿子们摆好茶盅，一边沏茶，一边说："我们克烈部有一句老话，'不放奶的熬茶是黑的，不透光的毡包也是黑的，昧了良心人的心更是黑的。'一个喇嘛，却通过献毒害人的手段，谋取荣华富贵？这人的心哪，真是黑透了！那么多佛经真是白念了。"

忽必烈说："额吉，这人当喇嘛也是被逼的，只因为他在南朝干了太多坏事。"

蒙哥冷哼一声："明天就把此人千刀碎剐了，祭奠阿布！"

唆鲁禾帖尼摇头说："你阿布的仇一定得报，但真正的凶手不是这个人。现在杀了他，反而会惊动他背后的坏人。"

蒙哥问："那该怎么办？"

唆鲁禾帖尼默然片刻，把侍女叫了进来，吩咐道："你去把那个萨满法师送的盒子拿来。"

第六十四章　惊天密谋（二）

侍女应诺，过一会儿捧来了一个黑盒子。这侍女放下盒子，随即知趣地退了出去。

唆鲁禾帖尼吩咐蒙哥："你把它打开。"

蒙哥依言打开了黑盒子。二人看过去，里面有一些黑色药丸跟许多红色药丸混杂在一起。

唆鲁禾帖尼又吩咐忽必烈："明天你就让人给那个喇嘛灌下一颗黑丸，也让他尝一尝中毒的滋味。"

"额吉要这样处死他吗？"

唆鲁禾帖尼冷笑一声："现在就处死，未免太便宜他了。这是来自吐蕃配方的七绝丹，由十几种罕见药材炼成。在炼制过程中，十几味药加进的顺序不同，毒性也会不同。黑丸是毒药，红丸是解药。它们虽然都是七绝丹，却由于毒性不同，反而能够以毒攻毒。炼丹的法师按照我的要求，让这黑丸药量轻些，所以药效慢，但会每天发作，让他腹痛跟刀绞一般，痛不欲生，生不如死。嘿嘿！"

蒙哥跟忽必烈对视了一眼，不知道他们的母亲为什么要这么做。

"每隔一个月，你就给他一颗红丸，可以暂时解毒，让他苟活一阵子。"

蒙哥忍不住问："额吉，这么折腾这个假喇嘛，究竟为什么呢？"

"刚才我说了，现在杀了他，就会惊动他背后的主谋。可我们也不能饶了他，就给他灌下这毒丸，暂时出一口气也好。"

忽必烈听了这话，不禁摇了摇头。

唆鲁禾帖尼看到了，诡异地笑着说："你们以为这仅仅是为了出气吗？不，这个人得留着，今后有大用。也只有这个办法，才能控制这种黑了心肠的坏人！"

忽必烈问："这样说来，额吉已经有计划了吗？"

唆鲁禾帖尼沉默了一会儿，说道："你们两个都已经长大，成了顶天立地的男子汉了。所以，这件事我不再瞒你们了。几个月前，我找到了良月女萨满，她告诉了我关于你父王被害的经过……"

随后她将丈夫拖雷中毒而亡的过程告诉了两兄弟。蒙哥听罢怒火万状，站起身说道："李鬼名居然还活着！身为大汗，竟然让这样一个女人害死自己的兄弟！我要一刀刀活剐了这个女人！"

唆鲁禾帖尼喝止他道："站住，你不能去动她。"

"可这个女人不但害死了我阿布，她还害死了我们的欧沃，伟大的成吉思汗！"

"不，小不忍，则乱了大谋！你们不是在跟儒士们学习汉文经书吗？汉字里的忍字怎么写？是不是心字头上悬着一把刀？"

忽必烈答道："是的，额吉。"

"那你们的心里都得放上一把刀，得忍！只有忍过去，我们才能报仇！我们不但要报仇，还要夺回本就属于我们拖雷系的大汗之位！"

蒙哥跟忽必烈从未想过要争至高无上的大汗之位，今天听到他们的母亲振聋发聩地说出了她的惊天密谋，两人的心都像被锤子猛敲一下，震个不停，脑门上全都冒出了冷汗。

忽必烈战战兢兢地问："额吉，这有可能吗？"

唆鲁禾帖尼冷冷地回答："你害怕吗？"

蒙哥看了看忽必烈："四弟别怕，有额吉在，有大哥在，你不用怕。"

忽必烈听出了大哥的轻视："不，大哥，我只是不想额吉冒险。"

唆鲁禾帖尼点头说道："做大事的人，务必要谨慎，再谨慎。蒙哥，这一点上，弟弟要比你强。"

蒙哥低头说："是，额吉。儿子今后一定会小心低调。"

"这就对了。记住，你们的身上流淌着孛儿只斤黄金家族最高贵的血液，你们终将是草原上最为矫健、飞得最高的雄鹰。额吉相信你们！"

蒙哥和忽必烈的心突然激动了起来，他们觉得母亲今天这些话，给他们此生指明了方向。忽必烈问道："额吉，大哥马上就要带走本族子弟去西征了，那我怎么办？"

"蛰伏，我们可能要蛰伏很长一段时间。等到机会来时，额吉会联络所有志同道合的王公亲贵，一起把你大哥推上汗位。"

蒙哥摇头道："额吉，我认为这会很困难。上回阔端出征前对我说，大汗已经下定决心立阔出为继位太子。只等他们出征南朝凯旋回来时就宣布。"

忽必烈点头说："如果大汗公开宣布继位人选，我们不会有机会的。"

"办法总是有的。"唆鲁禾帖尼自言自语道，"万一他回不来呢？"

蒙哥跟忽必烈对视一眼，都是惊疑不定。

"再有，贵由是大妃脱列哥那最宠爱的皇长子，这个女人既愚蠢，又霸道，喜欢操弄权术。有她在，今后一定会有事端发生。我们要做的事情，就是做好准备。"

蒙哥尊崇地看着自己母亲，问道："额吉，那我们要做什么准备呢？"

"你即将要加入西征了，到了西域要好好打仗，多打胜仗。我们蒙古崇尚战功，只要你有了很大战功，军队就会支持你。记住，无论如何，你都要压过贵由。"

"额吉，这一点儿子心里有数。贵由虽然作战勇猛，但他脾气暴躁，而且仗着是大汗长子的身份，不大看得起人，所以他在军队将领中间没有什么人缘。"

"嗯，你要好好利用这一点，为自己笼络人心。我们蒙古有句古话，'有朋友的人，就像草原一样宽广；没有朋友的人，就如同巴掌一样狭窄。'"

"是，额吉。"

"尤其是拔都，你一定要尊崇他的命令。我看了很久，拔都是你们这一班人中最出色的领袖人物。当年你阿布跟老大术赤交往最密，我们两家的关系最好。今后拔都一定会成为你的坚强后盾。"

"放心吧，额吉。"

忽必烈见母亲一直在叮嘱大哥，便插话问道："额吉，你不让我去远征，那我留在这里又能做些什么呢？"

"将来你会是帮大哥治理国家的一把好手。听说你邀请了一些知名儒士加入自己的幕僚，让他们给你讲解历史，这很好，但是还不够。"

"请额吉指教。"

"你要向众人彰显你的美德和智慧，帮你大哥收拢人心。这一点上，你比你大哥更强。你们要兄弟同心，取长补短，我们这一支将来才能重新兴旺起来。"

"是，额吉。儿子还有一个问题。"

"哦，你问吧。"

"大汗即将派出各家的长子带兵西征，阔端和阔出也即将出征南朝。各位兄弟都有兵可带，有仗可打。可儿子不去打仗的话，能有立功的机会吗？"

唆鲁禾帖尼笑了："你不要急，会有机会的。你们可知道为什么大汗要把儿子们和所有大将都派出去打仗，而自己却不去吗？"

蒙哥和忽必烈全都摇头。

"那是因为他懈怠了，开始整日享乐，而且酗酒。十几天前他在宫里喝醉了，对哈真妃说，'这人世的一半是为了英名，另一半就是为了享乐。如今朕的英名已经有了，剩下的事就是享乐了。'你们听听，他自己不愿再受战事的辛苦，进而不断地酗酒，亲近妖娆美姬，这些是他的不吉之兆啊！"

蒙哥问："额吉，我们该怎么处置李鬼名？"

"额吉自有办法。大汗后宫里面有额吉的人在，对付她易如反掌。额吉所不放心的，就是今天发生的事情，千万不能泄露出去。如果大汗察觉我们知道了事情的真相，那就有麻烦了。"

忽必烈点头答应："那个喇嘛就是一个小人，给他喂毒后，料他不敢乱说。值得顾虑的是余保保这些人，他们也知道蛊毒这件事。儿子担心他们会扩散出去。"

蒙哥阴沉着脸说："那就杀掉这些人，彻底封口。"

忽必烈强烈反对，回答道："余保保是南朝使节，杀他虽然容易，却会引起南朝的抗议，大汗也会怀疑这件事情。"

"那就一直关着他吧。"

唆鲁禾帖尼想了想，说道："不用了。前些日子，各种流言蜚语在悄悄流传，大汗发过一次火之后，并没有把这些谣言太当回事。他曾经对耶律楚材说，有些人无事可干时就喜欢嚼舌根，搬弄是非，最好把他们都派出去打仗，免得他们留在和林城里无事生非。"

蒙哥和忽必烈听到这里，不由得会心地笑了……

第二天，刘秉忠果然安排冉琰秘密地会见了余保保。

当余保保听冉琰说，是自己的父亲拜托他前来营救自己时，立即弯腰作揖道谢："冉先生不避危险，跋涉千里过来搭救，余某感愧万分。这份大恩，将来一定厚报！"

冉琰扶起了他说："余公子，如果我所料不错，你很快就会被释放。不知下面你有什么打算，跟我们一起回大宋吗？"

余保保摇摇头："我暂时还不能回去。上次我们传递军情失败，结果朝廷大军在河南中了人家圈套。我至今仍然自责。"

冉琰劝解道："这件事不能怪到余公子头上。朝廷出兵前也确实太轻敌了。"

"是啊，之所以他们轻敌，就是因为不了解敌人的狡诈凶蛮。我预计，蒙古大军很快就要大举入侵大宋。这种时候一份及时的军情比万两黄金都要珍贵的！所以我必须留下来，继续我的使命。"

"余公子，你知道做这些事很危险吗？"

"知道。但我余家自曾祖父起，几代人世受朝廷厚恩，所以只要是为了大宋朝廷安危，余某何惜一命？"

听到这句话，冉琎知道他心意已决，便不再劝了。

第六十五章　大力尊使（一）

两天之后，余保保果然被悄悄释放了。哈拉和林城一切如常，非常平静，似乎这几日并没有任何事情发生过一样。

冉琏向刘秉忠打听到了王鄂的住处，随即登门拜访。王鄂突然见到冉琏跟彭渊来访，在这塞外漠北见到故人当然是喜出望外。而令冉琏意外的是，元好问竟然也在哈拉和林。众人在漠北再次相聚，王鄂与元好问又新认识了冉璞，高兴之余，众人自然少不得要开席庆祝一下。

他们一起喝下第一杯酒后，冉璞因为不习惯这酒的味道，不禁稍稍皱起了眉头。

彭渊笑道："冉捕头是第一次尝到这蒙古马奶酒吧？"

冉璞点头："这似乎不是酒，为什么这么酸？"

元好问笑了："冉捕头，这马奶酒如果初次喝，虽然觉得酸涩，却有一种独特的醇厚甜味，仔细回味会有一股浓烈的奶香味道。"

冉璞又喝了一杯，点头称是。

王鄂说："这种酒由马奶加本地土法发酵制成，不知其酒性的容易贪杯喝醉，所以冉捕头千万不能喝得过急过猛。"

彭渊笑着说："要说茶跟酒，肯定是咱们江南的好。何堂主除了做茶生意之外，如果贩酒到漠北来卖，一定能大发利市。"

冉琏若有所思地说道："真是巧了，余保保刚刚告诉我，他们有一批名酒从临安向燕京方向运了过来。本来要从陆路走，但由于中原正在打仗，只好改走海路了。所以他得赶紧离开和林到直沽去，接应这批好酒到燕京来。"

彭渊很是好奇："难不成他真要做酒生意吗？"

王鄂说："你们可能不知道，南朝派遣了使臣到哈拉和林，准备两边和谈了。这批酒可能就是向大汗进贡之用吧。"

冉璞摇头："这种时候和谈，岂不是在示弱？"

元好问笑着说："欸，冉兄弟，现在咱们只喝酒，不谈那些恼人的事情，好不？"

彭渊诡异地笑了："元先生你不知道，冉捕头刚到和林就破了一桩案子，现在被和林城的主政官老爷看中了，要请他到衙门里当个负责刑案的推事官。"

王鄂很是高兴："这可是件好事啊！不知冉捕头意下如何？"

冉璞向王鄂敬了一杯酒，却是笑而不答。

冉琎说道："我们不会留在和林的，因为我们都离开家乡播州实在太久了，他的妻儿都在云台山等着这次回去团聚呢。"

王鄂非常失望："真是太遗憾了，冉兄，那你跟我妹妹的事情，到底怎么打算呢？"

"这次来的主要目的，就是接琬妹跟我一道回播州去完婚。"

元好问笑着问："既是这样，你们备下了聘礼没有？"

冉琎回答道："只要王兄答应，聘礼随时送上。对了，在燕京时，琬妹说她很快就会到和林来的。"

王鄂笑着点头："那就等她来了之后，我再跟她仔细商议此事。"

彭渊笑呵呵地起身，带着张钰向冉琎跟王鄂敬酒道贺。众人也先后道喜，兴高采烈地推杯换盏，尽欢而散。

再说萨巴喇嘛莫彬，这两日时刻处在极度的煎熬当中，终于等来了忽必烈一行人，他立即跪倒如同捣蒜一样连磕了几个头，求饶道："王子，只要您开恩饶了在下性命，老僧的这条残躯就是王子您的了。今后王子要我做什么事，老僧赴汤蹈火，在所不辞！"

忽必烈的心里突然涌上一阵厌恶，只觉得跟此人说话，真是污了自己的身份。但他竭力掩饰住了自己对他的憎恶，只平静地问道："此话当真？"

莫彬见似乎有了转机，赶紧再磕下一个头："老僧真心追随王子，为王子效力，即便粉身碎骨也在所不惜！"

忽必烈不易察觉地冷笑了："我要你粉身碎骨有什么用？"回头向刘秉忠示意。

刘秉忠明白，把手上的黑盒打开，拿出了一粒黑丸递给了莫彬，命令道："把这个吞下去。"

莫彬双手接过黑丸，惊疑不定地看着刘秉忠："这是什么？"

"还不谢过王子的恩典？立刻吃下去。"

莫彬看了看面无表情的忽必烈，和他身后铁塔一般的几名侍卫，心里万分惊恐，却是无可奈何，只得仰头将黑丸吞了下去。

刘秉忠点了点头："今后每月我会派人给你送上一颗解药。不过如果你有了异心，我们就会停掉解药，而你将会肠穿肚烂，在哀号痛苦中慢慢地死掉。"

莫彬吓得魂飞魄散，连连叩头求饶："王爷饶命！"

刘秉忠冷哼一声："你虽是出家人，却没有慈悲心肠，居然喜欢用毒？这就是你今生的因果报应。放心吧，你且死不了，只要你全心为王爷效力，就不会有事。"

莫彬无可奈何地看着刘秉忠，心里既恨又怕，暗暗发誓，有机会一定要杀了眼前这个人，以解心头之恨。

刘秉忠似乎明白他的心思，摇了摇头笑着说："从此我们就是一家人了，大师！"然后拉起莫彬，低声吩咐了几件事情。

莫彬万般无奈之下，只得点头答应。

"镇海一定会问你所有事情的经过，你想好怎么回答了吗？"

"请刘大人指教。"

"记住，无论他问什么，你只说什么都没发生过。最后是因为耶律楚材大人求的情，你才被释放了。"

"大人放心，老僧知道如何应付了。"

"很好，大师这就可以走了。"刘秉忠随即吩咐侍卫将莫彬送走。

忽必烈望着莫彬的身影，若有所思地问刘秉忠："仲晦，这个人真被我们降伏了吗？"

"王子放心。此人惜命得很，一定会死心塌地为您效力的。"

忽必烈点点头，露出了一丝不易察觉的满意……

经过几番打探找寻，这日冉瑈终于见到了新任大力尊使郭侃和苟梦玉二人。

这郭侃幼年时曾被父亲郭德海过继给史天泽当了义子，便留在史家跟史天泽的儿子们被一起养大。史天泽归顺木华黎后当了蒙古大将，郭侃也跟着木华黎东征西讨，年刚弱冠就因战功封为百户。木华黎非常欣赏郭侃，称赞他虽然年轻，却有胆有谋。其后郭侃对金军作战有功，屡受褒奖，成为蒙军最年轻的千户将领。

冉瑈初见到郭侃，立刻就被他散发出的独特气质吸引住了。这是一个身材高大魁硕的男人，一双眼眸发射出睿智的精光，却并不让人感到压力，因为他的笑容，一下子就能让人感受到他对朋友的诚心和关切。

郭侃紧握冉瑈的双手，爽朗地大笑道："早就听说了智慧尊使冉瑈先生的大名，如雷贯耳啊！郭某一直盼着有机会拜会一下先生，没想到先生竟然先到郭某这里了。"

冉瑈微笑着回答："郭将军是风云人物，能跟郭将军相识，冉某真是何其有幸！"

一旁苟梦玉笑着说："今天明尊教的三大尊使聚在这里，这就是莫大的缘分啊。"

随后冉琏向郭侃介绍了冉璞、彭渊和张钰等人。

郭侃一边点头，一边说："刚才苟先生说得有理，大家在和林相聚就是缘分，让我们一醉方休如何？"说完热情地邀请众人进帐，吩咐差事开宴，众人把酒言欢。

酒过三巡，郭侃对冉琏说："冉先生，你们现在过来，时机正好。倘若再迟来十来天，可能就见不到郭某了。"

冉琏好奇地问："哦？郭将军要离开和林吗？"

"是啊，而且此去之后，恐怕一两年内，未必能回和林城来。"

"听说你们有西征的计划，是不是大军要开拔西征了？"

"正是。郭某有幸，很可能要跟随主帅速不台将军，率领本部去攻打钦察和斡罗斯。"

众人都不知道钦察在哪里，彭渊好奇地问："郭将军，这两个地方在哪里？"

"彭堂主，这说起来话就长了。"郭侃随后简单地介绍说："这钦察是西域突厥的分支。突厥人被大唐驱逐了以后，向西迁移占据了黑海北滨的草原，慢慢成立了部落联盟，其中有些部落迁移到钦察草原，他们被统称为钦察人，实际上还包括鞑靼、诺盖、哈萨克、卡拉恰伊、库梅克和卡拉伊等不同的分支。"

冉璞问道："那斡罗斯又是怎么回事？"

"斡罗斯这个地方，汉话翻译不同，也叫罗斯或者露西亚。他们就是始于欧洲的东斯拉夫族人，几百年前建立了基辅罗斯王国，皈依东正教。现在他们分化成了众多公国，这些公国掌控在各自的王公、大公手里，又都有自己的军队。无论是钦察，还是斡罗斯都是小国林立，互相争斗。我们去了可以各个击破他们。"

张钰问："听起来这些地方都非常遥远，为什么你们大汗要不惜远途跋涉，去攻打他们呢？"

郭侃正色想了一下，回答道："蒙古人最敬仰的成吉思汗，曾经几次被人问过同一个问题，什么是他人生的快乐，你们猜他如何回答的？"

冉璡跟苟梦玉对视一眼，他们自然是知道的。

张钰摇头："不知道，郭将军请说吧。"

"其中三次他分别是这样回答：'男子最大之乐事，在于压服乱众，战胜敌人，夺取其所有的一切，骑其骏马，纳其美貌之妻妾；人生最大之乐，即在胜敌、逐敌、夺其所有，见其最亲之人以泪洗面，乘其马，纳其妻女也；找出敌人的下落，把他连根拔起，再夺走他所有的财产，这是男人最大的快乐。'"

张钰皱起眉头说道："那如果他的妻子和财产被人夺了，他还能说这样的话吗？"

第六十六章　大力尊使（二）

郭侃点了点头："他年轻时，妻子孛儿帖曾经被敌人掳走，长期的部落战争和动乱，给他带来莫大的苦痛和挫磨，所以他才会变得这样偏执！"

冉璞接话道："从成吉思汗开始，蒙古军队就一直到处打仗。现在看来，现任大汗窝阔台仍然在继续这种狂热的扩张。"

郭侃听了这话，不但没有介意，反而似乎有些得意："一点不错。灭掉花剌子模和金国之后，现在大汗控制的疆域已经推进到西域和中原地带，国土广袤无垠，实力蒸蒸日上。即便这样，他仍在发愁，灭金得来的金银居然不够赏赐蒙古王公以及建筑和林城所需。所以大汗才要继续远征西域。"

众人听罢，一阵默然。

冉琎摇头说："兵法说，'国虽大，好战必亡。'一味依仗武力，终是不能长久。"

郭侃鼓掌回答："说得很对。可是还有一句，'天下虽安，忘战必危。'蒙古跟金国开战了那么多年，大宋在干什么呢？在我看来，大宋的军力不但没有提高，似乎还退化了。与其相比，如今的蒙古犹如初升的朝阳，大宋则是垂垂老矣的夕阳。这就是为什么我写信给白宗主，我们得因应时势，乘机起事才对啊！"

张钰扬起眉头问道："郭将军，你的意思是，我们应该起兵反宋对吗？"

"为什么不呢？天下是天下人的，有德有力者方能居之！大宋的开国皇帝赵匡胤，本是厚颜无耻之人，夺了结义兄弟孤儿寡母的江山；其后赵佶昏庸无能，任用奸臣，丢了北宋中原半壁；赵构阴毒狠辣，为一己之私，连忠臣良将都杀了；现在的皇帝赵昀又有何德何能？靠着奸臣史弥远拥立上位，就坐享仅剩的江南半壁荣华富贵？不反他，简直没有天理！"

这时众人全都沉默了。那边张钰剑眉紧锁，面带怒色，质问道："郭将军，既然这样说，将来你一定会帮蒙古侵略大宋了？"

一时间酒席的气氛变得紧张起来，众人的眼睛全都盯着郭侃。

而郭侃满不在乎地反问道："为什么不？"

张钰无法遏制自己的怒气，猛拍桌案喝道："郭将军，不要忘了你是汉人！"

本来冉璞和彭渊也待要发作，但想到这里是他的军营，而且他又是明尊大力尊使，如果造次可能会局面无法收拾，便按捺了下去。

郭侃哈哈一笑："你说这样的话并不奇怪，毕竟你还年轻。"

张钰怒哼一声："郭将军，请你不要数典忘祖，做那些为虎作伥的事情。"

"为虎作伥？我就是虎，为什么要作伥？不过，如果我跟你一样都身处南朝，就只能做被人吃的羊了。小兄弟，你来选择，是做虎好，还是做羊好呢？"

张钰愣住了，不知这话从何说起。

冉琏见状，正要说话，郭侃继续说道："我郭侃堂堂七尺男儿，岂能跟南朝那些龌龊的狗官为伍？"说完，他起身举起杯一饮而尽："告诉各位，本将军平生之愿，就是征战四方，大军所到之处，望风披靡！我即将跟随统帅速不台，出征西域，今天在此立誓，此行必定要踏平钦察跟波斯，打垮斯拉夫联军，征服斡罗斯，再向西打到匈牙利、波兰，直至所谓的神圣罗马之国，跟他们的十字军决战。"

这些地名都是众人闻所未闻，不由得大感好奇。

冉琏举了酒杯向郭侃敬酒道："郭将军志向远大，冉某佩服！不过你自幼在北方长大，不知道南朝的全部实情。很多事情，并非如你所说那般简单。而且在下觉得，现在这个场合谈论这些并不合适，我们还是继续饮酒吧。"

苟梦玉接话说："冉兄言之有理。郭将军，白宗主已经对所有人说了，只要他在任上，明尊教是不会跟朝廷作对的。不过，我由衷敬佩郭将军是一个实诚之人，并不把我等当作外人，坦诚相待，说出自己的肺腑之言。来，我敬你一杯。"

于是三人互相敬酒，又各自喝了一轮。

宴席散了后，苟梦玉陪着众人回到驿馆。冉琏请伙计送来火炉和茶具。随后众人围着火炉，一边煮茶，一边谈话。

冉璞问道："苟先生，你是打算一直留在蒙古吗？"

苟梦玉点头说："我暂时还会留在这里，很可能跟随郭侃大军，一起到西域看看。"

"哦，这是为什么？"

苟梦玉轻叹一声："刚才郭将军提到了许多地方。西域各地如波斯、罗马和斡罗斯，等等，他们的人物、风土和教化究竟如何，历朝历代直至我们大宋，竟是无一人知晓，官方也从无半点实录。如果我们知道了这些国家的存在，再不去了解他们，岂不令我等羞愧？所以我的余生将会立志于此，将所见所闻一一写下，整理成书带回大宋，让世人都知晓西域的详情，这样后人才不至于坐井观天。"

冉璞拱手说道："如果能成书，将是苟先生的莫大功德！"

冉琏举起杯说："看来苟兄很快就要跟郭侃将军出发了，那我以茶代酒，提前为你饯行了！"说完向苟梦玉敬茶。

苟梦玉饮罢，随即为冉琏斟茶回敬。

彭渊笑着说："郭侃跟着速不台带领蒙军主力去祸害西域，他们就没有余力侵略大宋了，这不是一件好事吗？"

苟梦玉摇头说："不，彭堂主小瞧他们了。据我所了解，窝阔台已经把中原、川蜀，甚至还有江南，全都当作自家的后院了。"

冉璞问："苟先生说明白些呢？"

"据万安宫里传出的风声，窝阔台计划让太子阔出驻扎中原，伺机进攻荆襄和江淮，将来打下了江南，全是他的领地；阔端则进攻川蜀，包括陇西、吐蕃和云南都将是他的领地范围。"

冉璞大怒，猛拍桌案大喝："他们不要太狂妄！"

冉琎冷静地问道："他们那么多主力要去西征，哪里有足够兵力去进攻大宋呢？再说，他们不就是因为缺钱才去西征吗，又哪里有那么多粮饷？"

苟梦玉回答说："冉兄有所不知。窝阔台已经下诏，发行纸币交钞，在中原和原西夏之地广为流通。灭金后，窝阔台很快下诏中原各地，括编汉地户籍。按照耶律楚材的建议，汉地按户为单位收取赋税。由中州断事官失吉忽秃忽主持，目前括户完成，共得汉地民户一百多万户。他们就是要用从中原征来的钱粮和兵丁，去攻打大宋啊！"

冉琎若有所思，紧皱双眉说道："在占领区征兵征粮，固然是他们一贯的做法，但以中原汉军为主对付朝廷的策略，应该是耶律楚材和镇海他们精心策划的毒计。唉，只怕不久之后，互相杀来杀去的都是汉人自己了！"

"是啊。但北方汉军豪强现在唯蒙古马首是瞻，张柔、严实和史天泽这些实力军头，极有可能跟随蒙军南下攻宋。"

冉璞问道："朝廷难道不想些办法去游说他们？"

苟梦玉苦笑："前有李全等人被杀，后有张惠他们反叛，史天泽这些人很难信任朝廷的。"

冉琎摇头说："他们的家族和根基都在河北、山东，已经跟朝廷完全隔绝了。要让他们像武仙一样叛离蒙古，归顺大宋，这是不可能的了。"

苟梦玉叹了一声："可是朝廷面对的对手不仅是史天泽和张柔他们，还有金国投降蒙古的那批人，比如汪世显。"

冉琎点头："我了解汪世显，此人文韬武略，精通军事。上次他嫌弃朝廷给他的封爵太低了，很快就投降了蒙古。我预料，此人一定会是大宋在西北极其危险的敌人。"

三人忧心忡忡，沉默了一阵。

苟梦玉忽然笑了："冉兄，冉捕头，我们三位都不是朝廷大员，刚才我们的议论，似乎名不正，言不顺哪。要是赵善湘大人或者赵范听到了，一定会斥责我等的。"

冉琏摇了摇头："赵善湘已经下野了，现在赵范、赵葵兄弟因为宰相郑清之支持的缘故，主持淮东淮西，甚至沿江各地军政，权势如日中天。据说连史嵩之大人都得避让他们。"

冉璞说道："这次洛阳大败，赵氏兄弟损兵折将。当初竭力主张出兵河南的人，就是他们。朝廷再怎样包庇，也必须给他们相应处罚，不然如何服众呢？"

苟梦玉冷笑一声："只要宰相郑清之没事，他们就不会有事。咱们还是饮茶吧，不要再说那些恼人的事情了……"

又过了一日，王琬跟随杨惟中的车队到达了和林城。同日，各地蒙古王公也陆续到达。大汗窝阔台召开了诸王大会，商讨出兵钦察、斡罗斯最后的军事部署。因为此事已经酝酿许久，各王早已摩拳擦掌，跃跃欲试。

经过反复商议之后，窝阔台最终下令：各支宗室全都以长子统率所部出征；万户以下各级那颜派出长子率军从征；汉军中郭侃所率一万精锐骑兵，也被全部抽调参战。拔都、贵由、蒙哥、拜答儿等宗王出征，以拔都为首。窝阔台担心拔都在西域的作战经验不如老将速不台，又担心贵由不服拔都，所以任命速不台担任主帅，拔都为副，出兵诸王全都接受他们二人的节制和指挥。

出兵这日，和林城外战马嘶鸣，旌旗蔽天，十万蒙古轻重骑兵排列整齐，准备接受大汗窝阔台的检阅。窝阔台亲自出城，为他们出征壮行。

当他看到所有士兵全都身披新造扎甲，身背最新式组合弓，手执长矛弯刀，人人士气高涨，向他高呼万岁时，不禁满意地点了点头，向士兵们不停地挥手致意。

　　然而他万万没有料到，很快就发生了一件让他十分尴尬的意外事件。

第六十七章　王琬定策（一）

　　窝阔台刚刚检阅全军完毕，掌管怯薛卫队的那牙阿骑马急匆匆地跑到车驾前报说："禀告大汗，贵由太子跟拔都打起来了。"

　　窝阔台喝问道："为什么不拉开他们？"

　　"大汗，他们两个打起来，没人敢上去劝架。"

　　"知道为了什么事吗？"

　　"具体为了什么，还不知道。好像起初是因为两个人的马性子都很烈，刚碰到一起就互相撕咬踢打。侍卫们把马拉开后，两人便吵起来了。后来贵由太子骂了拔都一句，拔都恼了，两人就动手打起来了。"

　　"他骂了什么？"

　　那牙阿犹豫了一下，回话道："回大汗，据听到的卫兵说，骂的好像是'杂种崽子'。"

　　"混账东西。"窝阔台勃然大怒。

　　他喝令手下立刻将贵由叫过来。正在这时，速不台从一辆极为精致的马车上走了下来，笑着对窝阔台说："大汗，两匹年轻的公马驹血气方刚，性烈好斗，不打紧。调教好的话那可都是千里马啊。"

　　因为速不台毕竟年事已高，远途骑马行军，他的体力和精力都不能应付，所以窝阔台特地命工匠为他精心打造了这辆特殊的马车。窝阔台觉得他话里有话，便迎上去，搀着速不台的手说，"我担心他们这一路上再斗起来，就会误了我们大事。这一次我把他们都交给你了，你一定要管住他们。"

速不台笑了，"大汗放心，只要前面有了敌人，他们两个就一定会立即停止内斗，转而一致对敌的。"

窝阔台摇头说："你可不能大意，总之这一路必须把他们两个分开。"

"是，大汗。"

正说着话，拔都和贵由到了他们的车驾跟前。窝阔台立即举起了马鞭连抽了贵由几鞭，速不台跟那牙阿赶紧上前抱住，一阵劝解。窝阔台责骂贵由道："你们的祖父在世时说过：'谁要是种下仇怨的苗，谁就将摘取悔恨的果实。'贵由，你明白里面的道理吗？"

贵由轻哼了一声，并不回答。

拔都听出了这位叔父大汗的话里有骨头，便跪下向窝阔台叩头请罪："大汗，这次不怪贵由，都是侄儿的过错，请您惩处吧。"

窝阔台上前扶起了拔都，安抚他说："好侄儿，全是贵由的错，我都知道了。"转头对贵由说："贵由你必须记住了，拔都和他的兄弟们，身上流淌的是最高贵的黄金家族的血液。跟你一样，都是我们孛儿只斤家族的未来。父汗希望你们这次携手西征，齐心协力，共同杀敌。你能做到吗？"

贵由不情愿地回答："父汗放心，儿臣一定会。"

窝阔台点了点头，将拔都的手拉了过来，放到了贵由手上："你们两个听着，我要你们现在发誓。"

两人点头答应。

窝阔台念道："孛儿只斤家族的子弟听着：无论将来到了哪里，我们都患难与共，同心协力，打败敌人。让我们一起侵略他们的领地，一起掠夺他们的财富，一起倾听他们妻子和儿女的痛哭声吧。"

两人知道，这是他们的祖父成吉思汗曾经说过的话，于是依言照说了一遍。

窝阔台这才满意，拍了拍两人的肩膀大笑说道："好的，朕就在和林城等待你们凯旋的那一天，给你们庆功！"

拔都和贵由向他行礼后上了马，随后一声喝令，带着人马向西开拔而去……

此刻，哈拉和林城外一座小山上，冉珏和王琬正在这里，向远方眺望着，一队队蒙古骑兵呼喝着向西方奔驰而去。

王琬笑着说："冉兄，当初你跟姚枢勘选新都地点，特意选择了哈拉和林，本意是希望蒙军从这里出发去征服西域。现在看来，你的目的达到了！"

冉珏苦笑着说："我的目的其实并没有达到，因为我实在低估了窝阔台的野心。"

"哦，冉兄为什么这么说？"

"据苟梦玉打听的消息，窝阔台即将派遣阔端和阔出率领两路大军进攻人宋，一场你死我活的大战即将开始。"

"宋廷不是已经派出使节谈判了吗？"

"是啊，听说朝廷派来的是李韶大人。他刚刚到达哈拉和林，但窝阔台根本不见。李大人没有办法，正在找王檝帮忙呢。"

"王檝大人生性忠厚，也许愿意帮大宋说情。"

冉珏摇头："可这场战争绝不是他一个汉官就能阻止得了的。"

"冉兄，你也阻止不了。按照耶律楚材一直以来的说法，这其实是统一之战。"

冉珏再次苦笑："也许吧，就算这是他耶律楚材的政治雄心，可他们的大汗窝阔台未必也有如此伟大的抱负。其实他心里所想并不是为了统一天下，让天下百姓得到幸福，而是就为了他的几个儿子扩大封地，掠夺他国民众的财产。"

王琬深深知道，无论怎样，冉珏必定会尽其所能，全力阻止蒙军入侵大宋。于是说道："知其不可而为之！冉兄，我知道你一定要有所作为。罢了，只要我在这里一天，就一定全力助你完成心愿。"

冉珏摇头："不，我这次是来接你走的。而且，上一次我答应过你，我们一起到蓬莱岛上隐居。"

王琬盯着他说："我们是可以一走了之，从此不管尘俗中事。可冉兄的余生，只怕就要一直怏怏不乐了！"

听到她说出这样的话，冉珏的心里忽然涌上一阵激动，不愧是红颜知己，此生至爱的王琬，世上再没有比她更了解自己的人了！

可是真要跟蒙军对抗，就凭宋军现在的实力，能行吗？自己怎么可能有回天之力呢？

冉珏喃喃自语道："知其不可而为之！但面对这样的局势，真是太难了！"

王琬从来没有见冉珏这样绝望过，再怎样的危急时刻，他在人前总是保持着一份胸有成竹的镇定，最后也总能想到办法解决麻烦。可现在他竟然如此焦虑，可见大宋局势之危险。王琬宽慰道："冉兄何必心灰，事在人为。余保保不是已经开始实施离间计了吗？我看这个办法行得通。"

这是最先由王琬想起的计策。

冉珏点了点头："你这条计虽然缓些，用好的话可能会有奇效。只是过程太过艰险！琬妹，无论如何，你都不要亲自参与。就让余保保那些人去做吧，危急的时候，何忍他们也会参与行动。"

"嗯。听你所说，蒙哥和忽必烈他们已经知道他们父亲被害的真相，蒙古的传统就是有仇必报。他们迟早会有行动，更何况他们的背后还有一只凶猛的老虎！"

"是谁？"

"就是他们的母亲，唆鲁禾帖尼。"

冉珏疑惑地看着她。

王琬解释道："你可能还不了解这个人。她是一个非常危险的女人，城府极深，手段毒辣。她一定会为自己的丈夫报仇。只要我们把握好时机，就可以利用她来达到我们的目的。"

"你想找机会接近唆鲁禾帖尼？"

"是的，我会争取得到她的信任。"

"可是接近这样的人实在太危险了，琬妹慎重。"

"冉兄放心，我自然会小心从事。你们这次帮了忽必烈大忙，从你讲述的情形看，他对你很有好感。加上还有刘秉忠深得他的信任，我接近他们应该有希望的。"

冉珏抚着短须，沉思一阵说道："对刘秉忠必须小心些，这个人十分精明，而且他是不会忠于大宋的。一旦他发觉我们另有图谋，会毫不犹豫地做出对我们不利的举动。"

"冉兄放心。"

"对了，莫彬被刘秉忠释放了。"

"我刚知道这个事。耶律楚材似乎很高兴，以为忽必烈是看在他面子上才放人的。"

"应该没那么简单。"

"是的。我猜莫彬已经被他们收服了。"

"刚刚收到何忍从燕京发来的消息，莫彬在万安寺的巢穴已经被抄。王世安带人抵抗，被全数击毙。莫彬存放在那里的所有秘密以及大量钱财，都被刘秉忠带人抄走了。其中就有他秘密收藏用以害人的蛊毒。"

王琬点了点头："这毒物便是镇海他们害死拖雷的铁证。一定是唆鲁禾帖尼让他们搜走的，目的就是为了坐实所有证据。他们既然如此大动干戈，今后一定会有所行动。我们要做的，就是利用各种办法，促使拖雷系跟窝阔台的矛盾激化。一旦蒙古的上层发生内讧，他们就无暇侵略大宋了。"

"不错，这的确是最好的办法。我会尽快找到余保保商议继续此事，让他今后听从何忍的安排。而琬妹你今后只跟何忍保持单线联络，这样还安全些。"

"好的。对了冉兄，这次你帮忽必烈拿下莫彬，他已经见到了你，只怕你们下面会有麻烦。"

冉琏点头："琬妹放心，我知道该如何应对。"

第六十八章　王琬定策（二）

这日，耶律楚材在官衙里接见了大宋使臣李韶，以及随从官员。

李韶递交了大宋国书和进贡给窝阔台的各色珍贵国礼。耶律楚材接过了国书，只匆匆扫了一遍，将国书扔在了桌上，仰头半闭着眼，看了看李韶，说道："南朝背信弃义，趁我军暂时回去休整时偷袭河南。你们怎么可以这样明目张胆地背叛盟国？"

李韶不卑不亢地回答："耶律大人此言差矣。"

"怎么说？"

"当初我们两国结盟灭金的时候，你们的使臣王檝大人亲口答应，河南之地归属我们。如今言犹在耳，怎么可以说我方背盟呢？"

"王檝这么说了吗？作为中书令，我怎么不知道此事？"

"中书令可以问一下王檝大人。"

"我无需询问王大人，这就是你们一厢情愿的误解。"

"不，上一次王檝大人带回的国书里，就写有这一条。"

"你说的国书在哪里？我们大汗签约了吗？据我所知，王檝大人的使团在宿州竟然遭到了抢劫！我们派人调查了，伪装成金兵抢劫的就是宿州守将国用安，他是受你们指使的！"

"绝无此事。耶律大人，您既然这样指控我们，想必一定有证据吧？"

这问到了耶律楚材的短处，他只好冷笑着回答："人在做，天在看。你以为我们就真拿你们没办法吗？"

"耶律大人，您这是何意？"

"金国的藏金已经被你们偷走了！这次河南大战，你我两军大战了一场。你们怎么可以想打就打，想停就停？哼！你们既然败了又来求和，就必须拿出诚意来。"

"请耶律大人明说。"

"你们必须赔偿我方黄金二十万两，钱五百万贯，以抵充我方损失；从今往后，你们每年给予金国的岁币要转给我们，银绢各增加到五十万；另外，我们两国的疆界，暂时就跟当初你们和金国的疆界保持一致吧。"

这就是说，蒙古不但要求己方赔款，还要拿走唐州、邓州等地。李韶的心头顿时涌上无比的悲愤，他大声地抗议道："耶律大人，你们这样漫天要价，未免太贪婪了！"

耶律楚材倨傲地回答："贪婪？不答应的话，我们就继续开战，嘿嘿。你们虽然有大江天险可以依仗，但我蒙古骑兵马蹄所至，天上天去得，海里海去得！如果贵使不肯答应，就请回吧，下一次我们到临安城下再谈。来人，送客！"说完，他正眼也不看李韶一下，吩咐值日差事将李韶送走。

李韶没有见到窝阔台，又被耶律楚材如此羞辱，却只得忍辱含愤地离开了。

走出衙门时，王檝正在等待。看到他走出来，王檝便迎了上来。

见王檝关切，李韶忽然得到了一丝慰藉，或许王檝能够帮自己找到一丝转机。于是走上前去，深深作揖说道："王大人。"

王檝回礼问："李大人，谈得顺利吗？"

李韶红着脸摇头："没谈拢。我万没想到，耶律大人的态度竟会如此强硬。"

"他不肯停战？"

"嗯。"

"太不像话！他就算不肯，礼节上至少也得派人将你送回驿馆才对。"

李韶黯然摇头。

王檝生气了："你是大宋的使臣，即便是大汗，也不该对你如此无礼！我这就去见大汗。李大人且先回馆驿，等我的消息吧。"

李韶心事重重地回到馆驿。刚进门，差事上来报说："李大人，有一个叫冉璞的人要拜见您。"一听说冉璞来见自己，刹那间，李韶觉得刚才的沮丧和愤懑立刻烟消云散，赶紧吩咐差事："快，把他请到我的客房来。"

冉璞进来后，刚要行礼，李韶上前一把握住了冉璞的手，激动地说："真想不到，在这里还能见到冉捕头，实在太好了！"

冉璞见李韶如此动情，不禁也有些感动。两人入座后，冉璞问："大人和谈顺利吗？"

李韶叹气道："他们的要价太高了！"随后将刚才跟耶律楚材的谈话情形讲述了一遍。

冉璞听罢，不禁大怒："耶律楚材欺人太甚！"

李韶无奈地摇头："唉，赵葵他们一定要出兵河南，结果兵败。圣上派我来谈判，意在试探他们的真正意图。看来，今后的局面无法再收拾了。"

"无非就是战争罢了。李大人，既然他们这么嚣张傲慢，你再求也是无用，徒增羞辱而已。不如早些回去通报皇上，调集全国兵力，预备抵抗他们的入侵。"

"我也是这样想的。刚才遇到王檝，他向大汗窝阔台说情去了。且看他会如何讲吧。"

"兵者，国之大事。侵略大宋应该是他们制定已久的国策。李大人，恐怕任何人都不能改变窝阔台的野心。朝廷必须丢掉幻想，做好举国抗敌的准备。"

"你说得很对。皇上派本官来，本来也不指望能谈成和议。"

"这么说来，朝廷应该已经开始部署迎敌了。"

"我不在兵部，所以也不知道具体情形。在我离开临安出使蒙古之前，官员们都在上书，弹劾赵葵、赵范仓促入洛，致使兵败，损失数万精锐以及钱粮无数。唉，淮东军队现在是元气大伤，他们两个的确有罪。"

冉璞摇头说："有郑相在，这兄弟二人不会有事，最多被象征性地惩处一下。"

"是啊。邸报上说，皇上将赵葵降官一级，改授兵部侍郎兼淮东制置使，他的治所现在移到了泗州。"

这时冉璞犹豫了一下，还是开口问道："李大人，有一件事情。上次在临安，我向真大人递交了赵胜的口供。赵胜曾经当面向我供认：就是他用毒箭射伤了赵汝说大人。"

"哦？这件事我并不知晓。上朝时，也没有人议论过。"

冉璞有些失望。

李韶想了一下，抚须说道："看来，这件事又是郑相出手干预了。冉捕头你放心，既然我知道了此事，就不会不管。回朝后，我会找御史一起上书弹劾！"

冉璞摇头道："既然真大人默许这样，一定有他的道理。您回去后，还是先问一问真大人吧。"

李韶点头答应："那好。冉捕头，你在蒙古这里要待多久？"

李韶一直不问自己为什么到蒙古来，冉璞知道他对自己的信任和关切，回答道："我们此来是为了援救余嵘大人的公子余保保，现在已经办成，随时可以回去了。大人什么时候回临安？"

李韶叹了一声："我这次来漠北，虽然没有达成任何和谈的协议，却看清了他们君臣的狼子野心！战争已经无可避免，我必须尽快赶回去通报圣上，做好大战准备。"

冉璞赞道："大人此行摸清他们真正图谋，就是立下大功了。"

"冉捕头就跟本官一道回去，如何？"

"好啊，不过我得跟家兄商量一下。"

回到驿馆后，冉璞跟冉琎说了此事，可冉琎摇头："我暂时还不能走。"

"兄长在这里还有未了之事？"

冉琎就将跟王琬商议的计划告诉了他。

冉璞摇头："兄长，你怎么可以让大嫂做这么危险的事情？"

冉琎长叹道："我当然不愿意，可是她心意已决，情愿为了大宋而承担一切风险！"

冉璞感叹地说："嫂嫂不愧是一个女中豪杰，巾帼英豪！她比朝廷里那些所谓的士大夫，要强上百倍、千倍！"

"可我宁愿她跟我回播州去，或者到蓬莱岛，去过与世无争的寻常人生活。"

兄弟二人从未有过这样无法决断的矛盾境地，一时沉默无语。

过了片刻，冉璞将见到李韶的经过告诉冉琎："兄长，李大人那里我们如何回话？"

冉琎站起身，从桌案上拿起两本书册递给了冉璞："你把这个交给李大人吧。"

"这是什么？"

"这是我两次蒙古之行，详细考察他们军队的记录，对朝廷备战应该会有帮助。"

冉璞好奇，便打开了这书，任意挑了一页读了起来。

"标准配置的蒙军骑兵军团，重骑兵约占四成，轻骑兵大约六成。重骑兵用以突击，配有长矛和弓箭等武器，必要时也近身搏斗。重骑的铠甲是加厚的扎甲，也用锁子甲与皮革护甲。蒙军扎甲可以抵御刀剑劈砍以及弓箭和其他武器的穿刺。但是刀剑亦能砍断连缀甲片的皮绳，连续多次的劈砍，可以导致甲片崩裂。蒙军轻骑兵通常只戴圆形头盔，身体和马匹的护甲很少。其使用的箭至少有三种，第一种重而狭窄，用于远射，可射穿锁子甲；第二种箭头大而且宽，用于近射，创伤很大，射马尤其有效；第三种箭头带有火药，通常用作信号箭，或者用于放火……"

往后又选了一页，上面写道："蒙军的轻骑兵通常远射、诱敌、警戒、迂回或者近战。主要的战法是：先由轻骑前突，示弱吸引敌军出击，而重骑埋伏在后。一旦敌军追击轻骑，则将其吸引至设定的埋伏点，重骑出击围歼敌军。"

冉璞一边阅读，一边频频点头，随后打开另一本，上面写道："蒙军骑兵所用近战武器是马刀和长矛，辅以手斧和铁骨朵。蒙军马刀，刀背较厚，刀身窄而长，曲度很好。弯刀接触敌人身体，会沿着刀刃曲面滑动，可以造成较大创口。其钢材质地比我军用刀更优。我军中常用的直剑，不便于劈砍，却极易被反震折断。蒙军轻骑携带有一种带钩的矛，可以用钩把敌人拉下马。由于枪头有钩，刺入敌人身体不会太深，容易拔出……蒙军士兵在战斗开始前，要披一件绸缎长袍。此绸以生丝制成，编织十分细密。一般箭支很难穿透，只会连箭带布一同插进伤口。医治伤口时，只须将绸子拉出，便可将箭头从伤口中拔出，十分有效。"

冉璞看到此处，称赞道："兄长，你真是一个有心之人。"

冉琎叹道："我军缺乏战马，因此跟蒙军骑兵对决的可能性几乎没有。我预计，如何跟蒙军进行城池、山地以及水军的攻防，将会是我军今后重中之重。"

两人正谈着话，彭渊进来说："先生，刘秉忠来了，说有急事要见你。"

"请他进来吧。"

刘秉忠急急地进来对二人说："冉先生，冉捕头，你们还是赶紧离开和林吧！"

第六十九章　三路攻宋（一）

冉珏见刘秉忠匆匆地过来劝自己离开，知道一定是有事情，便拱手问道："刘先生，出了什么事吗？"

"今天耶律楚材大人去了我们王子府邸，两人谈天时，王子向他推荐了先生，说你们兄弟都有非常的才能，应该留在蒙古做官。"

"哦，耶律大人如何说的？"

"耶律大人一听是你，就非常高兴，说正在找你哪。"

"他找我有事吗？"

"是啊，他说想让你跟随西征大军，去西域被占领的地方当征税官。"

冉珏皱眉问："为什么要我去西域？"

"先生有所不知，自先汗征服花剌子模开始，那里就一直缺乏有效管制。按照惯例，大汗会从中原调用合格的人才去西域担当征税官。反之，西域人则到中原来当征税官。现在大汗已经将中原的课税，以二百二十万两白银的价格卖给了西域商人奥都剌合蛮。他即将到中原、河北等地提领各路课税。"

冉璞问："这个人如此有钱吗？"

"当然不是。据说是他牵头，联合其他西域商人凑了巨资，这才买到中原地区的包税权。"

二人听到有这种事情，不禁眉头紧皱。

刘秉忠问道："先生应该不会愿意去西域做征税官吧？"

冉珏当即回答："不去。"

刘秉忠点头说："嗯，我也是这样认为的。忽必烈王子当着耶律楚材的面，让我来通知你这件事，当时我就说了，你是来接未婚妻子的，恐怕并不愿去。"

冉珏点头："正是如此。"

"你猜耶律楚材大人如何回答呢？"

"我的未婚妻子是他府里的女官，耶律大人自然希望我也留下来，一起为他做事。"

"是的。耶律大人对王子讲，如果你不愿意去西域，就派你去中州断事官牙老瓦赤那里，做个管账的主簿。"

"这又是为什么？"

"耶律大人说，奥都剌合蛮根本就是一个小人，最擅长阿谀奉承，深得大汗跟乃马真后的欢心。商人天性是要逐利的，他们花费了巨资，当然要挣更多的钱。所以一旦他去了中原，一定会横征暴敛，惹得天怒人怨。中州断事官牙老瓦赤坚决不同意对他的任命，但他挡不住大汗。所以他私下里跟耶律大人商量，要找一个得力的人帮他制约奥都剌合蛮。"

冉珏心里一动，余保保不就是合适的人选吗？而且这个身份可以给他提供掩护，为大宋传递最新的蒙古军情。

刘秉忠见冉珏忽然走神了，便问："冉先生莫非有兴趣？"

冉珏摆手道："哦，那倒没有。"

"我想也是这样。现在我特地来知会一下，如果先生不愿意留在蒙古，还是早点离开为好，免得将来惹出麻烦。"

于是冉珏和冉璞向他拱手致谢。

这夜，王琬来到馆驿，向冉珏和冉璞也通报了这件事："耶律大人非常希望你能留在蒙古效力。他说了，明天会让杨惟中到驿馆来请你。冉兄，你如何打算？"

冉珏摇了摇头："琬妹，蒙古不是我们的归宿，不但我不能留在这里，你迟早也要跟我一起走。"

王琬面带忧色："如果再次拒绝耶律大人，我担心你们会有麻烦！"

冉琏问："难道他会因为恼羞成怒而杀人吗？"

"不，耶律大人的眼界和心胸非常人可比，他不会逼迫你我做不愿的事情。但其他蒙古官员就不好说了。而且他之上还有大汗窝阔台……"

"他们的大汗会怎样？"

王琬忧心忡忡："据我了解，这位大汗最恨别人不忠于他。而且，他生性残暴，发怒时常常会用杀人泄愤。"

冉琏背手在屋子里踱起步来。王琬知道，每当他沉思时，便会这样踱步。

冉璞冷笑一声："杀人泄愤，这样不仁不义的君主，必定天怒人怨，老天会让他长久吗？"

王琬叹声回答："好汉不吃眼前亏，先过了这个难关再说。"

冉璞问："大嫂的意思是，我们暂且答应他的要求是吗？"

王琬点点头，默然无语，只看着冉琏，希望他能想出一个万全之策。

冉琏停下了踱步，对冉璞说："你嫂子的看法是有道理的。兄弟，你今夜就收拾行装，明早在杨惟中到达之前，带着张钰先离开和林。"

"兄长要我们到哪里去？"

"你们到中都去。你去找到余保保，将中州断事官牙老瓦赤需要人手的事情告诉他。"

"兄长想让他去牙老瓦赤那里做官？"

"不错。余保保是宋九嘉的学生，只要他肯写一封荐书给牙老瓦赤，这个主簿的职位多半就是他的。"

"那兄长你会去西域当什么征税官吗？"

冉琏笑着摇头："我和彭渊他们自有脱身的办法，兄弟你放心就是。"

而王琬听到这话，心里却更担心了。她明白冉琏的处境，其实他还没有什么办法，这样说只是要让冉璞先行脱险，离开哈拉和林罢了。

冉璞想了想，只好答应了："兄长，明天我会到李韶大人那里，跟他们一道返回大宋，顺道会经过燕京。我希望能在燕京等到兄长跟嫂子，之后我们一起回去。"

冉琎点头说："那就这么定了。记住，一路之上，尤其是在中都府，千万不要惹事，安全返回大宋最是要紧。"

"是，兄长……"

第二天冉璞按照计划，清早便带了张钰去了李韶那里。

而杨惟中果然如王琬所言，带了几个随从来到了驿馆。见到冉琎后，杨惟中欣喜地说："冉先生，自从大同府一别，我本以为你不会再回来了。没想到先生却来了和林，怎么样，这次就别回去了。耶律大人和我着实想念先生哪！"

冉琎见杨惟中说得真切，便拱手致谢道："让耶律大人和杨大人如此惦念，冉某惭愧。"

"先生，我们耶律大人想聘请您为大汗效力，不知您能答应吗？"

"哦？耶律大人如有需要冉某的地方，请尽管开口。"

杨惟中很高兴："那太好了。我们大汗需要精通钱粮税赋的人才，到撒麻耳干去做征税官。耶律大人说了，如果干好的话，明年就可以升任那里的断事官。我认为，以先生的大才，一定能大展拳脚，前途不可限量啊！"

"多谢耶律大人和杨大人对在下的器重，在下一定认真考虑。"

"哦，先生可有什么顾虑吗？"

"是啊，在下现在是个行商，南北各处行走经商，倒也自由。可一旦做了官，身上就有了干系，毕竟多了很多约束啊。"

杨惟中笑了："原来先生喜欢自由自在。"

"是啊，请耶律大人和杨大人给在下一点时间考虑下，冉某还需要处理完生意上的事情，才能考虑其他。"

"当然应该。对了，先生既做行商，自然明白一个道理：天下再大的行商，也不如做一个征税官的生意更大。先生可明白我的用意吗？"

冉璡拱手致意："多谢杨大人指教！"

杨惟中见他一直不肯立即答应，心想，难道跟王琬有关？便问道："听说先生此来，是来向我们王琬姑娘迎亲的。不知道先生做何打算，要回家乡完婚吗？"

"正是，就等这次运来的茶叶售完之后，我们就返回播州。"

杨惟中摇头："只怕王姑娘一时还走不了。我需要她在中都帮忙修建司天台和浑天仪，预计还要几个月工夫才行。"

冉璡笑着说："在下年幼时在云台山学道，也曾学过我们天文历算，因此对浑天仪倒也知晓。杨大人如果需要帮助，在下义不容辞。"

杨惟中知道冉璡绝不会是虚言，很是高兴："能得到先生相助，那真是太好了！"

于是两人约定，冉璡跟随他一起到燕京去，参与这项工程。

而此刻，国相镇海正在跟萨巴喇嘛莫彬秘密商议。镇海在桌案上摊开一幅大宋的地图，懊恼地说："今天议事时大汗问我，如果攻打南朝，应该先进攻川蜀、荆襄，还是淮东，我一时没有准备，所以不能回答。"

莫彬兴奋地问道："哦，大汗既然这么问，是不是要对南朝正式开战了？"

镇海点头："的确是。大汗即将召集留在和林的诸王开会，一起议论攻宋事宜。大师，你对南朝的军政了如指掌，还请不吝赐教啊。"

莫彬抚着胡须，看着地图琢磨了一阵说："攻宋的最大障碍，在于大江之险，而江淮是大江的缓冲地带。大人你看这图，宋军大部分兵力，都在沿江各大隘口布置。如果大汗派出得力大将，率先攻下荆襄。"莫彬用手指从襄阳开始画线，停在了江陵，"那么川蜀和淮东宋军的联络就被切断，他们东西不能两顾。江陵一旦被占领，他们的大江天险就不复再有了。我们就可以建起水军，顺流直下攻取江南。这就是当年曹操南下攻吴的路线。所以大汗首要的就是，重兵进攻荆襄。"

"那川蜀和淮东就先不管了吗？"

"四川崇山峻岭，关隘险要，易守难攻；江淮水网交织，河流众多，不适合骑兵军团。老僧的建议是，大汗可以派军佯攻这两处，牵制宋军不得援助荆襄就行了。"

"好，说得太好了！有萨巴大师相助，真是天亡大宋啊。"

"大人，攻下荆襄将极为艰巨，但功劳也会最大，不知大汗会派什么人去呢？"

"哦，一定是阔出太子。"

"大人为什么这么肯定？"

镇海笑着回答："最大的战功机会，大汗怎么会不交给自己最宠爱的儿子呢？"

莫彬起身合掌行礼道："老僧愿意亲自为阔出太子领路，出谋划策，攻打荆襄。还请大人为我向大汗请命！"

镇海一口应允："好，好。有大师帮助，阔出太子一定会马到成功，大师也将为我大蒙古国立下头功。到那时，我将向大汗为大师请封称号，大蒙古国第一国师！"

第七十章　三路攻宋（二）

两天后，万安宫里召开了蒙古诸王以及各路元帅军事会议。大汗窝阔台向众人宣布了攻宋决定。诸王一阵交头接耳之后，纷纷请命，要求带着自己的部众担当前锋。

窝阔台轻声对坐在身边的阔出说："南朝是膏腴之地。看到没有，他们早就按捺不住，都要去南朝大肆劫掠一番。"

阔出起身大声奏道："父汗，南朝皇帝昏庸，听信谗臣之言，背弃盟约。我们此次出兵，是王师出征，正义之师。但此次出兵，必须与以往不同。"

"哦？你说说怎么与以往不同呢。"

"耶律大人说，我们此战是统一之战。因此我们的军队，必须军纪严明，不能擅自扰民，更加不能任意劫财杀人，否则我们怎么收服人心？"

窝阔台扫视了一遍诸王："各位都听到了没有，以为如何呢？"

一时间诸王和众将面面相觑，无人说话。

过了一会儿，宗王口温不花说道："阔出王子所言，非常有道理。大汗，我愿意担当先锋，并严守军令，约束部下。如有扰民的行为，一定严惩不贷。"

口温不花是成吉思汗胞弟别里古台的儿子，在宗王中威望很高，又以擅长作战而闻名。窝阔台点头答应："好，好！"

他起身走到巨幅大宋挂图前，扭头看了镇海一下，宣布道："朕现在决定，这次讨伐南朝，要兵分三路。"

诸王和大将们全都竖起了脖子，盯着窝阔台。

窝阔台向口温不花发令："口温不花，你带领本部人马担任先锋，先行攻取邓州、唐州、光化等地。随后跟驻扎中原的史天泽、阿术鲁会合，转而攻击淮东方向。"

口温不花叉手领命："是，大汗。"

窝阔台看着阔端说："阔端听令。"

"在，父汗请下令。"

"命你为西路军统帅，带领本部军马，汉军万户刘亨安等部以及刚刚投降你的汪世显部，共计八万兵马，从陇西凤州进入宋境先拿下沔州，再攻打川蜀全境。"

"是，父汗。"

"知道怎么打吗？"

"请父汗指示。"

"你是西路军统帅，具体怎么打，你自己决定。但有一条记住：川蜀到处都是高山险关，不要贪功心切急着南下。要在仙人关、阳平关一带迂回，争取围点打援，先用野战消灭宋军主力，之后再南下攻打四川全境就容易了。"

"父汗放心，儿臣知道了。"

窝阔台的目光再转向身边的阔出，命令道："阔出听令。"

阔出起身高声应答："儿臣在。"

"由你担任中路军统帅，攻打枣阳、襄阳等地，攻下后要想法征调船只，沿汉水南下攻打重镇江陵。"

"是，父汗，我部参战军队都有哪些？"

"除了你本部两万人马之外，驻扎中原的塔察儿和塔思他们的全部人马，及汉军万户张柔部都归你调遣。总之，你此行务必拿下荆襄，然后伺机沿大江直下，一鼓作气攻下临安。父汗就等着你们胜利的消息了！"

阔出和阔端异口同声地回答："请父汗放心。"

坐在一旁的忽必烈早就跃跃欲试，想主动请缨出战。但他转脸看到母亲唆鲁禾帖尼，正阴沉着脸看着自己，便想起她曾经数次叮嘱自己，在大汗和众王跟前要低调再低调，千万不能跟阔出他们争夺立功的机会。于是只好低下了头，把请战的话咽了下去。

会议结束以后，窝阔台留下了阔端、阔出两位王子以及耶律楚材和镇海二人。他问镇海道："刚才你向我推荐了一个人给阔出，他是什么人？"

"他就是帮助我营建和林城的萨巴喇嘛。大师从南朝过来，对那里的军政了如指掌。这次他如果跟随阔出太子一起出征，可以帮着太子出谋划策，尽早拿下荆襄。"

窝阔台心里明白，当初就是萨巴喇嘛向镇海献的蛊毒，这样的人跟着阔出出征，会不会闹出什么麻烦？便问耶律楚材："中书令，你觉得此人如何？"

耶律楚材一向不喜欢莫彬，但镇海已经推荐了，他也不好当面反对，便含混着说："多一个谋士，也可以吧。"

窝阔台问阔出："你想要这个人吗？"

不料阔出回答道："父汗，儿臣听说这位喇嘛的口碑不是很好，所以不想要这个人。"

这话立即扫了镇海的颜面，他红着脸说："萨巴大师是一个汉人，却肯为我们大蒙古国做那么多事情。各位，我们不用怀疑他的忠诚。再说了，人大凡做的事越多，遭遇别人的指责也就越多。三王子，只要他实心为您做事，何必计较他人的说法呢？"

然而阔出摇头，坚决不要。

正尴尬的时候，阔端说道："父汗，这个人儿臣要了。"

窝阔台点头答应："那就让他到你那里去效力吧。"然后对耶律楚材说，"中书令，我倒是看中了你那里一个人，还望割爱哪。"

耶律楚材笑着回答："大汗想要什么人，请尽管吩咐就是了。"

"就是你身边的那位女官。朕已经几次见过她，着实是个聪慧机智的女子，长相也俊。朕听说她是汉人，阔出就要出征南朝，她一定能做个好帮手。上回阔出在你那里见到她，很是喜欢。所以朕想把她指给阔出当侧妃，你觉得如何？"

耶律楚材连忙摆手："大汗，她已经有了人家了。"

窝阔台顿时不悦："哦，我怎么不知道？"

"她的夫婿是个汉人，在大同府时我见过他，着实是个人才。对了大汗，他为我们勘选新都地点出了大力，而且不久之后，他可能到牙老瓦赤那里做一个征税官。"

"可能？这是什么意思？"

"他还没有完全答应下来。"

窝阔台听他这样说，哈哈笑道："为我大蒙古国效力，是无上光荣的事情，难道他还不愿意？"

耶律楚材解释道："大汗有所不知，此人是个行商，在和林还有生意上的事情需要结清。"

窝阔台撇撇嘴："原来是一个商人，怪不得如此计较。你去告诉他，如果不肯为我们效力，那就不要怪我们不客气。"

耶律楚材起身向窝阔台行礼，说道："大汗，此人并非一般人物，他还是明尊教的智慧尊使。还望大汗对他以礼相待。"

"明尊教是什么东西？"

"哦，明尊教又称明教或者牟尼教，源自波斯，盛行于唐代。至今在中原以及江南，仍有大量会众，据说他们的会众不下几十万之多。我们这次征讨南朝，正需要他们的帮助。这也是我想用他的原因。"

窝阔台立即摇头："朕不需要他们帮助，也不希望他们卷进我们跟南朝的战争。如果他们不听，朕就派人去各地剿灭了他们。刚才听你所说，似乎此人正在和林？”

耶律楚材犹豫了一下，点头回答：“是的，不过也可能去燕京了。”

窝阔台忽然面露杀机，转头看了下镇海：“你派人去找到这个人，问清楚他的打算。”

镇海会意：“大汗放心，一切交给我。”

耶律楚材立即猜测，大汗应该是让镇海派人去追杀冉珽吧？可是刚要劝谏，窝阔台已经不再理会，转而跟阔出和阔端谈论出征的事情。

万般尴尬的耶律楚材好不容易才等到会谈结束，便急急地派人到客栈找寻冉珽，结果冉珽已经跟杨惟中去燕京了。于是耶律楚材连夜派出差事通知杨惟中，要他做些准备，防止意外。

差事走后，耶律楚材又派人叫来了王琬，将下午发生的事情详细讲述了一遍，问道：“让你嫁给阔出当王妃，你可愿意？”

王琬因为愤怒而涨红了脸，断然拒绝：“大人，此事万万不行。”

耶律楚材一时犹豫了，劝王琬道：“你得考虑清楚啊，如果拒绝大汗的命令，会有什么样的后果？”

当年成吉思汗为了霸占塔塔尔部族的美女也遂，下令把她的丈夫公开处死，又将他的人头放在酒宴桌上，任人观看。受他的影响，窝阔台他们也都干过强夺其他部族美女的事情。这在蒙古不但不被认为是错，反而被认作是英雄的强者所为。

大汗窝阔台一旦决定要将自己许配给阔出，那么对身在蒙古的冉珽，这意味着什么，王琬当然是非常清楚了，她想到这里，心不禁急速跳动了起来，顿时面色苍白，手脚冰凉。

王琬随即向耶律楚材下拜说道：“耶律大人，冉珽他是无辜的。还望大人伸出援手，救他一救。您的大恩大德，将来我们一定会报答的！”

耶律楚材伸手拉起了她，长叹了一声说：“这是大汗自己做出的决定，恐怕任何人都改变不了。我已经派人去通知彦诚了，现在最重要的是，先保护好冉珊先生的安全。至于其他事情，我们日后再想办法吧。"

王琬默然想了一阵，问道："大人，我可以见一次阔出太子吗？"

第七十一章　和谈烟幕（一）

耶律楚材听王琬提出这个要求，感到有点惊讶，不由得猜测：做王妃乃是一场极大的富贵，何况嫁的又是阔出，这是未来的大汗！若是寻常女子，怕是早就从了。她现在既这样说，莫非改了心意，愿意嫁给阔出？便问："那你有什么打算？"

"解铃还须系铃人，能说服大汗的只能是他了。"

耶律楚材欣然，点了点头："那好，明天我就请他到府里来。"

这夜，窝阔台与乃马真后托列哥那在万安宫召见了阔出。

窝阔台命宫女递给阔出满满的一樽酒："来吧，把这杯酒干了，父汗有话要说。"

阔出接过酒樽一饮而尽，看着他的父汗。

窝阔台自饮了一杯酒，说道："在你出征之前，单独叫你到宫里来，有几句话，必须向你交个底。"

"父汗请说，儿臣一定谨记在心。"

窝阔台一脸慈爱地看着他，点了点头："父汗终将老去，这个汗位必须交给你们中的一位。"

"这？父汗正是壮年鼎盛时候，为什么突然说这件事情？"

窝阔台严肃地看着他说："一个英明的君主，必须预先想好一切可能发生的事情，做好相应的安排。"

"可是——儿臣一切都听父汗的。"

窝阔台点点头："听着，将来我要把大位传给你。"

阔出立即站起身，下跪拜倒："父汗如此重托，儿臣——"

窝阔台将他扶起："你要自信，你一定能行的！"

阔出感动地看着父亲："是，儿臣一定不让父汗失望。"

"这次攻宋，让你担当中路军统帅的重任，目的就是为你建立军功，累积人望。你准备怎么打？"

阔出不假思索地回答："儿臣参加过攻打金国，宋军比金军更弱。当初我们怎么打金国，就怎么打南朝。"

窝阔台立即摇头："错了，南朝不是金国，你可不能将二者等同混比。"

"请父汗明示。"

窝阔台又喝了满满一樽酒，说道："宋军跟金军不同，他们没有足够的战马，机动不足。他们也知道自己的缺陷，所以会非常保守，而不像金军那样敢跟我们打野战对攻。我预计他们一定会拒守险关要塞，不会轻易出战，而是用弓箭和投石机大量杀伤我们的士兵。"

阔出傲然回答："我们的发石炮威力巨大。就算是一般的投石机，也比他们的更大，投射距离更远。攻城，我们不怕！"

窝阔台摇头："你不要忘了，这些攻城器具都是中原汉人和西夏工匠造出来的。我们有的，他们也一定会有。你必须做好最坏的打算。"

"是，父汗。"

"你知道为什么父汗要指定那个王琬当你的王妃吗？"

阔出正为这件事感到不自在："父汗，儿臣不愿强人所难。"

窝阔台看着他，对这个回答有些不满："你不是在读兵法吗？'知己知彼，百战不殆'。只有了解你的敌人，才能百战必胜。王琬是个有智慧的汉人女子，娶了她，你就有了贤内助，就有了打开南朝大门的钥匙！"

阔出有点不以为然："父汗，汉人士子来投靠我们的不少。儿臣与忽必烈交厚，他那里就聚集了一批饱学之士。儿臣也可以像他一样，招揽一批汉地儒生就是。"

窝阔台严厉地告诫他说:"这就是我要警告你的一件事情。对汉人将领和士子,你可以任用他们,却绝对不能信任他们。忽必烈,他跟汉人走得太近了!"然后口风一转,"但这汉人如果是你娶的王妃,那就大不一样了。因为她是你的女人,会绝对忠诚于你。"

阔出的嘴唇嗫嚅着,没有再回话。

一旁脱列哥那有些不屑地说:"我倒要看看,这是什么样的女子,居然不肯嫁给阔出?"

窝阔台点头:"嗯,我已经跟耶律楚材说了,明后两天就带她进宫来,让你看下。"

阔出摇头道:"父汗,母亲,儿臣敬慕这个女子的智慧,所以尊重她的意愿,不想做强迫她的事情。不然的话,儿臣以为,只会有损我们孛儿只斤皇家的尊严。"

窝阔台不以为然地说:"朕就是强迫,又有什么打紧?你读了太多汉人的书,移了性情,受酸腐文人影响太深了!"

脱列哥那见丈夫不悦,便打圆场道:"大汗,你不是说,马圈里养不出千里马,陶盆里栽不了万年松吗?他马上就要带兵打仗去了,战争的洗礼会让他成长为卓越的领袖,而不会被那些陈腐的说教束缚自己的手脚。"

"嗯。也许冷酷的战争,最终让你变得铁石心肠……"窝阔台看着儿子,希望他跟自己一样,做一个杀伐果断、无比强悍的帝国掌控者。

阔出无法回答,只得诺诺点头称是。他离开之后,窝阔台轻叹了一声:"我是不是对他寄予的期望太高了?"

脱列哥那劝道:"大汗,我们都已经活了大半辈子,这些年经历过那么多的人和事!你知道,即便是千里马,他的路还得靠自己走。我们的期望越高,说不定得到的失望也就越大。"

窝阔台严厉地看了她一眼:"作为世上至高无上的大汗,我不会允许他被别人推倒。明天我就让阔端先发兵，等一个月之后，阔出的军队再出发吧。"

脱列哥那明白他的心思，让阔端率先出兵，是为了给阔出试探出宋军的虚实。她幽幽地看着自己的丈夫，为什么他就如此看重阔出？当年先汗已经指定了让阔端接位，他都置之不理，看来贵由就更没有机会了。

阔端接到了出兵命令后，立即带着属下兵马马不停蹄地赶往巩州，跟驻扎在此的汪世显会合。之后开始准备粮草，操练士兵，一旦有了战机，大军便随时杀进宋境，攻击沔州。

这日，耶律楚材到万安宫议事完毕，遇到了阔出，便谈起关于王琬的事情。耶律楚材问："王琬是老臣的得力属下。关于三王子要娶她当王妃的事情，我事先没有听到任何风声，这究竟是怎么回事？"

阔出摇头笑道："上回在宫里，我在父汗跟前也就赞了一句说：中书令府里的女官王琬，是个有才有貌的难得女子。父汗就以为我看中了她。"

原来如此，耶律楚材点点头。阔出太子随口一句话就让大汗记住了，可见大汗对他的用心和关切，果然远超其他的皇子。"那三王子现在怎么打算？"

阔出回答："如果她愿意嫁，那我就娶了；如果她不愿意，本王不会做强人所难的事情。"

"可是大汗那边——"耶律楚材知道，窝阔台一旦下了决心，就一定会千方百计达到目的，也许镇海已经派人去燕京，就要暗中对冉琎动手了。

"大汗不会去难为王琬姑娘的。"

耶律楚材听他这样说，知道他显然对自己父亲的心性并不了解。

阔出笑着问："对了，中书令，王琬姑娘愿意吗？"

"她让我来请您去一趟。"

阔出很是高兴："这么说她是愿意了？"

耶律楚材苦笑着，摇了摇头。

阔出有些失望，点头说道："既然这样，中书令，请你告诉王姑娘，即使她不愿意嫁本王，也不要有什么担心，本王不会难为她的。"说完，随即离开了。

　　耶律楚材看着他的背影，抚须沉思，阔出为人光明磊落，不愧是孛儿只斤黄金家族的王子。将来他要是能继任大汗之位，肯定能做个仁义的君主。

　　正想着心事，只见王檝耷拉着头，极其沮丧地从万安宫走了出来。耶律楚材上前问道："王大人，你是不是又跟大汗劝和了？"

　　王檝点头，失望地说道："我刚才向大汗建议再出使一趟临安，如果能说服南朝皇帝臣服我们，不就避免了战争吗？可大汗说没必要。"

　　耶律楚材点点头："王大人，我理解你。"

　　"耶律大人能否帮我去劝一下大汗，灭金之战刚刚结束，无论是漠北草原，还是中原百姓，都需要休养生息。能不打仗的话，还是不要打吧。"

　　"王大人宅心仁厚，愿意冒着风险再次出使，劝和促谈，令人钦佩啊。"

　　"还望耶律大人成全我的心愿。"

　　耶律楚材抚须回答："那好王大人，我这就进宫劝说大汗，就让你再去一趟临安吧。"

　　"多谢中书令大人。"

　　再度进宫，耶律楚材向窝阔台提出了派遣王檝出使临安的建议。

　　窝阔台恼火地说："朕刚刚呵斥了王檝，你怎么又来说这件事？是不是他求你来的？"

　　"回大汗，是，可也不是。"

　　"中书令，你不是口口声声地说要实现统一吗？怎么现在又要和谈了？"

　　"是，大汗。现在这个节骨眼，让王檝去临安谈一谈，是有好处的。"

　　"什么好处？"

　　"王檝是个忠厚的人，他去临安和谈，可以让南朝君臣产生一种错觉，认为我们不想打仗，只想敲诈他们。这样他们会放松警戒，我们的军队就可以随时发动突然袭击。"

窝阔台哈哈大笑："大胡子，要说诡计诈术，还是你行，那就依你了。你去向王檝传旨：朕让他马上就去临安。"

"是，大汗，具体谈哪些条件呢？"

窝阔台毫不犹豫地回答："这个你决定吧。中原不是有一句俗语吗？叫作坐地起价。"

耶律楚材大笑："臣明白了。"

第七十二章　和谈烟幕（二）

再说冉璞到达燕京后，等了冉珊他们几日不到，只好带着张钰，跟随李韶启程返回大宋。不想在半道上，他们的车队被王檝使团追上了。

当李韶得知王檝是奉窝阔台的旨意，到临安去和谈时，不禁大喜过望，拉着王檝的手久久不松："若能和谈成功，王大人力挽狂澜，当居首功，请受我一拜！"

王檝双手扶起了李韶："李大人，和谈之路绝不平坦，只怕我们苦心努力一场，最终还是白费辛劳。你我得有心理准备啊！"

"只要你们大汗愿意谈判，哪怕称臣纳贡，一切都可以商量。"

王檝满意地说："李大人有这样的胸怀，如果能说服你们的皇帝，那么和谈成功大有希望。"

两人面对面坐在马车上，一路上兴高采烈地边行边谈。

在驿站过夜时，乘四下无人，冉璞对李韶说道："李大人，蒙古大汗为什么突然改变想法，愿意谈判了呢？这里会不会有诈？"

李韶摇头："会有什么样的诈呢？"

"会不会是他们故意散布和谈烟幕，来诱导我们？"

李韶想了想回答道："王檝是个诚实的君子，他不会欺骗我们。"

"但愿吧。"冉璞叹了一声，默然无语。

过了一会儿，李韶问冉璞："冉捕头随我一同去临安吗？"

冉璞犹豫了一下回答道："暂时我还不能去。"

"哦，我离开临安前，真大人已经病体沉重，你不去探望他吗？"

"自然要去的。前面离安丰已经不远了，我必须到杜杲将军那里，通知他整顿军备，不久之后，安丰将会有大战来临。"

李韶摇头道："冉捕头，我们正在和谈，你不可传递错误军情啊。万一朝廷怪罪下来，你可是要担责的！"

冉璞苦笑着回答："李大人，在下是多么地希望自己这回错了。但是万一蒙古突然进攻我们的话，安丰作为淮东的门户，一定会是率先争夺的目标。这里怎么可以不做准备呢？"

李韶沉思了一阵说："冉捕头，你是对的。不但安丰这里，襄阳那边更要做些准备。"

"孟珙将军现在哪里，李大人知道吗？"

"史嵩之大人上调朝廷后，孟将军也被调离襄阳了，现任黄州知州。"

"那现在什么人守在那里？"

"是赵范。入洛失败后，圣上将他调职京湖安抚制置使，兼知襄阳府。"

冉璞愤怒地说道："当初向朝廷提议举兵北上的人，就是赵范和赵葵二人。因为他们的失职，导致中原惨败，带来那么大的损失！可朝廷不但不把他们撤职，反而把赵范调去更重要的地方？"

"这都是因为郑相啊。冉捕头，你在扬州跟他们打过交道，也算了解他们了。你觉得赵范守得住襄阳吗？

"在扬州时，我听有评论说，赵范大人平日用在如何做官上的心思要远多于带兵。我亲眼见到的是，赵范只根据个人好恶和官场上的纠葛，一味排斥、打压苟梦玉，导致他这样为数极少的懂得蒙古事务的人，不能为朝廷所用。所以凭他的心胸和才能，不足以做襄阳的主帅。"

李韶喟然长叹："在裙带用人这一点上，郑相跟史相相比，几乎没有差别。真如你所言，赵范如果守不住襄阳，大宋真的就危险了！"

冉璞默然，过了一阵问道："李大人要上书劝谏圣上更换襄阳主帅吗？"

"这么大的事情，我上书是没有用的。只有乔大人或者真大人他们这些参知政事说话，或许能让皇上改变决定。"

"李大人，我先去安丰，之后我就到临安去，向真大人言明此事，请他上书。"

"冉捕头你一定得加快行程，我真的很担心真大人的身体！"

"是，大人。那在下这就告辞了！"

两人拱手作别后，冉璞跟张钰改变行程，打马飞速地向安丰疾驰而去。

再说王檝使团到了临安后，受到了理宗和宰相郑清之的隆重欢迎。理宗命宫人摆开了盛宴，除真德秀因病不能出席之外，所有的参知政事全都参加了宴会。

宾主一阵礼节性敬酒之后，理宗问王檝："王大人，朕原来不知，你们的大汗跟朕一样，都是爱好和平的君主啊。"

王檝双手举杯，再向理宗敬酒，然后说道："我们大汗愿意跟大宋保持世代和平，做真正的友好盟邦，毕竟我们曾经结盟，一起出兵消灭了共同的敌人金国。"

郑清之问："你们的大汗真是一位仁义之君。不知贵使出发之前，他有什么交代没有？"郑清之是在问和谈的条件了。

王檝摇头说："大汗没有说什么，我们的中书令耶律楚材大人，让我转交你们皇帝陛下一封国书。"

"哦，国书在吗？"

王檝起身从行囊里掏出了一封书信，刚要递交，犹豫了一下，向理宗问道："陛下，您现在就要看吗？"

理宗点了点头，向身边的董宋臣示意。董宋臣走到王檝的席位，取了国书，转呈给理宗。

这时，宴席忽然鸦雀无声了。群臣忐忑不安起来，全都不约而同地看着理宗的表情。

理宗打开了密封的书信，开始读了起来。渐渐地，他平静的脸色开始泛红，郑清之和乔行简坐得稍近，看到理宗的手正在微微颤抖。

郑清之心知不好，便起身走了上去："陛下？"

这时理宗已经将信读完，他的脸色彻底涨红，双眼闪烁着寒光，明显竭力压抑着愤怒的情绪。理宗起身，将书信丢在了桌案上，自己转身离去了。

群臣顿时哗然，但都不敢擅自离开自己的位置。郑清之拿起书信，急切地读了起来。看完之后，他的脸色也是大变。

原来，耶律楚材在信里，不但要求大宋赔偿黄金二十万两，钱五百万贯，原先每年给予金国的岁币必须转给蒙古，银、绢各为五十万，在此基础上更提出了"六事"：纳质、助军、输饷、括户、置驿、设达鲁花赤。

除了信之外，另有两份清单，开列了对大宋索要的工匠和物资，分别有：丝绸锦缎一万匹、上等茶叶五百石、细苎一万匹、绵子十万斛、徽墨五千丁、湖笔一万管、上等宣纸五十万张、光漆、桐油等各一百斛；除此之外，还索要江南女子、各般能工巧匠、郎中，等等。令人称奇的是，第二份清单竟然全是各地名酒：江宁府芙蓉五百坛、洪州金波五百坛、临安竹叶清五百坛、苏州白云泉五百坛、成都府玉髓、锦江春各五百坛……

其他几位参知政事以及大臣们分别传阅了这份蒙古国书后，人人都是义愤填膺，一时群情激昂。

王檝见状，上前取了书信看后，不由得面色发白。

郑清之走到他跟前问："这达鲁花赤是什么意思？"

王檝磕磕巴巴地向众人解释了一下：达鲁花赤就是掌印者的意思。

原来早在成吉思汗时期，蒙古就设了这一官职，只要是被征服的地方就派出这个官，代表蒙古大汗担当最高统制长官。征金战争中，成吉思汗就曾任命西域人札八儿火者担任黄河以北、铁门以南的达鲁花赤。

按书信里的要求，南朝皇帝还必须迎娶大汗所下嫁的公主，成为所谓的"驸马国"。满足所有的要求，大宋才能保留皇室、朝廷和军队，享有一定自主的权力。

郑清之勃然大怒，派出太子到蒙古去当作人质，这一条尚可以商榷。但接受所谓的达鲁花赤，这不就是亡国吗？是可忍孰不可忍！

魏了翁率先发难："王大人，这就是你们大汗的所谓和谈吗？"

王檝自觉无话可回，只好低着头暂时沉默。

魏了翁愤然说道："你们大汗如此狂妄，欺人太甚，真以为我们大宋无人了是吗？"

这时有人在一旁大声呼喊："王檝身为汉人，却为蒙古效力，他就是一个汉奸，居然还有脸面做什么使臣？"好些官员都立即随声附和，纷纷要求严惩王檝。

这突变的场景让王檝一时顿感错愕，不知所措。然而郑清之作为首辅，绝对不能允许攻击使臣的事情发生，于是对王檝说："王大人，请你先回驿馆休息。和谈之事我们再议吧。"

王檝只好答应，在李韶带人护卫下，匆匆地离开了宴席。

一场宴会就这样不欢而散。几位参知政事来到内宫，找到了脸色极其难看的理宗。

郑清之领头，带着几人下拜说道："令陛下受辱，都是臣等的罪过，请陛下降罪！"

理宗扶起了郑清之，又示意其他大臣全都起来："郑师父，各位爱卿，今日之事，既是意料之外，也是情理之中，谁叫我们刚刚在中原战败了呢？"

众人听到这话，更加不能起来了。郑清之再次跪下，泣不成声："都是臣等无能。"

理宗摆手说道："都起来吧。我们商量一下，该如何应对此事。"

众臣沉默一阵，乔行简说："既然是和谈，对方漫天要价也算正常，那我们就地还价就是。"

郑清之摇头："他们不但要我们赔款，还要答应所谓'六件事'。很难谈成啊。"

众人都觉得其他的倒还罢了，只是这六件事里的任何一件，都是万难接受。

魏了翁忽然说："不对，据我刚才的观察，王檝似乎并不知道国书的内容，难道他们的大汗事先不交代他吗？而且写信的口吻非常傲慢，这不合理！陛下，老臣猜想，蒙古大汗可能根本就不想和谈吧？"

理宗霎时醒悟："魏师父是说，他们君臣故作此态，其实是布下和谈的假象来欺骗我们？"

第七十三章　陇西大战（一）

魏了翁回答："很可能是这样，陛下，蒙古军队很可能正在向边境集结，准备随时全面入侵我们。派人来和谈，不过是他们的障眼法，拖延我们的反应罢了。"

他的说法，立即得到了郑清之和几位同僚的共同赞成。君臣忽然觉得形势无比严峻，战争就要进入国境之内了，所有人的心立刻紧绷了起来。

这时，内侍上来报说，李韶送蒙古使臣回到馆驿，此刻正在宫外求见。理宗点头，示意内侍宣召李韶觐见。

李韶进来后，郑清之和几位参知政事向他再次询问出使蒙古的详细经过。李韶汇报完之后，又将冉璞的看法讲述了出来。郑清之向理宗奏道："李大人跟我们的看法不谋而合，陛下，现在形势十万火急，大战将至！虽然我们已经有所准备，倘若爆发全面大战，为臣只怕我们的准备尚嫌不足啊！"

理宗问："你们几位跟枢密院一起商议对策，兵部要紧急发函赵范、赵葵和赵彦呐，敦促他们尽快调集更多军队和粮草，防范蒙古军队突然袭击。"

余嵘起身领命："是，陛下。"

理宗忽然面带忧色，说道："淮东有赵葵，荆襄有赵范，朕对他们还是放心的。只是四川的主帅赵彦呐——"

乔行简回奏："陛下，疑人不用，用人不疑。现在非常时期，我们还是给前线辛苦担责的官员充分的信任吧！"

理宗点头，沉吟不语。听了一阵几位大臣的议论后，理宗突然问："孟珙现在哪里？"

余嵘回答："回陛下，孟珙现在兼知光州，正驻扎那里练兵、屯田。"

"要不要把他所部调给赵范，加强襄阳的防守？"

余嵘犹豫地看向了郑清之。

官员们都认为，孟珙是史嵩之一直以来的嫡系大将。这次中原大败，让郑清之、赵范和赵葵这三位跟史嵩之闹得几乎水火不容，他又怎么肯用史嵩之的部将呢？

果然，郑清之奏道："陛下，赵范刚刚接收了从河南撤下来的大量金国投降军队，目前还在整合。这些北将中，从汴梁过来的李伯渊和王旻被安置在襄阳；范用吉、赵祥驻守邓州；郭胜驻守唐州。赵范报说，这些人之间互相不服，他正在中间调和。这时派孟将军去襄阳，只怕会增加矛盾，不如等赵范整治好了再说。"

理宗听他这样说，只得作罢。

让郑清之始料未及的是，襄阳的真正情势远比他想象的更加糟糕。此刻，赵范正在为范用吉和赵祥二人的事情焦头烂额。

范用吉，本是女真贵族，名叫孛术鲁久住。他从河南投宋后，去拜见京湖安抚制置使赵范。为了让赵范对自己印象深刻，临时把自己的名字改作范用吉，以为赵范能对自己特别地垂青。不料赵范觉得此人改用此名，是故意犯了自己的名讳，于是找了个其他理由将他严厉地训斥了一顿。

范用吉本想讨好赵范，却被他小题大做地羞辱了一番，自此虽然平日相见面色如常，但心里的梁子就算结下了。

恰好原金国将领赵祥率领数千士兵来降。有幕僚对赵范说，赵祥此人很像当初的蒲察官奴，都是反复无常的小人，投宋之后一定会再次叛变。

该对他拒降吗？赵范犹豫不决。这时又有人向他建议，范用吉素来跟赵祥不和，可以将他们二人一同派往邓州，两人就会互相牵制。于是赵范采纳了这个安排。

果然几天之后，二人很快为了琐事差点动起手来。

范用吉派人向赵范告状，一口咬定赵祥迟早要反。于是赵范让副将暗示来人，要范用吉将赵祥诓来赴宴，然后坑杀了他以及所有部下。

范用吉听到赵范要他干这样的事情，顿时心凉了半截。思前想后，他亲自去了赵祥大营，将事情的原委告诉了他。赵祥听了后大惊失色，立即向他行大礼拜谢，感慨地说："没想到将军如此仁义，不计前嫌，将实情告我，不然我早被赵范那厮害了性命。"

范用吉扶起了赵祥，问道："赵将军，我也没料到赵范竟如此凶恶。他既能如此待你，将来也会同样对我啊。"

"事已至此，将军有什么打算？"

范用吉直言不讳地说道："这次来，除了告诉将军此事，还想约你一起投奔蒙古去。蒙军势大，远胜宋军，将军以为如何？"

赵祥一口答应："将军此言，正合我意。"

于是二人一拍即合，随即带领各自部下，将邓州的粮草、军械席卷一空，尽数带走，向北而去。

赵范闻讯大怒，下令李伯渊立刻带兵前去追赶。

正在他万分恼火的时候，从西北过来的探马火急通报，蒙古三王子阔端率领五万大军，命汪世显部为前锋攻打沔州。赵范大惊失色，既然西北已经开战，襄阳这里早晚会有蒙军来犯。而自己到任以来，一直忙于处理诸将的各种纠葛，以致耽搁了邓州、唐州甚至襄阳等地的防务。

在幕僚的建议下，他派出了差事到四川制置使赵彦呐处，提议两地宋军互相联络，联手抗敌。

然而，此刻赵彦呐根本无心考虑跟他联动抗敌的安排，因为他跟沔州知州高稼，以及主力大将曹友闻发生了严重的分歧。

大战开启，异常凶猛的汪世显马步军轻松攻陷了大散关，从凤州进入陈仓道，一路之上并没有遇到宋军的有力抵抗，其先头军队已经到达两当境内，随时对沔州发动袭击。

敌军汹汹而来，该如何应对？赵彦呐召集了沔州知州高稼和曹友闻、曹友万、王资和白再兴等统领，商议军力部署。赵彦呐提议道："各位将军，现在贼兵已经进入我境内，来者不善哪。我觉得我们应该放弃沔州，将兵力集中，退守大安。你们认为如何？"

知州高稼立即强烈反对道："制置使大人，我们只有守住沔州，才能保住汉中；如果放弃沔州，就等同于放弃了川蜀！我坚决反对退守大安。"

随后，曹友闻与胞弟曹友万以及王资等将领也都齐声反对退守大安。

赵彦呐见众将都跟自己不一条心，只得勉强表态："那好，本官将跟高知州共同进退，一起守住沔州吧。"

沔州是大宋历次陇西用兵的门户之地，曾经在这里跟金军发生无数次战斗。不久前，拖雷袭击大宋西北州郡，蒙军也多次袭掠沔州，撤退前又纵火烧了城关。此刻沔州城局势已经严重恶化，外无城墙保民，内无军饷募兵。但高稼深知此地重要，便带着五千部属，在沔州略阳沿山筑成了营寨。之后他亲自在山顶督战，命令部下在山上遍插宋军旗帜，击鼓呐喊，作为疑兵。

汪世显的先锋军到达略阳后，见山上到处都是旗帜，却不知宋军主力位置，所以不敢轻举妄动。

一天后，汪世显和按竺迩中军赶到，两人仔细观察山上动静后，按竺迩说："宋军到处插旗，大概是因为兵力不够，虚张声势吧？"

汪世显赞成："你我所见完全一致。不如围了他们，另在附近要道处设下埋伏，专打援军如何？"

按竺迩点头，连声称赞。

于是汪世显命令儿子汪德臣带领一万精兵将山团团围住，昼夜不停地攻打宋军。自己率领其余兵力，在山附近设下埋伏，准备围歼来援宋兵。

赵彦呐得知高稼被围后，生气之余又生烦恼，心想，倘若不救高稼，朝廷事后必然追责。思量再三，他叫来了偏将何邻，命他带领两千兵马前去增援高稼。

然而他却没有想到，何邻太过年轻，并没有足够历练。他第一次带兵出战，就独自面对蒙军这样凶狠的对手，刚到了敌军阵前就立刻变得面色惨白，手脚酥软，率先往回逃走。何邻手下的士兵见主将已逃，顿时作鸟兽散，不战而溃。

高稼军在山上被围三天后，缺水无粮，被迫突围。几次突围不成，最终全军弓箭射尽，开始近战血刃肉搏。直到战至高稼一人，被汪世显和按竺迩带人围在了悬崖之上。

汪世显走上近前，嬉笑着说道："高太守，事已至此，你已尽力了。我们阔端王爷想请您过去一叙，怎么样，还是跟我走吧？"

高稼手执宝剑，瞪着汪世显，骂道："高某虽然再无力杀贼了，只愿来生做一将军，带兵踏平漠北，杀尽尔等！"仰头大笑后，他毅然转身跳下了悬崖。

按竺迩惊呼："高太守，你这是何必！"

汪世显冷笑一声："算了吧，这人是不会投降的。"

随后，汪世显率军乘胜占领了沔州城。

赵彦呐闻讯高稼阵亡，慌忙与部下磋商。

有幕僚献策，大军可以从陈仓道绕过蒙军的背后，进入要塞仙人关，封锁江世显军的退路。赵彦呐采纳了计策，亲自率军进屯陕蜀咽喉要地：青野原。不料被突然赶来的按竺迩军包围。

正屯驻石门的曹友闻闻讯，不等赵彦呐求救，立刻率两千骑兵前往支援。在青野原经过一番恶战，宋军内外夹击，终于击退了按竺迩。

汪世显正要派兵接应按竺迩，得知他已经败退，便跟汪德臣等一阵计议，决定干脆不要退路了，率军向南全力进攻大安。

第七十四章　陇西大战（二）

曹友闻在溪岭接到探马急报汪世显动向，立即命令摧锋军统制王资和踏白军统制白再兴，率领本部人马紧急赶赴鸡冠隘防守；又下令左军统制王进据守阳平关。几路人马刚刚到达各自位置，汪世显率领的数万蒙军就杀到了阳平关下。

曹友闻便命令左军和游奕军包抄，自己亲自率领背嵬军在阵中往来冲杀。两军正是对手，经过一天的激战，汪世显受挫便决定退兵了。

一夜休整后，曹友闻判定，汪世显必定会分兵攻击鸡冠隘。于是派遣统领陈庚率兵前往支援。

第二天，汪世显果然派了一万蒙军步骑兵进攻鸡冠隘。陈庚只有骑兵五百，却在蒙军阵中勇猛冲杀。防守关隘的王资、白再兴见状，也率兵乘势出关，一道夹击，大败汪世显。

之后，曹友闻与曹友万两军乘胜北上，收复了仙人关。

汪世显与按竺迩一时无计可施，只得暂时退兵。

此战开始时，虽然主帅赵彦呐怯懦畏战，用人不当，却由于曹友闻等将领奋勇冲杀，击退了几倍于己的蒙军。这场陇西大战，宋军获得暂时的胜利。曹友闻守住了川蜀大门，因此在蒙军中声威大振，成为蒙军眼中进攻川蜀的最大障碍。

而远在临安的理宗和宰相郑清之接到军报后，大喜过望，向各州府传旨嘉奖曹友闻，以其战功擢升武德大夫兼左骁大将军。

率领中军驻扎凤翔的阔端，听说先锋汪世显和按竺迩作战不利，顿时大怒，叫来了心腹大将塔海和刚刚赶到的萨巴喇嘛，问道："我曾经听汪世显称赞过，说曹友闻是一个能打的将军，当初我还以为他言过其实了。现在看来的确如此。你们说说看，下面我们该怎么打？"

塔海立即请命："探马报说曹友闻正在仙人关，三王子，末将愿意带领本部人马，从陈仓道直捣仙人关。如果拿不下来，听凭三王子处罚。"

阔端摇头说："你不可大意。"然后问莫彬："大师熟悉南朝将领，本王请教了，我们应该怎么打？"

莫彬合十回答："王子不用客套，老僧一定知无不言，言无不尽。"

然后走到大幅挂图前面，用手指着图开始讲解道："三王子，当初南朝为了跟金国对抗，在利州以北建立了以'三关五州'为支撑的蜀口防线。所谓三关，就是仙人关、七方关和武休关；五州就是凤州、阶州、成州、西和州、天水军。宋军在这里修筑城堡关寨，已经经营多年。三王子，塔海将军，面对这样的对手，我们千万不可急躁啊。"

可塔海有些着急："大师，您有什么好办法，就请直说吧。"

"我的建议就是，应该分兵。"

阔端问："哦？如何分兵呢？"

"曹友闻的确会打仗，可他们只有一个曹友闻。二王子，我们可以兵分两路，西路可以由塔海将军佯攻仙人关，牵制住曹友闻；另一路就去猛攻武休关。"

"你是说，本王亲自去攻打武休关？"

"正是此意。据探马来报，赵彦呐派遣了偏将李显忠去守武休关。据我所知，这个人很是平庸。二王子如果亲自带领一支军队去攻，老僧觉得，应该有九成胜算。"

阔端点头："之后怎么办？"

"攻下武休关后，二王子就派一支精兵，星夜赶路前去猛攻汉中。曹友闻和赵彦呐都在北面，汉中空虚，只要去了就一定可以拿下。之后大军就赶往仙人关，合兵包围曹友闻。到那时，他一定插翅难飞。"

阔端听罢大喜，举起双手向天赞道："是长生天派了大师前来助我，此去我们一定能获胜……"

虽然陇西的形势貌似暂时稳定了，理宗和宰相郑清之略微松了一口气。可大宋的局势就像按下了葫芦又起瓢，荆襄出现了重大危机。

被调任淮西制置副使的杨恢，因为不信任北军，上任之后对北军将领明里暗里不断打压，彼此的矛盾迅速激化。驻守唐州的北军统领郭胜首当其冲，感觉杨恢不公。他向朝廷上书告状，可没有任何宰辅为他说话，因而没有得到任何安抚，于是他就有了离去的心思。恰好范用吉和赵祥降蒙，于是他也跟着叛变，带着本部人马北上投降了蒙古。

这又一起叛变引起了朝廷中枢的严重不满。理宗下旨，严令赵范杜绝此类事情再次发生。

当初赵范与赵葵在淮东时，李全被逼投降蒙古，后来造反带兵攻打扬州。张惠、范成进和夏全等统领也先后叛走投金。时过境迁，赵范对北军持有的怀疑与厌恶态度不但没有消减，反而更加强烈。他在恼羞之下，把怀疑的目光投向了王旻和李伯渊二人。

这日，他命令王旻前来述职。可是王旻在赵范左右买通了耳目，早就听到风声说赵大人对自己很不信任，因此一直惴惴不安，担心赵范要对他下手。在跟部下反复计议之后，便准备也带领所部四千军士北上。可是事有不秘，消息被人捅到了赵范那里。

赵范大惊失色，情急之中也无从辨别消息是否确凿，便下令李伯渊带兵平叛。

然而李伯渊也是北军出身。半年之前，他响应宋军入洛，杀了崔立，将汴梁献给了宋军。因此朝廷对他多加褒奖。来襄阳之前，他得到赵葵和全子才两人的推荐，自然得到了赵范的信任和重用。可是毕竟兔死狐悲，李伯渊心想，如果真为赵范除掉了王旻，自己北军一系在军中的势力就更弱了。下一个被除掉的人很可能就是自己。

于是，李伯渊对赵范进行了一番苦劝。这才让赵范暂时打消了除掉王旻的念头。

就在襄阳军内一片猜忌，人心动荡不安的时候，阔出的蒙古大军南下了。蒙古宗王口温不花率军出人意料地发动进攻，只用一天便攻陷了邓州。襄阳的军民顿时陷入一片恐慌之中……

而此刻，冉琎正在中都府帮助杨惟中修建司天台与浑天仪。由于他的加入，工程的进度大大加快，杨惟中欣喜不已。

就在这时，杨惟中收到了耶律楚材的警讯：镇海可能会派人随时暗杀冉琎。杨惟中猜测这是大汗窝阔台的意思，一时间犯了踌躇。他默想片刻之后，下定了决心。随即吩咐手下差事："从即日起，你要增派护卫人手，在工程期间一定要保护好冉琎先生的安全。"

差事诧异地问："大人，难道有人要刺杀冉先生吗？"

杨惟中摆摆手："你不要多问。记住，派两个精干的人，暗中跟着冉先生保护好就行。"

差事诺声领命。

这件事很快就被彭渊发觉了，私下的时候他将此事告知了冉琎："尊使，杨大人派人跟着我们，究竟是为了保护，还是盯梢监视？"

冉琎默想了一阵："看来有人想对我们不利。"

"会是什么人？莫彬吗？"

冉琎摇头："莫彬已经没有了爪牙，而且听说他随军到阔端那里去了。"

"那会不会是因为先生没有答应他们做官的事情？"

冉琎抚着短须，点头说："这位杨大人有事瞒着我们呢。"

"先生认为会是什么事？"

冉琎轻叹一声："战争已经开打，蒙古大军正在蜀口用兵，恐怕荆襄和两淮很快也要打起来了。耶律楚材和杨大人可能担心我们不告而别，回到大宋去。"

彭渊笑了："大宋就是多我们两个人，又能对他们有什么妨碍？"

"可是我们对蒙古军政的情况了解很深，这就是他们忌惮的地方！"

彭渊恍然大悟："怪不得。难不成不答应他们的要求，就要杀了我们？"

冉珏沉默了一阵说道："我们必须做好最坏的打算。你悄悄地跟何忍联络一下，工程就要结束了，我们要做好随时撤退的准备。"

"是，尊使。可王姑娘怎么办？"

"杨惟中说，耶律楚材一时留在和林走不开，她也就回不来。"

"尊使，他是不是在诓骗我们呢？"

"很难说。你跟何堂主说一下，赶紧派我们的人去和林打听一下情形。"

"好的，尊使放心。"

几天后，刘秉忠突然来了，通知了冉珏一件令人极为意外的事情：王琬被乃马真后软禁在宫里了！那日，耶律楚材将王琬带进了万安宫。大汗窝阔台跟乃马真后见到王琬后，便当面询问她是否愿意嫁给阔出当王妃。

冉珏跟彭渊听到这话后，顿时都愣住了。

刘秉忠接着说："王琬姑娘当时以已经婚配为由谢绝了，可是大汗和乃马真后都很不高兴。事后，他们让耶律楚材传话给她：如果拒绝，一切后果自负。"

冉珏问："既是传话，想来她是出了宫的。为什么后来又被软禁在宫里了？"

"因为后来有一个贵人召她进宫了。"

"是谁？"

"还不知道，都说是大汗后宫的一个妃嫔。"

冉珏立即猜测，这个人不是察合皇后李崀名，就是公主皇后锦璇。尤其是李崀名，窝阔台将她供养在深宫里，必然会禁止一切人探知她的身份秘密。所以刘秉忠自然不知道。

冉琎不动声色地问道："那么后来呢？"

"后来乃马真后便命人看住那个宫的大门，不准王琬姑娘出宫了。"

冉琎跟彭渊对视了一眼，不由得都在心想：杨惟中肯定知道这些事情，只是不肯告知而已。他究竟要干什么？

"我们王爷知道了这件事后，就让我来通知一下先生。"

这是忽必烈的善意，冉琎拱手说道："想不到王爷如此仗义，请先生转达在下的谢意，王爷的好意，在下一定报！"

第七十五章　英烈殉国（一）

刘秉忠问冉琎："尊使如何打算，必须赶紧计议啊！"

冉琎明白，这是在提醒自己，随时可能有意料不到的危机发生。于是他作揖致谢："多谢先生了。"

"好说。尊使最好尽快离开中都，如果需要帮助，在下一定尽力。"

冉琎再次致谢。

刘秉忠走了之后，彭渊摇头说："以我们明尊教的实力，想要离开这中都城，还不是什么难事吧？"

冉琎吩咐道："你现在就去见何堂主，要他预备好出城的秘密渠道，我们可能随时要用。"

"是，尊使。"

再说阔端按照莫彬的计策，亲自率领蒙、汉、女真、吐蕃等马步军共十余万，对外号称五十万，浩浩荡荡再次向陇西杀来。过了大散关沿着陈仓道进入秦岭，到达凤县后，阔端大军分兵东西两路，西路由塔海率领四万骑兵，气势汹汹地杀奔仙人关。

第二天中午，塔海率军到达关下，命令士兵架起了巨炮，随即向关上发射石块。抛射出的巨石落在城关上，发出惊天动地的巨响，城墙为之颤抖。

曹友万早就命士兵准备了巨大盾牌遮护，加之塔海的发石炮数量有限，所以并不能对城关造成很大损伤。

陆续轰击了半个时辰之后，塔海一声令下，蒙军士兵全部下马，扛起云梯，呐喊着开始攻关。

宋军虽然不到两万，但士气高昂，所有士兵全都手持弓箭、长枪严阵以待。当蒙军士兵冲到关下时，曹友闻挥动令旗，上千弓箭手瞬间一齐发箭；几十张三弓床弩也被推上城头开始发射。仙人关上顿时箭如雨下，射向蒙军。

一队队蒙军被箭雨不停地射倒，后面的士兵顶着盾牌，扛起云梯踏在尸体上继续向关下冲击。终于有部分蒙军士兵冲到了关墙下面，开始架梯登关。宋军就向关下砸下滚木礌石，攀爬的蒙军士兵不断地从梯子上跌下。后面的士兵在百户的强令下，继续爬梯攻城。

就这样蒙军不停歇地连续三日攻击仙人关。塔海目睹手下的士兵死伤惨重，却黑着脸不肯放弃，严令士兵继续攻击。他多次叩关，又全都以失败告终。就这样塔海大军被堵在关下，无法通关，寸步难行。

然而，阔端率领的东路蒙军进展得非常顺利。

由莫彬引路，阔端亲自率领十万大军沿连云道进至武休关。正如莫彬事前所说，只用一天便击溃李显忠，占领了武休关。

随后阔端领军沿着褒斜道直插汉中，三天后攻破汉中，随即攻城略地。其间阔端放纵士兵，烧杀抢劫，大肆作恶。抢劫完毕重新集结军队后，阔端目标直指大安与阳平关。

这时，赵彦呐驻守蜀口，得知阔端几十万大军即将到达阳平关下，顿时脸色大变，心惊胆战地立刻派人向正在仙人关的曹友闻求救。

曹友闻派出副将向赵彦呐解释，阳平关、大安擂鼓台一带地势平缓空旷，正是蒙军最喜欢的战场，有利于他们展开骑兵冲击，而不利我方步军防守，更何况敌众我寡？副官向赵彦呐强烈建议，曹将军带军留下扼守仙人关，威胁、袭扰蒙军后方粮道，这样蒙军前后两头不能相顾，必定不敢深入腹地，蜀口应该无虞。

但赵彦呐不肯听从，斥责他道："阳平关一旦不保，蜀口必将难以守住。

本官如何向朝廷解释？届时朝廷追责，是你们来担，还是本制置使来担？"

副官不敢顶撞。于是一天之内，赵彦呐便以制置使名义，接连发出七道令牌，强令曹友闻立即回防阳平关。

曹友闻无奈之下，只得将主力撤出仙人关，退到阳平关附近的擂鼓台。因为这一带无险可守，曹友闻只得带领军队驻扎到旁边的鸡冠山上，他叫来了兄弟曹友万，下令道："你带一万士兵到鸡冠隘上驻守，可以跟这里形成掎角之势。"

曹友万有些担心："大哥，我带走一万兵，你这里兵力不足怎么办？"

"我这里自有安排的。"

"巧妇难为无米之炊，大哥，我们就这么多士兵，再怎么安排也多不出兵力啊！"

"放心吧，我这就向制置使大人要求增援我们。"

但赵彦呐会不会同意给自己增兵呢？曹友闻毫无把握。现在最令人担心的，就是蒙军兵力太多，曹友闻喃喃自语道："如果不用奇计，是绝不能击退蒙军了。"

跟部下商议了一阵后，曹友闻决定，自己亲自率领六千兵力沿着嘉陵江北上，到流溪、黑水一带埋伏起来。出发前他向曹友万和镇守阳平关的统领陈赓和吕嗣德传令，蒙军到达之时，首战一定要挫败敌军锐气，然后佯装不敌，向附近鸡冠山撤退。届时，他将领兵从黑水那里绕道蒙军背后，攻击敌人中军。得手后赶回鸡冠山，两军一起夹击山下的蒙军，可获全胜。

可即便有了这样的精心安排，兵力不足仍然是己方最大的要害。于是曹友闻派出亲兵，火速向赵彦呐要求增兵鸡冠山，一起来打这场蒙军侵入川蜀以来最大的战役……

就在蒙宋两军大战川蜀关隘的时候，阔出的中路蒙军却在河南钧州、南阳一路兵不血刃，相继得手。

此次出兵之前，阔出曾经请萨满对吉凶进行占卜，结果是上上大吉。果然，他的运道之好，令他喜出望外。大战没有开始，就有范用吉和赵祥率军归降，然后又是郭胜等人接连来降。

阔出大喜，对口温不花说："这就是长生天降下的吉兆，南朝必灭。"于是他信心满满地率领蒙、汉、女真等二十余万兵力急速南下。

先锋口温不花领兵率先攻击唐河。守将全子才见蒙军势力太大，抵抗了几天后便弃城逃走。其后蒙军势如破竹，一路狂奔，直到襄阳城外二十里。阔出认为，襄阳是一个大城，自己将要遇到开战以来宋军的第一次强烈抵抗。

不承想他的运道却更加旺盛。

此刻襄阳城里，酝酿着空前紧张的气氛。宋军士兵都在不安地传说，蒙军如何的残暴可怕，致使宋军上下全无战心。而赵范对此并没有采取有力措施安抚、激励士兵，以致军心涣散，毫无斗志。但是他最担心的却是襄阳的兵力不足，于是每天都发出命令给附近州郡，要求他们想方设法向襄阳调来更多的士兵。

很快李伯渊和王旻就接收到了五千多名新增士兵，而且全都是刚刚归附的北军士兵。赵范让他们全都安置在襄阳城内。一直在等待机会的李伯渊顿时实力大增，野心顿时膨胀了起来。

他见蒙军快到城外了，就跟王旻秘密地约定，发动兵变拿下赵范向阔出投降。

这夜，李伯渊、王旻二人突然带兵包围了京湖制置使衙门，叛军手拿火把武器，全都高声呐喊："赵范反叛，奉圣旨捉拿反贼。"

衙门里的侍卫将官衙大门拼死抵住，不让叛军进衙。叛军一时攻不进去，便开始四处放火，要将官衙烧毁。不久大门被攻破，叛军一拥而进，到处杀人，搜寻赵范。

然而他们搜遍了官衙，也没有找到赵范的影子。

原来，这夜赵范极其幸运地并不在官衙，而是去了军粮仓库点检库粮了。得知李伯渊等人兵变后，赵范大惊失色，绝不敢在襄阳城停留片刻，在亲随李虎等五人护卫下连夜逃出城去。可是所有的官仓全都落到了叛军手里，由史嵩之等前后几任制置使累积多年的兵器、军粮以及饷银，全都被李伯渊和王旻二人献给了阔出。

长生天再次降下了大礼！阔出觉得自己的运道好得简直不敢相信。他当即承诺，要向大汗窝阔台为李、王二人请封万户。

这时有几位将领向阔出请求，按照蒙军惯例，应该在襄阳洗劫三日。

阔出愣了一下，随即摇头否决："不行，襄阳并不是我们亲手打下来的。"说罢看着众人。

众将顿时很不自在，因为阔出说得在理，按规矩不能屠城。阔出接着又说："你们都还记得吗？临行前大汗下令，要善待百姓。"

有人抱怨道："可是三王子，士兵们都已经迫不及待，万一控制不住他们怎么办？"

阔出嘿嘿笑道："这些都是吃肉的狼啊。这样吧，那就把襄阳官仓所有银钱全都分了吧。大汗要是责怪，我自会担责。"

众将顿时大喜，全都欢呼雀跃，交口称颂阔出的恩德。

休整几日，阔出命令范用吉和李伯渊二人担任带路先锋，领着大军沿汉水继续向南进攻；同时与口温不花分兵，命他向东攻击枣阳、光州，进逼淮东……

第七十六章　英烈殉国（二）

而此刻刚刚拿下汉中的阔端，马不停蹄地率领大军沿金牛道杀奔阳平关。蒙古大军前后相连将近三十里，金牛道几乎就要被塞满，一拨拨骑兵像潮水般向阳平关扑去。

中午时分，前锋大将抄思和八都鲁二人率兵一万，一路奔到阳平关外十里左右停下，准备略微休整片刻，随即进攻关口。

这时探马来报说，阳平关关门大开，里面并无宋军旗帜，也没有听到半点人声。

抄思挠头说："宋军该不是逃跑了吧？"

八都鲁大笑："二王子拿下了汉中，宋军将领畏惧我们的大军，当然望风逃跑。"

抄思问："八都鲁，他们会不会有诈？"

八都鲁不屑地回答："就算他们有埋伏，我们也不怕。"

抄思点头，随即下令大军不再休息，一鼓作气冲进阳平关。

然而这是陈赓和吕嗣德按照计划，故意用空关麻痹蒙军，关内只留了少许人马设伏，大部人马已经到了鸡冠山上。驻守鸡冠隘的曹友万见蒙军开始进关，趁着蒙军没有防备身后，带领五千士兵从鸡冠隘冲杀了出去。而陈赓和吕嗣德也几乎同时从鸡冠山上冲杀下来。

一时间，两军万箭齐发，战马嘶鸣。曹友万骑着战马，身先士卒，挥动马刀一路呐喊着率先冲进敌群。两军都是各自的精锐，卷作一团厮杀在一起，顿时血肉横飞，战况惨烈。短短一个时辰之内，曹友万和陈赓等人发起了数次冲杀。曹友万身上多处受伤，却死战不退，命令士兵在山上点起烽火，发出了信号。

埋伏在黑水的曹友闻接到信号，立即下令部将杨大全和冯大用各自带领一支军队迂回到抄思和八都鲁的后路，又命夏用和赵兴二人率军从水岭袭击阔端的中军。

再次分兵后，曹友闻只剩下三千士兵。在最后一次派人向赵彦呐发出增援请求后，曹友闻亲自率领这三千士兵义无反顾地向鸡冠山赶去。

一天后，曹友闻人马冒着滂沱大雨，赶到了鸡冠山。但这时塔海的后援蒙军也正好赶到了。在曹友闻主力撤出仙人关后，统制王资和白再兴为拖住蒙军，给宋军主力支援阳平关争取时间，便据守仙人关死战不退。最后在塔海和汪世显两军联手猛攻之下，仙人关最终失陷，二人双双战死。

此时，曹友万、陈赓和吕嗣德等人在鸡冠隘已经跟蒙军厮杀了两个昼夜，万难抵挡塔海生力军的进攻。曹友闻立即命令部将刘虎，带领五百敢死之士从侧翼袭击塔海后队，让曹友万等军立时减轻了压力。

敌众我寡，曹友闻决定只有在黑夜中发动攻击，才有战胜蒙军的可能。

休整到凌晨时分，曹友闻带领剩余的军队冒着大雨，从阳平关方向杀进了敌军阵中。黑暗中曹友闻听见自己的正前方杀声震天，便知道友军正在厮杀。于是带着亲兵飞马冲了过去，只见一大群蒙古骑兵正将十几个宋兵团团围住。虽然视线不清，但从喊杀声中，辨出了为首的宋将正是陈赓。因为黑夜无法辨认，蒙古骑兵的箭术也无法发挥，所以双方展开了近身搏杀。

忽然月光清亮了许多。

曹友闻看得清楚，只见陈赓手执斩马大刀，正一人独战几员蒙将。一个蒙将偷偷转到陈赓身后，趁着他被另外几人缠住的时机，举起了狼牙大棒，就要偷袭砸向陈赓的后背。

眼见陈赓无法察觉躲过，危急时刻，曹友闻摘下了弓箭，大喊一声："陈将军让开。"说完拉满弓，接连射出了数箭。陈赓听到是曹友闻的声音，急忙依言闪开。背后那蒙将瞬间连中两箭，疼痛难忍之下却像受伤的猛兽一般连声吼叫，死战不退。

这时曹友闻的亲兵赶上，敌住了其他蒙将。陈赓转身跟偷袭那人斗了约十合不到，一刀将那人劈倒在地。很快，曹友万和其他统领得知主将已到，无不精神大振。随后，几路宋军同时对蒙军发起了猛烈反击。

此刻暴雨如注，山道泥泞不堪。蒙宋两军连续恶战，鸡冠山和金牛道上尸体遍地，流血三十余里。宋军吕嗣德、冯大用和赵兴等统领先后英勇战死。而阔端、塔海大军的营寨也被宋军接连攻破，蒙军士兵的尸体更是在阳平关外堆积如山，死伤过半，蒙军渐渐不敌。

阔端眼见宋军死战不退，而己方的士气已经低落，虽然愤怒不已，却只得全军撤退。

曹友闻和曹友万见敌群开始松动后撤，虽然各自都带伤在身，依然率军奋勇追杀败退的蒙军士兵，一路紧跟追出了十里左右。

此时已经到了日出时分，阔端被追得万分窘迫，情急之下，破口大骂为什么己方援军还没有赶到。

正在阔端心慌意乱的时候，汪世显与刘亨安率领大批蒙军生力军蜂拥而至，不但救下了他，而且在三泉将宋军团团围住。

一场更为血腥的厮杀之后，蒙军暂时退下。眼看赵彦呐援军不到，错失了战机不说，现在自己已经身陷重围，看来想要突围，已经是毫无希望了，曹友闻不禁仰头长叹："难道老天不助大宋？今日我等只有为国死战而已！"随后指着汪世显军破口骂战。

过了一会儿，曹友闻回头看到了自己的战马，正是汪世显赠送的那匹通体纯白的千里良驹，已经身中数箭，悲鸣着无法站立。曹友闻红着双眼，拔剑杀死了这匹受伤的白马，向剩下的士兵表明自己殉国的决心。

片刻之后，蒙军又开始冲阵，两军这一番血战更加激烈。

宋军面对十倍于己的强敌，虽然英勇抵抗，终究寡不敌众，最终曹友闻与曹友万在敌阵中双双战死。

至此，南宋在川蜀最骁勇善战的精锐几乎全军覆没，只有陈赓等少数统领幸运地杀出了重围……

午时汪世显派人清理战场，找到了曹友闻的尸身。他嗟叹不已，命自己的亲兵将曹友闻和曹友万厚棺收殓，又安排了祭物，燃香拜祭，称赞道："曹将军是真英雄，真男儿也！"

莫彬将此事报知阔端，他的脸色顿时极其难看。

但如果不是汪世显和刘亨安率领大军及时赶到，自己就已经被曹友闻杀败了。这对极为自负的阔端来说，是一种无法承受的羞辱。但他对汪世显祭拜曹友闻的事不好当众发作，干脆转而假笑着对部将们夸奖汪世显："汪将军不忘故友，为人的确是有情有义啊。"

半个月后，朝廷闻知曹友闻兄弟殉国的消息，理宗特旨颁赠曹友闻为龙图阁大学士、大中大夫，赐庙额为"褒忠"，谥号"毅节"。后来川人被曹友闻的英勇抗敌所感动，特地为纪念他修建了庙宇，以供后人瞻仰。

曹友闻殉国之后，阔端率领大军乘胜向南攻击朝天关和广元。不到一日，两地全都告破。

退到剑门的赵彦呐已经被蒙军惊吓得心胆俱裂，只留下部将王连守关，自己带军仓皇撤退至江油，之后仍旧惶恐不安，便逃进了成都。王连势单力孤，难以挡住阔端和汪世显两军的轮番攻击，剑门关很快失陷，进入川蜀的最后一道天险也落入了蒙军之手。

随后，阔端按照莫彬的建议，下令大军分作两路，右路军由阔端亲自率领，一路烧杀抢掠，如同猛兽狂潮一般向成都扑去。

左路军由塔海率领，沿嘉陵江南下，攻取阆中后再次分兵，一路向西跟阔端会合，向成都进军。另一路继续向南，很快占领南充，次日进入安岳，随即折向盐亭，攻击潼川。

最后各路蒙军全部抵达成都城外。

成都，是几千年古蜀的发祥之地，昔日周太王"一年成聚，二年成邑，三年成都"，所以命名"成都"。蜀汉、前蜀、后蜀等历代都在此处建都。唐、宋以来又一直是州郡的治所，商业发达，百姓富足，人文荟萃，史称"扬一益二"。

成都府的街巷小道，铺的都是历史悠长的青砖。每当商铺开业之时，到处车水马龙，川流不息，人声鼎沸，喧嚣终日。商铺里各色特产琳琅满目，蜀锦蜀绣，精染彩布，褙子女裙，杂货玩具更是林林总总。锦江府河的大小鱼虾，青城山上的野鸡野猪，城郊刚采的新鲜菜蔬，令食客流连忘返，挤满大小酒肆饭店。

成都十二市的开设，更令成都府行商聚集，百业兴旺。昔日的成都知府赵抃在书里记载，成都一年四季共有十二市，"正月灯市，二月花市，三月蚕市，四月锦市，五月扇市，六月香市，七月七宝市，八月桂市，九月药市，十月酒市，十一月梅市，十二月桃符市。"

成都的花市最是蜚声全国，这里最著名的花当数海棠。范成大说过："只为海棠，也合来西蜀。"宋祁盛赞："蜀之海棠，诚为天下奇艳。"陆游对于成都海棠更是无比至爱，在诗中写道："成都海棠十万株，繁华盛丽天下无。"

现在正值十月酒市，成都府最重要的主角当然是满城飘香的美酒。城里酒肆林立，绵长幽香的酒味弥散在大街小巷当中，商行饭庄那些大大小小的酒瓮里，装着鹅黄、玉髓、郫筒、昌陆、锦江春和荔枝绿等各色美酒。陆游曾经写诗赞道："长饼磊落输郫酿，轻骑联翩报海棠。"

如此十二市，令各地行商到达成都后，无不交口称赞：这里不愧是天府之国都。

成都的生活更是诗情优雅，又具人间烟火。人们品茶读书，抚琴弈棋，焚香小憩、优雅自在。张咏曾任成都府长官，他曾经写道："蜀国富且庶，风俗矜浮薄。奢僭极珠贝，狂佚务娱乐。虹桥吐飞泉，烟柳闭朱阁。烛影逐星沉，歌声和月落。斗鸡破百万，呼卢纵大噱。游女白玉珰，骄马黄金络。酒肆夜不扃，花市春渐咋。"

然而现在，成都所有的富足安逸，全都笼罩在蒙古大军乌云压城般的阴影之下……

四川告急，荆襄告急，淮东告急！各地的军情急报，像雪片一样飞往临安的皇城。

襄阳没有任何抵抗就告陷落，多年积蓄的粮草、军械一朝落入蒙军手里。赵范用人不察，处事不明，丢失襄阳，这都是何等的严重失责？一时间御史们纷纷上书弹劾赵范。郑清之本想继续保护赵范，但在几乎所有官员众口一词地指责下，他只好"挥泪斩马谡"，向理宗上书彻底罢免了赵范。

赵范、赵葵兄弟是宰相郑清之不遗余力提拔任用的封疆大吏，二人先是入洛失败，损兵折将而毫无所得；现在又再次丢城弃地，朝廷陷入全面危机。郑清之作为宰相，当然负有不可推卸的责任。

恰好此时台风袭击了临安，先是八月"霖雨大风"的灾异出现，后是九月祭祀时出现了惊雷，群臣上书痛指宰相失责。内外交困之下，郑清之四次上书辞职。

理宗为了朝廷大局稳定，只得违心予以同意，将郑清之罢相，改授为观文殿大学士、提举洞霄宫。

之后他任命乔行简担任宰相，准备全力和谈。

第七十七章　成都劫难（一）

此时王檝已经急匆匆地返回了蒙古，带回理宗和参知政事们反复议定后答应的条件。

他刚到哈拉和林，就立即带着大批的贡物去了万安宫，请求觐见大汗窝阔台。可是护卫出来传旨说："贡物，大汗收下了。但大汗现在很忙，没有空接见你。"

王檝赶紧解释说："劳烦请您再去通禀一声，我必须向大汗面交来自南朝的文书。"

那护卫摇头回答："刚才里面说了，大人若有事，就去找中书令好了。"

王檝没法，只得赶往中书令衙门。

耶律楚材看过文书之后，冷笑着说："我大军已经兵临城下，南朝君臣居然还敢讨价还价？"

王檝小心地问："耶律大人，您要是不满意，我们再加码就是。"

"但是有些要求是必须满足的，派遣达鲁花赤，这一条他们必须答应！"

王檝的心顿时"咯噔"一下，这是他最担心的事情。离开临安时，宰相郑清之和副相乔行简代表理宗为他设宴钱行。两位宰相再三拜托他说："赔款、让地这些都可以商量，唯独派遣达鲁花赤这项，绝对不行。"

王檝犹豫着问道："中书令，难道就不能通融吗？"

耶律楚材斩钉截铁地回答："绝没有商量的余地。西域那么远的地方，我们都派去了达鲁花赤。南朝跟我们如此相近，怎么可能不派人去？"

王檝的心顿时有些发凉，看来和谈是无法达成了。他想起郑清之和乔行简二人殷切的眼神，忽然觉得一阵揪心，自己愧对他们哪！

耶律楚材忽然笑了："王大人，你知道他们为什么不肯答应这一条吗？"

"耶律大人的意思是？"

"因为他们最怕的就是：赵宋君权受到我们的挑战和动摇。因为那样的话，他们整个朝廷就会坍塌。为了避免这样的后果，他们宁愿拼死一战，反正上战场的人又不是他们的儿子，那些宋军士兵不过都是平民子弟而已。"这时他叹了一声，喃喃自语，"难道这就是南朝的士大夫们信奉的理学吗？"

王檝对他的说法非常不能苟同："不，在我看来，他们是真正的忠君爱国者。"

耶律楚材摇了摇头："巨川，如果他们一味执拗于此，最后南朝君臣就只能同一条船沉下水去，这种后果他们不知道吗？"

王檝执拗地回答道："耶律大人，请恕我直言，这有什么不对？难道您会不忠于大汗？难道大汗会不喜欢忠诚的人吗？"

耶律楚材知道王檝为人忠厚，便笑了笑说："巨川，凡事都不能过于执拗。太过了，便不好了。我们大汗是最英明的君主，所以我们忠于他，就是忠于我们的帝国！"

王檝忽然听出一点弦外之音，知道他的话里大有深意，但此时他不愿多想，便拱手说道："既然已经开始和谈了，我们也总得让一点，不是吗？如果中书令大人做不了主，还请您去一趟万安宫，向大汗请示一下，如何？"

耶律楚材爽快地答应了。

两天后，窝阔台派人传旨，命王檝再去临安谈判。

然而王檝万万没有想到，窝阔台的另一道密旨已经马不停蹄地从哈拉和林，送到了就快到达成都城外五十里的二王子阔端手里……

此刻的成都城里，丝毫没有灾难即将降临的危急气象。大街小巷里依旧弥散着酒市热闹而又祥和的气氛。无论是谁都不认为，已经度过几百年太平日子的成都，会在某一天，突然遭遇到毁灭性的劫难。

只是大小旅舍和酒店，时不时会传出争吵的声音。最近城里所有的旅店、客栈，已经全都挤满了客人。他们中有很多人，都是来自蜀口、汉中一带。因为那里出现了蒙古兵，而陇西几场大战，已经打得不可开交。于是各地官员和乡绅的家属为了避难，开始迁居成都，或者投靠亲友，或者租房居住。很多进城的平民百姓无钱，只好露宿街头，使得本就人口众多的成都城，现在更加拥挤。

北城门外，一群逃难的百姓正在鱼贯进城。他们中间有一个牵马的壮汉，只见他头发散乱，衣衫褴褛，身上还有血迹，似乎极度疲倦，神情又极其紧张。守城士兵顿时起了怀疑，上前拿住他一阵盘问。

就在推搡纠缠的时候，他的外衣被人扯去，守门的士兵顿时惊呆了。这人前胸和后背上的衣衫全都浸满了鲜血，如果不是简单的包扎，这人的血恐怕早就流干了。

军官喝问道："你到底是什么人？"

这人从怀里颤颤巍巍地掏出了一枚铜军印，说道："我是天水军总管陈赓，有紧急军情，必须马上见到知州大人。"

军官拿过铜军印，仔细鉴别了一下，觉得不像有假，便点头说："那好，你进来吧。"回头吩咐一个士兵，骑上马领着陈赓赶往知州衙门。

成都知州衙门里，知州丁黼正在阅看各处送来的急报。丁黼今年已经七十有一，本来早该致仕，但每次他申请辞官，却总被宰相郑清之各种挽留，以至拖到今天。他听说郑清之最近已经罢相，估摸着自己总算可以致仕还乡了。无奈日子不太平，前些日子陇西和蜀口不断有战报传来。最近几天战报突然少了，现在那里究竟怎样了呢？

丁黼觉得那些急报，除了坏消息，还是坏消息。他对自己说道："唉，眼不见为净吧。"然后盘算着，拖过一天算一天，等到朝廷批复同意自己致仕就好了，自己一天也不愿多待了。

他起身走到官衙后花园，一边踱着步，一边想着事。最新传言，似乎有蒙古军的游骑到了阆中。身为成都知州的自己，只是个文官，军事归四川制置使赵彦呐统管。军队作战，在知州衙门文官们的想法里，那都是武人的事。这里做官的规则就是：不归自己管的事情，绝不去问，免得让别人，更让自己烦恼。所以成都府衙里官员们一直各行其是，甚为安闲。他又想起，前天制置使赵彦呐带了几万士兵急匆匆地离开成都府，临行前对自己说是去援助潼川。但事后有人说，看到军队并没有向北去，而是向东开拔了。赵彦呐究竟要去哪里？

成都这里会不会有蒙古兵来？丁黼突然冒出了冷汗，现在偌大的成都府，已经几乎没有军士守城了。万一蒙古军队来了，怎么办？

他正在胡乱猜疑的时候，差事进来报说，有一个叫陈赓的军官有急事要求拜见。

丁黼刚想拒绝，忽然意识到，赵彦呐不在城里，如果有军情，也只能报给自己了。犹豫再三他让差事把陈赓带到议事堂去。

回到书房，丁黼穿上了官袍，戴上了官帽，来到议事堂。

陈赓看到知州大人来了，上前施了一个礼，声音沙哑地说："丁大人，事态紧急，蒙古军队已经快到城外五十里了。您得赶紧关闭城门，组织人马上城墙准备抵抗。"

这个消息如同晴天霹雳，丁黼瞬间就被震呆了。反应过来后，他的脸色惨白，结结巴巴地问："这——到底怎么回事？制置使大人，还有曹友闻将军，他们都在哪里？"

陈赓红着双眼回答："曹将军兄弟寡不敌众，身陷重围……已经战死在大安了！我死里逃生，特地赶回成都向大人报警来了。"

丁黼顿时眼前一黑，局势已经毫无希望了！因为曹友闻所带的军队，就是朝廷在陇西和川蜀最能打的精锐。他喃喃地说道："一切都完了！"

陈赓问："不是说赵大人已经回成都了吗？"

"他——他已经带着军队走了。"

"去哪里了？"

"说是去援助潼川了。"

陈赓顿时大怒："我就是从潼川府过来的，他根本就不在那里。"

丁黼的胸口犹如被人重击了一下，顿时栽倒在地。

差事慌得赶紧上前扶起丁黼："大人，您没事吧？"然后上前一阵猛掐人中，总算把丁黼弄醒了。

丁黼毕竟年老，受不住这样的惊吓，断断续续地吩咐差事："快去叫人关城门……"

陈赓急问："城里还有军队吗？"

丁黼顿时老泪纵横："没了，已经没有军队了，全都被他带走了。"

陈赓顿时悲愤交加，仰头怒吼："赵彦呐……你不是人！"

丁黼的嘴里哆嗦着："我一定要上本参他。"

"大人，我们现在必须动员城里所有青壮，全都上城墙去！"

差事惊慌地问："他们没有经过训练，而且没有武器啊？"

陈赓瞪着双眼大喝："打开军械库，把武器全部发下去！"

差事一听连连摇头："未经制置使大人批准，属下不敢。"

陈赓大怒："这是什么时候？蒙古兵就要进城了，你要让城里的人全都手无寸铁地等死吗？"

丁黼赶紧吩咐那差事："听陈将军的，现在由他负责一切城防事宜。"

差事忙不迭地点头答应。

就在官衙里一阵慌乱的时候，北门外突然来了一队骑兵。城门口聚集的一些幼童，嬉戏着到处喊叫："有兵来了，有兵来了。"

一些闲来无事的大人注意到孩童的叫喊，向城门外望去。只见北门外驷马桥上，出现了好几百个骑兵，他们打的是宋军的旗号。

这些骑兵似乎在等他们的首领发号施令。过了一会儿，他们开始陆续向城门跑来，似乎要进城的模样。北门的军官很是机警，觉得这些兵有些奇怪，就下令关闭了城门。

而那些骑兵见城门关闭了，便全都聚集在城门下面，等待军官的最新指令。

陈赓听说了消息后，便出了知州衙门，上城头仔细地观察了一下这些骑兵，他们穿的的确是陇西宋军的盔甲。难道他们是被打散的宋军溃兵？

陈赓从怀里掏出令旗，向这些兵打出了旗号。可是这些兵毫无反应，似乎没有看懂陈赓刚刚发出的信号。于是陈赓大喊："是敌兵，蒙古骑兵！"

守门的士兵这才醒悟：城外的宋兵居然是蒙古兵假扮的！

第七十八章　成都劫难（二）

这些士兵顿时陷进了慌乱，有人想要立刻逃走，有人想要出去厮杀。随后秩序大乱，军官失去了对士兵的节制。

城外伪装宋军的蒙军见伪装败露，便沿着城墙向城东奔去，企图夺下距离最近的东门。

东门的守兵刚刚接到消息：有蒙古兵来袭。他们正要关闭城门时，蒙军的先头骑兵纵马狂奔，猝不及防地冲进了城东门，然后舞动马刀一阵乱砍乱杀，守门的宋兵从未经历过这阵仗，反应极其迟钝，被突如其来的袭击立刻打得溃不成军，东门很快就被蒙军占据了。

蒙古骑兵进城以后，少许宋兵展开了一些零星抵抗，但很快就被杀尽。之后，他们在街道上纵马狂奔。

这时，陈赓带了十几个宋兵正在赶往军械库的路上，恰好遇到便立刻拦下了他们，随即爆发一阵激烈的贴身肉搏。宋军除了陈赓久经战场，其他士兵全然没有厮杀经验，于是宋军很快不敌。陈赓连杀了几名蒙军士兵后见势不妙，只好边打边退，撤往知州衙门。蒙军士兵便一路跟着追杀。

然而他们都是草原上长大的，对城市的街巷很不习惯，很快就失去了方向。于是他们便纵马在成都城里到处乱撞。

即便已经打了起来，成都城里无数百姓和官吏仍然不知道发生了什么。人们听到自家屋外有喧闹的声音，于是纷纷出门站到街边看起了热闹，就如同他们平日里到集会看戏一般。

太久的和平，让人们失去了对敌兵的警觉，反而好奇地观察着他们，纷纷猜测这些人的来历，并议论着他们的怪异胡子和手里的兵刃。

就在这时，知州衙门派出了所有衙役，到处敲锣高喊敌兵进城了。渐渐地人们这才完全醒悟过来，于是众多青壮和衙役们联合起来，包围了这些蒙古骑兵。

他们有的手拿菜刀，有的手持木棍，围着蒙古兵就是一阵群殴。蒙古兵虽然善斗，而且武器精良，但实在架不住被这么多人包围，只好向城外逃窜。

这时成都百姓已经知道大事不好，敌人就在城外了，纷纷将自家桌椅和板凳做成路障，堵住了大小街巷。一些青壮去了知州衙门，要求知州丁黼派人打开军械库，散发武器。然而他们根本找不到丁黼和军械库的监仓。

原来丁黼在陈赓走后，立即脱下官袍，换上了平民的粗布衣衫，在外甥王荼干和几位差事的护持下逃出了南门。他们刚刚出城，立刻被正在南门外巡逻的蒙古哨探发现。蒙古兵当即不分青红皂白地发起了攻击。丁黼年老力衰，哪里能逃脱得了？结果一行人被悉数射杀在空旷的野地上。

第二天上午，几队蒙古兵再次试探性地对北门、东门发起攻击。陈赓带领仅剩的官兵两边来回跑动，组织抵抗蒙军。此刻城里的普通人家全都关门闭户，传言不胫而走，都在说蒙古兵每每攻下城池，都要烧杀抢掠，淫辱妇女。有笃信理学的学究不愿受辱，便逼着全家先后上吊。还有人放火点着了屋子，举家自焚。

到了下午，阔端的大军开到了城门之外。

陈赓站在城头向远处望去，只见蒙军的旗帜犹如黑云蔽日，密密匝匝。一队队轻骑兵在前，一堆堆重骑兵殿后，犹如无数猛兽聚集城下，虎视眈眈地盯着城头。

蒙军军纪极严，大战在即排好阵势之时，如非主帅发令，任何兵将都不得喧哗，更不能擅动。这鸦雀无声的沉寂更加令人生畏，仿佛一只巨大的怪兽蹲踞在城下，只等主人一声令下，就要吞噬城内一切生灵。

这支军队的主人阔端，正阴冷地盯着城头。他接到了大汗窝阔台的密旨，到目前为止，这旨意只他一人知晓，那就是：破城之后，血屠成都，以震慑南朝君臣。

但他的心里有些矛盾。他认同中书令耶律楚材的观点：要得天下，就必须赢得民心。今天真要屠城的话，所有汉人都会对自己恨之入骨！大汗已经允诺，川蜀将会是自己的封地，成都又是南朝第二富庶的城市，何必摧毁即将属于自己的领地？何必让自己从此恶名昭著呢？

犹豫了一下，他派亲兵叫来了萨巴喇嘛："大师，今天我若屠城，佛祖会怎么说？"

莫彬的瞳孔顿时急速收缩，迟疑了一下不再犹豫，回答道："佛说：狮子一吼，百兽皆死，喻佛说法，魔外消亡。要压服南朝，必要时可以这么做。"

阔端身后的刘亨安听到了，顿时勃然大怒，皱起眉头，就要举刀斩了莫彬。然而他看到了阔端那阴沉的眼神，不禁打了个寒战，便不敢造次。

阔端听了莫彬的话，心里顿时释然。不过，他又叫来一个随军的萨满，吩咐道："你来占卜一下，这里若是我的领地，吉凶如何？"

萨满随即在阔端马前作法，一边敲鼓，一边跳舞，嘴里念着咒语，些许工夫之后，拿出一个圆盘，将一把不知名的兽骨撒在盘内，然后跪下向天唱诵。

法事完成之后，这萨满对阔端说："太子，长生天给了占卜结果：此地民心不会归顺。"

阔端心有不甘，再问："说具体些呢？"

"这个城是个四面断绝的死地，对我们大不利！如果长久待下来，用不了两代人，他们就会造反。那时我们将反受其咎，丢地弃城。倒不如今天血洗了这里就走。"

对长生天笃信不疑的阔端听罢，向身旁的塔海下令："进城，火杀。"

塔海喏声领命，取出令旗，挥动了几下。

蒙古大军随即开始攻城。军力如此悬殊之下，只片刻工夫，几大城门很快告破，少量宋军的抵抗被蒙军迅速扫平。

蒙军士兵随即在各自百户的指挥下，按照以往处置西夏中兴府和花剌子模的做法，在城内到处驱赶成都百姓。赶到了一个空阔的地方，每五十人分作一群，捆在一起，随即刀砍枪刺，集中屠杀。之后就地堆积尸体，然后再去赶杀下一群五十人。

这一刻，成都变成了人间炼狱，血流成河，尸积如山。

四川制置使参议王翊带着衙役做了最后的抵抗，部下们死伤殆尽，他也身负重伤，血染长袍。城池陷落，局势已经无可挽回，王翊长叹了一声，进入内衙换上官服，拿出了笏板，如同平日一样端端正正地坐在大堂之上。

此时蒙古军已占领府衙各处，一个千户见到王翊仍然活着，而且高坐在大堂之上，便冲过来举刀喝问："你是什么人？"

王翊忍着剧痛挺直腰，回答道："小官食君国之禄，今日无法挽回国难，拯救黎民，即便是死了，也是失责，只有死国而已。你快点杀了我吧！"

千户见他不怕，有点不信，作势举刀就要砍杀，见王翊半点不动，又问："你真的不逃？"

王翊正色回答："愿与此城共死。"

千户和他身边的蒙古兵顿时非常佩服，互相说道："这是忠臣啊！"

于是千户不再逼迫，只把他当作俘虏看管了起来。

然而王翊死志已决，趁着看管他的蒙古兵不留神的时候，走到官衙后面水井边，痛哭了一阵后投井自尽。

蒙古兵的杀戮持续了两个昼夜。到了晚间，统兵的千户担心有所遗漏，下令士兵再对每个尸体堆用长枪反复刺杀，直到彻底没有了动静这才罢手。

在一个尸堆当中，陈赓被埋在了最底下，所以幸运地躲过了蒙军士兵多轮刺杀。

这些尸体重重叠叠地压在他身上，他本已受伤，自己的鲜血连同其他尸体渗下的血浸透了全身。当夜色降临，四周死寂之时，他用尽全身力气，这才扒开了一条血路。趁着夜色，陈赓趴在地上，匍匐潜进了巷子里的一户人家。简单包扎处理了伤口后，他又寻到了一些干粮和水。休息到了半夜，陈赓才稍稍恢复了一些元气。

快到黎明的时候，他静悄悄地潜行出了城。

次日，蒙军将城里官仓以及大户人家的银钱、粮草和军械全部运到了城外大营，随后在各处堆放硝石、火炭等易燃之物。

阔端一声令下，蒙军士兵开始放火。首先烧了官衙，然后焚烧城楼，整个成都到处都是熊熊燃烧的大火，巨大的黑色烟柱冲天而起。方圆数十里之内，都可以看到升腾的黑烟，一直飘到天地之际。

这座富丽堂皇的锦官城，就这样化作了废墟，劫难中无辜被杀者数目高达百万之多……

成都劫难的消息，终于在一个黄昏时分，传到了临安。

这是一个极不寻常的黄昏，残阳西斜，犹挂空中。成群的乌鸦冲天而起，在皇城四周不停地绕飞，半晌不肯离去。

一直到戌时之末，临安城的大半个天空，依旧红彤彤犹如血染一般。

理宗站在皇城的高台上向西远眺天空，喃喃自语道："这是血色的临安城啊！"

随后理宗泪流满面，向西下拜，亲自宣读罪己诏："朕革新图治，爱民如子，却仍有过失，致使鞑患肆虐，百姓被杀，房屋焚毁……然百姓无过，都是朕寡德薄行……对战死者家人，朕与有司必定优待；对趁乱违法的人，朕也将给以机会改过自新……上苍可鉴，朕在此誓言，朝野军民一体，齐心恢复国家，必定收复失地！"

第七十九章　安丰大战（一）

当夜，理宗召集了所有参知政事进宫议事。成都发生的劫难，宰辅们都已经知道了，但理宗不准他们擅自向其他官员扩散。

魏了翁劝谏道："陛下，成都遭难，我们怎么可以隐瞒此事？何况这也是瞒不住的。"

余嵘说："魏相，圣上担心的是，此事会引起朝野震动和不必要的流言。"

魏了翁强烈反对："如果不公开此事，才会有更多流言。恰恰相反，我们应该告知所有民众，成都究竟发生了什么，然后举行公祭。这样做才能激起义愤，凝聚人心，一起对抗凶恶敌人的野蛮侵略！"

可宰相乔行简担心如果公开此事，必定人人愤恨，那么和谈肯定无法进行下去，便说道："魏大人，我们暂时还得顾全大局啊。"

"乔相，您说的大局是什么？"

乔行简犹豫了一下，还是说出了口："和谈还在进行，我们可不能火上添油。"

魏了翁听了，顿时勃然大怒，大声抗议道："乔相，成都发生的一切，还不够让你警醒吗？蒙古要的是让我们亡国，不是什么和谈！"

新任参知政事李宗勉奏道："陛下，魏相所言甚有道理。现在蒙军气势汹汹，绝不是和谈的最佳时机。"

理宗问："李爱卿认为，什么时候是最佳时机？"

"等我们打了一个胜仗的时候，就可以和谈了。"

李宗勉也是一个和谈派，而魏了翁是主张全面抗敌的，两人本来意见相左，但此刻应该坚决抗敌，两人在这一点上是一致的。

理宗点头，表示同意了。

但他已经被中原大败的事情，打击得全无信心。现在蒙军全面入侵，能不能打一个胜仗？他觉得似乎没有可能，便叹声说道："各位爱卿，打胜仗，谈何容易啊！"

魏了翁曾经给皇帝当过讲读师父，对他的性格当然了解，此刻应该让皇帝振作起来，便说道："圣上，老臣愿意亲去前线督师。只要一日不胜，便一日不回临安！"

魏了翁中气十足，这番话在大殿上来回震荡，理宗的情绪不由得受到了感染。魏了翁是武学博士，也曾任职兵部，就任泸州时大力兴修武备，颇有成效。他的确是担任督师的最佳人选。

理宗很是感动："魏师父快到致休的年纪，不辞辛劳，愿意到前线去，实在令朕感佩。那好，这件事就这么定了。"

李宗勉奏道："陛下，新任淮西制置使史嵩之大人，奉皇上旨意前往淮西督战，他却把督府设在远离战场的鄂州，这是要主动放弃要地淮西吗？"

理宗有些尴尬地解释道："这件事，他事先请过旨，朕同意了。"

"陛下，臣说的不仅仅是这一件事。作为淮西主将，史大人整天把和谈放在心上，那么打起仗来，必定缩手缩脚，处处退却。主将有这样的心态，怎么可能打胜仗呢？"

魏了翁很是赞成："李大人所说有理，老臣此去，一定督促他和淮西上下，全力抗战。"

随后君臣一道，就如何从荆湖南路、夔州路以及两浙路等各地，向前线调派兵力和粮草，进行细致的商议。谈了约一个时辰，总算拿出了一个比较严密的章程。

理宗沉重的心情，这才略微舒缓了一些，转头吩咐董宋臣给各位宰辅端些点心上来。

董宋臣答应了一声，正要去办，只见一个内侍急匆匆地进来，向理宗报说："启禀皇上，真大人府上来人说，真大人恐怕——快不行了。"

理宗只觉得两耳"嗡"的一声，似乎眼前一黑，顿时瘫坐了下去。

董宋臣赶紧上前扶起："陛下，您不要着急，小人这就找太医去真大人那里。"

几位参知政事基本都跟真德秀同僚多年，对他敬佩有加。尤其是魏了翁，跟真德秀最是友情深厚，听到这个消息，立即要去真府探望。

理宗说道："你们几位除了余嵘留下值夜，其他人都跟朕同去吧。"

几位宰辅齐声答应。

君臣几人在沉沉的夜色里，来到了西湖以北的孤山。深秋之夜，一片静谧，月光映照在湖面之上，仿佛降了霜一般，不觉很是清冷。一阵夜风忽然吹过，四周竹叶沙沙作响。

君臣几人一起步进了延祥观。

令魏了翁感到意外的是，观门口等待他们的居然是冉璞。他向理宗和几位宰辅施了一个礼，将君臣几人引到了真德秀的卧榻前。

理宗走到真德秀跟前，看着他枯瘦的面容，心里一阵伤心。最为倚重的老臣，一个个都要故去了，可自己能应付得了如狼似虎的蒙古军队吗？

不知为什么，理宗突然想起了史弥远，那夜他临终前嘱咐自己：赵葵言过其实，不可大用。还说对北方蒙古的威胁，千万不能着急。现在看来这些话全都是对的。理宗心里顿时涌上了一阵悔意。随即又想到，今夜真师父也会有话交代的。

这时冉璞在真德秀耳边轻轻说了几遍："大人，皇上来了。"

过了片刻，弥留之际的真德秀颤颤巍巍地把手伸了出来。

理宗上前一把握住："真大人，朕来看你了。"

真德秀看着理宗，嘴唇哆嗦了一下，断断续续地说："陛下，老臣——

要去了。"

理宗心头一紧，赶紧说道："真师父不会有事的，太医把药带来了。你安心养病，一切都会好的。"

这时，魏了翁、乔行简和赵如谈他们也都上前一一问候。

真德秀露出了一丝笑意："陛下，各位大人，对生老病死，老夫已经看得很开了。"然后看向冉璞，似乎意有所指。

冉璞明白，到书案上取来一张尺幅，呈给理宗。

理宗接过一看，上面是真德秀亲手书写的一首诗："壮哉貔虎三千士，静扫鲸鲵百万余。若使人人似淮右，笑谈真可灭狂胡。"

冉璞说道："这是真大人前几日强撑着写下来的。"

理宗猜测这是真德秀以前写的一首诗。他既然再次写下，肯定是因为听说了前线战事紧张，所以特意写下送给自己的，便问："真师父可有什么话要说？"

真德秀张了张嘴唇，但声音极为微弱。理宗便凑了上前，听到他说："陛下不要太过——担心。只要用对了人，就不怕他们。"

理宗点头回答："朕已经决定，派魏大人代表朕全权督师江淮、京湖及川蜀各处前线。"

真德秀费力地点点头，表示支持这个决定，然后说："还有擎天之柱——可以倚靠。"

理宗心头一震，连忙问："真师父说的是谁？"

"就是……孟珙将军。"

之前理宗不是没想到重用孟珙，只是以他的资历和官位，尚不足以担任一方制置使的大任，所以听从了郑清之和赵范的建议，调任他去了黄州。孟珙的确是如今中生代将领中的佼佼者，现在真德秀郑重地推荐他，的确是时候重用他了！理宗拿定了主意，马上急调孟珙赴临安觐见。

理宗握住真德秀的手问："真师父跟朕想到一块了，还有什么人推荐呢？"

"军中将领，我所知有限，陛下记住……要拔擢有功者，罢黜失责的。"

"朕记住了。"

"危急时候，陛下一定得用人唯才、唯贤，万万不可……用人唯亲！"

这是在批评皇帝一味偏听偏信前宰相郑清之，袒护赵范、赵葵他们。理宗红着脸说："朕，知道了。"

真德秀点头，用手指了指冉璞："他叫冉璞，他的兄长叫冉琎。他们跟随我多年了……忠诚、可靠，了解蒙古，陛下……可以用。"

理宗以为，这是真德秀临终托付自己亲近的人，便点头答应，然后轻声问，"真师父，今后跟蒙古是战为主，还是和为主？"

这一直是理宗心头最大的矛盾，他迫切地想听取真德秀的意见。

真德秀回答道："战与和……取决于形势，目前最要紧的……还是打胜仗。"

几位参知政事全都频频点头。

"陛下要调动战区所有人力，把武库里武器发下去，不要担心。"

真德秀的这一条建议，其实魏了翁在朝堂上早就提出来过，参知政事们也讨论了，最后被理宗和宰相乔行简否决了。

乔行简听到这里便说："真大人……"

他正要说下去，却被理宗挡住了："真大人放心，我们会安排好的。"

真德秀费力地点头，眼睛变得红肿起来："老臣对不起了……在陛下最需要的时候，却要走了……"

理宗也红了双眼："真师父不要这么说，你会好起来的，就安心养病吧。"

君臣断断续续又说了一阵，真德秀体力不支，昏睡了过去。理宗赶紧吩咐太医进来照看。

忙乱了一阵，除真德秀的挚友魏了翁继续留下外，理宗带着其他人走了出去。

到了延祥观门口，理宗向冉璞招手。他便走上前去。

理宗问：“你就是冉璞？”

冉璞施礼道：“在下正是。”

理宗第一次如此近距离地上下打量了一阵他，见他相貌堂堂，高大健硕，不禁暗暗点头：“你愿意上战场吗？”

冉璞毫不犹豫地回答：“这是在下所愿。”

“好，好男儿！你就跟着魏大人，帮朕打退蒙古，怎么样？”

“臣一定会尽全力！”

理宗拍了拍他的肩膀，以示鼓励，在大臣们簇拥下就要离开。忽然他想起了什么，又转回头轻声问冉璞：“你妻子还好吧？”

这是在问谢瑛的近况，冉璞没有想到皇帝居然还惦记着她，一时不知如何回答，愣住了。

理宗很是关心：“听说你为了国事，已经很久没有回家了。朕明天就派人送些物品、钱粮到你播州的家里。打完这一仗，你也要尽快回家探望，不要让她担心。”

这样温暖的话，让冉璞很是感动，拜倒行礼说道：“谢陛下！”

理宗点了一下头，带着大臣们离开了。

第二天，真德秀没有熬过去，最终驾鹤西去。

他一生中的大部分时光，受权相史弥远和“四木三凶”这些史党的排挤，没有机会施展才能和抱负。直到暮年才得到机会，帮助皇帝施行更化改制。后世有人叹息道：“宋哲宗之世，非无范纯仁、韩忠彦也；南渡之时，非无李纲、赵鼎也；其后非无真德秀、魏了翁、文天祥也，如不用，奈何？”

第八十章　安丰大战（二）

又过了一日，魏了翁率领五万禁军开往淮西前线。理宗为他亲笔写下唐代严武的一首诗："昨夜秋风入汉关，朔云边月满西山。更催飞将追骄虏，莫遣沙场匹马还。"又赠送了他金带鞍马，命宰相乔行简和其他参知政事，一起到城外设宴饯行。

在开拔的路上，魏了翁向冉璞咨询蒙军的详情。之前冉璞将冉琎的记录整理成书，交给了安丰主帅杜杲。他阅看之后非常喜欢，命令差事迅速地刻印出来。

冉璞便将此书赠了一册给魏了翁，详细解释道："魏大人，我军跟蒙军相比，最大的差距在于战马不足，所以机动性严重缺乏。而蒙军平均每个骑兵拥有的战马超过一匹，就如这书所说，他们野战时'成列而不战，伺退而乘机，来去自如，败退不耻，散而复聚'。我军野战不敌，一旦城池失陷，基本就是一溃千里。上次赵葵将军淮东军进入中原，就饱受了这种痛处。"

"那依你们看，我们就没有办法吗？"魏了翁这是在征询冉璞和他兄长冉琎二人的策略。

"大人，在下以为要取得对蒙军作战胜利，必须扬长避短。我们应该依托中心城池关隘，或者险要地形，最大程度地杀伤敌军。他们经不起损耗，而且粮道又长，日子一久自然必须退兵。到时我们集中兵力追击他们，可以获得大胜！"

魏了翁抚须大笑："说得好！"

到达前线掌管边关战事后，魏了翁便任命了吴潜、冉璞为参谋官，赵善潮、马光祖为参议官，在淮东、淮西和荆湖各处巡视，重申军规，严明军纪，并身先士卒，加强练兵。他从各地调派增援军队，安抚为国捐躯的士卒，罢免贪生怕死的将领。在督视中，魏了翁相继发布《书一榜谕将士》《榜谕沿边将帅军民剿贼推赏》以及《榜谕北军》三篇布告，又向理宗详细报告了边防十件要事，由枢密院敲定后在各地推广。

自这时起，宋军前线将士奋力抵抗，各地自发组织的民军在蒙军背后不停地袭扰粮道，使得蒙军的攻势渐渐遇到了越来越大的阻力。

而在川蜀各地烧杀劫掠的阔端大军，由于民心不附，到处遇到抵抗，且阔端觉得出兵已久，需要休整，便带着主力军队撤离了四川，只留下塔海驻留蜀口，汪世显等将驻守汉中。

西路蒙军得胜收兵的时候，东路阔出大军并没有停止进攻，很快基本攻陷荆襄全地，却在进攻江陵时由于没有足够水军，又遇到史嵩之和魏了翁的联手抵抗，所以没有取得进展。

急于建立大功的阔出，便将目光转向了淮西与淮东。

十一月，宗王口温不花率军猛攻淮西地区，蕲春、潜山、潢川等三州守城宋军不敌，丢城弃地逃走。口温不花收取了三州兵马粮械，大胆地派出大量游骑，从信阳向庐州方向四处袭扰劫掠。

这时，太子阔出率领亲军突然秘密地到达淮西，当面敦促口温不花，尽快拿下要塞安丰，再用一个月时间扫清江淮之间，占领一个最佳的渡江地点，之后就以迅雷之势渡过大江，进攻大宋的江南富庶之地，最后直插临安。

口温不花听到阔出的雄伟计划后，回答道："三王子，这会不会有些太急了？"

阔出不悦地说："皇叔，阔端那边已经攻下成都和川蜀，完成了预定的目标。他现在斩获丰厚，就暂时收兵，回去休整了。可我们这里呢？"

口温不花见他急于求成，便劝道："汉人有一句俗话，我觉得说得不错：一口吃不成一个胖子。三王子，淮东、淮西距离南朝的中心腹地太近。这里的宋军都是主力精锐，他们的战力比四川那边的宋军强大很多。我们遇到的阻力，跟阔端那里完全不能相提并论。"

"咱们自己可以这样认为，但父汗和其他人如何看待我们？"

蒙军中将领的地位全凭战功，任何其他都是无用，口温不花明白阔出心思。于是说道："那好，三王子，您来坐镇，我这就带兵去攻打安丰。"

"不，我们分兵两路。我亲自带一支人马绕过去直插真州。如果拿下了真州，就在那里扎下大营，准备渡江进军临安。"

口温不花一听，连连摇头："三王子，您的目标太大，容易引起宋军的注意。一旦他们得知，很快就会在那里集结大量军队。不如派没有名气的察罕去。"

"不行，我一定要亲自把真州打下来。"

口温不花见说不动，只好点头同意："既然三王子心意已决，您一定得多带些人去。另外，为了遮人耳目，名义上还是察罕当主帅为好。"

阔出笑道："兵不厌诈，那就依你了。探马说真州只有五千士卒守城，我带五万骑兵过去，十倍的兵力，还不扫平了那里？"

口温不花点头同意了。随后两人约定，不管是哪里先得手，随即迅速合兵攻击另一处。

蒙军向安丰和真州两地开拔的动向，宋军探马很快就传到魏了翁那里。他便召集冉璞和吴潜等人一起商议对策。

冉璞说："我刚从安丰那里过来，杜杲将军早就做好准备，就等蒙军来了。"

开战以来，一直都是宋军的各种战败消息，魏了翁不敢怠慢，说道："杜杲将军虽然老到，但他毕竟上了年纪，只怕他的体力和精力有限；而真州那边，知州丘岳是个文官，没有军事经验，我很担心两边都会出问题。"

吴潜回答说："我了解丘岳，他虽是一个文官，却胆大心细，治军严格。自从蒙军侵扰淮东，他在真州一直加固城防。蒙军想轻易拿下真州，那是不可能的。"

魏了翁寻思了一阵说："毕竟蒙军势大，我们得往最坏的方向去准备。这样吧，冉璞你带五千士兵，连夜赶到安丰城去，帮杜杲加强防守。吴潜，你也带五千士兵，到真州去。记着，不要着急进城，在外围找地方隐蔽起来，寻找机会袭击蒙军运粮车队，你也可以夜里劫营去。要让他们食不甘味，夜不能寐。"

冉璞和吴潜二人叉手领命，各自领兵离去。

两天后，安丰城内外的百姓已经被杜杲迁到了安丰以东的淮城，现在城里俨然就是一个巨大的兵营。城头之上，各种弓箭、床子弩和火炮礌石全部到位。所有士兵严阵以待，都知道很快将要爆发一场大战。为了城里粮草不至短缺，杜杲下令副将杜充与儿子杜庶不停地运进大量军粮，所以此时安丰城可谓兵精粮足。

他跟众将商量道："各位将军，探马报说，蒙军前锋距离我们已经不到百里了。我觉得我们不能过于被动地守在城里。"

国安平问："大帅吩咐，我们该怎么办？"

"安丰城西有一个小城霍邱，那里就是蒙军来犯的必经之地。我们可不可以在那里打一次伏击？"

丁义赞成道："蒙军非常骄横，应该想不到我们会这么大胆。"

冉璞建议："大帅，霍邱城外有一大片树林。我们可以分兵在那里埋伏起来，等他们的先头军队过去一半时，我们就出击截断他们。"

杜杲一拍桌案："对，正合我意。"随即下令，"国将军，你带领两千士兵去霍邱潜伏。记住要大开城门，把城头上所有旗帜全都摘去，弄作一个弃城的假象。"

"遵令。"

"冉璞，丁义二位将军听令。"

二人异口同声喊道："在。"

"你们带三千人埋伏到霍邱城外的树林里，千万不能暴露。等一半的蒙军进城了，你们就——"杜杲用两手做出掐住蒙军脖子的模样。

三人心领神会，立即领兵出发了。

一切正如杜杲所料，蒙军先锋朵忽鲁率领一万精锐骑兵自西狂奔而来。

快到霍邱城外时，哨探来报说，前面是一座空城。朵忽鲁得意地大笑："看来南朝没有男人了，全都逃走了！"

有人提醒道："将军，城里会不会有埋伏？"

朵忽鲁大手一摆："一个小城，即便有埋伏又怎样？"随即命令开路的先头骑兵不要停下，径直冲进去抢下城门。

到了城下，朵忽鲁亲自监视，大约有十几队骑兵进城了，城里依然没有任何动静，于是放心地举起手来，下令全军加速进城。

就在这时，城内突然传来几声炮响，只听"轰"的一声，沉重的闸门落了下来，将城门关死。城内随即杀声震天，炮声隆隆。

朵忽鲁顿时脸色大变，心知不好，城里果真有埋伏。他立即下令全军攻城，接应已经进城的人马出来。

然而，就在朵忽鲁全力攻城的时候，从背后的树林里突然杀出大股宋军。为首的将领正是冉璞和丁义。二人高声呼喝着，舞动大刀率先冲进蒙军阵中。

这两千生力军人人使用斩马刀，全都红着眼睛奋力冲杀，见人杀人，遇马斩马。

朵忽鲁见状，便指挥骑兵迅速撤走拉开距离，开始远射放箭。冉璞立即命令集中大盾牌插地构成阵势，再以方盾遮顶挡住箭雨。

蒙军见轻骑远射并不奏效，于是开始冲锋，要将宋军的步兵阵冲开。不料宋军士兵的斩马刀威力无比，往往借势将冲起来的蒙军士兵连人带马斩成两截。

蒙军士兵见状，不禁骇然。自开战以来，从未遇到如此强力的宋军，朵忽鲁错愕之下，不禁心慌了起来。蒙军一时间被宋军杀得乱作一团，施展不开。

但朵忽鲁毕竟久经大战，很快镇定下来，见这些宋军虽然作战勇猛，但都是步军，并且人数并不太多。于是他命令全军集合包围宋军。

被暂时打散的蒙军骑兵到底是训练有素，听到号令后重新集结，将冉璞和丁义反包围起来。

两军便在城外殊死搏斗，一时间杀声震天，响彻云霄。

城外双方正激烈厮杀的同时，城里喊杀声却渐渐微弱。又过了一阵，只见城门突然大开，一支宋军骑兵狂飙着杀了出来，瞬间就冲乱了朵忽鲁的军阵。

原来是国安平率先歼灭了被关在城里的先头蒙军后，随即冲出城来，跟冉璞、丁义里应外合，夹击蒙军。

城外的宋军看到蒙军大乱，知道城内宋军已经得手，而且杀了出来，顿时军心大振。这两支生猛宋军犹如下山饿虎一般，将朵忽鲁杀得溃不成军。

朵忽鲁此前对宋作战从未失败，此刻虽然无比羞恼，却也不敢再战下去，不得不仓皇撤退。

这一战，冉璞、丁义他们竟然缴获了数千战马。

口温不花得知前锋已败，不由得大为恼怒，呵斥道："朵忽鲁愚蠢至极，既不能打，又不会跑！他带的精锐骑兵竟然被一群步兵打成这样？"

副帅塔察儿说："王爷，朵忽鲁以前多次立功，算得上是一位勇将。他之所以被宋军打败，还是因为他太骄纵轻敌了。"

"也罢，让宋军侥幸胜了一次。"

"王爷，其实他们也不是侥幸。宋军中有能打仗的将领，孟珙就是。天幸此人不在安丰。"

口温不花撇了撇嘴："塔察儿，因为你跟南朝人熟悉，所以就要替他们说话吗？"

塔察儿听他这样说话，只好闭嘴不言。

口温不花冷笑一声："看来，我们这次遇到真正的对手了。"随后下令收拢所有十万人马，不准冒进，要齐头并进地开到安丰城下。

就在蒙军集中兵力的同时，杜杲也把军力全部收缩进了安丰城。

一场蒙宋开战以来规模最大的城池攻守战，很快将要爆发……

第八十一章 阔出之死（一）

初冬，辰时，安丰城上寒风呼啸吹过。

极目远眺，飞蓬倏忽折断，野草枯萎倒下，野地满是白霜。此刻寒意逼人，一片肃杀之气。

杜杲带领冉璞、丁义、杜充与国安平等将站在安丰城头，向城外望去，一队队蒙军轻骑兵黑潮般从远处开来，跑到指定位置后，在各自百户的指挥下排开阵势。之后是蒙军重装骑兵，几万匹战马的铁蹄有节奏地踏在地上，沉闷的声音很快传到了城头。

宋军士兵们分明感到，脚下的石砖同时发出了震动。他们沉默地注视着，蒙军重骑兵源源不断地向城下开来，整齐地排列在轻骑兵队列之后。

之后传来了一阵"吱吱呀呀"的声音，冉璞自言自语道："这一定是他们的攻城炮。"

果然，过了片刻，蒙军步军推来了上百架发石炮与投石机，整齐地一字排开。

杜杲回头看了看身后，有士兵正紧张得浑身发抖。杜杲上前拍了拍他的肩膀，然后大声下令杜充："投石机，铁火炮，做好发射准备。"

杜充大声回应："遵令。"

这时预先备好的加厚木板，全都被抬上了城头架起来，用来遮护士兵。

片刻之后，蒙军先头步军推着发石炮进入了宋军投石机发射范围。杜杲挥动令旗，城上宋军的投石机率先发起攻击。硕大的石块犹如冰雹一样密集地砸向蒙军，瞬间砸倒了一片蒙军士兵和他们正在推动的发石炮。

口温不花下令步军暂停前行。后退之后，蒙古随军工匠在安丰城的四周，搭建十几个高大的木台，随后将投石机和发石炮安在了木台之上。

安装完毕，口温不花一声令下，蒙军投石机和发石炮开始发射，跟宋军城上的投石机与铁火炮互相轰击。一时间，双方发射的飞石铺天盖地地砸向对方，炮石所到之处，血肉横飞，惨叫之声不绝于耳。

尽管杜杲命人事先备好了木板，为士兵提供了遮护，但安丰城楼遭到了蒙军发射的巨大石球猛烈的轰击，一天的炮战后，安丰城楼被尽数摧毁。杜杲下令，只要被打坏的城楼，必须连夜更换修好。

这夜，杜杲上城头视察，工匠报告了一个非常不利的消息：加厚木板不够使用，各处损坏的城楼不能全数修复。

该如何解决？杜杲一筹莫展。

过了一会儿，他让人请来冉璞，说道："听丁义讲，你曾师从大将杨钦，能不能帮我想个办法，尽快把这些城楼修复？"

冉璞在各处城楼检查了一遍，回来对杜杲说："大帅，城楼是固定的，而且目标太大，容易受到攻击，不如放弃再建。"

杜杲听罢连连摇头。

冉璞便建议道："我有一个新的设想：既然现有木板数量不够，干脆就用未开的圆木搭建简易木塔楼，大帅觉得如何？"

杜杲很好奇，二人详细讨论一阵，达成了一致，随后指挥工匠，利用现有圆木，尝试着搭建了几个移动木塔楼。

按照二人想法，这些移动塔楼上开了箭窗，既可以插上木板遮护士兵，又可以打开窗向外射箭。塔楼与塔楼之间，利用横木相互连接，可以当作城墙使用。任何一座木楼被打坏了，上面的士兵可以迅速移到另外一座。杜杲又特意命工匠修建了几个高大的移动塔楼，放到护城壕沟旁边。这样既可以加强城墙的防护，又可以一起来回调动兵力。

一夜之间，数百工匠齐心协力，竟然建造了十几个这种的移动木塔楼，一旦某个塔楼被蒙军投石机打坏，随时可以用备用的替换掉它。经过精心地加固，杜杲和冉璞惊喜地发现，这些木塔楼竟然比原先的固定塔楼还要坚固，最令人称道的是，它的制作极为简便。

杜杲大喜之下，下令工匠们分成几组，轮流休息，一刻不停地赶制移动木塔楼。

令他们更为惊喜的是，这些连夜赶制的移动塔楼，在第二天的交战中，竟然发挥了巨大的作用。塔楼不但经受住了蒙军的炮石攻击，而且塔楼上密集的射箭成功阻击了蒙军无数次翻越壕沟的企图。一天战罢，壕沟之外蒙军堆积的尸体多达数千。

随后几天，蒙军一直无法打开缺口突入城墙附近。口温不花无计可施之下，命令士兵冒死冲到壕沟旁，用石头填埋护城河，准备强行突破。

经过几天的激战，安丰的护城河上终于被蒙军填出了二十七道桥坝。口温不花命令蒙军骑兵下马，扛起云梯直接攻击塔楼。但壕沟旁木塔楼上的宋军士兵用各种弓箭和火器交叉射击，猛烈地压制了蒙军进攻。在口温不花的严令之下，蒙军士兵仍然不惜命地持续攻击。激烈交锋了一天之后，蒙军始终无法攻破二十七道桥坝的桥头，却在壕沟旁留下了更多士兵的尸体。

次日，口温不花组织了数百敢死之士。他们身披十数层牛皮厚甲，将面部用面罩护住。这些人出发之前，口温不花让他们喝下从西域进贡的特殊烈酒。喝下之后，他们人人如疯如狂，被称为"鬼兵"。鬼兵厮杀时即便受了伤，也几乎没有疼痛之感。随后这群蒙军敢死鬼兵向城楼发起更加疯狂的攻击，接连攻破了宋军几座塔楼。

宋军士兵大为惊骇，士气不由得低落了下来。

杜杲大怒喊道："他们即使有再厚的铠甲，也不能遮住眼睛。神射队，你们上！"

战前杜杲从军中挑选出一批极其善射的士兵组成神射队。他们经过精心训练，人人都能百步穿杨。

神射队接令紧急上阵，站在木塔楼箭窗之后，用弓弩专门瞄着鬼兵的眼睛放箭，每当一箭射出，便有一个鬼兵惨叫着倒下。一天激战结束，大部分鬼兵被歼灭。

就这样口温不花大军连续攻城三个月，兵马已经损失了一半左右，却不能撼动安丰城半分。现在他已无力组织更大规模的攻城，只得将城围住，打算困死宋军。

此时安丰暂时无虞，而真州那里也出现了胶着之势。

蒙古大将察罕率军十万，号称四十万，大举侵入真州。

宋军哪里能想到，蒙古大军的统帅阔出，竟然会隐身在这支蒙古军中。阔出一直乐观地估计，大军向东南进兵，应当势如破竹一般攻城略地，却没想到在半途中，一再遭到淮东各地民军不断的骚扰袭击。更令他意外的是，大军运粮车队竟然数次遭到了宋军袭击，损失大量辎重粮草，迫使他不得不分出部分兵力保护运粮。

经历一番挫磨之后，总算到了真州外围二十里处，哨探来报说，真州城里的士兵大约一万不足，大都是新招募的民军，战力不高。阔出顿时兴奋了起来，自信地对察罕说："这样的弱兵，不堪一击！我们就在城外扎营，好好休息一夜，明日一鼓作气，拿下这个小城。"

察罕建议道："三王子，扎营的位置如果离城太近，宋军可以随时出城过来劫营。不如就在此处安营，如何？"

阔出摇头大笑："宋军怎么会有这样大的胆子？"

"三王子，这里接近南朝的腹地，毕竟是人家的地盘，他们对地形熟悉，咱们还是小心好些。"

"察罕，本王还就怕他们不来劫营。"说完，向察罕讲出了自己的一个计划。

察罕听罢，觉得有些道理，但又觉着哪里有些不对。眼见三王子如此自信，他便不再反对了。

于是阔出在真州城下扎下了一座十里大营。

这夜蒙军大营内外，全都点上了灯笼火把。从真州城上向大营望去，星星点点犹如十里长龙一般，极为壮观。到了半夜，各处灯火开始逐一熄灭，只有部分营寨，仍然灯火通明。

知州丘岳一直站在城头，监视着蒙军军营的一举一动。他虽然是个文官，但治军严明，赏功罚过，在士兵中有很高的威望。看了一阵后，他叫来了统领刘万，吩咐带五百士兵出城，大声擂鼓呐喊，佯装劫营，但就是不要靠近蒙军的军营。

刘万不解地问道："既然不劫营，为什么要这么折腾呢？"

丘岳笑了笑："总得试探一下他们吧。"

刘万接了命令，在半夜时分悄悄打开了城门，带着兵来到壕沟旁边，突然开始擂鼓鸣炮，一副杀气腾腾的模样。

蒙古军营果然反应极快，已经熄灭灯火的营寨突然全都点燃灯火，几队蒙古人马以极快的速度冲了出来。

可是宋军随即回城，很快销声匿迹了，半点动静也没有。蒙军骑兵面面相觑，不知道该向哪里攻击。因为找不到敌军，只好收兵回营了。

过了一个时辰，蒙军士兵逐渐休息，真州城内外万籁俱寂。

突然间，又传来一声巨大炮响，宋军呐喊着向蒙军大营杀了过去。

蒙军士兵再次飞速出营，可是依然看不到半点宋军的影子。

就这样，来来回回几次之后，一直没有宋军闯进劫营，但蒙军上下被宋军弄得大感疲惫。察罕无奈之下，命令原先埋伏的蒙军驻扎到辕门外的旷野上，时刻监视真州城的一举一动。

原来这些伏兵本是察罕遵照阔出命令特意布置的，准备在宋军劫营时作奇兵使用。不承想宋军似乎知道他的想法，无论如何就是不进蒙军大营。

刘万在城上大笑着对丘岳说："大人，末将现在知道您的用意了。"

丘岳抚须笑着："我本来也就是试探虚实的。"

"大人，这样一来蒙军全军上下再也睡不着了。"

"本官要的就是这个，不停地惊扰吓唬他们……"

第八十二章　阔出之死（二）

第二天，一夜未睡的阔出恼羞成怒，下令全军下马攻城。由于阔出远途奔袭真州，并没有携带足够的抛石机等攻城器械，加之丘岳率军防守严密，之后连续数天，蒙军攻城全被挫败。

为避免宋军半夜惊扰，蒙军大营终于移到了数十里外的胥浦桥。

就在这时，真州城来了一支宋军强援：吴潜率领的精锐宋军赶到。吴潜和丘岳一番商议，决定设下三道伏兵，并且在蒙军来犯的城西方向，集中了大量的火炮弓弩。

次日，阔出与察罕各率一军，要从西门和北门再次进攻真州城。结果在城西大片树林里的官道上，阔出军遇到了出乎意料的伏击。

吴潜率领的五千精锐早已埋伏在这里，布置了上百张威力巨大的床子弩。当阔出带着军队出现时，吴潜隐约看见，众多的蒙军侍卫簇拥着一员大将，此人身上穿戴的是非常少见的金盔金甲。

吴潜指着阔出吩咐副将："你去将所有的床子弩，全都对准那人。只要我令旗举起，你们便一齐发射。"

副将喏声领命。

片刻之后，阔出和护卫们渐渐走近。

吴潜看得清楚，高高举起了令旗。副将一声令下，数百支巨大的弩箭呼啸着射向阔出。

阔出的护卫听到箭支的风声，顿觉不妙，几个人立即扑上去护住了阔出，结果都被弩箭洞穿，阔出的腹部也被射中一箭，顿时倒栽下马。

蒙军士兵见王子中箭，无不惊慌。正乱作一团时，宋军三道伏兵同时发动攻击，蒙军立时大败。

正在猛攻城池的察罕接到王子中箭的密报时，顿时心凉了半截，下令即刻撤兵。他回到大营后，命令所有随军的蒙医全部集中，抢救深受重创的阔出。

随后几天，蒙军没有攻城，全都在大营里龟缩不出。

这种反常的举动，引起了吴潜和丘岳的怀疑。两人商量之后，决定当夜率军劫营。

半夜时分，吴潜领兵悄悄摸到了蒙军大营之外。蒙军布置的警戒哨被宋军的先头敢死士兵打掉后，弓箭手很快进入发射位置。吴潜下令弓箭手一齐射出火箭。

蒙军大营很快四处着火。宋军便高声呐喊着突入蒙军大营，到处冲突猛杀。察罕慌乱之下，命令副将带领士兵拦住来袭的宋军，自己则带人到处救火。一夜极为混乱的厮杀之后，蒙军营帐被烧了个精光，粮草辎重几乎不存。

察罕万般无奈，为了给阔出治伤，被迫连夜撤兵赶往襄阳。

至此，宋军在真州取得大胜。

再说安丰那里，蒙军连续三月攻城不下，这时各路大宋的援军也逐渐靠近了安丰。池州都统制吕文德第一个率领援军，打破蒙军的重重包围，成功进入了安丰城。安丰宋军顿时士气大振。不久，城外传来消息，余玠、赵葵和夏贵等援军也将陆续到达。

杜杲跟冉璞、吕文德等人商议之后，决定对蒙军进行反攻。

几天后，口温不花命令士兵不惜性命地冲到木塔楼下泼油，企图借着风势各处放火，烧掉木塔楼，却被杜杲识破，蒙军进攻再次失败而回。

随后，杜杲跟众将商议："各位，现在口温不花黔驴技穷，我们反攻的机会终于到了。"

众将齐声说道："请大帅发令。"

杜杲向众人一一下令：丁义带人悄悄填好护城河上毁损的坝桥；冉璞和国安平率领三千精兵出城埋伏，今夜子时左右率先袭击蒙军大营；吕文德负责联络赶来的余玠和夏贵各军，对蒙军大营同时发动猛攻。

这夜当空皓月，星光灿然。

冉璞和国安平悄悄地摸近蒙军大营，隐蔽起来。到了子夜时分，他们率先射出密集的火箭。片刻之后，蒙军营帐四处着火。

口温不花万没料到一直守城不出的宋军竟敢出城，而且远途过来劫营，因此全无防备。冉璞和国安平率领精兵，轰开辕门后，突入大营里猛冲猛打，如入无人之境，将蒙军士兵杀得到处乱窜。

被打散的蒙军乱作一团，口温不花好不容易收拢了一些士卒，正准备反击，却不料余玠、夏贵和吕文德三路宋军同时杀到。几路人马合兵一处，将蒙军直杀得溃不成军。

口温不花带着败军仓皇逃走，但各种粮草辎重以及火炮、抛石机等攻城器具被宋军悉数缴获。

安丰几个月来的坚守成功，是蒙宋开战以来一次意义重大的胜利，至此中路蒙军的攻势受到了极大遏制。

理宗接到军报后，不由得大喜过望，连连称赞杜杲老当益壮，不负众望。随即下旨，将杜杲升任淮西制置副使，兼知庐州，主持安丰至庐州一带所有防务。

口温不花带着败军撤到襄阳后，召集所有随军蒙医、汉医以及襄阳本地的郎中，不惜一切代价，一定要医好阔出。察罕甚至发出威胁，如果不能治愈阔出，那就全部坑杀了他们。

这些随军郎中心惊胆战地全力救治。然而阔出受伤太重，连续多日高烧不退，奄奄一息，郎中们全都束手无策。

口温不花无奈，只得向大汗窝阔台发出了紧急求救。

这夜，正在哈拉和林万安宫里畅饮的窝阔台突然接到了凶报，顿时急火攻心，怒不可遏地将酒案一把掀翻，大骂道："口温不花，朕要你好好辅佐阔出，可你们这些混账竟敢弄出这样的差错！阔出要是有什么三长两短，朕决饶不了你们！"

窝阔台的两眼里布满猩红的血丝，手里紧紧握着一把切肉的刀，似乎随时就要杀人。宫女和侍卫哪敢上前劝解？赶紧去向乃马真后通报。

乃马真后脱列哥那闻讯赶来时，窝阔台正在召见所有的太医，因为酒意尚在，有些口齿夹缠不清地命令道："朕命令你们带上所有的药，连夜赶往襄阳。"

太医们面面相觑，有人壮着胆子问："请问大汗，要我们去襄阳治什么人？受的什么伤？"

这句话再次刺痛了窝阔台的心，他拿起刀当即向那人甩了过去，却因为酒醉看不清，飞出的刀扎到了另一个人身上，那人一声惨呼倒地不起。

这时脱列哥那恰好赶到了，她命人将伤者抬下去医治，转头吩咐余下的太医："你们现在就出发，连夜赶到襄阳去。记住，关于这件事，不准对任何人提起一个字。不然的话，你们就再也看不到草原的太阳升起了。"

这些人哪敢多问一个字，立即上马离开哈拉和林，向着襄阳狂奔而去。

太医们走后，窝阔台的暴躁逐渐安定了下来。脱列哥那上前给他捧上了一杯醒酒汤。

喝下之后，窝阔台见是她到了，面带愧疚地说道："皇后，我们的儿子，阔出……他出事了……"

但他没想到，脱列哥那却非常平静地说："大汗，阔出他为了王事，为了帝国，不管是受了重伤，还是牺牲了，我都为他感到骄傲。大汗您不应该悲伤，应该感到欣慰才对。"

窝阔台经历多年残酷的战争，自认为早就铁石心肠，没想到因为阔出，才发现自己的内心一直对他藏着最柔软的父爱。听了乃马真后这番话，他竟然有些脸红惭愧，点头说道："脱列哥那，你说得对。"

乃马真后端起醒酒汤递给了他，眼看着他一饮而尽，说道："大汗，我刚刚听到一些贵由他们西征的事情。"

"怎么了，又出事了吗？"窝阔台又紧张了起来。

"那倒不是。"

窝阔台松了一口气："哦，他们打了败仗？"

"不，恰恰相反，他们已经到达了伏尔加河东岸，拔都跟速不台一起打下了大城不里阿耳。"

"贵由在哪里？还有蒙哥他们？"

"他们两个一起去攻打伏尔加河下游钦察部了，已经连续获得几场大胜。"

窝阔台高兴地说："那这不是很好吗，你还说出事了？"

"大汗，我说的不是打仗的事，是拔都跟贵由两个又起冲突了。"

窝阔台皱着眉头问："这次又是为了什么事？"

乃马真后将事情发生的经过告诉了他。原来，拔都带领蒙哥和拜答尔大军接连打下十多个城池，为了庆祝胜利，展示丰厚的缴获，拔都就摆下了酒席，宴请诸王、速不台以及诸将。

开席的时候，拔都极其高调地坐在了主位，而且不等众人便喝下了第一杯酒。

按照蒙古的习俗，只有最尊贵的人第一个饮酒之后，宴席才能开始。

深知贵由性格的窝阔台立即猜到了，贵由可能会认为拔都把他当成了下等人，便问道："贵由一直看不起拔都，他是不是马上就挑衅了？"

"知子莫如父。贵由喝多了几杯后，酒意上来，对拔都说：'你不过是个长了胡须的女人，有什么本事指挥我？凭什么比我先喝酒？'"

窝阔台很是恼火："混账，他这样当面侮辱拔都，那还不立即打起来？"

"大汗放心，有速不台竭力劝和，他们并没有打起来。但是宴会不欢而散。随后，拔都就写了一封信向大汗您抱怨来了！"

说完，脱列哥那将拔都的告状信递给了他。

窝阔台读完信后，默不作声。过了一会儿，他命当值的书记官为他写信给贵由，信中严厉地训斥了贵由，又命他在边疆守城三年："不把五个手指头磨掉"，就不要回来。

脱列哥那匆匆地看了信，问道："大汗，你说的边疆是哪里？"

窝阔台阴沉着脸说："他们打到了哪里，哪里就是边疆。"

脱列哥那忽然明白了，很是高兴地说："大汗英明！"

第二天，耶律楚材知道了这封信的内容后，心想，刚打下的西域各国土地，其实都应该是拔都的领地。现在让贵由在那里守城，拔都能愿意吗？

一向直言的耶律楚材立即劝谏窝阔台："大汗，拔都知道您这个安排后，一定会很不高兴，猜疑您想剥夺他的领地。"

窝阔台摇头："他怎么能这么狭隘？"

"大汗，当初先汗曾经说过，'朝内的事朝内办，朝外的事朝外办'。新占的西域各大领地，都在朝外，按例应该由拔都处理。如果您一定要改规矩，很可能会把拔都惹怒。"

窝阔台哼了一声："你担心拔都会造反？"

耶律楚材连连摆手："不，不。臣认为，拔都不会背叛您。但是臣有顾虑……"

"你在顾虑什么？"

"臣担心将来，他们会——"

窝阔台明白，他在暗示：只要自己是众王的大汗，拔都不会怎样。但有一天如果自己不在位了，他跟贵由的关系如此恶劣，到时会不会祸起萧墙？

窝阔台微微冷笑，回答道："中书令，拔都现在势力实在太大，如果不制约一下，将来还了得？"

耶律楚材听他说得也有些道理，只好不再劝谏了。

不久拔都接到窝阔台的信，见贵由只是被训斥了几句，非但没有任何处置，居然还要在自己的地盘上抢占领地！

他将信扔在了桌案上，沉思一阵后自言自语道："看来我必须早作打算。既然你们不仁，就不要怪我不义了！"

第八十三章　长子西征（一）

心事重重的拔都命人点起一大片篝火，架上了一只羊，他要亲手烤熟这只肥羊。

亲随们都知道，拔都不但极其善于打仗，而且最是善待部下，每每攻下一城，他会慷慨地将缴获的金银全部分给手下们。跟窝阔台时常酒醉杀人不同，拔都很少喝醉，即便有不顺心的事情，也很少迁怒左右。这种时候，他往往沉默寡言一阵，便架起火一个人做烧烤，烤出来的牛羊肉全都分给随从们一起分享。所以部下们对他非常崇敬的同时，又觉得他无比亲切。

他正专注于在烤羊上刷佐料的时候，护卫来报说，蒙哥来了。他点点头，并没有起身。说话间，蒙哥就到了。拔都仍是没有起身，甚至并不抬头，依然集中精力在烤肉上面。

蒙哥显然跟他非常熟络，走到他的身旁坐了下来，拔都顺手递给他一把火叉："你来得正好，一起吧。"

蒙哥"嗯"了一声，接过火叉，两人配合着继续烤羊肉。

蒙哥神态威严，沉默寡言；而拔都很爱说笑，更让人觉得和蔼近人。可就是这两个禀性迥异的人，彼此都把对方认作自己可以托付性命的兄弟和挚友，两人关系密切，无话不谈。

香料被火燎起的烟气夹杂着烤肉香味扑鼻而来，拔都割下一块烤好的肋排递给蒙哥："仗打得不错！"

蒙哥接过羊排，仍然只是"嗯"了一声。

不久前蒙哥领兵征讨乌拉尔河与伏尔加河之间的钦察部，部落首领忽鲁速蛮先已遣使投降蒙军，但另一部落首领八赤蛮则坚持不降，隐伏在伏尔加河西岸的森林里，时不时对蒙古军发动袭击。蒙哥一直没有找到他们的主力，便不能一举决战歼敌。

拖延了一阵，速不台从不里阿耳率领大军南下，增援蒙哥。八赤蛮听说速不台到了，大为恐惧，逃窜进入里海。蒙哥就将大军拆成几部，全部打上速不台的旗号，攻进里海的大小岛屿，终于俘虏了八赤蛮处死，平定了钦察叛军。

钦察叛乱的平息，使蒙军西进斡罗斯的门户大开，自此没有后顾之忧，可以无所顾忌地向西发起更长的远征。随后蒙哥、速不台与拔都的三支大军会合在伏尔加河以东，经过一段时间休养人马，积累粮草，他们开始征讨斡罗斯。

拔都与蒙哥诸王首先率军渡过伏尔加河，攻下了烈也赞与科罗木纳等重要城堡要塞。休整一月后，他们围攻斡罗斯弗拉基米尔大公国都城弗拉基米尔。蒙哥率军围攻都城，同时强迫斡罗斯平民参加了攻城之战，却一直攻城不下。秋天到时，拔都亲率大军抵达，各路蒙军云集城下。拔都命令将所有的抛石机全部架起，昼夜不息，猛烈轰击。不久城破，拔都下令将城池洗劫一空。

随后拔都分军数路，攻取弗拉基米尔城附近的罗斯托夫与莫斯科等十余座城池。

弗拉基米尔大公国大公阔儿吉弃城逃走，带领仅剩的兵马驻扎昔迪河畔，等待基辅公国援军。拔都便派蒙哥和贵由率军突然袭击大公军营，全歼了那里的守军，大公战死。蒙军由此向基辅公国的古都诺夫哥罗德挺进，至城二十里时收到消息，高加索北有大批阿速为首的叛军集结。于是蒙哥独自率军南下，迅速镇压了阿速叛军。

与此同时，拔都也回到伏尔加河以东，驻留在钦察草原休养人马，准备下一阶段继续向西征战。蒙哥便收到拔都的秘密邀请，赶来跟他商议要事。

蒙哥问："兄长下面作何打算？"

拔都并没有直接回答，却将话题引向了烤羊："蒙哥，你可知道这烤羊肉如何才能做成真正的人间美味？"

蒙哥虽然寡言，却善听人意，知道拔都话里有话，便问道："请兄长明示。"

"首先，你得挑选一只最膘肥体壮的羔羊，将羊毛全部剪掉，再将事先配制好的泻药灌入羊肚，等羊把肠胃里的东西排泄干净，把羊拴到木桩上让羊烤火。时间一久，那羊就被火烤得浑身冒汗。这时，它一定很想喝水。这时你得给它喝水，但不是清凉的泉水，而是搅拌了大料、茴香和胡椒的盐水。"

说到这里，拔都第一次抬头看了看蒙哥。见他正聚精会神地聆听着，便点了点头，继续说道："那羊已经把盐水喝得一干二净。这时，你再在火堆上添柴，使火烧得更旺，羊就又不断地喝水，但此时喝下的却还是加了佐料的盐水。一两天的工夫，配制的佐料和盐水，通过活羊的肠胃转到了羊全身各个部位。这时那羊已经奄奄一息。宰杀后，刮掉羊毛，清洗内脏，就可以拿到这里来烘烤了。这样烤出的羊肉，色泽金黄诱人，味道鲜嫩无比。你尝尝，是不是？"

蒙哥认真地切下了一块羊排，仔细地咀嚼起来，然后点头说好吃。

拔都看着蒙哥专注于吃肉的神态，微笑着说："西域的这些小国，就跟现在烤架上的羊肉一样，须得精心挑选，反复折腾，耐心烧烤。这样把它们烤出来，才最是鲜美肥嫩。"

蒙哥听他将所谓的一众小国比作肥羊，不禁笑了："蛮人狂妄至极！竟敢造谣污蔑说我们是来自东方的恶魔，异教徒带来的'黄祸'？"

拔都说："那个叫什么神圣罗马之国的，组建所谓'十字军'东征，居然还打了上百年。我猜想，这些人其实就是一群假托宗教，实则梦想发财的乌合之众罢了。兄弟，我准备打过去，扫平了他们。让这些无知的蛮子，再不敢狂妄自大！"

"好啊。据说他们的什么教皇写过书信给兄长，是吗？"

拔都点头："有这事，他在信里指责我，说我们滥杀无辜。"

蒙哥"呸"的一声摇头道："他们的十字军难道不杀人？杀的人恐怕只有更多。"

"是啊，被我斥责后，那个使者对我改口说，只要不杀他们的信徒就可以了。言下之意，只要不是他们的教徒，全都可以随便杀的。"

蒙哥很是不屑："虚伪宵小之辈！"

"不管他们了。兄弟，这里真的就是一块乐土，除了肥美的羊肉，还有令人销魂的美人，嘿嘿。"

蒙哥跟拔都不同，平日除了打仗，闲时并不贪恋美色，所以听了这话，并没有激起他什么特别的欲望。

拔都接着说："这里的美人，喜欢露出洁白无瑕的肩膀。她们的淡金色头发，丰满的脸颊和粉唇，着实让人着迷；她们体态端庄，腰型纤细，最诱人的是胸脯挺拔，肩膀丰润；她们拎着长裙娇羞小跑的姿态，更是惹人爱怜哪。"

蒙哥听拔都说得十分动情，不禁呵呵地笑了："兄长既这样喜欢她们，莫非打算在这里定居了吧？"

这时拔都收起了笑容："兄弟，刚才都是题外之话。有一件事情你想过没有，为什么我们这次出征要叫'长子西征'？"

"是因为我们四大家都由长子挂帅出征吗？"

"既对，也不对。"

"为什么？"

"长子西征，其寓意就是我们四大家一起开疆拓地。但最后的果实，究竟属于谁呢？"

"这——"蒙哥犹豫了。

"都归属大汗吗？"

蒙哥默认。

"不，这不公平！我们应该拿走属于自己的那一份。"

"兄长的意思是？"

"你我相知多年，虽然不是亲兄弟，但比亲兄弟还要亲的，对不对？"

蒙哥认真地点了点头。

"有些事情，是时候必须告诉你了。你可知道你的父亲，我拖雷叔父究竟怎么去世的吗？"

这个问题完全出乎蒙哥的预料，他一时沉默了。

"我得到了绝对可靠的消息，一年前拖雷叔父之死，大汗脱不了干系！"

蒙哥其实早已知道，但现在拔都如此挑明，还是让自己心惊不已。

拔都用刀一样的话猛刺蒙哥的心："我们蒙古人恩怨分明，有恩报恩，有仇报仇！兄弟，你不想报仇吗？"

蒙哥继续沉默。

"关于这件事，我早就写信通知了你的母亲。"

蒙哥很是震惊，母亲唆鲁禾帖尼一直向自己隐瞒了拔都写信的事情。

"看来你的母亲还没有告诉你。她是怕分了你的心，影响你打仗。"

"是的。"蒙哥终于吐出两个字。

"蒙哥你放心，只要有我在，无论什么事，我都会帮你。"

"嗯！"蒙哥感激地看了看拔都。

"贵由一直在抢功，我知道他在想什么。大汗让他拼命抢功，就是为了在西域抢下地盘来。大汗他把东方的中国留给阔出和阔端，还要把西方留给贵由，那我们怎么办？给他们白白地当炮灰吗？"

蒙哥嗫嚅了一下嘴："他是大汗。"

"就因为他是大汗，才更加不对！"

"兄长，那你打算怎么做？"

"他既然不仁，就不要怪我们不义了！兄弟，我刚刚收到一个绝密报告，阔出他受重伤了。"

这个消息让蒙哥大吃了一惊："发生了什么事情？"

"他跟宋人交战，要害处被射中了一箭，只怕活不久了。阔出是大汗钦定的太子人选，他死了，太子之位会传给谁呢？"

"这——很难说。"

"肯定不是阔端，因为大汗不喜欢他。"

"那就是贵由了？"

"如果是贵由，我第一个不答应！"

"万一要真是呢？"

"真是那样的话，我就自立门户，独自在西域建立自己的汗国。"说完，拔都看着蒙哥，见他点头同意。

"兄长，我一定支持你。"

"好，有你这句话，我就放心了。兄弟，我建国后，第一件事就是：帮你夺下大汗之位！"

第八十四章 长子西征（二）

这句话犹如响了一记惊雷，蒙哥顿时惊诧不已："兄长，这种话不能乱说。"

"现在只有我们兄弟二人，你大可放心。今天叫你来，就是为了商量这件事情。为兄此生的愿望就是：你在东方统一中国，我在西方建立汗国！只要你我兄弟同心携手，就可以所向披靡，称霸这个世界！"

蒙哥听到他这样的雄心壮志，不禁心向往之，思考片刻后郑重回应："好的，兄长，我答应你！"

拔都起身掏出了一支箭，"让我们向长生天起誓吧。"两人单膝跪下，同时握着箭的两端，一起向天发誓：两人今后共同进退，永不相负。誓毕，两人同时用力，折断了这支箭……

随后几个月里，蒙哥与旭烈兀率军西向进抵保加利亚汗国比里阿耳之城。拔都和贵由则带领各自军队渡过顿河，重新进入斡罗斯南部四处抄掠。斡罗斯王公们忙于争夺权力，不能团结对敌。之后又出了内奸，为蒙军领路，让拔都极为顺利地攻下了别列思老勒、契尔尼果夫等城。

这时拔都对待被俘的城市居民非常宽厚，并不像以往那样任意屠城。他还任命归顺的斡罗斯大公，为他管理占领地区的税收、民政。因此这些大公感激涕零，众口一词地欢呼拔都不愧是仁义的塞因汗。

随后拔都与蒙哥会师，猛攻伏尔加保加利亚。两军架起了几百门发石炮轰击比里阿耳城，这座保加尔人以城防坚固和资源丰厚而闻名西域的城市，最终被二人领兵合力攻下。城陷后，为了对顽强抵抗的保加尔人实施惩戒，蒙哥指挥军队肆意屠城，上百万保加尔人在屠杀中不幸罹难。之后，蒙军又放火焚毁了这座著名的城市。

西征蒙军在西方顺利地攻城拔寨，各种胜利的消息不停地飞到了哈拉和林。

然而此刻，所有胜利的好消息，全都不能给万安宫带来一丝欢笑和喜悦，这里现在充满了悲伤、恐惧和不安。

这一切都是因为大汗今天收到了一个巨大的噩耗：三王子阔出伤重不治，已经撒手去了。

无法接受事实的窝阔台，把自己关在宫里，一刻不停地喝着各种进贡来的烈酒。当然，其中就有余保保想方设法献给他的各种南朝美酒。

乃马真后进来时，看到他醉得两眼通红，趴在桌上不停地喘着酒气。她不禁既悲伤，又恼怒，厉声责骂当值的宫女道："大胆！看着大汗这样喝酒，你们为什么全都无动于衷？"

宫女们纷纷跪下讨饶，都说没人敢劝大汗。窝阔台早就言明，他喝酒的时候禁止任何人阻拦。因为劝酒的事情，窝阔台曾经杀过跟随自己多年的侍卫，这件事无人不晓。

于情于理乃马真后都不好对她们发作，只得亲自劝阻窝阔台。"大汗，您贵为天子，掌管天下大权，可不能这样作践自己的身体啊！"

"脱列哥那，我很难受……你不要阻止我喝酒。"

脱列哥那听了这话，哭泣着劝道："大汗，阔出已经不在了。您一定要节哀，爱惜自己的身体。万一您有个三长两短，可让我怎么活下去呢？"

窝阔台听到她说这样的话，不免有些内疚："皇后，你不要担心，朕不会有事。"他说着话，终于放下了自己手里的硕大酒斛。

脱列哥那吩咐宫女端来养胃醒酒的马奶，看着他慢慢喝了几口，心里这才好受了些。"大汗，我来跟您商量一下阔出的后事，该怎么处理呢？"

"送回和林来，朕亲自给他办葬礼，安葬在父汗陵寝附近吧。"

"就按大汗的意思来办。还有一件事——"乃马真后的脸上露出为难的神情。

"说。"

"我想让贵由回来。"

窝阔台虽然悲伤过度，又饮酒过量，但听了这话，还是明白了她的用意：继位太子阔出已死，应该再立一位。而脱列哥那最喜欢的儿子就是贵由，将他从西征途中叫回来，当然是为了立他为继位太子。

窝阔台心里冷笑，脸上却毫无表情，认真地回答道："西线战事紧张，他应该留在那里，跟拔都他们并肩战斗。"

"可是——"

"脱列哥那，我知道你在想什么。现在我明白告诉你还有众人，阔出死了，汗位的继承人就是他的大儿子失烈门。"

"大汗，失烈门还很年幼，怎么可以——"

窝阔台瞪眼喝道："怎么就不可以？"

脱列哥那见窝阔台语气很差，只好闭口不言。

窝阔台喃喃自语："他会长大的，一定会跟阔出一样的出类拔萃！"

两人沉默了一阵。

脱列哥那叹气说道："大汗，阔出是带着遗憾走的。"

窝阔台恶狠狠地咬着牙说："血债血偿，我要亲自带军队去打下真州和安丰，破城后一定要杀光满城老幼，鸡犬不留，为阔出报仇！"

可乃马真后说的并不是杀人复仇的事情："大汗，我说的是——那个女子。"

窝阔台见脱列哥那的眼睛看向了公主皇后锦琊宫殿的方向，一时疑惑了起来。

片刻之后他想起来了，阔出出征前，曾经提过看中了中书令府的汉人女官王琬。虽然自己以大汗之尊出面，指定她做王子的王妃，可是这个女子居然不愿意。后来自己跟乃马真后在宫里召见了她，这女子看起来秀外慧中，的确能做个阔出的贤内助。可惜了，她要是跟着出征，阔出一定不会出事的。

想到这里，他突然恶上心头，不住声地冷笑道："嘿嘿，等下葬时，就让她跟阔出几个没有生养的侧妃一起陪葬就是，哪有什么遗憾？"

"大汗，我刚从公主皇后那里过来，她们正在宫里办法事呢。"

窝阔台疑惑地问："办什么法事？"

"听说自从阔出受伤的消息传回来后，那王琬就在宫里举办太平醮法事，为阔出祈福，解厄禳灾。唉，倒也不负了阔出对她的一番心意！"

这件事让窝阔台颇感意外，便问："她出家当道士了吗？"

"听说不是，不过她是全真教真人丘处机的关门女弟子，所以会些法事。"

"哦，那朕现在就过去看看。"

窝阔台很是好奇，便停止饮酒，在宫女的引导下来到锦瑢的宫殿。远远地就看到这里新建了一个醮坛，有香案放在正中，其上有香炉、烛台和香筒等供器，摆放了花、香、灯、水、果各种供奉，还有林林总总的各式法器，如意、玉册、玉印、法剑、令牌、天蓬尺、镇坛木等有序摆放在香案上，醮坛上还整齐地排列着铙、铛、铃、鼓、钟、磬等。有几个女道人在王琬的带领下，正在唱诵经文。

窝阔台听不懂经文，就认真地上下打量着王琬。

只见她身着轻尘蓝衣，头戴一抹净巾，脚穿芒鞋，佩戴云带，一头秀发由净巾半盖着散落腰间，更显得她姿容秀丽，气度不凡。

窝阔台不禁看得呆住了。

脱列哥那在旁见大汗突然张嘴发着愣，不由得瞪了他一眼。

窝阔台看了一阵，猛然发觉乃马真后那有些不快的模样，立刻醒悟自己失态了，便略带尴尬地问值事宫人："王琬姑娘在办什么法事？"

"回大汗，王姑娘说，她在醮坛举行仪式，上奏天庭高功表白，恭迎太乙救苦天尊，超度已逝亲人，飞升上天仙界。"

窝阔台心想，看来她已经知道阔出不在了，所以才举办这个道场。这么看来，她算得上有情有义，也不枉儿子看中了她一场。

这时公主皇后锦瑢前来迎接大汗。

窝阔台赞许地对她说："你们办的这个道场很好，朕的心里很是宽慰。朕要厚赏王琬姑娘，还要封赠她道号：琼华无上真人。"

锦瑢回答："臣妾代她谢大汗封赏。"然后小声解释，"大汗，王姑娘并没有出家为道，这个道场是她为阔出太子略尽些心意。"

"嗯，朕知道了……"

窝阔台正琢磨着，再给王琬一些什么赏赐才合适。可脱列哥那看到他兴致勃勃的样子，不由得没好气地说道："公主皇后，我听说汉人的皇帝从来都是君无戏言。哪怕是皇帝说错了什么话，臣子们也必须无条件服从，这才是他们汉人常说的'忠'！"

锦瑢一时犹豫了，不知该如何应对她这没来由的敌意。

窝阔台皱了皱眉头："算了吧，皇后，我们走。"

他们走了之后，锦瑢立即叫人把王琬请来。

王琬刚过来，锦瑢便焦急地迎上去，小声说："妹妹，刚才出事了！"随即将大汗刚才来过的情形告诉了她。王琬一边听着，不由得笑了。

锦瑢更加焦急："妹妹你还笑，难道你真愿意出家做道人？"

第八十五章　中都智斗（一）

　　王琬轻叹一声："世间万般事皆看缘分，即便真要入道，也未尝不是我的所愿。只是恐怕现在还时机未到。"

　　锦瑢知道王琬最大的忧心，问道："冉先生离开和林了吧？"

　　"嗯，可他还被困在燕京。"

　　"是镇海派人软禁了他？"

　　王琬摇头："可能不单单是镇海，还有杨惟中。"

　　锦瑢脸色为之一变："难道中书令大人——"

　　王琬点头："我们这位中书令大人，只要是为了大汗，宁愿做那些违心的事情。"

　　"是不是因为冉先生不肯留下来效力？"

　　"是啊，在耶律大人看来，冉先生太过了解蒙古军政的底细，一旦回到南朝，肯定对蒙古非常不利。"

　　锦瑢对耶律楚材这种做法很是不以为然，摇头道："虽然刚刚折了王子阔出，可蒙军仍然占据战场上绝对优势。就算冉先生回去了，凭他一人之力，就能扭转战局吗？"

　　"战事刚刚开始，就牺牲了中路军元帅，而且还是大汗的继位太子！这是自先汗始，几十年前跟花剌子模、西夏和金国等所有战争中，从来未有过的重大失败。如果冉先生再回去，对大宋更是如虎添翼，耶律大人自然是不愿意了。"

"难道他们会把冉先生一直软禁下去吗？"

王琬忧心忡忡地想了一阵，点头说道："有可能的。恐怕只有察合皇后可以救他了。"

锦璐有些惊讶："你要她向大汗求情？"

王琬摇头，低声向她说出自己的想法。

锦璐频频点头，答应了王琬的请求："你现在出不了宫，待在我这里还安全些。她那里我去说，你就等我的好消息吧。"

当夜，锦璐去了香妃李崽名的秘宫，跟她谈起了王琬和冉玨的事情。

李崽名听罢，叹声说道："冉先生和王琬对我有大恩。他现在有难，我不能袖手旁观。姐姐你看，我能为他们做点什么呢？"

锦璐就告诉了她王琬的请求。

李崽名当即一口答应，进自己卧房取出了一块黄金令牌，交给锦璐说："姐姐，这个东西就给王琬了，你们一定要想办法送到燕京交给冉先生。"

锦璐点头答应，拿起这块令牌仔细端详了一下。

这黄金令牌是孛儿只斤皇家专用，锦璐知道，只要持有它，冉玨就可以在各地通行无阻。锦璐感激地说："妹妹，我代他们两个感谢你了！"

"姐姐，这是我报恩该做的。可我现在却很担心王琬的处境。"

"妹妹你放心，只要有我在，她不会有事的。对了，最近我听到一点风声，好像有人要对你不利，妹妹你要小心哪！"

李崽名笑了："我居住在深宫里，平日也不外出，而且有大汗保护，谁能对我不利？"

锦璐轻声说："王琬告诉我说，那个喇嘛曾经被忽必烈秘密绑架过几天，很难说此人是不是已被他降伏了。"

李崽名不解地问："一个喇嘛跟我们何干？"

"此人很不一般，他一直是镇海的心腹，曾经献给镇海一种剧毒……"

李崽名顿时明白了，原来当初令拖雷致死的蛊毒就是他提供的。她摇摇头：“就算那毒物是他献的，镇海会把这件事所有秘密都告诉他吗？”

“妹妹，我们不得不防备啊。唆鲁禾帖尼为人阴险，我担心，只怕她已经什么都知道了，现在只是隐忍不发而已。”

李岘名脸色一变：“她如果要对我们不利，就得先对付大汗，她会以卵击石吗？”

“不管怎样，凡事小心为上。这宫里的事情从来都是不可预料的！”

李岘名点头答应。

几天后，锦瑢派出可靠的差事，将黄金令牌和王琬的一封信秘密地送到了身在燕京的冉琎手里。

冉琎读了她的信，拿着这块令牌仔细看了一阵，不由得走了神。

彭渊曾经见过这块令牌，担心地问道：“大小姐为什么不到燕京来？”

冉琎眉头紧锁，长叹一声回答：“她出不了和林城，就让人把这个东西捎给了我。”

“先生，大小姐这是让您先离开燕京啊。”

冉琎点了点头。

“可是她怎么办？”

冉琎沉默了半晌，无法回答。

“她会不会有危险呢？”

“目前看来，暂时还不会。”

“我去跟何忍、吴风他们商量下，看在和林那里是不是有人能接应一下。”

冉琎默想了一阵：“得去找刘秉忠，也许他能说服忽必烈王子出手相助。”

“那我现在就找何忍去。”

“等一下，我们的住处早已经被监视了，你现在无论去哪里，都要小心背后有人跟踪，千万不要让他们发现我们的分堂所在。”

“先生放心。”

"明天，浑天仪工程就要正式竣工。镇海与耶律楚材都已经到中都了，将要主持启用典礼。那时他们的防备比较松懈，我们可能有机会撤出燕京，所以今夜我们就得整理好行装。你去让何忍备好车辆马匹，我们准备随时撤离中都府。"

"是，先生。"

次日上午，杨惟中派了马车来接冉珏。这半年来，冉珏为了修复浑天仪，孜孜不倦地投入了无数精力。正是因为这一点，杨惟中对他一直很是尊重，看到冉珏下了马车，他立即上前拱手施礼道："今天先生大功告成，可喜可贺！"

冉珏还礼回答说："这也是耶律大人和杨大人的喜事，在下道喜了。"

杨惟中笑呵呵地拉着他的手，两人并肩一起走了进去。

这时，一众官员也陆续到达，中书令耶律楚材和国相镇海两个领头走了进来，后面跟着主要的军政大员，包括中州断事官牙老瓦赤、国王塔思、万户阿术鲁、史天泽和张柔以及邢州元帅刘润等人。他们的亲随也都跟在后面一起走了进来，其中一人正是余保保。

距离观星台很远的地方，人们就可以清楚地看到宏伟的浑天仪。余保保不禁被吸引住了，他正在远观一阵浑天仪时，看见冉珏领着那些官员走到观星台下面，向众人侃侃而谈地介绍浑天仪。

他走近了侧耳细听，原来这浑天仪并非从头建造，而是修复了当初靖康之变时金国从北宋汴梁劫走的水运仪象台。此台由北宋当时的宰相苏颂主持建造，从全国邀请了众多精通天文、历算和机械的儒士画图设计，又征集了各地能工巧匠共同制作完成，当真是大宋的国宝重器。

金国将仪象台劫到了中都后，几任金国皇帝多次征集奇才异士，想要修复浑天仪，都没有成功。如今大汗窝阔台命耶律楚材和杨惟中重建观星台，当然是为了宣扬国威以及盛大的新朝气象。

众人仔细观看，只见此台高达五丈，四方的底座宽达两丈，共有三层，中间一层是一个大圆球,叫浑象,用于演示天象。其上共刻画了星宿、赤道、黄道、恒隐圈、恒显圈等。浑天仪就建在了最上层,几根大圆环上密密地分布着刻度,用以观测天象时刻读数字。众人一边听着冉珏解说,一边频频点头。只见浑天仪的主体是几层可以运转的圆圈,最外层周长达一丈四尺。各层圆圈上分别刻着黄道、赤道、内外规、南北极、二十四节气和二十八列宿,还有"中""外"星辰和日、月以及五纬等天象。

耶律楚材亲眼见到这件宏伟的国宝重新修复,不由得十分兴奋,向众人谈起曾经发生的一件事情。已经过世的成吉思汗曾经率领大军西征。他身边的很多谋士中,有一个来自西域的天文官对他说:"大汗,今年五月有一次月食,将会不利大军行动。"碰巧耶律楚材也精通中原的天文历算,反对说:"大汗,经过我的推算,不是五月,而是十月将要发生月食。"成吉思汗听了十分有兴趣,后来的事实应验了耶律楚材是对的。自此之后,耶律楚材更加受到成吉思汗的重用。

众官员听到这里,一起向他喝起彩来。

耶律楚材抚须笑着对冉珏说:"现在冉先生立下大功,我们窝阔台大汗也会重用你的。"听中书令这样说,官员们都对冉珏称贺不已,只有镇海用异样目光注视着他。

后面的人群里,张柔轻声向身旁史天泽介绍了他的来历。史天泽不禁好奇地上下打量着冉珏说:"他既是明尊教的智慧尊使,跟你岂不是大有缘分?"

张柔点了点头:"不过我已经不在明尊教了。"

"哦,那是谁接任了你?"

"郭侃。"

"他是不是跟着速不台西征去了?"

"是的,我刚刚收到他的信……"

两人的谈话被身后的刘润听到了,不由抚须陷进了沉思。

随后，耶律楚材与镇海共同主持了盛大的仪式。结束后，众人来到旁边的官衙参加盛宴。耶律楚材力邀冉珏跟他一同坐在首席，冉珏坚决推辞。杨惟中便拉了他坐到次席自己的身边。

耶律楚材和镇海首先举杯。耶律楚材说道："各位，让我们举起酒杯，一起庆祝三件大喜事！第一件喜事，就是观星台和浑天仪重建成功，这是长生天给予我们的吉祥恩赐，预示着我们今后一定会越来越强大！"说完向镇海示意，两人率先一饮而尽。

于是众人举杯饮酒，一起庆贺。

耶律楚材接着说："第二件喜事就是我们的西征大军捷报频传。最新的军报说，西征大军已经平定了钦察，之后接连攻破弗拉基米尔城、罗斯托夫和莫斯科等三十多城，目前正在合兵围攻基辅公国诺夫哥罗德，此城也将指日可下。"

众官一齐鼓掌，高声喝彩，共同举杯庆祝。

这时镇海向众人摆手，示意平静下来，然后说道："各位，第三件喜事就是我们三路大军出征南朝，所向披靡，占领了成都和襄阳许多重镇。诸位，我们这次的缴获尤其丰厚，光从他们的官库里就收缴了铜钱六百多万贯，金银多达三十多万两，茶叶、丝绸和布匹更是不计其数！大汗说了，这些东西在座诸位人人有份，赏赐很快就会到达各位手上。"

听到这里，众官员无不欢呼雀跃。

杨惟中也兴高采烈地对冉珏说："我们一直缺钱，没有这么多的缴获支持，这次在中都修建浑天仪也不会这么顺利啊！"

听了这话，冉珏面上毫无表情，只淡然地自斟自饮。

杨惟中看他这样举动，便不再说下去了。

第八十六章　中都智斗（二）

这时，镇海向冉琏举杯笑着说道："冉先生，观星台顺利落成，你功不可没，本官将跟耶律大人一起上奏大汗，为先生请功。这次就同我一起回和林，面见大汗如何？"

冉琏拱手致谢，回答说："多谢镇海大人厚意，只是在下还有一些私事，须得尽快回家乡去，这次就不去和林了。"

镇海的脸色顿时沉了下来，却竭力和颜悦色地说："先生如果有什么麻烦，还请告诉本官，由我们出手，还怕有解决不了的吗？"

耶律楚材也劝道："冉先生，王琬姑娘可是在和林等着你哪！还是早日跟我们动身去和林吧。"

冉琏犹豫了一下说："还请耶律大人转告她，在下一定尽快到和林去。"

"尽快？是多久呢？"

"只要两边战事停止，在下便随时可去。"

耶律楚材听了这话，觉得大有深意，却又不好追问。而镇海很是恼火："冉先生，是我们大汗要召见你，不管怎样，你必须先跟我们到和林去。"

冉琏依旧沉默不答。

此刻在场的蒙古高官们兴致勃勃地一边饮酒，一边高声议论，正是酒酣耳热的时候。

镇海见冉琏不回应，便向一个贴身差事点了点头。那人会意，随即走出去，又带了两个人进来。

这两个人的出现，立即引起了众人的注意，因为他们看起来实在有些怪异。

走在前面那人是个红衣喇嘛，一张蜡黄的脸阴沉着；而后面那人拄着一根拐杖，右边腿脚显然最近受过重伤，以致行走时有些颠簸。

耶律楚材认得，这和尚正是萨巴喇嘛。

二人走到镇海跟前施礼。镇海向众官摆了摆手，宴席逐渐安静了下来。

镇海说道："各位，中都发生了一件奇怪的事情，本官不得不当众讲一下。我前天刚到中都时，救下了一个人。"然后指着受伤的那人："各位，他是千户王世安大人。不久前他遭人袭击，差点死于非命。王大人，据你所说，那凶手就在这宴席之上。现在你来指认，凶手究竟是谁？你不要担心，有本官为你做主。"

王世安居然还活着？冉珺心里快速回想了一下何忍跟刘秉忠传递给他的消息，看来王世安这厮异常狡猾，很可能假死躲过了突袭。

这时王世安拄着拐杖走到冉珺跟前，毫不犹豫地指着他说："国相大人，就是这个人，他不但派人要杀我，而且洗劫了我所有的家产。请国相大人为我做主啊！"说完跪下连磕了几个头。

众官听了，都在窃窃私语。很多人无法相信这样的指控，都瞪大了眼睛观看冉珺的反应。耶律楚材抚着胡须，也在观察着冉珺。

而冉珺面色平静，丝毫不为所动，似乎眼前没有任何事情发生过一般。

杨惟中问道："王世安，你说冉先生派人杀你，可有什么凭证？"

"当然有的。冉珺就是明尊教的智慧尊使，而袭击我的就是明尊教的人。杨大人，不是他指使，又能是谁？"

杨惟中转头问冉珺："冉先生可有什么解释？"

冉珺微微一笑，问王世安："这位千户大人，你说袭击你们的是明尊教的人，请问你如何得知？"

"他们自己说的。"

"哦，他们是谁？现在哪里？"

"他们杀人越货之后全都逃了。我不知道他们藏到了哪里。"

"那就是说，你没有人证，可有什么物证？"

王世安一时语塞。

躬着身的莫彬咳嗽一声，挺直腰说道："各位大人，冉珊就是明尊教的智慧尊使，千真万确。他的身上有一个玉璜，是明尊教的信物，这就是证据。你们一搜便知。"

镇海立即接话道："冉先生，请你拿出来给大家看看？"

冉珊回答："本人就是明尊使者，在下并不否认。"

"这么说，你承认了他的指控？"

"当然不。国相大人，王世安一口咬定袭击他的就是明尊教的人，可又拿不出任何证据。这只能说明，他在撒谎。"

王世安略有些磕巴地反驳道："国相大人——中书令，在下所说千真万确，绝对没有撒谎。"

冉珊问："王世安，那你说说，抢劫发生在哪里？"

"在圣寿万安寺里。"

"你的家居然在圣寿万安寺？为什么住在那里？"

"这——"王世安无法回答。

镇海接话道："冉先生，他住在哪里，跟此案无关。"

"国相大人，一个千户声称自己住在寺庙，这能让人相信吗？除非，真正被抢劫的人并不是王世安，而是这位萨巴喇嘛。"

莫彬将头转了过去，并不回答。

冉珊继续追问道："王世安，你说你们被抢劫了，那么被抢走的东西有没有一个清单？报官了没有？"

王世安一时语塞。

冉珊再问："难道你们居然没有被抢财物的清单？"

王世安仍旧不答。

"国相大人，他们被抢劫了后，既不报官，也没有清单，这实在难以令人相信！"

莫彬硬着头皮回答："佛家四大皆空，本就没有多少身外之物，自然就没有什么清单了。"

冉珏微微一笑："那就是说没有什么损失了。既然这样，你们今天何必在这里突然发难呢？"

好多人听到这里，不由得都点了点头。

冉珏再进一步说道："各位大人，你们可知道这位萨巴喇嘛的真实身份究竟是谁？我来告诉大家，此人的真实姓名叫作莫彬，本是一个大宋朝廷通缉的要犯。因为追缉得太紧，才被迫逃到蒙古这里。"

听他这样说，在座的蒙古官员又是一阵窃窃私语。

镇海嘿嘿冷笑："看来冉先生真的很不简单，居然知道南朝这么多的事情？"

冉珏毫不犹豫地回答："当然。"然后将莫彬在临安的所作所为讲述了一遍，又说道："我在和林时听说，这位喇嘛恶习未改，利用营建和林城的机会又贪污了大笔钱财！"

耶律楚材和杨惟中听罢，不由得紧皱双眉。

镇海两眼瞳孔陡然收缩，语带杀气地说："就算他贪了，又跟你何干？营建和林的账目清清楚楚，你若不了解底细，就不要诬陷好人。"

在座很多人都知道，萨巴喇嘛是镇海的副手，如果他有贪腐的话，那么镇海也逃不脱干系，至少也是失察。

镇海接着说："阁下的真实身份，非常值得怀疑！你究竟是什么人？到我们这里来干什么？"

莫彬接话说道："国相大人，此人其实就是一个南朝的官员，到蒙古当细作来了。还有那个余保保，跟他一样都是细作，而且是南朝在这边的细作头目。”

众人一片窃窃私语，都明白今天这些事情很是错综复杂，其中必定大有隐情。

这时，余保保走了上来，对镇海说："国相大人，我就是他说的余保保。"然后指着莫彬问耶律楚材道："中书令大人，这个人当众诬陷于我，其中的缘故我是知道的。在下可不可以问他一个问题？"

耶律楚材点头同意："你问吧。"

"萨巴喇嘛，你是不是借给了商人奥都剌合蛮大笔的银钱？"

莫彬翻了他一眼，回答道："老僧不认识什么奥都剌合蛮。"

"国相大人，下官现任中州断事衙门钱粮主簿，跟奥都剌合蛮多次打过交道。他曾经当众声称，是萨巴喇嘛把他引荐给您的，这才得到提领中原课税所这个职位。"

镇海"哼"了一声，并不回答。

余保保转头对耶律楚材说："中书令大人，奥都剌合蛮以两百万两白银的价格，从大汗那里买断中原课税。他到了中原后，欺上瞒下，弄出各种名目的苛捐杂税，变本加厉地搜刮中原百姓，导致很多地方本已返回的乡民，再次弃田出逃。"

耶律楚材大怒，问牙老瓦赤："这是真的吗？"

牙老瓦赤点头："他所言不虚。"

余保保继续说道："更有甚者，奥都剌合蛮还强迫普通百姓从他那里借贷，但利息奇高，高达两倍甚至三倍。耶律大人，我记得大汗曾经说过，只要是借贷，绝不允许利息超过本金，对不对？"

耶律楚材点头："是这样。"

"两位大人，奥都剌合蛮和萨巴喇嘛两人沆瀣一气，盘剥百姓，被我多次阻拦。因此萨巴喇嘛对我恨之入骨，所以今天在这里对我公开诬陷。"余保保转向牙老瓦赤："请几位大人明鉴，还我一个清白！"

牙老瓦赤点点头："放心吧，我自然会为你做主！"

王世安一时着急，口不择言地大声喊道："几位大人，他们都是汉人，你们千万不能相信他们的话啊！"

张柔和史天泽听了顿时大怒。张柔喝问："你不也是姓王吗？"

"可我是女真人。国相大人，中书令，他们汉人大都心向着南朝，并不是蒙古啊！"

众人知道这是诛心之语，顿时一片沉默。

史天泽恼怒之余，悄声对张柔说："有机会的话，我必杀此人！"

镇海也一时怔住了，过了片刻问冉珏："你到底是不是南朝官员？"

冉珏摇头："还不是，在下只做过真德秀大人和孟珙将军的幕宾。"然后起身向众人拱手说道，"但是各位，一旦大宋朝廷征召于我，我将毫不犹豫地为国效力！"

这时众人一片哗然，过了片刻方才逐渐安静。张柔和史天泽等人不由得都对冉珏暗自钦佩。

镇海阴恻恻地说："好啊，这么说来，你将要做我们的敌人，是不是？"

第八十七章　冉琎还宋（一）

镇海当众发出了威胁。

冉琎平静地回答："对于还未发生的事情，在下无法作答。"

镇海大声冷笑："看来，王世安说得一点也不错。既然你一心要跟我们为敌，就不要怪我无情了。来人！"

耶律楚材和杨惟中几乎同时说道："慢着。"

两人随即对视了一眼，耶律楚材示意给杨惟中。

他点了点头，对冉琎说："冉先生，只要你愿意跟我们去和林，刚才所有的事情，我们都当作没有发生过，如何？"

冉琎摇了摇头："多谢耶律大人，杨大人，只是在下去意已决，就请你们不要再劝了。"

镇海嘿嘿笑道："你自己找死！来人，把此人拿下。"

几名蒙军军士，立即恶狠狠地手持弯刀冲了上来。

这时莫彬却大声喊道："国相大人小心，这人会武艺。"

说话间，几个军士已经冲到了冉琎跟前，伸手就要捉拿。众人听到了莫彬的喊话，不禁都在心想，就算冉琎会武，又怎能敌得过这几个一起扑上去的壮汉？

不料随后众人只觉眼前一个灰影闪动，一个军士被瞬间击倒。

这灰影正是冉琎。他躲过另几个军士的攻击后，顺势捡起了地上的弯刀，然后纵身掠过，向镇海袭击了过来。镇海本是个商人，并不曾习过武，只觉得眼前刀光一闪，根本闪躲不开。随后脖子上一阵冰凉，一把锋利的钢刀正架在自己的脖颈上，镇海惊得手足无措，几乎就要瘫倒在座椅上。

杨惟中急得大喊："冉先生手下留情！"

冉珧用刀压了压镇海的脖颈，说道："国相大人，叫你的人下去。"

镇海惊吓之下，声音突然变得沙哑，颤抖着吩咐几个军士："你们退下去。"

这几人见国相被挟持了，只得暂时退了下去。而在场的一些军官见状，本来跃跃欲试，现在却也不敢造次。

耶律楚材见形势陡然翻转，饶是他处惊不乱，一时也想不出如何为镇海解困。

杨惟中距离他们最近，见镇海的脖子已经被钢刀擦出了血，便焦急地说："冉先生，你放了国相大人，我保你平安无事。"他见冉珧不理，便转向耶律楚材，"中书令，你来作保，如何？"

耶律楚材抚须说道："冉先生，由我担保你平安离开，你暂且放开他，怎么样？"

冉珧点了点头："中书令，请你派人在外面准备一辆马车。"

耶律楚材立即转头吩咐差事："你们快去准备。"

那边刘润回答："我的马车正好就在外面。"

冉珧右手持刀压住镇海的脖颈，左手铁钳般地用力拧住他的右手："国相大人，委屈您跟我走一趟吧。"镇海无奈地被他挟持着起身向外走去。

经过阿术鲁酒桌的时候，他勃然大怒，抄起椅子就要上前厮打，却被塔思一把抱住："元帅不可，万一伤了国相，怎么办？"

张柔和史天泽他们本就不喜欢镇海，见他现在受辱，幸灾乐祸地站在一旁看笑话。

走到外面马车的距离并不太远，可是镇海觉得，这仿佛是他此生走过的最漫长也最屈辱的一段路了。

马车上有一人正端坐着准备赶车，冉琎用刀挟持着镇海，一起坐了进去。然后冲那人点了点头。

那人问："先生要去哪里？"

"去大兴。"这时冉琎见杨惟中他们都跟了出来，便从窗口对杨惟中说："杨大人，叫你们的人不要跟着。半个时辰之后，我自然会释放镇海大人。"然后吩咐驾车人："出发……"

此刻宴席上，王世安带了几个士兵将余保保团团围住，就要动手捉拿的时候，牙老瓦赤向他喝问："住手！究竟是谁派你们来抓人的，镇海吗？"

王世安不敢得罪他，躬身施礼回道："请断事官大人见谅，这个人我们今天必须带走。"

牙老瓦赤发怒喝道："你们敢！"

耶律楚材正要说话，余保保对莫彬说道："萨巴喇嘛，你过来，我有事告诉你。"

莫彬对冉琎仍然心有余悸，担心余保保也会挟持他，于是一时不敢过去。余保保笑了："你放心，我不会武艺，不会把你怎样。"

莫彬便走了过来："你说。"

余保保轻声说道："忽必烈王子让我告诉你，今后不要再纠缠我了。你若不信，可以亲自去问他。"

莫彬听罢，顿时脸色一变，难道这厮知道自己跟忽必烈他们的事情？又或者他也是那边的人了？他不敢造次，只得狠狠地盯了余保保一眼，吩咐王世安他们全部撤走。

王世安以为自己听错了，说道："大师，这个人不能放走。"

莫彬有些恼怒地说："你连老僧的话也不听了吗？"

王世安无奈，只得悻悻地带人离开了……

那边冉琎的马车飞速出城，果然没有蒙古士兵在后跟着。而彭渊、何忍带着吴风、周川他们也跟着出城，一路护送着马车顺利地到达了大兴。

冉珽下了马车，对镇海说："请国相大人下车。"

镇海既惊又怕，战战兢兢地问："你们要干什么？"

冉珽笑着回道："在下信守诺言，这就放了阁下。"随后让何忍从马车上拆下了一匹马，把缰绳递给了镇海："阁下请回吧。"

吴风举起马鞭，狠狠地抽了一下马臀。那马吃痛，顿时惊得跳了起来。幸亏镇海骑术不错，紧紧抱住马脖子贴在马上，回头看了一眼，风一般地往回跑走了。

冉珽一边换着衣衫，一边对众人讲："各位，追兵马上就到，为分散他们的注意，我们必须分成两路。路线我跟何堂主已经想定了，一路走范阳，另一路去固安，最后都到邢州集中，刘润堂主会把我们安全送到大宋边境。"

何忍说道："河北的路径我最熟悉，尊使，我来给你引路。"

冉珽点了点头。

彭渊随即说："那我来走另一路。"

冉珽摇头："你不熟悉河北，还是跟我们一起走。吴风和周川，你们两个先去固安吧。"

二人领命。随后众人分道，风驰电掣一般向南奔去。

这天夜里，镇海在中都城官衙里对着莫彬大发雷霆："王世安就是一个废物，他要当众跟那冉珽对质，可又辩不过人家，白白地丢人现眼罢了！"

莫彬捻着念珠回答道："大人，我早就说，直接把冉珽抓了，或者直接杀了，才是对的做法。"

"你拿什么罪名抓他？"

"就说他是细作。"

"胡说！这个人的名声那么大，大汗是要重用他的。这次重建浑天仪他又立下大功，没有足够证据，中书令还有杨惟中，都不会答应我抓他的。"

"唉，国相大人，之所以我们对付他，还有那个余保保，一直有些缩手缩脚，根本原因就在——"

"有话直说。"

"他们好像知道蛊毒的事情，那余保保刚才就用这个要挟了老僧！"莫彬没敢告诉镇海关于他跟忽必烈以及余保保之间的任何事情，这就让事情显得非常扑朔迷离。

镇海听了顿时大怒："他们怎么会知道？"然后疑惑地问莫彬，"除非是你做事不密，这才泄露了？"

"大人，这是天大的事情，老僧怎么敢有丝毫怠慢！"

"那他们如何知道？"

"我不在中都的时候，明尊教的人突然袭击了我们，存下的一点蛊毒就被他们抄走了。"

镇海顿生无限烦恼："他们要这个干什么？"

"这就是老僧不敢造次的根本原因。"

镇海既恼又怒："早知道这样，在和林时我就该解决掉这个冉琏。"

"大人，那样的话只怕更糟，如果在和林传开了拖雷大王的死因，不是给大汗惹下天大的麻烦吗？孰轻孰重，大人您想想呢？"

"这实在叫人心有不甘哪！"

"塔思不是正在四处缉拿他们吗？无论在哪里拿到了他们，就立即——"

镇海愣了一阵，叹气说道："这个人对我们的底细知道得一清二楚，他如果回到南朝，一个人就抵得过一万骑兵！但愿塔思能抓住他杀了吧。"

此刻，冉琏一行人马不停蹄向范阳奔去。第二天众人略微休息了片刻，继续向南赶路。

令他们意外的是，蒙军在各路关卡上的盘查远比他们预想的更为严厉，且所有的城门口全都张贴了他的画像。原来，塔思在冉琏挟持了镇海奔往城外的时候，就立即派人向沿路关卡传令，严密搜查过关的人。并且下令：只要见到冉琏，立刻格杀勿论。

但是塔思万万料想不到，冉琏手里竟然握有黄金令牌，而且他又戴上了一副惟妙惟肖的面具，几乎无人能识，所以他们一路之上，几乎通行无阻地抵达了邢州境内。

这天夜里，冉珬一行人悄无声息地进入刘润府邸。

第八十八章 冉踋还宋（二）

刘润将冉踋他们安顿进一个秘密的住处，为众人设宴，接风洗尘。

酒过三巡后，刘润问道："尊使，你们要从这里返回大宋，多半得从淮东的安丰或者壕州入境。十几天前，这两地还在大打出手，根本不可能通行。但是现在可以过去了。"

冉踋问："哦，这是为什么？"

刘润苦笑了："因为我们败了。"

听说蒙军吃了败仗，众人顿时兴奋了起来，这可是自从河南大战以来，第一次听到大宋打了胜仗的好消息。彭渊赶紧追问详情，刘润就将安丰以及真州大战的经过叙说了一遍。当众人听说三王子阔出已经战死的时候，彭渊连连咂舌，大呼想不到。

冉踋抚着短须说："骄兵必败，这是兵家的大忌。这次连继位太子都被杀了，窝阔台大汗怎么肯善罢甘休？只怕更大规模的战事，很快就要来了。"

"不错。我已经接到命令，准备十万担军粮，半个月后交割。"

冉踋摇了摇头，想了一下说："半个月的停战时间，足够我们返回了。"

彭渊想到马上就能回到建康府了，不禁心情大好："先生，我想回金陵了，您怎么打算？要去临安见真德秀大人吗？"

"不，我先去安丰。如果我所料不错，冉璞应该就在那里。"

这时何忍说："尊使，我把您送到安丰，就得回中都了，您还有什么事情要交代？"

"何堂主，你能否跟苟先生联络上呢？"

"他现在跟大力尊使在一起，这件事得依仗刘堂主了。"

刘润一口允诺。

"刘堂主，贵公子刘秉忠实在是个难得的人才啊！"

刘润笑了："尊使是不是想要他为大宋效力？"

"如果可能的话，最好。当然，人各有志，强求不得。我对刘堂主也是这样想的。"

"尊使，只要是本门的事情，在下理当义不容辞！"

冉珏拱手致谢："如此多谢刘堂主了……"

此刻临安皇城里，理宗深夜召见大将孟珙，看着他向自己下拜，理宗想起真德秀临终前所说：孟珙就是大宋的擎天之柱。

当真要对他委以重任了，理宗却有些踌躇。久闻孟珙很有才干，但赵范和赵葵兄弟的威望更著，名声更加响亮，连他们二人都败了，资历比他们浅的孟珙，能行吗？

理宗上前双手扶起了孟珙，命董宋臣端来了座椅给孟珙坐下，说道："蒙古使臣王檝又要到临安来了，这一次他将带来新的和谈条件。"理宗捶了一下自己的腿，叹声说道，"虽然我们刚刚在安丰和真州打了胜仗，但预计他们提出的条件仍然会很苛刻。孟将军，朕真的很难啊。叫你来，就是想听听你的意见，我们现在应该以和为主，还是立足于战？"

孟珙起身大声地回答道："陛下，臣是武将，当然是主战，不应该主和。"

理宗听他回答得掷地有声，情绪也受到了感染，点头说："好，将军这真是男儿本色！"

"臣谢陛下褒奖。"

孟珙坐下后，理宗问："朕料蒙古大军很快就要卷土重来，依将军看，我们将来该如何抵挡？"

"陛下，这次安丰和真州的胜利说明，我们完全能够抵挡住蒙军的进攻！有了成功的经验，就应该大力推广，臣以为，杜杲和丘岳二人这次在淮东表现出众，只要有他们在，淮东的局势基本不会再出问题了。”

理宗点头同意："朕已经升任杜杲淮西制置副使，丘岳为淮东制置副使，余玠升作淮东制置司参议官。这次叫你来，是想稳住荆襄的局势。特别是江陵，那里如果一旦出了闪失，则大局危矣！"

"陛下放心，臣愿意率军前往江陵，不但要保住江陵不失，臣还要向北反攻，收复失地！"

理宗以为他在说些大话，不由得笑了："将军有这样的雄心壮志，朕的心很是安慰。"

孟珙见皇帝内里很是不自信，知道是因为自从中原失败后，朝廷军队屡遭重挫的缘故。于是说道："陛下，杜杲将军他们这次守城胜利，说明蒙军并不可怕，他们并非没有缺陷。但如果我军只是一味地防守，就不能震慑他们的嚣张气焰。我们必须取得一次关键性的进攻胜利！"

"这——能行吗？"

"当然能行。臣预料，这样的战机就快到了。"

"哦？说说看。"

"陛下，蒙军在川蜀进攻险关要塞，都能攻城拔寨，所以他们骄狂了，就在安丰跌了大跟头。臣预料，他们还要跌跟头，这次应该在江陵，狠狠地挫败他们。"

"将军为什么这么有信心？"

"因为我们有强大的水军，蒙军还不知道他们的厉害！"孟珙曾经常年在鄂州、江陵一带训练水军，刘整、江波他们都是一流的水军战将，所以孟珙有充足的自信，能在汉水和长江之上击败蒙军。

这样乐观的情绪一下子打动了理宗，他高兴地说："好啊孟将军，你就是上天特意派下来帮助朕的。朕现在命你同时节制黄州、蕲州和光州三州及信阳等地所有兵马，一定要打破蒙军攻取江陵的企图。"这时他轻声地交代道："不过万一事有不顺，你就带着军队退到鄂州去，一并指挥那里的水军。孟珙，你务必要保全鄂州，这是朕给你的底线。"

孟珙起身接令："臣领旨。请陛下放心，臣此去，必定不胜不归！"

再说王檝上次带了密信来临安谈判，结果当场谈崩。王檝明白，自己被耶律楚材利用了来麻痹南朝君臣。所以回去后，向窝阔台狠狠地告了耶律楚材一状。但窝阔台根本没有心思跟他谈话，只简单搪塞了几句后，就打发了他再去跟耶律楚材商议此事。

而耶律楚材只简单去掉了任命达鲁花赤这一条，便让他再次出使临安了。

王檝到了临安城外，看到只有礼部尚书李韶带着随从前来迎接，几位参知政事都没有参加为他接风的晚宴。这跟上一次盛大的欢迎宴会形成鲜明的对比。

席间，李韶主动问起蒙古大汗这一次的谈判条件，王檝如实告知了他。

李韶放下酒樽，愤愤地说："你们的大汗为什么总想打仗呢？"

王檝也是无奈："元善，我真的已经尽力了。本来还可以商榷更多，但最近我们的继位太子阔出在襄阳去世，大汗怎么肯善罢甘休？"

这让李韶很是吃惊："这是怎么回事？"

王檝摇头："我也不知具体情形，但阔出死在襄阳是千真万确的事情。我回到和林时，大汗刚刚为他举行了极其隆重的下葬仪式。"

"可襄阳那里并没有太大战事啊？"李韶很是疑惑，"难道他是在别的地方受了重伤，送到襄阳后伤重不治？"

王檝无法回答。

随后李韶连夜觐见理宗，报告了这个消息。

理宗听罢，既惊又喜。这么大的战功是哪位将军在哪里立下的呢？当夜，参知政事们被召进了宫，商议此事。

理宗问道："安丰那里的战斗极其激烈，难道阔出是在那里被打伤的吗？"

乔行简回答："依臣看不像。蒙军重兵攻打安丰，大小战斗无数，持续打了三个多月。如果阔出王子在安丰，怎么会一点消息都没听到呢？"

余嵘奏道："上次真州围城的蒙军有将近十万之多，而主将察罕名气并不大，臣当时觉得费解，为什么窝阔台会将十万重兵交给一个偏将？难道他们隐藏了什么秘密？"

理宗问："当时作为中路蒙军的主帅阔出究竟在哪里，无非三地，襄阳、安丰或者真州。这么重要的军情，竟然探听不到？唉，当初要是不撤机速房，我们就不会这样被动了！"

几位参知政事有些脸红，尤其是余嵘，他一直掌管枢密院军机。"陛下，史相去世后，机速房就并进了枢密院，他们还是在的。不过臣子在蒙古那边探听到一个消息，说真州围城的蒙军有一位大将，在战斗中被我们射伤，所以他们才匆匆地撤军了。臣想，这个大将会不会就是阔出？"

理宗点头："这就很像了，看来是丘岳他们立的功。"

李宗勉奏道："不久前，我们收到魏大人报告，吴潜率军援救真州时，曾经在城外设伏，用重弩射伤了一位穿戴金盔金甲的蒙军大将。臣猜测，这人可能就是阔出。"

乔行简说："这么猜来猜去，也没有什么意义。陛下，臣忧虑的是，窝阔台心爱的儿子被杀了，他怎么肯咽下这口气？今后的战事只会更加激烈。我们必须抓紧加固城防，增派兵力。"

"说得很好，你们看下面蒙军重点进攻方向，会在哪里？"

余嵘肯定地说："一定是江陵，还有淮东方向。"

李宗勉附议说："这次中路蒙军占领了襄阳后就立即分兵，一路攻打淮东受到重挫；另一路顺着汉水南下江陵不了了之。臣认为，他们下次一定会吸取教训，重点进攻江陵，妄图占领这个长江重镇，切断我们东西两边的联络。"

理宗点头，"朕已经派孟珙随时增援江陵，你们再调拨一批禁军还有粮草给魏大人那边。"

　　余嵘答道："臣遵旨。陛下，四川是不是该换帅了？"

　　理宗对赵彦呐开战以来的表现极为不满，恨恨地说："朕早就想换掉他了，只是苦于一时找不到合适的人选。"

　　乔行简提议："要不就派魏大人入川，如何？"

　　理宗犹豫了，"可是荆襄沿江一带更是重要，唉，朕要是再多几个魏大人就好了！"

　　几位参知政事听罢，全都默然无语。

第八十九章 大战江陵（一）

几位参知政事见皇帝如此信任倚重魏了翁，每人的心里忽然都有点不是滋味。

李宗勉奏道："启奏陛下，臣接到急报，魏大人积劳成疾，他的身体实在堪忧！"

理宗听了，不禁焦急了起来，立刻吩咐董宋臣："你现在就去翰林医官院传旨，派两名医术最精湛的太医到魏大人那里去，一定要医好他！"

"是，陛下。"董宋臣躬身领旨，急匆匆地办差去了。

理宗紧锁双眉："你们看，还有谁是替代赵彦呐的合适人选？"

乔行简建议道："陛下，临阵换帅，只怕会有更大的麻烦。要不就让赵彦呐再顶一阵子，如果对蒙军作战再没有起色，那就坚决撤掉他吧。"

理宗寻思一阵，无奈之下只好暂时同意了。

乔行简又问："对了，陛下，王檝那边该如何应付呢？"

理宗的眉头皱得更紧："朕没空见他，还是让李韶陪着他在临安四处逛逛，再不行就到明州天童寺、阿育王寺那些地方去，他不是说早就想去了吗？"

"是，陛下。"

几天后，冉琏和彭渊终于安全抵达安丰，很快便寻到了冉璞。

冉璞突然见到兄长回来了，顿时眼眶变得湿润，激动地将他一把抱住了："大哥，你终于回来了！"

刚刚经历了跟蒙军几场大战的生死考验，兄弟二人重逢便恍如再生了一般。冉琎微笑着轻轻拍了拍冉璞的后背："我回来了！"

　　"还要去那里吗？"

　　"不去了，暂时不去了。"

　　"那就好！"两人紧紧地握着双手。

　　丁义和国安平闻讯都急急地赶来了，抱着冉琎和彭渊大说大笑。

　　因为杜杲军规极严，大战期间，所有军官士兵一律不准饮酒，所以冉璞吩咐亲兵点起了几堆篝火，众人一边煮茶，一边烤肉，以茶代酒，围火叙话。

　　冉璞问："兄长，你下面怎么打算？"

　　"我想着先去一趟临安，探望真大人。"

　　说起真德秀，一时间冉璞和丁义都沉默了，冉琎觉察出气氛有些异样，问道："真大人他的病情怎样了？"

　　丁义红着眼眶说："先生，真大人已经仙逝了。"

　　虽然冉琎有心理准备，现在听到噩耗，还是觉得猝不及防，只因为自己一直在期待着再见一次真大人吧。冉琎摇头，喃喃自语道："连最后一面也见不到了！"

　　沉默追思了片刻，冉琎起身，向南方叩拜行礼，将手中的茶当作酒洒在了地上，问道："真大人临终前都说了些什么？"

　　"他临终前，陛下去探望了。"

　　冉琎点了点头。

　　"真大人向陛下推荐了我们。"

　　冉琎沉默不语。

　　"对了，真大人向圣上推荐了一个擎天之柱。"

　　"是谁？"

　　"孟珙将军。"

冉琎长吁了一口气："真大人英明。陛下采纳了没有？"

"嗯，听说圣上召见了孟珙将军，具体的情形还不知道。"

冉琎点头："看来孟将军就要挑起对蒙军作战的重任了。他现在在哪里？"

冉璞摇头不知。

这时，忽然传来了一个洪亮的声音："他在黄州。"

众人转头一看，原来是杜杲来了。他走到近前，上下仔细打量了一下冉琎，说道："你就是冉琎先生？"

冉琎起身拱手回答："正是，您是杜杲将军吧？"

"不错。"杜杲伸出了大手，紧紧握了握冉琎的手，"久仰了，冉先生。我在扬州府见过先生一次，可惜那次没有机会深谈。"

"杜将军客套了，在下岂敢。这次安丰大捷，杜将军指挥有方，临危建功，天下闻名，在下对杜将军极为敬佩！"

杜杲哈哈一笑，指着冉璞、丁义和国安平说："仗都是他们这些人打的，尤其是带兵的他们几位，这次全都立下了大功。"

这时火堆里的木柴忽然炸开，燃烧的松木香与烤肉油脂滴下的香味混合，四处飘散，杜杲忍不住咽着口水问："为什么这么香？"

国安平笑着，切下一大块肋条羊肉递给了他。

杜杲一把接过，坐下来一边撕着吃，一边说道："老夫今夜巡查，听说冉琎先生来了，就立刻过来瞧瞧，没想到来得正巧，蹭到你们好吃的了，嘿嘿！"

丁义笑道："早知道将军会来，应该多准备一些羊肉。"

杜杲点头说："那是自然。古代有一个叫廉颇的大将，年过七十，仍然骁勇善战，据说他能肉食全羊不饱。"然后摇头说道，"咱也快七十了，比不过他，一顿也就一条羊腿管够了。"说话之间，手里的大块羊肉已然下肚。

冉琎见他胃口奇好，当真是老当益壮，不禁连连称奇。这时冉璞边上的羊肉也已经烤熟，便撕下一半递给杜杲。众人一边吃着，一边说话。

杜杲向冉琎竖起拇指道："冉先生，您关于蒙军的记录非常有用，我已经让人刊印了。这次我们能取得胜利，先生也是功不可没啊。"

冉琎摆手回答："杜将军谬赞了。"

"我知道先生是个博学之人，不知您如何看待这次安丰之战？"

冉琎听他问得真切，便直接回道："依在下看来，这次安丰守城大战能够大捷的原因有三条。"

"哦，请先生不吝赐教。"

"第一是我军扬长避短，蒙军反而弃长取短。本来蒙军擅于野战，远途迂回奔袭。但他们急于拿下安丰，被迫来打了一场他们相对并不擅长的攻城战。而杜将军恰好擅长防守，诸如木塔楼这样的发明，灵活有效，加之抛石机、床子弩威力巨大，蒙军怎能不败？"

杜杲点头同意："那另两条呢？"

"第二便是蒙军骄兵必败，之前他们在川蜀和襄阳接连得手，因而变得骄狂，这就犯了兵家大忌。第三就是杜将军作战指挥得当，战法不拘一格，随机应变，又有援军及时赶到，士兵士气高涨。有这三条，安丰之战我军胜，蒙军败，就是顺理成章了。"

"如果蒙军再来攻城，先生觉得我们还能像这次一样取胜吗？"

"杜将军，蒙军很快就要来了。这次他们的兵力一定只多不少，攻城器具也一定更有威力。总之今后淮东将会有更大规模的恶战！"

杜杲点头："嗯，只是他们重点进攻的目标，未必就是安丰了，说不定是庐州，也可能是真州。"

"他们一定会去真州的。"

"这是为什么？"

"因为他们的继位太子阔出，就是在那里受了重伤，后来不治而死。"

杜杲吃了一惊："我怎么不知道此事？"

"在下刚刚从蒙古回来，所以知道，此事千真万确。"

杜杲抚须仰天大笑："太好了！"

冉璞和丁义他们听说了这件事后，人人都极其兴奋，连蒙军中路军的统帅都被打死了，这是何等的鼓舞人心，所谓蒙军无敌的神话当然到此不复存在了！

然而转瞬间，杜杲的神情又凝重起来："他们这次连准太子都赔上了，将来一定会更加疯狂。"

"不错，我离开蒙古那边时，窝阔台正在集结各路蒙军、汉军，甚至改编了大量投降的西夏和吐蕃军队，以增加兵力。杜将军，蒙军随时可能南下，您得做好恶战的准备了！"

"嗯，圣上已升任我为淮西制置副使，兼知庐州，制置副司也将设在庐州。"

"杜将军，巢湖就在庐州南面。如果庐州失陷，蒙军就可以占领巢湖，建立水军基地，修造战船，训练士兵以渡过大江。"

"冉先生一语中的啊。不过蒙军要想占领巢湖，就得先过我这一关才行，嘿嘿。对了，蒙军还可以选择进攻江陵、鄂州。那些地方一旦有失，长江天险也就不再有了，朝廷的大局将更加危险。"

"那里现在的守将都是谁？"

"参知政事魏了翁大人督视江淮京湖军马，目前就驻扎在江陵。我听说魏大人年事已高，又有病在身，如果这时蒙军去攻江陵，只怕令人担心啊。"

冉璞问："孟珙将军不是在黄州吗？他的水军从黄州开到江陵也不算远。"

杜杲点了点头："淮西制置使史嵩之屯兵鄂州，孟珙的忠顺军驻扎黄州，他们二人所率领的算是朝廷最精锐的军队了。"

冉琏皱眉问道："既然史大人担任了淮西制置使，为什么驻地却设在鄂州，这么远离淮西的战场？"

杜杲默然，过了一会儿说道："听说史大人主张和议。"

冉璞摇头："他把精锐军队留在鄂州，难道只让杜将军一人独撑淮西危局吗？"

杜杲回答道："有魏了翁大人居中协调，应该还不至于。对了冉先生，你可有什么打算？"

"我将要去黄州见孟珙将军。这次到蒙古那里，就是受史大人和孟将军的委托，现在使命已经完成，在下得去复命。"

"原来是这样，我本想邀请先生留在这里，我们一起打蒙古。"

冉琎拱手说道："杜将军，只要蒙古没有被赶走，今后我们一定有机会并肩作战。"

"好，既然这样，我就不多留你们了。只是你们一路之上很有可能遇到蒙军，如果实在过不去，就回来吧。"

"哦，口温不花不是退兵了吗？"

"他是退回去了，但是塔察儿又带着大军南下了，已经驻兵襄阳。我判断，这次他们可能在打江陵的主意。这个塔察儿，你听说过吧？"

"嗯，此人是蒙军将领中的少壮派中坚人物，非常精明。"

"上回跟孟珙一起攻打蔡州的蒙军大将，就是这个人吧？"

"不错，正是此人，他应该比口温不花更加难以对付。"

"嗯，冉先生，根据你的记载，蒙军大规模作战开始前，会派出大量哨探，甚至跑出军队以外几百里之远。冉先生此去黄州，要千万小心哪！"

"杜将军请放心，在下知道如何应付他们。"

"为了安全起见，我派一些士兵护送你们过去，如何？"

"那就多谢杜将军了！"

次日，杜杲命冉璞亲自挑选了十几名亲兵，护送冉琎赶往黄州。

第九十章　大战江陵（二）

三天后，众人赶到黄州城下。

冉琎并没有急着进城，而是骑马绕城观察了一圈，只见黄州的城墙明显地被加高加固了，城外又新挖了壕沟，摆满了各种鹿砦、拒马和铁蒺藜。有一些士兵在军官的指挥下，在城外野地开挖了大量隐蔽的陷马坑。冉琎不由得暗暗称赞，黄州的城防应该是稳固了。

冉璞手执杜杲的令牌，城门士兵查看后，并不阻拦，众人顺利地进了黄州城，直奔知州官衙。

然而令他们没有想到的是，孟珙此时并不在城里，而是奉圣命带兵驰援蕲州了。现在守城的主将是孟珙的胞弟孟璋。

孟璋跟冉琎熟识，二人自然很是亲热。冉琎问道："孟将军，进犯蕲州的蒙军将领是谁？"

"据探马说，是蒙军新任中路军主帅塔察儿。"

冉琎觉得疑惑："塔察儿为什么不去攻打更重要的江陵，却非要绕道奔袭蕲州？"

孟璋笑了："兄长走之前也是这样认为。但兵部的命令不得不遵，他只好先带兵去了。"

"能让我看下最新的图本吗？"

孟璋爽快地将冉琎等人领进中军大帐，书案上正摊着大幅图本，上面的标注显然是孟珙留下的。冉琎凝神观看了一阵问道："塔察儿带了多少兵？"

"还没有探听到准确数字，不过探马说应该是蒙军的主力去了，一路之上全是蒙军的旌旗，足有几十里远，一眼望不到尽头。"

"他们为什么要这样张扬？蒙军开拔的速度快吗？"

"不快。"

"骑兵和步兵比例如何？"

"基本都是骑兵，战马数量极多。"

"粮草辎重呢？有没有看到大量的投石机和其他攻城器具？"

"有的，但好像并不太多。我猜想，难道上次他们在安丰的损失太大了，直到现在都没能补齐吗？"

冉琏立即摇头："不，他们绝对有实力迅速地补足那些战损。塔察儿是蒙军将领中最有心计的，他这样大张旗鼓地行军，或许目的并不是真要拿下蕲州。"

"先生的意思是，他其实在虚张声势？"

"极有可能。"

冉璞说道："是啊，蕲州只是个小城，拿下它的唯一用处，顶多就是得到一个长江北岸的落脚点。可是蒙军这样的选择非常多，蕲州并没有什么特别之处。"

冉琏点头赞成，一边指着图，一边讲述道："现在荆襄战场上，最要紧的地方比如襄阳、随州、郢州及荆门、枣阳以及德安府，已经基本都陷落了。那么蒙军下一步最大的目标，按理说不是江陵的话，就是鄂州，绝不应该是蕲州。"然后点了点江陵的位置说："如果蒙军占领了江陵，向西逆流而上可攻川蜀，向东顺流直下可攻金陵，还可以分兵南下荆湖南路。塔察儿作为主帅，怎么可能对江陵视而不见？"

孟璋已经被冉琏说服了，问道："那依先生所言，我们现在应该做些什么？"

"如果我所料不错，孟珙将军很快就会回来，因为那些蒙军到蕲州只是为了佯攻，一旦看到孟将军主力去了，塔察儿就会认为己方的目的已经达到，所以会很快撤走。而这些当然瞒不过孟将军，他也会立即撤兵。所以我们现在要做的事情，就是备齐粮草、军械，只等孟将军回来，大军立刻出动驰援江陵。"

孟璋听了这番话，频频点头："那好，就按先生说的办。"

众人忙碌了两天后，孟珙果然带兵回来了。

正如冉琎所预料，蕲州城外的蒙军看到孟珙援军到达，就立即撤围而去。

孟珙随即派出多路探马，悄悄一路跟踪，确认了蒙军主力正开往江陵方向。

孟珙回到黄州城后，立即就要准备点兵赶往江陵，却发现孟璋几乎准备好了一切所需，不禁大为惊讶，问孟璋道："你如何知道我要去江陵？"

孟璋笑着说："因为我有高人指点。"

孟珙疑惑地问："你说的高人是谁？"

"兄长，冉先生回来了。"

孟珙顿时大喜："快请冉先生过来。"

片刻之后，冉琎来到中军大帐。孟珙迎了上去，紧紧握住冉琎的手："冉先生回来，真是太好了！这些日子来我朝也盼，暮也想，终于等到先生回来了，真是雪中送炭哪！"

冉琎笑着回答："在下也时时想着将军的。"说完，从怀里取出了一本书册："这是我在蒙古时对他们军队考察的详细记录，希望能对将军有用。"

孟珙接过了书："先生当真是一个用心之人。你回来了，我就有了最强的助手。军情紧急，我正要跟你商量呢。"

说完，拉着冉琎走到帅案前，摊开了图本："先生，根据几路探马返回的消息，蒙军的确是去了江陵方向，不过他们似乎不打算直接攻击江陵城，而是在枝江修建了水寨。"

冉琎有些惊讶："蒙军这么快就有了战船？"

"当然没有，所以他们抓走了大量当地百姓，为他们伐木编造木筏。"

"原来如此，他们短时间不可能造出大批战船，可是造木筏就简单多了。"

"形势逼人哪！这次蒙军号称共来了八十多万人。"

冉琎笑了："哪里来的八十万兵力？最多只有二十多万吧。"

"八十万的确不可信，可先生为什么这么肯定只有二十来万人？"

"因为他们十多万主力骑兵去西征了，剩余的蒙军不会超过三十万，分散在从川蜀到河南、淮东这么广阔的区域。到江陵来的主力骑兵，能有十万就算多了。如果来的蒙军超出十万，那些多出的兵力应该是来自西夏、吐蕃和西域的降军，战力一般。但值得将军重视的是，蒙军中还有大量的北方汉军。"

"汉军？他们的战力如何？"

"张柔和史天泽，两人共有八万左右汉军，绝对不能轻视。据探马最新报告，他们二人都在镇守襄阳，这次没有过来。其余汉军如刘亨安部虽然能打，可他们驻扎在陇西和汉中，暂时也不会来江陵。"

"看来，在大江边编造木筏渡江的主意，可能就是这些汉将出的。"

"有可能，这的确是快速过江的可行办法。"

"可是木筏能打仗吗？那就让他们见识一下大宋水军的厉害，嘿嘿。我们的水军主力就在鄂州，我计划命令刘整率领战船西进，封锁江陵一带的江面，让他们不敢轻举妄动。先生看怎么样？"

"可以。塔察儿喜欢用疑兵之计，虚张声势，那咱们不妨也如法炮制对付他吧。"

"哦，先生怎么打算？"

冉琎仔细讲述了自己的计策，孟珙兴奋地说："就依先生。"

两天后，孟珙率领一万精锐宋军到达枝江，跟对岸的蒙军对峙起来。为迷惑蒙军，宋军分成了几部，沿江分开扎营。白天时相互换防，变换军队旗帜和军服颜色。到了夜里，沿江几十里各处，全都点上了火把。

塔察儿站在北岸向南观看，只见南岸到处火光耀眼，不禁大为吃惊，问身旁的忒木觖："忒木觖，你看对面宋军到底来了多少？"

忒木觖仔细观看了一阵回答道："看这个样子，至少也有十万兵力。"

朵忽鲁不信："大帅，我觉得是孟珙在装神弄鬼，他不可能有这么多兵力。"然后犹豫了一下说，"除非——"

"朵忽鲁，你想说什么？"

"除非他们在鄂州和黄州的兵力全部来了，如果那样的话，我们的对手不仅是孟珙，还有魏了翁和史嵩之两支军队。但卑职无法相信，宋军竟会这么冒险，放弃其他要地而不顾？"

塔察儿自言自语："如果他们真敢全部压上，跟我们在这里决战呢？"

忒木觖回答："不能排除他们想要决战的可能，毕竟他们的水军占优势，我们的木筏单薄，怎么能跟他们的战船对抗？所以在江上决战击败我军，应该就是他们的计划。"

塔察儿忽然有些不屑地说道："孟珙，你们在白日做梦！你想要水面决战，我绝不给你这个机会！要想决战就只能在陆地上打！"于是他下令全军排开阵势，共分二十四营寨，一旦宋军来袭，中军便发出信号，所有营寨全都依令行动，围歼宋军。

随后几日，刘整带着水军大船在江面上往来巡航，耀武扬威地挑战蒙军。而蒙军的所有木筏整日龟缩，绝不出战。一连数日，都是如此。江波干脆命令一些士兵全都站到甲板上，人人脱去盔甲，甚至赤裸上身，指着北岸蒙军大骂。

塔察儿听到后，顿时勃然大怒，自己从军以来，从未受到如此羞辱。便下令架起所有的投石机，向江心的宋军战船一阵猛轰。

刘整见状，便下令扬帆，不再骂战，全军回航。塔察儿见宋军似乎有些狼狈，不禁哈哈大笑。

随后几日，宋军战船不再过来挑战，一时间两军隔江相安无事。塔察儿下令工匠抓紧修造更多木筏，等待时机突袭过江。

这夜，江面上突然飘起了大雾。快到了凌晨时分，江雾越发浓重，伸手不见五指。

蒙军距离江边最近的营寨前，警戒哨兵突然被几支利箭射倒。片刻之后，传来一声炮响，营门顿时炸飞。无数宋军士兵争先杀进蒙军军营，为首的军官正是孟珙麾下的猛将江波、江虎和张子良三人。原来孟珙跟冉琎设计，等到大江起雾这夜，全军出动，乘坐战船悄悄登陆北岸，趁着塔察儿不备，突袭蒙军大营。

因为连续几日宋军没有了动静，塔察儿一时疏忽了防范，被宋军打得猝不及防。加之此刻浓雾弥漫，蒙军士兵只听得到处都是杀声，却又分不清敌我情形，顿时全都慌张得不知所措。

突进蒙军大营的两千宋军敢死之士，人人手持钢刀盾牌来回冲杀，如入无人之境。

朵忽鲁一直以勇猛自负，可是现在到处是雾，再精的箭术和骑术也无法施展。他正又急又恼时，恰好遇到江波和张子良带人杀了过来。二人手执斩马刀截住了朵忽鲁。

狭路相逢，退无可退，朵忽鲁冷笑着拔出弯刀，打马冲上去就是一番恶战。但江波和张子良二人配合默契，朵忽鲁根本敌不住他们。只十余回合，二人将朵忽鲁连人带马劈倒在地。

天光大亮的时候，大帅孟珙率领全军渡过了长江，对蒙军发起总攻。只一天工夫，接连攻破蒙军所有二十四营寨，蒙军建造的木筏和渡江器具被悉数烧毁。

塔察儿兵败无可收拾，只得含恨下令，收拢被打散的军队，向襄阳撤退。

第九十一章　黄州之战（一）

这一场江陵恶战，宋军大获全胜。

此刻夕阳斜下，大江波澜不惊，落日的余晖映照在江面上，闪射出金灿灿的光芒，分外耀眼。

收兵返回的路上，孟珙在几名护卫的簇拥下，骑着战马如同疾风一般飙过。他骑着枣红大马所到之处，所有士兵全都举起手中武器，高声喊道："孟家军！"

眼见全军士气如此高涨，冉琎抚着短须对身旁冉璞和彭渊说："从今之后，蒙古军队只要听到'孟家军'三个字，就会胆战心惊！"

彭渊笑着说道："本来我要回金陵的，现在跟着孟将军一起杀蒙军，真是痛快啊。男儿能有今天这样的一次经历，也不枉此生了！"

冉璞虽然亲身参加了安丰大战，但这次胜利却让他更加激动，感慨地说："在安丰我们是守城获胜；而这次江陵一战，孟将军带着我们主动大规模破袭，获得如此大胜！我相信，今后只要有孟将军在，我们就一定能收复所有失地！"

冉琎点头："不错，第一个要收复的，应该就是襄阳……"说完，他向襄阳的方向回望，陷入了沉思。

江陵大胜之后，孟珙率领宋军稳定了荆襄战区的形势。淮西制置使史嵩之连上几封奏章，向皇帝详细陈奏了战役的经过，请求为孟珙和其他立功将士论功封赏。

这一段时间来，随着安丰、真州和江陵等几个战场不断地传来了胜利的消息，理宗对战局的悲观、恐惧逐渐消失，自信的笑容又回到了年轻的天子脸上。

接到史嵩之奏表后，理宗痛快地批准了他所有的请功名单。理宗特旨晋升孟珙为京湖安抚制置副使、高州刺史和知江陵府。由于魏了翁病重不能理事，理宗下旨将他接回临安养病。之后他再次加封孟珙担任鄂州诸军都统制，至此，鄂州、江陵各地的宋军全部交由孟珙统一指挥。孟珙成为荆湖战区的实际指挥主帅。

理宗刚刚写完孟珙的晋升旨意，李韶就急匆匆地进来报说："陛下，蒙古使臣王檝深染重疾，现在已经卧床不起。臣请陛下赶紧派太医诊治。"

理宗皱了皱眉头："这件事情你去找宰相就可以了，为什么非要跑来告诉朕？"

"陛下，王檝大人为了两家的和谈，不辞辛苦地从酷寒之地跑到临安来，已经来回几趟了。臣觉得，有他在，和谈才会有希望。"

理宗在心里暗想，这个李韶对和谈一事，未免也太天真了些。不过王檝为人热心，对和谈也是一心在办。对这样的人，确实应该礼敬一些。于是理宗传旨，医官院立刻派出当值太医，务必全力医治王檝。

随后几个月里，在江陵大败的蒙军退缩到襄阳重整，一直再没有什么动静。孟珙大军便驻防在江陵休整，将鄂州、江陵以及黄州等地的城防重新加固。

这日，淮西制置使史嵩之在官衙摆下盛宴，却只邀请了两人赴宴。二人就是孟珙和冉琎。史嵩之笑呵呵地给两人斟满了酒，端起酒樽向二人致意："二位是大宋的有功之人，本官向你们表示最高的敬意！"说完，将自己的酒樽一饮而尽。

孟珙和冉琎也满饮了自己的酒。

史嵩之向孟珙祝贺道："皇上对加封的旨意，想必你已经收到了，这是将军该得的，可喜可贺！"

孟珙笑了笑："我只知道带兵打仗，至于皇上的封赏，倒也没有特别在意。"

"哎，孟将军，你升了职后，能带的兵自然就会更多了！"然后转头对冉琎说："冉先生，皇上任命你为江陵府承务郎和通判，望你全力协助孟将军，守好江陵。"

冉琎点头："这是在下该做的，即便没有这次封赏，在下也会同样去做。"

冉琎对功名当真看得很淡，而史嵩之却以为他在说官场套话，笑着摇头说："朝廷最大的公道，就是人尽其才，物尽其力，论功赏罚。只可惜有人不这么想啊。"

二人觉得他话里有话，孟珙问："大人这是怎么说？"

史嵩之叹了一声说："我们在前线流血流汗，可偏偏就有人在后面捣鬼。李宗勉、赵如谈和袁甫就是这样的小人。"

原来，襄阳失陷后，宰相郑清之去职。那时皇帝对蒙军十分畏惧，一心想达成和议，就派了力主议和的史嵩之出任淮西制置使。史嵩之到任后，却把制置使官衙设在了远离战场的鄂州，不禁让人猜疑，他似乎想要放弃战略要地：淮西。

这遭到新任参知政事李宗勉的激烈批评，他上书皇帝说："如果一位战区的主将，时时把议和放在心上，那他作战时势必处处退却，畏首畏尾，不敢向前。可以想象，这样的主帅将来作战一定会失败。"

起居舍人袁甫对其他官员说："我跟史嵩之是同乡，他的父亲史弥忠与我是老朋友。以前史嵩之对金说和，史弥忠每次都会警告他，不能轻易主和。他们父子二人的政见差异如此之大！现在朝廷宁肯用父子不同心的人，这未免太轻率了！"

而赵如谈则多次在朝堂上指责史嵩之为官一方，专横跋扈，受到了史弥远很不好的影响。

冉琏听了他喋喋不休的抱怨后，明白史嵩之在官场上的人缘很不好。冉琏不由得想到了前宰相：威名赫赫的史弥远。他独任宰相二十余年，官场上得罪的人无数；加上手段狠辣，迫害了很多跟他不合作的官员，其中不乏朝野知名的清流人物，如真德秀和魏了翁等。所以史家在如今的官场上即便不是声名狼藉，也是大不受欢迎。这种处境之下，史嵩之应该收敛锋芒，明哲保身才是正道。

然而，面前这位史大人似乎并不这么想。史嵩之神情得意地继续说："他们这些人不过是宵小罢了！退一步讲，他们能跟郑清之比吗？郑清之位居宰相又如何？襄阳陷落，我上了一本参他，皇上都不得不将他立刻罢职。"

孟珙知道这件事，当时朝野舆论汹涌，一致谴责郑清之用人不当，史嵩之不过是顺势再踏上一脚罢了。孟珙笑着劝道："史大人，冤家宜解不宜结。如果李相他们说得无理，您就大人不计小人过，不用理睬他们；如果说得有点道理，咱们改进就是。现在大战在即，如果再分神内耗起来，会影响战局的。"

这说的是正理，冉琏也劝道："大人，只要皇上对您信任，暂且就不用管他们吧。"

史嵩之连连摇头："你们二位都是实干的人，却不了解这朝堂之争，失之毫厘，差之千里啊！"

孟珙见他心事很重，便问："大人叫我们来，是有事要我们去做吗？"

"是啊，你们都是我的人，最信任的人！可以坦率地告诉你们，我将是下一任的宰相。"

孟珙跟冉琏觉得有些错愕，不由对视了一眼，孟珙问："是皇上有旨意了吗？"

史嵩之呵呵一笑："那倒还没有。不过这件事情，我叔父在临终前已经跟皇上秘密约定了。"他看两人似乎难以相信，便解释道："当初皇上潜邸之前，就是我叔父和余天锡大人挑选出来的，他们对他精心培育，又拥立他成功登位。因此，我们跟皇上才是自家人！连郑清之都算不上。叔父临终前上表说，'还是自家的子弟令人放心！'你们两位是我的左膀右臂，所以今天我把这个秘密坦诚相告。"

冉琎听罢，不由得暗自摇头，难道宰相之位在史家看来，就是从他家曾祖史浩开始，到史弥远，再到他世代继承的朝廷名器吗？

这时史嵩之面露一丝凶狠："我是注定了要当宰相的，任何要挡道的人，李宗勉，赵如谈……这些人必须通通拿掉！嘿嘿。"

孟珙和冉琎来赴宴，本以为史嵩之要商量军机要事，却没想到他滔滔不绝地讲了这么多人事纷争，不由得都在心里皱起了眉头。

史嵩之见二人不说话，知道他们不想卷进官场是非，便退一步说："很多事情，让你们去做不合适，我也不会让你们去掺和。打仗的事情，就要多多依仗二位了。只要你们多打胜仗，我就不怕那些人背后诋毁，说三道四！"

孟珙和冉琎二人顿时不悦，暗自摇头，难道我们在前方跟蒙军拼死作战，就是为了你史嵩之争夺宰相位置？

史嵩之接着说："今天请你们来，就是要商量下一步作战的事情。我需要你们尽快收复襄阳。郑清之弄丢了襄阳，我们一定要把它拿回来！"

两人明白了，史嵩之要他们收复荆襄全境，是为自己升任宰相这一目标，累积政治声望和筹码。

孟珙立即回答："收复襄阳是我等必须要做的，我们也想早日实现，可是得等待时机，着急的话反而会把事情弄糟。"

"那要等到什么时候？"

冉琎回道："目前看来，时机还不成熟。"

史嵩之听罢，脸色顿时沉了下去："收不回襄阳，就算和谈，也没法进行。你们得理解我的苦衷啊。"

冉琎犹豫了一下，还是说道："史大人，为什么说现在还不到反攻的时机呢？是因为蒙军的攻势还未停止。如果我所料不错，他们很快就要发动一场更大规模的进攻。"

"哦，他们会攻击哪里？"

"蒙古大汗窝阔台心胸最是狭促。他的准太子阔出在淮东受伤而死，怎么可能不出兵报复呢？我预计他会再次大军进犯淮东。还有，这次我们获得江陵大捷，'孟家军'已经成了他们的眼中钉，肉中刺。他一定会派遣大军冲着孟将军再来。"

孟珙点头赞成："江陵、鄂州或者黄州，应该还有大战。"

史嵩之抚着胡须，闭眼沉思一阵，忽然说道："以后不管在哪里，'孟家军'三个字，都不要再提了。会出大麻烦的……"

孟珙赶紧解释："这都是那些当兵的大老粗浑叫的，大人您千万不要当真。"

史嵩之阴着脸说："我当不当真，不打紧，就怕有人会当真了！"说完，竖起食指向上指了一指。

这说的是当今皇帝了。本朝从太祖立朝开始，对武人就有各种防范和猜忌。前有狄青罢官，后有岳飞被害，这些掌故孟珙当然知道，顿时冒出了冷汗："多谢大人提醒。"

史嵩之点了点头："璞玉啊，咱们之间怎样都好说，可这些话传到了李宗勉那些人的耳朵里，就成了把柄了，千万小心哪！"

孟珙叉手作揖。随后，三人边饮边谈了一个时辰后，这才结束。

第九十二章　黄州之战（二）

在回去的路上，孟珙跟冉琎并马而行。

冉琎见孟珙似乎有些心事重重，便笑着问："孟将军，史大人要是真当了宰相，难道不是好事一件吗？"

孟珙摇头："你还记得当初我们在太平渡口江边的议论吗？"

"当然记得。"

"我等都是带兵为将的人，不该过问政事，更不该卷进去。对史大人今天的一些说法，我实在无法苟同。"

冉琎见孟珙说出自己肺腑之言，便点头说："史大人跟你我不同，他始终是官场中人。他的言行，都有自己的特殊考虑。刚才孟兄说不该卷进官场是非中去，我佩服孟兄的为人，但这似乎是不可能的！"

孟珙疑惑地看着他，问道："难道先生要我出手，帮史大人去争夺宰相官位？"

"哦，那倒不是。"

"那先生究竟是怎么想的？"

"孟将军，什么是官场？它就是人们扎堆做官的地方，只要争夺巨大的利益，就一定会分个亲疏远近，就一定会有山头派系。"

孟珙"哼"了一声。

"这么些年来您一直比较顺利，知道为什么很少有人找您麻烦吗？"

"为什么？"

"一方面，孟将军您的口碑不错，为人正直，不贪不占，又屡次立下战功，人们都服您；另一方面，大家又都认为您是史弥远重用的人。有史丞相罩着，谁还敢挑您的不是呢？也许您并不觉得，但旁观者清啊。"

孟珙顿时沉下了脸："先生这话，我无法苟同。"

冉琎叹了一声："如果您是无宗无派的清流，就像真大人和魏大人他们，那情形就完全不同了。你看他们遭受了多少排挤和构陷？官场的势利和倾轧最是无情，即便孔圣人和孟夫子再世，他们也无法改变。"

"你这样说，他们已经认定了我是所谓'史党'一员了？"

"那还不至于，毕竟您没有参与他们那些整人的恶行。"

孟珙听罢，若有所思，一路无语。

正如冉琎所料，两个月后蒙古宗王口温不花率领大军从襄阳出动了。大汗窝阔台向口温不花下达了死命令：血债血偿！为了给阔出报仇，窝阔台本来发誓要亲自率领大军进攻安丰和真州，但耶律楚材和镇海两人屡次劝谏，加之自己的身体由于酒色纵欲而渐渐疲怠，就改口命令口温不花代替自己出兵讨伐。

口温不花跟刚刚兵败的塔察儿会合后，两人为这一次如何进攻仔细商议了多日。口温不花认为汉人多诈，要对付孟珙、杜杲，就必须重用麾下的汉将。

塔察儿立刻赞同说："不错，张柔、史天泽这几个万户汉将，能征惯战，而且非常精明，一定能识破孟珙的奸计。"

"塔察儿，我就是有一点担心，张柔他们会不会对宋军手下留情呢？"

塔察儿立即摇头："他们都是河北人氏，过去虽然在金国当过大将，却从没有为南朝效力过。对金作战时，这两位又都立下了赫赫功劳。王爷不必担心他们的忠诚。"

"那好，就让张柔当先锋，首先拿下光州，打开淮东的大门，然后我们集中全军攻打黄州。"

"为什么是黄州？"

"因为黄州所在的大江江面狭窄，我们渡江方便。当然，最主要的原因是，黄州本就是南朝的重镇，据探马报告，孟珙军队的老巢似乎就在那里。"

塔察儿刚刚被孟珙打得大败，只要提起他就很不自在，现在口温不花提出要攻打黄州，再碰孟珙，顿时激动了起来："好啊，这次一定要血洗黄州，以报江陵之恨。"

张柔接令之后，立刻点齐两万兵马，趁着宋军不备，以迅雷之势夺下了九里关，随即连夜出发，又攻下了曹武，在这里屯兵休整，准备攻打光州。

塔察儿对口温不花称赞道："张柔的确是一员勇将，用他是选对人了。"

口温不花笑着回答："张将军最近是双喜临门啊。"

"哦，怎么回事？"

"他刚过了五十大寿，本已有了八个儿子，上月又新添了一个，取名张弘范。我已经派人送了两份厚礼给他，一份送到他的军中，另一份直接送到他河北老家去了。"

塔察儿很是佩服地说："王爷对部下当真关心，怪不得他们都称赞您仁义呢。"

口温不花笑着回答："塔察儿你记住了，咱们一定得笼络住人心，特别是张柔这些人才。你只有对他们真好，他们才肯真心为你卖命。"

塔察儿哈哈笑道："王爷高明。"

口温不花率领二十万大军跟张柔在曹武会齐后，命令张柔仍旧担当前锋，进攻南宋淮西门户光州。两天后，张柔兵到城下。光州城分作南北两城，张柔分别派出使者向两城守将劝降，结果南城宋将不战投降。随后蒙军集结重兵攻击北城，不到三天城陷。

光州的失陷，让蒙军打开了南宋的淮西门户。口温不花随即下令兵分四路：塔思率部向东南进军商城、金寨；史天泽向西南推进到随州、德安；塔察儿率军向南攻打蕲州；自己亲自和张柔率领五万骑兵攻击黄州外围。

之后，潮水般四散出击的蒙军在商城、蕲州、随州等地进展得极为顺利。口温不花命令将三地俘获的攻城器具集中，送到正在包围黄州城的蒙军那里，全力攻打黄州。

但守城宋军是孟珙训练多年的精锐，面对十万蒙军丝毫不惧，依托坚固的城防，极其顽强地抵抗蒙军的疯狂进攻。蒙军连续攻击十数日后，损兵折将上万，却没有得到丝毫便宜。

张柔的目光便投向了黄州城西的张大湖，湖中有宋军的水师战船。一夜张柔发起了突然袭击，将宋军击溃，抢到了大批战船。随后他指挥蒙军登船，顺流到达长江边上，对黄州城形成了合围。

眼见黄州形势危险，史嵩之急令孟珙出兵援救。

孟珙带着刘整、江波等两万水师从江陵、鄂州两地同时驰援黄州。一天后，在江面遭遇张柔水军战船。孟珙见蒙军船小，下令宋军的艨艟大船即刻冲锋。这些艨艟大船全都是生牛皮包裹，敌箭矢石都不能伤到分毫。两边又开有棹孔，左右前后设有弩窗矛穴，水战中威力无比。刘整、江波指挥宋军大船，一边猛力撞击，一边密集射箭，张柔的船阵哪里能抵挡得住，顿时溃散。

孟珙大军乘势冲开蒙军重重包围，进到黄州城里。守军见大帅孟珙亲自赶到了，顿时士气大振，人人喜笑颜开。

张柔水军败退后，被迫收缩在长江北岸。冉琎便建议孟珙连夜乘胜追击。当夜刘整、江波和江虎率领水军发动突然袭击，将张柔水师彻底打散，一举俘获两百多艘战船。口温不花和张柔在黄州夺船渡江的计划彻底失败。

口温不花连败两次，恼羞之下急调塔思和史天泽两军立即赶到黄州，参与包围攻城。塔思率领三万西域和西夏归附兵率先赶到，并带来了大汗窝阔台拨来的西域工匠新造攻城火炮。

第二天上午，塔思在黄州城外排开数百门火炮和投石机，一声令下，炮石齐飞，声势骇人。很快将黄州城墙上的塔楼全部击毁。

但冉琏从安丰那里学到了木塔楼的制作方法，于是带人连夜制作了大量的木塔楼，每个塔楼上都安装了三弓床弩和投石机，城头上只要出现缺口，就随时补上。

在宋军的持续强力打击下，蒙军损兵折将无数，却始终无法攻上城头。

就在口温不花为攻城心烦意乱的时候，史天泽领兵到达。口温不花命令，让这支刚到的生力军出战，之后各军轮流攻城。

急于表现的史天泽下令士兵顶着大盾牌，不惜性命地冲到城下挖掘城墙，希望在城墙上掏出一些大洞。

孟珙见状，急忙派江波、江虎带人在蒙军掏墙位置的城内，再筑出一道城墙，两道城墙中间又挖了大坑当作陷阱。

当蒙军士兵费时费力终于挖通城墙冲进来时，眼前面对的又是一道坚固的新墙。然而此刻蒙古后军不知前军情形，仍在拼命向前冲挤，于是前军士兵在后军推挤之下，纷纷掉进陷阱。城墙上的石头和檑木立即如雨点般砸下，一时间蒙军尸体堆满了大坑。

之后蒙军轮流围攻黄州城三个月，没有得到任何战果，士气开始低落，军士疲惫不堪。

于是孟珙和冉琏开始酝酿反击的计划了。

蒙军中士兵普遍的懈怠被张柔察觉了，他对口温不花说："王爷，最近我们得小心孟珙会出城劫营。"

口温不花点头赞成："你现在就去通知各寨，夜里要拨出三成士兵设伏，专等孟珙过来。"

"遵令。"张柔立即去各处传令。

蒙军各营得令后，上下都紧张起来，都以为孟珙一定会今夜劫营。结果连续十数日，宋军没有任何动静。

口温不花对张柔说："前次在安丰，宋军每到夜里就击鼓喧哗，让我们以为他们要劫营，结果总是不来。等我们移营后，他们却来劫营了。"

"王爷，这就是他们的疑兵之计。"

"可黄州的宋军不同，一直以来夜里都是半点动静都没有。孟珙真的会来劫营吗？"

张柔肯定地回答："他一定会来。"

但其他众将都不相信，而且一齐抱怨，再这样折腾下去，士兵们就吃不消了。又过了几天，还是平安无事，于是蒙军不再防备。

这天夜里，孟珙终于出动劫营了。刘整、江波、江虎和张子良等统领率兵分作七路，在夜色掩护下悄悄出城，向蒙军所有营寨同时发动袭击。这次突袭大大出乎各路蒙军预料，毫无防备下各营被搅得天翻地覆。刘整他们到处放火，蒙军的粮草和辎重基本一烧而空。只有张柔营寨因为事先有所预备，所遭受的损失最小。

这时传来了消息，另一路攻打安丰的阿术鲁军在杜杲领兵强力抵抗下，也没有占到任何便宜。现在蒙军又极度缺粮，口温不花只好撤兵退走了。

至此，宋军最终取得黄州保卫战的胜利。

第九十三章　香妃归天（一）

黄州保卫之战的胜利，让临安皇城一片欢腾。理宗欣喜之余，连下了几道圣旨嘉奖有功的将士，孟珙因功被升任为湖北路安抚制置使，正式成为荆湖战区主官。

这日，理宗在偏殿设了小宴，宴请几位参知政事和枢密院使。他双手举杯敬道："各位爱卿，自从大战开始之后，大家一直都非常辛苦，每夜轮流值守，几乎就没有睡过一个安稳的觉。朕都看在眼里，记在心中了！"

乔行简有些激动了，站起身红着眼回答："陛下，国家有难，匹夫有责！更何况这是臣等应尽的职责！"

其他几位宰辅也都起身说道："陛下才是最辛苦的。"

理宗摆了摆手，示意众人坐下，接着说道："我们从全线溃败，大片国土沦陷，到目前屡次获胜，这样的局面实在来之不易啊！各位爱卿辛苦了，朕向你们致谢了！"理宗将酒樽高高举起，一饮而尽。

几位宰辅也举杯致敬，饮下各自的酒。

理宗接着轻叹一声说："虽说荆襄的形势也稳定了，可是襄阳还没有收复，四川、汉中等地还在遭受蒙军荼毒。朕只有孟珙和杜杲这几位将军，实在不够用啊！"

宰辅明白，四川战区的形势一直毫无起色，皇帝决意要撤换赵彦呐了，但谁才是合适的人选去接任四川制置使呢？

余嵘回答道："陛下，为臣保举一人，可以胜任四川。"

"哦，是谁？"

"陈隆之，此人曾是魏了翁大人的部下，多年辅助他在泸州练兵，对四川的情形很是了解。"

今日魏了翁因病没有赴宴，理宗便问乔行简道："丞相，你看如何？"

"为臣没有反对意见，赵相看如何呢？"

赵如谈也不反对，只回答说："陛下，此事可以向魏相咨询，他若同意，臣不反对。"

理宗点点头："那好，这件事就这么定了。朕现在心里的第一件事，就是要尽快收复襄阳。"

余嵘答道："陛下，依微臣看，我们全面反攻的时机应该到了。"

乔行简摇头："余相似乎太乐观了，现在汪世显驻军控制着汉中、蜀口，随时闯进四川烧杀抢劫。要想击败他和阔端，谈何容易？"

理宗忽然想起了一件事："汪世显？这个人当初不是要投奔我们的吗，怎么现在一心一意为蒙军效力了？"

几位宰辅无言以对，当初若不是宰相郑清之强烈反对，说不定汪世显真的就归附了大宋。那样的话，四川也不会有今天的惨状了！

理宗很快意识到自己失言了，往事不可追，何必在大臣们跟前对过去表示后悔呢？

余嵘解释道："丞相，在下的意思是，我军应该先反攻襄阳，将整个荆襄地区收复。然后，就可以着手收复汉中了。"

"我们收复了所有失地之后怎么办？继续打下去吗？"

赵如谈坦然回答："陛下这个问题，恐怕还嫌为时过早。目前我们唯一要考虑的事情，就是打胜仗！只有不断地打胜仗，才能最终赢得他们对我们的尊重，那么最终的和谈才能有希望。"

乔行简点头，表示同意。

这其实就是魏了翁的观点。理宗读过魏了翁的奏章，对此深以为然。随后君臣几人边饮边谈，商议如何收复襄阳，正说得热络，董宋臣对理宗报说："李韶大人进宫来了，正在外面有急事要求觐见。"

理宗皱着眉头问："他能有什么急事？"

"他说，蒙古使臣王檝病故了。"

理宗和众人顿时愣住了。

虽说并不指望王檝能让和议谈成，可他毕竟是蒙古君臣中为数极少的主和人物。他在临安去世了，会不会意味着和谈的大门就要关闭？

理宗有些不知所措，宰相乔行简很快反应过来，说道："陛下，我们得派人跟着他们使团的人一起到蒙古去，要解释清楚这件事情。"

理宗点头，吩咐董宋臣宣召李韶进来。

李韶急急地进来后，向理宗上奏了王檝去世的详情："陛下，王檝去世前，不愿看到两家的血腥战争持续下去。他的病情本不至于恶化，就是因为心情压抑，整日忧心忡忡而加剧了。"

理宗长叹了一声说："难道我们愿意打仗吗？不过王檝确实是一个诚实的长者。李韶，你去用最好的棺椁，隆重装殓王檝。"

"是，陛下。"

"朕明天要去吊唁王檝。你们几位手头上如果没有急事，也都去一下吧。"

几位参知政事全都应诺。

理宗又问李韶："蒙古使团现在是什么人在负责呢？"

"是一个叫郝经的年轻人。"

"嗯，朕明天要跟他好好谈一下，寄望于他能够继承王檝大人的遗愿，把和谈进行下去。"

"是，陛下，臣这就去通知他……"

几天后，李韶跟郝经一起，率领卫队护送王檝的棺椁返回哈拉和林。

王檝去世的消息传到哈拉和林时，窝阔台正在酩酊大醉当中，迷糊中听到有人报说，派去临安的使臣死了。他顿时大怒，踉跄着站起来大喊："南朝竟敢杀朕的使臣！来人哪，点齐二十万骑兵，朕要亲自带着他们南下，血洗南朝。"

宫女们见他这样疯癫，赶紧上前侍候。过了片刻，他的醉意才稍稍退下。

这时，镇海急急地进来了："大汗，我们刚刚收到速不台的急报。"

"什么事？"

镇海将急报呈给了窝阔台。他打开一看，里面讲了一个好消息，还有一个坏消息。

好消息是速不台和拔都会师，灭了高加索山北麓的阿速国后，接着扫荡斡罗斯南境，收获极其丰厚，已经派出了一支一千人的车队，护送战利品返回哈拉和林。之后他们派人到基辅大公国招降国公，结果使者被吊死在城头上了。

又一个使者死了，这是帝国从未有过的遭遇！窝阔台稍稍平息的怒气又被点燃了，他大声吼叫着："这世界都是怎么了？朕是全天下最强大的帝国大汗，他们怎么可以这样羞辱朕呢？来人啊！"

正喊到这里，他只觉得脑袋"嗡"的一声，突然就栽倒在地毯上。

左右和侍卫们顿时惊得不知所措，反应过来后乱哄哄地上前将窝阔台扶起，平躺在毛毡厚毯上。镇海连声大喊："快去找太医来……"

乃马真后闻讯后立即赶到，这时几个长胡子的蒙医正在给窝阔台诊断。过了一会儿，一个蒙医上前对乃马真后说："皇后，刚才大汗突然的暴怒，引发了风瘫。"

脱列哥那吓出了一身冷汗，连忙问："严重吗？"

"目前看，并不是重度风瘫，如果配药煎服，小心将养，应该可以恢复。只是——"

"只是什么？尽管说！"

"大汗千万不能再动怒，尤其是醒了之后，一段时间里都不能再饮酒了。"

"知道了，你们现在就煎药去。"

几个蒙医离开后，脱列哥那来到窝阔台身旁，细心看护。过了一个时辰，煎好的药送进来了，脱列哥那和几个宫女小心翼翼地将药给窝阔台喂服下去。

可是第二天，窝阔台仍是未醒，之后连续两天都不曾开眼。蒙医们束手无策，脱列哥那急得火急火燎一般，可就是没有什么办法。

此刻，拖雷的遗孀唆鲁禾帖尼叫来了忽必烈，两人在密室里商谈了一阵大汗风瘫的事情。唆鲁禾帖尼对儿子说："你们从那个喇嘛那里搜出来的毒药，还在吗？"

"在的。额吉，您要那个干什么用？"

"亲手下毒害死你阿布的人，就藏在一个秘密的宫殿里面。"

"额吉，您说的是什么人？"

"她就是原来的西夏公主，察合皇后李岘名。"

忽必烈很是惊讶："李岘名不是早就死了吗？"

"我也一直以为她早死了，其实她一直好好地活着，原来是被大汗保护起来了。"

忽必烈更加惊讶了，然后似乎明白过来了，问道："据说察合公主长得像昆仑山仙女一样貌美如花，而且身上带着一种香气，所以被称作西夏香妃。难道大汗他？"

唆鲁禾帖尼冷哼了一声："不错，他的心早就被这个狐媚的妖女迷惑住了。据查，先汗当年突然过世，李岘名就有很大的干系。所以当时你阿布派人在黄河边搜寻她的下落，就是要抓住她，为先汗报仇。可他怎么能想到，李岘名居然被他的三哥，现在的大汗藏起来了！长生天不会饶恕他们可怕的罪行！"

"那她如何亲手下毒害死我阿布的呢？"

"那时你阿布因为军中瘟疫肆虐，而且大汗他也染疫不醒，于是就请了萨满法师，到军中去做法事。李鬼名就乘机假扮成一个萨满法师，在水里下了毒，可怜你阿布怎么会知道这种阴险的勾当，喝了她捧上的洗涤之水后，当夜就中毒去世了。"

忽必烈霍然站起来："额吉快告诉我，她在哪里？我现在就去碎剐了她！"

"她现在的名字叫贞达卓玛，身份是一个觉姆，隐居在光显寺里一个秘密的宫殿里面。"

"光显寺？那不是一个喇嘛庙吗？"

"不错，光显寺是和林最大的喇嘛教寺庙，里面有一百多间楼殿，那个秘密的宫殿就隐藏在它们中间。我已经派人查清楚了，大汗时不时就要去那里跟她私会。"

"额吉，你打算怎么办？"

唆鲁禾帖尼轻声对儿子说出了自己的计划。忽必烈频频点头："额吉放心，我这就去安排。"

第九十四章　香妃归天（二）

第二天，窝阔台的察真妃从自己的斡耳朵来到万安宫，问脱列哥那道："皇后，难道真的就没有法子让大汗苏醒吗？"

脱列哥那摇头："太医们已经用尽了他们会的法子，暂时无济于事。"她看察真妃有些慌乱，便宽慰道："不过灌些马奶时，倒也能咽下去，大汗的性命暂时无虞。"

察真建议说："姐姐，我记得幼年时，我们弘吉剌部大凡有长者昏迷卧床不起的，都要请萨满过来作法驱邪祈福。每每作法之后，很多人都能醒过来。我们为什么不试一试呢？"

这句话提醒了脱列哥那："对啊，我们这儿就有女萨满。"

"哦，姐姐说的是谁？"

"你也认得的。"脱列哥那轻声对察真说了一个名字。

察真妃大感惊讶："她居然还活着，这行吗，姐姐？"

"当然可以，她是良月大法师的弟子，法力很高。"

"那姐姐带我去看看她可好？"

脱列哥那点头答应，随后两人乘了车驾去了光显寺李岘名居住的秘宫……

两天以后，万安宫里，窝阔台躺在一张软榻之上。旁边有一位女萨满法师正在一边击着鼓，一边对着他唱诵经文。这位萨满法师正是西夏香妃李岘名。

脱列哥那和察真虔诚地跪在不远处，看着正在作法的李岿名。

　　只见她头戴十五叉鹿角神帽，身穿紫黑色神袍，袍上悬挂着的铜铃互相碰击，发出"叮叮当当"的响动。她的神袍自领口到下摆，钉了八大铜钮，长袍左右襟中部，各钉了三十个青铜小镜。她的长袍的背面到腰部以下，是二十四条金色飘带，在巨烛的光照之下，犹如孔雀之斑斓翎羽。还有几串羽毛缀在腰带上面，随着李岿名的击鼓动作，来回地飘动。

　　二人虽然听不懂李岿名的吟唱，但她的声音就像金丝雀一样清脆悦耳，在宫殿里来回旋绕，回音久久不散，仿佛就是来自远古女神的召唤，让二人禁不住有些痴迷了，忍不住想走上去，随着她的声音一道起舞。

　　就在这时，一声鼓响，唱诵完毕。

　　李岿名走了过来，吩咐她们二人跟自己一起，都围坐在窝阔台的病榻之前。她随后点燃了一些紫黑色的木块，殿里顿时飘散出奇异的香味。

　　李岿名又念了一阵咒语，开始击鼓。一阵击鼓之后，她再次起身舞动，一边击鼓，一边吟唱。随着鼓声渐紧，她的全身开始哆嗦，牙齿咯咯作响。突然，这鼓声戛然而止，她浑身依旧颤抖不止，然后晕倒在地上。

　　脱列哥那和察真知道，这是神已附体的表现。

　　这时李岿名坐了起来，开口问道："你们这两个女人，请我来为了什么事？"

　　二人叩拜说道："烦请祖先神保佑大汗早日康复！"

　　李岿名点头："知道了。"然后再次击鼓吟唱。片刻之后唱毕，她口含了一点法水，向窝阔台身上喷去。然后再次舞动起来，吟唱最后一段神曲，祝福窝阔台汗早日康复。

　　唱诵结束时，李岿名突然摔倒在地。二人赶紧上前扶起了她。

　　两个宫女将事先备好的一大钵热水端了上来，三人就分别执巾沾水，洗涤了窝阔台的病身。

　　所有仪式结束后，其中一个宫女用茶盅从钵里舀出了一些水，呈到三人跟前。

脱列哥那对李岘名和察真说："两位妹妹，大汗后宫里最心爱的女人，莫过于我们三位。我提议，今天我们三人共同喝下这水，为大汗祈福如何？"

察真立即点头愿意。李岘名略微犹豫一下，也答应了。按照蒙古各部落的共同习俗，如果有病人最亲密的亲人，喝下一口洗涤病人身体的水后，那么病人将会痊愈。

那宫女举着茶盅先向脱列哥那走了过来，脱列哥那轻轻啜吸了一口。随后，这宫女端着茶盅，呈给察真，她也依样饮了一口。

这时，宫女的眼神突然闪烁了一下。她将茶盅接回，捧着递给了李岘名。

也不知为什么，李岘名的心开始剧烈地跳动了起来。她仿佛听到了一个声音，不停对自己说："不要喝，不能喝！"

但这宫女双手捧着茶盅，半跪着递到了自己的眼前。

看李岘名发愣的模样，察真笑着说："香妃妹妹，我们都已经喝了，你还在愣着做什么？"

李岘名听她这样说话，只好接过了宫女递过来的茶盅，一饮而尽。

脱列哥那热辣辣地拉着她的手说："好妹妹，我们进去喝茶，一起说说话。"然后另一只手拉着察真，三人边走边说，一起进入内宫。

那个宫女见三人走了后，迅速地将茶盅小心地包了起来。

此时殿外另有一个侍女正左右顾盼，等着什么人。那宫女走了过去，将包好的茶盅递给了她。两人对视了一眼，彼此都点了点头，什么话都没说，便各自走开了。

第二天，公主皇后锦瑢的斡耳朵里来了一位尊客，她就是大汗窝阔台新进加封的琼华无上真人：王琬。锦瑢听到通报后，命宫女将王琬领进了她的内室。锦瑢随即就让左右服侍的宫女全部退了出去，声音颤抖着说："妹妹，出事了！"

"姐姐为什么这么紧张，发生了什么事情？"

"察合皇后，也就是香妃妹妹，昨夜突然——辞世了！"

王琬非常惊诧："香妃姐姐得了什么病？为什么这么突然？"

"她恐怕——并没有得什么病。"

王琬的心顿时揪了起来："到底怎么回事？"

"昨天她为大汗做了一场法事。"锦璿随即将昨天万安宫里那场萨满法事的经过告诉了王琬："妹妹，你看这场景是不是似曾相识？"

"姐姐，你是不是说——拖雷王爷那次……"

锦璿神色凝重地点了点头。

王琬的脸色顿时变了："姐姐为什么这么说？"

锦璿迟疑了一下，点头说："这只是我的猜测。我刚刚从光显寺那里回来，看过了她的遗容。"锦璿的眼睛闪着泪水，"那里的侍女讲，她夜里突然就发烧了，昏迷不醒。侍女们赶紧派差事去请了太医，但回天无力，半夜里她就走了。"

"发烧？姐姐怀疑是——蛊毒？"

锦璿点头："你不觉得很像吗？"

王琬的心里顿时大为悲痛，更感受到一种莫名的恐惧，似乎这宫殿里有一个黑影，正在背后窥探、监视着自己和锦璿。他究竟是什么人？

想了一阵，她强忍着恐惧，竭力平静地问锦璿："大汗现在怎么样了？"

"宫里传来消息说，已经醒了，但宫女没敢告诉他察合皇后的事情。"

"为什么不敢？"

"因为脱列哥那和察真两人下了死命令，禁止她们在宫里再提起贞达卓玛，或者察合皇后。如果有人提了，立刻打死！"

王琬努力地回想了一遍这二人过去的情形，顿时觉得疑窦丛生。

锦璿问："这两人行事有些反常。妹妹你觉得会不会是她们两人当中的一个，对香妃妹妹下了毒手？"

"她们跟察合姐姐有过节儿吗？"

"要说有过节儿，察真可能性大。因为大汗最宠她和香妃妹妹。而脱列哥那是正宫皇后，皇子众多，她们不会对她构成威胁。"

"可是察真从哪里搞到的蛊毒呢？"

"妹妹，我记得你曾说过，那个喇嘛在中都圣寿万安寺的住处，不是被抄了吗？"

"忽必烈？"王琬失声说道，"如果这蛊毒真是从萨巴喇嘛那里来的，就说明唆鲁禾帖尼和忽必烈终于开始他们的复仇行动了！"

锦瑢的嘴唇不由抖动了起来："真这样的话，香妃妹妹就是他们第一个目标，这之后呢？"

"之后一定是大汗！"王琬肯定地说道。

"他们真的敢向大汗下手吗？"锦瑢无法相信。

王琬抬头看着窗外的宫墙："他们当然敢，因为他们要的，恐怕不仅是复仇，还要拿回他们认为本该属于他们家族的一切！"

两人默然了一阵，锦瑢问："你会去告发他们？"

王琬摇头："没有证据。"

"是啊，而且这太危险了。唉，我今后一心向佛，再不理会任何事情了。妹妹，你既然被封真人，就也别再管尘俗之事了吧？"

王琬轻叹一声，"姐姐，只怕不是我们不想理会那些事情，而是那些事自己会找上我们……"

此刻，唆鲁禾帖尼正在毡包里跟儿子忽必烈一边喝着奶茶，一边商谈机密的事情。

忽必烈说道："遵照额吉的吩咐，儿子派人知会了阔端，可他什么都没说。"

"大汗将汗位的继承人，改成了自己的皇孙——阔出的儿子失烈门。作为皇子，阔端应该生气才对。"

"可他什么都没有讲，只回给了儿子一封信。"

"哦！信在哪里？"唆鲁禾帖尼陡然有了兴趣。

忽必烈递给了她一个信封。唆鲁禾帖尼打开一看，里面却只是一张白纸。她冷笑一声说："你们这班兄弟里面，要说雄才大略，数拔都第一；可要说谁最有智慧和坚忍的品格，那就是阔端了。难怪当年先汗在世时看中了他！"

"额吉希望阔端将来去争夺汗位吗？"

"当然！不过即使他去争了，因为他们的母后脱列哥那太偏向贵由，他只怕很难成功。除非向我们求助！"

"可是额吉，在儿子看来，他的态度已经很明显了。"

"怎么说？"

"他不想争夺汗位，只想在自己的地盘上做个安稳的王爷。"

"真要这样的话，他就是个庸才！哼，只要是成吉思汗的子孙，就必须去争，去夺！"

忽必烈心里并不赞同母亲的观点，他甚至对阔端置身事外的态度有些欣赏，不由得心里叹了一声，自己未来将不得不卷进争斗的旋涡。

"额吉，那个宫女已经解决了。"

"没有留下任何蛛丝马迹？"

"不会。儿子再三确认过了。"

唆鲁禾帖尼嘿嘿笑道："李鬼名，当初你下毒害死了我们王爷。这一次我们请君入瓮，让你也尝到了一样的滋味。大汗现在的情形怎样了？"

"宫里传来最新消息，他已经醒了。不过，他好像——"

第九十五章　收复襄阳（一）

"不过怎样？"

"他苏醒过来后，把旁边的宫女看成了阔出，指着她连声大叫：'阔出，快过来。'宫女们全都吓得战战兢兢，以为宫殿里突然闹鬼了！"

唆鲁禾帖尼点点头："恣意妄为地享乐，腐蚀了他的意志；没有节制地饮酒，烧坏了他的脑子；现在的失子之痛，又让他丧失了勇气。这都是大汗将要下世的征兆啊！"

忽必烈惊疑地看着自己的母亲。

"不管怎样，他已经不再是合格的大汗，配不上孛儿只斤黄金家族首领的位子。先汗如果在世，一定会用自己的马鞭狠狠地抽他，一定会用最为严厉的话语斥责他，让他警醒！可惜啊，现在没有人会给他提醒了。"

"额吉，有乃马真后在帮他呢。"

唆鲁禾帖尼诡异地一笑："有她在，只会更糟！这个女人到处插手政务，事实上她不仅目光短浅，而且为人贪婪，容易被小人利用。儿子，我们的机会就要到了！"

随后一段时间，窝阔台依然纵情于酒色行乐，不理政事，脱列哥那便以皇后身份参与了政事，但她只信任自己的心腹奥都剌合蛮，以至大臣们诸如中书令耶律楚材，和国相镇海等人逐渐被削去了权力，进而影响到了前线粮草、军饷的调度。

口温不花和塔察儿因为军粮供应困难，况且战争已久，自己又接连吃了败仗，士气低落，灰心之下便带着大军从襄阳撤了回去，准备休整一段时间后再战。

冉璡听说蒙军的主力撤出了襄阳，不由得大喜，来到中军对孟珙说："将军，我们等待已久的机会终于到了！"

此时孟珙正站在大幅挂图前，一边看图，一边沉思，听冉璡这样说，笑着问："先生所说的机会，是不是襄阳？"

"正是。口温不花和塔察儿都没有意识到襄阳位置的重要性，现在他们的主力已经退回河南，只留下数量不多的军队驻守。天赐良机啊，将军。我们应该抓住这个机会，迅速收复荆襄全境。"

"之后呢？"

"当然是重兵守住襄阳了。"冉璡指着图说，"襄阳和樊城就是整个荆襄的大门。只要守住这里，蒙军就不能顺着汉水南下染指长江。"

孟珙笑着回答："你我所见完全相同。"他的目光又投向了川蜀，摇头说，"口温不花和塔察儿两人的战略眼光，不如阔端和汪世显。"

"哦，大帅为什么这么说？"

"我刚刚接到了军报，虽然阔端带着蒙军主力退出了四川，却留下了汪世显，重兵把守蜀口和汉中。今后他们只要需要，就可以随时南下攻击成都。这个汪世显啊，远比我原来预想的更要凶险！"

冉璡叹声说道："当初宰相郑清之对汪世显封王一事，过于吝啬了。我想他现在一定是万般后悔。"

"这世上永远买不到的就是后悔药。不过，汪世显也有可能在两家之间摇摆不定，即便招降了他，说不定也是个祸害。"

冉璡摇头："要说其他人可能会这样，但是汪世显绝不会。"

"算了，不说他了。"孟珙从桌上拿起了几封书信说，"这些都是史大人写来的。"

"他一直在催你出兵吧？"

"嗯。史大人有他自己的考虑，并不总跟我们一致。可我作为全军的统帅，绝不能置士兵的性命而不顾，盲目地出兵。"

冉琎点点头，这就是自己最佩服孟珙的地方。孟珙不但善于带兵打仗，更能守住为将带兵的底线：一切都是为了最终的胜利！他不会为了迎合上司，甚至皇帝的喜好而一味盲从。

"将军打算如何收复襄阳？"

"当然是先打郢州和荆门。"

"不错，这两个州府地处江陵的正北。收复了它们，江陵的正面威胁就解除了，同时我们北上的粮道也就疏通了。"

"嗯，之后我们就在荆门集中军队，进攻襄阳。"

"将军打算派谁去收复郢州和荆门？"

"口温不花在两地各留下了五千守军，兵力不算弱，而且两地相隔不远，他们彼此一定相互呼应。我们必须派最能打的人去。刘整和江虎率领水军在江陵跟鄂州，一时回不来。我打算亲自攻打荆门，派贺顺和江波带一万兵去打郢州，你觉得如何？"

"他们二人谁是主将？"

孟珙想了一下说："江波跟随我已久，武艺出众，胆大心细。按说应该用他当主将，但贺顺是兵部新派来的禁军统领，军阶比江波高。就让贺顺做主将，江波为副将吧。"

随后，孟珙又分派统领刘全率兵进攻郎神山，张子良进攻复州，曹文镛进攻德安府。各路人马奉孟珙军令，陆续分头出发了。

第二天，孟珙和冉琎率领大队后军上路，准备随时接应各路人马。就在出发的时刻，有一将骑马飞驰过来，要求紧急面见孟珙将军。军校将此人带到孟珙马前，他自报了家门，原来是沿江制置副使江海的部下江万雄，有紧急求救。江海麾下一支五千人的军队北上，在圣境山龙滩沟突然遭到蒙军的伏击。现在被围困在山谷里，危在旦夕。江海的主力距离他们尚有距离，所以派人请孟珙给予紧急援手。

孟珙脸色一沉："本帅是湖北路安抚使，荆襄战区由我全权指挥。你家将军但凡有任何行动，应该向我报知。为什么我不知道此事？"

江万雄无言以对，只得应付道："请大帅见谅，只因事出突然，所以来不及向大帅报告。"

冉琎抚须暗想，也许是江海想要争功，所以没有知会孟珙就擅自派了兵。毕竟谁能拿下襄阳，谁就能在朝廷那里得到首功。

孟珙点头说："你家将军曾经和本帅一起攻打金国，我们不是外人。他的事，就是本帅的事。你回去告诉他，本帅一定派兵援救。"

"多谢大帅！"江万雄感激地叉手施礼，上马离去。

孟珙随即问冉琎："这里的军队去救他们，怕是来不及了？"

"大帅想要贺顺和江波去救？"

"嗯，只能他们去。"

"那就让他们分兵两路，一路去龙滩沟救援，另一路乘蒙军城里空虚，去攻打荆门，也可以调开蒙军。"

孟珙同意，正要派军校紧急前去传令，又有军士来报，史嵩之大人派人传令来了。孟珙吩咐："请他过来。"

这传令官跟孟珙认得，一过来就亲热地叉手施礼："孟大帅，末将奉史大人之命，有事前来相告。"

孟珙微微欠身，点头说："辛苦了，请说。"

"还请借一步说话。"

孟珙的眉头微微一皱，带着他走到旁边。

这人轻声说道："孟将军，现在驻守襄阳的汉将刘廷美，刚刚写了密信给江海，约江海率军过去。他要在城里策应，里应外合将城里的蒙军歼灭，助我们收复襄阳。"

孟珙大喜："这可是一件大好事啊！"

"史大人让我通知将军，江海已经派出几路人马出发了。他要将军您做好准备，万一江海的人失了手，你们的人必须尽快顶上去。"

"他们已经遭到蒙军伏击了。"孟珙将刚才江万雄求救的事情告诉了他。

传令官说道："史大人的意思是，如果遇到这种情况，将军可以便宜行事。"说到这里，将头轻轻摇了摇。

"这是史大人亲口吩咐的吗？"

传令官诡异地笑了："哦，那倒不是。大帅难道不想去抢收复襄阳的头功吗？"

"知道了。你且回去吧。"

传令官施了一个礼，自行离去。

孟珙看着这人的背影，轻轻啐了一口。

冉琎见状走过来问："有什么事情吗？"

孟珙将刚才的情形讲了出来。冉琎摇头说："我们这位史大人哪，就是心思太多了！"

"如果江海因为我们不救而心生记恨，或者他的军队被打光了，就算收复了襄阳，凭我们的兵力能守住那里吗？先不管他了，该救还是得救。"孟珙随即派出了自己的传令官，紧急赶到贺顺、江波那里，命令他们立刻救援友军。

此时贺顺与江波先行出发，带领一万精兵正在向郢州疾驰。行到半路，探马来报，在距离这里二十里左右的龙滩沟，有一支友军被蒙军包围，形势危急。

贺顺犹豫了一下，下令继续行军。

江波拉住了他马的缰绳说道："贺将军，对友军我们怎么可以见死不救？"

"我们的任务是拿下郢州，不是救援他们。"

"将军，我们到郢州还有两百多里的山路，龙滩沟有蒙军埋伏，难道下面就不会有吗？我们不妨现在援助友军去，同时让探马赶到前面探听确凿消息。"

"江波，如果再不去郢州，贻误了战机，你不怕军法从事？"

"如果将军不愿意，在下会承担一切责任！"

贺顺闻言大怒："我是主将，你是副职，竟敢不听本将的号令吗？"

一时间，两人顶了起来，部下们无所适从。

就在二人争执不下的时候，孟珙的军令到了。

贺顺听完传令后心里大喜，荆门城里的蒙军出来伏击江海军，那么城内一定空虚，便吩咐道："江波，既然你要去救他们，那就给你四千士兵到龙滩沟去。我带着其余兵马绕道进攻荆门。"

江波点头同意。随后两人各自领兵，分道而去。

第九十六章　收复襄阳（二）

龙滩沟是位于荆门圣境山一条长长的峡谷。谷中经年沟壑纵横，崖间秦楚古道盘旋。谷底郁郁葱葱，到处野藤漫挂，路边怪石嶙峋。因是山间小路，极难行军，所以江海军在这里遭到伏击之后，冲击了多次都难以打开缺口冲出包围。

正在他们绝望之际，江波率军到了谷口外，到处乱杀守在那里的蒙军士兵。只片刻工夫，全歼了留守谷外的数百蒙军。

江波随即命令士兵扒下蒙军的衣甲穿上，让他们在前冲进谷口。过了片刻，看到大队蒙军正在半山上向谷底宋军不停地放箭，宋军将士被压制得无法抬头。江波派出的敢死士兵立刻杀了过去，因为他们穿的是蒙军衣甲，蒙军一时敌我不分，被他们杀得措手不及，一时间溃不成军。

谷底的宋军见蒙军大乱，射箭停止，便知道己方来了援兵。于是他们精神大振，集中了所有剩余兵力向外拼死冲杀。前后只厮杀了半个时辰不到，江波军不但救出了幸存的宋军，而且会同他们内外夹击，蒙军大败亏输。随后两军合兵，听从江波指挥，一路不舍地追杀败退的蒙军。

那边贺顺也进展得非常顺利。他派出了小队精锐士兵，乔装改扮成逃难的山民，先行快速向城里渗透。这时蒙军果然防备不严，于是他们兵不血刃就控制住了南门。随即拼死据守那里，直到贺顺大军赶到，冲进城去，经过很短的一番厮杀后就拿下了城池。

贺顺正在高兴的时候，一个探马飞速来报："将军不好了，统领江波在龙滩沟获胜后，率兵追击蒙军，却遭到了忒木觫和范用吉两路四万兵力的围攻，目前正在苦战，请将军速速派兵营救。"

贺顺命令探马："再去打探。"

探马离开后，贺顺的脸色阴沉了下来，对部下说："江波这厮不听我劝，一定要去龙滩沟，居然还要追击人家！怎么样，现在被人算计了吧！"

有人劝道："江波是大帅的爱将，看在孟大帅的面子上，还得去救他。"

贺顺皱眉说："我若去了，荆门交给谁守？"

"这？"

贺顺便下令这将："你带两千人向前接应江波，记住，不要恋战，把他接回来就行了。"

"将军，蒙军有四万兵力，我带这两千人去有什么用？"

"所以才叫你不要恋战。你先去吧，我这就派人向孟大帅求救……"

再说孟珙率领中军正在行进，收到探马报告，贺顺已经拿下荆门。孟珙很是高兴，随即下令大军转向赶往郢州。刚行了十里左右，又有探马飞速急报，江波救了江海军，却又被蒙将忒木觫和范用吉四万兵力包围，危在旦夕。

孟珙大惊失色，下令前军立刻扔下所有辎重，全部轻骑赶往营救江波。

但等他们赶到的时候，这里已经没有了战斗。

战场上血流成河，双方士兵的尸体层层叠叠，塞满了山路，甚至悬崖下的树枝上都挂着许多士兵的尸体，那些都是不愿投降而跳崖的宋军士兵！

此刻夕阳斜下，极目望去，似乎漫天都是鲜血，格外鲜艳。

孟珙下马，躬身向他们行礼，高声喊道："你们，都是大宋的英雄！"

所有士兵不约而同地摘下头盔，低下头向牺牲的同袍致敬。这一幕看在冉琎眼里，他的双眼瞬间湿润了，向悬崖深深地拜了几拜。

孟珙红着眼睛下令，一定要把江波的尸体找到。他亲自带着士兵沿山搜寻，一直到第二天早晨，都没有找到江波。难道他还活着？孟珙的心里陡然升起了一丝希望!

然而军情紧急,不能再逗留了,孟珙留下一支小队士兵继续搜索,中军人马跟着他一路向前,顺利收复了郢州。

之后的几天里,接连捷报频传,刘全在郎神山击败了蒙古守军;张子良攻克了复州;曹文镛也拿下了德安府。

就在孟珙向襄阳行军的路上,一个惊喜的消息突然传来了,襄阳被友军收复了!

原来各路宋军接连获胜,许多蒙军改编的地方守军纷纷倒戈,向宋军投降。刘廷美跟一些金国降将联合起来,杀了蒙古守军将领,打开襄阳城门,把城池献给了城外的江海大军。

随后孟珙大军赶到,乘势北上收复了枣阳和光化。至此,湖北路大部沦陷地区已经被宋军收复,荆襄和淮东的形势终于稳定了下来。

襄阳收复的捷报很快传到了临安。皇城里的宫殿上,上朝的群臣无不欢欣鼓舞,理宗也激动地连声说道:"上苍庇佑,祖宗有灵,我们又打了大胜仗了!"

这次收复襄阳,居中调度的史嵩之因功被理宗拔擢为参知政事,命他继续督视京湖,及江西军马,并在鄂州设立府衙。孟珙厥功至伟,被晋升为枢密都承旨兼鄂州知州,仍任湖北路安抚制置使。包括冉琎在内的立功诸将,也都得到了晋升。只是江波下落依然成谜,以至隐约传出了风声,说他可能已经投降了蒙军。孟珙闻言大怒,传令下去如果军中再有传播谣言者,一概军法从事。

孟珙和冉琎一致认为,己方这次之所以能轻松收复襄阳,是因为蒙古君臣并没有意识到襄阳的重要价值,依然是以前夺地不守的老习惯。可下一次己方就未必如此幸运了。

于是孟珙几次上表理宗,陈奏说:"襄阳、樊城就是朝廷的根本,朝廷应该以重兵驻守,囤积粮草、军械,以备将来作战。"

理宗很是重视，询问该用多少兵力。他回奏道："即便十万甲兵，也不算多。"

可是当下的大宋朝廷，无论如何也拿不出那么多的兵力。

于是理宗就给了孟珙前所未有的授权，将蔡州和息州两地投降的四万汉军重新整编，改名"忠卫军"。又将襄州、郢州归附的原金军人马编进了自己的忠顺军。因为他们的战马很多，孟珙将他们当作先锋军使用。

半年之内，冉琎又帮孟珙筹到了大批战马和粮草，于是襄阳的兵力日渐强盛，重新成为大宋荆襄战区的军事重镇。

这日，冉琎收到了冉璞的来信，信中说淮东战事已经平静，于是他在一个月前已经回到了阔别已久的云台山庄，跟妻子谢瑛和儿子冉从周团聚，希望他也能在百忙之中回去探亲一次。

这封信的到来，让冉琎陡然产生了极为强烈的思乡之念。这一天，他终于开口跟孟珙谈起了归乡探亲一事。一心扑在军队的孟珙立即挽留道："我可是片刻也离不开先生的，您家里但凡有任何需要，先生请说出来，孟某必定尽力解决。"

冉琎苦笑着说："在下离开家乡已经快十年了，心里着实想念。大帅放心，大军但凡需要，我一定尽快回来。"

"既然如此，那就请先生快去快回。"

两天后，孟珙亲自将冉琎送到江畔码头，那里已经为冉琎事先雇好了江船。细心的孟珙又命主簿准备了二百两银子和一些酒水食物，以及远途旅程必备用具。孟璋指挥着差事们将东西搬上了船，孟珙则跟冉琎站在江岸边谈话："先生，等你再回来时，战局恐怕就有了很大变化。"

"大帅，现在淮东和荆襄局势已经稳定了，只有四川令人担忧。汉中和蜀口控制在汪世显手里，今后蒙军想来就来，想走就走。昔日的天府之国，赋税重地，今后却需要全国支持！朝廷应该派一位能打的将领去四川啊。"

"依先生看，我们能胜过汪世显的将领都有谁呢？"

冉璡笑了："如果派大帅去的话，他绝不是您的对手。可荆襄战区更为重要，这里离不开你的。"

"江海怎么样？"

"恐怕不是对手。淮东淮西那里倒是有一批将领还行，主帅如杜杲和赵葵等，一批新人如丘岳和余玠等，都可以独当一面，是进川的适合人选。对了，大帅为什么要问这个？"

"因为前些日子圣上问了我这个问题，现在朝廷已经派了陈隆之担任新任四川制置使。"

"那大帅是如何回答的呢？"

"我推荐了几个人，但陛下似乎都没有采纳。"

冉璡默想了一阵，轻叹一声说："大帅，今后圣上如果再问这种事，您最好不要回答。"

孟珙有些惊讶："圣上发问，我怎能不答？"

"那要看是什么样的问题了，对这样的问题，您就最好别回答。"

孟珙向冉璡拱手问道："请先生赐教。"

冉璡正色回道："四川制置使是朝廷封疆大吏，它的级别应该跟史嵩之大人齐平。皇帝向您问这种问题，无论您推荐谁去都不合适，因为只怕将来会有人说'结党'二字！"

孟珙大惊失色："这……怎么可能？"

"有这可能。因为这个职位很高，又掌握军权。大帅啊，现在皇上信任你，给了你在荆襄战区选人用人的大权，又可以就地征集军饷。这在战争时期都可以容忍，可太平一段时间后，一定会有御史弹劾你权力过大！我劝大帅主动向皇上申请，派来一位转运使负责军饷，以避免嫌疑。大帅今后就专管军事吧。"

孟珙深深作了一揖："'道高益安，势高益危。'先生的话我明白。"

冉璡回礼说道："以大帅的行事为人，定能做到不诱于誉，不恐于诽。

可我们这位史大人啊，只怕——"

　　孟琪笑着回答："先生放心，我知道该怎么做。就请先生一切保重，我们后会有期！"

　　"后会有期！"